A CANTIGA DOS PÁSSAROS E DAS SERPENTES

SUZANNE COLLINS

A CANTIGA DOS PÁSSAROS E DAS SERPENTES

Tradução de Regiane Winarski

Título original
Hunger Games
THE BALLAD OF SONGBIRDS AND SNAKES

Copyright © 2020 *by* Suzanne Collins

Todos os direitos reservados. Nenhuma parte desta obra pode ser reproduzida ou transmitida por qualquer forma ou meio eletrônico ou mecânico, inclusive fotocópia, gravação ou sistema de armazenagem e recuperação de informação, sem a permissão escrita do editor.

A editora não tem nenhum controle, e não assume qualquer responsabilidade, pela autora ou por website de terceiros ou seu conteúdo.

Direitos para a língua portuguesa reservados
com exclusividade para o Brasil à
EDITORA ROCCO LTDA.
Rua Evaristo da Veiga, 65 – 11º andar
Passeio Corporate – Torre 1
20031-040 – Rio de Janeiro – RJ
Tel.: (21) 3525-2000 – Fax: (21) 3525-2001
rocco@rocco.com.br|www.rocco.com.br

Printed in Brazil/Impresso no Brasil

Preparação de originais
PAULA DRUMMOND

CIP-BRASIL. CATALOGAÇÃO NA PUBLICAÇÃO
SINDICATO NACIONAL DOS EDITORES DE LIVROS, RJ

C674c

Collins, Suzanne
  A cantiga dos pássaros e das serpentes / Suzanne Collins ; tradução Regiane Winarski. - 1. ed. - Rio de Janeiro : Rocco, 2023.
          (Jogos vorazes ; 4)

  Tradução de: The ballad of songbirds and snakes
  ISBN 978-65-5532-389-4
  ISBN 978-65-5667-001-0 (recurso eletrônico)

  1. Ficção americana. I. Winarski, Regiane. II. Título. III. Série.

| 23-86123 | CDD: 813 |
| | CDU: 82-3(73) |

Meri Gleice Rodrigues de Souza - Bibliotecária - CRB-7/6439

O texto deste livro obedece às normas do Acordo Ortográfico da Língua Portuguesa.

Este livro é uma obra de ficção. Nomes, personagens, lugares e incidentes são produtos da imaginação da autora ou foram usados de forma fictícia. Qualquer semelhança com pessoas reais vivas ou não, estabelecimentos comerciais, acontecimentos ou localidades é mera coincidência.

Para Norton e Jeanne Juster

"Assim fica evidente que durante o tempo em que os homens vivem sem um Poder comum que os subjugue, eles ficam em uma condição chamada guerra; e é uma guerra de todos os homens contra todos os outros homens."
— Thomas Hobbes, *Leviatã*, 1651

"O estado da natureza tem uma lei da natureza para governá-lo, que a todos obriga: e a razão, que é essa lei, ensina toda a humanidade, que apenas a consulta, que, sendo todos iguais e independentes, ninguém deve prejudicar o outro na vida, saúde, liberdade ou bens…"
— John Locke, *Segundo tratado sobre o governo*, 1689

"O homem nasce livre; e por toda parte está acorrentado."
— Jean-Jacques Rousseau, *O contrato social*, 1762

*"Doce é o saber que a natureza oferece;
Nosso intelecto intrometido
Deforma a forma bela das coisas;
— Para dissecar, assassinamos."*
— William Wordsworth, "The Tables Turned", *Lyrical Ballads*, 1798

"Pensei na promessa de virtudes que ele exibiu no começo de sua existência e no desaparecimento subsequente de todos os sentimentos gentis pelo asco e pelo escárnio que seus protetores manifestaram por ele."
— Mary Shelley, *Frankenstein*, 1818

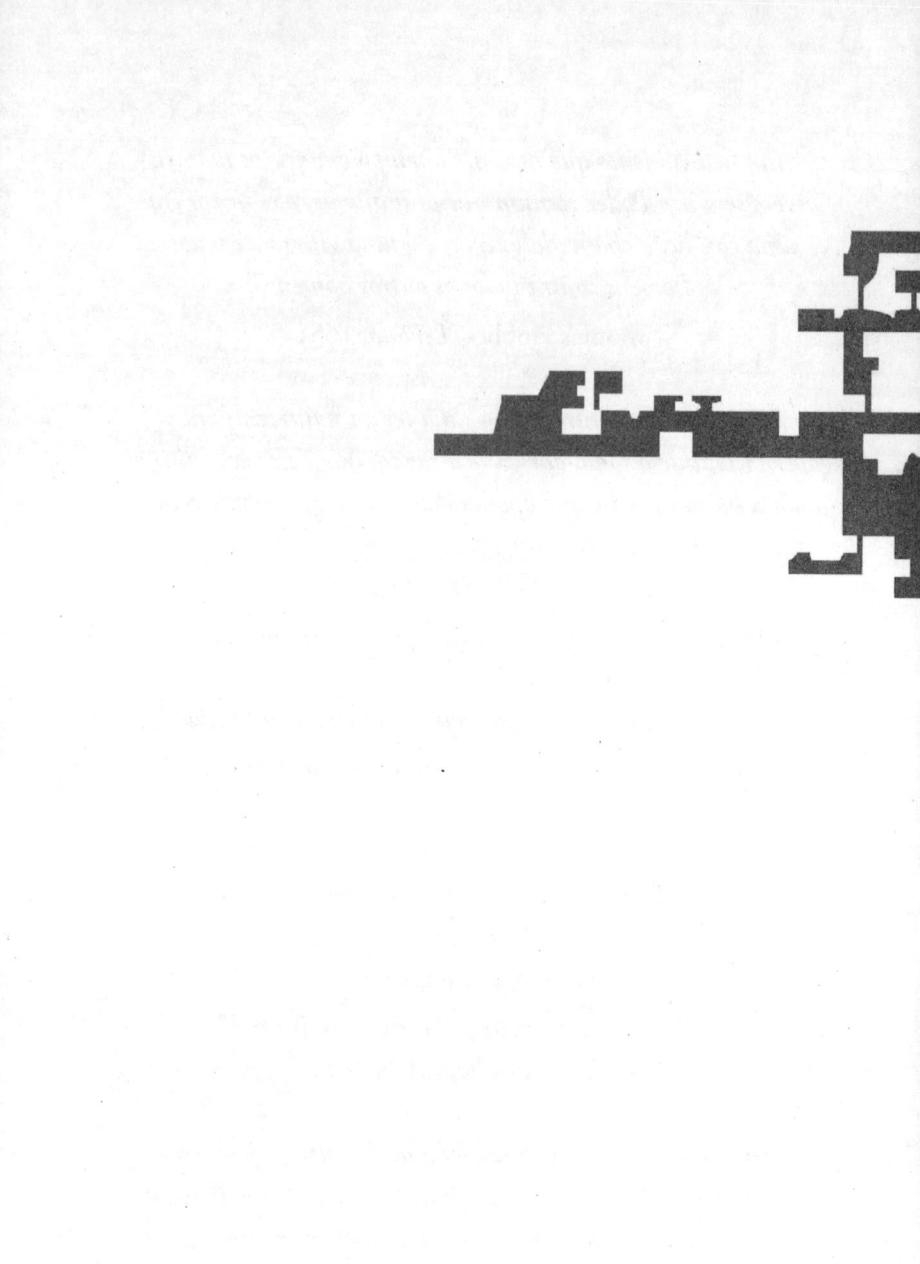

PARTE I

"O MENTOR"

1

    Coriolanus jogou o punhado de repolho na panela de água fervente e jurou que um dia não poria mais aquilo na boca. Mas o dia ainda não era aquele. Ele precisava comer uma tigela grande do alimento pálido e tomar cada gota do caldo para evitar que seu estômago roncasse durante a cerimônia da colheita. Era um item de uma longa lista de precauções que ele tomava para esconder o fato de que sua família, apesar de residir na cobertura do prédio mais opulento da Capital, era tão pobre quanto a escória dos distritos. Que aos dezoito anos, o herdeiro da outrora grandiosa casa Snow não tinha nada além da própria perspicácia para ajudá-lo a viver.

    Sua camisa para a colheita o estava preocupando. Ele tinha uma calça social escura aceitável, comprada no mercado clandestino no ano anterior, mas era para a camisa que as pessoas olhavam. Felizmente, a Academia oferecia os uniformes exigidos para uso diário. Mas, para a cerimônia daquele dia, os alunos foram instruídos a se vestirem bem, com a solenidade que a ocasião exigia. Tigris pedira que ele confiasse nela, e ele confiava. Só o talento da prima com a agulha o salvara até ali. Mesmo assim, ele não podia esperar milagres.

    A camisa que eles tiraram do fundo do armário, do seu pai, de dias melhores, estava manchada e amarelada pelo tempo, sem metade dos botões e marcada de cigarro em um punho. Danificada demais para ser vendida até nas piores circunstâncias da família, e aquela seria sua camisa da colheita? Naquela manhã, ele fora ao quarto dela ao amanhecer, mas descobriu que a prima e a camisa tinham sumido. Não era um bom sinal. Tigris teria desistido daquela coisa velha e encarado o mercado clandestino em um esforço final e desesperado para encontrar uma roupa adequada? E o que ela teria para a troca? Só uma coisa, ela mesma, e a casa Snow ainda não tinha se rebaixado tanto. Ou estaria se rebaixando agora, enquanto ele salgava o repolho?

Ele pensou nas pessoas botando um preço nela. Com o nariz longo e pontudo e o corpo magrelo, Tigris não era nenhuma grande beleza, mas tinha uma doçura, uma vulnerabilidade que pareciam convidar abuso. Ela encontraria alguém que a quisesse se decidisse assim. A ideia o deixou enjoado, impotente e, consequentemente, repugnado com ele mesmo.

No meio do apartamento, ele ouviu a gravação do hino da Capital, "Pérola de Panem", começar. A voz trêmula em soprano da avó cantou junto e ecoou pelas paredes:

Pérola de Panem
Cidade majestosa,
Com o passar dos anos, você brilha mais.

Como sempre, ela cantou de modo dolorosamente desafinado e com um pouco de atraso. No primeiro ano da guerra, ela tocara a gravação nos feriados nacionais para um Coriolanus de cinco anos e uma Tigris de oito, com o objetivo de desenvolver o senso de patriotismo deles. O recital diário só começou naquele dia sombrio em que os rebeldes de distrito cercaram a Capital, interrompendo o fornecimento de suprimentos pelos dois anos seguintes de guerra. "Lembrem-se, crianças", dissera ela, "estamos apenas sob cerco... não nos rendemos!" Em seguida, ela cantava o hino pela janela da cobertura enquanto as bombas caíam. Seu pequeno ato de desafio.

Ajoelhamo-nos com humildade
Perante seu ideal,

E as notas que ela nunca conseguia cantar...

E declaramos nosso amor a você!

Coriolanus fez uma leve careta. Já fazia uma década que os rebeldes estavam quietos, mas sua avó não ficava. Ainda faltavam duas estrofes.

Pérola de Panem,
Coração da justiça,
A sabedoria coroa sua testa de mármore.

Ele se perguntou se mais móveis absorveriam parte do som, mas a questão era hipotética. No momento, o apartamento de cobertura era um microcosmo da Capital em si, exibindo as cicatrizes dos implacáveis ataques rebeldes. As paredes do pé direito de seis metros estavam cheias de rachaduras, o teto moldado, cravejado de buracos por causa de pedaços de gesso que caíram, e faixas pretas feitas de fita isolante seguravam o vidro quebrado das janelas em arco que davam vista para a cidade. Durante a guerra e a década que se seguiu, a família fora obrigada a vender ou trocar muitos dos bens que tinha, alguns aposentos estavam completamente vazios e trancados, e os outros com mobília esparsa. Pior ainda, durante o frio rigoroso do inverno, no final do cerco, várias peças elegantes e entalhadas de madeira e inúmeros volumes de livros foram sacrificados na lareira para impedir que a família morresse congelada. Ver as páginas coloridas dos livros infantis, os mesmos que ele lia com a mãe, serem reduzidos a cinzas sempre o deixava em lágrimas. Mas era melhor ficar triste do que estar morto.

Como já tinha ido a apartamentos de amigos, Coriolanus sabia que a maioria das famílias já começara a fazer reparos nos aposentos, mas os Snow não tinham dinheiro nem para alguns metros de linho para uma camisa nova. Ele pensou nos colegas de escola remexendo os armários ou vestindo ternos novos sob medida e se perguntou por quanto tempo conseguiria manter as aparências.

> *Você nos dá luz.*
> *Você reúne.*
> *A você fazemos nossa jura.*

Se a camisa reformada por Tigris fosse impossível de usar, o que ele faria? Fingiria estar gripado e avisaria que não podia comparecer? *Covardia.* Comparecer com a camisa do uniforme? *Desrespeito.* Espremer-se na camisa vermelha de botão que tinha ficado pequena dois anos antes? *Péssimo.* A opção aceitável? *Nenhuma das anteriores.*

Talvez Tigris tivesse ido pedir ajuda de sua empregadora, Fabricia Whatnot, uma mulher tão ridícula quanto seu nome, mas com certo talento para moda reciclada. Fosse a tendência penas ou couro, plástico ou plush, ela encontrava uma forma de incorporá-la por um custo razoável. Como não era muito boa aluna, Tigris desistiu da Universidade depois que se formou na Academia e foi atrás do seu sonho de se tornar estilista. Supostamente, ela era aprendiz, mas Fabricia a usava mais como escrava e exigia que ela fizesse massagens em seus pés e limpasse os bolos de cabelo magenta dos ralos. Mas Tigris nunca reclamava e não aceitava críticas da chefe de tão satisfeita e grata que tinha ficado por ter um lugar no mundo da moda.

Pérola de Panem,
Base do poder,
Força na paz, escudo na luta.

Coriolanus abriu a geladeira torcendo para encontrar algo que pudesse dar uma melhorada na sopa de repolho. A única ocupante era uma panela de metal. Quando ele tirou a tampa, deu de cara com uma papa gelada de batatas raladas. Teria sua avó finalmente cumprido a ameaça de aprender a cozinhar? Aquilo era comestível? Ele colocou a tampa no lugar até ter mais informações. Que luxo seria poder jogar aquilo no lixo sem pensar duas vezes. Que luxo seria produzir lixo. Ele se lembrava, ou achava que lembrava, de ser bem pequeno e ver os caminhões de lixo operados por Avoxes – trabalhadores sem língua eram os melhores funcionários, sua avó dizia – roncando pela rua, esvaziando sacos grandes de comida jogada fora, recipientes e itens de casa usados. Depois veio a época em que nada era descartável, nenhuma caloria era indesejada, e nada era impossível de ser trocado ou queimado para se obter calor ou ser preso na parede para fornecer isolamento térmico. Todos aprenderam a desprezar o lixo. Mas estava voltando à moda. Um sinal de prosperidade, como uma camisa decente.

Proteja nossa terra
Com sua mão armada,

A camisa. A camisa. Sua mente conseguia se fixar em um problema como aquele, ou qualquer outro, sem esquecer. Como se controlar um dos elementos de seu mundo fosse impedi-lo de desmoronar. Era um mau hábito que o cegava para outras coisas que podiam lhe fazer mal. Havia uma tendência à obsessão como parte essencial do seu cérebro que acabaria sendo sua ruína se ele não aprendesse a superá-la.

A voz de sua avó saiu esganiçada no crescendo final:

Nossa Capital, nossa vida!

Velha maluca, ainda se agarrando aos dias pré-guerra. Ele a amava, mas ela perdeu o contato com a realidade anos antes. Em todas as refeições, ela ficava tagarelando sobre a lendária grandeza dos Snow, mesmo quando a refeição era composta de sopa aguada de feijão e biscoitos velhos. E quem a ouvia falar achava que era certo que o futuro dele seria glorioso. "Quando Coriolanus for presidente...", ela costumava dizer. "Quando Coriolanus for presidente...", tudo, desde a força aérea precária até o preço exorbitante das costelas de porco, seria magicamente corrigido. Ainda bem que o elevador quebrado e os joelhos com artrite a impediam de sair muito, e seus visitantes infrequentes eram tão fossilizados quanto ela.

O repolho começou a ferver e encheu a cozinha com o cheiro de pobreza. Coriolanus mexeu no vegetal com uma colher de pau. Nada de Tigris ainda. Em pouco tempo seria tarde para ligar e inventar uma desculpa. Todos estariam reunidos no Heavensbee Hall, da Academia. Haveria raiva e decepção da professora de comunicação, Satyria Click, que tinha feito campanha para ele receber uma das vinte e quatro desejadas mentorias dos Jogos Vorazes. Além de ser o favorito de Satyria, ele era monitor dela e sem dúvida ela precisaria dele para alguma coisa hoje. Ela podia ser imprevisível, principalmente quando bebia, e isso era coisa certa no dia da colheita. Era melhor ele ligar e avisar, dizer que não conseguia parar de vomitar ou algo assim, mas que se esforçaria para se recuperar. Ele se preparou e pegou o telefone para alegar que estava mal quando outro pensamento passou pela cabeça dele: se ele não aparecesse, ela permitiria que fosse substituído como mentor? E, se ela permitisse, isso enfraqueceria sua chance de ganhar um dos prêmios da Academia oferecidos na formatura? Sem esse prêmio, ele não tinha como pagar a Universidade, o que significaria que não teria carreira, o que significaria que não teria futuro, não ele, e quem sabe o que aconteceria com a família, e...

A porta da frente, torta e barulhenta, se abriu.

– Coryo! – gritou Tigris, e ele botou o telefone no lugar. O apelido que ela deu para ele quando era recém-nascido tinha pegado. Ele saiu voando da cozinha, quase a derrubou, mas ela estava animada demais para reprová-lo. – Eu consegui! Consegui! Bom, consegui uma coisa. – Seus pés deram uma corridinha rápida no mesmo lugar quando ela ergueu um cabide coberto por uma velha capa de proteção de roupas. – Olha, olha, olha!

Coriolanus abriu o zíper e tirou a capa de cima de uma camisa.

Era linda. Não, melhor ainda, era classuda. O linho grosso não era nem o branco original e nem estava amarelado com o tempo, mas de um tom creme delicioso. Os punhos e a gola tinham sido substituídos por veludo preto e os botões eram cubos dourados e preto-ébano. Tésseras. Cada uma tinha dois buraquinhos para a linha passar.

– Você é incrível – disse ele com sinceridade. – E a melhor prima do mundo. – Tomando o cuidado de segurar a camisa com segurança, ele a abraçou com o braço livre. – Snow cai como a neve, sempre por cima de tudo!

— Snow cai como a neve, sempre por cima de tudo! – repetiu Tigris. Foi a frase que os fez aguentar a guerra, quando era uma luta constante não ir parar debaixo da terra.

— Me conta tudo – disse ele, sabendo que ela ia querer contar. Ela amava falar sobre roupas.

Tigris levantou as mãos e deu uma risada baixa.

— Por onde começar?

Ela começou com a água sanitária. Tigris tinha sugerido que as cortinas brancas do quarto de Fabricia estavam meio sujas e, ao botá-las de molho com água sanitária, colocou a camisa junto. O resultado foi lindo, mas nem uma eternidade na água sanitária conseguiria tirar completamente as manchas. Assim, ela ferveu a camisa com calêndulas secas que encontrou na lixeira do lado de fora da casa do vizinho de Fabricia, e as flores tingiram o linho o suficiente para esconder as manchas. O veludo dos punhos era de uma bolsa grande que guardava uma placa agora insignificante do avô deles. As tésseras ela tirou do interior de um armário no banheiro da empregada. Ela pediu ao zelador do prédio para fazer os buracos em troca de consertar o macacão dele.

— Foi hoje de manhã? – perguntou ele.

— Ah, não, ontem. Domingo. Hoje de manhã eu... Você encontrou minhas batatas? – Ele a seguiu até a cozinha, onde ela abriu a geladeira e tirou a panela. – Fiquei acordada até de madrugada pra tirar o amido para engomar a camisa. Aí, corri até a casa dos Dolittle para usar um ferro decente. Guardei isto pra sopa! – Tigris virou a maçaroca no repolho que estava fervendo e mexeu.

Ele reparou nas manchas lilás embaixo dos olhos castanho-dourados e não pôde deixar de sentir um pouco de culpa.

— Quando você dormiu pela última vez? – perguntou ele.

— Ah, eu estou bem. Comi a casca das batatas. Dizem que é lá que estão as vitaminas. E hoje é a colheita, então é praticamente feriado! – disse ela com alegria.

— Não na casa da Fabricia – disse ele. E em nenhum lugar, na verdade. O dia da colheita era terrível nos distritos, mas também não era bem uma comemoração na Capital. Como ele, a maioria das pessoas não tinha prazer em relembrar a guerra. Tigris passaria o dia fazendo tudo para a empregadora e seu grupo variado de convidados enquanto eles trocavam histórias morosas da provação que viveram durante o cerco e bebiam até cair. No dia seguinte, cuidar deles de ressaca seria pior.

— Pare de se preocupar. Aqui, é melhor você se apressar e comer! – Tigris serviu sopa numa tigela e a colocou na mesa.

Coriolanus olhou para o relógio, tomou a sopa sem ligar se queimava a boca e correu até o quarto com a camisa. Ele já tinha tomado banho e se barbeado, e a pele clara estava, felizmente, impecável naquele dia. A roupa que usava por baixo das vestes da escola e as meias pretas eram boas. Ele vestiu a calça, que era mais do que aceitável, e enfiou os pés em um par de botas de couro com cadarço. As botas estavam pequenas, mas ele conseguia aguentar. Em seguida, vestiu a camisa com cuidado, enfiou-a dentro da calça e se virou para o espelho. Ele não era tão alto quanto deveria ser. Assim como muitas pessoas da geração dele, a dieta pobre provavelmente comprometeu o seu crescimento. Mas ele era atleticamente magro, com excelente postura, e a camisa enfatizava os melhores aspectos do seu físico. Ele não ficava tão majestoso desde que era pequeno e sua avó desfilava pelas ruas com ele de terno de veludo roxo. Ele ajeitou os cachos louros enquanto sussurrava debochadamente para sua imagem:

— Coriolanus Snow, futuro presidente de Panem, eu o saúdo.

Por causa de Tigris, ele fez uma entrada grandiosa na sala, esticando os braços e girando em círculo para exibir a camisa.

Ela deu um gritinho de animação e aplaudiu.

— Você está maravilhoso! Tão lindo e elegante! Vem ver, Lady-Vó! — Esse era outro apelido criado pela pequena Tigris, que achava "vovó" e "vó" insuficientes para alguém tão imperial.

A avó deles apareceu, uma rosa recém-cortada aninhada com amor nas mãos trêmulas. Ela usava uma túnica comprida, preta e esvoaçante, do tipo que era popular antes da guerra, mas bem ultrapassada e risível agora, e um par de chinelinhos bordados com a ponta curva que já tinha sido parte de uma fantasia. Fios do cabelo fino e branco saíam por baixo de um turbante de veludo cor de ferrugem. Era o que restava de um guarda-roupa antes luxuoso; seus poucos itens decentes estavam reservados para quando havia visita ou para as raras idas à cidade.

— Aqui, aqui, garoto. Coloque isto. Tirada do meu jardim no telhado — ordenou ela.

Ele esticou a mão para pegar a rosa, mas um espinho furou a palma da mão dele. Sangue brotou da ferida e ele afastou a mão para que não manchasse a preciosa camisa. Sua avó pareceu perplexa.

— Eu só queria que você ficasse elegante — disse ela.

— Claro que queria, Lady-Vó — disse Tigris. — E ele vai ficar mesmo.

Enquanto ela levava Coriolanus para a cozinha, ele lembrou que o autocontrole era uma habilidade essencial e que devia ficar agradecido porque a avó lhe oferecia oportunidades diárias de praticá-lo.

— Ferimentos de perfuração não sangram por muito tempo — prometeu Tigris enquanto limpava e fazia um curativo na mão dele. Ela cortou a rosa, preservou um pouco do caule verde e a prendeu à camisa. – Fica mesmo elegante. Você sabe o que as rosas significam pra ela. Agradeça.

Ele agradeceu. Agradeceu às duas e foi até a porta, desceu os doze lances decorados de escadas, passou pelo saguão e saiu para a Capital.

A porta da frente dava para a Corso, uma avenida tão larga que oito carruagens passavam lado a lado com conforto no passado, quando a Capital exibia sua pompa militar para o povo. Coriolanus se lembrava de ficar nas janelas do apartamento quando era criança, com convidados se gabando que tinham assentos privilegiados para os desfiles. Mas aí os bombardeiros chegaram, e por muito tempo aquele quarteirão ficou intransponível. Agora, apesar de as ruas estarem finalmente livres, ainda havia pilhas de escombros nas calçadas, e prédios inteiros estavam tão danificados quanto no dia em que foram atingidos. Dez anos depois da vitória e ele estava desviando de pedaços de mármore e granito para seguir para a Academia. Às vezes, Coriolanus se perguntava se os detritos foram deixados para lembrar aos cidadãos o que eles haviam aguentado. As pessoas tinham memória curta. Elas precisavam andar em volta dos destroços, pegar cupons de racionamento de alimentação e assistir aos Jogos Vorazes para que a guerra permanecesse viva na mente. Esquecer podia levar à complacência, e aí todos estariam de volta à estaca zero.

Quando entrou na via Scholars, ele tentou controlar o passo. Queria chegar na hora, mas tranquilo e composto, não todo suado. Aquele dia da colheita, como a maioria, parecia que seria quente. Mas o que mais podia se esperar para um 4 de julho? Ele ficou grato pelo perfume da rosa da avó, pois a camisa quente estava exalando um leve aroma de batatas e calêndulas mortas.

Como a melhor escola secundária da Capital, a Academia educava os filhos dos conhecidos, dos ricos e dos influentes. Com mais de quatrocentos alunos em cada turma, foi possível para Tigris e Coriolanus, considerando a longa história da família na escola, serem aceitos sem grande dificuldade. Diferentemente da Universidade, era gratuita e oferecia almoço e material escolar, além dos uniformes. Qualquer um que tivesse nome estudava na Academia, e Coriolanus precisaria daquelas conexões como base para seu futuro.

A grande escadaria que levava à Academia podia receber todo o corpo estudantil e acomodava facilmente o fluxo de oficiais, professores e alunos indo para as festividades do dia da colheita. Coriolanus subiu devagar, tentando agir com dignidade casual caso alguém olhasse para ele. As pessoas o conheciam, ou pelo menos conheceram seus pais e avós, e havia um certo padrão esperado de um Snow. Naquele ano, a começar por aquele dia, ele esperava alcançar reconhecimento pessoal também. Ser mentor nos Jogos Vorazes era seu projeto final antes de se formar na Academia no verão. Se sua performance como mentor impressionasse, com seu registro acadêmico excelente, Coriolanus poderia ganhar um prêmio monetário substancial que daria para pagar a Universidade.

Haveria vinte e quatro tributos, um garoto e uma garota de cada um dos doze distritos derrotados, sorteados para serem jogados em uma arena e lutarem até a morte nos Jogos Vorazes. Estava descrito no Tratado da Traição que encerrou os Dias Escuros da rebelião dos distritos, uma das muitas punições dadas aos rebeldes. Como no passado, os tributos seriam colocados na Arena da Capital, um anfiteatro agora em ruínas que tinha sido usado para eventos de esporte e entretenimento antes da guerra, junto com algumas armas para que matassem uns aos outros. A Capital encorajava que as pessoas assistissem, mas muita gente evitava. O desafio era tornar o evento mais atraente.

Por causa disso, pela primeira vez os tributos teriam mentores. Vinte e quatro dos formandos mais inteligentes e de melhor desempenho da Academia tinham sido selecionados para a tarefa. Os detalhes envolvidos ainda estavam sendo discutidos. Falava-se de treinar cada tributo para uma entrevista pessoal, talvez alguma preparação para as câmeras. Todos concordavam que se os Jogos Vorazes fossem continuar, precisariam envolver uma experiência mais significativa, e a união dos jovens da Capital com os tributos dos distritos deixou as pessoas intrigadas.

Coriolanus passou por uma entrada decorada com faixas pretas, desceu por uma passagem abobadada e entrou no gigantesco Heavensbee Hall, onde eles assistiriam à transmissão da cerimônia da colheita. Ele não estava atrasado, mas o salão já estava vibrando com a presença de professores e alunos e outros vários envolvidos nos Jogos que não eram necessários na transmissão do dia inicial.

Havia Avoxes percorrendo a multidão carregando bandejas de posca, uma mistura de vinho aguado com mel e ervas. Era uma versão embriagante da bebida azeda que sustentou a Capital na guerra, supostamente protegendo contra doenças. Coriolanus pegou um cálice e passou um pouco de posca pela boca, na esperança de enxaguar qualquer resquício de bafo de repolho. Mas ele só se permitiu um gole. Era mais forte do que a maioria das pessoas achava, e em anos anteriores ele viu gente de classe alta passar vergonha por se embebedar.

O mundo ainda achava que Coriolanus era rico, mas sua única moeda real era o charme, que ele distribuía generosamente enquanto andava pela multidão. Rostos se iluminavam quando ele cumprimentava com simpatia os alunos e professores, perguntava por familiares e fazia elogios aqui e ali.

— Sua aula sobre as retaliações dos distritos ainda me assombra.

— Amei a franja!

— Como foi a cirurgia de coluna da sua mãe? Diga a ela que ela é minha heroína.

Ele passou pelas centenas de cadeiras acolchoadas colocadas para a ocasião na plataforma, onde Satyria estava brindando uma mistura de professores da Academia e representantes dos Jogos com alguma história louca. Apesar de só ter ouvido a última frase ("Bem, eu falei 'Sinto muito pela sua peruca, mas foi você que insistiu em trazer um macaco!'"), ele se juntou obedientemente às gargalhadas que vieram em seguida.

— Ah, Coriolanus — disse Satyria enquanto acenava para ele se aproximar. — Este é meu melhor pupilo. — Ele deu o esperado beijo na bochecha dela e registrou que a mulher já estava vários copos de posca à frente dele. Ela precisava controlar a bebida, embora a mesma coisa pudesse ser dita de metade dos adultos que ele conhecia. A automedicação era uma epidemia na cidade. Ainda assim, ela era divertida e não severa demais, uma dentre poucos professores que permitiam que os alunos chamassem pelo primeiro nome. Ela se afastou ligeiramente e o observou. — Linda camisa. Onde você conseguiu uma peça assim?

Ele olhou para a camisa como se estivesse surpreso por sua existência e deu de ombros, como um jovem que tem opções infinitas.

— Os Snow têm armários grandes — disse ele distraidamente. — Eu queria um visual respeitoso, mas também comemorativo.

— E conseguiu. O que são esses botões exóticos? — perguntou Satyria, mexendo em um dos cubos no punho. — Tésseras?

— São? Bom, isso explica por que me lembram do banheiro da empregada — respondeu Coriolanus, arrancando uma risada dos amigos dela. Era essa impressão que ele lutava para manter. Um lembrete de que ele era uma das raras pessoas que tinham um banheiro de empregada, ainda mais com piso com a padronagem de tésseras, temperado por uma piada autodepreciativa sobre a camisa.

Ele assentiu para Satyria.

— Lindo vestido. É novo, não é? — Ele percebeu só por um olhar que era o mesmo vestido que ela sempre usava na cerimônia da colheita, reformado com tufos de penas pretas. Mas ela validou a camisa dele, e ele precisava retribuir o favor.

— Mandei fazer especialmente para hoje — respondeu ela, aceitando a pergunta. — É o décimo aniversário, afinal.

— Elegante — disse ele. De um modo geral, eles não eram uma equipe ruim.

O prazer dele sumiu quando viu Agrippina Sickle, professora de Educação Física, usando os ombros musculosos para abrir caminho na multidão. Atrás dela estava seu monitor, Sejanus Plinth, que carregava o escudo ornamental que a professora Sickle insistia em segurar na foto de turma de cada ano. Fora dado a ela no final da guerra por supervisionar com sucesso os exercícios de segurança durante os bombardeios.

Não foi o escudo que chamou a atenção de Coriolanus, mas o traje de Sejanus, um terno macio cor de carvão com uma camisa branca ofuscante contrabalançada por uma gravata estampada, feita para acrescentar fluidez ao corpo alto e anguloso. O conjunto tinha estilo, ar de novo e cheiro de dinheiro. Lucro de guerra, para ser mais preciso. O pai de Sejanus era um fabricante do Distrito 2 que ficara do lado do presidente. Ele fez uma fortuna tão grande com munições que conseguiu comprar a entrada da sua família para a vida na

Capital. Os Plinth agora tinham privilégios que as famílias mais antigas e poderosas só conquistaram ao longo de gerações. Era inédito que Sejanus, um garoto nascido em um distrito, fosse aluno da Academia, mas a doação generosa do pai dele permitiu a reconstrução de boa parte da escola no pós-guerra. Um cidadão nascido na Capital esperaria que um prédio fosse batizado em sua homenagem. O pai de Sejanus só pediu estudo para o filho.

Para Coriolanus, os Plinth e gente como eles eram uma ameaça a tudo que ele amava. Os novos ricos da Capital estavam destruindo a antiga ordem com sua mera presença. Era particularmente irritante porque boa parte da fortuna da família Snow também foi investida em munições... mas no Distrito 13. Seu complexo enorme, quarteirões e mais quarteirões de fábricas e unidades de pesquisa, bombardeado até virar pó. O Distrito 13 sofreu um ataque nuclear e toda a área ainda emitia níveis de radiação que impediam que se vivesse lá. O centro da manufatura militar da Capital mudou para o Distrito 2 e caiu no colo dos Plinth. Quando a notícia da destruição do Distrito 13 chegou à Capital, a avó de Coriolanus tratou a situação publicamente com indiferença, dizendo que era sorte eles terem tantos outros bens. Mas eles não tinham.

Sejanus chegara no parquinho da escola dez anos antes, um garoto tímido e sensível observando com cautela as outras crianças com um par de olhos castanhos sofridos e grandes demais para o rosto tenso. Quando a notícia de que ele tinha vindo de um distrito se espalhou, o primeiro impulso de Coriolanus foi se juntar à campanha dos colegas para tornar a vida do garoto novo um inferno. Mas, pensando melhor, ele o ignorou. Se as outras crianças da Capital entenderam isso como significado de que o pestinha do distrito estava abaixo dele, Sejanus interpretou como decência. Nenhuma interpretação era a correta, mas ambas reforçavam a imagem de Coriolanus como um sujeito de classe.

Uma mulher de grande estatura, a professora Sickle foi até o círculo de Satyria, espalhando seus inferiores por todo lado.

– Bom dia, professora Click.

– Ah, Agrippina, que bom. Você se lembrou do escudo – disse Satyria, aceitando um aperto de mão firme. – Temo que os jovens de hoje se esqueçam do verdadeiro significado do dia. E, Sejanus. Como você está elegante.

Sejanus ensaiou uma reverência e uma mecha de cabelo caiu em seus olhos. O escudo pesado bateu no peito dele.

– Elegante demais – disse a professora Sickle. – Falei pra ele que, se eu quisesse um pavão, ligava para a loja de animais. Todos deviam estar de uniforme. – Ela olhou para Coriolanus. – Até que isso aí não está horrível. É a camisa velha do uniforme formal do seu pai?

Era? Coriolanus não tinha ideia. Uma lembrança vaga do seu pai com um terno lindo carregado de medalhas passou pela cabeça dele. Ele decidiu aproveitar a deixa.

– Obrigado por reparar, professora. Mandei reformar para que não parecesse que eu tinha estado em combate. Mas eu o queria aqui comigo hoje.

– Muito adequado – disse a professora Sickle. Em seguida, ela voltou a atenção para Satyria e despejou suas opiniões sobre o último envio de Pacificadores, os soldados da nação, para o Distrito 12, onde os mineiros não estavam conseguindo produzir suas cotas.

Com as professoras conversando, Coriolanus indicou o escudo.

– Está malhando esta manhã?

Sejanus abriu um sorriso irônico.

– É sempre uma honra ser útil.

— O trabalho de polimento está excelente — respondeu Coriolanus. Sejanus ficou tenso com a sugestão de que ele era o quê, um puxa-saco? Bajulador? Coriolanus deixou que a tensão se desenvolvesse mais um pouco para dissolvê-la. — Sei bem como é. Eu cuido de todos os cálices de vinho de Satyria.

Sejanus relaxou ao ouvir isso.

— É mesmo?

— Na verdade, não. Mas só porque ela ainda não pensou nisso — disse Coriolanus, variando entre o desdém e a camaradagem.

— A professora Sickle pensa em tudo. Ela nem hesita em me chamar, dia ou noite. — Sejanus pareceu que talvez fosse continuar falando, mas só suspirou. — E, claro, agora que vou me formar, vamos nos mudar pra perto da escola. Momento perfeito, como sempre.

Coriolanus ficou cauteloso de repente.

— Pra onde?

— Algum lugar na Corso. Muitas daquelas casas enormes vão ficar à venda em breve. Os donos não estão podendo pagar os impostos ou algo assim, meu pai disse. — O escudo roçou no chão e Sejanus o levantou.

— Não há impostos para propriedades na Capital. Só nos distritos — disse Coriolanus.

— É uma lei nova — contou Sejanus. — Pra conseguir dinheiro pra reconstruir a cidade.

Coriolanus tentou esconder o pânico que cresceu dentro dele. Uma nova lei. Cobrança de imposto pelo apartamento. De quanto? No momento, eles mal conseguiam sobreviver com a ninharia de Tigris, a pequena pensão militar que sua avó recebia pelo serviço do marido a Panem e os benefícios dele de dependente sendo filho de um herói de guerra morto, que acabariam com a formatura. Se não pudessem pagar os impostos, acabariam perdendo o apartamento? Era tudo o que tinham. Vender o local não ajudaria; ele sabia que sua avó tinha feito empréstimos com cada centavo da propriedade. Se eles vendessem, não sobraria nada. Eles teriam que se mudar para algum bairro obscuro e entrar para a lista imunda de cidadãos comuns, sem status, sem influência, sem dignidade. A desgraça mataria sua avó. Seria mais gentil jogá-la pela janela da cobertura. Pelo menos seria rápido.

– Você está bem? – Sejanus o observou, intrigado. – Você ficou branco como papel.

Coriolanus recuperou a compostura.

– Acho que foi a posca. Deixou meu estômago meio embrulhado.

– É – concordou Sejanus. – Mãezinha sempre me fazia tomar durante a guerra.

Mãezinha? A moradia de Coriolanus seria usurpada por uma pessoa que chamava a mãe de "Mãezinha"? O repolho e a posca ameaçaram reaparecer. Ele respirou fundo e forçou o estômago a segurar, mais ressentido de Sejanus do que quando o bem-alimentado garoto do distrito com o sotaque grosseiro se aproximou dele pela primeira vez, segurando um saco de jujubas.

Coriolanus ouviu um sino tocar e viu seus colegas estudantes convergindo para a frente da plataforma.

– Acho que está na hora de designar tributos a nós – disse Sejanus com voz sombria.

Coriolanus o seguiu até uma seção especial de cadeiras, de seis fileiras por quatro, que tinha sido montada para os mentores. Ele tentou afastar a crise do apartamento da cabeça, concentrar-se na tarefa crucial à frente. Mais do que nunca, era essencial se destacar, e, para se destacar, ele tinha que ser designado para um tributo competitivo.

O reitor Casca Highbottom, o homem creditado pela criação dos Jogos Vorazes, estava supervisionando o programa de mentoria pessoalmente. Ele se apresentou aos alunos com a energia de um sonâmbulo, com olhar vidrado e, como sempre, dopado com morfináceo. Seu físico, antes ótimo, encolhera e agora exibia a pele flácida. A precisão de um corte de cabelo recente e o terno engomado só serviu para arrefecer um pouco o estado deplorável. Por causa de sua fama como inventor dos Jogos, ele ainda mantinha a posição por um triz, mas havia boatos de que o Conselho da Academia estava perdendo a paciência.

– E aí – disse ele, balançando um pedaço de papel amassado acima da cabeça. – Vou ler as coisas agora. – Os alunos fizeram silêncio, se esforçando para ouvi-lo na agitação do salão. – Vou ler um nome e quem vai ficar com ele. Está bom? Está ótimo. Distrito 1, garoto, vai para... – O reitor Highbottom apertou os olhos para o papel num esforço de se concentrar. – Meus óculos – murmurou ele. – Esqueci. – Todo mundo olhou para os óculos, já na ponta do nariz, e esperou que os dedos os encontrassem. – Ah, pronto. Livia Cardew.

O rostinho pontudo de Livia se abriu num sorriso e ela deu um soco de vitória no ar, gritando "Viva!" com a voz aguda. Ela sempre gostara de se gabar. Como se a atribuição fosse resultado de puro merecimento e não tivesse nada a ver com o fato de que sua mãe fosse gerente do maior banco da Capital.

Coriolanus sentiu um desespero crescente conforme o reitor Highbottom foi percorrendo a lista, designando um mentor para cada garoto e garota de distrito. Depois de dez anos, um padrão tinha surgido. Os distritos mais bem alimentados e mais amigos da Capital, o 1 e o 2, produziam mais vitoriosos, os tributos da pesca e da agricultura do 4 e do 11 também sendo bons concorrentes. Coriolanus esperava pegar alguém do 1 ou do 2, mas nenhum deles foi designado para ele, o que se tornou ainda mais insultante quando Sejanus levou o garoto do Distrito 2. O Distrito 4 passou sem seu nome ser mencionado, e sua última chance real de alguém vitorioso, o garoto do Distrito 11, foi designado para Clemensia Dovecote, filha do secretário de energias. Diferentemente de Livia, Clemensia recebeu a notícia de sua sorte com tato, jogando o cabelo preto para trás do ombro enquanto anotava com concentração o tributo no fichário.

Havia algo errado quando um Snow, que por acaso também era um dos melhores alunos da Academia, passava sem reconhecimento. Coriolanus estava começando a pensar que tinha sido esquecido (será que lhe dariam uma posição especial?) quando, para seu horror, ele ouviu o reitor Highbottom murmurar:

– E finalmente, mas não menos importante, a garota do Distrito 12... ela pertence a Coriolanus Snow.

A garota do Distrito 12? Poderia haver maior tapa na cara? O Distrito 12, o menor distrito, o distrito piada, com adolescentes atrofiados de juntas inchadas que sempre morriam nos primeiros cinco minutos, e não só isso... mas a garota? Não que uma garota não pudesse vencer, mas na cabeça dele os Jogos Vorazes eram mais sobre força bruta, e as garotas eram naturalmente menores do que os garotos, portanto, estavam em desvantagem. Coriolanus nunca tinha sido um dos favoritos do reitor Casca Highbottom, que ele chamava de brincadeira de Chapa Highbottom entre os amigos, mas não esperava uma humilhação pública daquela. Teria o apelido chegado a ele? Ou era só reconhecimento de que, na nova ordem mundial, os Snow estavam caindo na insignificância?

Ele sentiu o sangue quente nas bochechas enquanto tentava permanecer composto. A maioria dos outros alunos tinha se levantado e estava conversando. Ele devia se juntar a eles, fingir que não havia nada de mais, mas parecia incapaz de se mover. O máximo que ele conseguiu foi virar a cabeça para a direita, onde Sejanus ainda estava sentado ao lado dele. Coriolanus abriu a boca para parabenizá-lo, mas parou ao ver a infelicidade mal disfarçada no rosto do outro garoto.

– O que foi? – perguntou ele. – Você não está feliz? O Distrito 2, o garoto... é o que há de mais robusto na ninhada.

– Você esqueceu. Sou parte da ninhada – disse Sejanus com voz rouca.

Coriolanus parou para refletir. Então dez anos de Capital e a vida privilegiada que a cidade oferecia foram desperdiçados em Sejanus. Ele ainda se via como cidadão de distrito. Besteira sentimental.

Sejanus franziu a testa com consternação.

– Tenho certeza de que meu pai pediu. Ele está sempre tentando fazer a minha cabeça.

Sem dúvida, pensou Coriolanus. Os bolsos fundos e a influência do velho Strabo Plinth eram respeitados mesmo que a sua linhagem não fosse. E embora as mentorias devessem ser baseadas em mérito, alguns pauzinhos tinham sido mexidos.

A plateia havia se acomodado em cadeiras agora. No fundo da plataforma, as cortinas se abriram e revelaram uma tela do chão ao teto. A colheita era exibida ao vivo de cada distrito, indo da costa leste para a oeste, e transmitida por todo o país. Isso queria dizer que o Distrito 12 daria início ao dia. Todos se ergueram quando a insígnia de Panem ocupou a tela, acompanhada do hino da Capital.

Pérola de Panem
Cidade majestosa,
Com o passar dos anos, você brilha mais.

Alguns dos alunos tiveram dificuldade com a letra, mas Coriolanus, que ouvia a avó cantá-la diariamente havia anos, cantou os três versos em voz alta, ganhando alguns acenos de aprovação. Era patético, mas ele precisava de toda aprovação que pudesse obter.

A insígnia se dissolveu e o presidente Ravinstill apareceu, o cabelo com mechas grisalhas, vestindo o uniforme militar pré-guerra para lembrar que ele já controlava os distritos bem antes dos Dias Escuros da rebelião. Ele recitou uma breve passagem do Tratado da Traição, que declarava os Jogos Vorazes como reparação de guerra, vidas jovens dos distritos tiradas pelas vidas jovens da Capital que foram perdidas. O preço da traição dos rebeldes.

Os Idealizadores dos Jogos cortaram a imagem para a praça sombria do Distrito 12, onde um palco temporário, agora ocupado por Pacificadores, tinha sido montado na frente do Edifício da Justiça. O prefeito Lipp, um homem sardento com um terno terrivelmente ultrapassado, estava entre dois sacos de aniagem. Ele enfiou a mão fundo no saco à esquerda, tirou um pedaço de papel e nem olhou direito.

– A garota que vai ser tributo do Distrito 12 é Lucy Gray Baird – disse ele no microfone. A câmera virou para a multidão de rostos cinzentos e famintos com roupas cinzentas e amorfas, procurando o tributo. A câmera fechou numa agitação, garotas se afastando da infeliz escolhida.

A plateia soltou um murmúrio surpreso ao vê-la.

Lucy Gray Baird estava ereta com um vestido feito de babados da cor do arco-íris, agora puído, mas que já tinha sido elegante. O cabelo escuro e cacheado estava preso no alto e entremeado por flores selvagens. A imagem colorida atraía atenção, assim como uma borboleta maltratada em um campo de mariposas. Ela não foi direto para o palco, mas começou a andar entre as meninas para a direita.

Aconteceu rápido. Ela enfiou a mão nos babados do quadril, uma coisa verde foi transportada do bolso para dentro da gola da blusa de uma ruiva com expressão debochada, a saia balançando conforme ela andava. O foco ficou na vítima, o sorrisinho mudando para uma expressão de horror, os gritos quando ela caiu no chão, batendo nas roupas, os berros do prefeito. E, ao fundo, a agressora ainda andando, ainda deslizando a caminho do palco, sem olhar para trás uma vez sequer.

Heavensbee Hall ganhou vida com as pessoas cutucando seus vizinhos.

– *Viu aquilo?*
– *O que ela jogou dentro do vestido da outra?*
– *Um lagarto?*
– *Eu vi uma serpente!*
– *Ela a matou?*

Coriolanus observou as pessoas ao redor e teve uma fagulha de esperança. Seu tributo improvável, o desperdício do seu talento, seu insulto, tinha capturado a atenção da Capital. Isso era bom, não era? Com sua ajuda, talvez ela pudesse sustentar essa atenção, e ele talvez pudesse transformar a desgraça em uma exibição respeitável. De qualquer modo, os destinos deles estavam irrevogavelmente ligados.

Na tela, o prefeito Lipp desceu a escada do palco correndo, abrindo caminho entre as garotas reunidas para chegar à caída no chão.

– Mayfair? Mayfair? – gritou ele. – Minha filha precisa de ajuda!

Um círculo tinha se formado em volta dela, mas as poucas tentativas desanimadas de ajudá-la foram bloqueadas pelos membros em convulsão da garota. O prefeito entrou na clareira na hora que uma serpente pequena e verde iridescente saiu das dobras do vestido e foi na direção da multidão, gerando gritos e uma agitação para fugir dela. O afastamento da serpente acalmou Mayfair, mas a consternação foi substituída na mesma hora por constrangimento. Ela olhou direto para a câmera ao se dar conta de que todos os cidadãos de Panem estavam olhando. Uma das mãos tentou ajeitar um laço que entortara no cabelo dela, a outra foi direto para a roupa, imunda com o onipresente pó de carvão e rasgada após sua reação. Quando o pai a ajudou a se levantar, ficou evidente que ela tinha se urinado. Ele tirou o paletó para enrolar nela e a entregou à escolta de um Pacificador. O prefeito voltou para o palco e grudou um olhar assassino para o mais novo tributo do Distrito 12.

Enquanto Coriolanus via Lucy Gray Baird subir ao palco, ele sentiu uma pontada de inquietação. Seria ela mentalmente instável? Havia algo vagamente familiar e perturbador nela. As fileiras de rosa-framboesa, azul-royal e amarelo-narciso nos babados...

— Ela parece uma artista de circo — comentou uma das garotas. Os outros mentores fizeram sons de concordância.

Era isso. Coriolanus procurou na memória os circos de sua infância. Malabaristas e acrobatas, palhaços e garotas dançando com vestidos armados, girando enquanto seu cérebro vibrava com a euforia do açúcar do algodão-doce. O fato de seu tributo ter escolhido um traje tão festivo para o evento mais sombrio do ano demonstrava uma estranheza que ia além de um simples julgamento.

O tempo designado para a colheita do Distrito 12 já tinha passado, sem dúvida, mas ainda faltava o tributo masculino. Mesmo assim, quando o prefeito Lipp voltou ao palco, ele ignorou os sacos com os nomes, foi direto até a garota tributo e bateu na cara dela com tanta força que ela caiu de joelhos. Ele tinha levantado a mão para bater de novo quando dois Pacificadores intervieram, segurando os braços dele e tentando redirecioná-lo ao que precisava ser feito. Como ele resistiu, eles o arrastaram até o Edifício da Justiça, fazendo com que o processo todo fosse interrompido.

A atenção se voltou para a garota no palco. Quando a câmera focou nela, Coriolanus não se tranquilizou em relação à sanidade de Lucy Gray Baird. Ele não fazia ideia de onde ela tinha conseguido maquiagem, pois mal começava a ficar acessível novamente na Capital, mas os olhos dela estavam com sombra azul e delineados de preto, as bochechas rosadas e os lábios pintados de um vermelho meio oleoso. Na Capital, teria sido ousadia. No Distrito 12, parecia excessivo. Era impossível afastar o olhar dela, passando a mão pela saia, ajeitando compulsivamente os babados. Só depois de garantir que estavam arrumados foi que ela levantou a mão para tocar na marca que tinha na bochecha. O lábio inferior tremia de leve e os olhos brilhavam com lágrimas que ameaçavam cair.

– Não chore – sussurrou Coriolanus. Ele percebeu e olhou ao redor com nervosismo, mas encontrou os outros alunos paralisados. Seus rostos exibiam preocupação. Ela tinha ganhado a solidariedade deles, apesar da estranheza. Eles não tinham ideia de quem ela era e nem por que tinha atacado Mayfair, mas quem não conseguia ver que a coisinha debochada era maldosa e que o pai dela era um bruto que batera numa garota que tinha acabado de sentenciar à morte?

– Aposto que o sorteio foi alterado – disse Sejanus baixinho. – Não era o nome dela naquele papel.

Na hora que a garota ia perder a batalha contra as lágrimas, uma coisa estranha aconteceu. De algum lugar na multidão, uma voz começou a cantar. Uma voz jovem, que podia pertencer a um menino ou a uma menina, mas com um tom tal que se espalhou pela praça silenciosa.

Você não tira meu passado.
Não tira minha história.

Um sopro de vento chegou ao palco, e a garota levantou a cabeça lentamente. Em algum lugar na plateia, uma voz mais grave, distintamente masculina, cantou:

> *Pode ter tirado meu pai,*
> *Mas o nome dele está na memória.*

A sombra de um sorriso surgiu nos lábios de Lucy Gray Baird. Ela se levantou de repente, foi até o centro do palco, pegou o microfone e cantou:

> *Nada que você possa tirar de mim merecia*
> *ser guardado.*

Ela enfiou a mão livre nos babados da saia, empurrou tudo para o lado, e tudo começou a fazer sentido: a fantasia, a maquiagem, o cabelo. Fosse ela quem fosse, tinha se vestido para uma apresentação. Tinha uma bela voz, forte e clara nas notas altas, rouca e intensa nas baixas, e se movia com segurança.

> *Você não tira meu charme.*
> *Não tira meu humor.*
> *Não tira minha riqueza,*
> *Porque isso é só rumor.*
> *Nada que você possa tirar de mim merecia*
> *ser guardado.*

Cantar a transformou, e Coriolanus não a achou mais desconcertante. Havia algo de empolgante e até de atraente nela. A câmera a envolveu quando ela foi até a frente do palco e se inclinou na direção da plateia, doce e insolente.

> *Se acha muito melhor.*
> *Acha que é superior.*
> *Acha que pode ser opressivo.*
> *Acha que pode me mudar, talvez transformar.*

> *Repense o objetivo,*
> *Porque...*

E ela começou a andar, a desfilar pelo palco, passando pelos Pacificadores, alguns com dificuldade de segurar o sorriso. Ninguém se mexeu para fazê-la parar.

> *Você não tira minha audácia.*
> *Não me impede de falar.*
> *Pode usar suas falácias*
> *E tomar naquele lugar.*
> *Nada que você possa tirar de mim merecia*
> *ser guardado.*

As portas do Edifício da Justiça se abriram e os Pacificadores que tinham levado o prefeito voltaram para o palco. A garota estava virada para a frente, mas deu para perceber quando ela registrou a chegada deles. Ela foi para o outro lado do palco para o grande final.

> *Não, senhor,*
> *Nada que você possa tirar de mim vale lamentar.*
> *Pode pegar, eu dou de graça. Não vai machucar.*
> *Nada que você possa tirar de mim merecia ser*
> *guardado!*

Ela conseguiu jogar um beijo antes que a alcançassem.
– Meus amigos me chamam de Lucy Gray. Espero que vocês façam o mesmo! – gritou ela. Um dos Pacificadores tirou o microfone da mão dela enquanto o outro a pegava no colo e carregava para o meio do palco. Ela acenou como se estivesse sendo aplaudida e não sendo recebida por um silêncio mortal.

Por alguns momentos, todos em Heavensbee Hall também ficaram em silêncio. Coriolanus se questionou se, como ele, os outros estavam torcendo para que ela continuasse cantando. De repente, todos começaram a falar, primeiro sobre a garota, depois sobre quem teve a sorte de ficar com ela. Os outros alunos estavam virando a cabeça em sua direção, alguns fazendo sinal de positivo, outros lançando olhares ressentidos. Ele balançou a cabeça com incompreensão, mas por dentro estava vibrando. Snow cai como a neve, sempre por cima de tudo.

Os Pacificadores levaram o prefeito de volta e se colocaram de ambos os lados dele para evitar mais conflitos. Lucy Gray ignorou o seu retorno depois de, ao que parecia, ter recuperado a pose cantando. O prefeito olhou com raiva para a câmera enquanto enfiava a mão no segundo saco e tirava vários pedaços de papel. Alguns caíram no palco e ele leu o que restou.

– O garoto do Distrito 12 é Jessup Diggs.

Os adolescentes na praça se moveram e abriram caminho para Jessup, um garoto com uma franja preta grudada na testa proeminente. No que dizia respeito aos tributos do Distrito 12, ele era um ótimo exemplar, maior do que a maioria e de aparência forte. A sujeira dava a entender que ele já trabalhava nas minas. Uma tentativa pífia de se lavar tinha revelado uma forma oval relativamente limpa no meio da cara dele, mas imundice escura circundava o restante de seu rosto, e havia pó de carvão em suas unhas. Desajeitado, ele subiu a escada e assumiu seu lugar. Quando se aproximou do prefeito, Lucy Gray se adiantou e esticou a mão. O garoto hesitou, mas retribuiu o gesto e aceitou a dela. Lucy Gray passou pela frente dele, trocou a mão direita pela esquerda, e eles ficaram lado a lado, de mãos dadas, quando ela fez uma reverência profunda, levando o garoto a se curvar. Uma onda de aplauso e um único grito soaram na multidão do Distrito 12 antes dos Pacificadores se aproximarem e a transmissão da colheita cortar para o Distrito 8.

 Coriolanus agiu como se estivesse atento à transmissão conforme foram sorteando os tributos do 8, do 6 e do 11, mas seu cérebro estava girando com as repercussões de ele ter ficado com Lucy Gray Baird. Ela era um presente, ele sabia, e devia tratá-la como tal. Mas como explorar melhor aquela entrada impressionante? Como arrancar sucesso de um vestido, uma serpente, uma música? Os tributos ganhariam um tempo curto e precioso com os espectadores antes dos Jogos começarem. Como ele poderia fazer que as pessoas investissem nela e, por extensão, nele, só com uma entrevista? Ele registrou sem muita atenção os demais tributos, a maioria criaturas dignas de pena, e registrou os mais fortes. Sejanus ficou com um sujeito enorme do Distrito 2, e o garoto de Livia do Distrito 1 tinha jeito de ser um competidor difícil. A garota de Coriolanus parecia saudável, mas o corpo magro era mais adequado à dança do que ao combate direto. Mas ele tinha certeza de que ela era capaz de correr rápido e isso era importante.

 Quando a colheita foi se encaminhando para o fim, o cheiro de comida do bufê se espalhou pela plateia. Pão quentinho. Cebola. Carne. Coriolanus não conseguiu impedir o estômago de roncar e arriscou alguns goles de posca para sossegá-lo. Sentia-se energizado, de cabeça leve e faminto. Depois que a tela ficou preta, ele precisou de toda disciplina do mundo para não sair correndo para o bufê.

 A dança infinita com a fome definia sua vida. Não nos primeiros anos, antes da guerra, mas todos os dias depois foram uma batalha, uma negociação, um jogo. Qual era a melhor forma de afastar a fome? Comer toda a comida em uma refeição? Dividir ao longo do dia em pequenas porções? Engolir tudo rapidamente ou mastigar cada pedacinho até virar líquido? Era tudo um jogo mental para se distrair do fato de que nunca era suficiente. Ninguém nunca o deixava comer o suficiente.

Durante a guerra, os rebeldes controlaram os distritos que produziam alimentos. Ao tirar isso do controle da Capital, eles tentaram fazer com que a Capital se submetesse passando fome, usando a comida (ou a falta dela) como arma. Agora, a mesa tinha virado de novo, com a Capital controlando o fornecimento e indo além, girando a faca no coração dos distritos com os Jogos Vorazes. Em meio à violência dos Jogos, havia uma agonia silenciosa que todos em Panem tinham sentido, o desespero por sustento suficiente para aguentar até o próximo nascer do sol.

Esse desespero transformou cidadãos proeminentes da Capital em monstros. Pessoas que caíram mortas de fome nas ruas se tornaram parte de uma cadeia alimentar hedionda. Em uma noite de inverno, Coriolanus e Tigris saíram do apartamento para pegar umas caixas de madeira que eles tinham visto mais cedo no beco. No caminho, passaram por três corpos e reconheceram um como de uma jovem empregada que servia chá muito bem nas reuniões vespertinas dos Crane. Uma neve pesada e úmida começou a cair e eles acharam que as ruas estavam desertas, mas, no caminho de casa, uma figura encolhida os fez se esconderem correndo atrás de uma cerca-viva. Eles viram seu vizinho, Nero Price, um titã da indústria ferroviária, cortar uma perna da empregada, serrando-a com uma faca assustadora até o membro se soltar. Ele a embrulhou na saia que arrancou da cintura dela e saiu correndo pela rua lateral que levava à sua casa. Os primos nunca falaram daquilo, nem um com o outro, mas estava marcado na memória de Coriolanus. A selvageria que distorcia o rosto de Price, o tornozelo branco, o sapato preto velho na ponta do membro cortado e o horror absoluto de se dar conta de que ele também agora era visto como comestível.

Coriolanus creditou sua sobrevivência literal e moral à visão de vanguarda da avó no começo da guerra. Seus pais estavam mortos, Tigris também era órfã, e as duas crianças viviam com a avó. Os rebeldes vinham fazendo um progresso lento e firme até a Capital, embora a arrogância impedisse que essa realidade fosse amplamente reconhecida na cidade. A falta de comida exigia que até os ricos procurassem certos alimentos no mercado clandestino. Foi assim que Coriolanus se viu na porta dos fundos de uma casa noturna, outrora da moda, em um fim de tarde do final de outubro, segurando de um lado a alça de um carrinho de mão vermelho e, do outro, a mão enluvada da avó. Havia um toque gelado no ar que trazia um aviso ameaçador do inverno e um cobertor de nuvens cinzentas e sombrias no céu. Eles tinham ido ver Pluribus Bell, um homem idoso com óculos cor de limão e uma peruca branca empoada que ia até a cintura. Ele e seu companheiro, Cyrus, um músico, eram donos da casa noturna fechada e agora se sustentavam traficando bens pelo beco dos fundos. Os Snow tinham ido pegar uma caixa de leite enlatado, pois o fresco já havia desaparecido semanas antes, mas Pluribus disse que vendera tudo. O que tinha acabado de chegar eram caixas de feijão-manteiga desidratado, que estavam em uma pilha alta no palco espelhado atrás dele.

– Vão durar anos – prometeu Pluribus à avó dele. – Planejo separar uns vinte para uso pessoal.

A avó de Coriolanus riu.

– Que horror.

– Não, querida. Horror é o que acontece sem isso – disse Pluribus.

Ele não elaborou, mas a avó parou de rir. Ela lançou um olhar a Coriolanus e apertou a mão dele por um segundo. Pareceu involuntário, quase um espasmo. Ela olhou para as caixas e deu a impressão de estar decidindo algo.

— Quantas você pode ceder? — perguntou ela ao dono da casa noturna.

Coriolanus levou uma caixa para casa no carrinho, e as outras vinte e nove chegaram no meio da noite, pois estocar era tecnicamente ilegal. Cyrus e um amigo levaram as caixas escada acima e as empilharam no meio da sala luxuosamente mobiliada. No alto da pilha, colocaram uma única lata de leite, com os cumprimentos de Pluribus, e deram boa-noite a todos. Coriolanus e Tigris ajudaram a avó a escondê-las em armários, em guarda-roupas chiques, até no velho relógio.

— Quem vai comer isso tudo? — perguntou ele. Naquela época, ainda havia bacon na vida dele, frango e um assado ocasional. O leite era raro, mas o queijo era abundante, e algum tipo de sobremesa era certo no jantar, mesmo que fosse só pão com geleia.

— Nós vamos comer um pouco. Talvez possamos trocar um pouco — disse sua avó. — Vão ser nosso segredo.

— Não gosto de feijão-manteiga. — Coriolanus fez beicinho. — Pelo menos, acho que não gosto.

— Bom, vamos pedir ao cozinheiro para encontrar uma boa receita — disse sua avó.

Mas o cozinheiro foi chamado para servir na guerra e morreu de gripe. E sua avó nem sabia ligar o fogão, menos ainda seguir uma receita. Ficou para Tigris, com oito anos, a tarefa de ferver o feijão até virar um caldo grosso, depois uma sopa, depois um caldo aguado, o que os sustentaria durante a guerra. Feijão-manteiga. Repolho. A provisão de pão. Eles viveram disso, um dia após o outro, por anos. Claro que atrapalhou o crescimento dele. Sem dúvida ele teria sido mais alto e com ombros mais largos se tivesse mais comida. Mas seu cérebro se desenvolveu direito; pelo menos, ele esperava que sim. Feijão, repolho, pão preto. Coriolanus passou a odiar isso tudo, mas foi o que o manteve vivo, sem humilhação e sem ter que canibalizar os corpos nas ruas.

Coriolanus engoliu a saliva que inundava sua boca ao esticar a mão para o prato com bordas douradas e o emblema da Academia. Nem nos piores dias a Capital abriu mão da louça chique, e ele comera muitas folhas de repolho em pratos caros em casa. Ele pegou um guardanapo de linho, um garfo, uma faca. Ao levantar a tampa da primeira travessa aquecida de prata, o vapor banhou seus lábios. Cebolas cremosas. Ele pegou uma colherada modesta e tentou não babar. Batatas cozidas. Abobrinha. Presunto assado. Pães quentes e um pouco de manteiga. Pensando bem, um pouco mais. O prato cheio, mas não desesperado. Não para um garoto adolescente.

Ele colocou o prato na mesa ao lado de Clemensia e foi pegar a sobremesa num carrinho, porque no ano anterior acabou rápido e ele ficou sem comer tapioca. Seu coração deu um pulinho quando ele viu fileiras de tortas, cada uma decorada com uma bandeira de papel com a insígnia de Panem. Torta! Qual tinha sido a última vez que ele comera uma? Estava pegando um pedaço médio quando alguém enfiou um prato com uma fatia enorme embaixo do nariz dele.

– Ah, pega um pedaço grande. Um garoto em fase de crescimento como você aguenta.

Os olhos do reitor Highbottom estavam úmidos, mas tinham perdido o olhar vidrado da manhã. Na verdade, estavam examinando Coriolanus com uma profundidade inesperada.

Ele pegou o prato de torta com um sorriso que esperava ser simpático e jovial.

– Obrigado, senhor. Sempre há espaço para torta.

– Sim, prazeres nunca são difíceis de acrescentar – disse o reitor. – Ninguém saberia melhor do que eu.

— Imagino que não, senhor. — Isso saiu meio errado. Ele pretendia concordar com a parte sobre prazeres, mas pareceu um comentário irônico sobre a personalidade do reitor.

— Você imagina que não. — Os olhos do reitor Highbottom se apertaram enquanto ele continuava encarando Coriolanus. — E quais são seus planos, Coriolanus, depois dos Jogos?

— Eu pretendo ir para a Universidade — respondeu ele. Que pergunta estranha. Seu boletim acadêmico devia deixar aquilo claro.

— Sim, eu vi seu nome entre os concorrentes aos prêmios — disse o reitor Highbottom. — Mas e se você não ganhar um?

Coriolanus gaguejou:

— Bom, nós... nós pagaríamos pelos estudos, claro.

— Pagariam? — O reitor Highbottom riu. — Olha só pra você, com sua camisa improvisada e sapatos apertados, tentando manter as aparências. Andando todo altivo pela Capital, embora eu duvide que os Snow tenham sequer um penico. Mesmo com o prêmio, seria difícil, e você ainda não ganhou, não é? O que aconteceria com você, eu me pergunto? O quê?

Coriolanus não pôde evitar um olhar ao redor para ver quem mais tinha ouvido as palavras terríveis, mas a maioria das pessoas estava envolvida em conversas durante a refeição.

— Não se preocupe... ninguém sabe. Bom, quase ninguém. Aprecie a torta, garoto. — O reitor Highbottom saiu andando sem pegar um pedaço.

Coriolanus só queria largar a torta e fugir para a saída, mas botou a fatia enorme de volta no carrinho com cuidado. O apelido. Só podia ser porque o apelido tinha chegado ao reitor Highbottom, com Coriolanus levando o crédito. Foi burrice da parte dele. O reitor era uma pessoa poderosa demais, mesmo agora, para ser ridicularizado em público. Mas era mesmo uma coisa tão horrível? Todos os professores tinham pelo menos um apelido, muitos bem menos lisonjeiros. E o Chapa Highbottom não tinha se esforçado muito para esconder os vícios. Ele parecia convidar o desprezo. Poderia haver algum outro motivo para ele odiar tanto Coriolanus?

Seja lá o que fosse, Coriolanus precisava consertar. Ele não podia correr o risco de perder o prêmio por uma coisa assim. Depois da Universidade, planejava enveredar por alguma profissão lucrativa. Sem estudos, que portas se abririam para ele? Tentou imaginar seu futuro em uma posição humilde na cidade... fazendo o quê? Gerenciando a distribuição de carvão nos distritos? Limpando jaulas de aberrações genéticas no laboratório de bestantes? Recolhendo os impostos de Sejanus Plinth em seu apartamento palaciano na Corso enquanto ele mesmo morava em um buraco de rato a uns cinquenta quarteirões de lá? Isso se ele tivesse sorte! Era difícil conseguir emprego na Capital, e ele seria um formado pela Academia sem dinheiro, nada mais do que isso. Como viveria? Pegando empréstimos? Ter dívidas com a Capital era historicamente uma passagem para se tornar Pacificador, e isso vinha com um compromisso de vinte anos em sabe-se lá onde. Ele seria enviado para algum distrito distante horrível, onde as pessoas não passavam de animais.

O dia, que era tão promissor, desmoronou em volta dele. Primeiro, a ameaça de perder o apartamento, depois a atribuição ao tributo mais fraco (que, refletindo melhor, era definitivamente maluca) e agora a revelação de que o reitor Highbottom o detestava a ponto de acabar com as chances dele ao prêmio e o condenar a uma vida nos distritos!

Todo mundo sabia o que acontecia quando se ia para os distritos. Você era apagado. Esquecido. Aos olhos da Capital, estava basicamente morto.

3

Coriolanus estava na plataforma de trem vazia esperando a chegada do seu tributo, com uma rosa branca de caule longo equilibrada com cuidado entre o polegar e o indicador. Tinha sido ideia de Tigris levar um presente. Ela havia chegado em casa tarde na noite da colheita, mas ele esperou acordado para se consultar com ela, para contar sobre suas humilhações e medos. Tigris se recusou a deixar a conversa se encaminhar para o desespero. Coriolanus receberia um prêmio; tinha que receber! E teria uma carreira universitária brilhante. Quanto ao apartamento, eles precisavam descobrir os detalhes específicos primeiro. Talvez o imposto não os afetasse, ou, mesmo que afetasse, talvez não fosse tão rápido. Talvez pudessem angariar o suficiente para os impostos. Mas ele não devia pensar em nada daquilo. Só nos Jogos Vorazes e em como torná-los um sucesso.

Na festa da colheita de Fabricia, Tigris disse que todo mundo ficou louco por Lucy Gray Baird. O tributo dele tinha "ar de estrela", os amigos dela declararam enquanto tomavam posca, embriagados. Os primos concordaram que ele precisava causar uma boa primeira impressão na garota para ela ficar disposta a trabalhar com ele. Ele devia tratá-la não como prisioneira condenada, mas como hóspede. Coriolanus decidiu recebê-la cedo na estação de trem. Daria vantagem a ele na tarefa, além de uma oportunidade de conquistar a confiança dela.

– Imagine como ela deve estar apavorada, Coryo – dissera Tigris. – Como deve se sentir sozinha. Se fosse eu, qualquer coisa que você fizesse que desse a entender que você gosta de mim seria ótimo. Não, mais do que isso. Que eu tenho valor. Leve alguma coisa pra ela, uma lembrancinha, que mostre que você a valoriza.

Coriolanus pensou nas rosas da avó, que ainda eram apreciadas na Capital. A velha senhora cuidava arduamente delas no jardim de telhado que acompanhava a cobertura, tanto na parte externa quanto em uma pequena estufa. Mas ela distribuía as rosas como se fossem diamantes, e ele precisou de muita persuasão para obter aquela belezinha. "Eu preciso me conectar com ela. Como você sempre diz, suas rosas abrem qualquer porta." O fato de sua avó permitir foi testemunho do quanto ela estava preocupada com a situação deles.

Dois dias tinham se passado desde a colheita. A cidade continuava sofrendo com o calor opressivo, e apesar de ter acabado de amanhecer, a estação de trem começava a ferver. Coriolanus se sentiu exposto demais na plataforma ampla e deserta, mas não podia correr o risco de perder o trem. A única informação que conseguiu tirar do vizinho do andar de baixo, Remus Dolittle, um Idealizador dos Jogos em treinamento, era que chegaria na quarta-feira. Remus tinha se formado na Universidade havia pouco tempo, e sua família pedira todos os favores que podia para conseguir aquele cargo para ele, que pagava o suficiente e oferecia uma boa oportunidade de futuro. Coriolanus poderia ter tentado conseguir a informação pela Academia, mas não sabia se esperar o trem seria algo visto como ruim. Não havia regras propriamente, mas ele achava que a maioria dos colegas esperaria para conhecer os tributos em uma sessão supervisionada pela Academia no dia seguinte.

Uma hora se passou, duas, e nenhum tipo de trem apareceu. O sol entrava pelas vidraças do teto da estação. O suor escorria pelas suas costas, e a rosa, tão majestosa de manhã, começou a se curvar de resignação. Ele se perguntou se a ideia tinha sido ruim e se ele não receberia nenhum tipo de agradecimento por recebê-la assim. Uma outra garota, uma típica, ficaria impressionada, mas não havia nada de típico em Lucy Gray Baird. Na verdade, havia algo de intimidador numa garota capaz de fazer uma apresentação tão ousada logo depois de uma agressão do prefeito. E isso logo após jogar uma cobra venenosa dentro do vestido de outra garota. Claro que ele não sabia se era venenosa, mas era isso o que se pensava automaticamente, não? A garota era apavorante, na verdade. E ali estava ele, de uniforme, segurando uma rosa como um estudante apaixonado, esperando que ela... o quê? Gostasse dele? Confiasse nele? Não o matasse à primeira vista?

A cooperação dela era imperativa. No dia anterior, Satyria fizera uma reunião de mentoria em que a primeira tarefa deles foi detalhada. Antigamente, os tributos iam diretamente para a arena, na manhã seguinte ao dia em que chegavam à Capital, mas o tempo tinha sido estendido agora que os alunos da Academia estavam envolvidos. Fora decidido que cada mentor entrevistaria seu tributo e teria cinco minutos para apresentá-los a Panem em um programa de televisão ao vivo. Se as pessoas tivessem alguém por quem torcer, talvez acabassem se interessando por assistir aos Jogos Vorazes. Se tudo corresse bem, seria uma programação de horário nobre; os mentores talvez fossem até convidados para comentar sobre seus tributos durante os Jogos. Coriolanus prometeu a si mesmo que seus cinco minutos seriam o destaque da noite.

Mais uma hora se passou e ele estava pronto para desistir quando um apito de trem soou no túnel. Nos primeiros meses da guerra, o apito sinalizava a chegada do seu pai do campo de batalha. Seu pai achava que, como magnata das munições, o serviço militar incrementava sua legitimidade no negócio da família. Com uma cabeça excelente para estratégia, nervos de aço e uma presença dominante, ele subiu rápido de patente. Para exibir publicamente seu compromisso com a causa da Capital, a família Snow inteira ia para a estação, Coriolanus de terno de veludo, para esperar a volta do homem grandioso. Até o dia em que o trem só trouxe a notícia de que uma bala rebelde tinha encontrado o alvo. Era difícil encontrar na Capital um local que não fosse ligado a uma lembrança terrível, mas aquela era particularmente ruim. Ele não podia dizer que sentia um grande amor pelo homem distante e severo, mas certamente se sentia protegido por ele. Sua morte era associada a um medo e uma vulnerabilidade que Coriolanus nunca conseguiu afastar.

O apito soou quando o trem entrou na estação e parou. Era um trem curto, só locomotiva e dois vagões. Coriolanus procurou um vislumbre de seu tributo nas janelas, mas percebeu que os vagões não tinham nenhuma. Tinham sido feitos para levar carga, e não passageiros. Correntes pesadas de metal seladas por cadeados antiquados mantinham a mercadoria contida.

Trem errado, pensou ele. *Melhor ir para casa.* Mas um grito distintamente humano soou em um dos vagões de carga e ele ficou no lugar.

Ele esperava uma correria de Pacificadores, mas o trem ficou parado e foi ignorado por vinte minutos até que alguns seguiram até os trilhos. Um trocou palavras com um condutor escondido, e um chaveiro foi jogado pela janela. O Pacificador não se apressou para andar até o primeiro vagão e foi virando as chaves até selecionar uma, enfiá-la no cadeado e girar. O cadeado e as correntes caíram e ele empurrou a porta pesada para trás. O vagão parecia vazio. O Pacificador tirou o cassetete e bateu na moldura da porta.

— Muito bem, pessoal, vamos!

Um garoto alto de pele escura e roupas de aniagem costurada apareceu na porta. Coriolanus o reconheceu como o tributo de Clemensia, do Distrito 11, esguio e musculoso. Uma garota com o mesmo tom de pele, mas de corpo esquelético e com uma tosse seca, se juntou a ele. Os dois estavam descalços e com as mãos algemadas na frente do corpo. Era uma queda de um metro e meio até o chão, por isso ambos se sentaram na beirada do vagão antes de pular desajeitados na plataforma. Uma garota pequena de rosto pálido de vestido listrado e lenço vermelho engatinhou até a porta, mas pareceu não conseguir decidir como cobrir a distância até o chão. O Pacificador a puxou e ela caiu com força, quase sem conseguir amortecer a queda por causa das mãos presas. Ele enfiou a mão no vagão e puxou um garoto que parecia ter dez anos, mas tinha que ter pelo menos doze, e o jogou na plataforma também.

Àquela altura, o cheiro azedo e forte de bosta do vagão tinha chegado a Coriolanus. Estavam transportando os tributos em vagões de gado que nem estavam muito limpos. Ele se perguntou se eles tinham sido alimentados e se puderam sair para tomar ar fresco ou se simplesmente os trancaram lá dentro depois da colheita. Do jeito como se acostumara a ver os tributos na tela, ele não tinha se preparado adequadamente para aquele encontro em carne e osso, e uma onda de pena e repulsa tomou conta dele. Eram mesmo criaturas de outro mundo. Um mundo desesperado e brutal.

O Pacificador foi para o segundo vagão e soltou as correntes. A porta deslizou e revelou Jessup, o tributo masculino do Distrito 12, com os olhos apertados por causa da estação iluminada. Coriolanus sentiu um tremor percorrer o corpo e se empertigou de expectativa. Certamente ela estaria com ele. Jessup pulou com rigidez no chão e se virou para o trem.

Lucy Gray Baird apareceu na luz, as mãos algemadas cobrindo parcialmente os olhos enquanto se ajustavam. Jessup levantou os braços, os pulsos tão distantes um do outro quanto a corrente permitia, e ela caiu para a frente e o deixou segurá-la pela cintura e a colocar no chão com um gesto surpreendentemente gracioso. Ela deu um tapinha na manga do garoto em agradecimento e inclinou a cabeça para trás para absorver a luz do sol que entrava na estação. Seus dedos começaram a ajeitar os cachos, desemaranhando os nós e tirando pedaços de palha.

Coriolanus voltou a atenção para os Pacificadores por um momento, que estavam gritando ameaças para o vagão. Quando voltou o olhar, Lucy Gray estava olhando diretamente para ele. Ele teve um pequeno sobressalto, mas lembrou que era o único na plataforma além dos Pacificadores. Os soldados xingavam palavrões enquanto um era levantado para dentro do vagão para buscar os tributos relutantes.

Era agora ou nunca.

Ele foi até Lucy Gray, ofereceu a rosa e deu um pequeno aceno.

— Bem-vinda à Capital — disse ele. Sua voz soou um pouco rouca, como se ele não falasse havia horas, mas ele achou que lhe rendeu uma boa impressão de maturidade.

A garota o avaliou, e por um minuto ele teve medo de ela sair andando ou, pior, de rir dele. Mas ela esticou a mão e tirou delicadamente uma pétala da flor na mão de Coriolanus.

— Quando eu era pequena, me banhavam com soro de leite e pétalas de rosas — disse ela de uma forma que, apesar da improbabilidade da alegação, parecia totalmente crível. Ela passou o polegar pela superfície brilhante e branca e enfiou a pétala na boca, fechando os olhos para saboreá-la. – Tem gosto de hora de dormir.

Coriolanus aproveitou o momento para examiná-la. Ela estava diferente da colheita. Exceto por pontinhos aqui e ali, a maquiagem tinha sido retirada, e sem maquiagem ela parecia mais jovem. Os lábios estavam ressecados, o cabelo solto, o vestido de arco-íris sujo e amassado. A marca do tapa do prefeito tinha virado um hematoma roxo. Mas havia outra coisa. Novamente, ele teve a impressão de que estava testemunhando uma performance, mas uma particular agora.

Quando abriu os olhos, ela voltou toda atenção para ele.

– Não parece que você devia estar aqui.

– Eu provavelmente não devia – admitiu ele. – Mas sou seu mentor. E queria conhecê-la nos meus termos. Não no dos Idealizadores dos Jogos.

– Ah, um rebelde.

Aquela palavra era veneno na boca dos cidadãos da Capital, mas ela falou de forma aprovadora, como elogio. Ou estaria debochando? Ele lembrou que ela carregava cobras no bolso e que regras comuns não se aplicavam a ela.

– E o que meu mentor faz por mim além de me trazer rosas? – perguntou ela.

– Faço o melhor possível pra cuidar de você.

Ela olhou para trás, para onde os Pacificadores estavam jogando duas crianças malnutridas na plataforma. A garota quebrou um dente da frente na plataforma, e o garoto recebeu vários chutes ao cair.

Lucy Gray sorriu para Coriolanus.

– Ah, boa sorte, gato – disse ela, e andou até Jessup, deixando-o com a rosa para trás.

Enquanto os Pacificadores levavam os tributos pela estação até a entrada, Coriolanus foi sentindo sua chance escapar.

Não tinha conquistado a confiança dela, não tinha feito nada além de talvez a divertir por um momento. Claramente, ela achava que ele era inútil, e talvez estivesse certa, mas com tudo que estava em jogo, ele tinha que tentar. Ele correu pela estação e alcançou o grupo de tributos perto da porta.

– Com licença – disse para o Pacificador no comando. – Sou Coriolanus Snow, da Academia. – Ele inclinou a cabeça na direção de Lucy Gray. – Esse tributo foi designado a mim nos Jogos Vorazes. Eu gostaria de saber se posso acompanhá-la até seus aposentos.

– Foi por isso que você passou a manhã toda aqui? Pra pegar uma carona até o programa? – perguntou o Pacificador. Ele fedia a álcool e seus olhos estavam vermelhos. – Ora, por favor, sr. Snow. Junte-se ao grupo.

Foi nesse momento que Coriolanus viu o caminhão que aguardava os tributos. Era menos um caminhão e mais uma jaula sobre rodas. A caçamba era fechada com barras de metal e um teto de aço. Ele se lembrou novamente do circo da infância, onde tinha visto animais selvagens, como felinos enormes e ursos, confinados em transportes assim. Seguindo ordens, os tributos ofereceram as algemas para serem removidas e subiram na jaula.

Coriolanus ficou para trás, mas viu Lucy Gray o observando e soube que era o momento do julgamento. Se ele recuasse agora, seria o fim de tudo. Ela o acharia um covarde e o deixaria de lado. Ele respirou fundo e subiu na jaula.

A porta se fechou atrás dele, o caminhão seguiu em frente e ele perdeu o equilíbrio. Tentou se segurar por reflexo nas barras à direita e acabou com a testa entre duas, pois dois dos tributos caíram em cima dele. Ele empurrou para trás com força e girou o corpo para observar os outros passageiros. Todos estavam se segurando em uma barra agora, exceto a garota do dente quebrado, que se agarrava à perna do garoto do distrito dela. Conforme o caminhão foi seguindo por uma avenida larga, eles começaram a se acomodar.

Coriolanus sabia que tinha cometido um erro. Mesmo em local aberto, o fedor era sufocante. Os tributos tinham absorvido o odor do vagão de gado, misturado com um cheiro de imundice humana que o deixava meio nauseado. De perto, ele viu como todos estavam sujos, como seus olhos estavam vermelhos, como seus membros estavam machucados. Lucy Gray mantinha-se em um canto na frente, limpando um corte novo na testa com a saia de babados. Ela parecia indiferente à presença de Coriolanus, mas o resto olhava para ele como um bando de animais selvagens a observar um poodle bem-cuidado.

Pelo menos eu estou em condições melhores do que eles, pensou ele, e apertou a mão em volta do caule da rosa. *Se eles me atacarem, eu tenho chance.* Mas teria? Contra tantos?

O caminhão diminuiu a velocidade para deixar que um dos bondes coloridos de rua, lotado de pessoas, atravessasse na frente. Apesar de estar atrás, Coriolanus se encolheu para evitar que fosse visto.

O bonde passou, o caminhão seguiu em frente e ele ousou empertigar o corpo. Estavam rindo dele, os tributos, ou pelo menos alguns estavam sorrindo pelo seu desconforto óbvio.

– Qual é o problema, bonitão? Pegou a jaula errada? – disse o garoto do Distrito 11, que não estava rindo.

O ódio não disfarçado abalou Coriolanus, mas ele tentou não parecer impressionado.

– Não, essa é exatamente a jaula que eu estava esperando.

As mãos do garoto subiram rápido, envolveram o pescoço de Coriolanus com os dedos longos e cheios de cicatrizes e o empurraram para trás. Seus antebraços prenderam Coriolanus contra as grades. Sobrepujado, Coriolanus recorreu ao único golpe que nunca tinha falhado nas brigas de pátio de escola e levantou o joelho com força na virilha do oponente. O garoto do distrito ofegou e se curvou, soltando-o.

— Ele pode te matar, sabe. — A garota do Distrito 11 tossiu na cara de Coriolanus. — Ele matou um Pacificador no 11. Nunca descobriram quem foi.

— Cala a boca, Dill — rosnou o garoto.

— Quem liga a essa altura? — disse Dill.

— Vamos matar ele juntos — disse o garotinho pequeno com maldade. — Ninguém pode fazer nada pior com a gente.

Vários outros tributos murmuraram concordando e deram um passo à frente.

Coriolanus ficou rígido de medo. Matá-lo? Eles realmente pretendiam espancá-lo até a morte, bem ali em plena luz do dia, no meio da Capital? De repente, ele soube que sim. Afinal, o que eles tinham a perder? Seu coração disparou e ele se agachou de leve, esticou os punhos e se preparou para o ataque iminente.

Do canto, a voz melódica de Lucy Gray quebrou a tensão:

— Não com a gente, talvez. Mas vocês têm família? Alguém que possa ser punido no seu distrito?

Isso pareceu fazer o ânimo dos demais tributos murchar. Ela se meteu no meio deles e parou entre o grupo e Coriolanus.

— Além do mais, ele é meu mentor. Tem que me ajudar. Eu posso precisar dele.

— Por que você tem um tutor? — perguntou Dill.

— Mentor. Cada um de vocês tem um — explicou Coriolanus, tentando parecer estar acima da situação.

— Então cadê eles? — desafiou Dill. — Por que não vieram?

— Acho que não tiveram inspiração — disse Lucy Gray. Virando-se de costas para Dill, ela deu uma piscadela para Coriolanus.

O caminhão entrou em uma rua estreita e parou no que parecia ser um beco sem saída. Coriolanus não sabia onde estava. Tentou lembrar onde os tributos ficavam nos anos anteriores. Não era no estábulo dos cavalos dos Pacificadores? Sim, ele achava que tinha ouvido alguém falar disso. Assim que chegassem, ele encontraria um Pacificador e explicaria as coisas, talvez pedisse proteção, considerando a hostilidade. Depois da piscadela de Lucy Gray, talvez valesse a pena ficar.

Eles se aproximavam de ré de um prédio mal iluminado, talvez um armazém. Coriolanus inspirou um odor que era uma mistura de peixe podre e feno velho. Confuso, tentou entender melhor seus arredores, e seus olhos se esforçaram para identificar duas portas de metal escancaradas. Um Pacificador abriu a porta traseira do caminhão, e antes que alguém pudesse sair, a caçamba foi inclinada e os jogou em uma placa de cimento frio e úmido. Não uma placa, estava mais para um vão, pois era inclinada num ângulo tão extremo que Coriolanus começou a escorregar na mesma hora, junto com o resto do grupo. Ele largou a rosa quando suas mãos e pés tentaram se apoiar em algum lugar e não encontraram nada. Eles deslizaram por uns seis metros até caírem em uma pilha de alguma coisa em um piso áspero. O sol brilhou em Coriolanus quando ele se moveu para se desenganchar dos demais. Ele cambaleou alguns metros, se ajeitou e ficou paralisado de horror. Não era o estábulo. Embora não visitasse havia anos, agora ele lembrava claramente. A areia, as formações rochosas artificiais que subiam até o alto. A fileira de barras de metal entalhado de modo a lembrar plantas, curvada em um arco grande com o objetivo de proteger as pessoas. Nos vãos entre as grades, os rostos de crianças da Capital o encaravam.

Ele estava no zoológico, em uma jaula de macacos.

4

Ele não poderia ter se sentido mais exposto nem se estivesse nu no meio da Corso. Pelo menos ele teria tido a opção de fugir. Agora, ele estava preso e exposto, pela primeira vez percebendo a impossibilidade dos animais de se esconderem. As crianças tinham começado a falar com animação e a apontar para o uniforme dele, chamando a atenção dos adultos. Havia rostos ocupando os espaços disponíveis entre as grades. Mas o verdadeiro horror foram as duas câmeras que ladeavam os visitantes.

O *Notícias da Capital*. Com sua cobertura onipresente e o slogan insolente: *"Se você não viu aqui, não aconteceu."*

Ah, estava acontecendo. Com ele. Naquele momento.

Ele sentiu sua imagem aparecendo ao vivo por toda Capital. Felizmente, o choque o deixou imóvel, porque a única coisa pior do que estar no meio da ralé dos distritos no zoológico seria ele correr como um tolo tentando fugir. Não havia saída fácil. O local tinha sido construído para animais selvagens. Tentar se esconder seria ainda mais patético. Como seria deliciosa a filmagem para o *Notícias da Capital*. Ficariam repetindo o corte sem parar. Acrescentariam uma música boba e uma legenda: *O surto de Snow!* Colocariam na parte de meteorologia: *Quente demais para o Snow!* Reprisariam as imagens enquanto ele vivesse. Sua desgraça seria total.

Que opção restava? Só ficar parado no lugar, olhando diretamente para a câmera, até ele ser resgatado.

Ele se empertigou todo, moveu sutilmente as costas e os ombros e tentou parecer entediado. A plateia começou a gritar para ele; primeiro, as vozes agudas das crianças, depois os adultos junto, perguntando o que ele estava fazendo, por que estava na jaula, ele precisava de ajuda? Alguém o reconheceu e seu nome se espalhou como fogo pela multidão, que só aumentava a cada minuto.

– *É o garoto Snow!*
– *Quem é esse mesmo?*
– *Você sabe, os que têm as rosas no telhado!*

Quem eram todas aquelas pessoas no zoológico em um dia de semana? Elas não tinham emprego? As crianças não deviam estar na escola? Não era surpresa o país estar tão mal.

Os tributos dos distritos começaram a andar em volta dele, provocando-o. Havia o par do Distrito 11 e o garotinho cruel que tinha pedido sua morte, além de vários novos. Ele se lembrou do ódio no caminhão e se perguntou o que aconteceria se eles os atacassem em grupo. Talvez a plateia aplaudisse.

Coriolanus tentou não entrar em pânico, mas sentiu o suor escorrendo pelo corpo. Todos os rostos, tanto dos tributos próximos quanto da multidão olhando pelas grades, começaram a virar um borrão. As feições ficaram indistintas, deixando só manchas escuras e claras de pele com um vermelho-rosado das bocas abertas no meio. Seus membros pareceram dormentes, faltou ar nos pulmões. Ele começava a pensar em correr para a abertura e tentar subir quando uma voz disse baixinho atrás dele:

– Assuma o comando.

Sem se virar, ele soube que foi a garota, a sua garota, e sentiu um alívio imenso por não estar sozinho. Ele pensou na forma inteligente como ela manipulou a audiência depois da agressão do prefeito, em como ela os ganhou com a música. Ela estava certa, claro. Ele tinha que fazer aquele momento parecer intencional, senão era o fim.

Ele respirou fundo e se virou para onde ela estava, prendendo casualmente a rosa branca atrás da própria orelha. Ela sempre parecia estar se esforçando para melhorar a aparência. Arrumando os babados no Distrito 12, ajeitando o cabelo na estação de trem e agora se adornando com a rosa. Ele esticou a mão para ela como se ela fosse a maior dama da Capital.

Os cantos da boca de Lucy Gray se curvaram para cima. Quando ela segurou a mão de Coriolanus, o toque gerou uma fagulha elétrica que subiu pelo braço, e ele se sentiu como se uma parte do carisma de palco dela tivesse sido transferida para ele. Fez uma pequena reverência quando ela se levantou com elegância exagerada.

Ela está em um palco. Você está em um palco. Agora é o show, pensou ele. Coriolanus levantou a cabeça e perguntou:

— Gostaria de conhecer alguns dos meus vizinhos?

— Eu adoraria — disse ela, como se eles estivessem em um chá da tarde. — Meu lado esquerdo é mais fotogênico — murmurou ela, tocando de leve na bochecha. Ele não sabia bem o que fazer com a informação e começou a guiá-la para a esquerda dela. Lucy Gray abriu um grande sorriso para os espectadores, parecendo satisfeita de estar lá, mas quando a levou até as grades, ele sentiu os dedos dela se apertando como um torno.

Um fosso raso entre as estruturas rochosas e as grades da jaula dos macacos antes formava uma barreira de água entre os animais e os visitantes, mas estava seco agora. Eles desceram os degraus, atravessaram o fosso e subiram para um parapeito ao redor do local, deixando-os frente a frente com as pessoas. Coriolanus escolheu um ponto a vários metros de uma das câmeras (ela que fosse até ele), onde um grupo de crianças pequenas estava amontoado. As grades tinham espaçamentos de uns dez centímetros, não o suficiente para um corpo passar, mas ampla se alguém quisesse enfiar as mãos. Conforme os dois se aproximavam, as crianças silenciaram e se encostaram nas pernas dos pais.

Coriolanus achou que a imagem de chá da tarde serviria tão bem quanto qualquer outra e continuou a tratar a situação com a mesma leveza.

– Como estão? – disse ele, se inclinando para as crianças. – Eu trouxe uma amiga hoje. Querem conhecê-la?

As crianças se agitaram e houve algumas risadinhas. Um garotinho gritou: "Sim!" Ele bateu nas grades com as mãos algumas vezes e as enfiou nos bolsos com incerteza.

– Nós vimos ela na televisão.

Coriolanus levou Lucy Gray até as grades.

– Eu gostaria de apresentar Lucy Gray Baird.

A plateia estava em silêncio agora, nervosa com a proximidade dela das crianças, mas ansiosa para ouvir o que o estranho tributo diria. Lucy Gray se apoiou em um dos joelhos a uns trinta centímetros das grades.

– Oi. Sou Lucy Gray. Qual é seu nome?

– Pontius – disse o menino, olhando para a mãe em busca de aprovação. Ela olhou com cautela para Lucy Gray, que a ignorou.

– Como vai, Pontius? – disse ela.

Como qualquer garoto bem criado da Capital, o garoto esticou a mão para um aperto. Lucy Gray levantou a dela, mas não a enfiou pela grade, o que poderia parecer ameaçador. Como resultado, foi o menino que enfiou o braço dentro da jaula para fazer o contato. Ela apertou a mãozinha dele calorosamente.

— É tão bom conhecer você. Essa é sua irmã? — Lucy Gray indicou a garotinha ao lado dele. Ela estava com os olhos arregalados chupando um dedo.

— Essa é Venus — disse ele. — Ela só tem quatro anos.

— Bom, acho que quatro anos é uma idade muito boa — disse Lucy Gray. — É um prazer conhecer você, Venus.

— Eu gostei da sua música — sussurrou Venus.

— Gostou? — disse Lucy Gray. — Que amor. Continue assistindo, minha linda, e vou tentar cantar outra. Está bem?

Venus assentiu e escondeu o rosto na saia da mãe, gerando risadas e alguns suspiros das pessoas ao redor.

Lucy Gray começou a caminhar ao longo da grade, falando com as crianças no percurso. Coriolanus ficou para trás para dar espaço para ela.

— Você trouxe sua cobra? — perguntou esperançosa uma garota segurando um picolé de morango que estava derretendo.

— Eu bem que queria. Aquela serpente era minha amiga — contou Lucy Gray. — Você tem algum bichinho de estimação?

— Eu tenho um peixe — disse a menina. Ela se aproximou da grade. — O nome dele é Bub. — Ela trocou o picolé de mãos e enfiou a vazia pelas grades na direção de Lucy Gray. — Posso tocar no seu vestido? — Filetes de xarope vermelho escorriam da mão até o cotovelo, mas Lucy Gray só riu e ofereceu a saia. A garota passou um dedo hesitante pelos babados. — É lindo.

— Também gostei do seu. — O vestido da menina era uma coisinha estampada desbotada, nada notável. Mas Lucy Gray comentou: — Bolinhas sempre me deixam feliz. — A garota abriu um sorriso.

Coriolanus sentiu a plateia começando a gostar do seu tributo, não mais fazendo questão de ficar longe. As pessoas eram tão fáceis de manipular quando envolvia seus filhos. Ficavam tão satisfeitas de vê-los satisfeitos.

Instintivamente, Lucy Gray parecia saber disso e foi ignorando os adultos conforme seguia. Ela tinha quase chegado a uma das câmeras e ao repórter. Provavelmente estava ciente disso, mas quando se levantou e deu de cara com a câmera, ela teve um pequeno sobressalto e riu.

— Ah, oi. Estamos na televisão?

O repórter da Capital, um jovem ansioso por uma história, se inclinou para a frente com avidez.

— Com certeza.

— E quem seria você?

— Sou Lepidus Malmsey, do *Notícias da Capital* – disse ele, abrindo um sorriso. – Lucy, você é o tributo do Distrito 12?

— É Lucy Gray e eu não sou realmente do 12 – disse ela. – Minha gente é o Bando. Músicos por ofício. Nós só entramos no lugar errado um dia e fomos obrigados a ficar.

— Ah. Então… de que distrito vocês são? – perguntou Lepidus.

— De nenhum distrito específico. Nós vamos de lugar para lugar conforme dá vontade. – Lucy Gray se corrigiu: – Bom, era o que fazíamos. Antes dos Pacificadores nos recolherem alguns anos atrás.

— Mas agora vocês são cidadãos do Distrito 12 – insistiu ele.

— Se você diz. – O olhar de Lucy Gray se desviou para a multidão como se ela estivesse correndo o risco de morrer de tédio.

O repórter sentiu que estava perdendo o interesse da garota.

— Seu vestido foi um grande sucesso na Capital.

— Foi? Bem, o Bando adora cor e eu mais do que a maioria. Mas este foi da minha mãe e é mais especial ainda pra mim.

— Ela está no Distrito 12? – perguntou Lepidus.

— Só os ossos, querido. Só os ossos brancos e perolados. – Lucy Gray olhou diretamente para o repórter, que pareceu ter dificuldade para formular a pergunta seguinte. Ela o viu lutar por um momento e gesticulou para Coriolanus. – Você conhece meu mentor? Disse que o nome dele é Coriolanus Snow. Ele é um garoto da Capital e está claro que ganhei um bolo com cobertura, porque nenhum outro mentor se deu ao trabalho de aparecer para receber seus tributos.

– Bom, ele surpreendeu todo mundo. Seus professores mandaram que você viesse, Coriolanus? – perguntou Lepidus.

Coriolanus foi na direção da câmera e tentou ser amável com um leve toque de malandragem.

– Eles não me mandaram não vir. – Risadas soaram na multidão. – Mas lembro que eles disseram que eu teria que apresentar Lucy Gray para a Capital e levo esse trabalho muito a sério.

– Então você não pensou duas vezes antes de entrar em uma gaiola de tributos? – perguntou o repórter.

– Duas, três, e acho que vou pensar quatro e cinco vezes a qualquer momento – admitiu Coriolanus. – Mas, se ela é corajosa a ponto de estar aqui, por que eu não deveria ser?

– Ah, só pra deixar registrado, eu não tive escolha – disse Lucy Gray.

– Só pra deixar registrado, eu também não – disse Coriolanus. – Depois que ouvi você cantar, não consegui ficar longe. Confesso, sou seu fã. – Lucy Gray balançou a saia quando um aplauso trovejante veio da plateia.

– Bom, espero para o seu próprio bem que a Academia concorde com você, Coriolanus – disse Lepidus. – Acho que você está prestes a descobrir.

Coriolanus se virou e viu portas de metal com janelas reforçadas com grades se abrindo nos fundos da jaula dos macacos. Um quarteto de Pacificadores entrou e foi diretamente até ele. Ele se virou para a câmera, decidido a fazer uma boa saída.

– Obrigado por se juntarem a nós – disse ele. – Lembrem-se, é Lucy Gray Baird, representando o Distrito 12. Passem pelo zoológico se tiverem um tempinho pra dar um oi. Prometo que vai valer a pena.

Lucy Gray esticou a mão para ele com a dobrinha delicada de pulso que convidava um beijo. Ele obedeceu, e quando seus lábios roçaram na pele dela, ele sentiu um formigamento agradável. Depois de dar um último aceno para a plateia, ele foi se encontrar calmamente com os Pacificadores. Um deu um aceno curto, e sem dizer nada ele os seguiu para fora do confinamento, ao som de aplausos respeitáveis.

Quando as portas se fecharam atrás dele, sua respiração ficou acelerada e ele percebeu o quanto estava com medo. Parabenizou-se silenciosamente por manter a graça sob pressão, mas as caras feias dos Pacificadores sugeriam que não compartilhavam dessa opinião.

– Que ideia foi essa? – perguntou uma Pacificadora. – Você não pode entrar lá.

– Era o que eu achava até os seus colegas me jogarem por um buraco sem cerimônia nenhuma – respondeu Coriolanus. Ele achava que a combinação de *colegas* e *sem cerimônia nenhuma* tinha a nota certa de superioridade. – Eu só tinha topado uma carona até o zoológico. Ficarei feliz de explicar tudo ao seu oficial superior e identificar os Pacificadores que fizeram isso. Mas a vocês ofereço meu agradecimento.

– Aham – disse ela secamente. – Nós temos ordens de levá-lo à Academia.

– Melhor ainda – disse Coriolanus, parecendo mais confiante do que se sentia. A reação rápida da escola o perturbava.

Apesar de a televisão no banco de trás da van dos Pacificadores estar quebrada, ele pôde ver vislumbres da reportagem pelo caminho nas telas públicas enormes espalhadas pela Capital. Uma energia nervosa começou a surgir quando ele viu imagens primeiro de Lucy Gray e depois dele próprio sorrindo para a cidade. Ele jamais poderia planejar algo tão audacioso, mas já que tinha acontecido, era melhor aproveitar. E ele realmente achava que seu desempenho fora bom. Que mantivera a cabeça no lugar. Que segurara as pontas. Que apresentara a garota, e ela era um talento natural. Que lidara com tudo com dignidade e um pouco de ironia.

Quando chegou à Academia, ele tinha recuperado a compostura e subiu a escada com segurança. O fato de todas as cabeças estarem se virando para ele ajudou, e se não houvesse Pacificadores presentes para mantê-los longe, ele tinha certeza de que seus colegas já estariam em cima dele. Ele achava que seria levado para a diretoria, mas o guarda o colocou no banco junto à porta do laboratório superior de biologia, que só era permitido aos formandos com mais talento para ciências. Apesar de não ser seu assunto favorito (o cheiro de formaldeído lhe dava ânsia de vômito e ele abominava trabalhar em dupla), ele se saíra suficientemente bem em manipulação genética para conseguir uma vaga na turma. Nada como aquela sabichona da Io Jasper, que parecia ter nascido com um microscópio grudado no olho. Mas ele sempre fora gentil com Io, e, como resultado, ela o adorava. Com pessoas não populares, um esforço pequeno assim podia te levar longe.

Mas quem era ele para se sentir superior? Em frente ao banco, no quadro de avisos para os alunos, havia um memorando. Dizia:

10ª EDIÇÃO DOS JOGOS VORAZES
ATRIBUIÇÃO DE MENTORIA

DISTRITO 1
Garoto — *Livia Cardew*
Garota — *Palmyra Monty*
DISTRITO 2
Garoto — *Sejanus Plinth*
Garota — *Florus Friend*
DISTRITO 3
Garoto — *Io Jasper*
Garota — *Urban Canville*
DISTRITO 4
Garoto — *Persephone Price*
Garota — *Festus Creed*
DISTRITO 5
Garoto — *Dennis Fling*
Garota — *Iphigenia Moss*
DISTRITO 6
Garoto — *Apollo Ring*
Garota — *Diana Ring*
DISTRITO 7
Garoto — *Vipsania Sickle*
Garota — *Pliny Harrington*
DISTRITO 8
Garoto — *Juno Phipps*
Garota — *Hilarius Heavensbee*
DISTRITO 9
Garoto — *Gaius Breen*
Garota — *Androcles Anderson*
DISTRITO 10
Garoto — *Domitia Whimsiwick*
Garota — *Arachne Crane*

DISTRITO 11
Garoto   *Clemensia Dovecote*
Garota   *Felix Ravinstill*
DISTRITO 12
Garoto   *Lysistrata Vickers*
Garota   *Coriolanus Snow*

Poderia haver um lembrete público mais humilhante da situação precária dele do que estar pendurado ali no final, como um pensamento quase esquecido?

Depois que Coriolanus passou alguns minutos tentando entender por que tinha sido levado ao laboratório, o guarda disse que ele podia entrar. Ao ouvir a batida hesitante, uma voz que ele reconheceu como sendo do reitor Highbottom o mandou entrar. Ele esperava que Satyria estivesse presente, mas só encontrou outra pessoa no laboratório: uma mulher idosa pequena e recurvada com cabelo grisalho cacheado que estava provocando um coelho na gaiola com uma vara de metal. Ela o cutucou pela grade até que a criatura, que tinha sido modificada para ter a força no maxilar de um pitbull, arrancou o objeto da mão dela e o partiu ao meio. Ela se empertigou o máximo que conseguiu, voltou a atenção para Coriolanus e exclamou:

– Um pulo, um pulinho!

A dra. Volumnia Gaul, a Chefe dos Idealizadores dos Jogos e mente por trás da divisão experimental de armas da Capital, deixava Coriolanus nervoso desde a infância. Em um passeio da escola, sua turma de crianças de nove anos a viu derreter a pele de um rato de laboratório com uma espécie de laser e perguntar se alguém tinha bichinhos dos quais estava cansado. Coriolanus não tinha bichos... como poderiam alimentar um? Mas Pluribus Bell tinha uma gatinha branca peluda chamada Boa Bell que ficava deitada no colo do dono e brincava com as pontas da peruca empoada. Ela gostava de Coriolanus e começava a ronronar de forma rouca e mecânica assim que ele fazia carinho na cabeça dela. Nos dias horríveis em que ele andou pela neve derretida para trocar um saco de feijão-manteiga por mais repolho, foi o calor simples e sedoso dela que o consolou. Ele ficava incomodado quando pensava em Boa Bell indo parar naquele laboratório.

Coriolanus sabia que a dra. Gaul dava uma aula na Universidade, mas raramente a via na Academia. Mas, como Chefe dos Idealizadores dos Jogos, qualquer coisa relacionada aos Jogos Vorazes era do escopo dela. Teria sido sua ida ao zoológico o que a convocara até ali? Ele perderia a mentoria?

– Um pulo, um pulinho! – A dra. Gaul sorriu. – O zoológico foi legal? – Ela começou a rir. – Parece uma rima infantil. Um pulo, um pulinho, o zoológico foi legal? Você caiu numa jaula com seu tributo animal!

Coriolanus repuxou os lábios em um sorriso fraco enquanto seu olhar se desviava para o reitor Highbottom em busca de alguma dica de como reagir. O homem estava com os ombros murchos, sentado a uma mesa de laboratório, massageando a têmpora de uma forma que sugeria que ele tinha uma dor de cabeça lancinante. Não encontraria ajuda ali.

– Caí – disse Coriolanus. – Nós caímos. Caímos em uma jaula.

A dra. Gaul ergueu as sobrancelhas para ele, como se esperando mais.

– E?

– E... nós... caímos em um palco? – acrescentou ele.

– Rá! Exatamente! Foi exatamente isso que vocês fizeram! – A dra. Gaul lançou um olhar de aprovação para ele. – Você é bom em jogos. Quem sabe um dia seja Idealizador.

A ideia nunca tinha passado pela cabeça dele. Sem desrespeito a Remus, mas não parecia um bom emprego. Tampouco era exigida alguma habilidade específica para jogar adolescentes e armas em uma arena e deixar que eles se matassem. Ele imaginava que fosse função dos Idealizadores organizar as colheitas e filmar os Jogos, mas esperava ter uma carreira mais desafiadora.

– Tenho muito a aprender antes de poder pensar numa coisa assim – disse ele com modéstia.

– O instinto está aí. É o que importa – disse a dra. Gaul. – Me conte, o que fez você entrar na jaula?

Foi acidente. Ele estava prestes a dizer isso quando pensou em Lucy Gray sussurrando as palavras *Assuma o comando*.

– Bom... o meu tributo, ela é meio pequena. Do tipo que vai morrer nos primeiros cinco minutos dos Jogos Vorazes. Mas ela é atraente de um jeito meio mal-ajambrado, com a música dela e tudo mais. – Coriolanus fez uma pausa, como se repassando seu plano. – Acho que ela não tem chance de vencer, mas essa não é a questão, é? Me disseram que estavam tentando envolver os espectadores. Essa é minha tarefa. Fazer as pessoas assistirem. Então eu me perguntei: como alcanço os espectadores? Vou para onde as câmeras estão.

A dra. Gaul assentiu.

– Sim. Sim, não existem Jogos Vorazes sem os espectadores. – Ela se virou para o reitor. – Viu, Casca, esse aqui tomou uma iniciativa. Ele entende a importância de manter os Jogos vivos.

O reitor Highbottom apertou os olhos para ele com ceticismo.

– Entende? Ou só está se exibindo para ter uma nota melhor? Qual você acha que é o propósito do Jogos Vorazes, Coriolanus?

– Punir os distritos pela rebelião – disse Coriolanus sem hesitar.

— Sim, mas uma punição pode assumir várias formas — disse o reitor. — Por que os Jogos Vorazes?

Coriolanus abriu a boca, mas hesitou. Por que os Jogos Vorazes? Por que não simplesmente jogar bombas ou cancelar o envio de alimentos ou fazer execuções nos degraus dos Edifícios da Justiça?

Sua mente se voltou para Lucy Gray ajoelhada nas grades da jaula, envolvida com as crianças, derretendo a plateia. Eles estavam conectados de uma forma que ele não era capaz de articular.

— Porque... É por causa das crianças. O quanto elas importam para as pessoas.

— E como elas importam? — insistiu o reitor Highbottom.

— As pessoas amam crianças — disse Coriolanus. Mas assim que as palavras saíram de sua boca, ele as questionou. Durante a guerra, ele tinha sido bombardeado, passado fome e sofrido abusos de várias formas, e não só por causa dos rebeldes. Um repolho arrancado de suas mãos. Um Pacificador que machucou seu queixo quando ele chegou sem querer perto demais da mansão do presidente. Ele pensou na ocasião em que desabou e ficou deitado na rua com gripe do cisne e ninguém parou para ajudar. Tomado por tremedeiras, ardendo em febre, os membros envolvidos pela dor. Apesar de também estar doente, Tigris o encontrou naquela noite e conseguiu levá-lo para casa.

Ele hesitou.

— Às vezes, gostam — acrescentou ele, mas foi sem convicção. Quando pensou melhor, o amor das pessoas por crianças pareceu uma coisa muito instável. — Não sei por quê — admitiu ele.

O reitor Highbottom lançou um olhar para a dra. Gaul.

— Está vendo? É um experimento falho.

— Será se ninguém assistir! – respondeu ela. E abriu para Coriolanus um sorriso indulgente. – Ele mesmo é uma criança. Dê tempo a ele. Eu tenho uma boa impressão desse aí. Bom, vou visitar minhas bestas. – Ela deu um tapinha no braço de Coriolanus quando passou na direção da porta. – Não conte nada para ninguém, mas tem uma coisa maravilhosa acontecendo com os répteis.

Coriolanus fez que ia atrás, mas a voz do reitor Highbottom o impediu:

— Então todo o seu show foi planejado. Que estranho. Porque, quando você se levantou na jaula, achei que estava pensando em correr.

— Foi uma entrada mais física do que eu tinha previsto. Demorei um tempo para me situar. Mais uma vez, tenho muitas coisas a aprender – disse Coriolanus.

— Limites, para começo de conversa. Você vai receber um demérito por comportamento inconsequente que poderia ter ferido um aluno. Você, no caso. Vai para o seu registro permanente – disse o reitor.

Demérito? O que significava? Coriolanus teria que reler o guia dos alunos da Academia para ser capaz de protestar contra aquela punição. Ele foi distraído pelo reitor, que tirou uma garrafinha do bolso, abriu e pingou três gotas de líquido transparente na língua.

O que quer que houvesse na garrafa, provavelmente morfináceo, funcionou rápido, porque o corpo todo do reitor Highbottom relaxou e um olhar sonhador surgiu nos olhos dele. Ele deu um sorriso desagradável.

— Com três deméritos assim, você será expulso.

5

Coriolanus nunca tinha recebido uma reprimenda oficial de nenhum tipo, nada que pudesse manchar seu boletim impecável.

– Mas... – ele começou a protestar.

– Vá, antes que você receba um segundo por insubordinação – disse o reitor Highbottom. Não havia flexibilidade na declaração, nenhum convite para negociar. Coriolanus obedeceu.

O reitor Highbottom tinha mesmo usado a palavra *expulso*?

Coriolanus saiu da Academia agitado, mas novamente a onda de atenção tranquilizou sua consternação. Dos colegas e alunos no corredor, de Tigris e da sua avó enquanto eles comiam um jantar rápido de ovos fritos e sopa de repolho, de estranhos quando ele estava voltando ao zoológico naquela noite, ansioso para continuar envolvido com os Jogos.

O brilho laranja suave do pôr do sol banhava a cidade e uma brisa fresca afastou o calor sufocante do dia. O horário do zoológico tinha sido estendido para até as nove da noite para permitir que os cidadãos vissem os tributos, mas não houve mais cobertura ao vivo desde sua visita mais cedo. Coriolanus tinha decidido fazer outra aparição para dar uma olhada em Lucy Gray e sugerir que ela cantasse mais uma música. A plateia adoraria, e talvez atraísse as câmeras de volta.

Enquanto seguia pelos caminhos do zoológico, ele foi tomado de nostalgia pelos dias agradáveis que passara lá quando criança, mas sentiu tristeza pelas jaulas vazias. Antes, eram cheias de criaturas fascinantes da arca genética da Capital. Agora, em uma havia uma tartaruga solitária, ofegante. Um tucano esfarrapado gritava alto nos galhos, voando livremente de uma jaula até a outra. Eles eram raros sobreviventes da guerra, pois a maioria dos animais morreu de fome ou virou comida. Um par de guaxinins magrelos que provavelmente tinham vindo do parque da cidade adjacente revirava uma lata de lixo caída. Os únicos animais selvagens que viviam bem eram os ratos que perseguiam uns aos outros nas beiradas de chafarizes e cruzavam o caminho a poucos metros de distância.

Conforme Coriolanus foi se aproximando da jaula dos macacos, os caminhos foram ficando mais cheios, e um grupo de umas cem pessoas acompanhava as grades de um lado a outro. Alguém esbarrou em seu braço ao passar correndo, e ele reconheceu Lepidus Malmsey se adiantando entre os visitantes com o câmera. Uma espécie de comoção estava acontecendo à frente, e ele subiu em uma rocha para ver melhor.

Para seu desapontamento, viu Sejanus parado junto à jaula com uma mochila grande ao lado. Ele estava com a mão esticada entre as grades com o que parecia ser um sanduíche, oferecendo para os tributos lá dentro. Por enquanto, estavam todos recuados. Coriolanus não conseguia ouvir as palavras dele, mas ele parecia estar tentando convencer Dill, a garota do Distrito 11, a pegar. O que Sejanus estava tramando? Será que tentava superá-lo e roubar os holofotes do dia? Pegar sua ideia de ir ao zoológico e a enfeitar de um jeito com o qual Coriolanus nunca poderia competir porque não tinha dinheiro para aquilo? A mochila estaria cheia de sanduíches? A garota não era nem o tributo dele.

Quando Sejanus viu Coriolanus, seu rosto se iluminou e ele deu um aceno. Casualmente, Coriolanus abriu caminho pela multidão e ganhou a atenção dos presentes.

– Problemas? – perguntou ele ao olhar a mochila. Estava lotada não só de sanduíches, mas também de ameixas frescas.

– Nenhum deles confia em mim. Por que deveriam? – perguntou Sejanus.

Uma garotinha cheia de si se aproximou dele e apontou para uma placa no pilar junto à jaula.

– Aqui diz "Não alimentar os animais".

– Mas eles não são animais – disse Sejanus. – São jovens, como você e eu.

– Eles não são como eu! – protestou a garotinha. – Eles são de distrito. É por isso que o lugar deles é numa jaula!

– Novamente, eles são como eu – disse Sejanus secamente. – Coriolanus, será que você consegue fazer seu tributo se aproximar? Se ela vier, talvez os outros venham também. Eles devem estar morrendo de fome.

A mente de Coriolanus trabalhou rápido. Ele já tinha recebido um demérito naquele dia e não queria forçar a sorte com o reitor Highbottom. Por outro lado, o demérito fora por botar um aluno em perigo, e ele estava perfeitamente seguro daquele lado das grades. A dra. Gaul, que era possivelmente mais influente do que o reitor Highbottom, elogiara sua iniciativa. E, sendo sincero, ele não tinha interesse em ceder o palco para Sejanus. O zoológico era o show dele, e ele e Lucy Gray eram as estrelas. Mesmo agora, ele ouvia Lepidus sussurrando o seu nome para o câmera, sentia os espectadores da Capital o observando.

Ele notou Lucy Gray no fundo da jaula, lavando as mãos e o rosto em uma torneira que saía da parede na altura do joelho. Ela se secou na saia de babados, arrumou os cachos e a rosa atrás da orelha.

– Não posso tratá-la como se fosse a hora da alimentação no zoológico – disse Coriolanus para Sejanus. Oferecer comida através das grades não seria consistente com o tratamento de dama que ele vinha lhe dedicando. – Não para a minha. Mas posso oferecer um jantar.

Sejanus assentiu na mesma hora.

– Pegue o que quiser. Mãezinha fez de sobra. Por favor.

Coriolanus escolheu dois sanduíches e duas ameixas na mochila e foi até a beira da jaula dos macacos, onde uma pedra achatada oferecia uma possibilidade de assento. Nunca na vida, nem nos piores anos, ele saíra de casa sem um lenço limpo no bolso. Sua avó insistia em certas civilidades que afastavam o caos. Havia gavetas enormes de lenços que pertenceram a várias gerações da família, dos simples aos de renda aos bordados com flores. Ele abriu o quadrado de linho branco puído e meio amassado e colocou a comida em cima. Ao se sentar, Lucy Gray se aproximou das grades sem precisar ser chamada.

– Esses sanduíches são pra alguém? – perguntou ela.

– Só pra você – respondeu ele.

Ela se sentou com as pernas cruzadas embaixo do corpo e aceitou o sanduíche. Depois de examinar o conteúdo, deu uma mordidinha no canto.

– Você não vai comer?

Ele não tinha certeza. A imagem até o momento estava ótima, ela separada do grupo de novo, apresentada como alguém de valor. Mas comer com ela? Isso talvez fosse ultrapassar um limite.

– Prefiro que você coma – disse ele. – Pra que você fique forte.

– Por quê? Pra eu quebrar o pescoço do Jessup na arena? Nós dois sabemos que esse não é meu ponto forte – disse ela.

O estômago dele roncou com o cheiro do sanduíche. Havia uma fatia grossa de bolo de carne dentro de pão branco. Ele tinha perdido o almoço na Academia naquele dia e o café e o jantar foram parcos em casa. Um pouco de ketchup escorrendo do sanduíche de Lucy Gray fez toda a diferença. Ele pegou o segundo sanduíche e deu uma dentada. Um pequeno choque de prazer percorreu seu corpo, e ele resistiu ao impulso de devorar o sanduíche em duas mordidas.

— Agora, parece um piquenique. — Lucy Gray olhou para os demais tributos, que tinham se aproximado, mas ainda pareciam inseguros. — Vocês deviam pegar um. Está uma delícia! Vamos, Jessup!

Encorajado, seu enorme colega de distrito se aproximou lentamente de Sejanus e pegou o sanduíche da mão dele. Esperou até receber uma ameixa, depois saiu andando sem dizer nada. De repente, os outros tributos correram até a grade, enfiando as mãos pelas frestas. Sejanus as encheu o mais rápido que pôde, e em um minuto a mochila estava quase vazia. Os tributos se espalharam pela jaula, agachados de forma protetora na frente da comida, e devoraram tudo.

O único tributo que não tinha se aproximado de Sejanus foi o dele, o garoto do Distrito 2. Ele estava no fundo da jaula, os braços cruzados na frente do corpo colossal, encarando seu mentor.

Sejanus tirou um último sanduíche da mochila e ofereceu a ele.

— Marcus, este é pra você. Pegue. Por favor. — Mas Marcus permaneceu com expressão pétrea e imóvel. — Por favor, Marcus — suplicou Sejanus. — Você deve estar morrendo de fome. — Marcus olhou Sejanus de cima a baixo e virou de costas para ele.

Lucy Gray observou o embate com interesse.

— O que está acontecendo ali?

— Como assim? – perguntou Coriolanus.

— Não sei bem. Mas parece pessoal.

O garotinho que quisera matar Coriolanus no caminhão disparou adiante e pegou o sanduíche sem dono. Sejanus não fez nada para impedi-lo. A equipe de televisão tentou falar com Sejanus, mas ele os dispensou e desapareceu na multidão, a mochila murcha no ombro. Eles filmaram os tributos mais um pouco e foram na direção de Lucy Gray e Coriolanus, que se sentou mais ereto e passou a língua pelos dentes para tirar qualquer pedaço de bolo de carne.

— Estamos no zoológico com Coriolanus Snow e seu tributo, Lucy Gray Baird. Outro aluno acabou de distribuir sanduíches. Ele é mentor? – Lepidus colocou o microfone entre eles em busca de resposta.

Coriolanus não gostava de dividir os holofotes, mas a presença de Sejanus podia protegê-lo. O reitor Highbottom daria um demérito para o filho do homem que tinha reconstruído a Academia? Alguns dias antes, ele acharia que o nome Snow carregava mais peso do que Plinth, mas as atribuições na colheita provaram que ele estava enganado. Se o reitor Highbottom quisesse repreendê-lo, ele preferia ter Sejanus ao seu lado.

— É o meu colega, Sejanus Plinth – informou ele.

— O que será que ele estava pensando ao trazer sanduíches chiques para os tributos? A Capital sem dúvida os alimenta – disse o repórter.

— Ah, só pra deixar registrado, a última vez que comi foi na noite antes da colheita – anunciou Lucy Gray. – Pelas contas, tem três dias.

— Ah. Certo. Bem, aprecie esse sanduíche! – disse Lepidus. Ele fez sinal para a câmera se virar para os outros tributos.

Lucy Gray se levantou de repente, se inclinou na direção das grades e chamou o foco de volta.

— Sabe, sr. Repórter, o que seria ótimo? Se alguém tiver comida sobrando, poderia trazer para o zoológico. Não é divertido assistir aos Jogos se estivermos fracos demais pra lutar, você não acha?

— Há uma certa verdade nisso – disse o repórter, inseguro.

— Eu gosto de coisas doces, mas não sou fresca. — Ela sorriu e mordeu a ameixa.

— Certo. Tudo bem – disse ele, se afastando.

Coriolanus percebeu que o repórter estava em terreno instável. Ele devia mesmo estar ajudando Lucy a pedir comida aos cidadãos? Pareceria uma condenação à Capital?

Quando a equipe de televisão se deslocou na direção dos demais tributos, Lucy Gray se sentou na frente dele.

— Exagerei?

— Não pra mim. Me desculpe por não ter pensado em trazer comida – disse ele.

— Bom, eu tenho comido essas pétalas de rosa quando ninguém está olhando. — Ela deu de ombros. — Você não sabia.

Eles terminaram de comer em silêncio, vendo as tentativas fracassadas do repórter de fazer os outros tributos falarem. O sol já tinha se posto e a lua assumira a iluminação. O zoológico fecharia em breve.

— Eu estava pensando que talvez fosse uma boa ideia você cantar de novo – disse Coriolanus.

Lucy Gray sugou um restinho de polpa do caroço da ameixa.

— É, pode ser mesmo. — Ela limpou os cantos da boca com um babado e ajeitou a saia. O tom brincalhão habitual foi trocado por um mais sóbrio. — Então, como meu mentor, o que você ganha com isso? Você é estudante, não é? E ganha o quê? Notas melhores quanto mais eu brilhar?

— Talvez.

Ele se sentiu constrangido. Ali, na privacidade relativa daquele recanto, ele percebeu pela primeira vez que ela estaria morta em poucos dias. Bom, claro que ele sempre soube disso. Mas pensava nela mais como sua competidora. Seu cavalo numa corrida, seu cachorro em uma briga. Quanto mais ele a tratava como algo especial, mais humana ela se tornava. Como Sejanus dissera para a garotinha, Lucy Gray não era um animal, mesmo não sendo da Capital. E ele estava fazendo o que ali? Exibindo-se, como o reitor Highbottom dissera?

— Eu nem sei o que ganho, na verdade – disse ele. – Nunca houve mentores antes. Você não precisa. Assim, cantar.

— Eu sei – disse ela.

Ele queria que ela cantasse, porém.

— Mas, se as pessoas gostarem de você, talvez elas tragam mais comida. Nós não temos muita coisa sobrando em casa.

As bochechas dele ficaram quentes no escuro. Por que ele tinha admitido isso para ela?

— Não? Eu sempre achei que vocês tinham comida de sobra na Capital.

Idiota, disse para si mesmo. Mas ele a encarou e percebeu que, pela primeira vez, ela parecia genuinamente interessada nele.

— Ah, não. Principalmente durante a guerra. Uma vez, eu comi meio pote de cola só pra fazer a dor no meu estômago parar.

— É? E como estava?

Isso o abalou e ele surpreendeu a si mesmo com uma gargalhada.

— Bem grudento.

Lucy Gray sorriu.

— Imagino que sim. Mesmo assim, parece melhor do que algumas das coisas que já comi. Sem querer competir.

– Claro que não. – Ele sorriu. – Olha, me desculpe. Vou arrumar comida. Você não devia ter que cantar em troca.

– Bom, não seria a primeira vez que eu cantaria pra conseguir o jantar. Não mesmo. E eu adoro cantar.

Uma voz soou no alto-falante para anunciar que o zoológico fecharia em quinze minutos.

– Eu tenho que ir. Mas nos vemos amanhã? – perguntou Coriolanus.

– Você sabe onde me encontrar – respondeu ela.

Coriolanus se levantou e limpou a calça. Balançou o lenço, dobrou-o e o entregou a ela pelas grades.

– Está limpo – garantiu ele. Pelo menos ela teria algo com que secar o rosto.

– Obrigada. Deixei o meu em casa.

A menção de Lucy Gray à casa pairou no ar entre os dois. Um lembrete de uma porta que ela nunca reabriria, de pessoas amadas que ela jamais voltaria a ver. Ele não conseguia suportar a ideia de ser arrancado da sua própria casa. O apartamento era o único lugar ao qual ele pertencia inquestionavelmente, era seu porto seguro, o forte da sua família. Como não sabia de que outra forma responder, ele apenas assentiu com um voto de boa-noite.

Coriolanus não tinha andado nem vinte passos quando foi parado pelo som da voz do seu tributo, cantando doce e claramente no ar da noite:

> *No fundo do vale, o vale ao luar,*
> *Tarde da noite, o trem a apitar.*
> *O trem, ouço o trem apitar.*
> *Tarde da noite, ouço o trem apitar.*

A plateia, que estava começando a ir embora, parou para ouvi-la.

*Construa uma mansão, elevada como um altar,
Para que eu veja meu amor passar.
Vê-lo passar, amor, vê-lo passar.
Para que eu veja meu amor passar.*

Todos estavam quietos agora: as pessoas, os tributos. Só havia Lucy Gray e o zumbido da câmera virada para ela. Ela continuava sentada no canto, a cabeça encostada nas grades.

*Escreva uma carta num papel especial.
Com selo e endereço da prisão da Capital.
Prisão da Capital, amor, da prisão da Capital.
Com selo e endereço da prisão da Capital.*

Ela parecia tão triste, tão perdida...

*Rosas são vermelhas, violetas, como o mar.
Os pássaros sabem que sempre vou te amar.
Sabem que vou te amar, ah, sempre vou te amar.
Os pássaros sabem que sempre vou te amar.*

Coriolanus estava hipnotizado pela música e pela enxurrada de lembranças que a acompanhavam. Sua mãe cantava uma canção para ele na hora de dormir. Não aquela, exatamente, mas usava palavras parecidas, *rosas são vermelhas e violetas, como o mar*. Falava algo sobre ela o amar. Ele pensou na foto no porta-retrato de prata que ele deixava na mesa de cabeceira, ao lado da cama. Sua linda mãe, com ele no colo quando ele tinha uns dois anos. Eles estavam se olhando e rindo. Por mais que tentasse, ele não conseguia se lembrar do momento em que a foto foi tirada, mas a música acariciou seu cérebro e a chamou das profundezas. Ele sentiu a presença dela, quase sentiu o aroma delicado do pó de rosas que ela usava, quase sentiu o cobertor quente de segurança que o envolvia cada noite. Antes de ela morrer. Antes daqueles dias horríveis alguns meses depois do começo da guerra, quando a primeira invasão aérea rebelde imobilizou a cidade. Quando ela entrou em trabalho de parto e não conseguiram levá-la para o hospital e algo deu muito errado. Hemorragia, talvez? Muito sangue encharcando os lençóis, e a cozinheira e a avó tentando fazer parar e Tigris o tirando do quarto. Ela se foi, e o bebê (que seria sua irmã) também se foi. A morte do pai aconteceu logo depois da morte da mãe, mas foi uma perda que não deixou o mundo vazio da mesma forma. Coriolanus ainda guardava o pó compacto da mãe em uma gaveta da mesa de cabeceira. Em tempos difíceis, quando tinha dificuldade de adormecer, ele o abria e inspirava o aroma de rosas do pó sedoso lá dentro. Nunca deixava de acalmá-lo com a lembrança de como era ser amado daquele jeito.

Bombas e sangue. Foi assim que os rebeldes mataram sua mãe. Ele se perguntou se mataram a de Lucy Gray também. *"Só os ossos brancos e perolados."* Ela pareceu não ter amor pelo Distrito 12: sempre se distanciava dele, dizia que pertencia ao, como era mesmo? Ao Bando?

— Obrigado por se aproximar. — A voz de Sejanus o sobressaltou. Ele estava parado a alguns metros de distância, escondido pelas rochas, ouvindo a música.

Coriolanus limpou a garganta.

— Não foi nada.

— Duvido que qualquer outro dos nossos colegas tivesse me ajudado — observou Sejanus.

— Nenhum dos nossos outros colegas apareceu — respondeu Coriolanus. — Isso já nos separa deles. O que fez você pensar em alimentar os tributos?

Sejanus olhou para a mochila vazia aos seus pés.

— Desde a colheita, fico imaginando que sou um deles.

Coriolanus quase riu, mas percebeu que Sejanus estava falando sério.

— Que passatempo estranho.

— Não consigo evitar. — A voz de Sejanus ficou tão baixa que Coriolanus teve dificuldade de ouvir. — Eles leem meu nome. Eu ando até o palco. Agora, me algemaram. Agora, estão batendo em mim sem motivo. Agora, estou no trem, no escuro, passando fome, sozinho exceto pelos outros adolescentes que vou ter que matar. Agora, estou sendo exposto, com um monte de estranhos levando os filhos pra me olhar por entre as grades...

O som de rodas enferrujadas girando chamou a atenção deles para a jaula dos macacos. Cerca de uma dúzia de fardos de feno caíram do buraco no teto e rolaram no chão da jaula.

— Olha, deve ser a minha cama — disse Sejanus.

— Não vai acontecer com você, Sejanus — disse Coriolanus.

— Mas poderia. Facilmente. Se não estivéssemos tão ricos agora. Eu estaria no Distrito 2, talvez ainda na escola, ou talvez nas minas, mas definitivamente na colheita. Você viu meu tributo?

— É difícil não ver — admitiu Coriolanus. — Acho que ele tem uma boa chance de ganhar.

— Ele foi meu colega de turma. Antes de eu vir pra cá. Lá. O nome dele é Marcus — continuou Sejanus. — Não era exatamente meu amigo. Mas também não era inimigo. Um dia, prendi o dedo na porta, foi feio, e ele pegou neve no parapeito da janela pra tentar diminuir o inchaço. Nem perguntou à professora, só foi lá e fez.

— Você acha que ele se lembra de você? — perguntou Coriolanus. — Vocês eram pequenos. E muita coisa aconteceu desde aquela época.

– Ah, ele se lembra de mim. Os Plinth são famosos por lá. – Sejanus pareceu estar sofrendo. – Famosos e profundamente desprezados.

– E agora você é mentor dele.

– E agora eu sou o mentor dele – ecoou Sejanus.

As luzes dentro da jaula dos macacos diminuíram. Alguns dos tributos se moveram para fazer ninhos de feno e passar a noite. Coriolanus viu Marcus bebendo direto da torneira e jogando água na cabeça. Quando se levantou e andou até os fardos de feno, fez os outros parecerem anões.

Sejanus deu um chutinho na mochila.

– Ele não quis aceitar um sanduíche meu. Ele prefere entrar nos Jogos passando fome a aceitar comida da minha mão.

– Não é sua culpa – disse Coriolanus.

– Eu sei. Eu sei. Sou tão inocente que chega a sufocar – disse Sejanus.

Coriolanus estava tentando entender esse pensamento quando uma briga teve início dentro da jaula. Dois garotos queriam o mesmo fardo de feno e saíram no tapa por causa disso. Marcus interveio, pegou cada um pela gola e os afastou como se fossem bonecas de pano. Eles voaram no ar por alguns metros antes de caírem, desajeitados. Enquanto se escondiam nas sombras, Marcus pegou o fardo de feno para si, sem se impressionar com a briga.

– Mas ele vai ganhar – disse Coriolanus. Se antes tinha dúvidas, a exibição de poder de Marcus as silenciou. Mais uma vez, ele sentiu a amargura por um Plinth receber o tributo mais poderoso. E ele estava cansado dos choramingos de Sejanus a respeito do pai dele ter comprado o vitorioso. – Qualquer um de nós teria ficado feliz com ele.

Sejanus se animou um pouco.

– É mesmo? Então fica com ele. É seu.

— Você não está falando sério — disse Coriolanus.

— Cem por cento. — Sejanus ficou de pé. — Quero que você fique com ele! E eu fico com Lucy Gray. Ainda vai ser horrível, mas pelo menos eu não a conhecia. Sei que as pessoas gostam dela, mas de que isso vai adiantar na arena? Não tem como ela o vencer. Troque de tributo comigo. Ganhe os Jogos. Fique com a glória. Por favor, Coriolanus, eu jamais esqueceria o favor.

Por um momento, Coriolanus sentiu o gosto, a doçura da vitória, os gritos da multidão. Se pôde tornar Lucy Gray uma favorita, imagine o que faria com uma potência como Marcus! E, realmente, que chance ela tinha? Seu olhar se desviou para Lucy Gray, encostada na grade como um animal encurralado. Na penumbra, as cores dela, o que ela possuía de especial, tinham sumido, tornando-a apenas mais uma criatura sem graça e ferida. Não era concorrência nem para as outras garotas, que dirá para os garotos. A ideia de derrotar Marcus era risível. Era como jogar um pássaro canoro contra um urso pardo.

Sua boca estava formando a palavra *combinado*, mas ele parou.

Vencer com Marcus não era vencer. Não era necessário cérebro, habilidade, nem mesmo sorte. Vencer com Lucy Gray seria muito difícil, mas também seria histórico se ele conseguisse. Além do mais, vencer era tão importante assim? Ou o importante era envolver a plateia? Graças a ele, Lucy Gray era a estrela atual dos Jogos, o tributo mais memorável, independente de quem vencesse. Ele pensou em suas mãos entrelaçadas no zoológico quando eles enfrentaram o mundo. Eles eram uma equipe. Ela confiava nele. Ele não conseguia imaginar contar para ela que a tinha largado por Marcus. Ou, pior ainda, contar aos espectadores.

Além disso, que garantia ele tinha de que Marcus reagiria a ele melhor do que reagira a Sejanus? Ele parecia do tipo que ignoraria todo mundo. E Coriolanus pareceria um idiota, implorando por uma migalha de atenção de Marcus enquanto Lucy Gray fazia piruetas em volta de Sejanus.

Havia mais uma consideração. Ele possuía algo que Sejanus Plinth queria, e queria muito. Sejanus já tinha usurpado sua posição, sua herança, suas roupas, seus doces, seus sanduíches e o privilégio devido a um Snow. Agora, estava querendo seu apartamento, seu lugar na Universidade, seu próprio futuro, e tinha a audácia de se ressentir da boa sorte. De rejeitá-la. De considerá-la punição, até. Se ter Marcus como tributo incomodava Sejanus, que bom. Ele que se incomodasse. Lucy Gray era a única coisa que pertencia a Coriolanus que ele nunca teria.

– Desculpe, meu amigo – disse com suavidade. – Mas acho que vou ficar com ela.

6

Coriolanus apreciou a decepção no rosto de Sejanus, mas não por muito tempo, pois isso seria mesquinho.

– Olhe, Sejanus, você pode não perceber, mas sou *eu* que estou fazendo um favor a você. Pense bem. O que seu pai diria se descobrisse que você trocou o tributo pelo qual ele lutou?

– Não ligo – disse Sejanus, mas não soou convincente.

– Tudo bem, esqueça seu pai. E a Academia? – perguntou ele. – Duvido que trocar tributos seja permitido. Já ganhei um demérito só por conhecer Lucy Gray antes da hora. E se eu tentasse trocá-la? Além do mais, a pobrezinha já se apegou a mim. Largá-la seria como chutar um gatinho. Acho que não tenho coragem.

– Eu não devia ter pedido. Nem considerei que podia estar tornando as coisas difíceis pra você. Me desculpe. É que... – As palavras de Sejanus saíram em uma torrente. – É que essa coisa toda de Jogos Vorazes está me deixando louco! O que estamos fazendo? Botando crianças numa arena pra se matarem? É errado de tantas maneiras. Os animais protegem os mais jovens da espécie, não é? Nós também. Nós tentamos proteger as crianças! Faz parte de nós como seres humanos. Quem quer fazer isso de verdade? Não é natural!

– Não é bonito – concordou Coriolanus, olhando ao redor.

— É maldade. Vai contra tudo que acho certo no mundo. Não posso ser parte disso. Principalmente com Marcus. Tenho que pular fora de algum jeito — disse Sejanus, os olhos se enchendo de lágrimas.

A consternação dele deixou Coriolanus incomodado, principalmente porque ele valorizava muito sua chance de participar.

— Você sempre pode pedir para outro mentor para trocar de tributo. Acho que não teria dificuldade de encontrar quem topasse.

— Não. Não vou entregar Marcus pra ninguém. Você é o único em quem eu confiaria pra cuidar dele. — Sejanus se virou para a jaula, onde os tributos tinham se acomodado para passar a noite. — Ah, que importância tem, afinal? Se não for Marcus, vai ser outra pessoa. Pode ser mais fácil, mas vai continuar não sendo certo. — Ele pegou a mochila. — É melhor eu ir pra casa. Isso com certeza vai ser mais agradável.

— Acho que você não violou nenhuma regra — disse Coriolanus.

— Eu me alinhei publicamente aos distritos. Aos olhos do meu pai, violei a única regra que importa. — Sejanus abriu um sorrisinho para ele. — Mas obrigado de novo por me ajudar.

— Obrigado pelo sanduíche — disse Coriolanus. — Estava delicioso.

— Vou passar o recado para minha Mãezinha — disse Sejanus. — Vai fazer a noite dela.

O retorno de Coriolanus para casa foi manchado pela reprovação da avó por causa do piquenique com Lucy Gray.

— Alimentá-la é uma coisa — disse ela. — Comer com ela sugere que você a considera uma igual. Mas ela não é. Sempre houve algo de bárbaro nos distritos. Seu pai mesmo dizia que aquelas pessoas só bebiam água porque não chovia sangue. Você ignora isso por sua própria conta e risco, Coriolanus.

– Ela é só uma garota, Lady-Vó – disse Tigris.

– Ela é de distrito. E, acredite em mim, aquela lá não é garota há muito tempo – respondeu a avó.

Coriolanus pensou com consternação nos tributos no caminhão debatendo se o matariam. Eles haviam demonstrado ter gosto por sangue. Só Lucy Gray protestara.

– Lucy Gray é diferente – argumentou ele. – Ela ficou do meu lado no caminhão, quando os outros queriam me atacar. E cuidou de mim na jaula dos macacos.

Sua avó se manteve firme.

– Ela teria se dado a esse trabalho se você não fosse mentor dela? Claro que não. Ela é uma coisinha astuta que começou a te manipular assim que vocês se conheceram. Siga com cuidado, meu garoto. É só isso que estou dizendo.

Coriolanus não se deu o trabalho de discutir, pois sua avó sempre tinha a pior imagem de tudo que considerava de distrito. Ele foi direto para a cama, exausto, mas incapaz de acalmar a mente. Pegou o pó compacto da mãe na gaveta da mesa de cabeceira e passou os dedos pela rosa entalhada no estojo pesado de prata.

Rosas são vermelhas, violetas, como o mar.
Os pássaros sabem que sempre vou te amar...

Quando ele clicou na trava, a tampa se abriu e o aroma floral se espalhou. Na luz fraca da Corso, seus olhos azul-claros se refletiram no espelho redondo e meio distorcido. "Iguais aos do seu pai", sua avó lhe lembrava com frequência. Ele desejava ter os olhos da mãe, mas nunca dizia. Talvez fosse melhor puxar o pai. Sua mãe não tinha sido forte o suficiente para aquele mundo. Pensando nela, ele finalmente pegou no sono, mas foi Lucy Gray, girando com o vestido de arco-íris, que cantou nos seus sonhos.

De manhã, Coriolanus acordou com um aroma delicioso. Foi à cozinha e descobriu que Tigris estava cozinhando desde antes do amanhecer.

Ele apertou o ombro dela.

– Tigris, você precisa dormir mais.

– Não consegui dormir pensando no que está acontecendo no zoológico – disse ela. – Alguns deles parecem tão jovens este ano. Ou talvez seja eu que esteja ficando mais velha.

– É perturbador vê-los trancados naquela jaula – admitiu Coriolanus.

– Também foi perturbador te ver lá dentro! – Ela calçou uma luva acolchoada e retirou do forno uma forma de pudim de pão. – Fabricia me mandou jogar fora o pão velho da festa, mas pensei: pra que desperdiçar?

Quente ao sair do forno, molhado de xarope de milho, pudim de pão era um dos seus pratos favoritos.

– Está com uma cara incrível – disse ele para Tigris.

– E tem bastante, você pode levar um pedaço pra Lucy Gray. Ela disse que gostava de coisas doces... e duvido que haja muitas no futuro dela! – Tigris colocou a forma sobre o fogão com um estalo. – Desculpe. Não foi de propósito. Não sei o que deu em mim. Estou tensa demais.

Coriolanus tocou no braço dela.

– São os Jogos. Você sabe que tenho que fazer a mentoria, não é? Se quero ter chance de ganhar um prêmio. Preciso ganhar, por todos nós.

– Claro, Coryo. Claro. E estamos muito orgulhosas de você e de como está se saindo. – Ela cortou uma fatia grande de pudim de pão e colocou num prato. – Agora, coma. Você não vai querer se atrasar.

Na Academia, Coriolanus sentiu a apreensão se dissolver quando viu a reação de seu descuido do dia anterior. Com exceção de Livia Cardew, que deixou claro que achava que ele tinha trapaceado e devia ser dispensado da mentoria imediatamente, seus colegas o parabenizaram. Ainda que os professores não lhe dessem apoio tão abertamente, ele recebeu vários sorrisos e tapinhas sutis nas costas.

Satyria o chamou de lado depois da primeira aula.

— Muito bem. Você agradou a dra. Gaul e isso fez com que ganhasse uns pontos com o corpo docente. Ela vai dar um retorno positivo ao presidente Ravinstill, e isso vai refletir em todos nós. Mas precisa tomar cuidado. Você teve sorte até aqui. E se aqueles pestinhas tivessem te atacado na jaula? Os Pacificadores precisariam te salvar e haveria mortes de ambos os lados. As coisas poderiam ter sido bem diferentes se você não tivesse ficado com sua garota arco-íris.

— E foi por isso que recusei a proposta do Sejanus de trocar tributos — disse ele.

Satyria ficou de boca aberta.

— Não! Imagine o que Strabo Plinth diria se isso se tornasse público.

— Imagine o quanto ele me deve por não se tornar! — A ideia de chantagear o velho Strabo Plinth tinha seu apelo.

Ela riu.

— Falou como um Snow. Agora, vá pra aula. Precisamos que o resto do seu registro seja impecável se você vai começar a acumular deméritos.

Os vinte e quatro mentores passaram a manhã em um seminário liderado pelo professor Crispus Demigloss, o animado e velho professor de história. A turma trocou ideias sobre o que, fora o acréscimo de mentores, poderia fazer com que as pessoas assistissem aos Jogos Vorazes.

— Me mostrem que não estou desperdiçando meu tempo com vocês há quatro anos — disse ele com uma risadinha. —

Se a história ensina alguma coisa, essa coisa é como fazer os relutantes obedecerem. – Sejanus levantou a mão na mesma hora. – Ah, Sejanus?

– Antes de falarmos sobre fazer as pessoas assistirem, não devíamos discutir se assistir ou não é a coisa certa a fazer?

– Não vamos nos afastar do tópico, por favor. – O professor Demigloss observou a sala em busca de uma resposta mais produtiva. – Como fazemos as pessoas assistirem?

Festus Creed levantou a mão. Maior e mais corpulento do que a maioria dos garotos da idade dele, ele era do círculo mais próximo de Coriolanus desde o nascimento. Pertencia a uma das famílias da Capital com dinheiro antigo. A fortuna dele, amplamente advinda da madeira do Distrito 7, sofrera durante a guerra, mas havia se recuperado muito bem durante a reconstrução. O fato de ele ter ficado com a garota do Distrito 4 refletia seu status. Alto, mas não estelar.

– Nos ilumine, Festus – disse o professor Demigloss.

– É simples. Vamos direto pra punição – respondeu Festus. – Em vez de sugerir que as pessoas assistam, tornemos lei.

– O que vai acontecer pra quem não assistir? – perguntou Clemensia, sem se dar ao trabalho de levantar a mão e nem de erguer o rosto de suas anotações. Ela era popular com os alunos e os professores, e sua gentileza dava margem para muitas liberdades.

– Nos distritos, execução. Na Capital, a pessoa tem que ir morar nos distritos, e se repetir no ano seguinte, execução – disse Festus com alegria.

A turma riu, mas logo começou a pensar seriamente. Como vigiar? Não dava para mandar os Pacificadores baterem de porta em porta. Talvez uma amostra aleatória, em que você tivesse que estar preparado para responder perguntas que provassem que você viu os Jogos. E, se não tivesse visto, qual seria a punição adequada? Não execução e nem banimento, eram soluções extremas demais. Talvez alguma perda de privilégio na Capital e chicotadas em público nos distritos? Isso tornaria a punição pessoal para todos.

– O verdadeiro problema é que é repugnante assistir – disse Clemensia. – Por isso, as pessoas evitam.

Sejanus se manifestou.

– Claro que evitam! Quem quer ver um grupo de crianças matar umas às outras? Só uma pessoa horrível e perversa. Os seres humanos podem não ser perfeitos, mas nós somos melhores do que isso.

– Como você sabe? – disse Livia com irreverência. – E como uma pessoa dos distritos tem ideia do que queremos ver na Capital? Você nem estava aqui na guerra.

Sejanus ficou em silêncio, incapaz de negar.

– Porque a maioria de nós é gente mais ou menos decente – disse Lysistrata Vickers, cruzando as mãos sobre o caderno. Tudo nela era arrumado. Desde o cabelo bem trançado às unhas lixadas e os punhos brancos e engomados da blusa do uniforme sobre a pele escura e lisa. – A maioria de nós não quer ver outras pessoas sofrerem.

– Nós vimos coisas piores durante a guerra. E depois – lembrou Coriolanus. Coisas sangrentas foram transmitidas durante os Dias Escuros e também muitas execuções brutais depois que o Tratado da Traição foi assinado.

– Mas nós tínhamos coisas de verdade em jogo, Coryo! – disse Arachne Crane, dando-lhe um soco no braço do assento à direita dele. Sempre tão barulhenta. Sempre socando as pessoas. O apartamento dos Crane ficava em frente ao dos Snow, e às vezes, mesmo do outro lado da Corso, dava para ouvir os gritos à noite. – Nós estávamos vendo nossos inimigos morrerem! A escória rebelde e tudo mais. Quem liga praqueles garotos e garotas, de qualquer forma?

— Possivelmente as famílias deles — disse Sejanus.

— Você quer dizer um bando de zés-ninguém nos distritos. E daí? — gritou Arachne. — Por que o resto de nós devia se importar com quem vence?

Livia olhou diretamente para Sejanus.

— Sei que eu não ligo.

— Eu me animo mais com uma briga de cachorros — admitiu Festus. — Principalmente se eu puder apostar.

— Então você gostaria que apostássemos nos tributos? — brincou Coriolanus. — Isso te faria assistir?

— Bom, animaria as coisas, claro! — exclamou Festus.

Algumas pessoas riram, mas a turma ficou logo em silêncio, refletindo sobre a ideia.

— É macabro — disse Clemensia, enrolando o cabelo no dedo, pensativa. — Você falou sério? Acha que devíamos estar apostando em quem vai vencer?

— Não — disse Coriolanus, e inclinou a cabeça. — Por outro lado, se for sucesso, com certeza, Clemmie. Eu quero entrar pra história como a pessoa que incluiu as apostas nos Jogos!

Clemensia balançou a cabeça com exasperação. Mas, quando estava indo almoçar, Coriolanus não conseguiu parar de pensar que a ideia tinha certo mérito.

Os cozinheiros do refeitório ainda estavam trabalhando com as sobras do bufê da colheita, e o presunto cremoso na torrada devia ser o ponto alto do almoço na escola daquele ano. Coriolanus saboreou cada pedaço, diferentemente do dia do bufê, quando ele estava tão perturbado com o jeito ameaçador do reitor Highbottom que nem sentira o gosto de nada.

Os mentores foram instruídos para se reunirem na varanda do Heavensbee Hall depois do almoço, antes dos primeiros encontros oficiais com os tributos. Cada mentor ganhou um breve questionário para completar com seu atribuído, em parte para quebrar o gelo, em parte para registro. Pouquíssimas informações haviam sido obtidas dos tributos anteriores e a ideia era tentar corrigir isso. Muitos dos seus colegas estavam com dificuldades de esconder o nervosismo no caminho, e não paravam de tagarelar e contar piadas em voz alta, mas Coriolanus já tinha se adiantado ao ir se encontrar com Lucy Gray duas vezes. Sentia-se completamente à vontade, até ansioso para vê-la de novo. Para agradecer pela música. Para dar a ela o pudim de pão de Tigris. Para criar estratégias para a entrevista.

O falatório morreu quando os mentores passaram pelas portas da varanda e viram o que os aguardava abaixo. Todos os sinais das festividades da colheita tinham sido removidos, deixando o salão frio e imponente. Vinte e quatro mesinhas, cada uma com duas cadeiras dobráveis, estavam arrumadas em fileiras. Cada mesa tinha uma placa com um número de distrito seguido de Garota ou Garoto, e ao lado havia um bloco de concreto com um anel de metal no alto.

Antes que os alunos pudessem discutir a arrumação, dois Pacificadores entraram e montaram guarda ao lado da entrada principal, e os tributos foram levados em fila. Os Pacificadores estavam em número dobrado em relação aos tributos, mas era improvável que qualquer um dos jovens tentasse fugir, considerando os grilhões pesados presos em seus pulsos e tornozelos. Os tributos foram levados às mesas correspondentes aos seus distritos e sexo, receberam a ordem de se sentarem e foram acorrentados ao peso de concreto.

Alguns tributos quase caíram sentados, os queixos no peito, mas os mais desafiadores inclinaram as cabeças para trás e observaram o salão. Era um dos locais mais impressionantes da Capital, e várias bocas se abriram, deslumbradas com a grandiosidade das colunas de mármore, das janelas em arco, do teto abobadado. Coriolanus achava que devia ser uma maravilha para eles em comparação às estruturas baixas e feias que eram o estilo típico de muitos distritos. Conforme os olhos dos tributos percorriam o salão, eles acabaram chegando à varanda dos mentores, e os dois grupos se encararam por um momento longo e tenso.

Quando a professora Sickle bateu na porta atrás deles, os mentores deram um pulo coletivo.

— Parem de encarar seus tributos e desçam lá — ordenou ela. — Vocês só têm quinze minutos, usem-nos sabiamente. E lembrem-se de preencher a papelada para os nossos registros da melhor forma que puderem.

Coriolanus tomou a dianteira pela escada em espiral que levava até o salão. Quando seu olhar se encontrou com o de Lucy Gray, ele percebeu que ela o estava procurando. Vê-la acorrentada o perturbou, mas ele abriu um sorriso tranquilizador, e parte da preocupação sumiu do rosto dela.

Ele se sentou na cadeira à frente de Lucy Gray, franziu a testa para a mão algemada e fez sinal para o Pacificador mais próximo.

— Com licença, seria possível remover isso?

O Pacificador lhe fez o favor de verificar com o oficial à porta, mas balançou a cabeça negativamente.

— Obrigada por tentar — disse Lucy Gray. Ela tinha trançado o cabelo de um jeito bonito, mas o rosto estava triste e cansado, e o hematoma permanecia visível na bochecha. Ela reparou que ele estava olhando e tocou no local. — Está horrendo?

— Está melhorando — disse ele.

— Nós não temos espelho, eu só posso imaginar. — Ela não se dava ao trabalho de conjurar a personalidade vibrante da câmera para ele, e de certa forma ele ficou feliz. Talvez ela estivesse começando a confiar nele.

— Como você está? – perguntou Coriolanus.

— Com sono. Com medo. Com fome – disse Lucy Gray. – Algumas pessoas foram ao zoológico hoje cedo e nos deram comida. Ganhei uma maçã, que foi mais do que a maioria recebeu, mas não me deixou exatamente satisfeita.

— Bom, posso ajudar um pouco com isso. – Ele tirou o pacote de Tigris da bolsa.

Lucy Gray se animou um pouco e abriu com cuidado o papel até encontrar o quadrado grande de pudim de pão. De repente, seus olhos se encheram de lágrimas.

— Ah, não. Você não gosta? – perguntou ele. – Posso tentar trazer outra coisa. Posso...

Lucy Gray balançou a cabeça.

— É meu favorito. – Ela engoliu em seco, pegou um pedaço e botou na boca.

— O meu também. Minha prima Tigris fez hoje de manhã e deve estar bem fresco.

— Está perfeito. Igual ao que a minha mãe fazia. Por favor, diga a Tigris que eu agradeço. – Ela comeu outro pedaço, mas ainda estava segurando as lágrimas.

Coriolanus sentiu algo se contrair dentro dele. Queria esticar a mão e tocar no rosto dela, dizer que tudo ia ficar bem. Mas claro que não ia. Não para ela. Ele remexeu no bolso de trás em busca de um lenço e ofereceu a ela.

— Ainda tenho o lenço de ontem. – Ela enfiou a mão no bolso.

— Nós temos gavetas cheias – disse ele. – Pegue.

Lucy Gray pegou o lenço, secou os olhos e o nariz. Respirou fundo e se empertigou.

— E aí, qual é nosso plano pra hoje?

— Eu tenho que preencher esse questionário sobre sua vida. Você se importa? – Ele pegou a folha de papel.

— Nem um pouco. Adoro falar sobre mim.

A folha começava com coisas básicas. Nome, endereço no distrito, data de nascimento, cor de cabelo e olhos, altura e peso e se tinha alguma deficiência. As coisas ficaram mais complicadas na parte da família. Os pais e os dois irmãos mais velhos de Lucy Gray estavam mortos.

— Sua família toda se foi? — perguntou Coriolanus.

— Eu tenho uns primos. E o resto do Bando. — Ela se inclinou para olhar o papel. — Tem espaço pra eles?

Não havia. Mas deveria haver, pensou Coriolanus, considerando o quanto as famílias tinham sido destruídas pela guerra. Deveria haver lugar para qualquer pessoa que se importasse. Na verdade, talvez esta devesse ser a pergunta inicial: *Quem se importa com você?* Ou, melhor ainda: *Com quem você pode contar?*

— Casada? — Ele riu, mas lembrou que as pessoas se casavam jovens em alguns distritos. Como ele poderia saber? Talvez ela tivesse um marido no 12.

— Por quê? Está interessado? — disse Lucy Gray, com seriedade. Ele olhou surpreso para ela. — Eu acho que isso podia dar certo.

Coriolanus ficou um pouco vermelho pela provocação.

— Tenho certeza de que você poderia arrumar alguém melhor.

— Ainda não arrumei. — Uma expressão de dor surgiu no rosto dela, mas ela a escondeu com um sorriso. — Aposto que você tem garotas fazendo filas que dobram a esquina.

O flerte dela deixou Coriolanus mudo. Onde eles estavam? Ele olhou o papel. Ah, sim. Família.

— Quem te criou? Depois que você perdeu seus pais?

— Um velho ficou com a gente cobrando um valor, as seis crianças do Bando que sobraram. Ele não nos criou, mas também não se meteu com a gente, então poderia ter sido pior. De verdade, sou grata. As pessoas não queriam ficar com nós seis. Ele morreu ano passado de pulmão negro, mas alguns de nós já têm idade pra se virar.

Eles passaram a falar de ocupação. Aos dezesseis anos, Lucy Gray não tinha idade para as minas, mas também não frequentava a escola.

– Eu ganho meu pão entretendo as pessoas.

– As pessoas pagam pra você... cantar e dançar? – perguntou Coriolanus. – Eu acharia que as pessoas dos distritos não tinham dinheiro pra isso.

– A maioria não tem. Às vezes, juntam dinheiro, e dois ou três casais se casam no mesmo dia e nos contratam. Eu e o resto do Bando. O que sobrou de nós. Os Pacificadores nos deixaram ficar com nossos instrumentos quando nos recolheram. Eles são alguns dos nossos melhores clientes.

Coriolanus lembrou que eles tentaram não sorrir na colheita, mas ninguém interferiu com o canto e a dança dela. Ele escreveu sobre o trabalho dela e terminou o formulário, mas ainda tinha muitas perguntas.

– Me conte sobre o Bando. De que lado vocês ficaram na guerra?

– Nenhum dos dois. Meu povo não escolheu lado. Nós somos só nós. – Algo atrás de Coriolanus chamou a atenção dela. – Qual é mesmo o nome do seu amigo? O dos sanduíches? Acho que ele está tendo problemas.

– Sejanus? – Ele olhou para trás pelas fileiras até onde Sejanus estava com Marcus. Havia uma refeição intocada de sanduíches de rosbife e bolo entre eles. Sejanus falava em tom de súplica, mas Marcus só ficava olhando fixamente para a frente, os braços cruzados, o corpo todo inerte.

Por todo o salão, os tributos estavam em vários estágios de envolvimento. Vários cobriam o rosto e se recusavam a se comunicar. Alguns choravam. Alguns estavam respondendo com cautela, mas pareciam hostis.

– Cinco minutos – anunciou a professora Sickle.

Isso lembrou a Coriolanus de outros cinco minutos sobre os quais eles tinham que conversar.

– Na noite anterior ao começo dos Jogos, vamos ter uma entrevista de cinco minutos na televisão, na qual vamos poder fazer o que quisermos. Pensei que você poderia cantar de novo.

Lucy Gray refletiu.

– Não sei se adianta. Quando cantei aquela música na colheita, não tinha nada a ver com vocês aqui. Eu não planejei. É só parte de uma história comprida e triste pra qual ninguém liga além de mim.

– Sensibilizou as pessoas – observou Coriolanus.

– E a música do vale foi, como você falou, uma forma de talvez conseguir comida.

– Foi linda – disse ele. – Me fez lembrar quando minha mãe... Ela morreu quando eu tinha cinco anos. Me fez lembrar uma música que ela cantava pra mim.

– E seu pai? – perguntou ela.

– Ele também morreu. No mesmo ano.

Ela assentiu com solidariedade.

– Então você é órfão, como eu.

Coriolanus não gostava de ser chamado assim. Livia o provocava pelo fato de ele não ter pais quando ele era pequeno e o fazia se sentir solitário e indesejado, mas ele não era nem uma coisa nem outra. Ainda assim, havia aquele vazio que a maioria das outras crianças não entendia. Mas Lucy entendia porque também era órfã.

– Podia ser pior. Eu tenho a Lady-Vó. É a minha avó. E tenho Tigris.

– Você sente falta dos seus pais? – perguntou Lucy Gray.

— Ah, eu não era tão próximo do meu pai. Da minha mãe... sim. — Ainda era difícil falar sobre ela. — E você?

— Muito. Dos dois. Usar o vestido da minha mãe é a única coisa que me sustenta agora. — Ela passou os dedos pelos babados. — Parece que ela está passando os braços em volta do meu corpo.

Coriolanus pensou no pó compacto da mãe. No pó aromatizado.

— A minha mãe sempre tinha cheiro de rosas — disse ele, e se sentiu constrangido. Ele raramente falava da mãe, mesmo em casa. Como a conversa tinha chegado ali? — Mas eu acho que sua música comoveu muita gente.

— É gentileza sua dizer isso. Obrigada. Mas não é motivo pra cantar na entrevista. Se for na noite anterior aos Jogos, com certeza não vou receber comida. Não tenho motivo nenhum pra conquistar as pessoas nesse momento.

Coriolanus tentou pensar em um motivo, mas uma música cantada por ela só traria benefícios para ele.

— Uma pena. Com a sua voz...

— Posso cantar uns versos nos bastidores — prometeu ela.

Ele teria que trabalhar para persuadi-la, mas, no momento, deixou o assunto de lado. Ele permitiu que ela o entrevistasse por alguns minutos e respondeu mais perguntas sobre sua família e como eles sobreviveram à guerra. Ele não sabia bem o motivo, mas era fácil contar as coisas para ela. Seria porque ele sabia que tudo que estava contando desapareceria na arena em poucos dias?

Lucy Gray pareceu mais animada; não houve mais lágrimas. Conforme eles foram compartilhando histórias, a sensação de familiaridade começou a crescer entre eles. Quando o apito soou para indicar o fim da sessão, ela guardou o lenço de Coriolanus no bolso da mochila dele e apertou seu braço em agradecimento.

Os mentores seguiram obedientemente para a saída principal, onde a professora Sickle os instruiu:

— Vocês têm que ir para o laboratório superior de biologia para um interrogatório.

Ninguém a questionou, mas nos corredores eles debateram em voz alta o motivo. Coriolanus esperava que significasse que a dra. Gaul estaria lá. Seu questionário preenchido contrastava com os esforços dos colegas, e esse poderia ser outro momento para ele se destacar.

— O meu não quis falar. Nem uma palavra! — disse Clemensia. — Só consegui o que já tinha depois da colheita. O nome dele. Reaper Ash.

— É um nome de agricultor — observou Lysistrata.

— Verdade — disse Clemensia.

— A minha falou. Eu quase queria que não tivesse falado! — Arachne praticamente gritou.

— Por quê? O que ela disse? — perguntou Clemensia.

— Ah, parece que ela passa a maior parte do tempo no Distrito 10 matando porcos. — Arachne simulou vomitar. — Eca. O que posso fazer com essa informação? Queria poder inventar coisa melhor. — De repente, ela parou, fazendo Coriolanus e Festus se chocarem com ela. — Esperem! É isso!

— Cuidado! — disse Festus, empurrando-a para a frente.

Ela o ignorou e continuou falando, exigindo a atenção de todo mundo:

— Eu posso inventar alguma coisa brilhante! Já visitei o Distrito 10. É praticamente meu segundo lar! — Antes da guerra, a família dela construía hotéis de luxo em destinos de férias, e Arachne viajou muito por Panem. Ela ainda se gabava disso, apesar de ter ficado tão presa à Capital quanto todo mundo desde a guerra. — Eu posso pensar em algo melhor do que os altos e baixos de um abatedouro!

— Você tem sorte — disse Pliny Harrington. Todo mundo o chamava de Pup para diferenciá-lo do pai, que era comandante naval e cuidava das águas do Distrito 4. O comandante tentou moldá-lo à sua imagem e insistia para que Pup usasse corte militar e sapatos engraxados, mas o filho era descuidado por natureza. Ele tirou um pedaço de presunto do aparelho ortodôntico usando a unha do polegar e jogou no chão. — Pelo menos ela não tem medo de sangue.

— Por quê? A sua tem? — perguntou Arachne.

— Não faço ideia. Ela chorou durante os quinze minutos sem parar. — Pup fez uma careta. — Acho que o Distrito 7 não a preparou nem pra ter uma unha quebrada, que dirá para os Jogos.

— É melhor você abotoar o paletó antes de entrar — observou Lysistrata.

— Ah, é. — Pup suspirou. Ele foi fechar o botão de cima, mas o botão se soltou na mão dele. — Que uniforme idiota.

Quando eles entraram no laboratório, o prazer de Coriolanus de ver a dra. Gaul de novo foi diminuído pela presença do reitor Highbottom posicionado atrás da mesa do professor, recolhendo os questionários. Ele ignorou Coriolanus, mas também não foi simpático com mais ninguém. E deixou a fala para a Chefe dos Idealizadores dos Jogos.

A dra. Gaul cutucou o coelho bestante até a turma ter se acomodado e os cumprimentou:

— Um pulo, um pulinho, foi tudo bem no caminho? Eles se sentaram e foram logo falando ou ficaram só encarando? — Os alunos trocaram olhares confusos enquanto ela pegava os questionários. — Pra quem não sabe, sou a dra. Gaul, a Chefe dos Idealizadores dos Jogos, e vou ser mentora das suas mentorias. Vamos ver o que temos aqui. — Ela folheou os papéis, franziu a testa, puxou um e ergueu na frente da turma. — Foi isso que pedimos a vocês pra fazer. Obrigada, sr. Snow. O que os outros têm a dizer?

Por dentro, ele vibrou, mas manteve a expressão neutra. O melhor passo agora era apoiar os colegas. Depois de uma longa pausa, ele falou:

— Eu tive sorte com o meu tributo. Ela é falastrona. Mas a maioria não quis se comunicar. E nem a minha garota viu sentido em se esforçar pra entrevista.

Sejanus se virou para Coriolanus.

— E por que deveriam? O que eles vão ganhar com isso? O que quer que eles façam, vão ser jogados na arena tendo que se defender sozinhos.

Um murmúrio de concordância se espalhou pela sala.

A dra. Gaul olhou para Sejanus.

— Você é o garoto dos sanduíches. Por que você fez aquilo?

Sejanus enrijeceu e evitou o olhar dela.

— Eles estavam passando fome. Nós já vamos matá-los. Precisamos torturá-los antes?

— Hum. Um simpatizante de rebeldes – disse a dra. Gaul.

Mantendo o olhar no caderno, Sejanus insistiu:

— Não são rebeldes. Alguns tinham dois anos quando a guerra terminou. Os mais velhos tinham oito. E agora que a guerra acabou, eles são só cidadãos de Panem, não são? Como nós? Não é isso que o hino diz que a Capital faz? "Você nos dá luz. Você reúne"? Deveria ser o governo de todos, não é?

— Essa é a ideia geral. Continue – encorajou a dra. Gaul.

— Então deveria proteger todo mundo – disse Sejanus. – É a função número um do governo! E não entendo como fazê-los lutar até a morte ajude nisso.

— Obviamente, você não aprova os Jogos Vorazes – disse a dra. Gaul. – Deve ser difícil para um mentor. Deve atrapalhar na sua tarefa.

Sejanus fez uma pausa. Depois se sentou ereto, parecendo se preparar para o que viria, e a encarou.

– Talvez a senhora devesse me substituir e designar alguém mais merecedor.

Houve um ruído alto de surpresa na sala.

– Por nada nesse mundo, garoto. – A dra. Gaul riu. – A compaixão é a chave para os Jogos. Empatia, o que nos falta. Certo, Casca? – Ela olhou para o reitor Highbottom, mas ele só ficou mexendo na caneta.

A expressão de Sejanus se transformou, mas ele não discutiu. Coriolanus sentia que ele tinha abandonado a batalha, mas não acreditava que tivesse desistido da guerra. Ele era mais forte do que parecia, Sejanus Plinth. Quem jogaria uma mentoria na cara da dra. Gaul?

Mas a conversa só pareceu revigorá-la.

– Não seria maravilhoso se todo mundo na plateia tivesse sentimentos tão intensos pelos tributos quanto este jovem aqui? Esse seria nosso objetivo.

– Não – disse o reitor Highbottom.

– Sim! Que as pessoas realmente se envolvessem! – continuou a dra. Gaul. Ela coçou a testa. – Vocês me deram uma ideia maravilhosa. Uma forma de deixar que as pessoas afetem pessoalmente o resultado dos Jogos. E se deixássemos a plateia enviar comida para os tributos na arena? Que os alimentassem, como seu amigo aqui fez no zoológico. Elas se sentiriam mais envolvidas?

Festus se animou.

– Eu me sentiria se pudesse apostar no tributo que estivesse alimentando! Hoje de manhã, Coriolanus disse que talvez a gente devesse apostar nos tributos.

A dra. Gaul sorriu para Coriolanus.

– Claro que disse. Muito bem, juntem-se pra tentar ter uma ideia. Escrevam uma proposta de como isso poderia funcionar e minha equipe vai levar em consideração.

— Consideração? — perguntou Livia. — A senhora quer dizer que talvez use mesmo nossas ideias?

— Por que não? Se tiverem mérito. — A dra. Gaul jogou a pilha de questionários na mesa. — O que falta de experiência aos cérebros jovens às vezes é compensado em idealismo. Nada parece impossível para eles. O velho Casca ali criou o conceito dos Jogos Vorazes quando era meu aluno na Universidade, só um pouco mais velho do que vocês são agora.

Todos os olhares se voltaram para o reitor Highbottom, que se dirigiu à dra. Gaul.

— Foi só uma teoria.

— Isso também é, a não ser que se mostre útil — disse a dra. Gaul. — Espero a proposta na minha mesa amanhã de manhã.

Coriolanus deu um suspiro em pensamento. Mais um projeto em grupo. Mais uma oportunidade de comprometer suas ideias em nome da colaboração. Ou cortá-las completamente ou, pior, desfigurá-las até terem perdido suas características. A turma votou em um comitê de três mentores para elaborar a ideia. Claro que ele foi eleito, e nem podia recusar. A dra. Gaul tinha que sair para uma reunião e instruiu que a turma discutisse a proposta. Ele, Clemensia e Arachne tinham que se encontrar naquela noite, mas como todos queriam visitar seus tributos primeiro, eles combinaram de se encontrar às oito no zoológico. Mais tarde, iriam para a biblioteca escrever a proposta.

Como o almoço tinha sido substancial, ele não se incomodou com a sopa de repolho do dia anterior e um prato de feijão para o jantar. Pelo menos não era feijão-manteiga. E quando Tigris colocou a última porção em uma tigela elegante de porcelana e decorou com algumas ervas frescas do telhado, a refeição não pareceu humilde demais para oferecer a Lucy Gray. A apresentação importava para ela. Quanto ao fato de ser feijão, bem, ela estava passando fome.

Ele foi tomado de otimismo conforme caminhava para o zoológico. As visitas na parte da manhã podiam ter sido fracas, mas agora as pessoas chegavam tão rápido que ele não sabia se conseguiria um lugar na frente da jaula dos macacos. Seu status recente ajudou. Quando as pessoas o reconheceram, permitiram que ele passasse e até mandaram que os outros abrissem caminho. Ele não era um cidadão comum; era um mentor!

Coriolanus foi direto para o canto, mas deu de cara com os gêmeos, Pollo e Didi Ring, acampados em sua pedra. A dupla incorporava totalmente o fato de serem gêmeos e usavam trajes idênticos, prendiam os cabelos em coques iguais e tinham a mesma personalidade animada. Eles saíram sem Coriolanus precisar pedir.

— Pode ficar, Coryo — disse Didi enquanto puxava o irmão da pedra.

— Claro, já alimentamos nossos tributos — acrescentou Pollo. — Ei, lamento você ter que trabalhar na proposta.

— É, a gente votou no Pup, mas ninguém nos apoiou! — Eles riram e correram para o meio da multidão.

Lucy Gray se juntou a ele imediatamente. Apesar de ele não a acompanhar no jantar, ela devorou o feijão depois de admirar como estava decorado de forma elegante.

— Você ganhou mais comida dos visitantes? — perguntou ele.

— Ganhei a casca de um queijo velho de uma moça e uns garotos brigaram por um pão que um cara jogou aqui dentro. Vejo todo tipo de gente segurando comida, mas acho que elas têm medo de chegar perto demais, apesar de ter Pacificadores aqui dentro com a gente agora. — Ela apontou para a parede dos fundos da jaula, onde quatro Pacificadores montavam guarda. — Pode ser que se sintam mais seguras agora que você está aqui.

Coriolanus reparou em um garoto de uns dez anos no meio das pessoas, segurando uma batata cozida. Ele piscou para o garoto e acenou com a mão. O garoto olhou para o pai, que assentiu em aprovação. Ele foi até Coriolanus, mas ainda se manteve um pouco longe.

– Você trouxe essa batata pra Lucy Gray? – perguntou Coriolanus.

– Trouxe. Guardei do jantar. Eu queria comer, mas queria mais dar pra ela – disse ele.

– Pode dar – encorajou Coriolanus. – Ela não morde. Mas seja educado.

O garoto deu um passo tímido na direção dela.

– Oi – disse Lucy Gray. – Qual é seu nome?

– Horace – disse o garoto. – Eu guardei minha batata pra você.

– Mas que fofo! É pra comer agora ou guardar? – perguntou ela.

– Agora. – O garoto entregou a batata com cuidado.

Lucy Gray segurou a batata como se fosse um diamante.

– Nossa. É a batata mais bonita que já vi. – O garoto corou de orgulho. – Bom, lá vou eu. – Ela deu uma mordida, fechou os olhos e pareceu quase desmaiar. – Uma delícia. Obrigada, Horace.

As câmeras deram zoom neles quando Lucy Gray recebeu uma cenoura murcha de uma garotinha e um osso cozido de sopa da avó da garotinha. Alguém bateu no ombro de Coriolanus, e ele se virou e viu Pluribus Bell parado ali com uma lata pequena de leite.

– Pelos velhos tempos – disse ele com um sorriso ao fazer alguns buracos na tampa e entregar a lata para Lucy Gray. – Gostei do seu ato na colheita. Você mesma compôs a música?

Alguns dos tributos mais flexíveis (ou mais famintos) começaram a se posicionar perto da grade. Eles se sentaram no chão, esticaram as mãos, baixaram a cabeça e esperaram. Aqui e ali, alguém, normalmente uma criança, corria e colocava alguma coisa nas mãos deles, depois pulava para longe. Os tributos começaram a competir por atenção, atraindo as câmeras para o centro da jaula. Uma garotinha ágil do Distrito 9 deu um salto acrobático para trás depois de ganhar um pãozinho. O garoto do Distrito 7 fez um show de malabarismo com três nozes. A plateia recompensava os que faziam alguma coisa com aplausos e mais comida.

Lucy Gray e Coriolanus retomaram seus lugares no piquenique e assistiram ao show.

— Nós somos uma bela de uma trupe de circo, hein – disse ela enquanto arrancava pedacinhos de carne do osso.

— Nenhum deles chega perto de você – disse Coriolanus.

Mentores que tinham sido evitados antes foram abordados pelos tributos se oferecessem comida. Quando Sejanus chegou com sacos de ovos cozidos e pedaços de pão, todos os tributos correram até ele, exceto Marcus, que fez questão de ignorá-lo completamente.

Coriolanus indicou os dois com a cabeça.

— Você estava certa sobre Sejanus e Marcus. Eles estudavam na mesma turma no Distrito 2.

— Ah, isso é complicado. Pelo menos nós não temos que lidar com isso.

— Sim, já é bem complicado assim. – Ele quis falar como piada, mas pareceu seco. *Era* complicado e ia ficando mais a cada minuto.

Ela abriu um sorriso melancólico.

— Teria sido bom conhecer você em circunstâncias diferentes.

— Tipo quais? – Era um caminho perigoso de perguntas, mas ele não conseguiu evitar.

— Ah, tipo você ir a um dos meus shows e me ouvir cantar — disse ela. — E depois você vir conversar e talvez a gente tomar alguma coisa e dançar.

Ele conseguia imaginar a situação: ela cantando em um lugar como a casa noturna de Pluribus, ele olhando para ela, uma conexão antes mesmo de se conhecerem.

— E eu voltaria na noite seguinte.

— Como se tivéssemos todo o tempo do mundo — disse ela.

O devaneio deles foi interrompido por um "U-hu!" alto. Os tributos do Distrito 6 começaram uma dança engraçada, e os gêmeos Ring fizeram uma parte da plateia aplaudir no ritmo. Depois disso, a situação ficou quase festiva. A plateia chegou mais perto e algumas pessoas começaram a conversar com os prisioneiros.

De um modo geral, Coriolanus achou que as coisas estavam seguindo por um bom caminho; seria preciso mais do que Lucy Gray para justificar o horário nobre das entrevistas. Ele decidiu deixar os outros tributos terem seus momentos e pedir que ela cantasse no encerramento. Por ora, se contentou em contar a ela sobre as discussões dos mentores naquele dia e enfatizou o que a popularidade poderia significar na arena agora que havia a possibilidade de as pessoas mandarem dádivas.

Secretamente, ele se preocupou novamente com seus recursos. Ele precisaria de mais espectadores influentes, que tivessem dinheiro para comprar coisas para ela. Pegaria mal se o tributo de um Snow não recebesse nada na arena. Talvez ele devesse incluir uma cláusula na proposta de que não era possível enviar presentes para os próprios tributos. Senão, como ele poderia competir? Certamente não com Sejanus. E ali, junto à grade, Arachne tinha montado um pequeno piquenique para seu tributo. Um pãozinho fresco, um pedaço de queijo... aquilo era uva? Como ela tinha dinheiro para uva? Talvez a indústria de viagens estivesse prosperando.

Ele viu Arachne cortar o queijo com uma faca de cabo de madrepérola. Seu tributo, a tal garota falante do Distrito 10, se agachou na frente dela e se encostou com ansiedade na grade. Arachne fez um sanduíche grosso, mas não entregou imediatamente. Ela parecia estar dando sermão na garota sobre alguma coisa. Foi um discurso e tanto. Em um momento, a garota esticou a mão pela grade e Arachne puxou o sanduíche de volta, arrancando uma risada das pessoas. Ela se virou e abriu um sorriso, balançou o dedo para o tributo, ofereceu o sanduíche de novo e o puxou de volta uma segunda vez, para a diversão da plateia.

– Ela está brincando com fogo ali – observou Lucy Gray.

Arachne acenou para a plateia e deu uma mordida no sanduíche.

Coriolanus viu o rosto da tributo garota se fechando, os músculos do pescoço se contraindo. Viu também outra coisa. Seus dedos deslizaram pela grade e envolveram o cabo da faca. Ele começou a se levantar, abriu a boca para gritar um aviso, mas era tarde demais.

Em um movimento, o tributo puxou Arachne para a frente e cortou a garganta dela.

10

Gritos soaram entre as pessoas mais próximas do ataque. O rosto de Arachne perdeu a cor quando ela largou o sanduíche e levou as mãos ao pescoço. Sangue escorreu pelos dedos dela quando a garota do Distrito 10 a soltou e deu um empurrãozinho. Arachne cambaleou para trás, se virou e esticou a mão encharcada, suplicando por ajuda. Mas as pessoas estavam atordoadas demais ou com medo demais para reagir. Muitos se afastaram quando ela caiu de joelhos e começou a se esvair em sangue.

A reação inicial de Coriolanus foi de se afastar, como os outros, de se segurar na grade da jaula dos macacos em busca de apoio, mas Lucy Gray sussurrou:

– Ajuda ela!

Ele se lembrou das câmeras transmitindo ao vivo para a plateia da Capital. Não tinha ideia do que fazer por Arachne, mas não queria ser visto encolhido, recuado. Seu pavor era uma coisa particular, e não algo feito para exibição pública.

Ele obrigou as pernas a se moverem e foi o primeiro a chegar a Arachne. Ela segurou a camisa dele enquanto a vida escapava dela.

– Médico! – gritou ele enquanto a deitava no chão. – Tem um médico aqui? Alguém ajude! – Ele pressionou o ferimento para estancar o sangue, mas parou quando ela fez som de sufocamento. – Vamos lá! – gritou ele para a plateia. Dois Pacificadores estavam abrindo caminho na direção dele, mas devagar demais.

Coriolanus teve tempo de ver a garota do Distrito 10 pegar o sanduíche e dar mordidas furiosas antes de balas perfurarem o seu corpo, jogando-a contra a grade. Ela escorregou até o chão e seu sangue se misturou com o de Arachne. Pedaços de comida meio mastigada caíram de sua boca na poça vermelha.

A multidão chegou para trás enquanto pessoas em pânico tentavam fugir do local. A luz morrente acrescentou um toque de desespero. Coriolanus viu um garotinho cair e sua perna ser pisoteada antes de uma mulher o puxar do chão. Outros não tiveram tanta sorte.

Os lábios de Arachne emitiram palavras sem som que ele não conseguiu decifrar. Quando a respiração dela parou abruptamente, ele achou que não adiantava tentar ressuscitá-la. Se ele forçasse ar em sua boca, não sairia simplesmente pelo ferimento aberto no pescoço? Festus estava ao seu lado agora, e os dois amigos trocaram olhares impotentes.

Coriolanus se afastou de Arachne e fez uma careta para a cobertura brilhante e vermelha nas mãos. Virou-se e viu Lucy Gray encolhida junto às grades da jaula, o rosto escondido na saia de babados, o corpo trêmulo, e percebeu que estava tremendo também. Com ele era assim: o jorro de sangue, o zumbido das balas, os gritos das pessoas só traziam de volta os piores momentos de sua infância. Botas rebeldes batendo nas ruas, ele e a avó no chão por causa dos tiros, corpos morrendo em convulsão ao redor... sua mãe na cama ensanguentada... os pisoteamentos nos tumultos por causa de comida, os rostos esmagados, as pessoas gemendo...

Imediatamente, tomou as atitudes necessárias para mascarar seu terror. Apertou as mãos em punho nas laterais do corpo. Tentou respirar fundo, devagar. Lucy Gray começou a vomitar, e ele deu-lhe as costas para controlar o próprio estômago.

Médicos apareceram e colocaram Arachne em uma maca. Outros avaliaram os feridos por balas perdidas ou que foram pisoteados. Uma mulher estava diante dele perguntando se ele tinha se machucado, aquele sangue era dele? Quando confirmaram que não era, deram a ele uma toalha para se limpar e seguiram em frente.

Quando estava limpando o sangue, ele viu Sejanus ajoelhado perto da garota tributo morta. Ele tinha enfiado as mãos pela grade e parecia estar polvilhando alguma coisa branca sobre o corpo enquanto murmurava algumas palavras. Coriolanus só teve um vislumbre antes de um Pacificador aparecer e puxar Sejanus. Os soldados estavam ocupando o local agora, retirando as pessoas que restavam e enfileirando os tributos no fundo da jaula com as mãos acima da cabeça. Mais calmo, Coriolanus tentou chamar a atenção de Lucy Gray, mas os olhos dela estavam grudados no chão.

Um Pacificador o segurou pelos ombros e deu um empurrão respeitoso e firme na direção da saída. Ele se viu atrás de Festus pelo caminho principal. Eles pararam junto a um chafariz e removeram mais um pouco do sangue. Nenhum dos dois sabia o que dizer. Arachne não era sua pessoa favorita, mas sempre fez parte da vida dele. Eles brincavam juntos quando eram bebês, foram a festas de aniversário um do outro, ficaram em filas de comida, frequentaram as mesmas aulas. Ela fora vestida de renda preta da cabeça aos pés no enterro da mãe dele, e ele comemorara a formatura do irmão dela no ano anterior. Como parte da velha guarda rica da Capital, ela era quase da família. E não era preciso gostar da família. O laço existia de qualquer jeito.

— Não consegui salvá-la — disse ele. — Não consegui estancar o sangue.

— Acho que ninguém teria conseguido. Pelo menos, você tentou. É isso que importa — disse Festus em tom de consolo.

Clemensia os encontrou, o corpo todo tremendo de consternação, e eles saíram do zoológico juntos.

— Venham pra minha casa — disse Festus, mas quando eles chegaram ao prédio, ele caiu no choro de repente. Eles o colocaram no elevador e deram boa-noite.

Só quando Coriolanus estava levando Clemensia para casa foi que ele se lembrou da tarefa que a dra. Gaul tinha atribuído a ele. A proposta de enviar alimento aos tributos na arena e a opção de apostar neles.

— Ela não deve mais esperar nada — disse Clemensia. — Eu não conseguiria fazer nada hoje. E não poderia nem pensar no assunto. Sabe como é, sem a Arachne.

Coriolanus concordou, mas no caminho de casa pensou na dra. Gaul. Seria bem a cara dela penalizá-lo por perder um prazo daqueles, mesmo levando em conta as circunstâncias. Talvez ele devesse escrever alguma coisa por segurança.

Quando terminou de subir os doze andares até o apartamento, ele encontrou a avó transtornada, falando mal dos distritos e arejando seu melhor vestido preto para o funeral de Arachne. Ela voou para cima dele, passou a mão pelo seu peito e pelos braços para ter certeza de que não estava ferido. Tigris simplesmente chorou.

— Não acredito que Arachne esteja morta. Eu a vi no mercado de tarde, comprando uvas.

Ele as consolou e fez o melhor que pôde para tranquilizá-las sobre sua segurança.

— Não vai acontecer mais. Foi um acidente horrível. Agora, a segurança vai aumentar.

Quando as coisas se acalmaram, Coriolanus foi para o quarto, tirou o uniforme sujo de sangue e foi para o banheiro. Na água quase escaldante do chuveiro, ele removeu o restante do sangue de Arachne do corpo. Por cerca de um minuto, um choro doloroso de soluçar fez seu peito doer, mas passou, e ele não soube dizer se tinha a ver com a dor pela morte dela ou com a frustração por suas dificuldades. Provavelmente um pouco de cada. Ele vestiu um robe de seda puído que pertencera a seu pai e decidiu tentar escrever a proposta. Ele não conseguiria mesmo dormir, não com o som gorgolejante da garganta de Arachne ainda fresco nos ouvidos. Não havia pó com aroma de rosas que pudesse contrabalançar isso. Perder-se na tarefa o ajudaria a se acalmar, e ele preferia trabalhar na solidão, sem ter que refutar as ideias dos colegas de forma diplomática. Sem interferência, ele criou uma proposta simples e sólida.

Refletindo sobre a discussão em sala de aula com a dra. Gaul e sobre a empolgação da plateia quando alimentava os tributos famintos no zoológico, ele se concentrou na comida. Pela primeira vez, patrocinadores poderiam comprar itens como um pedaço de pão, um bloco de queijo, para serem entregues por drone a um tributo específico. Um painel seria estabelecido para revisar a natureza e o valor de cada item. O patrocinador teria que ser um cidadão da Capital de boa posição que não fosse diretamente relacionado aos Jogos. Isso descartava os Idealizadores dos Jogos, os mentores, os Pacificadores designados a protegerem os tributos e qualquer pessoa da família dos grupos supracitados. Sobre sua ideia de apostas, ele sugeriu um segundo painel para criar um local que permitisse que os cidadãos da Capital apostassem oficialmente no vitorioso, estabelecessem as chances e supervisionassem o pagamento dos vencedores. O rendimento de ambos os programas seria utilizado para cobrir os custos dos Jogos, tornando-os essencialmente desprovidos de custo para o governo de Panem.

Coriolanus trabalhou sem parar até o amanhecer de sexta. Quando os primeiros raios de sol entraram pela janela, ele vestiu um uniforme limpo, botou a proposta debaixo do braço e saiu do apartamento o mais rapidamente possível.

A dra. Gaul tinha várias atribuições, dentre seu trabalho de pesquisa e suas funções militares e acadêmicas, e ele precisou adivinhar onde ficava seu escritório. Como era coisa relacionada aos Jogos Vorazes, ele foi até a imponente estrutura conhecida como Cidadela, que abrigava o Departamento de Guerra. Os Pacificadores de serviço não tinham intenção nenhuma de deixar que ele entrasse na zona de segurança altíssima, mas garantiram que os papéis da proposta seriam colocados sobre a mesa dela. Era o melhor que ele podia fazer.

Quando voltou andando pela Corso, a tela que só mostrava a insígnia de Panem nas primeiras horas ganhou vida com os eventos da noite anterior. Repetidamente, exibiram o tributo cortando a garganta de Arachne, ele chegando para ajudá-la e a assassina levando tiros. Ele se sentiu estranhamente distante da ação, como se toda sua reserva emocional tivesse se esgotado com seu breve desabafo no chuveiro. Como sua reação inicial à morte de Arachne foi um tanto deficiente, Coriolanus ficou aliviado de ver que as câmeras só gravaram sua tentativa de salvá-la, os momentos em que ele pareceu ser corajoso e responsável. Só daria para notar o tremor se alguém olhasse com muita atenção.

Ele estava particularmente satisfeito de ver uma imagem rápida de Livia Cardew se debatendo no meio da multidão e fugindo ao ouvir os tiros. Em uma ocasião na aula de retórica, ela tinha atribuído a incapacidade de Coriolanus de decifrar o significado mais profundo de um poema ao fato de ele ser egoísta demais. Que ironia isso vindo logo de Livia! Mas as ações falavam mais alto do que as palavras. Coriolanus ao resgate, Livia correndo para a saída mais próxima.

Quando ele chegou em casa, Tigris e sua avó tinham se recuperado um pouco do choque da morte de Arachne e estavam declarando que ele era um herói nacional, comentário que ele desdenhou, mas também o fez vibrar. Ele deveria estar exausto, mas sentia uma energia nervosa percorrendo o corpo, e o anúncio de que a Academia manteria as aulas lhe deu ainda mais. Ser um herói em casa tinha suas limitações; ele precisava de uma plateia maior.

Depois de um café da manhã de batatas fritas e coalhada fria, ele foi para a Academia com a sobriedade que a ocasião exigia. Como todos o viam como amigo de Arachne, coisa que se provou certa ao tentar salvá-la, ele pareceu ser designado ao papel de líder do luto. Nos corredores, as condolências vinham de todos os lados, junto com elogios por suas ações. Alguém sugeriu que ele gostava dela como uma irmã, e apesar de nunca ter sido assim, ele não contestou. Não havia necessidade de desrespeitar os mortos.

Como reitor da Academia, Highbottom deveria chefiar a assembleia escolar, mas ele não apareceu. Foi Satyria quem falou de Arachne em termos elogiosos: sua audácia, sua expansividade, seu senso de humor. Só coisas que eram muito irritantes nela e que acabaram levando à sua morte, pensou Coriolanus enquanto secava os olhos. A professora Sickle pegou o microfone e o elogiou, e um pouco menos a Festus, pela reação deles a uma camarada caída. Hippocrata Lunt, orientadora da escola, convidou qualquer um com dificuldades em lidar com o luto para ir à sala dela, principalmente se a pessoa estivesse tendo impulsos violentos consigo mesma ou com os outros. Satyria voltou e anunciou que o funeral oficial de Arachne seria no dia seguinte e que todo o corpo estudantil compareceria para honrar a memória dela. Seria transmitido ao vivo para toda Panem, e eles eram encorajados a se portarem e se comportarem de forma adequada à juventude da Capital. Depois, eles tiveram permissão de interagir entre si, para se lembrarem da amiga e consolarem uns aos outros pela perda. As aulas seriam retomadas depois do almoço.

Depois de uma salada de peixe com torrada, os mentores tinham que se encontrar com o professor Demigloss de novo, embora ninguém estivesse com vontade de ir. Não ajudou o fato de que a primeira coisa que ele fez foi distribuir uma lista de mentores, atualizada com os nomes dos tributos, dizendo:

– Isso deve facilitar no registro do seu progresso nos Jogos.

10ª EDIÇÃO DOS JOGOS VORAZES
ATRIBUIÇÃO DE MENTORIA

DISTRITO 1
| *Garoto (Facet)* | Livia Cardew |
| *Garota (Velvereen)* | Palmyra Monty |

DISTRITO 2
| *Garoto (Marcus)* | Sejanus Plinth |
| *Garota (Sabyn)* | Florus Friend |

DISTRITO 3
| *Garoto (Circ)* | Io Jasper |
| *Garota (Teslee)* | Urban Canville |

DISTRITO 4
| *Garoto (Mizzen)* | Persephone Price |
| *Garota (Coral)* | Festus Creed |

DISTRITO 5
| *Garoto (Hy)* | Dennis Fling |
| *Garota (Sol)* | Iphigenia Moss |

DISTRITO 6
Garoto (Otto)   Apollo Ring
Garota (Ginnee)   Diana Ring
DISTRITO 7
Garoto (Treech)   Vipsania Sickle
Garota (Lamina)   Pliny Harrington
DISTRITO 8
Garoto (Bobbin)   Juno Phipps
Garota (Wovey)   Hilarius Heavensbee
DISTRITO 9
Garoto (Panlo)   Gaius Breen
Garota (Sheaf)   Androcles Anderson
DISTRITO 10
Garoto (Tanner)   Domitia Whimsiwick
Garota (Brandy)   Arachne Crane
DISTRITO 11
Garoto (Reaper)   Clemensia Dovecote
Garota (Dill)   Felix Ravinstill
DISTRITO 12
Garoto (Jessup)   Lysistrata Vickers
Garota (Lucy Gray)   Coriolanus Snow

Coriolanus, além de várias outras pessoas ao redor, cortou automaticamente o nome da garota do Distrito 10. Mas e aí? Faria sentido cortar o nome de Arachne também, mas a sensação era diferente. Sua caneta pairou acima do nome dela e o deixou lá por enquanto. Parecia frieza cortá-la da lista daquele jeito.

Uns dez minutos depois da aula começar, chegou um bilhete da diretoria instruindo que ele e Clemensia saíssem da aula e se apresentassem imediatamente na Cidadela. Só podia ser em resposta à proposta dele, e Coriolanus sentiu uma mistura de empolgação e nervosismo. A dra. Gaul tinha gostado? Odiado? O que significava?

Como ele nem tinha contado sobre a proposta, Clemensia ficou irritada.

– Não acredito que você escreveu uma proposta com o corpo de Arachne ainda quente! Eu chorei a noite inteira. – Os olhos inchados confirmavam o comentário.

– Bom, eu também não consegui dormir – protestou Coriolanus. – Depois de segurá-la morrendo. Trabalhar me impediu de surtar.

– Eu sei, eu sei. Cada pessoa lida com a dor de um jeito. Eu não quis te desmerecer. – Ela suspirou. – E o que foi que eu supostamente escrevi com você?

Coriolanus ofereceu um resumo rápido, mas ela pareceu irritada.

– Me desculpe, eu pretendia te contar. É coisa bem básica, e uma parte do que está lá nós já discutimos em grupo. Olha, eu já ganhei um demérito esta semana. Não posso deixar que minhas notas sejam afetadas.

– Você pelo menos colocou meu nome? Não quero que pareça que eu estava frágil demais pra participar – disse ela.

– Eu não botei o nome de ninguém. É mais um projeto de turma. – Coriolanus levantou as mãos com exasperação. – Sinceramente, Clemmie, eu achei que estava fazendo um favor a você!

– Tudo bem, tudo bem – disse ela, cedendo. – Acho que te devo essa. Mas queria pelo menos ter tido a chance de ler. Só me dá cobertura se ela começar a nos fazer perguntas.

– Você sabe que vou dar. Ela provavelmente vai odiar mesmo. Eu achei boa, mas ela segue regras completamente diferentes.

— Isso é verdade – concordou Clemensia. – Você acha que ainda vai haver Jogos Vorazes agora?

Ele não tinha pensado nisso.

— Não sei. Com Arachne, o funeral... Se acontecerem, serão adiados, acho. Sei que você não gosta dos Jogos.

— Você gosta? Alguém gosta? – perguntou Clemensia.

— Pode ser que enviem os tributos pra casa. – A ideia não era totalmente desagradável quando ele pensava em Lucy Gray. Ele se perguntou como o desenrolar da morte de Arachne a estava afetando. Todos os tributos estariam sendo punidos? Ele teria permissão de vê-la?

— É, ou transformá-los em Avoxes, sei lá – disse Clemensia. – É horrível, mas não tão ruim quanto a arena. Eu preferiria viver sem língua a morrer, e você?

— Eu preferiria, mas não sei se meu tributo concordaria – disse Coriolanus. – Dá pra cantar sem língua?

— Não sei. Cantarolar, talvez. – Eles tinham chegado aos portões da Cidadela. – Este lugar me dava medo quando eu era pequena.

— Ainda me dá – disse Coriolanus, o que a fez rir.

Na estação dos Pacificadores, as retinas deles foram escaneadas e comparadas com os arquivos da Capital. Suas mochilas foram recolhidas e uma guarda os escoltou por um corredor comprido e cinzento até um elevador que desceu pelo menos 25 andares. Coriolanus nunca tinha estado num local tão profundo e, para sua surpresa, percebeu que gostava. Por mais que amasse a cobertura dos Snow, ele se sentira muito vulnerável quando as bombas caíram na guerra. Ali, parecia que nada poderia atingi-lo.

As portas do elevador se abriram e eles saíram em um laboratório aberto gigantesco. Fileiras de mesas de pesquisa, máquinas desconhecidas e caixas de vidro se espalhavam por uma longa distância. Coriolanus se virou para a guarda, mas ela fechou as portas e os deixou sem instruções.

– Vamos? – perguntou ele a Clemensia.

Eles começaram a andar com cuidado pelo laboratório.

– Tenho a sensação horrível de que vou quebrar alguma coisa – sussurrou ela.

Eles acompanharam uma parede de caixas de vidro com quase cinco metros de altura. Dentro, uma variedade de criaturas, algumas familiares, outras alteradas ao ponto de ser impossível rotular, caminhavam, ofegavam e se deslocavam com infelicidade aparente. Presas enormes, garras e barbatanas batiam no vidro conforme eles passavam.

Um jovem de jaleco os interceptou e os levou à seção das jaulas dos répteis. Lá, eles encontraram a dra. Gaul olhando para um terrário grande com centenas de serpentes. Eram de cores artificialmente intensas, a pele quase reluzindo em tons de rosa, amarelo e azul néon. Nem maiores do que uma régua e nem mais grossas do que um lápis, elas se retorciam em um tapete psicodélico que cobria o fundo da jaula.

– Ah, aí estão vocês – disse a dra. Gaul com um sorriso. – Digam oi para os meus novos bebês.

– Oi – disse Coriolanus, aproximando o rosto do vidro para ver o amontoado se retorcendo. Elas o lembravam alguma coisa, mas ele não conseguia pensar o quê.

– Existe motivo para as cores? – perguntou Clemensia.

– Existe motivo para tudo ou para nada, dependendo da sua visão de mundo – disse a dra. Gaul. – O que me leva à sua proposta. Gostei. Quem escreveu? Só vocês dois? Ou sua amiga atrevida participou antes de cortarem a garganta dela?

Clemensia apertou os lábios, chateada, mas Coriolanus viu seu rosto se contrair. Ela não se deixaria intimidar.

— A turma toda discutiu em conjunto.

— E Arachne estava planejando ajudar no texto ontem à noite, mas aí... foi como a senhora falou — acrescentou ele.

— Mas vocês dois seguiram em frente, foi isso? — perguntou a dra. Gaul.

— Isso mesmo — disse Clemensia. — Nós escrevemos na biblioteca e eu imprimi no meu apartamento ontem à noite. E dei para Coriolanus entregar hoje de manhã. Como designado.

A dra. Gaul falou com Coriolanus:

— Foi assim que aconteceu?

Coriolanus se sentiu sob holofotes.

— Eu entreguei hoje de manhã, sim. Bom, entreguei para os Pacificadores em serviço; não tive permissão de entrar — disse ele de forma evasiva. Havia algo de estranho no interrogatório. — Algum problema?

— Eu só queria ter certeza de que os dois tinham participado — disse a dra. Gaul.

— Posso mostrar as partes que o grupo discutiu e como foram desenvolvidas na proposta — ofereceu ele.

— Sim. Faça isso. Vocês trouxeram uma cópia? — perguntou ela.

Clemensia olhou para Coriolanus com expectativa.

— Eu não trouxe — disse ele. Não gostou de Clemensia estar jogando a responsabilidade nas costas dele, considerando que estava tão abalada que nem ajudou. Principalmente porque ela era uma de suas concorrentes mais impressionantes aos prêmios da Academia. — Você trouxe?

— Pegaram nossas mochilas. — Clemensia se virou para a dra. Gaul. — Não podemos usar a cópia que entregamos?

— Bom, poderíamos. Mas meu assistente usou o papel para forrar essa jaula quando fui almoçar — disse ela com uma risada.

Coriolanus olhou para o amontoado de serpentes com línguas em movimento. E realmente conseguiu ver trechos da proposta embaixo dos corpos.

– E se vocês dois pegarem? – sugeriu a dra. Gaul.

Pareceu um teste. Um teste esquisito da dra. Gaul. E meio planejado, mas ele não conseguia imaginar com que objetivo. Ele olhou para Clemensia e tentou lembrar se ela tinha medo de cobras, mas nem sabia se ele mesmo tinha. Não havia serpentes no laboratório da escola.

Ela abriu um sorriso tenso para a dra. Gaul.

– Claro. É só enfiar a mão pela portinhola no alto?

A dra. Gaul tirou a tampa toda.

– Ah, não. Vamos abrir espaço. Sr. Snow? Por que você não vai primeiro?

Coriolanus enfiou a mão devagar e sentiu o calor do ar aquecido.

– Isso mesmo. Se mova devagar. Não as incomode – instruiu a dra. Gaul.

Ele enfiou os dedos sob uma folha de papel da proposta e a puxou lentamente de debaixo das serpentes. Elas caíram em um amontoado, mas não pareceram se importar muito.

– Acho que elas nem repararam em mim – disse ele para Clemensia, que estava meio verde.

– Agora sou eu. – Ela enfiou a mão no tanque.

– Elas não enxergam muito bem e escutam pior ainda – disse a dra. Gaul. – Mas elas sabem que vocês estão aqui. As serpentes conseguem sentir o cheiro de vocês com a língua, essas bestantes aqui mais do que as outras.

Clemensia pegou uma folha com a unha e a ergueu. As serpentes se mexeram.

– Se você for familiar, se elas fizerem associações agradáveis com seu cheiro, como o de um tanque quente, por exem-

127

plo, elas vão ignorar sua presença. Um cheiro novo, uma coisa estranha, seria visto como ameaça – disse a dra. Gaul. – Você estaria por conta própria, garotinha.

Coriolanus tinha começado a encaixar as peças quando viu a expressão de alarme no rosto de Clemensia. Ela puxou a mão do tanque, mas, antes disso, cerca de seis cobras néon enfiaram as presas na pele dela.

8

Clemensia soltou um grito de arrepiar e agitou a mão como louca para se livrar das víboras. Os ferimentos pequenos deixados pelas presas secretavam as cores néon da pele das serpentes. Pus tingido de rosa, amarelo e azul escorria de seus dedos.

Assistentes de laboratório de jaleco branco se materializaram. Dois prenderam Clemensia no chão enquanto um terceiro injetava nela um fluido preto com uma seringa hipodérmica de aparência assustadora. Seus lábios ficaram roxos e sem sangue antes de ela desmaiar. Os assistentes a colocaram em uma maca e a levaram para longe.

Coriolanus foi atrás, mas a dra. Gaul o fez parar com a voz:

– Não você, sr. Snow. Você fica aqui.

– Mas eu... Ela... – gaguejou ele. – Ela vai morrer?

– Quem sabe? – disse a dra. Gaul. Ela tinha colocado a mão no tanque e estava passando de leve os dedos retorcidos nos bichinhos. – Obviamente, o cheiro dela não estava no papel. Então você escreveu a proposta sozinho?

– Escrevi. – Não fazia sentido mentir. A mentira provavelmente tinha matado Clemensia. Obviamente, ele estava lidando com uma lunática que devia ser tratada com cuidado extremo.

– Que bom. A verdade, enfim. Mentirosos não me servem de nada. O que são mentiras além de tentativas de esconder algum tipo de fraqueza? Se eu vir esse seu lado de novo, vou cortá-lo dos Jogos. Se o reitor Highbottom te punir por isso, não vou me intrometer. Está claro? – Ela enrolou uma das cobras cor-de-rosa no pulso como uma pulseira e pareceu admirá-la.

– Muito claro – disse Coriolanus.

– A sua proposta é boa – disse ela. – Bem pensada e simples de executar. Vou recomendar que minha equipe a revise e implemente uma versão do primeiro estágio.

– Está bem – disse Coriolanus, com medo de dar uma resposta além da mais básica, considerando estar cercado de criaturas letais que faziam o que ela queria.

A dra. Gaul riu.

– Ah, vá pra casa. Ou vá ver sua amiga se ela ainda estiver lá. Está na hora do meu biscoitinho com leite.

Coriolanus saiu rapidamente, esbarrou em um tanque de lagartos e deixou seus habitantes frenéticos. Entrou em um lugar errado, depois outro, e se viu em uma seção fantasmagórica do laboratório, onde as jaulas de vidro abrigavam humanos com partes de animais enxertadas no corpo. Golas de penas em volta do pescoço; garras ou até tentáculos no lugar de dedos. E uma coisa (talvez guelras?) embutida no peito. A aparição dele os sobressaltou, e quando alguns abriram a boca para fazer súplicas, ele percebeu que eram Avoxes. Seus gritos reverberaram e ele teve um vislumbre de pássaros pequenos e pretos empoleirados acima. O nome *gaio tagarela* surgiu na mente dele. Um breve capítulo da aula de genética. O experimento fracassado, o pássaro capaz de repetir a fala humana que foi ferramenta de espionagem até os rebeldes entenderem o que faziam e os enviarem de volta com informações falsas. Agora, as criaturas inúteis estavam criando uma câmara de eco cheia dos gritos lamentáveis dos Avoxes.

Finalmente, uma mulher de jaleco e óculos bifocais enormes com armação rosa o interceptou, o repreendeu por incomodar os pássaros e o acompanhou até o elevador. Enquanto ele esperava, uma câmera de segurança o observava, e ele tentou compulsivamente esticar a única página amassada da proposta que estava segurando. Pacificadores o receberam, devolveram a mochila dele e a de Clemensia e o escoltaram para fora da Cidadela.

Coriolanus seguiu pela rua e contornou a esquina, e só então suas pernas cederam e ele se abaixou no meio-fio. O sol machucava seus olhos, e ele parecia não conseguir recuperar o fôlego. Estava exausto, pois não tinha dormido na noite anterior, mas cheio de adrenalina. O que tinha acontecido? Clemensia estava morta? Ele nem tinha processado direito o fim violento de Arachne, e agora isso. Era como os Jogos Vorazes. Só que eles não eram garotos de distrito. A Capital devia protegê-los. Ele pensou em Sejanus dizendo para a dra. Gaul que era função do governo proteger todo mundo, até as pessoas nos distritos, mas ele ainda não sabia como encaixar isso com o fato de que tinham sido inimigos tão recentemente. Mas certamente o filho de um Snow deveria ser prioridade máxima. Ele poderia estar morto se Clemensia tivesse escrito a proposta em seu lugar. Ele escondeu a cabeça nas mãos, confuso, com raiva e, mais do que tudo, com medo. Com medo da dra. Gaul. Com medo da Capital. Com medo de tudo. Se as pessoas que deveriam protegê-lo brincavam com tanta facilidade com sua vida... como é que se sobrevivia? Não confiando nelas, isso era certo. E se não dava para confiar nelas, em quem dava para confiar? Impossível saber.

Coriolanus ficou tenso ao se lembrar das presas de serpente penetrando na carne da colega. Pobre Clemmie, ela podia mesmo estar morta? E daquele jeito horrível, ainda por cima...

Se estivesse, era culpa dele? Por não ter chamado a atenção dela por mentir? Parecia uma infração pequena, mas a dra. Gaul colocaria a culpa nele por acobertá-la? Se Clemensia morresse, ele podia ficar muito encrencado.

Ele imaginou que, em uma emergência, uma pessoa seria levada para o Hospital da Capital mais próximo, e por isso saiu correndo nessa direção. Quando entrou no saguão frio, ele seguiu as placas até a emergência. Assim que as portas automáticas se abriram, ele ouviu Clemensia gritando da mesma forma como gritara quando as cobras a picaram. Pelo menos ela ainda estava viva. Ele balbuciou alguma coisa para a enfermeira no balcão, e ela conseguiu entender o suficiente para mandar que ele se sentasse bem na hora que uma onda de tontura o atingiu. Ele devia estar com uma cara péssima, porque ela levou para ele dois pacotinhos de biscoitos nutritivos e um copo de bebida de limão doce e gaseificada, que ele tentou beber aos golinhos, mas acabou virando, o que o fez ter vontade de pedir mais. O açúcar o fez se sentir um pouco melhor, mas não o suficiente para comer os biscoitos, que guardou no bolso. Quando o médico surgiu dos fundos, ele estava quase no controle de si mesmo. O médico o tranquilizou. Eles já tinham tratado vítimas de infortúnios no laboratório. Como o antídoto foi injetado rapidamente, havia todos os motivos do mundo para acreditar que Clemensia sobreviveria, embora pudesse haver algum dano neurológico. Ela ficaria hospitalizada até terem certeza de que estava estável. Se voltasse em alguns dias, talvez pudesse receber visitas.

Coriolanus agradeceu, entregou a mochila dela e concordou quando o médico sugeriu que a melhor coisa a fazer seria voltar para casa. Ao refazer o caminho até a entrada, ele viu os pais de Clemensia correndo na direção dele e conseguiu se esconder em uma porta. Ele não sabia o que haviam dito para os Dovecote, mas não tinha interesse em falar com eles, principalmente antes de pensar em uma história.

A falta de uma história plausível, de preferência que o absolvesse de ser cúmplice da condição de Clemensia, tornava impossível voltar para a escola e para casa.

Tigris só chegaria no jantar, no mínimo, e sua avó ficaria horrorizada com a situação. Estranhamente, ele percebeu que a única pessoa com quem queria conversar era Lucy Gray, que era inteligente e provavelmente não repetiria suas palavras.

Seus pés o levaram ao zoológico antes mesmo de ele pensar nas dificuldades que encontraria lá. Dois Pacificadores armados de forma impressionante estavam montando guarda na entrada principal, com vários outros atrás. No começo, mandaram que ele fosse embora; as instruções eram de que ninguém tinha permissão de visitar o zoológico. Mas Coriolanus deu a cartada do mentor, e naquele momento alguns o reconheceram como o garoto que tentou salvar Arachne. Sua fama foi suficiente para convencê-los a solicitar uma exceção. O Pacificador falou diretamente com a dra. Gaul, e Coriolanus ouviu a risada distinta vinda do telefone, apesar de estar a alguns metros de distância. Ele pôde entrar com um Pacificador, mas só por pouco tempo.

O lixo largado durante a fuga das pessoas ainda estava espalhado no caminho até a jaula dos macacos. Dezenas de ratos corriam por lá roendo sobras, desde pedaços de comida apodrecendo a sapatos perdidos na confusão. Apesar de o sol estar alto, vários gambás circulavam pegando porções de alimentos com as mãozinhas ágeis. Um mastigava um rato morto e avisava aos outros para passarem longe.

– Não é o zoológico de que me lembro – disse o Pacificador. – Só tem crianças em jaulas e esses bichos correndo por aí.

No caminho, Coriolanus observou pequenos recipientes com pó branco embaixo de rochas ou encostados em paredes em determinados pontos. Ele se lembrava do veneno usado pela Capital durante o cerco, uma época com pouca comida e muitos ratos. Seres humanos, principalmente os mortos, tinham se tornado o alimento de cada dia. Durante a pior fase, claro, humanos também comeram humanos. Não havia sentido em se sentir superior aos ratos.

– Aquilo é veneno de rato? – perguntou ele ao Pacificador.

– É, é uma coisa nova que estão experimentando hoje. Mas os ratos são tão inteligentes que nem chegam perto. – Ele deu de ombros. – Foi o que nos deram pra trabalhar.

Dentro da jaula, os tributos, algemados de novo, estavam encostados na parede dos fundos ou posicionados atrás das formações rochosas, como se tentando passar o mais despercebidos possível.

– Você tem que ficar longe – disse o Pacificador. – Sua garota não é uma ameaça provável, mas quem sabe? Outro pode te atacar. Você tem que ficar em um ponto em que não te alcancem.

Coriolanus assentiu e foi para a pedra de sempre, mas permaneceu atrás dela. Não se sentia ameaçado pelos tributos, eles eram o menor dos seus problemas, mas ele não queria dar ao reitor Highbottom outra desculpa para puni-lo.

De início, ele não conseguiu localizar Lucy Gray. Mas fez contato visual com Jessup, que estava encostado na parede dos fundos, usando o que parecia ser o lenço dos Snow no pescoço. Jessup deu uma sacudida em algo ao seu lado e Lucy Gray se sentou ereta com um sobressalto.

Por um momento, ela pareceu desorientada. Quando viu Coriolanus, ela esfregou os olhos para afastar o sono e ajeitou o cabelo solto com os dedos. Perdeu o equilíbrio ao se levantar e se segurou no braço de Jessup. Ainda desequilibrada, ela começou a atravessar a jaula na direção dele, arrastando as correntes junto. Era o calor? Trauma por causa das mortes? Fome? Como a Capital não alimentava os tributos, ela não tinha comido nada desde o assassinato de Arachne, quando vomitou toda a comida preciosa da plateia, e provavelmente o pudim de pão e a maçã que comera de manhã. Ela tinha ficado quase cinco dias à base de um sanduíche de bolo de carne e uma ameixa. Ele teria que arrumar um jeito de lhe oferecer mais comida, mesmo que fosse sopa de repolho.

Quando ela atravessou o fosso sem água, ele levantou a mão.

– Desculpe, não podemos chegar perto.

Lucy Gray parou a uma pequena distância da grade.

– Estou surpresa de você ter conseguido entrar.

A garganta dela, a pele, o cabelo, tudo parecia seco no sol quente da tarde. Um hematoma feio em seu braço não estava lá na noite anterior. Quem teria batido nela? Outro tributo ou um guarda?

– Eu não queria te acordar – disse ele.

Ela deu de ombros.

– Não é nada. Jessup e eu nos revezamos dormindo. Os ratos da Capital gostam de gente.

– Os ratos estão tentando comer vocês? – perguntou Coriolanus, enjoado com a ideia.

– Bom, alguma coisa mordeu o pescoço do Jessup na primeira noite que passamos aqui. Estava escuro e não deu pra ver o que era, mas ele percebeu o pelo. E ontem à noite, alguma coisa subiu na minha perna. – Ela indicou o recipiente de pó branco perto das grades. – Aquilo lá não ajuda em nada.

Coriolanus teve uma imagem horrível dela deitada morta debaixo de um bando de ratos. Acabou com o resto da resistência que ele tinha, e ele se sentiu tomado pelo desespero. Por ela. Por si mesmo. Pelos dois.

— Ah, Lucy Gray. Sinto muito. Sinto tanto por tudo isso.

— Não é sua culpa.

— Você deve me odiar. Deveria. Eu me odiaria.

— Eu não te odeio. Os Jogos Vorazes não foram ideia sua — respondeu ela.

— Mas estou participando deles. Estou colaborando para que aconteçam! — Sua cabeça pendeu de vergonha. — Eu deveria ser como Sejanus e pelo menos tentar abandonar a mentoria.

— Não! Por favor, não. Não me deixe passar isso tudo sozinha! — Ela deu um passo na direção dele e quase desmaiou. Suas mãos agarraram as grades e ela escorregou até o chão.

Ignorando o aviso dos guardas, ele passou por cima da pedra impulsivamente e se agachou na frente dela.

— Você está bem?

Ela assentiu, mas não parecia bem. Ele queria contar a ela sobre o susto com as cobras e o flerte de Clemensia com a morte. Queria pedir conselhos, mas tudo parecia pequeno perto da situação dela. Ele se lembrou dos biscoitos que a enfermeira lhe dera e procurou os dois pacotes no bolso.

— Eu trouxe isto. Não são grandes, mas são bem nutritivos.

Soou como uma idiotice. Como o valor nutricional poderia importar para ela? Ele percebeu que estava só repetindo o que seus professores diziam durante a guerra, quando um dos incentivos para ir à escola era o lanche oferecido pelo governo. Os biscoitos secos e sem gosto acompanhados de água eram a única coisa que algumas crianças tinham para comer o dia todo. Ele se lembrou de suas mãozinhas magras como garras arrancando o embrulho e o ruído de mastigação desesperada em seguida.

Lucy Gray abriu um pacote na mesma hora e enfiou um dos dois biscoitos na boca, mastigou e engoliu a coisa seca com dificuldade. Ela apertou a mão na barriga, suspirou e comeu o segundo mais devagar. A comida pareceu lhe dar foco e sua voz soou mais calma:

— Obrigada. Estou melhor.

— Coma os outros — pediu ele, indicando o segundo pacote. Ela balançou a cabeça.

— Não. Vou guardar para o Jessup. Ele é meu aliado agora.

— Seu aliado? — Coriolanus estava perplexo. Como alguém podia ter um aliado nos Jogos?

— Aham. Os tributos do Distrito 12 vão cair juntos — disse Lucy Gray. — Ele não é muito inteligente, mas é forte como um touro.

Dois biscoitos pareciam um preço baixo a pagar pela proteção de Jessup.

— Vou arrumar mais coisa pra você comer assim que puder. E parece que as pessoas vão poder enviar comida pra arena. É oficial agora.

— Seria bom. Mais comida seria bom. — Ela inclinou a cabeça para a frente e a apoiou na grade. — Aí, como você falou, pode fazer sentido eu cantar. Pra fazer as pessoas quererem me ajudar.

— Na entrevista — sugeriu ele. — Você pode cantar a música do vale de novo.

— Talvez. — Ela franziu a testa de modo reflexivo. — Vão transmitir por toda Panem ou só na Capital?

— Acho que toda Panem. Mas você não vai ganhar nada dos distritos.

— Nem espero. Não é por isso — disse ela. — Mas talvez eu cante. Seria melhor com um violão.

– Posso tentar conseguir um. – Não que os Snow tivessem instrumentos. Exceto pelo hino diário da avó e das cantigas de ninar da sua mãe antigamente, houve pouca música em sua vida até Lucy Gray aparecer. Ele raramente ouvia as transmissões de rádio da Capital, que só tocavam marchas e músicas de propaganda. E pareciam todas iguais.

– Ei! – O Pacificador fez sinal para ele se afastar. – Você está perto demais! Mas está na hora de ir.

Coriolanus se levantou.

– É melhor eu partir se quiser que me deixem entrar outra vez.

– Claro. Claro. E obrigada. Pelos biscoitos e tudo mais – disse Lucy Gray, segurando nas grades para se levantar com dificuldade.

Ele enfiou a mão pelas grades para ajudá-la a se levantar.

– Não foi nada.

– Pra você, talvez. Mas pra mim é o mundo ter uma pessoa vindo aqui, como se eu importasse.

– Você importa – disse ele.

– Bom, há muitas provas do contrário. – Ela balançou as correntes e deu um puxão nelas. E então, como se lembrando de alguma coisa, olhou para o céu.

– Você importa pra mim – insistiu ele. A Capital podia não a valorizar, mas ele sim. Não tinha acabado de abrir o coração para ela?

– Hora de ir, sr. Snow! – gritou o Pacificador.

– Você importa pra mim, Lucy Gray – repetiu ele. Suas palavras atraíram o olhar dela de volta, mas ela ainda parecia distante.

– Olha, garoto, não me faz ter que te denunciar – disse o Pacificador.

– Eu tenho que ir. – Coriolanus se preparou para partir.

— Ei! — disse ela com certa urgência. Ele se virou. — Ei, quero que você saiba que não acredito que você esteja aqui pelas notas ou por glória. Você é uma ave rara, Coriolanus.

— Você também — disse ele.

Ela moveu a cabeça concordando e voltou para onde Jessup estava, as correntes deixando uma trilha na palha suja e nos cocôs de rato. Quando chegou ao companheiro, ela se deitou e se encolheu, como se estivesse exausta pelo breve encontro.

Ele tropeçou duas vezes saindo do zoológico e admitiu que estava cansado demais para elaborar uma boa solução para qualquer coisa. Já estava tarde e sua chegada em casa não geraria desconfianças, por isso ele voltou para o apartamento. Teve o azar de encontrar a colega de turma Persephone Price, filha do famoso Nero Price, o homem que canibalizara a empregada. Eles acabaram caminhando juntos, pois eram vizinhos. Ela tinha sido designada como mentora de Mizzen, um garoto corpulento de treze anos do Distrito 4, e estava presente quando ele e Clemensia foram retirados da aula. Ele temia que ela puxasse assunto sobre a proposta, mas Persephone ainda estava abalada demais pela morte de Arachne para falar sobre qualquer outra coisa. Normalmente, ele evitava a companhia de Persephone porque nunca conseguia deixar de imaginar se ela sabia quais tinham sido os ingredientes dos ensopados que comera na época da guerra. Por um tempo, ele sentiu medo dela, mas agora a garota só inspirava repulsa, por mais que ele ficasse lembrando que ela era inocente. Com covinhas nas bochechas e seus olhos verdes, ela era mais bonita do que qualquer outra garota do ano dele, com a possível exceção de Clemensia... bem, a Clemensia de antes das picadas de cobra. Mas a ideia de beijá-la o repugnava. Mesmo agora, quando ela lhe deu um abraço lacrimoso de despedida, ele só conseguia pensar naquela perna cortada.

Coriolanus se arrastou escada acima, os pensamentos mais sombrios do que nunca com a lembrança da pobre empregada caída de fome nas ruas. Quanto tempo ele podia esperar que Lucy Gray durasse? Ela estava murchando rápido. Estava fraca e distraída. Ferida e destruída. Mas, mais do que tudo, morrendo de fome. No dia seguinte, ela talvez já não conseguisse ficar de pé. Se ele não encontrasse alguma forma de alimentá-la, ela estaria morta antes dos Jogos Vorazes começarem.

9

Quando Coriolanus chegou ao apartamento, sua avó deu uma olhada nele e sugeriu que tirasse um cochilo antes do jantar. Ele caiu na cama, sentindo-se estressado demais para conseguir dormir. Mas, quando se deu conta, Tigris já estava sacudindo seu ombro delicadamente. Uma bandeja em sua mesa de cabeceira espalhava o aroma reconfortante de sopa com macarrão. Às vezes o açougueiro dava carcaças de frango de graça para ela, que fervia e preparava alguma coisa maravilhosa.

– Coryo – disse ela. – Satyria ligou três vezes e não consigo pensar em mais desculpas. Acorde, coma um pouco e ligue pra ela.

– Ela perguntou sobre Clemensia? Todo mundo sabe? – perguntou ele de repente.

– Clemensia Dovecote? Não. Por que ela perguntaria? – perguntou Tigris.

– Foi tão horrível. – Ele contou a história com todos os detalhes asquerosos.

Enquanto ele falava, toda a cor sumiu do rosto da prima.

– A dra. Gaul fez as serpentes picarem ela? Por causa de uma mentirinha boba daquelas?

– Fez. E não se importou nem um pouco se Clemensia sobreviveria ou não. Só me mandou sair pra poder fazer o lanche da tarde.

— Que sádica. Ou completamente maluca — disse Tigris. — Você acha que deveria denunciá-la?

— Pra quem? Ela é Chefe dos Idealizadores dos Jogos. Trabalha diretamente com o presidente. Ela vai dizer que foi culpa nossa por mentir.

Tigris pensou no assunto.

— Tudo bem. Não denuncie. Nem confronte. Só a evite o máximo que puder.

— Sendo mentor, isso é difícil. Ela fica aparecendo na Academia pra brincar com um coelho bestante e fazer um monte de perguntas malucas. Uma palavra dela pode me dar ou me tirar o prêmio. — Ele esfregou o rosto com as mãos. — Arachne está morta, Clemensia está completamente envenenada e Lucy Gray... bom, essa é outra história horrível. Duvido que ela chegue aos Jogos e talvez até seja melhor.

Tigris colocou uma colher na mão dele.

— Tome sua sopa. Já passamos por coisas piores. Snow cai como a neve, sempre por cima de tudo, certo?

— Snow cai como a neve, sempre por cima de tudo — disse ele com tão pouca convicção que os dois riram. Ele se sentiu um pouco mais normal. Tomou um pouco da sopa para agradá-la, percebeu que estava morrendo de fome e devorou a tigela toda rapidamente.

Quando Satyria ligou de novo, ele quase fez a confissão, mas ela só queria pedir que ele cantasse o hino no funeral de Arachne de manhã.

— Seu heroísmo no zoológico, somado ao fato de você ser o único que sabe a letra toda, fez de você a primeira escolha do corpo docente.

— Seria uma honra, claro — respondeu ele.

— Que bom. — Satyria bebeu alguma coisa e o gelo no copo tilintou, em seguida parou para respirar. — Como estão as coisas com o seu tributo?

Coriolanus hesitou. Reclamar parecia infantilidade, como se ele não fosse capaz de lidar com os próprios problemas. Ele quase nunca pedia a ajuda de Satyria. Mas pensou em Lucy Gray cedendo sob o peso das correntes e deixou a cautela de lado.

– Nada bem. Eu vi Lucy Gray hoje. Só por um minuto. Ela está muito fraca. A Capital não deu nada para ela comer.

– Desde que ela saiu do Distrito 12? Ora, isso foi há quanto tempo? Quatro dias? – perguntou Satyria, surpresa.

– Cinco. Acho que ela não vai sobreviver até os Jogos Vorazes. Não vou nem ter um tributo pra mentorar – disse ele.

– Muitos de nós não terão.

– Bom, isso não é justo. É como mandar que você faça um experimento com equipamentos quebrados – respondeu ela. – E agora os Jogos serão adiados por pelo menos um ou dois dias. – Ela fez uma pausa e acrescentou: – Vou ver o que posso fazer.

Ele desligou e se virou para Tigris.

– Querem que eu cante no funeral. Ela não mencionou Clemensia. Devem estar guardando segredo.

– Então faça o mesmo – disse Tigris. – Talvez finjam que a coisa toda não aconteceu.

– Talvez nem contem ao reitor Highbottom – disse ele, se animando. Mas outro pensamento lhe ocorreu. – Tigris? Acabei de lembrar que não sei cantar. – De alguma forma, isso foi a coisa mais engraçada que os dois já tinham ouvido.

Já a avó deles não achou que fosse motivo para rir, e na manhã seguinte o acordou bem cedo para treiná-lo. No fim de cada verso, ela cutucava as costelas dele com uma régua e gritava "Respire!" até ele não ser capaz de se imaginar tomando outra decisão. Pela terceira vez naquela semana, ela sacrificou uma de suas queridas flores pelo futuro dele e prendeu um botão de rosa azul-claro no paletó bem passado do uniforme de Coriolanus.

– Pronto. Combina com seus olhos – disse ela.

Bem arrumado, com a barriga cheia de aveia e a costela cheia de hematomas que o lembravam de inspirar, ele partiu para a Academia.

Apesar de ser sábado, todo o corpo estudantil passou na sala onde registravam a presença antes de se reunir nos degraus da frente da Academia, dividida por turma e em ordem alfabética. Por causa da tarefa, Coriolanus ficou na frente com os professores e os convidados especiais, o mais importante deles sendo o presidente Ravinstill. Satyria repassou rapidamente o programa com ele, mas a única coisa que ficou na cabeça foi que sua interpretação do hino abriria a cerimônia. Ele não se importava de falar em público, mas nunca tinha cantado para uma plateia; havia poucas ocasiões para isso em Panem. Foi um dos motivos para a canção de Lucy Gray ter chamado tanta atenção. Ele acalmou os nervos lembrando a si mesmo que, mesmo que uivasse como um cão, não havia muito com que o comparar.

Do outro lado da avenida, as arquibancadas temporárias montadas para a procissão funerária se encheram rapidamente de pessoas vestidas de preto, a única cor que todo mundo com certeza tinha, considerando a perda de pessoas amadas durante a guerra. Ele procurou os Crane, mas não os viu na multidão. A Academia e os prédios ao redor estavam decorados com faixas funerárias e bandeiras da Capital em todas as janelas. Numerosas câmeras estavam posicionadas para gravar o evento, e múltiplos repórteres da Capital TV transmitiam comentários ao vivo. Coriolanus achou uma exibição e tanto para Arachne, desproporcional à vida e morte dela, morte essa que poderia ter sido evitada se ela não tivesse sido tão exibicionista. Tantas pessoas morreram heroicamente na guerra, e com tão pouco reconhecimento, que aquilo o irritou. Ele ficou aliviado de ter que cantar em vez de elogiar os talentos dela, que, se sua memória estivesse boa, eram limitados a falar alto a ponto de o auditório todo ouvi-la sem microfone e à capacidade de equilibrar uma colher no nariz. E o reitor Highbottom *o* acusou de se exibir? Ainda assim, lembrou-se ele, ela era praticamente da família.

O relógio da Academia bateu nove horas e a multidão fez silêncio. Na deixa, Coriolanus se levantou e andou até o pódio. Satyria tinha prometido acompanhamento musical, mas o silêncio se prolongou por tanto tempo que ele inspirou fundo para iniciar o hino antes que uma versão metálica começasse a tocar no sistema de som, dando a ele uma curta introdução.

Pérola de Panem
Cidade majestosa,
Com o passar dos anos, você brilha mais.

Seu canto foi mais como uma fala prolongada do que uma melodia em si, mas a música não era nenhum grande desafio. A nota alta que sua avó sempre errava era opcional; a maioria das pessoas cantava uma oitava mais baixa. Com a lembrança da régua dela o cutucando, ele seguiu em frente, sem perder uma nota e sem perder o fôlego. Ele se sentou com aplausos generosos e um aceno aprovador do presidente, que agora estava no pódio.

– Dois dias atrás, a vida jovem e preciosa de Arachne Crane foi encerrada, e aqui lamentamos por outra vítima da rebelião criminosa que ainda nos cerca – declarou o presidente. – A morte dela foi tão valorosa quanto a de qualquer pessoa no campo de batalha, a perda dela mais profunda ainda por alegarmos estarmos em paz. Mas não existirá paz enquanto essa doença corroer tudo de bom e nobre no nosso país. Hoje, nós honramos o sacrifício dela com um lembrete de que, embora o mal exista, ele não prevalece. E, mais uma vez, somos testemunhas da nossa grande Capital trazendo justiça para Panem.

Os tambores começaram uma melodia lenta e grave, e a multidão se virou quando a procissão funerária dobrou a esquina e entrou na rua. Embora não tão larga quanto a Corso, a via Scholars acomodava facilmente a guarda de honra dos Pacificadores, com vinte homens lado a lado e quarenta em fila, que entrou em uniformidade impecável no ritmo dos tambores.

Coriolanus tinha questionado a estratégia de contar aos distritos sobre um tributo ter matado uma garota da Capital, mas agora entendeu o motivo. Atrás dos Pacificadores havia um caminhão com caçamba comprida e um guindaste em cima. Bem no alto, o corpo cravejado de balas da garota do Distrito 10, Brandy, estava pendurado no gancho. Algemados na caçamba do caminhão, imundos e subjugados, estavam os vinte e três tributos restantes. O comprimento das correntes impedia que eles se levantassem, então eles ficaram agachados ou sentados no chão de metal. Era mais uma oportunidade de lembrar aos distritos que eles eram inferiores e que haveria consequências negativas pela resistência deles.

Ele viu Lucy Gray tentando manter um pouco de dignidade, sentada o mais ereta que as correntes permitiam e olhando firme para a frente, ignorando o cadáver balançando delicadamente acima. Mas não adiantava. A sujeira, as algemas, a exibição pública… era coisa demais para deixar de lado. Ele tentou imaginar como agiria naquelas circunstâncias, mas acabou se dando conta de que devia ser o que Sejanus estava fazendo e parou.

Outro batalhão de Pacificadores seguia os tributos, abrindo caminho para um quarteto de cavalos. Estavam decorados com guirlandas e puxavam uma carroça decorada com um caixão branco coberto de flores. Atrás do caixão estavam os Crane, em uma carruagem puxada por cavalos. Pelo menos a família teve a decência de parecer incomodada. A procissão parou quando o caixão chegou à frente do pódio.

A dra. Gaul, que estava sentada ao lado do presidente, se aproximou do microfone. Coriolanus achava um erro permitir que ela falasse em um momento daqueles, mas ela devia ter deixado seu lado maluco e suas pulseiras de cobra cor-de-rosa em casa, porque falou com clareza severa e inteligente:

– Arachne Crane, nós, seus concidadãos de Panem, prometemos que sua morte não será em vão. Quando um de nós é atingido, nós reagimos com o dobro de intensidade. Os Jogos Vorazes continuarão, com mais energia e compromisso do que antes, e acrescentaremos seu nome à longa lista de inocentes que morreram defendendo uma terra honrada e justa. Seus amigos, familiares e concidadãos a saúdam e dedicam a décima edição dos Jogos Vorazes à sua memória.

Agora aquela barulhenta da Arachne era defensora de uma terra honrada e justa. *Sim, ela entregou a vida enquanto provocava um tributo com um sanduíche*, pensou Coriolanus. *A lápide dela bem que poderia dizer "Acidente por risadas mesquinhas".*

Uma fileira de Pacificadores com faixas vermelhas levantou as armas e deu vários tiros por cima da procissão, que depois seguiu alguns quarteirões e dobrou uma esquina.

Conforme a multidão foi dispersando, várias pessoas interpretaram a expressão de sofrimento no rosto de Coriolanus como dor pela morte de Arachne quando, ironicamente, ele só sentia vontade de matá-la de novo. Ainda assim, ele achava que tinha se portado bem, isso até se virar e encontrar o reitor Highbottom olhando para ele com superioridade.

– Minhas condolências pela perda da sua amiga – disse o reitor.

— E pela perda da sua aluna. É um dia difícil pra todos nós. Mas a procissão foi emocionante – respondeu Coriolanus.

— Você achou? Eu achei excessiva e de péssimo gosto – disse o reitor Highbottom. Tomado de surpresa, Coriolanus soltou uma gargalhada curta, mas se recuperou e tentou parecer chocado. O reitor desceu o olhar para o botão de rosa azul na lapela de Coriolanus. – É impressionante como pequenas coisas mudam. Depois de tantas mortes. Depois de tantas promessas agonizantes de lembrar o que custam. Depois de tudo aquilo, ainda não sei distinguir o botão da flor. – Ele deu uma batidinha com o indicador na flor para ajustar o ângulo e sorriu. – Não se atrase para o almoço. Eu soube que tem torta.

A única coisa boa do encontro foi que realmente havia torta, desta vez de pêssego, no bufê especial no refeitório da escola. Diferentemente do dia da colheita, Coriolanus encheu o prato de frango frito e pegou o maior pedaço de torta que encontrou. Cobriu os pãezinhos com manteiga e tomou três copos de ponche de uva, sendo que o último copo ficou tão cheio que ele manchou o guardanapo de linho ao beber. As pessoas que falassem. O aluno principal da cerimônia precisava de alimento. Mas, enquanto comia, ele percebeu aquela reação como um sinal de que seu talento para o autocontrole estava sumindo. Ele botou a culpa no reitor Highbottom e no assédio contínuo que sofria dele. O que era aquilo de que ele ficou falando hoje? Botões? Flores? Ele devia estar trancado em um hospício ou, melhor ainda, devia ser deportado para um posto distante e deixar as pessoas decentes da Capital em paz. Só de pensar nele, Coriolanus decidiu pegar mais torta.

Sejanus, por outro lado, só ficou empurrando o frango e o pão sem dar nenhuma mordida. Se Coriolanus não tinha gostado do desfile funerário, devia ter sido um tormento para Sejanus.

– Você vai ser denunciado se jogar fora tanta comida – lembrou Coriolanus. Ele não gostava muito do sujeito, mas também não queria vê-lo ser punido.

– Certo – disse Sejanus. Mas continuou parecendo incapaz de mais do que um gole de ponche.

Quando o almoço estava acabando, Satyria reuniu os vinte e dois mentores ativos para informar-lhes que não só os Jogos Vorazes ainda aconteceriam como deveriam ser os de maior visibilidade até então. Com isso em mente, eles tinham que escolher os tributos em uma visita à arena naquela mesma tarde. Tudo seria transmitido ao vivo para todo o país, fazendo com que a resolução da dra. Gaul no funeral ficasse clara. A Chefe dos Idealizadores dos Jogos achava que separar os jovens da Capital dos jovens dos distritos sugeria fraqueza, como se eles tivessem medo demais do inimigo para estar na presença deles. Os tributos ficariam algemados, mas não completamente acorrentados. Os atiradores de elite dos Pacificadores estariam entre os guardas, mas os mentores tinham que ser vistos lado a lado com seus tributos.

Coriolanus sentiu certa relutância entre os colegas; vários pais tinham feito reclamações sobre a segurança deficiente depois da morte de Arachne. Mas ninguém falou nada, pois nenhum deles queria ser visto como covarde. A coisa toda parecia perigosa e uma péssima ideia; o que impediria os outros tributos de se virarem contra os mentores? Mas ele nunca recusaria. Uma parte dele se perguntava se a dra. Gaul não estava esperando outro ato de violência para poder punir outro tributo, talvez ao vivo, na frente das câmeras.

Essa mais nova exibição da insensibilidade da dra. Gaul provocou nele uma sensação de revolta. Ele olhou para o prato de Sejanus.

– Terminou?

— Não consigo comer hoje — disse Sejanus. — Não sei o que fazer com isso.

A seção deles estava vazia. Debaixo da mesa, Coriolanus abriu o guardanapo de linho manchado no colo. Sentiu-se ainda mais delinquente quando percebeu que tinha o brasão da Capital.

— Coloca aqui — disse ele com um olhar furtivo.

Sejanus deu uma olhada em volta e colocou rapidamente o frango e os pãezinhos no guardanapo. Coriolanus fechou o pano e colocou a trouxinha na mochila. Eles não podiam levar comida do refeitório, muito menos para um tributo, mas em que outro lugar ele conseguiria algum alimento antes da visita? Lucy Gray não poderia comer na frente das câmeras, mas o vestido dela tinha bolsos fundos. Ele se ressentia do fato de que metade do que ele levasse iria para Jessup agora, mas talvez o investimento compensasse quando os Jogos começassem.

— Obrigado. Você é um rebelde e tanto — disse Sejanus enquanto eles levavam as bandejas para a esteira que ia até a cozinha.

— Eu sou terrível mesmo — disse Coriolanus.

Os mentores entraram em algumas vans da Academia e foram para a Arena da Capital, que tinha sido construída do outro lado do rio para impedir que o centro fosse tomado pela multidão. Na época, o anfiteatro enorme e moderno fora local de muitos esportes, entretenimento ou eventos militares. As execuções públicas dos inimigos aconteciam ali durante a guerra, tornando a arena um alvo dos bombardeios rebeldes. Apesar de a estrutura original ainda estar de pé, mostrava-se maltratada e instável agora, útil apenas como local para os Jogos Vorazes. O campo verdejante de grama bem-cuidada morrera por descuido. Estava cheio de crateras de bombas, com ervas daninhas sendo o único verde a despontar da terra. Havia destroços das explosões, como pedaços de metal e pedra, caídos por toda parte, e o muro de cinco metros que envolvia o campo estava rachado e perfurado de tiros. A cada ano, os tributos eram trancados lá dentro sem nada além de um arsenal de facas, espadas, maças e instrumentos similares que facilitariam o derramamento de sangue enquanto a plateia assistia de casa. No final dos Jogos, quem conseguisse sobreviver era enviado de volta ao seu distrito, os corpos eram removidos, as armas coletadas e as portas eram trancadas até o ano seguinte. Sem manutenção. Sem limpeza. O vento e a chuva podiam até tirar as manchas de sangue, mas as mãos da Capital não fariam isso.

A professora Sickle, acompanhante deles na visita, mandou que os mentores deixassem seus pertences nas vans quando chegaram. Coriolanus enfiou o guardanapo cheio de comida em um dos bolsos da frente da calça e o manteve coberto com o paletó. Quando eles saíram do ar-condicionado para o sol ardente, ele viu os tributos parados em fila com algemas, vigiados por Pacificadores. Os mentores foram orientados a assumirem uma posição ao lado dos respectivos tributos, que tinham sido enfileirados numericamente, de forma que ele ficou perto do final com Lucy Gray. Só Jessup e sua mentora, Lysistrata, que na balança não devia chegar nem a quarenta e cinco quilos, estavam atrás dele. Na frente dele, o tributo de Clemensia, Reaper, o que o estrangulara no caminhão, estava parado sozinho olhando para o chão. Se houvesse um confronto entre mentores e tributos, a sorte não estava a favor de Coriolanus.

Apesar da aparência delicada, Lysistrata tinha alguma força. Como filha dos médicos que tratavam o presidente Ravinstill, ela teve sorte de conseguir uma mentoria, e, ao que parecia, estava se esforçando para criar uma conexão com Jessup.

– Eu trouxe pomada para o seu pescoço – Coriolanus a ouviu sussurrar. – Mas você precisa deixar escondido. – Jessup grunhiu, concordando. – Vou botar no seu bolso quando puder.

Os Pacificadores retiraram as barras pesadas da entrada. As portas enormes se abriram e revelaram um saguão gigantesco cheio de estandes fechados com tábuas e pôsteres manchados anunciando eventos de antes da guerra. Mantendo a formação, os jovens seguiram os soldados para o outro lado do saguão. Havia uma série de roletas altas, cada uma com três braços curvos de metal, cobertas de uma camada densa de poeira. Era preciso uma ficha da Capital para permitirem a entrada, a mesma ainda usada para a passagem de bonde.

Essa entrada era para os pobres, pensou Coriolanus. Ou talvez não os pobres. A palavra *plebeus* surgiu em sua mente. A família Snow entrava na arena por outra porta, separada por uma corda de veludo. Certamente seu camarote não era acessado com uma ficha de bonde. Diferentemente da maior parte da arena, tinha teto, uma janela de vidro retrátil e ar-condicionado, coisas que deixavam confortáveis até os dias mais quentes. Um Avox lhes era designado e levava comida, bebida e brinquedos para ele e Tigris. Se ficasse entediado, podia cochilar nos assentos macios e forrados.

Os Pacificadores posicionados junto a duas roletas colocavam fichas no local designado, para que cada tributo e mentor pudesse passar simultaneamente. A cada rotação, uma voz alegre dizia:

– Divirta-se!

– Não dá pra tirar essa barreira de roletas? – perguntou a professora Sickle.

– Nós poderíamos se tivéssemos a chave, mas parece que ninguém sabe onde está – disse um Pacificador.

— Divirta-se! — disse a roleta para Coriolanus quando ele passou. Ele forçou para trás a barra que havia à sua cintura e percebeu que a roleta não permitia saída, apenas entrada. Seus olhos percorreram a parte de cima, onde barras de ferro preenchiam o espaço até a passagem em arco. Ele concluiu que os clientes dos lugares baratos deviam sair por outro lugar. Embora isso provavelmente fosse visto como algo positivo para dispersar uma multidão, não acalmou em nada um mentor nervoso com um passeio questionável.

Do outro lado das roletas, um esquadrão de Pacificadores entrou em uma passagem, guiado somente pelo brilho vermelho de luzes de emergência no chão. Dos dois lados, havia passagens menores em arco que levavam a níveis diferentes de assento, conforme indicado. A fila de tributos e mentores acompanhou o deslocamento, ladeada por colunas apertadas de Pacificadores. Quando eles entraram na penumbra, Coriolanus aproveitou a ideia de Lysistrata e usou a oportunidade para colocar o guardanapo com comida nas mãos algemadas de Lucy Gray. Sumiu rapidamente no bolso nos babados. Pronto. Ela não morreria de fome se dependesse dele. A mão dela encontrou a de Coriolanus, entrelaçou os dedos e gerou uma vibração pelo corpo dele por causa da proximidade. Por causa dessa pequena intimidade no escuro. Ele deu um aperto final na mão de Lucy Gray e a soltou quando eles saíram para o sol no fim da passagem, onde um gesto assim seria impossível de explicar.

Ele tinha ido à arena várias vezes quando pequeno, na maioria das vezes para ver o circo, mas também para celebrar as exibições militares sob o comando do seu pai. Nos nove anos anteriores, ele viu ao menos parte dos Jogos na televisão. Mas nada o preparou para a sensação de passar pelo portão principal, embaixo do placar enorme, e entrar no campo. Alguns dos mentores e tributos ofegaram de surpresa pelo tamanho do local e pela grandeza que desafiava até a decadência. Ao olhar para as fileiras altas de assentos, ele se sentiu diminuído ao ponto da insignificância. Uma gota de chuva numa inundação, uma pedrinha numa avalanche.

A visão das equipes de televisão o levou de volta a si e ele ajustou o rosto para transmitir a ideia de que nada impressionava muito um Snow. Lucy Gray, que parecia mais alerta e se movendo melhor sem o peso das correntes, acenou para Lepidus Malmsey, mas, como todos os repórteres, ele permaneceu com expressão pétrea e não se envolveu. A orientação tinha sido clara; seriedade e retaliação eram a marca do dia.

O uso que Satyria tinha feito da palavra *visita* sugerira uma excursão, e embora ele não achasse que seria prazerosa, também não esperava a tristeza palpável do lugar. Os Pacificadores que os acompanhavam se espalharam enquanto os jovens seguiam o esquadrão frontal pela área oval, formando um desfile poeirento e apático. Coriolanus se lembrou dos artistas de circo fazendo a mesma rota, montados em elefantes e cavalo, cheios de brilho nas roupas e transbordando alegria. Com a exceção de Sejanus, é provável que todos os seus colegas também já tivessem estado na plateia. Ironicamente, Arachne já estivera no camarote ao lado do dele, usando uma fantasia com lantejoulas e gritando o mais alto que conseguia.

Coriolanus observou a arena, procurando qualquer coisa que pudesse ser vantagem para Lucy Gray. O muro alto que envolvia o campo, mantendo a plateia longe da ação, tinha certo potencial. A superfície danificada oferecia apoios para as mãos e para os pés, dando acesso aos assentos para um escalador ágil. Vários dos portões espalhados de forma simétrica pelo muro também pareciam danificados, mas, como não sabia o que havia nos túneis, ele achava que deviam ser abordados com cautela. Era fácil demais ficar encurralada. A arquibancada seria a melhor aposta dela caso ela conseguisse subir. Ele fez notas mentais disso para mais tarde.

Conforme a fila começou a se espaçar, ele iniciou uma conversa sussurrada com Lucy Gray:

— Foi horrível de manhã. Ver você daquele jeito.

— Bom, pelo menos nos alimentaram primeiro.

— É mesmo? — Seria possível que sua conversa com Satyria tivesse levado àquilo?

— Dois de nós desmaiaram quando tentaram nos reunir ontem à noite. Acho que concluíram que, se querem que sobre alguém para o show, eles vão ter que nos alimentar. Foi praticamente só pão e queijo. Ganhamos jantar e café da manhã. Mas não se preocupe, há bastante espaço pra isso que tem no meu bolso. — Ela soava mais como ela mesma agora. — Foi você que ouvi cantar?

— Ah. Foi — admitiu ele. — Me pediram pra cantar porque achavam que Arachne e eu éramos muito amigos. Não éramos. E estou constrangido de você ter me ouvido.

— Gostei da sua voz. Meu pai teria dito que tinha autoridade. Só não gostei muito da música — respondeu Lucy Gray.

— Vindo de você, é um elogio e tanto.

Ela o cutucou com o cotovelo.

— Eu não espalharia isso. A maioria das pessoas aqui me acha mais rasteira do que barriga de cobra.

Coriolanus balançou a cabeça e sorriu.

— O quê?

— Você usa umas expressões engraçadas. Não intrinsicamente engraçadas, mas fascinantes — disse ele.

— Bom, eu não falo "intrinsicamente" com frequência, se é isso que você quer dizer.

— Não, eu gosto. Faz meu jeito de falar parecer muito rígido. Como foi que você me chamou naquele dia no zoológico? Qualquer coisa a ver com bolo? — relembrou ele.

– Ah, o bolo com cobertura? Vocês não dizem isso? – perguntou ela. – Bom, é um elogio. De onde eu venho, um bolo pode ser muito seco. E cobertura é uma coisa tão rara quanto dente de galinha.

Por um momento, ele riu, esquecendo onde estavam e como o ambiente era deprimente. Por um momento, só houve o sorriso dela, a cadência musical da sua voz e o toque de flerte.

Foi aí que o mundo explodiu.

10

Coriolanus conhecia bombas e morria de medo delas. Quando o impacto o derrubou e o jogou longe na arena, ele ergueu os braços para cobrir a cabeça. Quando bateu no chão, virou de bruços automaticamente, a bochecha encostada na terra, um braço dobrado para proteger o olho e a orelha expostos.

A primeira explosão, que pareceu vir do portão principal, desencadeou uma corrente de erupções por toda arena. Fugir estava fora de questão. Ele só pôde ficar encolhido no chão que tremia, torcendo para acabar e tentando manter o pânico sob controle. Ele entrou no que ele e Tigris tinham apelidado de "hora da bomba", o período surreal em que os momentos se prolongavam e se contraíam de uma forma que parecia desafiar a ciência.

Durante a guerra, a Capital tinha designado a cada cidadão um abrigo perto de casa. O prédio magnífico dos Snow tinha um porão tão forte e espaçoso que acomodava seus residentes e também metade do quarteirão. Infelizmente, o sistema de vigilância da capital dependia muito de eletricidade. Com a energia irregular e a rede piscando como um vagalume por causa das interferências rebeldes no Distrito 5, as sirenes não eram confiáveis, e muitas vezes eles eram pegos de surpresa sem ter tempo de ir para o porão. Nessas ocasiões, ele, Tigris e sua avó (a não ser que ela estivesse cantando o hino) se escondiam embaixo da mesa de jantar, uma peça impressionante entalhada de um único bloco de mármore, que ficava em um aposento interno. Mesmo com a ausência de janelas e a pedra sólida acima da cabeça, os músculos de Coriolanus sempre se contraíam de pavor quando ele ouvia o assobio das bombas, e levava horas para que ele conseguisse andar direito. As ruas também não eram seguras, nem a Academia. Era possível ser bombardeado em qualquer lugar, mas normalmente ele tinha um lugar melhor para se abrigar do que ali. Agora, exposto ao ataque, deitado a céu aberto, ele esperou que a interminável "hora da bomba" acabasse e se perguntou o quanto seus órgãos internos tinham sofrido.

Nada de aerodeslizador. A percepção surgiu de repente. Não houve aerodeslizador. Aquelas bombas tinham sido plantadas, então? Ele sentia cheiro de fumaça, então algumas deviam ser incendiárias. Ele apertou o lenço do dia sobre a boca e o nariz. Ao semicerrar os olhos na neblina preta carregada de terra da arena, ele viu Lucy Gray a uns cinco metros de distância, encolhida com a testa no chão e os dedos enfiados nas orelhas, o melhor que ela podia fazer de algemas. Ela estava tossindo sem parar.

– Cubra o rosto! Usa o guardanapo! – gritou ele. Ela não olhou, mas devia ter ouvido, porque rolou para o lado e puxou o guardanapo do bolso. Os pãezinhos e o frango caíram no chão quando ela levou o pano ao rosto. Ele teve um pensamento vago de que aquilo não seria bom para a voz dela.

Um momento de calmaria o enganou para que pensasse que tinha terminado, mas na hora que ele levantou a cabeça, uma explosão final na arquibancada acima dele derrubou o que antes era um estande de guloseimas, o algodão-doce cor-de-rosa, as maçãs cobertas de caramelo, e os detritos quentes choveram em cima dele. Algo bateu com força em sua cabeça, e o peso de uma viga caiu na diagonal sobre suas costas, prendendo-o no chão.

Atordoado, Coriolanus quase perdeu os sentidos. O cheiro acre de queimado fez seu nariz arder, e ele percebeu que a viga estava pegando fogo. Ele tentou se controlar e se soltar, mas o mundo girava e a torta de pêssego ficou azeda no estômago.

– Socorro! – gritou ele. Súplicas parecidas soaram ao redor, mas ele não conseguia ver os feridos no meio da nuvem. – Socorro!

O fogo chamuscou seu cabelo, e com esforço renovado ele tentou sair de debaixo da viga, sem resultados. Uma dor lancinante começou a se espalhar pelo pescoço e pelo ombro, e ele se deu conta de que estava queimando e ia morrer. Ele gritou repetidamente, mas parecia sozinho em uma bolha de fumaça escura e detritos em chamas. De repente, ele viu uma figura surgindo no inferno. Lucy Gray disse seu nome então virou a cabeça, pois algo fora do campo de visão dele tinha chamado sua atenção. Os pés a levaram para longe dele e ela hesitou, parecendo dividida.

– Lucy Gray! – suplicou ele com voz rouca. – Por favor!

Ela deu uma última olhada no que a havia atraído e correu até Coriolanus. A viga foi deslocada nas costas dele, mas caiu novamente. Subiu uma segunda vez e deixou espaço para ele sair de debaixo dela. Ela o ajudou a se levantar, e com um braço nos ombros dela, eles mancaram para longe das chamas até caírem em algum lugar no meio da arena.

No começo, a tosse e a ânsia de vômito exigiram toda sua atenção, mas ele registrou aos poucos a dor na cabeça, as queimaduras no pescoço, nas costas e nos ombros. Seus dedos agarravam-se à saia queimada de Lucy Gray como se fosse uma boia salva-vidas. As mãos algemadas dela, visivelmente queimadas, estavam fechadas em um punho.

A fumaça se dissipou o suficiente e ele viu o padrão das bombas que tinham sido plantadas em intervalos pela arena, com o volume maior de explosivos na entrada. O dano foi tão grande que ele teve um vislumbre da rua atrás e de duas formas fugindo da arena. Foi isso que fez Lucy Gray hesitar antes de ela ir ajudá-lo? A possibilidade de fuga? Outros tributos tinham se aproveitado da oportunidade. Sim, ele ouvia as sirenes agora, os gritos da rua.

Os médicos abriram caminho pelos destroços e correram para ajudar os feridos.

– Está tudo bem – disse ele para Lucy Gray. – O socorro chegou.

Mãos o pegaram, o colocaram numa maca. Ele soltou os babados dela, achando que haveria outra maca para ela, mas, enquanto o carregavam, ele viu um Pacificador a obrigar a deitar de bruços e encostar o cano da arma no pescoço dela, gritando uma série de profanidades.

– Lucy Gray! – gritou Coriolanus. Ninguém prestou atenção.

A concussão que levara na cabeça tornava o ato de se concentrar difícil, mas ele percebeu o trajeto da ambulância, viu que passou pelas portas da mesma área de espera onde tinha tomado o refrigerante de limão no dia anterior e que estava sendo levado para uma mesa sob uma luz forte enquanto um grupo de médicos tentava avaliar os ferimentos. Ele queria dormir, mas ficavam botando a cara perto da dele e exigindo respostas, o bafo de almoço de cada um deles o enjoando novamente. Dentro de máquinas, fora de máquinas, agulhas perfurando-o e, finalmente, para sua felicidade, a permissão para dormir. Periodicamente ao longo da noite, alguém o acordava e apontava luzes para seus olhos. Desde que ele conseguisse responder algumas perguntas básicas, deixavam que ele voltasse a dormir.

Quando finalmente acordou, quando despertou de verdade, no domingo, a luz que entrava pela janela dizia que era de tarde e sua avó e Tigris estavam inclinadas sobre ele com expressões preocupadas. Ele sentiu uma tranquilidade calorosa. *Não estou sozinho*, pensou ele. *Não estou na arena. Estou seguro.*

– Oi, Coryo – disse Tigris. – Somos nós.

– Oi. – Ele tentou sorrir. – Vocês perderam a hora da bomba.

– Acontece que pior do que estar aqui é saber que você passou por aquilo tudo sozinho – disse Tigris.

– Eu não estava sozinho – disse ele. O morfináceo e a concussão dificultavam as lembranças claras. – Lucy Gray estava lá. Acho que ela salvou a minha vida. – Ele não conseguia aceitar a ideia. Era bom, mas também era perturbador.

Tigris apertou a mão dele.

– Não estou surpresa. Está óbvio que ela é uma pessoa boa. Desde o começo, ela tentou te proteger dos outros tributos.

Sua avó foi mais difícil de convencer. Depois de elaborar uma linha do tempo do bombardeio para ela, a avó chegou à seguinte conclusão:

– Bom, é provável que ela tenha concluído que os Pacificadores iam atirar nela se corresse, mas, mesmo assim, mostra certa personalidade. Talvez ela, como alega, não seja mesmo de distrito.

Era um grande elogio mesmo, ou o máximo que sua avó podia oferecer.

Enquanto Tigris contava os detalhes do que ele tinha perdido, Coriolanus percebeu como aquele evento tinha deixado a Capital tensa. O que tinha acontecido, ou ao menos o que o

Notícias da Capital alegava que tinha acontecido, assustou os cidadãos com o resultado imediato e também com os desdobramentos futuros. Não sabiam quem tinha colocado as bombas... rebeldes, sim, mas de onde? Podiam ser de qualquer um dos doze distritos, ou um grupo derivado que tinha fugido do Distrito 13, ou até, que o destino não permitisse, uma célula adormecida na própria Capital. A linha do tempo do crime era impressionante. Como a arena ficava vazia, trancada e era ignorada entre os Jogos Vorazes, as bombas podiam ter sido colocadas seis dias ou seis meses antes. As câmeras de segurança cobriam as entradas em volta da área oval, mas o exterior em ruínas tornava possível que escalassem a estrutura. Nem sabiam se as bombas tinham sido acionadas remotamente ou por um passo em falso, mas as perdas inesperadas abalaram a Capital até o âmago. O fato de os dois tributos do Distrito 6 terem sido mortos por estilhaços não provocou muita preocupação, mas a mesma explosão tinha tirado a vida dos gêmeos Ring. Três mentores foram hospitalizados: Coriolanus e Androcles Anderson e Gaius Breen, que estavam designados para os tributos do Distrito 9. Seus dois colegas estavam em condição crítica, Gaius tendo perdido ambas as pernas. Quase todas as outras pessoas, mentores, tributos e Pacificadores, precisaram de algum tipo de cuidado médico.

Coriolanus ficou atordoado. Ele gostava de verdade de Pollo e de Didi, do quanto eles eram unidos, do quanto eram animados. Em algum lugar ali perto, Androcles, que desejava ser repórter do *Notícias da Capital*, como a mãe, e Gaius, um pestinha da Cidadela com um estoque infinito de piadas horríveis, mal se agarravam à vida.

— E Lysistrata? Ela está bem? — A garota estivera atrás dele na hora da explosão.

Sua avó pareceu desconfortável.

— Ah, ela. Ela está bem. Anda dizendo por aí que o garoto grande e feio do Distrito 12 a protegeu jogando o corpo sobre o dela, mas quem sabe? A família Vickers ama um holofote.

— É mesmo? – perguntou Coriolanus com ceticismo. Ele não conseguia se lembrar de ter visto um Vickers nos holofotes nenhuma vez, exceto por uma breve conferência jornalística anual em que davam declarações sobre a saúde do presidente Ravinstill. Lysistrata era uma pessoa reservada e eficiente que nunca chamava atenção para si mesma. Sugerir que ela pudesse estar na mesma categoria que Arachne o irritou.

— Ela só deu uma declaração rápida a um repórter logo após o bombardeio. Acredito que seja verdade, Lady-Vó – disse Tigris. – Talvez as pessoas do Distrito 12 não sejam tão ruins quanto a senhora as pinta. Jessup e Lucy Gray se comportaram com bravura.

— Você viu Lucy Gray? Na televisão? Ela parece estar bem? – perguntou ele.

— Não sei, Coryo. Não mostraram imagens do zoológico. Mas ela não está na lista de tributos mortos – disse Tigris.

— Tem mais? Além dos tributos do Distrito 6? – Coriolanus não queria parecer mórbido, mas todos eram concorrentes de Lucy Gray.

— Sim, alguns outros morreram depois do bombardeio – relatou Tigris.

As duas duplas dos Distritos 1 e 2 correram para o buraco aberto pela explosão perto da entrada. Os dois do Distrito 1 foram mortos a tiros, a garota do 2 chegou ao rio, pulou o muro e morreu na queda, e Marcus desapareceu completamente, o que significava que havia um garoto desesperado, perigoso e forte solto em algum lugar da cidade. Uma tampa de bueiro deslocada sugeria que ele talvez tivesse descido para o subterrâneo, para a Transferência, a rede de trilhos e estradas construída embaixo da Capital, mas ninguém tinha certeza.

— Acho que eles veem a arena como um símbolo — disse sua avó. — Como foi na época da guerra. A pior parte é que demorou quase vinte segundos pra cortarem a transmissão para os distritos, e sem dúvida foi motivo de comemoração. Aqueles animais.

— Mas dizem que quase ninguém nos distritos viu, Lady--Vó — argumentou Tigris. — As pessoas de lá não gostam de ver a cobertura dos Jogos Vorazes.

— Basta uns poucos pra espalhar a notícia — disse sua avó. — É o tipo de história que pega fogo.

O médico que falou com Coriolanus depois do ataque das serpentes entrou e se apresentou como dr. Wane. Ele mandou Tigris e a avó deles para casa e fez uma verificação rápida em Coriolanus, explicando a natureza da concussão (leve) e das queimaduras, que estavam reagindo bem ao tratamento. Demoraria um tempo para que cicatrizassem completamente, mas se ele se comportasse e o quadro continuasse evoluindo, seria liberado em poucos dias.

— Você sabe como está meu tributo? As mãos dela ficaram bem queimadas — disse Coriolanus. Cada vez que pensava nela, ele sentia uma inquietação, mas o morfináceo a sufocava como um cobertor de lã.

— Eu não teria como saber — disse o médico. — Mas mandaram uma boa veterinária para lá. Imagino que ela estará bem quando os Jogos começarem. Mas isso não é preocupação sua, meu jovem. Sua preocupação é melhorar, e para isso você precisa dormir.

Coriolanus ficou feliz em obedecer. Ele voltou a dormir e só despertou completamente na segunda de manhã. Com a cabeça doendo e o corpo maltratado, ele não sentia pressa de sair do hospital. O ar-condicionado aliviava as queimaduras na pele, e as porções generosas de comida sem gosto eram regulares. Ele se atualizou sobre as notícias na televisão de tela grande enquanto tomava o máximo de bebida gaseificada de limão que conseguia. Haveria um funeral duplo para os gêmeos Ring no dia seguinte. A caçada a Marcus continuava. Tanto a Capital quanto os distritos estavam sob segurança reforçada.

Três mentores mortos, três hospitalizados... quatro, na verdade, contando Clemensia. Seis tributos mortos, um foragido, vários feridos. Se a dra. Gaul queria uma reforma nos Jogos Vorazes, ela tinha conseguido.

De tarde, a série de visitas começou com Festus, com uma tipoia no braço e alguns pontos onde um estilhaço de metal provocara um corte na bochecha. Ele disse que a Academia tinha cancelado as aulas, mas os alunos precisavam comparecer na manhã seguinte para o funeral dos Ring. Sua voz falhou quando ele mencionou os gêmeos, e Coriolanus se perguntou se sua própria reação seria mais emocionada depois que retirassem o morfináceo, que sufocava tanto a dor quanto a alegria. Satyria apareceu com alguns biscoitos de padaria, transmitiu os votos de melhoras do corpo docente e disse que, embora o acidente tivesse sido lamentável, só aumentaria as chances dele de ganhar um prêmio. Depois de um tempo, Sejanus, ileso, apareceu com a mochila de Coriolanus que tinha ficado na van e uma pilha dos sanduíches deliciosos de bolo de carne que a mãe dele fazia. Ele não tinha muito a dizer sobre a questão de seu tributo foragido. Finalmente, Tigris voltou sem a avó deles, que tinha ficado em casa para descansar, mas enviara um uniforme limpo para ele usar quando tivesse alta. Se houvesse câmeras, ela queria que ele estivesse com a melhor aparência possível. Eles dividiram os sanduíches e Tigris fez cafuné na cabeça dolorida de Coriolanus até ele cochilar, assim como fazia quando ele era perturbado por dores de cabeça quando criança.

Quando o acordaram na madrugada de terça-feira, ele achou que era uma enfermeira que tinha ido verificar seus sinais vitais, mas levou um susto ao ver o rosto alterado de Clemensia acima do dele. O veneno das cobras, ou talvez o antídoto, tinha feito sua pele escura e dourada descascar e tingira o branco dos olhos com a cor de gema de ovo. Mas bem piores eram os tremores que lhe afetavam o corpo todo, fazendo o rosto se contorcer, a língua sair periodicamente da boca e as mãos se encolherem quando se esticavam para segurar as dele.

– Shhh! – sibilou ela. – Eu não devia estar aqui. Não conte que eu vim. Mas o que estão dizendo? Por que ninguém foi me ver? Meus pais sabem o que aconteceu? Eles acham que morri?

Grogue por causa do sono e dos remédios, Coriolanus não conseguiu entender direito o que ela estava dizendo.

– Seus pais? Mas eles vieram aqui. Eu vi.

– Não. Ninguém foi me ver! – exclamou ela. – Eu tenho que sair daqui, Coryo. Tenho medo de ela me matar. Não é seguro. Nós não estamos em segurança!

– O quê? Quem vai te matar? Você não está fazendo sentido – disse ele.

– A dra. Gaul, claro! – Ela segurou o braço dele e fez as queimaduras arderem. – Você sabe, você estava lá!

Coriolanus tentou soltar os dedos dela.

– Você precisa voltar para o seu quarto. Você está doente, Clemmie. Foram as picadas. Estão fazendo você imaginar coisas.

– Eu imaginei isto? – Ela puxou a abertura da camisola de hospital e revelou um trecho de pele sobre o peito e um ombro. Pontilhada de escamas azuis, rosa e amarelas, tinha a mesma característica reptiliana das serpentes no tanque. Ao ouvir a reação de surpresa dele, ela gritou: – E está se espalhando! Está se espalhando!

Duas pessoas do hospital apareceram para buscá-la. Elas a levantaram e a carregaram para fora do quarto. Ele ficou acordado o resto da noite, pensando nas serpentes e na pele dela e nas jaulas de vidro com Avoxes e suas hediondas modificações animalescas no laboratório da dra. Gaul. Era isso que aconteceria com Clemensia? Se não era, por que os pais não a tinham visto? Por que ninguém além dele parecia saber o que havia acontecido? Se Clemensia morresse, ele também desapareceria, a única testemunha? Teria ele botado Tigris em risco ao contar a história?

O casulo agradável do hospital agora parecia uma armadilha traiçoeira encolhendo a ponto de sufocá-lo. Ninguém foi verificá-lo com o passar das horas, o que aumentou sua consternação. Finalmente, quando estava amanhecendo, o dr. Wane apareceu ao lado do leito.

– Eu soube que Clemensia fez uma visita a você durante a noite – disse ele com alegria. – Ela te assustou?

– Um pouco. – Coriolanus tentou parecer indiferente.

– Ela vai ficar bem. O veneno provoca uma série de efeitos colaterais enquanto está saindo do organismo. Foi por isso que não deixamos os pais dela a verem. Eles acham que ela está de quarentena por causa de uma gripe altamente contagiosa. Ela vai estar apresentável em um ou dois dias – disse o médico. – Você pode ir visitá-la se quiser. Talvez ela se alegre.

– Tudo bem – disse Coriolanus, um pouco tranquilizado. Mas ele não tinha como esquecer o que tinha visto, nem no hospital e nem no laboratório. A retirada do morfináceo intravenoso deixou tudo mais claro. Sua desconfiança estragava cada consolo, desde o café da manhã farto de panqueca e bacon à cesta de frutas e doces da Academia e à notícia de que sua performance do hino seria reprisada no funeral dos Ring, tanto como indicação da qualidade quanto de reconhecimento aos sacrifícios dele.

A cobertura pré-funeral começou às sete, e às nove o corpo estudantil ocupou novamente a escada na frente da Academia. Apenas uma semana antes, ele achara que estava caindo na insignificância com a atribuição à garota do Distrito 12, mas agora estava sendo homenageado por sua coragem na frente da nação inteira. Ele esperava que mostrassem uma gravação dele cantando, mas apareceu uma holografia dele atrás do pódio, e embora estivesse um pouco aquosa no começo, acabou se mostrando uma imagem limpa e clara. As pessoas sempre diziam que a cada dia que passava ele se parecia mais com seu belo pai, mas pela primeira vez ele percebeu. Não só os olhos, mas o maxilar, o cabelo, a postura orgulhosa. E Lucy Gray estava certa; a voz dele tinha mesmo autoridade. De modo geral, foi uma performance impressionante.

A Capital dobrou os esforços que tinha feito no funeral de Arachne, o que Coriolanus achou apropriado para os gêmeos. Mais discursos, mais Pacificadores, mais faixas. Ele não se importou de ver os gêmeos sendo elogiados, mesmo quando havia exageros, e desejou que eles tivessem como saber que seu holograma abrira o evento. A contagem de tributos mortos tinha aumentado, com os dois do Distrito 9 tendo morrido em consequência dos ferimentos. Pelo que disseram, a veterinária fez o melhor que pôde, mas seus pedidos repetidos de interná-los no hospital foram recusados. Os corpos maltratados, junto com o que tinha restado dos tributos do Distrito 6, foram colocados nas costas de cavalos e exibidos pela via Scholars. Os dois tributos do Distrito 1 e a garota do Distrito 2, como consequência da tentativa covarde de fuga, estavam sendo arrastados atrás. Depois vieram dois daqueles caminhões com jaula do tipo que Coriolanus entrara para ir até o zoológico, um para os garotos e um para as garotas. Ele se esforçou para ver Lucy Gray, mas não conseguiu localizá-la, o que aumentou suas preocupações. Ela estaria caída inerte no chão, destruída pelos ferimentos e pela fome?

Quando os caixões prateados idênticos dos gêmeos apareceram, ele só conseguiu pensar no jogo bobo que eles inventaram no parquinho durante a guerra chamado "anel em volta dos Ring". O resto das crianças corria atrás de Didi e Pollo e dava as mãos, formando um círculo e os isolando dentro. Sempre acabava com todos, inclusive os Ring, morrendo de rir caídos no chão. Ah, ter sete anos de novo, caído no chão com os amigos, com biscoitos nutritivos esperando na mesinha.

Depois do almoço, o dr. Wane disse que ele poderia ser liberado se prometesse pegar leve e descansar na cama, e como os encantos do hospital tinham diminuído, ele vestiu o uniforme limpo na mesma hora. Tigris foi buscá-lo e o acompanhou até em casa de bonde, mas depois teve que voltar ao trabalho. Ele e a avó passaram a tarde cochilando, e ele acordou com uma bela caçarola que a mãe de Sejanus tinha enviado.

A pedido de Tigris, ele foi para a cama cedo, mas o sono não o acompanhou. Cada vez que fechava os olhos, ele via chamas ao redor, sentia a terra tremendo, o cheiro da fumaça preta sufocante. Lucy Gray já rondava seus pensamentos antes, mas agora ele não conseguia pensar em mais ninguém. Como ela estava? Melhorando e alimentada ou sofrendo e passando fome naquela jaula horrível para macacos? Enquanto ele estava deitado no hospital com ar-condicionado e o morfináceo intravenoso, a veterinária cuidou das mãos dela? A fumaça teria danificado aquela voz linda? Ao ajudá-lo, teria ela arruinado suas oportunidades de ter patrocinadores na arena? Ele ficou constrangido quando pensou no pavor que sentiu embaixo da viga, mas mais ainda quando lembrou o que veio depois. Na Capital TV, a cobertura que exibiram do bombardeio foi obscurecida pela fumaça. Mas será que aquelas imagens existiam? Lucy Gray o salvando e, bem pior, ele se agarrando à sua saia de babados enquanto aguardavam por socorro?

Ele enfiou a mão na gaveta da mesa de cabeceira e encontrou o pó compacto da mãe. Ao inalar a maquiagem com odor de rosas, seus pensamentos se acalmaram um pouco, mas a inquietação o tirou da cama. Nas horas seguintes, ele vagou pelo apartamento, olhou para o céu noturno, para a Corso, para as janelas dos vizinhos em frente. Em determinado momento, viu-se no telhado em meio às rosas da avó, sem se lembrar de ter subido a escada até lá. O ar fresco da noite perfumado pelas flores ajudou, mas em pouco tempo trouxe uma tremedeira que fez tudo doer de novo.

Tigris o encontrou sentado na cozinha algumas horas antes do amanhecer. Ela fez chá e eles comeram o que restava da caçarola direto da panela. As camadas saborosas de carne, batata e queijo o consolaram, assim como o lembrete gentil de Tigris de que a situação de Lucy Gray não era culpa dele. Afinal, os dois ainda eram crianças cujas vidas eram ditadas por forças superiores.

Um tanto consolado, ele conseguiu cochilar por algumas horas antes de um telefonema de Satyria o acordar. Ela o encorajou a ir à escola naquela manhã se pudesse. Outra reunião de mentores e tributos tinha sido marcada, com a ideia de trabalhar para as entrevistas, que agora seriam somente para quem se voluntariasse.

Mais tarde, na Academia, enquanto olhava da varanda para o Heavensbee Hall, as cadeiras vazias o abalaram. Ele sabia que oito tributos tinham morrido, que um tinha fugido, mas não imaginou como isso abalaria o padrão de vinte e quatro mesinhas, deixando uma confusão irregular e desconcertante. Não havia tributos dos Distritos 1, 2, 6 e 9, e só um do 10. A maioria dos que restavam estava ferida e não parecia bem. Quando os mentores se juntaram aos seus atribuídos, as perdas ficaram ainda mais evidentes. Seis mentores estavam mortos ou hospitalizados, e os que haviam sido designados para os fugitivos dos Distritos 1 e 2 não tinham tributos à mesa e, portanto, nenhum motivo para comparecer. Livia Cardew tinha se manifestado sobre essa virada nos eventos, exigindo que novos tributos fossem trazidos dos distritos ou que pelo menos ela ficasse com Reaper, o garoto designado para Clemensia, que todo mundo achava que estava hospitalizada por causa de gripe. Seus pedidos não foram aceitos, e Reaper ficou sozinho à mesa, um curativo manchado de sangue cor de ferrugem em volta da cabeça.

Quando Coriolanus se sentou em frente a Lucy Gray, ela nem tentou sorrir. Uma tosse seca sacudiu seu peito, e ainda havia fuligem do fogo grudada na roupa. Mas a veterinária tinha excedido as expectativas de Coriolanus, pois a pele das mãos dela estava cicatrizando bem.

– Oi – disse ele, oferecendo um sanduíche de manteiga de nozes e dois dos biscoitos de Satyria por cima da mesa.

– Oi – disse ela com voz rouca. Qualquer tentativa de flerte ou mesmo de camaradagem tinha sido abandonada. Ela deu um tapinha no sanduíche, mas parecia cansada demais para comer. – Obrigada.

– Não, *eu* é que agradeço por você ter salvado minha vida. – Ele falou com leveza, mas, ao sustentar o olhar dela, a leveza se dissipou.

— É isso que você está dizendo pras pessoas? — perguntou ela. — Que eu salvei sua vida?

Ele tinha dito isso para Tigris e para sua avó, mas depois, talvez por insegurança do que fazer com a informação, deixou que sumisse de seus pensamentos como um sonho. Agora, com os assentos vazios dos mortos ao redor, a lembrança de como ela o salvara na arena exigiu sua atenção, e ele não conseguiu ignorar o que aquilo significava. Se Lucy Gray não o tivesse ajudado, ele estaria irrevogavelmente morto. Outro caixão reluzente coberto de flores. Outra cadeira vazia. Quando ele falou de novo, as palavras ficaram presas na garganta e ele precisou forçá-las:

— Eu contei pra minha família. De verdade. Obrigado, Lucy Gray.

— Bom, eu tive tempo para pensar — disse ela, passando o indicador trêmulo no glacê em forma de flor do biscoito. — Que biscoitos bonitos.

Nesse momento veio a confusão. Se ela tinha salvado a vida dele, ele devia o que a ela? Um sanduíche e dois biscoitos? Era assim que ele a estava recompensando. Pela própria vida. Que, pelo visto, ele considerava barata. A verdade era que Coriolanus devia tudo a ela. Ele sentiu as bochechas ficarem quentes.

— Você podia ter fugido. E, se tivesse, eu teria pegado fogo antes de chegarem em mim.

— Fugir, é? Me pareceu muito esforço pra levar um tiro.

Coriolanus balançou a cabeça.

— Você pode brincar, mas não vai mudar o que você fez por mim. Espero que eu possa pagar de alguma forma.

— Eu também espero.

Naquelas poucas palavras, ele sentiu uma mudança na dinâmica deles. Como mentor dela, Coriolanus tinha sido o gracioso presenteador, sempre recebido com gratidão. Agora, ela tinha virado a mesa e lhe dado um presente sem comparação. Nas aparências, tudo estava igual. Garota acorrentada, garoto oferecendo comida, Pacificadores protegendo o status quo. Mas, lá no fundo, as coisas jamais poderiam ser iguais entre eles. Ele sempre teria uma dívida com Lucy Gray. Ela tinha o direito de exigir coisas.

– Não sei como – admitiu ele.

Lucy Gray olhou ao redor e avaliou os concorrentes feridos. Em seguida, o encarou, e sua voz estava tomada de paciência:

– Você poderia começar acreditando que eu realmente posso vencer.

PARTE II
"O PRÊMIO"

11

As palavras de Lucy Gray magoaram, mas, em retrospecto, foram merecidas. Coriolanus nunca a tinha considerado como possível vitoriosa nos Jogos. Nunca fora parte da estratégia dele torná-la uma. Ele só desejara que o charme e o encanto dela refletissem nele e o tornassem um sucesso. Até o encorajamento para que cantasse para conseguir patrocinadores era uma tentativa de prolongar a atenção que ela gerava para ele. Apenas um momento antes, as mãos curadas dela eram uma boa notícia simplesmente porque isso significava que poderia usá-las para tocar violão na noite da entrevista, e não para se defender de um ataque na arena. O fato de ela ser importante para ele, como Coriolanus alegara no zoológico, só tornava as coisas piores. Ele deveria estar tentando preservar a vida dela, ajudá-la a se tornar a vitoriosa, por mais difícil que parecesse.

— Eu falei sério sobre você ser um bolo com cobertura – disse Lucy Gray. – Você foi o único que se deu ao trabalho de aparecer. Você e seu amigo Sejanus. Vocês dois agiram como se fôssemos seres humanos. Mas a única forma de você ser capaz de me pagar agora é se me ajudar a sobreviver a isso.

— Concordo. – Assumir a questão o fez se sentir um pouco melhor. – De agora em diante, entramos nessa pra vencer.

Lucy Gray esticou a mão.

— Um aperto de mão pra selar o acordo?

177

Coriolanus apertou a mão dela com cuidado.

– Você tem minha palavra. – O desafio o energizou. – Primeiro passo: eu penso numa estratégia.

– *Nós* pensamos numa estratégia – corrigiu Lucy Gray. Mas ela sorriu e mordeu o sanduíche.

– *Nós* pensamos numa estratégia. – Ele fez as contas de novo. – Você só tem catorze competidores agora, a menos que encontrem Marcus.

– Se você puder me manter viva por mais uns dias, eu posso acabar ganhando por WO – disse ela.

Coriolanus olhou pelo salão para os competidores feridos, doentes e acorrentados, o que o encorajou até ele admitir que a condição de Lucy Gray não era muito melhor. Ainda assim, com os Distritos 1 e 2 fora da jogada, Jessup como aliado e o novo programa de patrocínio, as chances dela estavam bem melhores do que quando chegara à Capital. Talvez, se ele conseguisse mantê-la alimentada, ela pudesse fugir e se esconder em algum lugar da arena enquanto os outros lutassem entre si ou morressem de fome.

– Tenho que perguntar uma coisa – disse ele. – Se for preciso, você mataria alguém?

Lucy Gray mastigou enquanto considerava a pergunta.

– Talvez em legítima defesa.

– São os Jogos Vorazes. Tudo é legítima defesa. Mas talvez seja melhor você fugir dos outros tributos e conseguirmos patrocinadores que enviem comida. Pra você esperar um pouco.

– É, essa é a melhor estratégia pra mim – concordou ela. – Aguentar coisas horríveis é um dos meus talentos. – Um pedaço seco de pão a fez tossir.

Coriolanus entregou a ela a garrafa de água que tinha na mochila.

– Ainda vão fazer as entrevistas, mas só com quem se voluntariar. Você quer?

– Está brincando? Tenho uma música que foi feita pra essa voz rouca aqui. Já conseguiu um violão?

– Não. Mas vou conseguir hoje – prometeu ele. – Devo conhecer alguém que possa emprestar. Arranjar uns patrocinadores, vai te ajudar muito a obter a vitória.

Ela começou a falar com um pouco de animação sobre o que poderia cantar. Mas eles só tinham dez minutos, e o breve encontro terminou com a professora Sickle mandando os mentores voltarem para o laboratório superior de biologia.

Depois do que só podiam ser medidas de segurança incrementadas, alguns Pacificadores os escoltaram e o reitor Highbottom marcou os nomes deles conforme foram ocupando seus lugares. Os mentores com integridade física que tinham sido atribuídos a tributos mortos ou desaparecidos, inclusive Livia e Sejanus, já estavam sentados às mesas dos laboratórios, vendo a dra. Gaul jogar cenouras na jaula do coelho. A pele de Coriolanus ficou coberta de suor ao vê-la, tão próxima e tão louca.

– Um pulo, um pulinho, uma cenoura ou um pedaço de pau? Todo mundo está morrendo e você está… – Ela se virou para eles com expectativa, e todo mundo, menos Sejanus, desviou o olhar.

– Passando mal – disse Sejanus.

A dra. Gaul riu.

– Esse aí é o compassivo. Cadê seu tributo, garoto? Alguma pista?

O *Notícias da Capital* tinha continuado a cobertura da caçada a Marcus, mas estava menos frequente agora. A informação oficial era que ele estava preso em um nível remoto da Transferência, onde seria apreendido em breve. A cidade tinha relaxado e o consenso geral era de que ele havia morrido ou seria capturado a qualquer momento. De qualquer modo, ele parecia mais propenso a fugir do que a sair da Transferência para assassinar inocentes na Capital.

– Possivelmente a caminho da liberdade – disse Sejanus com voz tensa. – Possivelmente capturado e sob controle. Possivelmente ferido e escondido. Possivelmente morto. Não faço ideia. E a senhora?

Coriolanus não pôde deixar de admirar a audácia dele. Claro, Sejanus não sabia como a dra. Gaul podia ser perigosa. Ele poderia acabar numa jaula com um par de asas de papagaio e uma tromba de elefante se não tomasse cuidado.

– Não, não responda – disse Sejanus. – Ele está morto ou estará em breve, quando vocês o pegarem e o arrastarem acorrentado pelas ruas.

– Isso é direito nosso – retrucou a dra. Gaul.

– Não é, não! Não ligo para o que dizem. Vocês não têm o direito de fazer pessoas passarem fome, de puni-las sem motivo. Não têm o direito de tirar a vida e a liberdade delas. Essas são coisas com as quais todo mundo nasce e não são suas para serem tiradas assim. Vencer uma guerra não lhes dá esse direito. Ter mais armas não lhes dá esse direito. Ser da Capital não lhes dá esse direito. Nada dá. Ah, nem sei por que eu vim aqui hoje. – Com isso, Sejanus se levantou e seguiu para a porta. Quando tentou abrir a maçaneta, nada aconteceu. Ele a balançou, então virou-se para enfrentar a dra. Gaul. – Estão nos trancando agora? Parece que temos nossa própria jaulinha de macacos.

– Você não foi dispensado – disse a dra. Gaul. – Sente-se, garoto.

– Não. – Sejanus falou baixo, mas mesmo assim fez várias pessoas se sobressaltarem.

Depois de um momento, o reitor Highbottom interveio:

— Está trancada por fora. Os Pacificadores têm ordens de não sermos incomodados até que sejam notificados. Sente-se, por favor.

— Ou devemos mandar que eles o acompanhem a algum outro lugar? – sugeriu a dra. Gaul. – Acho que o escritório do seu pai é aqui perto. – Claramente, apesar da insistência em chamá-lo de garoto, ela nunca se esqueceu de quem Sejanus era.

Sejanus fervia de raiva e humilhação, sem querer ou sem conseguir se mexer. Ele só ficou parado, encarando a dra. Gaul, até a tensão se tornar insuportável.

— Tem um lugar vazio ao meu lado. – As palavras saíram espontaneamente da boca de Coriolanus.

A proposta distraiu Sejanus, e ele pareceu murchar. Ele respirou fundo, andou pelo corredor e se sentou no banco. Uma das mãos apertava a alça da mochila enquanto a outra formava um punho sobre a mesa.

Coriolanus desejou ter ficado em silêncio. Reparou que o reitor Highbottom o olhou sem entender, e se ocupou abrindo o caderno e tirando a tampa da caneta.

— Suas emoções estão à flor da pele – disse a dra. Gaul para a turma. – Eu entendo. De verdade. Mas vocês precisam aprender a controlá-las e contê-las. Guerras são vencidas com cabeças, não com corações.

— Eu pensei que a guerra tivesse acabado – disse Livia. Ela parecia irritada também, mas não da mesma forma que Sejanus. Coriolanus achava que ela só estava contrariada por ter perdido seu tributo forte.

— Verdade? Mesmo depois do que vivenciou na arena? – perguntou a dra. Gaul.

— Era o que eu pensava também – interrompeu Lysistrata. – E se a guerra acabou, tecnicamente a matança devia ter acabado junto, não?

— Estou começando a achar que não vai acabar nunca – admitiu Festus. – Os distritos vão sempre nos odiar e nós sempre vamos odiá-los.

— Acho que você pode estar no caminho certo aí – disse a dra. Gaul. – Vamos pensar por um momento que a guerra seja uma constante. O conflito pode ter altos e baixos, mas nunca vai acabar de verdade. Qual deveria ser nosso objetivo, nesse caso?

— A senhora está dizendo que não pode ser vencido? – perguntou Lysistrata.

— Vamos supor que não possa – disse a dra. Gaul. – Qual é nossa estratégia, então?

Coriolanus apertou os lábios para não falar a resposta. Era tão óbvia. Óbvia demais. Mas ele sabia que Tigris estava certa sobre evitar a dra. Gaul, mesmo sua versão elogiosa. Enquanto a turma refletia sobre a pergunta, ela andou pelo corredor e finalmente parou ao lado da mesa dele.

— Sr. Snow? Alguma ideia sobre o que devemos fazer com nossa guerra infinita?

Ele se consolou com o pensamento de que ela era velha e ninguém vivia para sempre.

— Sr. Snow? – insistiu a dra. Gaul. Ele se sentiu o coelho sendo cutucado pela vara de metal dela. – Quer dar um palpite?

— Nós a controlamos – disse ele baixinho. – Se não é possível encerrar a guerra, nós temos que controlá-la indefinidamente. Como fazemos agora. Com os Pacificadores ocupando os distritos, com leis rigorosas e com lembretes de quem está no comando, como os Jogos Vorazes. Em qualquer cenário, é preferível estar em vantagem, ser o vitorioso e não o derrotado.

— Se bem que, em nosso caso, é decididamente menos moral – murmurou Sejanus.

— Não é imoral nos defendermos — respondeu Livia. — E quem não preferiria ser o vitorioso no lugar do derrotado?

— Não sei se tenho interesse em ser qualquer um dos dois — disse Lysistrata.

— Mas isso não era opção — lembrou Coriolanus a ela —, considerando a pergunta. Não se você pensar bem.

— Não se você pensar bem, né, Casca? — disse a dra. Gaul enquanto voltava pelo corredor. — Pensar um pouquinho pode salvar muitas vidas.

O reitor Highbottom rabiscou na lista. *Talvez Highbottom seja tão coelho quanto eu*, pensou Coriolanus, e se perguntou se estava perdendo seu tempo se preocupando com ele.

— Mas se animem — continuou a dra. Gaul com alegria. — Como a maioria das circunstâncias da vida, a guerra tem seus altos e baixos. E essa é sua próxima tarefa. Escrevam uma redação sobre tudo de atraente que há na guerra. Tudo o que vocês amaram nela.

Muitos de seus colegas ergueram o rosto com surpresa, mas não Coriolanus. A mulher tinha feito serpentes picarem Clemensia por diversão. Claramente, ela gostava de testemunhar dor e devia achar que todos gostavam.

Lysistrata franziu a testa.

— O que amamos na guerra?

— Isso vai ser bem rápido — disse Festus.

— É projeto de grupo? — perguntou Livia.

— Não, individual. O problema de trabalhos de grupo é que uma pessoa sempre acaba fazendo tudo sozinha — disse a dra. Gaul, com uma piscadela para Coriolanus que deixou sua pele arrepiada. — Mas fiquem à vontade pra conversar com seus familiares. Vocês talvez tenham uma surpresa. Sejam tão honestos quanto ousarem. Tragam as redações para a reunião de mentores de domingo. — Ela tirou mais uma cenoura do bolso, se virou para o coelho e pareceu se esquecer deles.

Quando foram liberados, Sejanus seguiu Coriolanus pelo corredor.

— Você tem que parar de ficar me salvando.

Coriolanus balançou a cabeça.

— Eu não consigo controlar. É tipo um tique.

— Não sei o que eu faria se você não estivesse aqui. — Sejanus baixou o tom de voz. — Aquela mulher é má. Ela tinha que ser detida.

Coriolanus achava qualquer tentativa de destronar a dra. Gaul inútil, mas adotou uma postura solidária.

— Você tentou.

— Eu fracassei. Queria que minha família pudesse voltar pra casa. Voltar para o Distrito 2, onde é nosso lugar. Não que fossem querer a gente. Ser da Capital vai me matar.

— É um momento ruim, Sejanus. Com os Jogos e o bombardeio. Ninguém está no melhor momento. Não faça nada precipitado como fugir. — Quando Coriolanus deu um tapinha no ombro dele, pensou: *E eu talvez precise de um favor.*

— Fugir pra onde? Como? Com o quê? — perguntou Sejanus. — Mas agradeço de verdade seu apoio. Queria poder pensar em alguma forma de agradecer.

Havia uma coisa de que Coriolanus precisava.

— Você por acaso não tem um violão pra me emprestar, tem?

Os Plinth não tinham, e ele dedicou o resto da tarde de quarta-feira a cumprir a promessa que fizera a Lucy Gray. Ele perguntou na escola, mas o mais perto que conseguiu foi um talvez de Vipsania Sickle, mentora do garoto do Distrito 7, Treech, que tinha feito malabarismo com as nozes no zoológico.

— Ah, acho que tínhamos um durante a guerra — disse ela. — Vou dar uma olhada e te falo. Vou adorar ouvir sua garota cantar de novo!

Ele não sabia se devia acreditar nela; os Sickle não pareciam ser muito musicais. Vipsania tinha herdado o amor por competição de sua tia Agrippina e, até onde ele sabia, ela estava tentando estragar a apresentação de Lucy Gray. Mas ele podia entrar no mesmo jogo, então disse que ela ia salvar a vida dele e continuou a busca.

Depois de sair da Academia de mãos vazias, ele pensou em Pluribus Bell. Possivelmente, ele ainda teria instrumentos da época da casa noturna.

Assim que a porta do beco dos fundos se abriu, Boa Bell passou entre as pernas de Coriolanus, ronronando como um motor. Com dezessete anos, ela já era uma gata velha, e ele teve cuidado ao pegá-la nos braços.

– Ah, ela sempre fica feliz de ver amigos antigos – disse Pluribus, e convidou Coriolanus a entrar.

A derrota dos distritos fizera pouca diferença para o ofício de Pluribus, pois ele ainda garantia a vida com comércio de produtos no mercado clandestino, mesmo agora tendo uma tendência a mais luxo. Bebida de qualidade, maquiagem e tabaco ainda eram difíceis de obter. O Distrito 1 tinha aos poucos voltado sua atenção a oferecer prazeres à Capital, mas nem todo mundo tinha acesso e os preços eram altos. Os Snow não eram mais clientes regulares, mas Tigris fazia visitas ocasionais para vender a ele os cupons de alimentação que permitiriam que comprassem carne ou café, que eles não costumavam poder pagar. As pessoas ficavam felizes de pagar pelo privilégio de comprar um pernil de cordeiro a mais.

Conhecido pela discrição, Pluribus continuou sendo uma das poucas pessoas para quem Coriolanus não precisava fingir ser rico quando estava por perto. Ele conhecia a situação dos Snow, mas nunca falava nada e nem fazia a família se sentir inferior. Naquele dia, ele serviu um copo de chá gelado para

Coriolanus, encheu um prato de bolinhos e ofereceu uma cadeira. Eles conversaram sobre os bombardeios e sobre as lembranças ruins de guerra que o evento trouxe, mas logo passaram a falar de Lucy Gray, que tinha causado uma impressão muito favorável em Pluribus.

— Se eu tivesse alguns como ela, talvez pensasse em abrir a casa noturna de novo — refletiu Pluribus. — Ah, eu ainda venderia minhas belezinhas, mas poderia organizar shows aos fins de semana. A verdade é que estávamos todos tão ocupados nos matando que nos esquecemos de como nos divertir. Mas ela sabe. A sua garota.

Coriolanus contou a ele o plano para a entrevista e perguntou se por acaso havia um violão que ele pudesse pegar emprestado.

— Nós seríamos cuidadosos com ele, prometo. Eu guardaria em casa e só levaria quando ela fosse tocar e devolveria logo depois da apresentação.

Pluribus nem precisou ser convencido.

— Sabe, eu empacotei tudo depois que as bombas levaram Cyrus. Foi besteira. Como se eu pudesse esquecer o amor da minha vida com tanta facilidade.

Ele se levantou e moveu uma pilha de caixas de perfume, revelando uma porta de armário antigo. Lá dentro, arrumados com carinho em prateleiras, havia uma variedade de instrumentos musicais. Pluribus tirou um estojo de couro surpreendentemente limpo e abriu a tampa. Um cheiro agradável de madeira velha e cera chegou ao nariz de Coriolanus quando ele olhou para o objeto dourado brilhando dentro. O corpo no mesmo formato do de uma mulher, as seis cordas seguindo pelo braço longo até as cravelhas. Ele passou o dedo de leve pelas cordas. Apesar de estar desafinado, a intensidade do som o atingiu em cheio.

Coriolanus balançou a cabeça.

– Esse é bonito demais. Não quero correr o risco de estragar.

– Eu confio em você. E confio na sua garota. Gostaria de ouvir o que ela vai fazer com ele. – Pluribus fechou o estojo e o ofereceu. – Leve e diga à sua garota que estou de dedos cruzados por ela. É bom ter um amigo na plateia.

Coriolanus pegou o violão com gratidão.

– Obrigado, Pluribus. Espero que você reabra a casa noturna. Serei um cliente fiel.

– Como o seu pai – disse Pluribus com uma risada. – Quando tinha a sua idade, ele ficava até a casa fechar todas as noites com aquele patife do Casca Highbottom.

Cada parte daquela frase pareceu sem sentido. Seu pai rígido, sem senso de humor e tão severo, passando o tempo numa casa noturna? E logo com o reitor Highbottom? Ele nunca tinha ouvido falar dos dois juntos, apesar de eles terem mais ou menos a mesma idade.

– Você está brincando, né?

– Ah, não. Eles eram uma dupla e tanto – disse Pluribus. Mas, antes que pudesse elaborar, ele foi interrompido por um cliente.

Com muito cuidado, Coriolanus carregou o objeto valioso para casa e o colocou sobre a cômoda. Tigris e sua avó ficaram admiradas, mas ele mal podia esperar para ver a reação de Lucy Gray. O instrumento que ela devia ter no Distrito 12 não podia se comparar ao de Pluribus.

Sua cabeça estava doendo e ele decidiu ir para a cama quando o sol se pôs, mas demorou um pouco para que adormecesse, de tão pensativo que estava a respeito do relacionamento do pai com "aquele patife do Casca Highbottom". Se eles foram amigos, como Pluribus sugeriu, não tinha restado nenhuma boa vontade. Ele não conseguia deixar de pensar que, por mais próximos que os dois tivessem sido em seus tempos de casa noturna, as coisas não tinham terminado bem. Assim que pudesse, ele pressionaria Pluribus para saber mais detalhes.

Mas os dias seguintes não ofereceram essa oportunidade, pois eles foram dedicados a preparar Lucy Gray para a entrevista, que fora marcada para sábado à noite. Cada par de mentor e tributo possuía uma sala de aula para trabalhar. Dois Pacificadores ficavam de guarda, mas Lucy Gray tinha sido liberada das correntes e das algemas. Tigris oferecera um vestido antigo e disse que, se Lucy Gray estivesse disposta a confiar nela, ela poderia lavar e passar os babados de arco-íris para a apresentação. Lucy Gray hesitou, mas quando ele ofereceu a ela o outro presente de Tigris, um sabonete no formato de uma flor com aroma de lavanda, ela mandou que ele virasse de costas e trocou de roupa.

O jeito carinhoso com que ela pegou o violão, como se fosse um ser racional, ofereceu a Coriolanus o vislumbre de um passado tão diferente do dele que ele teve dificuldade de imaginar. Ela não se apressou para afinar o instrumento e tocou uma canção atrás da outra, parecendo tão faminta de música quanto pelas refeições que ele levava. Coriolanus deu a ela toda a comida que eles podiam poupar, junto com garrafas de chá adoçado com xarope de milho para aliviar a garganta. As cordas vocais dela estavam bem melhores quando a grande noite chegou.

Jogos Vorazes: uma noite de entrevistas começou na frente de uma plateia no auditório da Academia e foi transmitido por toda Panem. Apresentado pelo meteorologista meio palhaço da Capital TV, Lucretius "Lucky" Flickerman, parecia ao mesmo tempo inapropriado e surpreendentemente bem-vindo depois de tantas mortes. Lucky vestia um terno azul de gola alta com detalhes em pedraria, o cabelo estava penteado com gel e polvilhado com um pó cor de cobre, e seu humor só podia ser descrito como alegre. A cortina de trás do palco, ressuscitada de alguma produção pré-guerra, exibia um céu estrelado e piscava como um.

Depois de uma versão vibrante do hino da capital, Lucky deu boas-vindas à plateia para a nova edição dos Jogos Vorazes de uma nova década, na qual cada cidadão da Capital podia participar patrocinando o tributo de sua escolha. No caos dos dias anteriores, o melhor que a equipe da dra. Gaul conseguiu fazer foi oferecer meia dúzia de itens básicos de alimentação que os patrocinadores podiam enviar para os tributos.

— Vocês estão se perguntando: o que vocês ganham com isso? — observou Lucky. E explicou as apostas, um sistema simples com *win*, *place* e *show*, que eram opções familiares para quem já tinha apostado em corridas de cavalos antes da guerra; significando, respectivamente, apostar em quem será o primeiro lugar, apostar em quem será o primeiro ou segundo, e apostar em quem será qualquer um dos três primeiros lugares. Quem quisesse enviar dádivas em dinheiro para alimentar um tributo ou fazer uma aposta só precisava ir ao correio, onde um funcionário daria as orientações adequadas. A partir do dia seguinte, as agências ficariam abertas das oito da manhã até as oito da noite, o que daria às pessoas tempo de fazer suas apostas antes dos Jogos Vorazes começarem na segunda-feira. Depois de apresentar o novo detalhe dos Jogos, Lucky não teve muito a fazer além de ler os cartões com o material que tratava das entrevistas, mas conseguiu inserir alguns truques de mágica, como servir vinho de cores diferentes da mesma garrafa para brindar à Capital e fazer um pombo sair voando do paletó com manga ampla.

Dos pares de mentor e tributo capazes de participar, só metade tinha alguma coisa para apresentar. Coriolanus pediu para ser o último, sabendo que nada podia competir com Lucy Gray, mas querendo ser aquele que fecharia com chave de ouro. Os demais mentores ofereceram informações sobre seus tributos enquanto tentavam inserir algo memorável e pediam ao público que os patrocinasse. Para demonstrar força, Lysistrata ficou sentada na cadeira enquanto Jessup a levantava com facilidade acima da cabeça. Circ, o garoto do Distrito 3 de Io Jasper, disse que conseguia acender uma fogueira com os óculos, e ela, com conhecimento científico, sugeriu vários ângulos e horas do dia em que isso facilitaria a tarefa. A esnobe Juno Phipps admitiu que tinha ficado desapontada de ficar com o pequeno Bobbin. Uma Phipps, membro de uma das famílias fundadoras da Capital, não merecia coisa melhor do que o Distrito 8? Mas ele a conquistou quando enumerou cinco maneiras diferentes de matar alguém com uma agulha de costura. Coral, a garota do Distrito 4 de Festus, deixou clara sua capacidade de manusear um tridente, arma que costumava estar disponível na arena. Ela demonstrou com uma vassoura velha, portando-a de forma sinuosa que deixava pouca dúvida de sua capacidade. A familiaridade da herdeira dos derivados do leite Domitia Whimsiwick com vacas acabou sendo uma vantagem. Vibrante por natureza, ela fez seu musculoso tributo do Distrito 10, Tanner, se animar tanto ao falar de técnicas de abatedouro que Lucky teve que cortá-los quando ultrapassaram o tempo. Arachne estava enganada sobre o apelo desse assunto, pois Tanner foi quem ganhou mais aplausos até aquele momento da noite.

Coriolanus se esforçou para escutar enquanto se preparava para subir ao palco com Lucy Gray. Felix Ravinstill, o sobrinho-neto do presidente, estava tentando causar uma boa impressão com a garota do Distrito 11, Dill, mas Coriolanus não entendeu a abordagem, porque ela estava tão doente que nem a tosse dava para ouvir direito.

Tigris tinha feito outro milagre com o vestido de Lucy Gray. A imundície e a fuligem tinham desaparecido, deixando fileiras limpas e engomadas de babados de arco-íris. Ela também enviara um pote de blush que Fabricia tinha jogado fora com um restinho no fundo. Limpa, com as bochechas e os lábios rosados do blush, o cabelo preso no alto da cabeça como estava na colheita, Lucy Gray parecia, como Pluribus dissera, uma pessoa que ainda sabia se divertir.

— Acho que sua sorte está melhorando a cada minuto — disse Coriolanus, ajeitando um botão de rosa cor-de-rosa no cabelo dela. Combinava com o que ele tinha na lapela para o caso de alguém precisar de um lembrete de a quem Lucy Gray pertencia.

— Bom, você sabe o que dizem. O show só acaba quando o tordo canta — disse ela.

— Tordo? — Ele riu. — Eu realmente acho que você inventa essas coisas.

— Isso, não. O tordo é um pássaro que existe mesmo — garantiu ela.

— E canta no seu show? — perguntou ele.

— Não no meu show, querido. No seu. Ou da Capital, pelo menos — disse Lucy Gray. — Acho que é a nossa vez.

Com o vestido limpo dela e o uniforme engomado dele, a aparição dos dois gerou aplausos espontâneos da plateia. Ele não perdeu tempo fazendo várias perguntas que não eram do interesse de ninguém. Só a apresentou e deu um passo para trás, deixando-a sozinha no holofote.

— Boa noite — disse ela. — Sou Lucy Gray Baird, do Bando dos Bairds. Comecei a escrever esta canção no Distrito 12, antes de eu saber como seria o final. É uma letra minha numa melodia antiga. De onde somos, chamamos de cantiga. É uma música que conta uma história. E acho que essa é a minha. "A Cantiga de Lucy Gray Baird." Espero que vocês gostem.

    Coriolanus a tinha ouvido cantar dezenas de músicas nos dias anteriores, cheias de tudo, desde a beleza da primavera ao desespero sufocante de perder a mãe. Canções de ninar e músicas animadas, lamentos e cantilenas. Ela tinha solicitado a opinião dele e pesou as respostas a cada música. Ele achava que eles tinham escolhido uma encantadora sobre a maravilha de se apaixonar, mas depois de alguns acordes, ele percebeu que não era uma música das que ela tinha ensaiado. A melodia sombria deu o tom, e a letra fez o resto quando ela começou a cantar com uma voz rouca de fumaça e tristeza:

> *Quando era bebê, eu caía no choro.*
> *Quando era garota, caí de paixão.*
> *Mas contratempos afetaram o namoro.*
> *Você se ferrou, meus encantos foram a salvação.*
> *Eu dançava em troca do jantar, mandava beijos*
> *pro mundo inteiro.*
> *Você roubava, apostava e eu só te apoiava.*
> *Nós cantávamos por comida, bebíamos nosso dinheiro.*
> *Um dia você foi embora e disse que eu não prestava.*
>
> *É verdade, eu não presto, mas formamos*
> *um belo par.*
> *Bom, eu não presto, mas isso é coisa sabida.*
> *Você diz que não me ama, eu que não quero te amar.*
> *Só quero lembrar quem sou na sua vida.*
>
> *Quando você pula, sou eu que fico assistindo.*
> *Eu que conheço toda sua bravura.*

E fui eu que ouvi tudo que você disse dormindo.
Vou levar isso e muito mais pra sepultura.

Em pouco tempo, a sete palmos vou estar.
Em pouco tempo você vai ficar sozinho.
Quando tiver um problema, quem você
vai procurar?
Não vai ter ninguém com você, amor,
no seu caminho.

E fui eu que você deixou ver quando chorou.
Conheço a alma que você luta pra salvar.
Pena que sou a aposta que a colheita lhe tirou.
O que você vai fazer quando a morte me levar?

Dava para ouvir um alfinete caindo no auditório quando ela terminou. Houve algumas fungadas, um pouco de tosse e finalmente a voz de Pluribus gritando "Bravo" do fundo do auditório, seguida de um trovão de aplausos.

Coriolanus sabia que tinha acertado na mosca com aquele relato sombrio, comovente e profundamente pessoal da vida dela. Ele sabia que ela receberia uma chuva de dádivas na arena. Que o sucesso dela, mesmo agora, já se refletia nele, fazendo com que fosse seu também. Snow cai como a neve, essa coisa toda. Ele sabia que devia estar eufórico com aquela virada, pulando por dentro enquanto oferecia uma fachada modesta e satisfeita.

Mas o que ele estava sentindo mesmo era ciúme.

12

"E finalmente, mas não menos importante, a garota do Distrito 12... ela pertence a Coriolanus Snow."

"As coisas poderiam ter sido bem diferentes se você não tivesse ficado com sua garota arco-íris."

"A verdade é que estávamos todos tão ocupados nos matando que nos esquecemos de como nos divertir. Mas ela sabe. A sua garota."

Sua garota. Sua. Ali na Capital, era óbvio que Lucy Gray pertencia a ele, como se a vida dela tivesse começado quando o seu nome foi chamado na colheita. Mesmo o hipócrita do Sejanus viera até ele com sua sugestão de fazerem uma troca. Se isso não era possuir uma propriedade, o que era? Com a música, Lucy Gray repudiou isso tudo ao exibir uma vida que não tinha nada a ver com ele e muito a ver com outra pessoa. Alguém que ela chamava de "amor", não menos do que isso. E embora ele não tivesse direitos sobre o coração dela, pois mal conhecia a garota, ele não gostava a ideia de outra pessoa tendo. Apesar de a música ter sido um sucesso evidente, ele se sentia traído. Humilhado, até.

Lucy Gray se levantou e fez uma reverência, depois esticou a mão para ele. Após hesitar por um momento, ele se juntou a ela na frente do palco enquanto os aplausos aumentavam até ela ser ovacionada de pé. Pluribus liderou os gritos de bis, mas o tempo deles tinha acabado, como Lucky Flickerman observou, e eles fizeram uma reverência final e saíram do palco de mãos dadas.

Quando chegaram às coxias, ela começou a se desvencilhar, mas ele apertou a mão dela.

– Bem, você é um sucesso. Parabéns. Música nova?

– Estou trabalhando nela já um tempo, mas só cheguei à última estrofe algumas horas atrás – disse ela. – Por quê? Você não gostou?

– Me surpreendeu. Você tinha tantas outras.

– Tinha. – Lucy Gray soltou a mão e passou os dedos pelas cordas do violão, dedilhando o último trecho de melodia antes de botar o instrumento com delicadeza na caixa. – A questão é a seguinte, Coriolanus. Eu vou lutar com tudo o que tenho pra vencer esses Jogos, mas vou estar lá com gente como Reaper e Tanner e alguns outros que não desconhecem o ato de matar. Não há garantia de nada.

– E a música?

– A música? – repetiu ela e levou um momento para pensar na resposta. – Deixei alguns assuntos inacabados no Distrito 12. Eu ser o tributo... Bom, existe azar e existe trapaça. Aquilo foi trapaça. E uma pessoa com uma grande dívida comigo estava envolvida. A música foi uma espécie de vingança. A maioria das pessoas não vai saber, mas o Bando vai entender a mensagem, em alto e bom som. E eu só me importo com eles mesmo.

– Só de ouvir uma vez? – perguntou Coriolanus. – Foi bem rápido.

– Uma vez é tudo de que minha prima Maude Ivory precisa. Aquela criança nunca esquece nada de uma melodia. Parece que estou sendo chamada de novo.

Os Pacificadores que apareceram ao lado dela, ambos homens, trataram-na com certa simpatia agora, perguntando se estava pronta para ir, tentando controlar os sorrisos. Como os Pacificadores do Distrito 12. Coriolanus não pôde deixar de pensar no quanto ela podia ser simpática. Ele os olhou com uma expressão de reprovação que não exerceu efeito nenhum e os ouviu elogiando a apresentação enquanto a levavam.

Ele engoliu sua implicância e aceitou os parabéns vindos de todos os lados. Ajudaram-no a lembrar que ele era a verdadeira estrela da noite. Mesmo que Lucy Gray estivesse confusa com a questão, aos olhos da Capital ela pertencia a ele. De que adiantaria creditar um tributo de distrito? Isso se sustentou até ele encontrar Pluribus, que se derretia.

— Que talento, que habilidade natural ela tem! Se ela conseguir sobreviver, estou determinado a torná-la artista principal em minha casa noturna.

— Isso é meio complicado. Não vão mandá-la pra casa? — perguntou Coriolanus.

— Tenho um ou dois favores que posso cobrar — disse ele. — Ah, Coriolanus, ela não foi uma estrela? Estou tão feliz de você ter ficado com ela, meu garoto. Os Snow mereciam um pouco de sorte.

Velho idiota com essa peruca empoada ridícula e o gato decrépito. O que ele sabia das coisas? Coriolanus estava prestes a esclarecer isso quando Satyria apareceu e sussurrou no ouvido dele, fazendo-o deixar tudo de lado:

— Acho que aquele prêmio está no papo.

Sejanus apareceu vestindo outro terno novinho, de braços dados com uma mulher pequena e enrugada, que usava um vestido florido de aparência cara. Não importava. Você poderia vestir um nabo com roupa de gala e ele ainda seria um nabo. Coriolanus não tinha dúvida de que só podia ser a mãe dele.

Quando Sejanus os apresentou, ele esticou a mão e abriu um sorriso caloroso para a mulher.

— Sra. Plinth, que honra. Por favor, perdoe minha negligência. Eu pretendia escrever um bilhete há dias, mas cada vez que me sento pra fazer isso, minha cabeça lateja tanto da concussão que nem consigo pensar direito. Obrigado pela deliciosa caçarola.

A sra. Plinth se franziu de prazer e deu uma risada constrangida.

— Nós é que temos que agradecer, Coriolanus. Estamos tão felizes por Sejanus ter um amigo tão bom. Se houver algo de que precisar, espero que saiba que pode contar conosco.

— Ora, o mesmo vale para a senhora. Estou a seu dispor — disse ele, falando com tanto entusiasmo que não tinha como ela não ficar desconfiada. Mas não a mãe de Sejanus. Seus olhos se encheram de lágrimas e ela emitiu um som meio aquoso, sem palavras com a magnanimidade dele. Ela enfiou a mão na bolsa, uma coisa horrenda do tamanho de uma mala pequena, tirou um lenço com borda da renda e começou a assoar o nariz. Felizmente, Tigris, que era um amor de verdade com todo mundo, foi aos bastidores atrás dele e assumiu a conversa com os Plinth.

As coisas finalmente se acalmaram, e enquanto os primos caminhavam juntos para casa, foram analisando a noite, desde o uso comedido de blush por Lucy ao modelo infeliz do vestido da mãe de Sejanus.

— Mas, sério, Coryo, não consigo imaginar as coisas melhores pra você — disse Tigris.

— Eu estou satisfeito — disse ele. — Acho que vamos conseguir uns patrocinadores pra ela. Só espero que algumas pessoas não desistam por causa da música.

— Eu fiquei muito comovida. Acho que a maioria das pessoas ficou. Você não gostou? — perguntou ela.

— Claro que gostei, mas tenho a cabeça mais aberta do que a maioria. Afinal, o que você acha que ela estava sugerindo que aconteceu?

— Me pareceu que ela se deu mal. Alguém que ela amava partiu o coração dela — respondeu Tigris.

— Isso foi só metade da história — continuou ele, porque não podia deixar nem Tigris achar que ele sentiu ciúmes de um zé-ninguém de distrito. — Teve a parte de ela viver dos encantos.

— Bom, isso pode ser qualquer coisa. Ela é artista, afinal.

Ele refletiu.

— Acho que sim.

— Você disse que ela perdeu os pais. Deve estar tendo que se virar há anos. Acho que ninguém que tenha sobrevivido à guerra e aos anos seguintes pode culpá-la por isso. — Tigris baixou o olhar. — Todos fizemos coisas de que não nos orgulhamos.

— Não você — disse ele.

— Não? — Tigris falou com uma amargura incomum. — Nós todos fizemos. Talvez você fosse pequeno demais pra lembrar. Talvez você não soubesse como era ruim.

— Como pode dizer isso? É tudo de que eu lembro — respondeu ele.

— Então seja gentil, Coryo — disse ela rispidamente. — E tente não olhar com desprezo para pessoas que precisaram escolher entre a morte e a desgraça.

A repreensão de Tigris o chocou, mas menos do que ela fazer alusão a um comportamento que poderia ser considerado uma desgraça. O que ela tinha feito? Porque, se ela fez alguma coisa, foi para protegê-lo. Ele pensou na manhã da colheita, quando se perguntou casualmente o que ela tinha para trocar no mercado clandestino, mas nunca levou o pensamento a sério. Ou levou? Teria preferido não saber que sacrifícios ela estaria disposta a fazer por ele? O comentário dela foi vago, e havia uma lista tão grande de coisas abaixo de um Snow, que só restava a ele repetir o que ela dissera sobre a música de Lucy Gray: "Bom, isso pode ser qualquer coisa." Ele queria saber os detalhes? Não. A verdade era que não queria.

Ao abrir a porta de vidro do prédio, ela deu um grito de descrença.

– Ah, não, não é possível! O elevador está funcionando!

Ele teve dúvida, pois aquela coisa não funcionava desde o começo da guerra. Mas a porta estava aberta e as luzes se refletiam nas paredes espelhadas do compartimento. Feliz com a distração, ele fez uma pequena reverência, convidando-a a entrar.

– Depois de você.

Tigris riu e entrou no elevador como a dama grandiosa que tinha nascido para ser.

– Você é gentil demais.

Coriolanus entrou atrás dela, e por um momento os dois ficaram olhando para os botões dos andares.

– A última vez que me lembro dessa coisa funcionando foi logo depois do enterro do meu pai. Nós chegamos em casa e passamos a subir de escada depois disso.

– A Lady-Vó vai ficar animada – disse Tigris. – Os joelhos dela não aguentam mais aquela escada.

– *Eu* estou animado. Talvez ela saia do apartamento de vez em quando – disse Coriolanus. Tigris bateu no braço dele, mas estava rindo. – É sério. Seria bom ficar com o apartamento só pra nós por cinco minutos. Quem sabe pular o hino uma manhã ou não precisar de gravata pra jantar. Por outro lado, tem perigo de ela conversar com as pessoas. "Quando Coriolanus for presidente, vai chover champanhe toda terça-feira!"

— Talvez as pessoas atribuam à idade — disse Tigris.

— Só posso esperar que sim. Você faz as honras? — perguntou ele.

Tigris esticou a mão e apertou longamente o botão da cobertura. Depois de um momento, as portas se fecharam com um gemido horrível, e eles começaram a subir.

— Estou surpreso de o comitê do prédio ter decidido consertar agora. Deve ter sido caro.

Coriolanus franziu a testa.

— Será que estão melhorando o prédio na esperança de venderem os apartamentos? Você sabe, com essa história de impostos.

O jeito brincalhão sumiu da voz de Tigris.

— É bem possível. Sei que os Dolittle considerariam vender pelo preço certo. Eles dizem que o apartamento é grande demais pra eles, mas a gente sabe que não é isso.

— É isso que vamos dizer? Que nosso lar ancestral ficou grande demais? — disse Coriolanus quando as portas se abriram e revelaram a entrada da casa deles. — Vamos, eu ainda tenho dever de casa.

A avó tinha esperado acordada para enchê-lo de elogios e disse que estavam reprisando os pontos altos das entrevistas sem parar.

— Ela é uma coisinha triste e sem classe, a sua garota, mas estranhamente atraente, do jeito dela. Talvez seja a voz. Parece que penetra nas pessoas.

Se Lucy Gray tinha conquistado a avó deles, Coriolanus achava que o resto da nação só podia estar igual. Se mais ninguém parecia incomodado pelo passado questionável dela, por que ele deveria ficar?

Ele pegou um copo de soro de leite, vestiu o roupão de seda do pai e se acomodou para escrever sobre tudo que ele amava na guerra. Ele começou com *Como dizem, a guerra é uma infelicidade, mas não é desprovida de charme*. Pareceu uma introdução inteligente, mas não levou a nada, e meia hora depois ele ainda não tinha escrito coisa alguma. Como Festus sugerira, era um trabalho destinado a ser bem curto. Mas ele sabia que a dra. Gaul não ficaria satisfeita com isso, e um esforço parcial só lhe daria uma atenção indesejada.

Quando Tigris entrou no quarto para dar boa-noite, ele jogou o tópico para ela.

– Você consegue se lembrar de alguma coisa de que a gente gostava?

Ela se sentou na beirada da cama dele e pensou.

– Eu gostava de alguns dos uniformes. Não os que usam agora. Lembra das jaquetas vermelhas com debrum dourado?

– Nos desfiles? – Ele sentiu uma empolgação ao se lembrar de ficar pendurado na janela observando os soldados e as bandas marchando. – Eu gostava dos desfiles?

– Você amava. Ficava tão animado que não conseguíamos te fazer comer o café da manhã – disse Tigris. – Nós sempre fazíamos uma reunião em casa nos dias de desfile.

– Lugares privilegiados. – Coriolanus anotou as palavras *uniformes* e *desfiles* em um pedaço de papel e acrescentou *fogos de artifício*. – Qualquer tipo de espetáculo me atraía quando eu era pequeno, acho.

– Se lembra do peru? – perguntou Tigris de repente.

Foi no último ano da guerra, quando o cerco tinha reduzido a Capital ao canibalismo e ao desespero. Até o feijão-manteiga estava acabando e havia meses que qualquer coisa parecida com carne não chegava à mesa deles. Em uma tentativa de melhorar os ânimos, a Capital declarou o dia 15 de dezembro como sendo Dia Nacional dos Heróis. Montaram um especial de televisão e homenagearam uns dez ou doze cidadãos que tinham perdido a vida defendendo a Capital, com o pai de Coriolanus, o general Crassus Snow, dentre eles. A eletricidade voltou a tempo da transmissão, mas tinha faltado (o aquecimento junto) por um dia inteiro antes. Eles estavam aninhados juntos na cama da avó, que mais parecia um barco, e lá ficaram para ver os heróis homenageados. Mesmo naquela época, a lembrança que Coriolanus tinha do pai já se apagara, e embora reconhecesse o rosto de fotos, ele levou um susto ao ouvir a voz grave dele e as palavras intransigentes sobre os distritos. Depois que o hino tocou, uma batida na porta da frente os tirou da cama, e eles encontraram um trio de jovens soldados de uniforme de gala entregando uma placa comemorativa e uma cesta com um peru congelado de dez quilos com os cumprimentos do governo. Em uma tentativa de alcançar o luxo antigo da Capital, a cesta também incluía um pote poeirento de geleia de menta, uma lata de salmão, três palitos rachados de bala de abacaxi, uma bucha e uma vela com aroma de flores. Os soldados colocaram a cesta na mesa do saguão, leram uma declaração de agradecimento e deram boa-noite a todos. Tigris caiu no choro e a avó deles teve que se sentar, mas a primeira coisa que Coriolanus fez foi correr e trancar a porta para proteger as novas riquezas.

Eles comeram salmão com torrada e ficou decidido que Tigris permaneceria em casa no dia seguinte em vez de ir para a escola, para descobrir como preparar a ave. Coriolanus entregou para Pluribus um convite para jantar no papel de carta dos Snow, e ele apareceu levando posca e uma lata amassada de damascos. Com a ajuda dos livros antigos de receita da cozinheira, Tigris se superou, e eles tiveram um banquete de peru glaceado com geleia e recheio de pão e repolho. Nem antes e nem depois, nunca houve refeição tão gostosa.

– Ainda é um dos melhores dias da minha vida. – Ele não sabia como explicar, mas acabou acrescentando *alívio da privação* à lista. – Você foi maravilhosa pelo jeito como preparou aquele peru. Na época, você parecia tão velha pra mim, mas era só uma garotinha – disse Coriolanus.

Tigris sorriu.

– E você. Com sua hortinha particular no telhado.

– Se você gostasse de salsinha, eu era o cara! – Ele riu. Mas tinha orgulho da salsinha. Dava um toque especial à sopa e às vezes dava para trocar por outras coisas. *Jogo de cintura*, ele escreveu na lista.

E foi assim que ele escreveu a redação, contando os prazeres da infância, mas, no fim, não ficou satisfeito. Ele pensou nas duas semanas anteriores, com o bombardeio na arena, a perda dos colegas, a fuga de Marcus e como tudo isso revivera o terror que tinha sentido quando a Capital estava sob cerco. O que importara na época, o que ainda importava, era viver sem aquele medo. Por isso, ele acrescentou um parágrafo com o grande alívio por ter vencido a guerra e a satisfação amarga de ver os inimigos da Capital, que o trataram de forma tão cruel, que cobraram um preço tão alto da família dele, serem colocados de joelhos. Limitados. Impotentes. Incapazes de fazer mais mal a ele. Ele amou a sensação desconhecida de segurança que a derrota deles gerou. A segurança que só podia vir com o poder. A capacidade de controlar as coisas. Sim, isso era o que ele mais amava.

Na manhã seguinte, quando o restante dos mentores foi à reunião de domingo, Coriolanus tentou imaginar quem eles teriam sido se não tivesse havido guerra. Pouco mais do que bebês quando começou, todos deviam ter uns oito anos quando terminou. Apesar de as dificuldades terem diminuído, ele e seus colegas de escola ainda estavam longe da vida opulenta na qual nasceram, e a reconstrução do mundo deles foi lenta e desanimadora. Se pudesse apagar o racionamento e as bombas, a fome e o medo e substituir pelas vidas prósperas prometidas no nascimento, ele reconheceria seus amigos?

Coriolanus sentiu uma pontada de culpa quando seus pensamentos se voltaram para Clemensia. Ele ainda não tinha ido visitá-la, ocupado com sua própria recuperação, o trabalho de casa e a preparação de Lucy Gray para os Jogos. Mas não era só questão de tempo. Ele não tinha a menor vontade de voltar ao hospital e ver o estado em que ela se encontrava. E se o médico tivesse mentido e as escamas estivessem se espalhando e cobrindo todo o corpo? E se ela tivesse se transformado de vez em cobra? Era besteira, mas o laboratório da dra. Gaul era tão sinistro que sua mente chegava a extremos. Um pensamento paranoico o incomodava. E se o pessoal da dra. Gaul só estivesse esperando que ele fizesse uma visita para poder aprisioná-lo também? Não fazia sentido. Se quisessem prendê-lo, a hospitalização dele teria sido o momento. A coisa toda era ridícula, concluiu Coriolanus. Ele a visitaria na primeira oportunidade.

A dra. Gaul, que era claramente uma pessoa matinal, e o reitor Highbottom, que claramente não era, repassaram as apresentações da noite anterior. A de Coriolanus e Lucy Gray tinha sido um sucesso estrondoso, mas pontos foram concedidos a todos que pelo menos conseguiram levar os tributos ao palco das entrevistas. Na Capital TV, Lucky Flickerman estava dando atualizações das apostas direto da central dos correios, e enquanto as pessoas apostavam mais em Tanner e Jessup como vencedores, Lucy Gray acumulava o triplo de dádivas em comparação ao competidor mais próximo.

– Olha essa gente – disse a dra. Gaul. – Mandando pão pra um fiapo de garota de coração partido, apesar de não acreditar que ela possa ganhar. Qual é a lição aqui?

— Nas rinhas de cachorro, já vi gente apostando em vira-latas que mal conseguiam ficar de pé – disse Festus. – As pessoas adoram um azarão.

— As pessoas adoram uma canção de amor, isso sim – disse Persephone, exibindo as covinhas.

— As pessoas são idiotas – observou Livia com desprezo. – Ela não tem a menor chance.

— Mas há muitos românticos. – Pup piscou para ela e fez sons úmidos de beijo.

— É, ideias românticas, idealistas, podem ser muito atraentes. O que nos leva às suas redações. – A dra. Gaul se acomodou em um banco. – Vamos ver o que vocês trouxeram.

Em vez de recolher as redações, a dra. Gaul mandou que eles lessem trechos em voz alta. Os colegas de Coriolanus mencionaram muitos pontos que não tinham passado pela cabeça dele. Alguns se sentiam atraídos pela coragem dos soldados, pela chance de um dia serem heroicos também. Outros mencionaram o laço formado entre soldados que lutaram juntos ou a nobreza de defender a Capital.

— Parecia que fazíamos parte de uma coisa maior – disse Domitia. Ela assentiu solenemente, fazendo o rabo de cavalo no alto da cabeça balançar. – De uma coisa importante. Nós todos fizemos sacrifícios, mas foi pra salvar nosso país.

Coriolanus se sentia desconectado das "ideias românticas" deles, pois não tinha uma visão romantizada da guerra. A coragem em batalha era necessária por causa do mau planejamento de outra pessoa. Ele não tinha ideia se levaria uma bala por Festus e não tinha interesse em descobrir. Quanto às nobres ideias da Capital, eles realmente acreditavam nisso? O que ele desejava tinha pouco a ver com nobreza e tudo a ver com estar no controle. Não que ele não tivesse um código moral forte; era certo que tinha. Mas quase tudo na guerra, entre sua declaração e os desfiles de vitória, parecia desperdício de recursos. Ele manteve um olho no relógio enquanto fingia estar envolvido pela conversa, desejando que o tempo passasse para que não tivesse que ler nada. Os desfiles pareceram superficiais, o apelo do poder ainda real, mas sem emoção em comparação à falação dos colegas. E ele desejava nem ter escrito a parte sobre ter plantado salsinha; parecia pueril agora.

O melhor que ele pôde fazer quando sua vez chegou foi ler a história do peru. Domitia disse que foi comovente, Livia revirou os olhos e a dra. Gaul ergueu as sobrancelhas e perguntou se ele tinha algo mais para compartilhar. Ele não tinha.

– Sr. Plinth? – disse a dra. Gaul.

Sejanus passou a aula quieto e desanimado. Ele virou uma folha de papel e leu:

– "A única coisa que eu amava na guerra era o fato de ainda morar no meu lar." Se vocês quiserem saber se tinha algum valor além disso, eu diria que era uma oportunidade de consertar alguns erros.

– E consertou? – perguntou a dra. Gaul.

– Nem um pouco. As coisas nos distritos estão piores do que nunca – disse Sejanus.

A sala toda emitiu objeções.

– *Opa!*
– *Ele não falou isso.*
– *Volta para o 2, então! Quem sentiria sua falta?*

Ele está forçando a barra agora, pensou Coriolanus. Mas também estava com raiva. Pelo menos dois lados eram necessários para se fazer uma guerra. Uma guerra que, a propósito, os rebeldes começaram. Uma guerra que o deixou órfão.

Mas Sejanus ignorou os colegas e manteve a atenção na Chefe dos Idealizadores dos Jogos.

– Posso perguntar o que a senhora amava na guerra, dra. Gaul?

Ela olhou para ele por um longo momento e sorriu.

– Eu amei que provou que eu estava certa.

O reitor Highbottom anunciou o almoço antes que alguém perguntasse como, e todos saíram, deixando as redações nas mesas.

Eles tiveram meia hora para comer, mas Coriolanus se esquecera de levar comida, e não ofereceram nada porque era domingo. Ele passou o tempo deitado em uma área de sombra na escadaria frontal, descansando a cabeça enquanto Festus e Hilarius Heavensbee, que era mentor da garota do Distrito 8, discutiam estratégias para tributos femininos. Ele se lembrava vagamente do tributo de Hilarius na estação de trem, usando um vestido listrado e um lenço vermelho, mas mais porque ela estava com Bobbin.

– O problema com as garotas é que elas não estão acostumadas a brigar como os garotos estão – disse Hilarius. Os Heavensbee eram ultrarricos, como os Snow eram antes da guerra. Mas, por mais privilégios que tivesse, Hilarius sempre parecia se sentir oprimido.

– Ah, não sei – disse Festus. – Acho que minha Coral daria trabalho pra qualquer um daqueles caras.

– A minha é raquítica. – Hilarius mexeu no sanduíche de filé com a mão de unhas feitas. – Wovey é como ela se chama. Bom, tentei treinar Wovey pra entrevista, mas ela tem zero personalidade. Ninguém a apoiou e não posso alimentá-la, mesmo se ela conseguir evitar os outros.

– Se ela ficar viva, vai ter apoio – disse Festus.

– Você está me ouvindo? Ela não sabe lutar e eu não posso contar com dinheiro porque minha família não pode apostar – choramingou Hilarius. – Só espero que ela dure até os últimos doze, pra que eu possa encarar meus pais. Eles estão constrangidos de um Heavensbee estar fazendo uma apresentação tão ruim.

Depois do almoço, Satyria levou os mentores até a estação do *Notícias da Capital* para que eles conhecessem o maquinário nos bastidores dos Jogos Vorazes. Os Idealizadores dos Jogos trabalhavam em uns escritórios velhos, e embora a sala de controle designada para eles fosse suficiente, parecia meio pequena para o evento anual. Coriolanus achou a coisa toda meio decepcionante, pois tinha imaginado algo mais vistoso, mas os Idealizadores dos Jogos estavam animados com os novos elementos dos Jogos daquele ano e falaram sobre os comentários dos mentores e a participação de patrocinadores. O local estava animado quando eles foram olhar as câmeras operadas remotamente que eram parte da época de arena esportiva. Uns seis Idealizadores dos Jogos estavam ocupados testando drones de brinquedo designados para entregar as dádivas dos patrocinadores. Os drones encontravam os destinatários por reconhecimento facial e podiam levar só um item de cada vez.

Com o sucesso da entrevista, Lucky Flickerman tinha sido convocado para apresentar, apoiado por um grupo de repórteres do *Notícias da Capital*. Coriolanus sentiu uma emoção grande quando se viu marcado para as 8h15 da manhã seguinte, até que Lucky disse:

— Nós queríamos garantir que você aparecesse cedo. Sabe como é, antes da sua garota bater as botas.

Ele sentiu como se alguém tivesse lhe dado um soco na barriga. Livia era amarga e a dra. Gaul era insana, e por isso ele pôde ignorar a certeza delas de que Lucy Gray não era uma competidora. Mas as palavras do pateta do Lucky Flickerman o abalaram de uma forma que as delas não conseguiram. Quando estava voltando para casa para se preparar para o último encontro com Lucy Gray, ele ficou refletindo sobre a probabilidade de ela estar morta naquele mesmo horário, no dia seguinte. O ciúme da noite anterior pelo namorado otário dela e o fato de o brilho de estrela dela superar o dele evaporaram. Ele se sentia incrivelmente próximo dela, daquela garota que entrara na vida dele de forma tão inesperada e com tanto estilo. E não era só por causa dos elogios que ela o fez receber. Ele gostava mesmo dela, bem mais do que da maioria das garotas que ele conhecia na Capital. Se ela conseguisse sobreviver (ah, quem sabe), como seria possível os dois não terem uma conexão para o resto da vida? Mas, mesmo com o discurso positivo, ele sabia que a sorte não estava a favor de Lucy Gray, e uma melancolia pesada tomou conta dele.

Em casa, ele se deitou na cama, temendo a hora de se despedir. Ele queria poder oferecer a Lucy Gray alguma coisa bonita que realmente denotasse agradecimento pelo que ela tinha lhe dado. Uma sensação renovada de seu valor. Uma oportunidade de brilhar. Um prêmio escondido na bolsa. E, claro, sua vida. Teria que ser algo muito especial. Precioso. Algo dele, não como as rosas, que eram na verdade da sua avó. Algo que, se as coisas fossem mal na arena, ela pudesse segurar como um lembrete de que ele estava com ela e encontrar consolo no fato de que não ia morrer sozinha. Havia um lenço de seda tingido de laranja que ela provavelmente poderia usar no cabelo. Um broche dourado que ele ganhara por excelência acadêmica, com seu nome entalhado. Talvez uma mecha de cabelo dele presa com uma fita? O que podia ser mais pessoal do que isso?

De repente, ele sentiu uma onda de raiva. De que adiantavam essas coisas se ela não pudesse usá-las para se defender? O que ele estava fazendo além de vestindo-a para ser um cadáver bonito? Talvez ela pudesse estrangular alguém com o lenço ou perfurar uma pessoa com o broche? Mas não havia falta de armas na arena, se essa era a questão.

Ele ainda estava tentando escolher um presente quando Tigris o chamou para a mesa. Ela tinha comprado meio quilo de carne moída e feito quatro hambúrgueres fritos. O dela era consideravelmente menor, o que o faria protestar se ele não soubesse que ela sempre beliscava um pouco de carne crua enquanto preparava a refeição. Tigris gostava e teria comido o dela todo cru se a avó não tivesse proibido. Um dos hambúrgueres estava reservado para Lucy Gray, acrescentado de coberturas e acondicionado em um pão grande. Tigris também fez batatas fritas e salada de repolho cremoso, e Coriolanus selecionou as melhores frutas e doces da cesta de presente do hospital. Tigris colocou um guardanapo de linho dentro de uma caixinha de papelão decorada com aves de plumas coloridas e arrumou o banquete, cobrindo o tecido branco como neve com um botão de rosa da avó. Coriolanus tinha escolhido um tom intenso de pêssego com carmim porque o Bando adorava cores, e Lucy Gray mais do que todos.

– Diz pra ela que estou na torcida – falou Tigris.

– Diz pra ela que todos lamentamos que ela tenha que morrer – falou sua avó.

Depois do ar suave e aquecido pelo sol do fim da tarde, o frio do Heavensbee Hall lembrou a Coriolanus o mausoléu da família Snow, onde seus pais foram colocados em seu descanso final. Sem alunos e a agitação deles, tudo, desde passos a suspiros, ecoava alto, dando uma sensação sobrenatural a uma reunião já sombria. Nenhuma luz tinha sido acesa porque os últimos raios de sol que entravam pelas janelas eram considerados suficientes, mas havia um contraste intenso com a luminosidade das reuniões anteriores. Quando o restante dos mentores se reuniu na varanda e observou os jovens abaixo, um silêncio prevaleceu.

— A questão é que acabei me apegando a Jessup — sussurrou Lysistrata para Coriolanus. Ela fez uma pausa e arrumou o embrulho de macarrão com queijo. — Ele salvou minha vida.

Coriolanus se perguntou o que Lysistrata, que estava mais perto dele do que qualquer outra pessoa na arena, viu quando as bombas dispararam. Teria ela visto Lucy Gray o salvando? Era isso que ela estava indicando?

Quando eles foram para suas respectivas mesas, Coriolanus se obrigou a pensar positivamente. Não havia lucro em passar os últimos dez minutos deles juntos chorando quando podiam dedicá-los a uma estratégia para vencer. O fato de Lucy Gray estar com aparência melhor do que em reuniões anteriores ajudou muito. Ela estava limpa e arrumada, o vestido ainda bem-cuidado na luz turva; parecia que ela tinha se aprontado para uma festa e não para uma matança. Seus olhos pousaram na caixa.

Coriolanus a entregou com uma pequena reverência.

— Trago presentes.

Lucy Gray pegou a rosa delicadamente e inalou a fragrância. Puxou uma pétala e a colocou entre os lábios.

— Tem gosto de hora de dormir — disse ela com um sorriso triste. — Que caixa bonita.

— Tigris estava guardando pra uma coisa especial — disse ele. — Pode comer se você ainda estiver com fome. Ainda está quente.

— Acho que vou. Farei uma última refeição como uma pessoa civilizada. — Ela abriu o guardanapo e admirou o conteúdo da caixa. — Ah, parece ótimo.

— É bastante coisa e você pode dividir com Jessup — disse Coriolanus. — Mas acho que Lysistrata trouxe alguma coisa pra ele.

— Eu dividiria, mas ele parou de comer. — Lucy Gray olhou com preocupação para Jessup. — Talvez sejam os nervos. Ele está agindo meio engraçado. Claro que tem todo tipo de loucura saindo da nossa boca agora.

– Como o quê? – perguntou Coriolanus.

– Tipo, ontem à noite Reaper pediu desculpas a cada um de nós pessoalmente por ter que nos matar – explicou ela. – Ele diz que vai nos dar uma compensação quando vencer. Diz que vai se vingar da Capital, se bem que essa parte não ficou tão clara quanto a de nos matar.

Coriolanus desviou o olhar para Reaper, que não só era muito forte, mas parecia também ser bom em jogos mentais.

– Qual foi a reação a isso?

– A maioria das pessoas só ficou encarando. Jessup cuspiu na cara dele. Eu falei que só acabava quando o tordo cantava, mas isso apenas o confundiu. É o jeito dele de inventar algum sentido pra isso tudo, acho. Nós estamos no limite. Não é fácil... se despedir da vida. – O lábio inferior dela começou a tremer e ela empurrou o sanduíche para o lado sem nem dar uma mordida.

Sentindo que a conversa estava dando uma virada fatalista, Coriolanus a virou em outra direção.

– Sorte que você não precisa. Sorte que você tem o triplo de dádivas em comparação a todo mundo.

Lucy Gray ergueu as sobrancelhas.

– O triplo?

– O triplo. Você vai vencer, Lucy Gray – disse ele. – Já pensei bastante. Assim que o gongo soar, você foge. Foge o mais rápido que conseguir. Vai pra arquibancada e se afasta o máximo que puder dos outros. Encontre um bom esconderijo. Eu consigo comida. Aí você vai pra outro lugar. Vai mudando de posição e fica viva até os outros todos se matarem ou morrerem de fome. Você consegue.

— Consigo? Sei que fui eu quem insistiu para que você acreditasse em mim, mas ontem à noite fiquei pensando em estar naquela arena. Presa. Tantas armas. Reaper indo atrás de mim. Sinto mais esperança durante o dia, mas quando escurece sinto tanto medo que... — De repente, lágrimas começaram a rolar pelo rosto dela. Foi a primeira vez que ela não conseguiu controlar. No palco, depois que o prefeito bateu nela, e na ocasião em que Coriolanus lhe ofereceu o pudim de pão, ela quase chorou, mas conseguiu controlar as lágrimas. Agora, como se uma barragem tivesse se rompido, as lágrimas jorraram.

Coriolanus sentiu algo dentro de si se desfazer quando a viu tão vulnerável, e sentiu o mesmo. Ele esticou a mão para ela.

— Ah, Lucy Gray...

— Eu não quero morrer — sussurrou ela.

Ele limpou as lágrimas das bochechas dela com os dedos.

— Claro que não. E não vou deixar. — Ela continuou chorando. — Não vou deixar, Lucy Gray!

— Você devia deixar. Nunca fui nada além de problema pra você — disse ela com voz engasgada. — Botei você em perigo e comi sua comida. Também percebi que você odiou minha cantiga. Vai ser bom você se livrar de mim amanhã.

— Eu vou ficar péssimo amanhã! Quando falei que você importava pra mim, eu não estava falando como tributo. Estava falando de você. Você, Lucy Gray Baird, como pessoa. Como minha amiga. Como... — Qual era a palavra? Amor? Namorada? Ele não podia alegar mais do que uma atração, que podia muito bem ser unilateral. Mas o que teria a perder se admitisse que ela mexia com ele? — Fiquei com ciúme depois da sua cantiga porque eu queria que você estivesse pensando em mim e não em alguém do seu passado. É idiotice, eu sei. Mas você é a garota mais incrível que já conheci. De verdade. Extraordinária de todas as formas. E eu... — Os olhos dele se encheram de lágrimas, mas ele piscou para afastá-las. Tinha que ser forte pelos dois. – E não quero te perder. Me recuso a te perder. Por favor, não chore.

– Me desculpe. Me desculpe. Vou parar. É que... me sinto tão sozinha.

– Você não está sozinha. – Ele segurou a mão dela. – E não vai estar sozinha na arena. Nós estaremos juntos. Eu estarei lá a cada momento. Não vou tirar os olhos de você. Nós vamos vencer isso juntos, Lucy Gray. Eu prometo.

Ela se agarrou a ele.

– Parece quase possível pelo jeito como você fala.

– É mais do que possível – garantiu Coriolanus. – É provável. É inevitável se você seguir o plano.

– Você acredita mesmo nisso? – perguntou ela, observando o rosto dele. – Porque se eu achasse que acredita, podia me ajudar muito a acreditar também.

O momento exigia um gesto grandioso. Felizmente, ele tinha um. Ele estava em cima do muro, avaliando o risco, mas não podia deixá-la assim, sem nada em que se agarrar. Era questão de honra. Ela era sua garota, tinha salvado a vida dele, e ele tinha que fazer tudo que pudesse para salvar a dela.

– Escuta. Você está escutando? – Ela ainda chorava, mas os soluços tinham se acalmado em ofegos pequenos e intermitentes. – Minha mãe deixou uma coisa pra mim quando morreu. É meu bem mais precioso. Quero que você leve pra arena, pra dar sorte. É um empréstimo, veja bem. Espero que você me devolva. Senão, jamais poderia abrir mão disso. – Coriolanus enfiou a mão no bolso, esticou o braço e abriu os dedos. Na palma, brilhando sob os últimos raios de sol, estava o estojo prateado de pó compacto da mãe dele.

Lucy Gray ficou boquiaberta quando viu, e ela não era fácil de impressionar. Ela esticou a mão e acariciou a rosa entalhada, a prata antiga, mas puxou a mão de volta com pesar.

– Ah, eu não poderia aceitar. É bonito demais. Já basta você ter oferecido, Coriolanus.

– Tem certeza? – perguntou ele, com um pouco de provocação. Ele abriu o fecho e esticou o objeto para que ela pudesse ver seu reflexo no espelho.

Lucy Gray inspirou fundo e riu.

– Bom, agora você está tocando no meu ponto fraco. – E era verdade. Ela sempre era tão cuidadosa com a aparência. Não vaidosa, só consciente. Ela reparou no compartimento vazio onde havia pó uma hora antes. – Tinha pó aqui?

– Tinha, mas... – começou Coriolanus. Ele fez uma pausa. Se falasse, não daria para voltar atrás. Por outro lado, se não falasse, ele talvez a perdesse de vez. Ele baixou a voz a um sussurro: – Achei que você podia querer usar o seu.

13

Lucy Gray entendeu na mesma hora. Seu olhar desviou para os Pacificadores, nenhum deles prestando atenção, e ela se inclinou para a frente e cheirou o interior do recipiente.

— Humm, ainda dá pra sentir o aroma. Uma delícia.

— De rosas — disse ele.

— De rosas — disse ela. — Seria como ter você comigo, não é?

— Aceite — pediu ele. — Me leva com você. Pega.

Lucy Gray limpou as lágrimas com as costas da mão.

— Tudo bem, mas é um empréstimo. — Ela pegou o estojo, enfiou no bolso e deu uma batidinha por cima. — Ajuda a deixar meus pensamentos mais claros. De alguma forma, vencer os Jogos era uma coisa grande demais para conceber. Mas se eu disser "Preciso devolver isso para o Coriolanus", consigo aceitar melhor.

Eles conversaram mais um pouco, mais sobre a disposição da arena e onde talvez ficassem os melhores esconderijos, e ele conseguiu que ela comesse metade do sanduíche e o pêssego todo antes da professora Sickle soprar o apito. Coriolanus não sabia bem como aconteceu, mas os dois deviam ter se levantado, os dois se movido para a frente, porque ele a viu em seus braços, as mãos segurando sua camisa, ele a prendendo em um abraço.

— Só vou pensar em você naquela arena — sussurrou ela.

– Não no cara do 12? – perguntou ele, brincando só um pouco.

– Não. Ele tratou de destruir tudo que eu sentia por ele. O único garoto por quem meu coração bate agora é você.

Ela deu um beijo nele. Não um selinho. Um beijo de verdade na boca, com notas de pêssego e pó compacto. O toque dos lábios dela, macios e quentes nos dele, despertou sensações no corpo dele inteiro. Ao invés de se afastar, ele a segurou mais perto enquanto o gosto e o toque dela fizeram sua cabeça girar. Então era disso que as pessoas falavam! Era o que as deixava tão loucas! Quando finalmente se separaram, ele inspirou fundo, como se saindo das profundezas do mar. Os cílios de Lucy Gray se abriram, e a expressão nos olhos dela era como a nos dele. Os dois se inclinaram simultaneamente para outro beijo quando os Pacificadores botaram as mãos nela e a levaram.

Festus o cutucou quando eles estavam saindo do salão.

– Que despedida, hein.

Coriolanus só deu de ombros.

– O que posso dizer? Sou irresistível.

– Deve ser – respondeu Festus. – Tentei dar um tapinha tranquilizador no ombro de Coral e ela quase quebrou meu pulso.

O beijo o deixou tonto. Não havia dúvida de que ele havia ultrapassado um limite, mas não se arrependia... Fora incrível. Ele andou sozinho para casa, saboreando a despedida agridoce, eletrizado por sua ousadia. Talvez tivesse violado uma ou duas regras ao dar o estojo de pó compacto para ela e sugerir que ela o enchesse de veneno de rato, quem sabia? Não havia livro de regras para os Jogos Vorazes. Mas era provável que ele tivesse exagerado. Mesmo assim, valia a pena. Por ela. Só que ele não contaria a ninguém, nem a Tigris.

Não era necessariamente algo que viraria o jogo. Seria preciso inteligência e sorte para envenenar outro tributo. Mas Lucy Gray era inteligente e não mais azarada que seus oponentes. Eles teriam que ingerir o veneno, então o trabalho dele seria mandar comida para ela usar de isca. Coriolanus se sentia mais no controle por ter algo a fazer além de olhar.

Depois que a avó deles foi para a cama, ele revelou para Tigris:

– Acho que ela se apaixonou por mim.

– Claro que se apaixonou. O que você sente por ela?

– Não sei – respondeu ele. – Eu dei um beijo de despedida nela.

Tigris ergueu as sobrancelhas.

– Na bochecha?

– Não. Nos lábios. – Ele pensou em como explicar, mas só conseguiu dizer: – Ela é diferente.

Isso era inegável em vários níveis. A verdade era que ele não tinha muita experiência com garotas e menos ainda com amor. Manter a situação dos Snow em segredo sempre foi a maior prioridade. Os primos raramente recebiam alguém em casa, mesmo quando Tigris se apaixonou perdidamente no último ano da Academia. A relutância dela de levar em casa a pessoa com quem estava envolvida foi considerada falta de compromisso e acabou sendo fator decisivo no rompimento. Coriolanus encarou o incidente como aviso para não se envolver profundamente com ninguém. Muitas colegas se interessaram por ele, mas ele as manteve longe com habilidade. A desculpa do elevador quebrado foi útil, e sua avó passara por várias doenças fictícias que exigiam silêncio absoluto. Houve aquela outra coisa, no ano anterior, no beco atrás da estação de trem, mas aquilo não foi um romance e sim um desafio feito por Festus. Entre a posca e a escuridão, sua lembrança do evento estava toda fragmentada. Ele nem soube o nome dela, mas o acontecimento deu a ele a reputação de ser um conquistador.

Mas Lucy Gray era seu tributo, a caminho da arena. E mesmo que as circunstâncias fossem diferentes, ela ainda seria uma garota dos distritos, ou pelo menos não da Capital. Uma cidadã de segunda classe. Humana, mas bestial. Inteligente, talvez, mas não evoluída. Parte de uma massa disforme de criaturas infelizes e bárbaras que ficavam sempre na periferia da consciência dele. Claro, se houvesse uma exceção para a regra, essa exceção era Lucy Gray Baird. Uma pessoa que fugia a qualquer definição fácil. Uma ave rara, como ele. Por qual outro motivo a pressão dos lábios dela nos dele deixou seus joelhos bambos?

Coriolanus adormeceu naquela noite repassando o beijo na cabeça...

A manhã dos Jogos Vorazes chegou ensolarada e clara. Ele se arrumou, comeu os ovos que Tigris preparou para ele e fez a caminhada longa no calor até o *Notícias da Capital*. Recusou a camada grossa de maquiagem que Lucky tinha passado na própria cara, mas permitiu uma camada leve de pó, sem querer ficar suado demais para as câmeras. Calmo e inabalável; essas eram as qualidades que um Snow devia projetar. O pó tinha cheiro doce, mas lhe faltava o refinamento do da sua mãe, que estava guardado na sua gaveta de meias em casa.

– Bom dia, sr. Snow. – A voz da dra. Gaul o deixou atento. Claro que ela estaria ali, no estúdio de televisão. Onde mais ela estaria na manhã de abertura dos Jogos?

Ele não sabia por que o reitor Highbottom achou necessário fazer uma aparição, mas seus olhos embotados observaram Coriolanus.

– Nós soubemos que houve uma cena emocionante quando você se separou do seu tributo ontem à noite.

Ugh. Seria possível encontrar duas pessoas menos capazes de amar? Como eles sabiam sobre o beijo? A professora Sickle não parecia fofoqueira, então quem estava espalhando isso por aí? Provavelmente a maioria dos mentores viu...

Não importava. Aqueles dois não conseguiriam tirar uma reação dele.

– Como a dra. Gaul observou, as emoções estão a toda.

– Sim, pena que ela não tem muita chance de durar nem um dia – disse a dra. Gaul.

Como ele odiava os dois. Gabando-se. Tentando perturbá-lo. Ainda assim, só podia se permitir um movimento indiferente de ombros.

– Bom, como dizem, só acaba quando o tordo canta. – Ele sentiu satisfação pela incompreensão no rosto dos dois. Não tiveram oportunidade de questioná-lo porque Remus Dolittle apareceu para informar que o garoto tributo do Distrito 5 tinha falecido durante a noite por complicações de asma ou algo parecido, ou seja, a veterinária não conseguiu salvá-lo, e que eles tinham que mencionar aquela perda.

Por mais que tentasse, Coriolanus não conseguiu se lembrar do garoto, nem qual dos colegas tinha sido designado como mentor dele. Em preparação para a abertura dos Jogos, ele tinha atualizado a lista de mentores que recebera do professor Demigloss. Decidiu, por questão de simplicidade, cortar as equipes em pares, independente do que tinha acontecido a elas. Não pretendia ser insensível, mas não havia outra forma de deixar tudo claro. Ele tirou a lista da mochila e marcou essa nova baixa.

10ª EDIÇÃO DOS JOGOS VORAZES
ATRIBUIÇÃO DE MENTORIA

DISTRITO 1
~~Garoto (Facet)~~ ~~Livia Cardew~~
~~Garota (Velvereen)~~ ~~Palmyra Monty~~
DISTRITO 2
~~Garoto (Marcus)~~ ~~Sejanus Plinth~~
~~Garota (Sabyn)~~ ~~Florus Friend~~
DISTRITO 3
Garoto (Circ) Io Jasper
Garota (Teslee) Urban Canville
DISTRITO 4
Garoto (Mizzen) Persephone Price
Garota (Coral) Festus Creed
DISTRITO 5
~~Garoto (Hy)~~ ~~Dennis Fling~~
Garota (Sol) Iphigenia Moss
DISTRITO 6
~~Garoto (Otto)~~ ~~Apollo Ring~~
~~Garota (Ginnee)~~ ~~Diana Ring~~
DISTRITO 7
Garoto (Treech) Vipsania Sickle
Garota (Lamina) Pliny Harrington
DISTRITO 8
Garoto (Bobbin) Juno Phipps
Garota (Wovey) Hilarius Heavensbee
DISTRITO 9
~~Garoto (Panlo)~~ ~~Gaius Breen~~
~~Garota (Sheaf)~~ ~~Androcles Anderson~~

DISTRITO 10
Garoto (Tanner)   *Domitia Whimsiwick*
~~*Garota (Brandy)*~~   ~~*Arachne Crane*~~
DISTRITO 11
Garoto (Reaper)   *Clemensia Dovecote*
Garota (Dill)   *Felix Ravinstill*
DISTRITO 12
Garoto (Jessup)   *Lysistrata Vickers*
Garota (Lucy Gray)   *Coriolanus Snow*

O número de concorrentes de Lucy Gray tinha caído agora para treze. Menos um, e logo um garoto. Só podia ser boa notícia para ela.

Sua lista de mentores tinha começado a ficar meio amassada, então ele a dobrou em quatro e decidiu guardá-la no bolso externo da mochila para ter acesso fácil. Quando o abriu, encontrou um lenço. Ele ficou intrigado por um momento, pois o lenço dele estava sempre em um bolso da roupa, mas lembrou que aquele era o que Lucy Gray tinha devolvido depois de secar os olhos no dia que ele levou o pudim de pão. Era bom ter algo tão pessoal, uma espécie de talismã, e ele guardou a lista com cuidado junto.

Os únicos mentores convidados para aparecerem no pré-show foram os sete que participaram da noite de entrevistas. Eles tinham acabado virando os rostos da Capital nos Jogos, apesar de vários de seus tributos parecerem fracos. Um canto do estúdio havia sido preparado com algumas poltronas de sala de estar, uma mesa de centro e um candelabro meio torto. A maioria dos mentores elaborou melhor o passado de seus tributos, acrescentando qualquer elemento perigoso que podiam.

Como Coriolanus tinha dedicado a entrevista toda à música de Lucy Gray, ele era o único com material novo. Satisfeito por ter alguma novidade, Lucky Flickerman deixou que guiasse o tempo dedicado a ele. Depois de contar os detalhes tradicionais, Coriolanus passou a maior parte do tempo falando do Bando e enfatizando que Lucy Gray não era de distrito, não mesmo. O Bando tinha uma história longa como músicos, eram artistas de um tipo que raramente se via e não eram residentes de distrito tanto quanto as pessoas da Capital. Na verdade, se você pensasse bem, eles quase *eram* da Capital, e só por uma série de infortúnios foram parar, ou talvez tivessem sido detidos por engano, no Distrito 12. As pessoas deviam poder ver em casa como Lucy Gray parecia à vontade na Capital, não? E Lucky teve que concordar que sim, sim, havia algo de especial na garota.

Lysistrata lançou um olhar de irritação para ele quando assumiu seu lugar, que ele entendeu quando percebeu que ela estava tentando associar Jessup com Lucy Gray na entrevista, para conquistar solidariedade para os dois como uma dupla. Embora fosse verdade que Jessup era minerador de carvão do Distrito 12 até os ossos, os dois não tinham exibido uma parceria natural desde o começo? E quem não tinha reparado na proximidade incomum entre os dois, geralmente ausente em tributos do mesmo distrito? Lysistrata estava convencida de que eles tinham afeição um pelo outro. Com a força de Jessup e a capacidade de Lucy Gray de encantar a plateia, ela tinha certeza de que o vitorioso daquele ano viria do Distrito 12.

O motivo para a presença do reitor Highbottom ficou clara quando ele foi falar depois de Lysistrata. Ele conseguiu discutir o programa de mentor e tributo como se não estivesse chapado o tempo todo. Na verdade, Coriolanus achou meio perturbador como as observações dele pareceram lúcidas. Ele comentou que os alunos da Capital tinham começado com certos preconceitos com os jovens dos distritos, mas nas duas semanas desde a colheita, muitos tinham passado a ter uma nova admiração e respeito por eles.

— Como dizem, é essencial conhecer o inimigo. E que melhor forma de conhecer se não unindo forças nos Jogos Vorazes? A Capital só ganhou a guerra depois de uma luta longa e difícil, e recentemente nossa arena foi bombardeada. Imaginar que falta inteligência, força ou coragem a qualquer um dos lados seria um erro.

— Mas você não pode estar comparando nossas crianças às deles — observou Lucky. — Basta dar uma olhada para vermos que as nossas são de uma raça superior.

— Uma olhada mostra que as nossas tiveram mais comida, roupas melhores e cuidado dental melhor — disse o reitor Highbottom. — Supor qualquer coisa mais, uma superioridade física, mental ou principalmente moral, seria um erro. Esse tipo de arrogância quase representou nosso fim na guerra.

— Fascinante — disse Lucky, aparentemente por falta de resposta melhor. — Sua visão é simplesmente fascinante.

— Obrigado, sr. Flickerman. Não consigo pensar em outra pessoa cuja opinião eu valorize mais — declarou o reitor.

Coriolanus achou que o sarcasmo do reitor estava implícito, mas Lucky corou.

— Que gentileza, sr. Highbottom. Como todos sabemos, sou um mero homem do tempo.

— E um mágico em treinamento — lembrou o reitor Highbottom.

— Bom, talvez eu me declare culpado por isso! — disse Lucky com uma risada. — Espere, o que é isso? — Ele esticou a mão para trás da orelha do reitor Highbottom e puxou um doce pequeno com listras coloridas. — Acho que é seu. — Ele o ofereceu para o reitor, as cores manchando a palma úmida da mão dele.

O reitor não se mexeu para pegar.

– Minha nossa. De onde veio isso, Lucky?

– Segredos do ofício – disse Lucky com um sorriso esperto. – Segredos do ofício.

Havia carros esperando para levá-los de volta à Academia, e Coriolanus foi parar em um com Felix e o reitor Highbottom. Os dois pareciam se conhecer socialmente e ignoraram Coriolanus enquanto botavam as fofocas em dia. Ele teve tempo de refletir sobre o que o reitor Highbottom tinha dito sobre as pessoas dos distritos. Que eram essencialmente iguais às da Capital, só que em condições materiais piores. Era uma ideia meio radical para o reitor sair falando por aí. Sem dúvida sua avó e muitas outras pessoas a rejeitariam, e isso diminuía a mensagem de Coriolanus, focada em apresentar Lucy Gray como alguém completamente diferente das pessoas dos distritos. Ele se perguntou o quanto daquilo teve a ver com uma estratégia de vitória e o quanto refletia sua confusão em relação a seus sentimentos por ela.

Quando eles entraram no salão e Felix foi distraído por uma equipe de câmeras, Coriolanus sentiu um toque em seu braço.

– Sabe aquele seu amigo do 2? O emotivo? – perguntou o reitor Highbottom.

– Sejanus Plinth – disse Coriolanus. Não que eles fossem realmente amigos, mas aquilo não era da conta do reitor Highbottom.

– É melhor você arrumar uma cadeira pra ele perto da porta. – O reitor tirou a garrafa do bolso, foi para trás de um pilar próximo e tomou algumas gotas de morfináceo.

Antes que ele pudesse pensar nisso, Lysistrata apareceu, irritada.

– Sinceramente, Coriolanus, você podia trabalhar um pouco comigo! Jessup fica chamando Lucy Gray de aliada!

— Eu não tinha ideia de que essa seria sua abordagem. Eu realmente não pretendia atrapalhar. Se tivermos outra chance, vou abordar o ângulo da equipe – prometeu ele.

— É uma possibilidade pequena – disse Lysistrata com uma bufada de exasperação.

Satyria andou pela multidão e não ajudou em nada quando falou:

— Que entrevista inteligente, meu querido. Eu quase acredito que sua garota nasceu na Capital! Agora, venha. Você também, Lysistrata! Vocês precisam dos crachás e pulseiras de comunicação!

Ela os levou pelo salão, que, diferentemente dos anos anteriores, estava agitado de tanta empolgação. As pessoas não paravam de desejar boa-sorte a ele, parabenizando-o pela entrevista. Coriolanus gostou da atenção, mas também havia algo de inegavelmente perturbador. No passado, os Jogos foram ocasiões moderadas, em que as pessoas evitavam contato visual e só falavam quando necessário. Agora, uma ansiedade tomava o salão, como se um entretenimento amado os aguardasse.

À mesa, um Idealizador dos Jogos supervisionava a distribuição de equipamentos dos mentores. Embora todos recebessem um crachá amarelo com a palavra *Mentor* para usar no pescoço, só os que tinham tributos ainda nos Jogos receberam as pulseiras de comunicação, tornando-os alvo de inveja. Tanta tecnologia pessoal tinha desaparecido durante a guerra e nos tempos que vieram logo em seguida, pois a produção tinha se concentrado em outras prioridades. Atualmente, mesmo os dispositivos mais simples eram uma coisa e tanto. As pulseiras tinham um fecho e uma telinha, com a marcação de dádivas de patrocinadores piscando em vermelho. Os mentores só precisavam percorrer a lista de alimentos, selecionar um do menu e clicar duas vezes para um Idealizador dos Jogos acionar o drone de entrega. Alguns dos tributos não tinham dádiva nenhuma. Apesar de não ter aparecido nas entrevistas, Reaper conseguira alguns patrocinadores por causa dos dias no zoológico, mas Clemensia não estava presente, e a pulseira dela continuava na mesa, atraindo olhares de cobiça de Livia.

Coriolanus puxou Lysistrata de lado e mostrou sua tela.

– Olha, eu tenho uma pequena fortuna para trabalhar. Se eles estão juntos, vou mandar comida para os dois.

– Obrigada. Vou fazer o mesmo. Eu não pretendia falar com você daquele jeito. Não é culpa sua. Eu devia ter tocado no assunto antes. – A voz dela desceu a um sussurro. – É que... não consegui dormir essa noite pensando sobre fazer parte disso. Sei que é pra punir os distritos, mas já não punimos o suficiente? Por quanto tempo vamos precisar ficar arrastando a guerra?

– Acho que a dra. Gaul acredita que pra sempre – disse ele. – Como ela falou na aula.

– Não é só ela. Olha todo mundo. – Ela indicou a atmosfera festeira do salão. – É revoltante.

Coriolanus tentou acalmá-la.

– Minha prima disse que é pra gente lembrar que não foi a gente que fez isso. Que nós ainda somos crianças também.

– Isso não ajuda. Sermos usados assim – disse Lysistrata com tristeza. – Principalmente com três de nós mortos.

Usados? Coriolanus não tinha pensado que ser um mentor poderia ser algo além de uma honra. Uma forma de servir à Capital e talvez ganhar um pouco de glória. Mas ela tinha certa razão. Se a causa não era honrosa, como podia ser uma honra participar dela? Ele se sentiu confuso, manipulado e indefeso. Como se fosse mais um tributo do que um mentor.

– Me diz que vai acabar rápido – disse Lysistrata.

– Vai acabar rápido – garantiu Coriolanus. – Quer sentar comigo? Nós podemos coordenar nossas dádivas.

– Por favor.

A escola toda já tinha se reunido. Eles foram até a seção de vinte e quatro cadeiras para os mentores, que estavam no mesmo lugar do dia da colheita. Todos os capazes tinham que comparecer, quer tivessem um tributo ainda presente ou não.

– Não vamos nos sentar na frente – disse Lysistrata. – Não quero aquela câmera na minha cara quando ele for morto – Ela estava certa, claro. A câmera se viraria para o mentor, e se Lucy Gray morresse, *principalmente* se Lucy Gray morresse, ele ganharia um longo close.

Coriolanus fez o que ela pediu e foi para a fileira de trás. Quando eles se acomodaram, ele virou a atenção para a tela gigante na qual Lucky Flickerman agia como guia de turismo dos distritos, dando informações sobre suas indústrias, temperadas com fatos sobre o clima e um truque de mágica aqui e ali. Os Jogos Vorazes estavam sendo um evento de grande importância para a carreira de Lucky, e foi a cara dele acompanhar uma fala sobre energia do Distrito 5 com um dispositivo que deixou seu cabelo em pé.

– É eletrizante! – ofegou ele.

– Que idiota – murmurou Lysistrata, mas outra coisa chamou a atenção dela. – Deve ter sido uma gripe horrível.

Coriolanus seguiu o olhar dela até a mesa, onde Clemensia tinha acabado de pegar sua pulseira. Ela estava procurando alguém no salão... Ah, era ele! Assim que seus olhares se encontraram, ela foi direto na direção dele na fileira de trás, e não parecia feliz. Ela estava com aparência péssima, na verdade. O amarelo forte dos olhos tinha desbotado para um tom pálido de pólen, e uma blusa de mangas compridas e gola alta escondia a área escamosa, mas mesmo com essas melhorias, ela irradiava doença. Ela puxou distraidamente as partes ressecadas no rosto, e a língua, embora não saindo da boca, parecia determinada a explorar o interior da bochecha. Ela foi direto para a cadeira na frente dele e parou lá, jogando fragmentos de pele no ar enquanto o examinava.

– Obrigada pela visita, Coryo.

– Eu pretendia ir, Clemmie, mas fiquei muito machucado... – ele começou a explicar.

Ela o interrompeu.

– Obrigada por fazer contato com meus pais. Obrigada por dizer onde eu estava.

Lysistrata pareceu intrigada.

– Nós sabíamos onde você estava, Clem. Disseram que você não podia receber visita porque era contagioso. Tentei ligar uma vez, mas disseram que você estava dormindo.

Coriolanus se aproveitou disso.

– Eu também tentei, Clemmie. Várias vezes. Sempre me enrolaram. E quanto aos seus pais, os médicos juraram que eles estavam a caminho. – Nada daquilo era verdade, mas o que ele podia dizer? Obviamente, o veneno a deixara desequilibrada, senão ela nem estaria falando sobre o incidente em um ambiente tão público. – Se errei, me desculpe. Como falei, eu estava me recuperando.

– É mesmo? Você pareceu ótimo na entrevista. Você e seu tributo.

– Calma, Clem. Não é culpa dele você ter ficado doente – disse Festus, que chegou a tempo de ouvir a conversa.

– Ah, cala a boca, Festus. Você não tem ideia do que está falando! – respondeu Clemensia e foi pegar um lugar mais à frente.

Festus se sentou ao lado de Lysistrata.

– Qual é o problema dela? Além de parecer que está trocando de pele.

– Ah, quem vai saber? Nós todos estamos péssimos – disse Lysistrata.

– Ainda assim, isso não é do feitio dela. O que será... – começou Festus.

– Sejanus! – chamou Coriolanus, feliz por ter uma interrupção. – Aqui! – O lugar ao lado dele estava vazio e ele precisava desviar a conversa.

– Obrigado – disse Sejanus, se sentando na cadeira da ponta. Ele não parecia bem, exausto e com um tom febril na pele.

Lysistrata esticou a mão por cima de Coriolanus e apertou uma das dele.

– Quanto mais rápido começar, mais rápido pode acabar.

– Até o ano que vem – lembrou ele. Mas deu um tapinha agradecido na mão dela.

Os alunos mal tinham sido instruídos a tomar seus assentos quando a insígnia da Capital surgiu nas telas e o hino fez todo mundo ficar de pé. A voz de Coriolanus soou alta acima das dos demais mentores, que balbuciaram a letra. Sinceramente, àquela altura eles não podiam fazer algum esforço?

Quando Lucky Flickerman voltou e esticou os braços em um gesto de boas-vindas, Coriolanus viu a mancha colorida do doce do truque de mágica na palma da mão.

– Senhoras e senhores – disse ele –, está aberta a décima edição dos Jogos Vorazes!

Uma imagem ampla do interior da arena apareceu no lugar de Lucky. Os catorze tributos que permaneciam na lista estavam posicionados em um círculo amplo, esperando soar o gongo de abertura. Ninguém prestou atenção neles e nem na destruição causada pelos bombardeios, nem nas armas espalhadas no chão sujo, nem na bandeira de Panem exposta nas arquibancadas, acrescentando um toque decorativo inédito na arena.

Todos os olhos se moveram com a câmera, atentos enquanto a imagem foi se aproximando de um par de postes de aço não muito longe da entrada principal da arena. Tinham seis metros de altura e estavam unidos por uma viga de tamanho similar. Marcus estava pendurado pelos pulsos por grilhões no centro da estrutura, tão surrado e ensanguentado que, em um primeiro momento, Coriolanus achou que exibiam seu cadáver. Mas os lábios inchados de Marcus começaram a se mover, revelando os dentes quebrados e não deixando dúvidas de que ele ainda estava vivo.

14

Coriolanus se sentia mal, mas incapaz de afastar o olhar. Teria sido horrível ver qualquer criatura exposta assim, um cachorro, um macaco, até mesmo um rato. Mas um garoto? E um garoto cujo único crime real tinha sido fugir para salvar a vida? Se Marcus tivesse saído matando pela Capital, seria uma coisa, mas não houve relato nenhum disso depois da fuga. Coriolanus se lembrou dos desfiles funerários. As exibições mais macabras, como Brandy pendurada e os tributos arrastados pelas ruas, eram reservadas para os mortos. Os Jogos Vorazes em si tinham o talento medonho de jogar criança de distrito contra criança de distrito, de forma que a Capital ficava com as mãos limpas da violência real. Não havia precedente para a tortura de Marcus. Com orientação da dra. Gaul, a Capital tinha chegado agora a um novo nível de retaliação.

A imagem destruiu o clima festivo em Heavensbee Hall. O interior da arena não tinha microfones, exceto alguns em torno do muro oval, então nenhum estava próximo o suficiente para captar se Marcus tentava falar. Coriolanus desejou desesperadamente que o gongo soasse, que libertasse os tributos para a ação e distração, mas a inércia da abertura só se prolongou.

Ele sentiu Sejanus tremendo de raiva, e tinha acabado de se virar para tentar tocá-lo de modo tranquilizador quando o garoto pulou da cadeira e saiu correndo. A parte dos mentores tinha cinco cadeiras vazias na frente reservadas para os colegas ausentes. Sejanus pegou a do canto e jogou na tela, quebrando-a bem na imagem do rosto destruído de Marcus.

– Monstros! – gritou ele. – Vocês são todos monstros aqui! – Ele correu pelo salão até a entrada principal. Ninguém moveu um músculo para impedi-lo.

O gongo soou naquele momento, e os tributos se espalharam. A maioria correu para os portões que levavam aos túneis, vários deles escancarados pelo bombardeio. Coriolanus viu o vestido colorido de Lucy Gray seguir para o lado mais distante da arena e seus dedos seguraram a beirada do assento, desejando que ela fosse logo. *Corra*, pensou ele. *Corra! Saia daí!* Alguns dos mais fortes correram para as armas, mas depois de pegar algumas, Tanner, Coral e Jessup se dispersaram. Só Reaper, armado com um tridente e uma faca comprida, parecia pronto para começar a lutar. Mas quando ele estava preparado para a ofensiva, já não restava ninguém para enfrentar. Ele se virou para ver as costas dos oponentes se afastando, inclinou a cabeça para trás de frustração e subiu na arquibancada mais próxima para começar a caçada.

Os Idealizadores dos Jogos aproveitaram essa oportunidade para retornar a Lucky.

– Queriam ter feito uma aposta, mas não conseguiram ir até uma agência dos correios? Finalmente decidiu que tributo apoiar? – Um número de telefone surgiu na parte de baixo da tela. – Agora dá pra fazer por telefone! É só ligar para o número abaixo, dar seu número de cidadão, o nome do tributo e a quantia em dólar que você gostaria de apostar ou usar para enviar dádivas, e você fará parte do evento! Para quem preferir fazer a transação em pessoa, as agências dos correios estarão abertas de oito às oito. Vamos lá, não percam esse momento histórico. É sua chance de apoiar a Capital e ter um bom lucro. Seja parte dos Jogos Vorazes e seja um vencedor! Agora, de volta à arena!

Em poucos minutos, não havia mais nenhum tributo na arena além de Reaper, e depois de andar um pouco pelas arquibancadas, ele também sumiu. Marcus e seu sofrimento se tornaram o foco dos Jogos de novo.

— Não seria bom você ir atrás do Sejanus? — sussurrou Lysistrata para Coriolanus.

— Acho que ele deve preferir ficar sozinho — sussurrou ele em resposta. E talvez fosse verdade, mas ficava atrás do fato de que ele não queria perder nada, nem gerar uma reação da dra. Gaul e nem se conectar publicamente a Sejanus. Essa percepção crescente de que eles eram grandes amigos, de que ele era o confidente do canhão desgovernado dos distritos, estava começando a preocupá-lo. Distribuir sanduíches era uma coisa, ter atirado uma cadeira era bem diferente. Haveria repercussões e ele já tinha muitos problemas sem acrescentar Sejanus à lista.

Uma longa meia hora se passou antes que uma distração chamasse a atenção da plateia. As bombas perto da entrada tinham explodido o portão principal, mas haviam construído uma barricada embaixo do placar. Com suas múltiplas camadas de placas de concreto, tábuas de madeira e arame farpado, era ao mesmo tempo uma agressão visual e um lembrete do ataque rebelde, o que devia ser o motivo para os Idealizadores dos Jogos não terem deixado que ocupasse muito tempo de tela. Entretanto, com pouca coisa acontecendo, acabaram mostrando à plateia uma garota magrela de membros compridos saindo da fortificação.

— É Lamina! — disse Pup para Livia, que estava sentada ao lado dele duas fileiras à frente de Coriolanus.

Coriolanus não tinha lembrança nenhuma do tributo de Pup, fora o fato de que ela não parara de chorar na primeira reunião de mentores e tributos. Pup não conseguira prepará-la para a entrevista e tinha assim perdido a chance de promovê-la. Ele não se lembrava do distrito dela... 5, talvez?

Uma narração um tanto incômoda consertou a informação.

– Agora estamos vendo Lamina, de quinze anos, do Distrito 7 – disse Lucky. – Mentorada pelo nosso Pliny Harrington. O Distrito 7 tem a honra de oferecer à Capital a madeira usada para consertar nossa amada arena.

Lamina observou Marcus e avaliou a situação. A brisa de verão balançou a auréola de cabelo louro dela, que apertou os olhos contra o brilho do sol. A garota estava usando um vestido que parecia ter sido feito de um saco de farinha, com um pedaço de corda como cinto, e os pés descalços e as pernas estavam todos marcados de picadas de insetos. Os olhos, inchados e exaustos, estavam vermelhos, mas secos. Na verdade, ela parecia estranhamente calma considerando as circunstâncias. Sem pressa, sem nervosismo, ela foi até as armas e não se apressou para escolher primeiro uma faca e depois um machado pequeno, testando o fio de cada lâmina com a ponta do polegar. Ela prendeu a faca no cinto e balançou o machado para trás e para a frente, sentindo o peso. Em seguida, foi até um dos postes. Passou a mão pelo aço, que estava enferrujado e manchado de tinta de alguma situação anterior. Coriolanus achou que ela tentaria derrubá-lo por ser do distrito da madeira e tudo o mais, mas ela prendeu o cabo do machado entre os dentes e começou a subir, usando os joelhos e os pés calejados para se apoiar no metal. Ela fez parecer natural, lembrando uma lagarta subindo por um caule. Porém, como alguém que já tinha passado horas escalando cordas nas aulas de educação física, Coriolanus sabia que isso requeria força.

Quando chegou ao alto do poste, Lamina ficou de pé e enfiou o machado no cinto. Embora a viga transversal não pudesse ter mais de quinze centímetros de largura, ela andou facilmente por ela até parar acima de Marcus. Ela se sentou na viga, travou os tornozelos para ter apoio e se inclinou por cima da cabeça machucada do oponente. Disse alguma coisa que os microfones não captaram, mas ele devia ter ouvido, porque seus lábios se moveram em resposta. Lamina se sentou ereta e avaliou a situação. Em seguida, se apoiou de novo, se abaixou e enfiou a lâmina do machado na parte curva do pescoço de Marcus. Uma vez. Duas. E, na terceira vez, em um jorro de sangue, ela conseguiu matá-lo. Depois de se sentar novamente, ela limpou as mãos na saia e olhou para a arena.

– Essa é a minha garota! – gritou Pup. De repente, ele apareceu na tela, quando a câmera de Heavensbee Hall transmitiu a reação dele. Coriolanus teve um vislumbre seu algumas filas atrás de Pup e se sentou mais ereto. Pup sorriu, revelando pedaços de ovo do café da manhã no aparelho ortodôntico, e deu um soco para o alto. – A primeira morte do dia! Esse é meu tributo, Lamina, do Distrito 7 – disse ele para a câmera. Ele levantou o pulso. – E minha pulseira de comunicação está aberta e em funcionamento. Nunca é tarde para dar seu apoio e mandar uma dádiva!

O número de telefone piscou na tela de novo, e Coriolanus ouviu alguns apitos soando na pulseira de Pup, conforme Lamina recebia algumas dádivas. Os Jogos Vorazes pareciam mais fluidos, mais inconstantes do que ele achava que seriam. *Acorda!*, disse ele para si mesmo. *Você não é espectador, você é mentor!*

— Obrigado! — Pup acenou para a câmera. — Bom, acho que ela merece alguma coisa, vocês não acham? — Ele mexeu na pulseira e olhou para a tela com expectativa enquanto a imagem voltava a mostrar Lamina. A plateia assistiu com expectativa, pois seria a primeira tentativa de entrega de dádivas a um tributo. Um minuto se passou, depois cinco. Coriolanus tinha começado a questionar se a tecnologia dos Idealizadores dos Jogos tinha falhado quando um pequeno drone com uma garrafinha de água presa nas garras apareceu no alto da arena perto da entrada e desceu trêmulo até Lamina. Girou, caiu e até refez o caminho até bater na viga a uns três metros dela, despencando no chão como um inseto morto. A garrafa rachou e a água escorreu para a terra e sumiu.

Lamina ficou olhando para a dádiva de modo inexpressivo, como se não esperasse nada de diferente, mas Pup explodiu, com raiva.

— Espera um minuto! Isso não é justo. Alguém pagou um bom dinheiro por isso! — As pessoas murmuraram concordando. Não houve conserto imediato, mas uma nova garrafa chegou dez minutos depois e, desta vez, Lamina conseguiu pegá-la do drone, que seguiu seu predecessor e morreu na terra.

Lamina tomou alguns goles de água, mas, fora isso, houve pouco movimento além de uma reunião de moscas em volta do corpo de Marcus. Coriolanus ouviu apitos ocasionais na pulseira de Pup, que significavam mais dádivas para Lamina, que por sua vez parecia satisfeita de ficar na viga. Não era uma estratégia ruim. Era mais seguro do que no chão, com certeza. Ela tinha um plano. Era capaz de matar. Em menos de uma hora, Lamina se redefiniu como concorrente nos Jogos. Ela parecia bem mais forte do que Lucy Gray, pelo menos. Onde quer que ela estivesse.

O tempo passou. Com a exceção de Reaper, que podia ser visto ocasionalmente andando pela arquibancada, nenhum dos tributos se apresentou como caçador, nem mesmo os armados. Se não fosse a exibição de Marcus e Lamina indo dar cabo dele, teria sido uma abertura excepcionalmente lenta. Normalmente, dava para contar que haveria um banho de sangue no começo, mas, com tantos tributos fortes mortos, o campo estava mais ocupado por presas.

A arena encolheu até ocupar uma janelinha no canto da tela e Lucky apareceu, contando mais histórias dos distritos e incluindo a previsão do tempo. Ter um apresentador dos Jogos em tempo integral era novidade, e ele estava se esforçando para criar o papel. Quando Tanner subiu até o alto e andou pela fileira superior da arena, a transmissão voltou rapidamente aos tributos, mas o garoto só ficou um pouco sentado no sol antes de sumir nas passagens embaixo das arquibancadas.

Uma agitação no fundo de Heavensbee Hall fez cabeças virarem, e Coriolanus viu Lepidus Malmsey se aproximando pelo corredor com a equipe de filmagem. Ele convidou Pup a se juntar a ele e a entrevista foi ao vivo. Pup, uma fonte previamente inexplorada, expôs todos os detalhes que conseguiu pensar sobre Lamina e acrescentou vários outros que Coriolanus achou que eram inventados, mas tudo só durou alguns minutos. Isso estabeleceu o padrão da manhã. Breves entrevistas informativas com os mentores. Longos momentos de inatividade na arena. Todo mundo ficou grato quando chegou a hora do almoço.

– Você mentiu sobre acabar rápido – murmurou Lysistrata quando eles fizeram fila para pegar os sanduíches de bacon empilhados em uma mesa no salão.

– As coisas vão acelerar – disse Coriolanus. – Não dá pra ficar assim.

Mas não foi o que aconteceu. A tarde longa e quente só ofereceu mais algumas poucas visualizações de tributos e quatro aves de rapina circulando preguiçosamente acima de Marcus. Lamina conseguiu cortar as cordas para fazê-lo cair no chão. Pelo esforço, Pup enviou um pedaço de pão, que ela partiu em pedaços pequenos, fez bolinhas e comeu uma de cada vez. Em seguida, ela se deitou de bruços, prendeu o corpo magro na viga com seu cinto de corda e cochilou.

O *Notícias da Capital* teve um alívio curto transmitindo imagens da praça na frente da arena, onde havia barracas vendendo bebidas e doces para os cidadãos que fossem ver os Jogos nos dois telões ladeando a entrada. Com tão pouca coisa acontecendo na arena, a maior parte da atenção foi voltada para dois cachorros cujo dono os tinha vestido como Lucy Gray e Jessup. Coriolanus teve sentimentos conflitantes, pois ele não gostou de ver aquele poodle bobo com os babados de arco-íris dela, mas dois toques na pulseira bastaram para ele concluir que não era uma publicidade ruim. Porém, logo os cachorros se cansaram e foram levados para casa, e continuou não acontecendo nada.

Já eram quase cinco horas quando Lucky apresentou a dra. Gaul para os espectadores. Ele estava visivelmente desgastado pelo esforço de manter a cobertura em andamento. Ergueu as mãos de perplexidade e disse:

– E agora, Chefe dos Idealizadores dos Jogos?

A dra. Gaul basicamente o ignorou e falou diretamente com a câmera:

– Alguns de vocês devem estar questionando o começo lento dos Jogos, mas eu gostaria de lembrar como foi emocionante até agora. Mais de um terço dos tributos não chegou à arena e os que chegaram, em sua maior parte, não são exatamente competidores fortes. Em termos de fatalidades, estamos em pé de igualdade com o ano passado.

– Sim, é verdade – disse Lucky. – Mas acho que falo por muitas das pessoas quando digo: onde estão os tributos este ano? Normalmente, eles são fáceis de ver.

– Talvez você tenha se esquecido do bombardeio recente – disse a dra. Gaul. – Nos anos anteriores, as áreas abertas aos tributos ficavam restritas ao campo e às arquibancadas, mas o ataque da semana passada abriu uma série de rachaduras e fendas, que oferecem acesso fácil ao labirinto de túneis dentro da arena. É uma edição nova dos Jogos, primeiro por terem que encontrar outro tributo e depois tirá-lo de uns cantos bem escuros.

– Ah. – Lucky pareceu decepcionado. – Então talvez tenhamos visto alguns tributos pela última vez?

– Não se preocupe. Quando ficarem com fome, eles vão começar a aparecer – respondeu a dra. Gaul. – Esse é outro fator diferenciador. Com a plateia oferecendo comida, os Jogos podem durar indefinidamente.

– Indefinidamente? – perguntou Lucky.

– Espero que você tenha muitos truques de mágica na manga! – disse a dra. Gaul, rindo. – Sabe, eu tenho um coelho bestante que adoraria ver você tirar de uma cartola. É em parte pitbull.

Lucky empalideceu um pouco e tentou rir.

– Não, obrigado. Eu tenho meus próprios bichinhos, dra. Gaul.

– Eu quase sinto pena dele – sussurrou Coriolanus para Lysistrata.

– Eu não – respondeu ela. – Eles se merecem.

Às cinco horas, o reitor Highbottom dispensou o corpo estudantil, mas os catorze mentores com tributos ficaram, mais porque as pulseiras de comunicação só funcionavam por transmissores na Academia ou na estação do *Notícias da Capital*.

Por volta das sete horas, um jantar de verdade surgiu para os "talentos", o que fez Coriolanus se sentir importante e no centro das coisas. As costelas de porco e as batatas eram melhores do que o que havia em casa; mais um motivo para querer que Lucy Gray se mantivesse viva. Ao pegar o molho no prato, ele se perguntou se ela estava com fome. Quando foram se servir de tortas de mirtilo com chantilly, ele chamou Lysistrata de lado para discutir a situação. Seus tributos deviam ter uma boa quantidade de comida guardada da reunião de despedida, principalmente se Jessup tinha perdido o apetite, mas e quanto a água? Havia alguma fonte dentro da arena? E mesmo se quisessem, como eles poderiam enviar alguma coisa sem revelar o esconderijo dos tributos? A dra. Gaul devia estar certa sobre o fato de que apareceriam quando quisessem alguma coisa. Até lá, eles decidiram que a melhor estratégia seria ficar esperando.

Quando terminaram a sobremesa, uma atividade na arena chamou os mentores de volta aos seus lugares. O garoto do Distrito 3 de Io Jasper, Circ, saiu da barricada perto da entrada e olhou ao redor antes de chamar alguém. Uma garotinha pequena e maltrapilha com cabelo escuro crespo o seguiu. Lamina, ainda cochilando na viga, abriu um olho para determinar o nível de ameaça.

– Não se preocupe, minha doce Lamina – disse Pup para a tela. – Esses dois não conseguiriam subir sem uma escada. – Aparentemente, Lamina chegou à mesma conclusão, porque ela só ajustou o corpo em uma posição mais confortável.

Lucky Flickerman apareceu no canto da tela, com um guardanapo preso na gola e uma mancha de mirtilo no queixo, e lembrou à plateia que os dois eram os tributos do Distrito 3, o distrito da tecnologia. Circ era o garoto que alegou ser capaz de botar fogo nas coisas com os óculos.

– E o nome da garota é... – Lucky olhou para longe da câmera para ler em um cartão. – Teslee! Teslee do 3! E ela tem como mentor o nosso... – Lucky desviou o olhar de novo, mas desta vez pareceu perdido. – O nosso...

– Ah, faz um esforço – resmungou Urban Canville na primeira fila. Como Io, os pais dele eram cientistas. Físicos, talvez? Urban era tão mal-humorado que ninguém tinha problema de se ressentir das notas perfeitas que ele tirava nas provas de cálculo. Coriolanus achava que ele não podia acusar Lucky de preguiça depois de abandonar a entrevista. Teslee era pequena, mas não parecia um caso perdido.

– Nosso Turban Canville! – disse Lucky.

– Urban, não Turban! – disse Urban. – Sinceramente, não havia nenhum profissional disponível?

– Infelizmente, não vimos Turban e Teslee na entrevista – disse Lucky.

– Porque ela se recusou a falar comigo! – reclamou Urban.

– Surpreendentemente imune ao charme dele – disse Festus, fazendo a fileira de trás rir.

– Vou mandar alguma coisa para o Circ agora. Não tenho como saber quando vou vê-lo de novo – anunciou Io, mexendo na pulseira. Coriolanus viu que Urban fez a mesma coisa.

Circ e Teslee contornaram o corpo de Marcus e se agacharam para examinar os drones quebrados. Eles examinaram delicadamente o equipamento, avaliando o dano, mexendo em compartimentos que poderiam passar despercebidos. Circ removeu um objeto retangular que Coriolanus achou ser uma bateria e fez um sinal de positivo para Teslee. Ela reconectou alguns fios no dela e as luzes do drone piscaram. Eles sorriram um para o outro.

– Minha nossa! – exclamou Lucky. – Tem alguma coisa interessante acontecendo ali!

– Seria mais interessante se eles tivessem os controles – disse Urban, mas pareceu menos irritado.

A dupla ainda estava examinando os drones quando outras duas máquinas chegaram e deixaram pão e água ali perto. Quando pegaram as dádivas, uma figura apareceu no fundo da arena. Os dois trocaram algumas palavras, cada um pegou um drone e seguiram rapidamente de volta à barricada. A figura era Reaper, que entrou em um dos túneis e saiu carregando alguém nos braços. Quando as câmeras deram zoom, Coriolanus viu que era Dill, que parecia ter murchado, o corpo encolhido em posição fetal. Ela estava olhando cegamente para o sol da tarde que iluminava sua pele pálida. Uma tosse gerou um jorro de cuspe ensanguentado pela lateral da boca.

– Estou surpreso de ela ter durado um dia – comentou Felix para ninguém especificamente.

Reaper contornou destroços do bombardeio até chegar em um local ensolarado e colocar Dill em um pedaço queimado de madeira. Ela estava tremendo, apesar do calor. Ele apontou para o sol e disse alguma coisa, mas ela não reagiu.

– Não foi ele que prometeu matar todo mundo? – perguntou Pup.

– Não está parecendo tão durão assim – comentou Urban.

– Ela é do distrito dele – disse Lysistrata. – E está quase morta agora. Tuberculose, provavelmente.

Isso fez todo mundo se calar, pois a doença ainda assombrava a Capital, onde mal era controlada como uma condição crônica, que dirá curada. Nos distritos, claro, era sentença de morte.

Reaper andou com inquietação de um lado para o outro por um minuto, ansioso para voltar à caçada ou incapaz de lidar com o sofrimento de Dill. Ele deu um último tapinha no ombro dela e correu para a barricada.

— Você não devia enviar alguma coisa pra ele? — perguntou Domitia para Clemensia.

— Por quê? Ele não a matou, só a carregou. Não vou recompensá-lo por isso — retorquiu Clemensia.

Coriolanus, que a evitara o dia todo, concluiu que tinha tomado a decisão certa. Clemensia não estava agindo como ela mesma. Talvez o veneno de serpente tivesse alterado o cérebro dela.

— Bom, eu acho que devo usar o pouco que tenho. É dela mesmo — disse Felix, e digitou alguma coisa na pulseira.

Duas garrafas de água chegaram carregadas por drones. Dill pareceu não as ver. Depois de alguns minutos, o garoto que Coriolanus se lembrava de ter feito malabarismo saiu correndo de um túnel, o cabelo preto voando com a velocidade. Sem hesitar um passo, ele esticou a mão e pegou a água, depois desapareceu em uma rachadura grande na parede. Um comentário de Lucky lembrou aos espectadores que o garoto era Treech, do Distrito 7, que tinha Vipsania Sickle como mentora.

— Que crueldade — disse Felix. — Podia ter dado um último gole a ela.

— Foi um bom raciocínio — disse Vipsania. — Me poupa dinheiro, e eu já não tenho muita coisa.

O sol baixou na direção do horizonte e as aves desceram lentamente sobre a arena. Finalmente, o corpo de Dill sofreu uma convulsão final por um acesso violento de tosse, e um jorro de sangue encharcou o vestido imundo. Coriolanus se sentiu mal. O sangue saindo pela boca da menina o horrorizava e enojava.

Lucky Flickerman apareceu e anunciou que Dill, a garota tributo do Distrito 11, tinha morrido de causas naturais. Infelizmente, isso significava que eles não veriam mais Felix Ravinstill.

– Lepidus, podemos ouvir as palavras finais dele em Heavensbee Hall?

Lepidus chamou Felix e perguntou o que ele estava sentindo por ter que deixar os Jogos.

– Bem, não é nenhum choque. A menina já estava nas últimas quando chegou – disse Felix.

– Acho que é um grande mérito seu ela ter passado pela entrevista – disse Lepidus com solidariedade. – Muitos mentores não conseguiram nem isso.

Coriolanus se perguntou se os elogios de Lepidus tinham mais a ver com o fato de Felix ser sobrinho-neto do presidente do que qualquer outra coisa, mas não se ressentia disso. Criava precedente para um nível de sucesso que ele já tinha ultrapassado, então mesmo que Lucy Gray não durasse a noite toda, ele ainda seria visto com destaque. Mas ela *tinha* que durar a noite toda, e mais outra e outra, até vencer. Ele havia prometido ajudá-la, mas até o momento não fizera absolutamente nada além de promovê-la para os espectadores.

No estúdio, Lucky teceu mais alguns elogios a Felix e se despediu.

– Com a noite caindo na arena, a maioria dos nossos tributos foi dormir, e vocês devem fazer o mesmo. Vamos ficar de olho nas coisas aqui, mas não esperamos muita ação até a manhã chegar. Bons sonhos.

Os Idealizadores dos Jogos cortaram para uma imagem ampla da arena, onde a silhueta de Lamina na viga foi a única coisa que Coriolanus conseguiu identificar. Depois de escurecer, a arena não tinha iluminação além da que a lua oferecia, e isso não costumava ser bom para a visibilidade. O reitor Highbottom disse que era melhor que fossem para casa, embora levar uma escova de dente e uma muda de roupa da próxima vez fosse boa ideia. Todos apertaram a mão de Felix e o parabenizaram pelo trabalho bem-feito, e a maioria foi sincera, com o dia cimentando o laço entre mentores de um jeito novo. Eles eram membros de um clube especial que encolheria até restar apenas um, mas sempre iria definir todos eles.

Enquanto andava para casa, Coriolanus fez as contas. Mais dois tributos estavam mortos, mas ele tinha parado de contar Marcus como competidor já havia um tempo. Ainda assim, restavam apenas treze, só doze competidores a quem Lucy Gray precisava sobreviver. E, como Dill e o garoto asmático do Distrito 5 tinham mostrado, uma boa parte do trabalho podia se resumir a ela ficar viva mais tempo que os outros. Ele pensou no dia anterior, quando limpou as lágrimas dela, prometeu mantê-la viva, a beijou. Ela estaria pensando nele agora? Estava sentindo a falta dele como ele sentia dela? Coriolanus esperava que ela fizesse uma aparição no dia seguinte e ele pudesse enviar comida e água. Que pudesse lembrar aos espectadores da existência dela. Ele recebera poucas novas dádivas à tarde, provavelmente apenas por causa da aliança dela com Jessup. O encantador pássaro canoro que Lucy Gray representava estava ficando menos impressionante a cada momento sombrio dos Jogos Vorazes. Ninguém sabia sobre o veneno de rato além dele, e isso não a ajudava em nada.

Com calor e cansado do dia estressante, ele só queria tomar um banho e cair na cama, mas assim que entrou em casa, a fragrância do chá de jasmim reservado para visitas chegou a ele. Quem os estaria visitando àquela hora? E em dia de abertura dos Jogos? Estava muito tarde para os amigos de sua avó, mais tarde ainda para vizinhos aparecerem, e eles não costumavam aparecer, de qualquer forma. Alguma coisa devia estar errada.

Os Snow raramente usavam a televisão da sala de estar formal, mas, claro, tinham uma. A tela mostrava a arena escura, exatamente como estava quando ele saiu de Heavensbee Hall. Sua avó, que tinha vestido um robe de boa qualidade por cima da camisola, sentava-se ereta em uma cadeira de costas retas à mesa de chá enquanto Tigris servia uma xícara fumegante de líquido pálido para a visita.

Pois ali estava a sra. Plinth, mais emperiquitada do que nunca, o cabelo desgrenhado e o vestido torto, chorando em um lenço.

– Vocês são pessoas tão boas – disse ela. – Peço desculpas por ter aparecido assim.

– Qualquer amigo de Coriolanus é nosso amigo – disse a avó. – Plinch, você disse?

Coriolanus sabia que ela sabia exatamente quem a mulher era, mas ser obrigada a receber qualquer pessoa, ainda mais uma Plinth, àquela hora desafiava tudo o que a avó considerava digno.

– Plinth – disse a mulher. – Plinth.

– A senhora sabe, Lady-Vó. Foi ela que mandou aquela caçarola deliciosa quando Coriolanus se machucou – lembrou Tigris.

– Me desculpem. Está muito tarde – disse a sra. Plinth.

– Não peça desculpas. A senhora fez a coisa certa – disse Tigris, dando um tapinha no ombro dela. Ela viu Coriolanus e sua expressão foi tomada de alívio. – Ah, meu primo chegou! Talvez ele saiba de alguma coisa.

– Sra. Plinth, que prazer inesperado. Está tudo bem? – perguntou Coriolanus, como se ela não estivesse exalando más notícias.

– Ah, Coriolanus. Não está. Nem um pouco. Sejanus não voltou pra casa. Soubemos que ele deixou a Academia pela manhã e desde então não temos mais notícias. Estou tão preocupada. Onde ele pode estar? Sei que o estado do Marcus foi um golpe duro pra ele. Você sabe? Sabe onde ele pode estar? Ele estava chateado quando saiu?

Coriolanus se lembrou da explosão de Sejanus, do arremesso da cadeira, dos insultos aos berros, e que tudo isso ficou limitado à plateia de Heavensbee Hall.

— Ele estava chateado, senhora. Mas não sei se é motivo de preocupação. Ele provavelmente só precisava se acalmar. Deve ter ido dar uma caminhada mais longa. Eu teria feito o mesmo.

— Mas está tão tarde. Não é a cara dele sumir assim, não sem avisar a própria mãe – disse ela, nervosa.

— Tem algum lugar para onde ele poderia ter ido? Alguém que possa ter pensado em visitar? – perguntou Tigris.

A sra. Plinth balançou a cabeça.

— Não. Não. O único amigo que ele tem é o seu primo – disse ela para Tigris.

Que triste, pensou Coriolanus. *Não ter amigos*. Mas ele só falou:

— Se ele quisesse companhia, acho que teria me procurado primeiro. Mas dá pra entender que ele pode ter desejado um tempo sozinho para... assimilar isso tudo. Tenho certeza de que ele está bem. Senão, as notícias já teriam chegado.

— A senhora verificou com os Pacificadores? – perguntou Tigris.

A sra. Plinth assentiu.

— Nenhum sinal dele.

— Está vendo? – disse Coriolanus. – Não houve nenhum problema. Talvez ele até já esteja em casa.

— Talvez fosse bom ir verificar – sugeriu a avó, de um jeito um pouco óbvio demais.

Tigris lançou um olhar para ela.

– Ou telefonar.

Mas a sra. Plinth tinha se acalmado o suficiente para perceber.

– Não. Sua avó está certa. Minha casa é onde eu deveria estar. E tenho que deixar vocês irem dormir.

– Coriolanus pode acompanhá-la – disse Tigris com firmeza.

Como não deixou escolha, ele assentiu.

– Claro.

– Meu carro está esperando lá embaixo. – A sra. Plinth se levantou e ajeitou o cabelo. – Obrigada. Vocês foram tão gentis. Obrigada. – Ela pegou a bolsa enorme e estava começando a se virar quando alguma coisa na tela chamou a sua atenção. Ela ficou paralisada.

Coriolanus acompanhou o olhar da mulher e viu uma forma escura sair da barricada e ir na direção de Lamina. A figura era alta, masculina e carregava alguma coisa nas mãos. *Reaper ou Tanner*, pensou ele. O garoto parou quando chegou ao cadáver de Marcus e olhou para a garota adormecida. *Acho que um dos tributos finalmente decidiu partir pra cima dela.* Ele sabia que devia assistir por ser mentor, mas queria se livrar da sra. Plinth primeiro.

– Devo acompanhá-la até o carro? – perguntou ele. – Tenho certeza de que a senhora vai encontrar Sejanus na cama.

– Não, Coriolanus – disse a sra. Plinth com voz baixa. – Não. – Ela indicou a tela. – O meu garoto está bem ali.

15

Assim que ela falou, Coriolanus soube que ela estava certa. Talvez só uma mãe fizesse a conexão naquela penumbra, mas com as palavras dela, ele reconheceu Sejanus na mesma hora. Foi algo na postura, a ligeira curvatura da coluna, a linha da testa. A camisa branca do uniforme da Academia parecia brilhar de leve no escuro, e ele quase visualizou o crachá amarelo de mentor, ainda pendurado no peito. Ele não tinha ideia de como Sejanus entrara na arena. Um garoto da Capital, ainda mais mentor, talvez não atraísse tanta atenção na entrada, onde dava para comprar bolinhos fritos e limonada rosa, onde dava para ficar com a multidão vendo os Jogos no telão. Teria ele simplesmente se misturado ou usado seu status de subcelebridade para afastar desconfianças? *Meu tributo morreu e agora é melhor eu me divertir!* Teria posado para fotos? Teria batido um papo com os Pacificadores e entrado quando viraram de costas? Quem poderia achar que ele ia querer entrar na arena? E por que ele tinha feito aquilo?

Na tela, um Sejanus escondido pelas sombras se ajoelhou, botou um embrulho no chão e rolou Marcus para que deitasse sobre as costas. Ele fez o que pôde para esticar as pernas, dobrar os braços sobre o peito, mas os membros tinham enrijecido e desafiaram os movimentos que ele tentou fazer. Coriolanus não sabia o que ia acontecer depois, provavelmente algo relacionado ao embrulho, mas Sejanus ficou de pé e esticou a mão sobre o corpo.

Foi o que ele fez no zoológico, pensou Coriolanus. Ele lembrou que, depois da morte de Arachne, tinha visto Sejanus salpicando alguma coisa sobre o corpo do tributo morto.

– É seu filho ali? O que ele está fazendo? – perguntou a avó Snow, horrorizada.

– Está botando migalhas de pão sobre o corpo – disse a mãe de Sejanus. – Para que Marcus tenha comida na jornada.

– Jornada pra onde? – perguntou a avó. – Ele está morto!

– De volta ao lugar de onde ele veio. É o que se faz no nosso distrito. Quando alguém morre.

Coriolanus não pôde deixar de sentir constrangimento por ela. Se alguém precisasse de provas do atraso dos distritos, ali estava. Pessoas primitivas com costumes primitivos. Quanto pão tinha sido desperdiçado com aquela besteira? *Ah, não, ele morreu de fome! Tragam pão!* Ele tinha a sensação ruim de que essa suposta amizade ainda lhe renderia problemas. Parecendo mais do que coincidência, o telefone tocou.

– A cidade toda está acordada? – perguntou-se a avó.

– Com licença. – Coriolanus foi até o telefone no saguão. – Alô – disse ele no aparelho, torcendo para ser engano.

– Sr. Snow, é a dra. Gaul. – Coriolanus sentiu as entranhas se contraírem. – Você está perto de uma tela?

– Acabei de chegar em casa – respondeu ele, tentando ganhar tempo. – Ah, sim. Minha família está assistindo.

– O que está acontecendo com seu amigo? – perguntou ela.

Coriolanus virou a cabeça para longe das pessoas e baixou a voz:

– Ele não é bem... isso.

– Besteira. Vocês dois vivem grudados. "Me ajude a distribuir sanduíches, Coriolanus!" "Tem um lugar do meu lado, Sejanus!" Quando perguntei a Casca de que alunos ele era próximo, seu nome foi o único em que ele conseguiu pensar.

Sua civilidade com Sejanus tinha sido mal interpretada. Eles não passavam de conhecidos.

— Dra. Gaul, se a senhora me deixar explicar...

— Não tenho tempo para explicações. Agora, o moleque Plinth está solto na arena com uma matilha de lobos. Se o virem, vão matá-lo na hora. – Ela se virou para falar com outra pessoa: – Não, não corte abruptamente, isso só vai chamar atenção. Deixe o mais escuro que puder. Faça com que pareça natural. Um blecaute lento, como se uma nuvem tivesse passado na frente da lua. – Ela voltou a falar com ele logo em seguida: – Você é um rapaz inteligente. Que mensagem isso vai passar para os espectadores? O dano será considerável. Temos que consertar a situação agora mesmo.

— Vocês poderiam enviar Pacificadores – disse Coriolanus.

— E fazer com que ele fuja como um coelho? – respondeu ela com deboche. – Imagine isso por um momento, os Pacificadores tentando caçá-lo no escuro. Não, vamos ter que atraí-lo para fora, da forma mais discreta possível, e vamos precisar de pessoas de quem ele goste. Ele não suporta o pai, não tem irmãos, não tem outros amigos. Só sobram você e a mãe dele. Estamos tentando localizá-la agora.

Coriolanus sentiu o coração despencar.

— Ela está aqui – admitiu ele. E era assim que seu discurso de "conhecidos" caía por terra.

— Então pronto. Quero os dois aqui na arena em vinte minutos. Se demorar mais, eu mesma vou providenciar seu demérito, não Highbottom, e você poderá se despedir de qualquer chance de ganhar o prêmio. – Com isso, ela desligou.

Na televisão, Coriolanus percebeu que a imagem tinha escurecido. Ele não conseguia identificar a figura de Sejanus.

— Sra. Plinth, era a Chefe dos Idealizadores dos Jogos. Ela gostaria que a senhora a encontrasse na arena para buscar Sejanus e eu devo acompanhá-la. – Ele não podia admitir mais nada além disso sem fazer com que sua avó tivesse um ataque cardíaco.

– Ele está encrencado? – perguntou ela, os olhos arregalados. – Com a Capital?

Coriolanus achou estranho ela estar mais preocupada com a Capital do que com uma arena cheia de tributos armados, mas talvez ela tivesse motivo depois do que aconteceu com Marcus.

– Ah, não. Só estão preocupados com o bem-estar dele. Não deve demorar, mas é melhor vocês não me esperarem – disse ele para Tigris e sua avó.

O mais rápido que conseguiu sem chegar a carregá-la no colo, ele guiou a sra. Plinth pela porta, os dois desceram o elevador e saíram pelo saguão. O carro dela se aproximou sem emitir som nenhum, e o motorista, provavelmente um Avox, só assentiu quando ele pediu para eles serem levados até a arena.

– Estamos com pressa – disse Coriolanus ao motorista, e o carro acelerou na mesma hora, deslizando pelas ruas vazias. Se fosse possível cobrir a distância em vinte minutos, eles assim fariam.

A sra. Plinth ficou apertando a bolsa e olhando pela janela para a cidade deserta.

– Na primeira vez que vi a Capital, era noite, como agora.

– Ah, é? – disse Coriolanus só para ser educado. Sinceramente, quem se importava? Seu futuro estava em jogo por causa do filho instável dela. E era impossível não questionar a criação de um garoto que achava que invadir a arena resolveria alguma coisa.

– Sejanus estava aí onde você está e ficou dizendo "Vai ficar tudo bem, Mãezinha. Vai ficar tudo bem". Tentando me acalmar. Mas nós dois sabíamos que era um desastre – disse a sra. Plinth. – Mas ele foi tão corajoso. Tão bom. Só pensava na mãe dele.

– Hum. Deve ter sido uma grande mudança. – Qual era o problema dos Plinth? De ficarem o tempo todo transformando vantagens em tragédias? Bastava uma olhada rápida para o interior do carro, para o couro trabalhado, os assentos acolchoados, o bar com garrafas de cristal com líquidos da cor de pedras preciosas, para saber que eles estavam entre as pessoas mais afortunadas de Panem.

– A família e os amigos cortaram relações – prosseguiu a sra. Plinth. – Não fizemos novas amizades aqui. Strabo, o pai dele, ainda acha que foi a coisa certa a fazer. Não havia futuro no 2. Foi o jeito dele de nos proteger. O jeito dele de impedir que Sejanus fosse para os Jogos.

– É irônico, até. Considerando as circunstâncias. – Coriolanus tentou mudar a direção da conversa. – Não sei o que a dra. Gaul tem em mente, mas imagino que ela queira sua ajuda para tirá-lo de lá.

– Não sei se consigo – disse ela. – Com ele tão chateado assim. Posso tentar, mas ele vai ter que acreditar que é a coisa certa a fazer.

A coisa certa a fazer. Coriolanus se deu conta que era isso que sempre tinha definido as ações de Sejanus, sua determinação de fazer a coisa certa. Que a teimosia, como o jeito como ele desafiava a dra. Gaul quando o resto dos alunos estava tentando seguir em frente, era outro motivo para ele afastar as pessoas. Sinceramente, ele podia ser insuportável com aqueles comentariozinhos superiores. Mas Coriolanus poderia encontrar maneiras de usar aquilo como forma de manipulá-lo.

Quando o carro parou na entrada da arena, Coriolanus viu que tentavam disfarçar a crise. Só havia uns doze Pacificadores presentes e um grupinho de Idealizadores dos Jogos. As barracas de comidas e bebidas estavam fechadas, a plateia do dia tinha se dispersado cedo e havia pouca coisa que atraísse espectadores curiosos. Ao sair do carro, ele reparou como a temperatura tinha caído rápido desde que ele tinha caminhado para casa.

Na parte de trás de uma van, um monitor do *Notícias da Capital* exibia uma tela dividida com a imagem real da arena ao lado da versão escurecida transmitida para o público. A dra. Gaul, o reitor Highbottom e alguns Pacificadores estavam reunidos em volta. Quando Coriolanus se aproximou com a sra. Plinth, viu Sejanus ajoelhado ao lado do corpo de Marcus, imóvel como uma estátua.

– Pelo menos você é pontual – disse a dra. Gaul. – Sra. Plinth, suponho?

– Sim, sim – disse a sra. Plinth com um tremor na voz. – Sinto muito se Sejanus provocou alguma inconveniência. Ele é um bom menino. Mas leva as coisas muito a sério.

– Ninguém poderia acusá-lo de ser indiferente – concordou a dra. Gaul. Ela se virou para Coriolanus. – Alguma ideia de como podemos resgatar seu melhor amigo, sr. Snow?

Coriolanus ignorou a cutucada e examinou a tela.

– O que ele está fazendo?

– Só está ajoelhado ali, ao que parece – disse o reitor Highbottom. – Possivelmente em estado de choque.

– Ele parece calmo. Não seria possível enviar Pacificadores sem sobressaltá-lo? – sugeriu Coriolanus.

– Arriscado demais – disse a dra. Gaul.

– Que tal botar a mãe dele pra falar por um alto-falante ou um megafone? – propôs Coriolanus. – Se dá pra escurecer a tela, também deve dar pra manipular o áudio.

– Na transmissão. Mas, na arena, nós alertaríamos todos os tributos para o fato de que tem um garoto da Capital desarmado no meio deles – disse o reitor Highbottom.

Coriolanus começou a ter uma sensação ruim.

– O que vocês propõem?

– Nós achamos que alguém que ele conhece precisa entrar da forma mais discreta possível e convencê-lo a sair – disse a dra. Gaul. – Mais especificamente, você.

– Ah, não! – declarou a sra. Plinth com intensidade surpreendente. – Coriolanus não. A última coisa de que precisamos é botar outro jovem em perigo. Eu vou.

Coriolanus apreciou a proposta, mas sabia que as chances daquilo acontecer eram mínimas. Com os olhos vermelhos e inchados e os saltos altos instáveis, ela não inspirava confiança para uma operação secreta.

– Precisamos de alguém que possa correr se necessário. O sr. Snow é a pessoa certa para a tarefa. – A dra. Gaul fez sinal para alguns Pacificadores, e Coriolanus se viu sendo vestido com uma armadura para entrar na arena. – Esse colete deve proteger seus órgãos vitais. Aqui está um spray de pimenta e uma lanterna que pode cegar temporariamente seus inimigos, se você fizer algum.

Ele olhou para o pequeno frasco de spray de pimenta e para a lanterna.

– E uma arma? Ou pelo menos uma faca?

– Como você não é treinado, isso parece mais seguro. Lembre que você não vai entrar para causar danos; você vai entrar pra tirar seu amigo da forma mais rápida e silenciosa possível – instruiu a dra. Gaul.

Outro aluno, ou até mesmo o Coriolanus de duas semanas antes, teria protestado pela situação. Insistido em ligar para um responsável. Suplicado. Mas depois do ataque das serpentes a Clemensia, dos efeitos do bombardeio e da tortura de Marcus, ele sabia que não adiantaria de nada. Se a dra. Gaul tinha decidido que ele entraria na Arena da Capital, era para lá que ele ia, mesmo se o prêmio que ele desejava não estivesse em jogo. Ele era como as vítimas dos demais experimentos dela, alunos ou tributos, tão sem importância quanto os Avoxes nas jaulas. Impotente para protestar.

– Vocês não podem fazer isso. Ele é só um garoto. Me permitam ligar para o meu marido – suplicou a sra. Plinth.

O reitor Highbottom deu um sorrisinho para Coriolanus.

– Ele vai ficar bem. É muito difícil matar um Snow.

Aquela ideia toda tinha sido do reitor? Teria Highbottom encontrado um atalho para seu objetivo final de destruir o futuro de Coriolanus? Fosse como fosse, ele parecia surdo para as súplicas da mãe de Sejanus.

Com um Pacificador de cada lado (para sua segurança ou para impedir que fugisse?), ele foi até a arena. Tinha pouquíssimas lembranças de ter sido carregado para fora depois do bombardeio (teriam eles saído por outra passagem?), mas agora ele via o dano significativo feito à entrada principal. Uma de duas portas enormes tinha sido arrancada, deixando um buraco largo emoldurado de metal retorcido. Além da guarda, não havia muito a ser feito para proteger a área além de colocar algumas fileiras de barreiras de concreto à altura da cintura na frente da passagem. Sejanus provavelmente não teve dificuldade para atravessar o local, desde que se houvesse uma distração razoável, e havia certa agitação quase o dia todo. Se os Pacificadores estivessem preocupados com atividade rebelde, eles concentrariam sua atenção em alguém espreitando o público do lado de fora. Ainda assim, tudo parecia um pouco relaxado demais. E se os tributos tentassem fugir de novo?

Coriolanus e sua escolta contornaram as barreiras e chegaram no saguão, que tinha sofrido muito com as bombas. As poucas lâmpadas elétricas inteiras em volta da bilheteria e da lanchonete mostravam uma camada de pó de gesso cobrindo pedaços do teto e do piso, pilares e vigas caídas. Para chegar às roletas era preciso contornar os detritos, e novamente ele entendeu como Sejanus pôde passar sem ser detectado, com um pouco de paciência e um pouco de sorte. As roletas do lado direito foram alvejadas e só sobraram estilhaços retorcidos e derretidos de metal e acesso aberto. Ali, os Pacificadores construíram a primeira fortificação real, com a instalação de um conjunto temporário de barras envoltas em arame farpado e a presença de guardas armados. As roletas não danificadas ainda eram um bloqueio eficiente, pois não permitiam saída.

– Então ele tinha uma ficha? – perguntou Coriolanus.

– Ele tinha uma ficha – confirmou um Pacificador mais velho que parecia estar no comando. – Nos pegou desprevenidos. Não ficamos de olho em gente entrando na arena durante os Jogos, só saindo. – Ele tirou uma ficha do bolso. – Esta é pra você.

Coriolanus girou o disco nos dedos, mas não se moveu na direção das roletas.

– Como ele pensou que sairia?

– Acho que não pensou – respondeu o Pacificador.

– E como eu vou sair? – perguntou Coriolanus. O plano parecia no mínimo arriscado.

– Ali. – O Pacificador apontou para as barras. – A gente pode puxar o arame farpado e inclinar as barras para a frente, o que vai criar uma abertura pra você se arrastar por baixo.

– Dá pra fazer isso de maneira rápida? – perguntou ele, com dúvida.

– Vamos acompanhá-los pelas câmeras. Vamos começar a mover as barras assim que você estiver saindo com ele – garantiu o Pacificador.

– E se eu não conseguir convencê-lo a vir? – perguntou Coriolanus.

– Não temos instruções para isso. – O Pacificador deu de ombros. – Acho que você tem que ficar até conseguir realizar a missão.

Um suor frio cobriu o corpo de Coriolanus quando ele assimilou as palavras. Não teria permissão de sair sem Sejanus. Ele olhou pelo corredor até o fim da passagem, onde a barricada tinha sido erigida embaixo do placar. A mesma de onde ele tinha visto Lamina, Circ e Teslee saindo e entrando mais cedo nos Jogos.

– E aquilo?

– É só decorativo. Bloqueia a visão do saguão e da rua. Para que não sejam pegos na filmagem – explicou o Pacificador. – Mas você não vai ter dificuldade de passar.

Então nem os tributos, pensou Coriolanus. Ele passou o polegar pela superfície escorregadia da ficha.

– Vamos te dar cobertura até a barricada – disse o Pacificador.

– Então vocês vão matar qualquer tributo que me ataque – esclareceu Coriolanus.

– Vamos espantá-los, pelo menos – disse o Pacificador. – Não se preocupe, vamos ficar de olho.

– Excelente – disse Coriolanus, nem um pouco convencido. Ele se preparou, enfiou a ficha no orifício e empurrou os braços de metal. "Divirta-se!", observou a roleta, o som parecendo dez vezes mais alto no silêncio da noite. Um dos Pacificadores riu.

Coriolanus foi na direção da parede da direita e andou o mais rápida e silenciosamente que conseguiu. As luzes vermelhas de emergência, sua única iluminação, enchiam a passagem com um brilho suave e sanguinolento. Ele apertou os lábios e controlou a respiração pelo nariz. Direita, esquerda, direita, esquerda. Nada, nenhum movimento. Talvez, como Lucky sugerira, os tributos tivessem ido dormir.

Ele parou por um momento junto à barricada. Como o Pacificador dissera, era de mentira. Camadas frágeis de arame farpado montadas em molduras, estruturas bambas de madeira e placas de concreto arrumadas de forma a bloquear a vista, não para aprisionar os tributos. Provavelmente, não houvera tempo para uma de verdade, ou talvez não tivessem considerado necessário com as barras e os Pacificadores atrás. Ele só precisou contornar a barreira para chegar na beirada do campo. Hesitou atrás de um último pedaço de arame farpado e observou a cena.

A lua tinha subido alto no céu, e na luz pálida e prateada ele identificou a figura de Sejanus, as costas para ele, ainda ajoelhado ao lado do corpo de Marcus. Lamina não tinha nem se mexido. Fora isso, a área ao redor parecia deserta. Mas estava mesmo? Os destroços das bombas ofereciam vários esconderijos. Os demais tributos podiam estar escondidos a poucos metros e ele sequer saberia. No ar frio, sua camisa encharcada de suor grudava na pele e ele desejou estar com a jaqueta. Ele pensou em Lucy Gray com o vestido sem mangas. Teria ela se encolhido junto a Jessup para se aquecer? A imagem não fez bem a ele, e Coriolanus a afastou. Não podia pensar nela naquele momento, só no perigo que corria, em Sejanus e em como levá-lo até o outro lado das roletas.

Coriolanus respirou fundo e saiu para o campo. Andou pela terra, mentalizando os felinos selvagens de circo que tinha visto ali quando garoto. Destemido, poderoso e silencioso. Ele sabia que não podia assustar Sejanus, mas precisava chegar perto para poder conversar.

Quando estava três metros atrás de Sejanus, ele parou e falou com voz baixa:

— Sejanus? Sou eu.

Sejanus enrijeceu e seus ombros começaram a tremer. Primeiro, Coriolanus achou que era choro, mas era o contrário.

— Você não consegue parar de vir me salvar, não é?

Coriolanus se juntou às risadas, baixinho.

— Não consigo.

— Mandaram você pra me tirar? Que loucura. — A risada de Sejanus foi morrendo e ele se levantou. — Você já viu um cadáver?

— Muitos. Durante a guerra. — Ele interpretou a pergunta como convite para se juntar a Sejanus e se aproximou. Pronto. Podia segurar o braço dele agora, mas e aí? Era improvável que conseguisse arrastá-lo para fora da arena. Então enfiou as mãos nos bolsos.

— Eu, não. Não tão de perto. Em enterros, acho. E no zoológico naquela noite, só que aquelas garotas não estavam mortas a tempo suficiente de ficarem rígidas — disse Sejanus. — Não sei se prefiro ser cremado ou enterrado. Não que importe.

— Bom, você não precisa decidir agora. — O olhar de Coriolanus percorreu o campo. Havia uma pessoa nas sombras atrás do muro quebrado?

— Ah, não vai depender de mim — disse Sejanus. — Não sei por que os tributos estão demorando tanto pra me encontrar. Acho que já faz um tempo que estou aqui. — Ele olhou para Coriolanus pela primeira vez e franziu a testa de preocupação. — Melhor você ir, sabe.

— Eu bem que gostaria — disse Coriolanus com cuidado. — De verdade. Só que tem a questão da sua mãe. Ela está esperando lá fora. Está muito chateada. Eu prometi que te levaria pra ela.

A expressão de Sejanus ficou indescritivelmente triste.

— Pobre Mãezinha. Minha pobre Mãezinha. Ela nunca quis nada disso, sabe. Nem o dinheiro, nem a mudança, nem as roupas chiques ou o motorista. Ela só queria ficar no 2. Mas meu pai... Ele não está aqui, né? Não, ele vai ficar longe até tudo estar resolvido. Depois, vai começar a comprar!

– Comprar o quê? – A brisa movimentou o cabelo de Coriolanus e fez sons ocos de eco na arena. Aquilo estava demorando muito e Sejanus não estava fazendo nenhum esforço para falar baixo.

– Comprar tudo! Ele comprou nossa vinda pra cá, comprou meus estudos, comprou minha mentoria e fica louco porque não pode me comprar. Ele vai comprar você se você deixar. Ou pelo menos compensá-lo por tentar me ajudar.

Comprar tudo, pensou Coriolanus, com a mente nos estudos do ano seguinte. Mas só falou:

– Você é meu amigo. Ele não precisa me pagar pra eu te ajudar.

Sejanus botou a mão no ombro dele.

– Você foi o único motivo pra eu ter durado tanto, Coriolanus. Preciso parar de te meter em confusão.

– Eu não percebi como isso tudo era ruim pra você. Eu devia ter trocado de tributos quando você pediu.

Sejanus suspirou.

– Não importa mais. Nada importa.

– Claro que importa – insistiu Coriolanus. Eles estavam se aproximando agora, ele sentia. Tinha a nítida sensação de um bando se aproximando. – Vem comigo.

– Não. Não adianta – disse Sejanus. – Eu não tenho alternativa além de morrer.

Coriolanus insistiu.

– Então é isso? É sua única opção?

– É a única forma de eu conseguir deixar minha mensagem. Que o mundo me veja morrer em protesto – concluiu Sejanus. – Mesmo que eu não seja verdadeiramente da Capital, também não sou de distrito. Como a Lucy Gray, mas sem o talento.

– Você acha mesmo que vão exibir isso? Vão tirar seu corpo em silêncio e dizer que você morreu de gripe. – Coriolanus parou e se perguntou se tinha falado demais, se tinha dado uma indicação clara demais do destino de Clemensia. Mas a dra. Gaul e o reitor Highbottom não tinham como ouvir. – A tela está praticamente preta agora.

O rosto de Sejanus se transformou.

– Não vão mostrar?

– De jeito nenhum. Você vai morrer por nada e vai ter perdido sua chance de tornar as coisas melhores. – Uma tosse, baixa e abafada, mas uma tosse mesmo assim. Vinda da arquibancada à direita. Coriolanus não estava imaginando coisas.

– Que chance? – perguntou Sejanus.

– Você tem dinheiro. Talvez não agora, mas um dia vai ter uma fortuna. O dinheiro tem muitas utilidades. Veja como mudou seu mundo. Talvez você também possa mudar alguma coisa. Pro bem. E se não estiver aqui pra fazer isso, é possível que muitas outras pessoas sofram. – A mão direita de Coriolanus envolveu o spray de pimenta e depois deslizou para a lanterna. O que ajudaria de verdade se ele fosse atacado?

– O que te faz pensar que eu poderia fazer isso? – perguntou Sejanus.

– Você foi o único que teve coragem de enfrentar a dra. Gaul – disse Coriolanus. Ele odiava admitir isso, mas era verdade. Ele era o único integrante da turma que a desafiara.

– Obrigado. – Sejanus estava com a voz cansada, mas parecia mais são. – Obrigado por isso.

Coriolanus botou a mão livre no braço de Sejanus, como se o reconfortando, mas na verdade era para segurar a camisa dele caso resolvesse fugir.

– Estamos sendo cercados. Estou indo. Venha comigo. – Ele viu Sejanus começar a ceder. – Por favor. O que você quer fazer, lutar com os tributos ou lutar *por* eles? Não dê à dra. Gaul a satisfação de te vencer. Não desista.

Sejanus olhou para Marcus por um tempo, pesando as opções.

– Você está certo – disse ele. – Se eu acredito no que digo, é responsabilidade minha derrubá-la. Acabar com essa atrocidade toda, de alguma forma. – Ele levantou a cabeça, como se percebendo de repente a situação deles. Seu olhar se voltou para a arquibancada, onde Coriolanus tinha ouvido a tosse. – Mas não vou deixar Marcus.

Coriolanus tomou uma decisão rápida.

– Eu pego os pés dele. – As pernas estavam rígidas e pesadas, fedendo a sangue e sujeira, mas ele dobrou os joelhos nos braços da melhor forma que conseguiu e ergueu a parte inferior do corpo de Marcus. Sejanus envolveu o peito dele com os braços e os dois começaram a se mover, meio carregando e meio arrastando o corpo na direção da barricada. Dez metros, cinco metros, quase chegando agora. Quando passassem por ela, os Pacificadores ofereceriam cobertura.

Ele tropeçou numa pedra e caiu, batendo o joelho em algo afiado e pontudo, mas se levantou, levando o corpo de Marcus junto. Quase lá. Quase...

Os passos vieram por trás. Rápidos e leves. Correndo da barricada, onde o tributo tinha ficado esperando. Coriolanus largou Marcus e se virou a tempo de ver Bobbin golpear com a faca.

16

A lâmina escorregou ao bater na armadura e fez um corte em seu braço esquerdo. Coriolanus pulou para trás, golpeando na direção de Bobbin, mas só encontrou ar. Ele caiu em uma pilha de destroços, tábuas velhas e gesso, e suas mãos procuraram ao mesmo tempo por algum tipo de defesa. Bobbin pulou nele de novo e apontou a faca para seu rosto. Coriolanus fechou os dedos em volta de uma tábua de cinco por dez centímetros e golpeou, acertando Bobbin com força na têmpora, fazendo-o cair de joelhos. Ele se levantou, usando a tábua como porrete, batendo e batendo sem ter certeza se os golpes estavam conectando.

– Nós temos que ir! – gritou Sejanus.

Então Coriolanus ouviu assobios e pés batendo nas arquibancadas. Confuso, ele foi na direção do corpo de Marcus, mas Sejanus o puxou para longe.

– Não! Deixa ele! Corre!

Sem precisar ser convencido, Coriolanus correu para a barricada. Estava sentindo dor do cotovelo até o ombro, mas ignorou-a, movimentando os braços com o máximo de vigor que conseguia, como a professora Sickle tinha ensinado. Quando chegou à barricada, o arame farpado espetou sua camisa, e quando se virou para se soltar, ele os viu. Os dois tributos do Distrito 4, Coral e Mizzen, mais Tanner, o garoto do abatedouro, indo direto para cima dele, todos armados até os dentes.

Mizzen puxou o braço para trás para arremessar um tridente. O tecido da manga de Coriolanus rasgou quando ele puxou o braço do arame farpado e saiu da linha de fogo, com Sejanus logo atrás.

Só uns poucos raios fracos de luar penetravam pelas camadas da barricada, e Coriolanus se viu se chocando contra a madeira e se debatendo como um pássaro selvagem em uma gaiola, sem dúvida alertando qualquer tributo que por acaso não tivesse notado sua presença. Ele correu de cara para uma tábua de concreto, e Sejanus o empurrou por trás, fazendo a testa dele bater na superfície dura uma segunda vez. Quando se afastou, era como se a concussão não tivesse melhorado. Sua cabeça estava latejando e uma nuvem de confusão se espalhou.

Os tributos começaram a fazer uma barulheira, batendo com as armas na barricada enquanto procuravam os mentores no labirinto. Qual direção seguir? Os tributos pareciam estar para todo lado. Sejanus segurou o braço dele e começou a puxá-lo, e ele cambaleava cegamente atrás, ferido e apavorado. Seria assim, então? Seria assim que ele morreria? A fúria pela injustiça daquilo tudo, o deboche da situação, gerou uma onda de energia pelo corpo dele, que saiu correndo à frente de Sejanus e caiu de quatro em uma nuvem de luz suave e vermelha. A passagem! À frente, ele via as roletas, onde os Pacificadores estavam reunidos nas grades temporárias. Ele correu para salvar sua vida.

A passagem não era longa, mas pareceu interminável. Suas pernas subiam e desciam como se ele chapinhasse em cola até a cintura, e pontos pretos manchavam sua visão. Sejanus ficou grudado atrás dele, mas ele ouvia os tributos se aproximando. Uma coisa pesada e dura (um tijolo?) raspou na lateral do seu pescoço. Outro objeto perfurou o colete e ficou balançando nas costas dele até cair com um estalo metálico. Onde estava a cobertura? Os tiros protetores dos Pacificadores? Não havia nada, nadinha, e as grades ainda estavam grudadas no chão. Coriolanus queria gritar para que eles matassem os tributos, para que atirassem neles, mas o fôlego estava escasso.

Alguém de pés pesados diminuiu a distância até ele, mas novamente se lembrando do treinamento da professora Sickle, ele não ousou perder um segundo olhando para trás para ver quem era. Adiante, os Pacificadores finalmente conseguiram inclinar a unidade de grades para dentro, tornando possível oferecer uma abertura de uns trinta centímetros no chão. Coriolanus mergulhou, raspando o queixo no piso áspero e enfiando as mãos por baixo das grades. Os Pacificadores seguraram as mãos dele e deram um puxão. Sem tempo para virar a cabeça, o resto do rosto raspou na superfície imunda até ele chegar à segurança.

Os guardas o largaram na mesma hora para pegar Sejanus, que deu um grito alto quando a faca de Tanner cortou sua panturrilha antes de ele ser puxado. As grades foram colocadas no lugar e a unidade foi travada, mas os tributos estavam determinados. Tanner, Mizzen e Coral enfiaram as armas pelas grades na direção de Coriolanus e Sejanus, fazendo ameaças cheias de ódio enquanto os Pacificadores batiam com os cassetetes nas roletas. Nenhum tiro foi dado. Nem mesmo uma borrifada de spray de pimenta. Coriolanus percebeu que eles deviam ter recebido ordens de não tocarem nos tributos.

Quando os Pacificadores o ajudaram a se levantar, ele gritou com fúria:

– Obrigado por cuidar de nós!

– Só estávamos seguindo ordens. Não é nossa culpa se Gaul te acha descartável, garoto – disse o Pacificador idoso que prometera lhe dar cobertura.

Alguém tentou ajudá-lo, mas ele empurrou a pessoa.

— Eu consigo andar! Eu consigo andar, não que você tenha alguma coisa a ver com isso!

Ele oscilou para o lado e quase caiu no chão, mas foi erguido novamente e eles seguiram pelo saguão. Coriolanus balbuciou uma longa série de obscenidades, que não surtiram efeito algum, e ficou nas mãos dos Pacificadores como um peso morto até o largarem sem cerimônia nenhuma do lado de fora da arena. Depois de um minuto, eles jogaram Sejanus ao lado dele. Os dois ficaram ofegando no piso que decorava a parte externa da arena.

— Me desculpe, Coryo – disse Sejanus. – Me desculpe.

Coryo era um apelido usado por velhos amigos. Pela família. Por pessoas que Coriolanus amava. E aquele era o momento em que Sejanus decidia experimentar usá-lo? Se tivesse energia, Coriolanus teria esticado as mãos e o estrangulado.

Ninguém deu atenção aos dois. A mãe de Sejanus tinha sumido. A dra. Gaul e o reitor Highbottom estavam debatendo níveis de áudio enquanto observavam as imagens na van. Os Pacificadores estavam em pequenos grupos espalhados, esperando instruções. Cinco minutos se passaram até que uma ambulância apareceu e abriu as portas de trás. Os garotos foram colocados para dentro sem receberem uma olhada sequer das autoridades.

A médica deu a Coriolanus um pedaço de gaze para ele segurar sobre o ferimento do braço enquanto cuidava da questão mais urgente na panturrilha de Sejanus, que sangrava muito. Coriolanus estava com medo de voltar para o hospital e para o tal de dr. Wane, em quem não confiava, até ver pela vidraça pequena que eles tinham chegado à Cidadela, o que era bem mais apavorante. Foram colocados em macas e levados para o laboratório onde Clemensia tinha sido atacada, e isso fez Coriolanus imaginar que modificações haviam sido reservadas para ele.

Acidentes deviam ser comuns no laboratório, porque uma pequena clínica médica os aguardava. Pelo visto, não tinha a sofisticação necessária para devolver a vida a Clemensia, mas era mais do que adequada para cuidar dos garotos. Uma cortina branca separava os dois leitos de hospital, mas Coriolanus conseguia ouvir Sejanus respondendo de maneira monossilábica às perguntas dos médicos. Ele mesmo não falou muito enquanto costuravam seu braço e limpavam seu rosto ralado. A cabeça estava doendo, mas ele não ousou contar sobre o rebote da concussão por medo de acabar sendo internado no hospital para uma estada indefinida. Ele só queria ir para longe daquelas pessoas. Apesar dos seus protestos, enfiaram soro em seu braço para hidratá-lo e administrar um coquetel de substâncias, e ele ficou deitado rígido na cama, se controlando para não fugir. Embora tivesse feito o que a dra. Gaul mandara, embora tivesse sido bem-sucedido, ele se sentia mais vulnerável do que nunca. E ali estava ele, ferido e preso, escondido na toca dela.

A dor no braço diminuiu, mas ele não sentiu a cortina de veludo do morfináceo se fechar em torno dele. A droga administrada devia ser diferente, porque, na verdade, sua mente pareceu mais apurada, e ele reparou em tudo, da trama do lençol à cola do esparadrapo na pele e também o sabor amargo que o copo de água de metal deixava na língua. Botas de Pacificadores se aproximaram e se afastaram, levando Sejanus mancando junto. Dentro do laboratório, uma série de gritos anunciou a hora da alimentação de alguma criatura, e o odor leve de peixe chegou a ele. Depois, um silêncio relativo reinou no ambiente por muito tempo. Ele pensou em tentar fugir, mas sabia que tinha que esperar. Esperar os passos suaves de mocassins que seguiram inevitavelmente até o cubículo dele.

Quando a dra. Gaul puxou a cortina, a penumbra do laboratório à noite deu a Coriolanus a estranha impressão de que ela estava à beira de um precipício, de que, se ele lhe desse o menor dos empurrões, ela cairia para trás em um grande abismo e nunca mais se teria notícias dela. *Quem me dera*, pensou ele. *Quem me dera*. Mas ela só se aproximou e botou dois dedos no pulso de Coriolanus para verificar os batimentos. Ele se encolheu ao sentir os dedos frios e secos.

— Eu comecei como médica, sabe — disse ela. — Obstetra.

Que coisa horrível, pensou Coriolanus. *A ideia de você ser a primeira pessoa no mundo que um bebê veria.*

— Não era pra mim — disse a dra. Gaul. — Pais sempre querem garantias que você não pode dar. Sobre os futuros que os filhos vão enfrentar. Como eu poderia saber o que eles encontrarão pela frente? Como você hoje. Quem teria imaginado o garotinho querido de Crassus Snow lutando pela sobrevivência na Arena da Capital? Não ele, com certeza.

Coriolanus não sabia como responder. Mal conseguia se lembrar do pai, muito menos adivinhar o que ele imaginava.

— Como foi? Na arena? — perguntou a dra. Gaul.

— Apavorante — disse Coriolanus secamente.

— É pra ser mesmo. — Ela verificou as pupilas dele, apontando uma lanterna para um olho de cada vez. — E os tributos?

A luz fez sua cabeça doer.

— O que tem eles?

A dra. Gaul foi olhar os pontos.

— O que você achou deles agora que as correntes foram retiradas? Agora que tentaram te matar? Sua morte não traria benefício para eles. Você não é concorrência.

Era verdade. Eles estavam perto o suficiente para reconhecê-lo. Mas foram atrás dele e de Sejanus, logo Sejanus, que tratara os tributos tão bem, que os alimentara, defendera, e que até tinha oferecido os ritos finais a dois deles! Mesmo considerando que eles poderiam ter usado a oportunidade para matarem uns aos outros.

— Acho que subestimei o quanto eles nos odeiam — disse Coriolanus.

— E quando você percebeu isso, qual foi sua reação? — perguntou ela.

Ele pensou em Bobbin, na fuga, na sede de sangue dos tributos mesmo depois que eles tinham passado pelas grades.

— Eu os queria mortos. Queria todos mortos.

A dra. Gaul assentiu.

— Bem, missão cumprida com aquele pequeno do 8. Você bateu tanto nele que ele virou polpa. Vou ter que inventar uma história para aquele idiota do Flickerman contar de manhã. Mas que oportunidade maravilhosa pra você. Transformadora.

— Foi mesmo? — Coriolanus se lembrou dos sons horríveis que sua tábua fizera ao encontrar Bobbin. Então ele tinha feito o quê? Assassinado o garoto? Não, não isso. Foi um caso óbvio de legítima defesa. Mas e aí? Ele o tinha matado, certamente. Nunca daria para apagar isso. Não dava para recuperar essa inocência. Ele tinha tirado uma vida humana.

— Não foi? Mais do que eu podia ter esperado. Eu precisava que você tirasse Sejanus da arena, claro, mas queria que você também sentisse o gostinho — disse ela.

— Mesmo que me matasse? — perguntou Coriolanus.

— Sem a ameaça de morte, não teria sido uma lição válida — disse a dra. Gaul. — O que aconteceu na arena? Aquilo é a humanidade despida. Os tributos. E você também. Como a civilização desaparece rapidamente. Todas as suas boas maneiras, a educação, a formação da família, tudo de que você se orgulha, arrancado num piscar de olhos, revelando o que você realmente é. Um menino com um porrete que bate em outro até matá-lo. Isso é a humanidade em seu estado natural.

A ideia, exposta assim, o chocou, mas ele deu uma risada hesitante.

— Somos mesmo tão ruins assim?

— Eu diria que sim, claro. Mas é uma questão de opinião pessoal. — A dra. Gaul puxou um rolo de gaze do bolso do jaleco. — O que você acha?

— Eu acho que não teria batido em ninguém até matar se a senhora não tivesse me jogado naquela arena! — retorquiu ele.

— Você pode botar a culpa nas circunstâncias, no ambiente, mas foi você quem fez as escolhas que fez, mais ninguém. É muita coisa pra assimilar de uma vez só, mas é essencial que você faça um esforço pra responder essa pergunta. Quem são os seres humanos? Pois quem somos determina o tipo de governo de que precisamos. Mais tarde, espero que você possa refletir e ser honesto consigo mesmo sobre o que aprendeu hoje. — A dra. Gaul começou a enrolar o ferimento dele com gaze. — E alguns pontos no braço são um preço baixo a pagar por isso.

As palavras dela provocaram náusea em Coriolanus, mas estava ainda mais enfurecido de ela o ter obrigado a matar só por causa da tal lição. Uma coisa importante assim deveria ter sido decisão dele, não dela. Só dele.

— Então, se eu sou um animal cruel, quem a senhora é? É a professora que enviou um aluno para espancar outro garoto até a morte!

— Ah, sim. Esse papel sobrou pra mim. — Ela terminou de fazer o curativo. — Sabe, o reitor Highbottom e eu lemos sua redação toda. Sobre o que você gostava na guerra. Muita enrolação. Besteira, até. Até chegar ao final. A parte sobre controle. Como sua próxima tarefa, eu gostaria que você elaborasse mais sobre aquilo. O valor do controle. O que acontece sem ele. Leve o tempo que precisar. Mas pode ser um bom acréscimo à sua candidatura ao prêmio.

Coriolanus sabia o que acontecia sem controle. Tinha visto recentemente, no zoológico, quando Arachne morreu; na arena, quando as bombas dispararam; e novamente naquela noite.

– É o caos que acontece. O que mais há para ser dito?

– Ah, muita coisa, eu acho. Comece com isso. Caos. Quando não há controle, nem lei, nem governo nenhum. Como quando se está na arena. Para onde vamos de lá? Que tipo de acordo é necessário se queremos viver em paz? Que tipo de contrato social é exigido para sobrevivência? – Ela tirou o soro do braço dele. – Vamos precisar de você aqui novamente em dois dias para dar uma olhada nesses pontos. Até lá, eu guardaria o evento dessa noite só pra mim. É melhor você ir pra casa e dormir umas horinhas. Por incrível que pareça, seu tributo ainda precisa de você.

Depois que ela saiu, Coriolanus vestiu lentamente a camisa cortada, rasgada e suja de sangue e fechou os botões. Andou sem rumo até encontrar o elevador que o levasse até o térreo, e guardas desinteressados fizeram sinal para ele sair. Os bondes paravam à meia-noite, e os relógios da Capital mostravam que eram duas horas, então ele virou os sapatos imundos na direção de casa.

O carro luxuoso dos Plinth apareceu ao lado dele e a janela que se abriu revelou o Avox, que saiu e abriu a porta de trás para ele. Coriolanus supôs que ele já tinha levado Sejanus para casa e a sra. Plinth o tinha mandado voltar. Como o carro estava vazio, ele entrou. Aceitaria uma última carona, e depois disso ele não queria mais saber daquela família. Quando o motorista o deixou na porta do prédio, ofereceu a Coriolanus um saco de papel grande. Antes que ele pudesse protestar, o carro se afastou.

No apartamento, ele espiou lá dentro e viu Tigris esperando perto da mesa de chá, enrolada em um casaco de pele velho que tinha sido da mãe dela. Era seu cobertor de segurança, assim como o pó compacto de rosas era dele antes de o transformar em arma. Ele pegou um paletó da escola no armário de casacos e vestiu por cima da camisa destruída antes de entrar para vê-la.

Coriolanus tentou falar com indiferença sobre a noite horrível.

— Não é possível que a noite esteja tão ruim a ponto de você precisar do casaco.

Ela afundou os dedos no material que a envolvia.

— Me conta você.

— Vou contar. Tudinho. Mas de manhã, está bem? – disse ele.

— Está bem. – Quando esticou os braços para dar um abraço de boa-noite, ela sentiu o volume do curativo no braço. Antes que pudesse impedi-la, ela puxou o paletó e viu o sangue. Tigris mordeu o lábio. – Ah, Coryo. Fizeram você entrar na arena, não foi?

Ele a abraçou.

— Não foi tão ruim assim. Eu estou aqui. E tirei Sejanus de lá.

— Não foi tão ruim? É horrível pensar em você lá dentro. Pensar em qualquer pessoa lá dentro! – exclamou ela. – Pobre Lucy Gray.

Lucy Gray. Agora que ele tinha estado na arena, as circunstâncias dela pareciam ainda piores do que antes. A ideia dela encolhida em algum lugar na escuridão fria da arena, petrificada demais para fechar os olhos, o fez sofrer. Pela primeira vez, ele ficou feliz de ter matado Bobbin. Pelo menos, a tinha salvado daquele animal.

— Vai ficar tudo bem, Tigris. Mas você tem que me deixar descansar um pouco. Você também precisa dormir.

Ela assentiu, mas ele sabia que ela teria sorte se conseguisse dormir uma hora ou duas. Ele entregou o saco para ela.

– Cortesia da sra. Plinth. É o café da manhã, pelo cheiro. Nos vemos de manhã?

Sem se dar ao trabalho de tomar banho, ele desabou em um sono profundo até o som da avó cantando o hino o acordar. Era hora de se levantar mesmo. Dolorido da cabeça aos pés, ele foi até o chuveiro, retirou a gaze do braço e deixou que a água quente maltratasse a pele ralada. Ainda tinha um tubo de pomada da época que passou no hospital, e apesar de não ter certeza sobre o uso, passou no rosto e no queixo. Os pontos do braço ficaram roçando na camisa limpa, mas não sangraram. Ele usaria o paletó só por garantia. Depois de colocar uma escova de dentes e um uniforme limpo na mochila, ele deu uma última olhada no espelho e suspirou. *Acidente de bicicleta*, pensou ele. *Vai ser essa a história. Mesmo eu não tendo uma bicicleta que funcione há anos.* Bom, agora ele tinha uma desculpa para as péssimas condições em que se encontrava.

Quando estava apresentável, a primeira coisa que ele fez foi dar uma olhada na televisão para ver se não tinha acontecido nada a Lucy Gray. Mas a câmera não havia se movido e o único tributo visível na luz da manhã era Lamina na viga. Ele evitou a avó e entrou na cozinha, onde Tigris estava esquentando o que tinha restado do chá de jasmim.

– Estou atrasado – disse ele. – É melhor eu ir.

– Leve isso para o café da manhã. – Ela botou um pacotinho nas mãos dele e duas fichas no bolso. – E vá de bonde hoje.

Como precisava economizar energia, ele fez o que ela mandou: foi de bonde e comeu dois sanduíches de ovo com salsicha que a sra. Plinth tinha enviado. Seu único arrependimento em abandonar os Plinth seria perder a comida dela.

O corpo estudantil principal tinha sido instruído a se apresentar às quinze para as oito, e os madrugadores consistiam nos mentores ativos e alguns Avoxes arrumando o salão. Coriolanus não pôde deixar de olhar com culpa para Juno Phipps, que estava discutindo sua estratégia com Domitia quando podia ter dormido até mais tarde. Ele não gostava muito dela, pois sempre jogava sua linhagem familiar na cara dele, como se a dele não fosse boa. Mas a noite anterior também não tinha sido justa com ela. Ele se perguntou como revelariam a morte de Bobbin e o que ele sentiria quando fizessem isso. Além de enjoado.

A única coisa sendo servida em Heavensbee Hall era chá, o que gerou reclamações de Festus.

– Se temos que chegar cedo, era de se pensar que podiam ao menos nos alimentar. O que aconteceu com a sua cara?

– Caí de bicicleta – disse Coriolanus, bem alto para que todo mundo ouvisse. Ele jogou o saco com o último sanduíche para Festus, feliz em poder oferecer comida daquela vez. Ele devia mais refeições aos Creed do que gostava de lembrar.

– Obrigado. Parece uma delícia – disse Festus, dando uma mordida na mesma hora.

Lysistrata recomendou um creme para que as feridas não infeccionassem, e eles foram se sentar conforme os colegas começavam a chegar.

Apesar de o sol ter nascido havia algumas horas, nada tinha mudado na tela, exceto pelo desaparecimento do corpo de Marcus.

– Acho que tiraram – disse Pup.

Mas Coriolanus achava que talvez ainda estivesse perto da barricada, onde ele e Sejanus o abandonaram na noite anterior, fora do alcance da câmera.

Quando deu oito horas, todos se levantaram para o hino, que seus colegas pareciam estar finalmente aprendendo, e Lucky Flickerman apareceu, dando boas-vindas a todos no segundo dia de Jogos Vorazes.

– Enquanto vocês estavam dormindo, uma coisa importante aconteceu. Que tal darmos uma olhada?

Cortaram para uma imagem ampla da arena e viraram a câmera lentamente até a barricada, dando zoom. Como Coriolanus desconfiava, o corpo de Marcus estava onde ele e Sejanus o largaram. A uma distância curta, a forma surrada de Bobbin estava caída sobre um pedaço de concreto. A aparência estava muito pior do que ele imaginava. Os membros ensanguentados, o olho desalojado, o rosto tão inchado a ponto de ficar irreconhecível. Ele tinha mesmo feito aquilo com outro garoto? E um garoto tão novo, pois morto Bobbin parecia menor do que nunca. Perdido naquela teia escura de pavor, Coriolanus tinha sim feito aquilo. Sua testa ficou coberta de suor, e ele teve vontade de sair do salão, do prédio, do evento como um todo. Mas claro que aquilo não era opção. Quem era ele? Sejanus?

Depois de uma boa olhada nos corpos, a imagem voltou para Lucky e ele ponderou sobre quem podia ter feito aquilo. Mas seu humor mudou abruptamente.

– Uma coisa que sabemos é que temos algo a comemorar! – Caiu confete do teto, e Lucky soprou como louco uma corneta de plástico. – Porque acabamos de chegar na metade! Isso mesmo, doze tributos estão mortos e só restam doze! – Um fio de lenços coloridos saiu da mão dele. Ele girou em volta da cabeça, dançando e comemorando. – Vivaaaa! – Quando finalmente sossegou, ele adotou uma expressão triste. – Mas isso também quer dizer que temos que nos despedir da srta. Juno Phipps. Lepidus?

Lepidus já tinha se posicionado na ponta do corredor de Juno, e ela não teve escolha além de se juntar a ele e lidar com a decepção sob a mira da câmera. Se tivesse sido avisada um pouco antes, Coriolanus achava que ela teria se comportado de forma mais graciosa, mas ela acabou falando com amargura e desconfiança, questionando os desenvolvimentos recentes enquanto exibia um fichário de couro com o brasão da família Phipps.

– Tem algo estranho aí – disse ela para Lepidus. – O que ele está fazendo ali, com o corpo de Marcus? Quem o moveu? E como Bobbin morreu? Não consigo nem imaginar um cenário provável. Acho que podem ter trapaceado!

O repórter pareceu genuinamente intrigado.

– O que se qualificaria como trapaça, exatamente? Na arena?

– Ah, não sei *exatamente* – reclamou Juno –, mas eu gostaria de ver uma reprise dos eventos de ontem à noite!

Boa sorte com isso, Juno, pensou Coriolanus. Mas percebeu que tais imagens existiam. Na parte de trás da van, a dra. Gaul e o reitor Highbottom assistiram às duas versões, as imagens reais e as escurecidas para esconder a missão dele. Mesmo as reais seriam difíceis de identificar. Ainda assim, ele não gostava de pensar que existia um registro em algum lugar, ainda que obscurecido, de quando ele matou Bobbin. Se aquilo se espalhasse... bem, ele não sabia o que aconteceria. Mas o deixava inquieto.

Lepidus não se demorou com Juno, uma má perdedora que não tinha a graça de Felix, e ela foi orientada a voltar para o lugar com um tapinha de consolo nas costas.

Ainda cintilando com confete no corpo, Lucky pareceu alheio aos sentimentos de Juno. Ele se inclinou na direção da câmera mal contendo a alegria.

– E agora, o que vocês acham? Temos uma grande surpresa, principalmente se você for um dos doze mentores que restam!

Coriolanus só teve um momento para trocar olhares de questionamento com os amigos antes que Lucky percorresse o estúdio e revelasse Sejanus sentado ao lado do pai, Strabo Plinth, cuja expressão severa parecia entalhada do granito do distrito dele. Lucky se sentou na cadeira de apresentador e deu um tapinha na perna de Sejanus.

— Sejanus, sinto muito por não termos tido um momento com você ontem para comentar sobre o falecimento do seu tributo, Marcus.

Sejanus apenas encarou Lucky sem compreender. Lucky pareceu reparar pela primeira vez no rosto ralado dele.

— O que está acontecendo aqui? Você parece que andou se misturando.

— Eu caí da bicicleta — respondeu Sejanus, e Coriolanus fez uma careta leve. Dois acidentes de bicicleta no mesmo período de doze horas parecia mais do que coincidência.

— Ai. Bom, acho que você tem uma notícia importante pra compartilhar com a gente! — disse Lucky com um movimento encorajador de cabeça.

Sejanus baixou o olhar por um momento, e, embora o pai não olhasse para o filho e vice-versa, parecia estar acontecendo uma batalha ali.

— Sim — disse Sejanus. — Nós, a família Plinth, gostaríamos de anunciar que financiaremos uma bolsa de estudos completa na Universidade para o mentor cujo tributo vencer os Jogos Vorazes.

Pup soltou um gritinho, e os outros mentores sorriram uns para os outros. Coriolanus sabia que a maioria não precisava do dinheiro tanto quanto ele, se é que precisavam, mas seria uma conquista para qualquer um.

— Sensacional! — disse Lucky. — Que emoção os doze mentores restantes devem estar sentindo agora. Foi ideia sua, Strabo? Criar o Prêmio Plinth?

— Foi do meu filho, na verdade – disse Strabo, repuxando as beiras dos lábios no que Coriolanus achou que podia ser uma tentativa de sorriso.

— Bem, que gesto generoso e apropriado, principalmente considerando a derrota de Sejanus. Você pode não ter ganhado os Jogos, mas certamente leva pra casa o prêmio de boa esportiva. Acho que falo pela Capital quando ofereço meus agradecimentos! — Lucky sorriu largamente para os dois, mas como não houve nada em resposta, ele fez um gesto com o braço. — Muito bem, de volta à arena!

A mente de Coriolanus girava com o novo desdobramento. Sejanus estava certo sobre a tentativa apressada do pai de enterrar o comportamento absurdo do filho em dinheiro. Não que toda a situação não exigisse um controle de danos. Ele não tinha ouvido muitos comentários sobre a reação de Sejanus envolvendo a cadeira em Heavensbee Hall, mas imaginava que a história estivesse se espalhando. Um prêmio para o mentor do vitorioso para impedir que a história da entrada de Sejanus na arena se tornasse pública? Estaria ele planejando comprar o silêncio de Coriolanus?

Não importa, isso não importa, disse Coriolanus para si mesmo. A notícia relevante era a possibilidade de ganhar o Prêmio Plinth. Não dependia da Academia, então o reitor Highbottom não teria como se meter. Nem a dra. Gaul. Todos os anos de estudo, que o libertariam do poder dos dois e tirariam a horrível ansiedade relacionada ao futuro dos ombros dele! As apostas para o resultado dos Jogos, que já eram altas, dispararam para a estratosfera. *Foco*, ele disse para si mesmo, respirando fundo devagar. *Foco em ajudar Lucy Gray.*

Mas o que havia a fazer enquanto ela não desse as caras? Com o desenrolar da manhã, parecia que poucos tributos estavam tentados a fazer isso. Coral e Mizzen andaram juntos por um tempo, recolhendo comida e água enviados por Festus e Persephone, seus mentores. Eles passavam tempo juntos, tentando elaborar uma estratégia para seus tributos, e Coriolanus reparou que Festus estava se apaixonando por ela. Era esperado que ele contasse ao melhor amigo que a garota de quem ele gostava era uma canibal? Nunca havia livros de regras quando era realmente necessário.

Quando voltaram à plataforma depois do almoço, eles viram que as cadeiras dos mentores tinham sido reduzidas a doze, deixando espaço apenas para os que ainda tinham tributos nos Jogos.

— Os Idealizadores dos Jogos pediram — disse Satyria aos doze restantes. — Fica mais fácil para os espectadores acompanharem quem ainda está na competição. Vamos continuar removendo cadeiras conforme os tributos forem morrendo.

— Como uma dança das cadeiras — disse Domitia com expressão satisfeita.

— Só que com gente morrendo — observou Lysistrata.

A decisão de tirar os perdedores da plataforma deixou Livia ainda mais amarga, se é que isso era possível, e Coriolanus ficou feliz de vê-la relegada à seção da plateia comum, onde ele não teria que ouvir os comentários mordazes dela. Por outro lado, ficava mais difícil se distanciar de Clemensia, que parecia passar todo o tempo livre olhando para ele de cara feia. Ele se posicionou na última fileira, entre Festus e Lysistrata, e tentou parecer estar prestando atenção.

Com o passar da tarde, sua cabeça foi ficando pesada, até que Lysistrata teve que o cutucar duas vezes para que ele ficasse acordado. Talvez fosse bom o dia exigir tão pouco dele, considerando que a noite anterior quase o tinha matado. Houve poucas aparições de tributos, e Lucy Gray permaneceu completamente escondida.

Foi só no fim da tarde que os Jogos Vorazes finalmente apresentaram o tipo de ação que as pessoas esperavam. A garota tributo do Distrito 5, uma coisinha frágil que para Coriolanus fazia parte do grupo dos mal lavados, foi para a arquibancada do lado extremo da arena. Ele não conseguiu se lembrar do nome dela, mas Lucky conseguiu conectá-la à mentora igualmente esquecível, Iphigenia Moss, cujo pai supervisionava o Departamento de Agricultura e, consequentemente, o fluxo de alimentos de Panem. Ao contrário das expectativas, Iphigenia sempre parecia à beira da subnutrição, oferecia o almoço da escola aos colegas e até desmaiara algumas vezes. Uma vez, Clemensia disse a Coriolanus que era a única vingança que ela podia usar contra o pai, mas se recusou a dar mais detalhes.

Fiel a esse comportamento, Iphigenia começou a enviar toda comida que podia para a garota tributo, mas enquanto os drones faziam o longo percurso sobre a arena, Mizzen, Coral e Tanner, que pareceram ter formado uma espécie de grupo depois da aventura da noite anterior, se materializaram dos túneis e começaram a caçada. Depois de uma breve perseguição pela arquibancada, o trio cercou a garota e Coral a matou com um golpe de tridente no pescoço.

— Bom, foi isso – disse Lucky, ainda sem conseguir lembrar o nome do tributo. – O que a mentora dela pode nos dizer?

Iphigenia já tinha ido até Lepidus.

— O nome dela era Sol, ou talvez fosse Sal. Ela tinha um sotaque engraçado. Não há muito mais pra contar.

Lepidus pareceu inclinado a concordar.

— Bom trabalho por fazê-la chegar à segunda metade, Albina!

— Iphigenia – disse Iphigenia por cima do ombro enquanto andava para fora da plataforma.

— Isso mesmo! – disse Lepidus. – E isso quer dizer que só restam onze tributos!

O que quer dizer dez entre mim e aquele prêmio, pensou Coriolanus enquanto via um Avox retirar a cadeira de Iphigenia. Ele desejou poder mandar comida e água para Lucy Gray. O que aconteceria se ele enviasse sem saber a localização dela? Na tela, o grupo recolheu a comida de Sol ou Sal e voltou para os túneis, provavelmente para descansar um pouco antes da noite chegar. Ele deveria arriscar agora?

Ele discutiu em sussurros com Lysistrata, que achava que valeria tentar se eles enviassem drones juntos.

— Nós não queremos que eles fiquem fracos e desidratados demais. Acho que Jessup não come nem bebe nada há dias. Vamos esperar pra ver se eles vão tentar fazer contato com a gente. Vamos dar a eles até a hora do jantar.

Mas Lucy Gray fez uma aparição na hora que o corpo estudantil estava sendo liberado para ir para casa. Ela saiu correndo de um túnel a toda velocidade, o cabelo esvoaçante se soltando das tranças.

— Cadê o Jessup? – perguntou Lysistrata com a testa franzida. – Por que eles não estão juntos?

Antes que Coriolanus pudesse arriscar um palpite, Jessup saiu cambaleando do mesmo túnel de onde Lucy Gray tinha corrido. Primeiro, Coriolanus achou que ele tivesse sido ferido, talvez enquanto defendia Lucy Gray. Mas o que motivara a fuga dela? Havia outros tributos os perseguindo? A câmera fechou em Jessup e ficou claro que ele estava doente, não ferido. Com membros rígidos e agitado de empolgação, ele moveu a mão na frente do sol algumas vezes antes de se agachar e se levantar quase imediatamente quando a câmera deu um close em seu rosto pela primeira vez.

Coriolanus se perguntou se Lucy Gray tinha encontrado um jeito de envenená-lo, mas não fazia sentido. Jessup era valioso demais como protetor, principalmente com o grupo que tinha se formado na noite anterior correndo por aí. O que o atormentava, então?

Vários males poderiam tê-lo afligido, uma série de doenças poderiam ser consideradas, se não fosse a espuma reveladora que começava a deixar os lábios dele.

17

– Ele pegou raiva – disse Lysistrata baixinho.

A raiva tinha voltado à Capital durante a guerra. Com os médicos sendo necessários em campo e instituições e linhas de fornecimento comprometidas pelos bombardeios, o tratamento médico ficou escasso para humanos, como a mãe de Coriolanus, e quase inexistente para os mimados bichinhos de estimação da Capital. Vacinar o gato não estava na lista de prioridades quando mal se conseguia dinheiro para comprar pão. Como o surto havia começado ainda era objeto de debate: um coiote infectado das montanhas? Um encontro noturno com um morcego? Mas foram os cachorros que espalharam. A maioria estava passando fome, vítimas abandonadas da guerra. De cachorro para cachorro e depois para as pessoas. A epidemia se desenvolveu com velocidade inédita e matou mais de dez cidadãos da Capital, até que um programa de vacinação controlou a doença.

Coriolanus se lembrava dos pôsteres alertando as pessoas sobre os sintomas em animais e humanos, apenas acrescentando mais uma potencial ameaça ao mundo. Ele pensou em Jessup, com o lenço pressionado contra o pescoço.

– Mordida de rato?

– Não foi rato – disse Lysistrata, com choque e tristeza no rosto. – Ratos quase nunca transmitem raiva. Deve ter sido um daqueles guaxinins sarnentos.

— Lucy Gray disse que ele mencionou algo sobre pelos, e eu supus... — Ele parou de falar. Não que importasse o que tinha mordido Jessup; era uma sentença de morte como quer que fosse interpretada. Ele devia ter sido infectado duas semanas antes. — Foi rápido, não foi?

— Muito rápido. Porque ele foi mordido no pescoço. Quando mais rápido chega ao cérebro, mais rápido a pessoa morre — explicou Lysistrata. — E, claro, ele está faminto e fraco.

Se ela falou, devia ser verdade. Era o tipo de coisa que ele imaginava que a família Vickers discutisse no jantar, daquele jeito calmo e clínico deles.

— Pobre Jessup — disse Lysistrata. — Até a morte dele tem que ser horrível.

A identificação da doença de Jessup deixou a plateia tensa e gerou uma onda de comentários cheios de medo e repulsa.

— *Raiva! Como ele pegou isso?*
— *Trouxe do distrito, tenho certeza.*
— *Que ótimo, agora ele vai contaminar a cidade inteira!*

Todos os alunos se sentaram de novo, sem querer perder nada, voltando às lembranças infantis da doença.

Coriolanus ficou em silêncio em solidariedade a Lysistrata, mas sua preocupação aumentou quando Jessup ziguezagueou pela arena em direção à Lucy Gray. Não dava para saber o que ele tinha em mente. Em circunstâncias normais, Coriolanus tinha certeza de que ele a protegeria, mas estava claro que tinha perdido a sanidade se ela havia fugido para se salvar.

As câmeras acompanharam Lucy Gray correndo pela arena e começando a subir no muro quebrado da arquibancada na região da cabine de imprensa. Posicionada no meio da arena, ocupava várias filas e tinha sobrevivido ao bombardeio. Ela parou um momento, ofegante, enquanto considerava a perseguição errática de Jessup, e seguiu na direção dos detritos de uma lanchonete próxima. O esqueleto da lanchonete ainda estava lá, mas a parte do meio explodira e o teto tinha sido lançado a quase dez metros de distância. Coberta de tijolos e tábuas, a área era uma espécie de percurso de obstáculos que ela atravessou até parar no alto dos destroços.

Os Idealizadores dos Jogos aproveitaram a posição imóvel da garota e fecharam um close nela. Coriolanus deu uma olhada nos lábios rachados e levou a mão à pulseira. Ela parecia não ter tido acesso a água desde que fora largada na arena, um dia e meio antes. Ele digitou o pedido de uma garrafa de água. A prontidão da entrega por drones estava melhorando a cada pedido. Mesmo que ela tivesse que continuar fugindo, eles conseguiriam levar água até ela desde que ficasse em área aberta. Se ela conseguisse escapar de Jessup, Coriolanus a encheria de comida e bebida, para uso próprio e para batizar com veneno de rato. Mas esse parecia um plano distante no momento.

Jessup atravessou a arena e pareceu confuso pela rejeição de Lucy Gray. Ele começou a subir atrás dela para a arquibancada, mas teve dificuldade para manter o equilíbrio. Ao entrar na área coberta de destroços, sua coordenação diminuiu ainda mais, e duas vezes ele caiu com força, o que abriu cortes no joelho e na têmpora. Depois do segundo ferimento, que sangrou bastante, ele se sentou em um degrau, meio atordoado, e esticou as mãos na direção dela. Sua boca se moveu enquanto a espuma começava a pingar do queixo.

Lucy Gray permaneceu imóvel, observando Jessup com expressão sofrida. Eles criavam uma imagem estranha: garoto espumando, garota encurralada, construção bombardeada. Amantes desafortunados encontrando o destino. Uma história de vingança voltando-se contra si mesma. Uma saga de guerra que não aceitava prisioneiros.

Por favor, morra, pensou Coriolanus. O que concretamente matava quando se tinha raiva? Não dava para respirar ou era o coração que parava? Fosse o que fosse, quanto antes acontecesse a Jessup, melhor seria para todos os envolvidos.

Um drone carregando uma garrafa de água voou pela arena, e Lucy Gray ergueu o rosto para acompanhar seu progresso trêmulo. Ela passou a língua pelos lábios com expectativa. No entanto, ao passar por cima da cabeça de Jessup, algo foi registrado e um tremor sacudiu seu corpo. Ele bateu no drone com uma tábua e o objeto caiu na arquibancada. A água escorrendo da garrafa rachada o deixou em um estado de agitação apurada. Ele recuou, tropeçou nos assentos e foi direto para Lucy Gray. Ela, por sua vez, começou a subir ainda mais.

Coriolanus entrou em pânico. Apesar de a estratégia de botar os destroços entre si e Jessup ter certo mérito, ela estava correndo perigo de ser isolada do campo. O vírus podia ter comprometido os movimentos de Jessup, mas também deu uma velocidade anormal ao corpo poderoso dele, e nada tirava sua atenção de Lucy Gray. *Exceto aquele momento com a água*, pensou Coriolanus. A água. Uma palavra surgiu no cérebro dele. Uma palavra do pôster que ficara espalhado pela Capital por um tempo. *Hidrofobia*. Medo de água. A incapacidade de engolir fazia as vítimas de raiva ficarem loucas ao ver água.

Seus dedos começaram a trabalhar na pulseira de comunicação, pedindo mais garrafas de água. Talvez, se pedisse muitas, isso afastasse Jessup. Coriolanus acabaria com as reservas se precisasse.

Lysistrata tocou a mão dele para impedi-lo.

— Não, deixa que eu faço isso. Ele é meu tributo, afinal. — Ela começou a pedir uma garrafa de água atrás da outra, com o objetivo de enlouquecer Jessup de vez. O rosto dela não registrava muitas emoções, mas uma única lágrima escorreu pela bochecha e tocou o canto de sua boca antes de ela a limpar.

— Lyssie... — Ele não a chamava assim desde que eles eram pequenos. — Você não precisa.

– Se Jessup não pode ganhar, quero que Lucy Gray ganhe. É o que ele ia querer. E ela não pode ganhar se ele a matar. O que pode acabar acontecendo.

Na tela, Coriolanus viu que Lucy Gray tinha mesmo se metido em uma situação ruim. À esquerda dela havia a parede alta dos fundos da arena, à direita, o vidro grosso da cabine de imprensa. Enquanto Jessup continuava a perseguição, ela fez várias tentativas de fugir dele, mas ele ficava corrigindo o percurso para bloqueá-la. Quando a distância entre eles encurtou para cerca de seis metros, ela começou a falar com ele, a esticar a mão de forma tranquilizadora. Isso fez com que ele parasse, mas só por um momento, então ele foi para cima dela de novo.

Do outro lado da arena, a primeira garrafa de água de Lysistrata, ou talvez a substituta da que tinha quebrado, começou a voar na direção dos tributos. Aquela máquina parecia mais firme em seu percurso, tal qual a pequena frota que veio atrás. Assim que Lucy Gray viu os drones, ela parou de recuar. Coriolanus a viu bater no babado da saia acima do bolso com o estojo prateado de pó compacto e interpretou como sinal de que ela tinha entendido o significado da água. Ela apontou para os drones, começou a gritar e conseguiu fazer Jessup virar a cabeça.

Jessup ficou paralisado e seus olhos saltaram de medo. Quando os drones se aproximaram dele, ele tentou acertá-los, mas não conseguiu. Quando começaram a soltar as garrafas de água, ele perdeu o controle. Dispositivos explosivos não poderiam gerar reação maior, e o impacto das garrafas contra os assentos o deixou em frenesi. O conteúdo de uma respingou na mão dele, que se encolheu como se fosse ácido. Ele foi para o corredor e seguiu na direção do campo, mas outros dez ou doze drones chegaram e o bombardearam. Como estavam programados para entregar o conteúdo ao tributo, ele não tinha como escapar. Enquanto corria na direção dos assentos da frente, ele prendeu o pé e tropeçou, voando pelo muro da arena até o campo.

O som de ossos quebrando que acompanhou a queda surpreendeu a plateia, pois Jessup caiu em uma rara região da arena com áudio funcional. Ele ficou deitado de costas, imóvel exceto pela movimentação do peito. As garrafas que restavam caíram nele enquanto ele repuxava os lábios e os olhos mantiveram-se fixos no sol forte que cintilava na água.

Lucy Gray correu pelos degraus e se dependurou na amurada.

– Jessup! – O máximo que ele conseguiu fazer foi desviar o olhar para o rosto dela.

Coriolanus mal conseguiu ouvir o sussurro de Lysistrata:

– Ah, não deixe que ele morra sozinho.

Pesando o risco, Lucy Gray parou um momento para avaliar a arena vazia antes de descer pelo muro quebrado até chegar nele. Coriolanus queria gritar, ela precisava sair dali. Mas não podia fazer isso com Lysistrata ao seu lado.

– Ela não vai deixar – garantiu ele, pensando em quando Lucy Gray tirou a viga em chamas de cima do corpo dele. – Não é o estilo dela.

– Eu ainda tenho algum dinheiro – disse Lysistrata, secando os olhos. – Vou mandar comida.

Jessup seguiu Lucy Gray com os olhos quando ela pulou o último metro até o campo, mas pareceu não conseguir se mexer. Ele teria ficado paralisado pela queda? Lucy Gray se aproximou com cautela e se ajoelhou fora do alcance dos longos braços dele. Tentando sorrir, ela falou:

– Você vai dormir agora, está ouvindo, Jessup? Pode dormir, é minha vez de ficar montando guarda. – Ele pareceu registrar alguma coisa, a voz dela ou talvez a repetição de palavras que ela tinha dito para ele ao longo das duas semanas anteriores. A rigidez sumiu do rosto dele e as pálpebras tremeram. – Isso mesmo. Pode descansar. Como você vai sonhar se não dormir? – Lucy Gray chegou para a frente e botou a mão na testa dele. – Está tudo bem. Vou cuidar de você. Estou aqui. Vou ficar aqui. – Jessup olhou fixamente para ela enquanto a vida se esvaía lentamente do corpo dele, até o peito ficar imóvel.

Lucy Gray ajeitou a franja dele e se sentou sobre os calcanhares. Deu um suspiro profundo, e Coriolanus percebeu a exaustão dela. Ela balançou a cabeça como que para se despertar, pegou a garrafa de água mais próxima, abriu a tampa e tomou toda em poucos goles. Tomou uma segunda e uma terceira, depois limpou a boca com as costas da mão. Ela se levantou e examinou Jessup, abriu outra garrafa e jogou no rosto dele, para lavar a espuma e a baba. Do bolso, ela tirou o guardanapo branco de linho que tinha forrado a caixa que Coriolanus levou para ela na última noite. Ela se inclinou e usou a beirada para fechar delicadamente os olhos de Jessup, sacudiu o pano e cobriu o rosto dele para esconder dos espectadores.

Os pacotes de comida de Lysistrata caindo ao redor pareceram levar Lucy Gray de volta ao momento presente, e ela pegou rapidamente os pedaços de pão e queijo e enfiou nos bolsos. Reuniu as garrafas de água na saia, mas parou quando Reaper apareceu do outro lado da arena. Lucy Gray não perdeu tempo em sumir no túnel mais próximo carregando as dádivas. Reaper a deixou ir, mas foi recolher as últimas garrafas de água na luz fraca, reparando em Jessup, mas deixando o corpo em paz.

Coriolanus achou que podia ser um bom sinal para considerar mais tarde. Se os tributos se habituassem a recolher as dádivas dos mortos, eles cairiam direitinho no plano do envenenamento. Mas não teve muito tempo para pensar nisso, pois Lepidus chegou para falar com Lysistrata.

– Opa! – disse Lepidus. – Isso foi inesperado. Você sabia da raiva?

– Claro que não. Eu teria alertado as autoridades para que examinassem os guaxinins do zoológico se soubesse – disse ela.

– O quê? Você quer dizer que ele não trouxe a doença do distrito? – perguntou Lepidus.

Lysistrata foi firme.

– Não, ele foi mordido aqui na Capital.

– No zoológico? – Lepidus pareceu preocupado. – Muitos de nós têm passado um bom tempo no zoológico. Um guaxinim foi até meu equipamento e ficou arranhando com aquelas mãozinhas e...

– Você não pegou raiva – disse Lysistrata secamente.

Lepidus fez um movimento de garras com os dedos.

– Estava tocando nas minhas coisas.

– Você tem alguma pergunta sobre Jessup? – perguntou ela.

– Jessup? Não, eu não cheguei perto dele. Ah, há, você quis dizer... *Você* tem algo a comentar?

– Tenho. – Ela respirou fundo. – O que eu gostaria que as pessoas soubessem sobre Jessup é que ele era uma boa pessoa. Ele jogou o corpo sobre o meu pra me proteger quando as bombas começaram a explodir na arena. Não foi nem um gesto consciente. Ele agiu por reflexo. Ele era assim de coração. Um protetor. Acho que ele nunca venceria os Jogos porque teria morrido tentando proteger Lucy Gray.

– Ah, tipo um cachorro. – Lepidus assentiu. – Um cachorro muito bom.

– Não, não como um cachorro. Como um ser humano – disse Lysistrata.

Lepidus olhou para ela, tentando decifrar se ela estava brincando.

– Ah. Lucky, algo a dizer do quartel-general?

A câmera pegou Lucky roendo uma cutícula teimosa.

– Ah, o quê? Ei! Não tem nada acontecendo lá em cima agora. Vamos dar uma olhada na arena, que tal?

Fora do foco das câmeras, Lysistrata começou a recolher as coisas dela.

– Não vá ainda. Fica pra jantar com a gente – disse Coriolanus.

– Ah, não. Eu só quero ir pra casa. Mas obrigada por estar aqui, Coryo. Você é um bom aliado.

Ele a abraçou.

– *Você* é. Sei que não foi fácil.

Ela suspirou.

– Bom, pelo menos estou fora.

Os outros mentores se reuniram em volta de Lysistrata, elogiaram o trabalho dela e tudo mais, e ela foi embora do salão sem esperar o resto do corpo estudantil sair. Isso aconteceu logo em seguida, e em poucos minutos os dez mentores restantes eram os únicos presentes. Eles se examinaram com novos olhos agora que o Prêmio Plinth estava em jogo, cada um torcendo não só também para *ter* um vitorioso, mas também para *ser* um vitorioso nos Jogos.

O mesmo pensamento deve ter ocorrido aos Idealizadores dos Jogos, porque Lucky voltou à tela para fazer uma recapitulação dos tributos restantes e seus mentores. A tela dividida mostrava fotos dos pares lado a lado, acompanhadas da voz do apresentador ao fundo. Alguns dos mentores gemeram quando perceberam que tinham usado suas fotos ruins da identidade estudantil, mas Coriolanus ficou aliviado por não estarem exibindo sua cara ralada atual. Os tributos, que não tinham fotografia oficial, apareceram em imagens aleatórias tiradas desde a colheita.

A ordem foi numérica por distrito, começando com os pares Urban-Teslee e Io-Circ, do Distrito 3.

– Nossos tributos do distrito tecnológico deixaram uma dúvida em nossas cabeças: o que eles fizeram com aqueles drones? – perguntou Lucky. Festus e Coral apareceram em seguida, com Persephone e Mizzen logo depois. – Os tributos do Distrito 4 estão voando alto agora que entramos nos dez finais! – A imagem de Lamina na viga e a foto de Pup geraram uma comemoração da parte dele, até serem substituídas por Treech fazendo malabarismo no zoológico e Vipsania. – E os favoritos da galera, Lamina e Pliny Harrington, estão acompanhados do garoto do Distrito 7, Treech, e sua mentora, Vipsania Sickle! Portanto, os Distritos 3, 4 e 7 estão com equipes intactas! Agora, os tributos sozinhos. – Uma imagem borrada de Wovey agachada no zoológico apareceu, acompanhada de Hilarius com uma explosão horrível de acne no rosto. – Wovey do 8 com Hilarius Heavensbee como guia! – Como eles usaram a imagem das entrevistas, Tanner estava com aparência melhor ao surgir ao lado de Domitia. – O garoto do 10 mal pode esperar pra fazer uso de suas técnicas de abatedouro! – Em seguida, Reaper, exibindo sua força no meio da arena, ao lado de Clemensia, impecável. – Eis um tributo que deveríamos reavaliar! Reaper, do 11! – Finalmente, Coriolanus viu sua própria foto, nem ótima e nem ruim, com uma foto lindíssima de Lucy Gray cantando na entrevista. – E o prêmio de popularidade vai para Coriolanus Snow e Lucy Gray, do 12!

Popularidade? Era lisonjeiro, Coriolanus achava, não particularmente intimidante. Mas não importava. A popularidade tinha gerado uma pilha de dinheiro para Lucy Gray. Ela estava viva, hidratada, alimentada e abastecida. Com sorte, poderia se esconder enquanto os outros reduziam o número de participantes. Perder Jessup como protetor fora um golpe, mas seria mais fácil ela se esconder sozinha. Coriolanus tinha prometido que ela nunca ficaria verdadeiramente sozinha na arena, que ele ficaria com ela até o fim. Ela estaria segurando o estojo de pó compacto agora? Pensando nele como ele pensava nela?

Coriolanus atualizou sua lista de mentores, sem sentir prazer nenhum ao riscar Jessup e Lysistrata.

10ª EDIÇÃO DOS JOGOS VORAZES
ATRIBUIÇÃO DE MENTORIA

DISTRITO 1
~~Garoto (Facet)~~ ~~Livia Cardew~~
~~Garota (Velvereen)~~ ~~Palmyra Monty~~
DISTRITO 2
~~Garoto (Marcus)~~ ~~Sejanus Plinth~~
~~Garota (Sabyn)~~ ~~Florus Friend~~
DISTRITO 3
Garoto (Circ) Io Jasper
Garota (Teslee) Urban Canville
DISTRITO 4
Garoto (Mizzen) Persephone Price
Garota (Coral) Festus Creed
DISTRITO 5
~~Garoto (Hy)~~ ~~Dennis Fling~~
~~Garota (Sol)~~ ~~Iphigenia Moss~~
DISTRITO 6
~~Garoto (Otto)~~ ~~Apollo Ring~~
~~Garota (Ginnee)~~ ~~Diana Ring~~

DISTRITO 7
Garoto (Treech)   Vipsania Sickle
Garota (Lamina)   Pliny Harrington
DISTRITO 8
~~Garoto (Bobbin)~~   ~~Juno Phipps~~
Garota (Wovey)   Hilarius Heavensbee
DISTRITO 9
~~Garoto (Panlo)~~   ~~Gaius Breen~~
~~Garota (Sheaf)~~   ~~Androcles Anderson~~
DISTRITO 10
Garoto (Tanner)   Domitia Whimsiwick
~~Garota (Brandy)~~   ~~Arachne Crane~~
DISTRITO 11
Garoto (Reaper)   Clemensia Dovecote
~~Garota (Dill)~~   ~~Felix Ravinstill~~
DISTRITO 12
~~Garoto (Jessup)~~   ~~Lysistrata Vickers~~
Garota (Lucy Gray)   Coriolanus Snow

O número tinha diminuído consideravelmente, mas vários dos tributos sobreviventes seriam difíceis de superar. Reaper, Tanner, os dois do Distrito 4... e quem sabia o que aquela dupla metida a inteligente do Distrito 3 estava tramando?

Quando os dez mentores se reuniram para comer um delicioso cozido de cordeiro com ameixas secas, Coriolanus sentiu falta de Lysistrata. Ela era sua única aliada real, assim como Jessup foi de Lucy Gray.

Depois do jantar, ele se sentou entre Festus e Hilarius e se esforçou para não pegar no sono. Por volta das nove, sem nada ter acontecido desde a morte de Jessup, eles foram mandados para casa com ordens de chegarem cedo na Academia na manhã seguinte. A caminhada de retorno era longa, mas ele se lembrou da segunda ficha de Tigris e subiu com gratidão no bonde, que o deixou a um quarteirão do apartamento.

Sua avó já tinha ido para a cama, mas Tigris estava esperando no quarto dele, novamente envolta no casaco de pele que fora da mãe dela. Ele desabou no divã aos pés da prima, sabendo que devia uma explicação do tempo que tinha passado na arena. Não foi só o cansaço que o fez hesitar.

— Eu sei que você quer saber de ontem à noite — disse ele —, mas estou com medo de contar. Estou com medo de você ter problemas por saber.

— Tudo bem, Coryo. Sua camisa me contou quase tudo. — Ela pegou no chão a camisa que ele tinha usado na arena. — As roupas falam comigo, sabe. — Ela esticou a camisa no colo e começou a reconstruir os terrores da noite dele, primeiro erguendo o corte sujo de sangue no tecido da manga. — Aqui. Aqui foi onde a faca te cortou. — Os dedos dela percorreram o dano no tecido. — Todos esses cortezinhos e a forma como a terra entrou me dizem que você deslizou ou talvez tenha sido arrastado, o que bate com o arranhão no seu queixo e o sangue na gola. — Tigris tocou na região da gola e seguiu em frente. — Aqui na outra manga, pela forma como está rasgada, eu diria que ficou presa em arame farpado. Provavelmente na barricada. Mas esse sangue aqui, o que está espirrado no punho... acho que não é seu. Acho que você teve que fazer alguma coisa horrível lá dentro.

Coriolanus olhou para o sangue e sentiu o impacto da pancada que dera na cabeça de Bobbin.

— Tigris...

Ela massageou a têmpora.

— E eu fico me perguntando como as coisas chegaram a esse ponto. Que meu priminho, que não fazia mal a uma mosca, tenha que lutar pela vida na arena.

Essa era a última conversa no mundo que ele queria ter naquele momento.

– Não sei. Eu não tive escolha.

– Sei disso. Claro que sei disso. – Tigris passou os braços em volta dele. – Só odeio o que estão fazendo com você.

– Eu estou bem – disse ele. – Não vai durar muito mais. E mesmo que eu não vença, estou no páreo pra algum tipo de prêmio. Acho mesmo que as coisas vão dar uma virada pra melhor.

– Certo. Sim. Sei que vão. Snow cai como a neve – concordou ela. Mas a expressão no rosto dizia algo diferente.

– O que foi? – perguntou ele. Ela balançou a cabeça. – Para com isso. O que é?

– Eu só ia contar depois dos Jogos Vorazes... – Ela ficou em silêncio.

– Mas agora, você vai ter que contar – disse ele. – Senão vou imaginar as piores coisas possíveis. Por favor, conta.

– A gente vai dar um jeito. – Ela começou a se levantar.

– Tigris. – Ele a puxou de volta. – O que é?

Tigris enfiou a mão com relutância no bolso do casaco, tirou uma carta com o selo da Capital e entregou para ele.

– A cobrança do imposto chegou hoje.

Ela nem precisava dizer mais nada. Sua expressão dizia tudo. Sem dinheiro para os impostos e sem ter como pegar mais emprestado, os Snow acabariam perdendo a casa.

18

Coriolanus estivera em estado de negação em relação aos impostos, mas agora a realidade do despejo da família o acertou como um caminhão. Como ele poderia se despedir do único lar que conheceu? Da mãe, da infância, das doces lembranças da vida antes da guerra? Aquelas quatro paredes não só protegiam sua família do mundo, também protegiam a lenda da riqueza dos Snow. Ele estaria perdendo sua residência, sua história e sua identidade, tudo de uma vez só.

Eles tinham seis semanas para arrumar o dinheiro. Para juntar o equivalente à renda de Tigris do ano inteiro. Os primos tentaram avaliar o que ainda possuíam para vender, mas mesmo se vendessem todos os móveis e todas as recordações, só conseguiriam cobrir alguns meses, no máximo. E a cobrança do imposto continuaria chegando todos os meses, regularmente. Eles precisariam do dinheiro da venda de seus bens, por mais desprezível que fosse, para pagar o aluguel de uma moradia nova. Tinham que evitar o despejo a todo custo; a humilhação pública seria grande demais, duradoura demais. Eles precisavam se mudar.

– O que nós vamos fazer? – perguntou Coriolanus.

– Nada até os Jogos Vorazes terminarem. Você tem que se concentrar nisso pra conseguir aquele Prêmio Plinth, ou pelo menos algum outro. Eu cuido dessa parte – disse Tigris com firmeza. Ela preparou para ele uma xícara de leite quente adoçada com xarope de milho e fez carinho em sua cabeça latejante até ele adormecer. Ele sonhou com coisas violentas e perturbadoras, reprisou os eventos da arena, e acordou com o de sempre.

> *Pérola de Panem*
> *Cidade majestosa,*
> *Com o passar dos anos, você brilha mais.*

Sua avó continuaria cantando no apartamento alugado em um ou dois meses? Ou estaria humilhada demais para erguer a voz de novo? Por mais que debochasse do recital matinal, a ideia o entristeceu.

Enquanto se vestia, os pontos no braço repuxaram, e ele lembrou que tinha que passar na Cidadela para que fossem verificados. Seu rosto ralado estava com cascas de ferida escuras, mas o inchaço tinha diminuído. Ele passou um pouco do pó da mãe, e embora não cobrisse as cascas de ferida, o aroma o acalmou um pouco.

A situação financeira desesperadora o fez aceitar as fichas que Tigris ofereceu sem hesitar. Para que economizar centavos se os dólares já não estavam presentes havia tanto tempo? No bonde, ele comeu o creme de nozes com biscoitos e tentou não comparar com os sanduíches de café da manhã da sra. Plinth. Passou pela cabeça dele que, por causa do resgate de Sejanus, os Plinth talvez lhe dessem um empréstimo, talvez até um pagamento pelo seu silêncio, mas sua avó nunca permitiria isso, e a ideia de um Snow rastejando perante um Plinth era impensável. Mas o Prêmio Plinth era uma jogada justa, e Tigris estava certa. Os dias seguintes determinariam seu futuro.

Na Academia, os dez mentores tomaram chá e se prepararam para as câmeras. A cada dia eles ficavam mais expostos. Os Idealizadores dos Jogos enviaram uma maquiadora, que conseguiu disfarçar as cascas de ferida de Coriolanus e dar forma às sobrancelhas dele. Ninguém parecia estar no clima de falar diretamente sobre os Jogos, exceto Hilarius Heavensbee, que não conseguia falar de mais nada.

– É diferente pra mim – disse Hilarius. – Olhei minha lista ontem à noite. Todos os tributos restantes receberam comida ou pelo menos água desde que entraram na arena. Menos Wovey, que sumiu. Onde ela está? Como eu poderia saber se ela não se encolheu e morreu dentro de um túnel? Pode ser que ela já esteja morta e eu aqui fazendo papel de idiota, brincando com minha pulseira de comunicação!

Coriolanus queria mandar que ele calasse a boca porque outras pessoas tinham problemas reais, mas acabou indo para uma cadeira na extremidade, ao lado de Festus, que estava mergulhado numa discussão com Persephone.

Lucky Flickerman começou o dia relembrando quais eram os tributos restantes e convidando Lepidus a colher comentários do grupo de mentores. Coriolanus foi o primeiro convocado, para falar sobre a situação tensa com Jessup. Ele fez questão de elogiar a forma brilhante como Lysistrata lidou com a situação da raiva e de agradecer pela generosidade nos últimos minutos de vida de Jessup. Virou-se para a seção onde os mentores dos tributos mortos ficavam, pediu que ela se levantasse e convidou a plateia a aplaudi-la. Além de fazer o que ele pediu, metade se levantou, e embora Lysistrata parecesse constrangida, Coriolanus achava que ela gostara da homenagem. Ele então acrescentou que tinha esperanças de agradecer de forma adequada cumprindo a previsão dela de que o vitorioso seria um tributo do Distrito 12, no caso Lucy Gray.

Os espectadores podiam muito bem ver como seu tributo tinha sido inteligente. E não deviam esquecer que ela ficara ao lado de Jessup até o amargo fim. Mais uma vez, era um comportamento que se podia esperar de uma garota da Capital, mas dos distritos? Era algo a se pensar, o quanto as pessoas valorizavam personalidade no vitorioso dos Jogos Vorazes, o quanto ela refletia esses valores. Algo deve ter tocado os espectadores, porque pelo menos uns dez apitos soaram na pulseira de comunicação dele na mesma hora. Ele mostrou a pulseira para a câmera e agradeceu aos patrocinadores generosos.

Como se incapaz de aguentar toda aquela atenção dada a Coriolanus, Pup se inclinou para a frente e anunciou alto que tinha que enviar o café da manhã de Lamina! E mandou entregar um monte de comida e bebida. Ninguém podia competir com ela, pois era o único tributo visível na arena, e foi só mais uma oportunidade para Pup ser irritante. Coriolanus ficou grato por nenhum apito soar na pulseira do rival.

Sabendo que não seria chamado novamente até que todos os outros fossem entrevistados, Coriolanus adotou uma postura interessada, mas não prestou muita atenção ao que foi dito. A ideia de abordar o velho Strabo Plinth para pedir dinheiro (não por chantagem, claro, mas dando a ele a oportunidade de oferecer uma compensação financeira de agradecimento) ficou na cabeça dele. E se Coriolanus aparecesse na casa dos Plinth para ver como estava a saúde de Sejanus? Ele tinha sofrido um corte feio na perna. Sim, e se ele passasse lá para ver o que aconteceria?

Lucky interrompeu a reflexão de Io sobre o que Circ poderia querer fazer com o drone ("Bem, se os diodos emissores de luz do drone não estiverem quebrados, ele pode conseguir elaborar uma espécie de lanterna, o que lhe daria grande vantagem à noite") para chamar a atenção dos espectadores para o surgimento de Reaper na barricada.

Lamina, que estava recolhendo água, pão e queijo de seis drones, arrumou as provisões na viga. Ela sequer deu atenção à chegada de Reaper, mas ele foi até ela com determinação, apontou para o sol e para a cara dela. Pela primeira vez, Coriolanus reparou no efeito que os longos dias ao ar livre estavam produzindo na pele de Lamina. Ela estava horrivelmente queimada de sol e seu nariz descascava. Olhando com mais atenção, a parte de cima dos pés descalços também parecia vermelha. Reaper apontou para a comida. Lamina coçou o pé e pareceu pensar na proposta dele, fosse qual fosse. Eles conversaram por um tempo e os dois assentiram, concordando. Reaper correu até o outro lado da arena e subiu pelo mastro até a bandeira de Panem. Puxou a faca comprida e enfiou no tecido pesado.

A audiência no salão emitiu protestos altos. O desrespeito pela bandeira nacional abalou as pessoas. Quando Reaper começou a cortar a bandeira no tamanho de um cobertor pequeno, a inquietação aumentou. Isso não podia passar em branco. Ele tinha que ser punido de alguma forma. Mas considerando que estar nos Jogos Vorazes era a maior punição que existia, ninguém sabia o que fazer efetivamente.

Lepidus correu até Clemensia para perguntar o que ela achava da ação do tributo.

– Bom, é uma ação idiota, não é? Quem vai patrociná-lo agora?

– Não que importe, já que você nunca manda comida pra ele – observou Pup.

– Eu vou mandar comida quando ele fizer alguma coisa que mereça – disse Clemensia. – Mas acho que você já cuidou disso hoje.

Pup franziu a testa.

– Eu?

Clemensia indicou a tela enquanto Reaper corria de volta até a viga. As negociações entre ele e Lamina continuaram. Depois do que pareceu ser uma contagem até três, Reaper jogou o pedaço da bandeira embolado enquanto Lamina jogava um pedaço de pão para ele. A bandeira não voou alto o bastante para ela pegar. Mais negociações foram feitas. Quando Reaper finalmente entregou a bandeira, depois de várias tentativas, ela o recompensou com um pedaço de queijo.

Não era uma aliança oficial, mas a troca pareceu uni-los um pouco. Enquanto Lamina abria a bandeira e a botava em cima da cabeça, Reaper se sentou encostado em um poste e comeu o pão e o queijo. Eles não voltaram a se falar, mas uma calma relativa tomou conta dos dois, e quando o grupo apareceu do outro lado da arena, Lamina apontou para eles. Reaper assentiu em agradecimento e voltou para trás da barricada.

Coral, Mizzen e Tanner se sentaram nas arquibancadas e fizeram gestos de comer. Festus, Persephone e Domitia acataram com os pedidos e os três tributos compartilharam pão, queijo e maçãs levados pelos drones.

De volta ao estúdio, Lucky tinha levado seu papagaio de estimação, Jubilee, para o set e passou vários minutos tentando convencê-lo a dizer "Oi, bonitão!" para o reitor Highbottom. A ave, uma criatura lamentável lutando contra um problema de sarna, ficou empoleirada e muda no pulso de Lucky enquanto o reitor esperava de braços cruzados.

– Ah, fala! Anda! "Oi, bonitão! Oi, bonitão!"

– Acho que ele não quer falar, Lucky – disse o reitor Highbottom depois de um tempo. – Talvez não me ache bonitão.

– O quê? Rá! Nááão. Ele só fica tímido na frente de estranhos. – Ele ofereceu a ave. – Quer segurar?

O reitor se encostou na cadeira.

– Não.

Lucky puxou Jubilee para o peito e fez carinho nas penas com a ponta do dedo.

– E então, reitor Highbottom, o que você acha de tudo isso?

– Tudo... o quê? – perguntou o reitor Highbottom.

– Todas essas coisas. Tudo que está acontecendo nos Jogos Vorazes. – Lucky balançou a mão no ar. – Tudo!

– Bom, estou notando uma nova interatividade nos Jogos – disse o reitor Highbottom.

Lucky assentiu.

– Interatividade. Continue.

– Desde o começo. Até antes, na verdade. Quando houve o bombardeio na arena, não foram só participantes que se foram. A paisagem mudou – prosseguiu o reitor.

– A paisagem mudou – repetiu Lucky.

– Sim. Agora, nós temos a barricada. A viga. Acesso aos túneis. É uma arena novinha, e isso fez os tributos se comportarem de um jeito novo – explicou o reitor.

– E nós temos drones! – disse Lucky.

– Isso mesmo. Agora, a plateia é um participante ativo dos Jogos. – O reitor Highbottom inclinou a cabeça na direção de Lucky. – E você sabe o que isso significa.

– O quê? – disse Lucky.

O reitor falou as palavras seguintes lentamente, como se estivesse conversando com uma criança pequena:

– Significa que estamos todos na arena juntos, Lucky.

Lucky franziu a testa.

– Há. Não entendi direito.

O reitor Highbottom bateu com o dedo na têmpora.

– Pensa bem.

— Oi, bonitão — grasniu Jubilee com desânimo.

— Ah, pronto! Eu falei, não falei? — gabou-se Lucky.

— Falou — admitiu o reitor. — Ainda assim, foi inesperado.

Não aconteceu mais nada antes do almoço. Lucky fez a previsão do tempo de cada distrito, com o incentivo da companhia de Jubilee, mas a ave se recusou a abrir o bico de novo, e Lucky começou a falar com a voz aguda.

— Como está o tempo no Distrito 12, Jubilee? *Vai ter neve, Lucky.* Neve em julho, Jubilee? *A neve do Coriolanus. Snow, de neve, entendeu?*

Coriolanus fez sinal de positivo quando mostraram a reação dele. Ele não conseguia acreditar que aquela era sua vida.

O almoço decepcionou, pois no cardápio só havia sanduíches de creme de nozes, e ele tinha lanchado creme de nozes no café da manhã. Ele comeu porque comia qualquer coisa que fosse de graça e era importante manter a força. Uma agitação se espalhou pelo salão, indicando que tinha algo acontecendo na tela, e ele correu de volta para seu lugar. Teria Lucy Gray reaparecido?

Não tinha, mas a preguiça matinal do grupo cedera lugar à determinação. Os três atravessaram a arena até estarem embaixo da viga de Lamina. Ela não deu bola no começo, mas quando Tanner começou a bater com uma espada em um dos postes, ela ficou atenta. Lamina se sentou e observou o grupo, e devia ter sentido uma mudança no ar, porque puxou o machado e a faca e os poliu na bandeira.

Depois de uma breve agitação, na qual os tributos do Distrito 4 entregaram os tridentes para Tanner, o bando se separou. Coral e Mizzen foram cada um para um dos postes de metal que sustentavam a viga, e Tanner ficou parado diretamente embaixo de Lamina, segurando o par de tridentes.

Com as facas nos dentes, Coral e Mizzen assentiram um para o outro e começaram a escalar seus postes.

Festus se mexeu na cadeira.

— Lá vamos nós.

— Eles não vão conseguir – disse Pup com agitação.

— Eles são treinados pra trabalhar em navios. Sobem cordas o tempo todo – observou Persephone.

— Cordames – disse Festus.

— Sim, entendi. Meu pai é comandante, afinal – disse Pup. – Subir em cordas é diferente. Os postes são mais como árvores.

Mas Pup estava irritando todo mundo, e os mentores sem tributo no confronto pareceram ansiosos para comentar.

— E os mastros? – perguntou Vipsania.

— E hastes? – contribuiu Urban.

— Eles não vão conseguir – disse Pup.

Mesmo que o par do Distrito 4 não tivesse o estilo tranquilo de Lamina, eles estavam conseguindo, subiam lentamente, cada vez mais alto. Tanner os orientou, pedindo a Coral para esperar um momento quando Mizzen ficou para trás.

— Olha, eles estão sincronizando pra chegar no alto juntos – disse Io. – Eles estão fazendo com que ela escolha com quem lutar, e aí o outro vai chegar na viga.

— Aí ela mata um e desce – disse Pup.

— Onde Tanner vai estar esperando – lembrou Coriolanus.

— Bom, eu sei disso! – disse Pup. – O que vocês querem que eu faça? Eles não estão espumando com raiva, algo que se resolve fácil mandando água!

— Essa ideia nunca teria passado pela sua cabeça por conta própria – disse Festus.

— Claro que teria – disse Pup com rispidez. – Calem a boca! Vocês todos!

O silêncio se espalhou, mas mais porque Coral e Mizzen estavam chegando no alto. A cabeça de Lamina ficou se virando de um lado para o outro, enquanto decidia quem confrontar. Então foi na direção de Coral.

– Não, não a garota, o garoto! – exclamou Pup, ficando de pé. – Agora ela vai ter que lutar com o garoto na viga.

– Eu faria o mesmo. Não ia querer lutar contra aquela garota lá em cima – disse Domitia, e múrmuros de concordância soaram entre alguns mentores.

– Não? – Pup reconsiderou. – Talvez você esteja certa.

Lamina chegou na ponta da viga e golpeou com o machado na direção de Coral sem hesitar, quase acertando a cabeça da garota, mas só arrancando um tufo de cabelo. Coral recuou, desceu um metro, mas Lamina golpeou mais algumas vezes, como se para deixar a situação bem clara. Como esperado, isso deu a Mizzen tempo de subir na viga, mas quando Tanner jogou o tridente para ele, a arma só percorreu dois terços do caminho e caiu no chão. Lamina deu um último golpe em Coral e foi rapidamente na direção de Mizzen. Ele não era páreo para os pés firmes dela na viga e só conseguiu dar alguns passos hesitantes antes que ela o alcançasse. Tanner foi melhor no segundo arremesso, mas o tridente quicou na parte de baixo da viga e caiu na terra. Como tinha se agachado para tentar pegar, Mizzen se empertigou na hora que Lamina chegou já batendo com a parte achatada do machado na parte externa do joelho dele. A força do golpe desequilibrou os dois. Mas enquanto ela se recuperava montando na viga, Mizzen caiu, perdendo a faca e se segurando por pouco com um braço.

Até o sistema de som da arena captou o grito de guerra de Coral quando ela alcançou o topo. Tanner correu até a ponta dela e conseguiu jogar o tridente para a garota. A facilidade com que Coral pegou a arma no ar extraiu algumas exclamações de admiração da plateia da Capital. Lamina fitou Mizzen, mas a condição indefesa dele não era ameaça imediata, e ela se virou e se preparou para o ataque de Coral. Lamina tinha melhor equilíbrio, mas a arma de Coral tinha maior alcance. Depois que Lamina conseguiu bloquear os primeiros golpes com o machado, Coral manuseou o tridente em um movimento giratório que distraiu o olhar antes de entrar no abdome da oponente. Coral soltou a arma e deu um passo para trás, usando a faca como apoio, mas não foi necessário. Lamina caiu da viga e morreu com o impacto.

– Não! – gritou Pup, e a palavra ecoou por Heavensbee Hall. Ele ficou imóvel por um momento, pegou a cadeira e saiu da área dos mentores, ignorando o microfone esticado de Lepidus. Ele botou a cadeira ao lado da de Livia e saiu do salão. Coriolanus achou que ele estava tentando não chorar.

Coral foi até Mizzen e ficou parada acima dele por um momento desconcertante, no qual Coriolanus se perguntou se ela estava planejando chutar o braço dele, fazendo-o despencar para o mesmo destino de Lamina. Mas ela se sentou na viga, travou as pernas para ter apoio e o ajudou a subir. O machado tinha ferido o joelho dele, mas era difícil avaliar a gravidade. Ele meio deslizou e meio ativamente desceu pelo poste, seguido por Coral, que pegou o tridente sem uso no chão, onde Tanner o tinha abandonado. Mizzen se apoiou no poste e testou o joelho.

Depois de executar um tipo de dança ao lado do corpo de Lamina, Tanner foi até ele. Mizzen sorriu e levantou as mãos para uma comemoração de vitória. Tanner tinha acabado de fazer contato quando Coral enfiou o segundo tridente nas costas dele. Ele caiu para a frente, em cima de Mizzen, que, apoiado no poste, o empurrou para longe. Tanner deu meia-

-volta, uma das mãos apalpando inutilmente as costas, como se tentando desalojar o tridente, mas as pontas farpadas tinham entrado fundo. Ele caiu de joelhos, a expressão mais magoada do que chocada, e tombou de cara na terra. Mizzen terminou o serviço com uma faca no pescoço de Tanner. Mizzen voltou e se sentou encostado no poste enquanto Coral cortava uma tira do pano de bandeira de Lamina e começava a enrolar o joelho dele.

No estúdio, o rosto de Lucky se repuxou em uma máscara cômica de choque.

– Vocês viram o que eu vi?

Domitia tinha recolhido suas coisas em silêncio, os lábios apertados de decepção. Mas quando Lepidus ofereceu o microfone a ela, a garota falou com voz calma e distante:

– Foi uma surpresa. Eu achava que Tanner podia ganhar. E provavelmente teria ganhado se os aliados não o tivessem traído. Acho que esta é a mensagem. Cuidado com as pessoas em quem você confia.

– Dentro e fora da arena – disse Lepidus, assentindo com expressão sábia.

– Em todo lugar – concordou Domitia. – Sabe, Tanner era uma pessoa de natureza boa. E o Distrito 4 tirou vantagem disso. – Ela olhou com tristeza para Festus e Persephone, sugerindo que isso refletia mal neles, e Lepidus estalou a língua com reprovação. – Foi uma das muitas coisas que aprendi sendo mentora nos Jogos Vorazes. Sempre vou valorizar minha experiência aqui e desejo aos mentores que restaram toda a sorte do mundo.

– Belas palavras, Domitia. Acho que você acabou de mostrar aos seus colegas mentores como ser uma boa perdedora – disse Lepidus. – Lucky?

A imagem revelou Lucky tentando atrair Jubilee para que descesse de um candelabro com um biscoito.

– O quê? Você não vai falar com o outro? Qual é o nome dele? O filho do comandante?

– Ele se recusou a comentar – disse Lepidus.

– Bom, vamos voltar ao show! – disse Lucky.

Mas o show tinha acabado por enquanto. Coral terminou o curativo no joelho de Mizzen e recolheu os tridentes, retirando-os dos corpos das vítimas. Sem qualquer pressa, Mizzen foi mancando junto com Coral até o túnel de preferência deles.

Satyria se aproximou e mandou os mentores rearrumarem as cadeiras em duas filas de quatro. Io, Urban, Clemensia e Vipsania na frente. Coriolanus, Festus, Persephone e Hilarius atrás. A dança das cadeiras continuava.

Talvez as indignidades de ser marionete de Lucky tivessem passado dos limites, pois Jubilee se recusou a descer do candelabro. Lucky contou com o apoio dos correspondentes em Heavensbee Hall e na frente da arena, onde o público havia montado áreas de torcida para os vários tributos. O time Lucy Gray estava bem representado por jovens e velhos, homens e mulheres e até alguns Avoxes... mas eles não contavam, pois tinham sido levados para segurar cartazes.

Coriolanus queria que Lucy Gray pudesse ver quantas pessoas a amavam. Queria que ela soubesse como ele a defendia. Ele tinha ficado mais ativo, chamando Lepidus durante momentos de calmaria e fazendo elogios enormes a Lucy Gray. Como resultado, as dádivas de patrocinadores dela tinham chegado a um novo ápice, e ele estava confiante de que poderia alimentá-la por uma semana. Não havia mais nada a fazer além de assistir e esperar.

Treech apareceu só para pegar o machado de Lamina e para Vipsania enviar comida. Teslee pegou outro drone caído e recebeu comida de Urban. Quase mais nada aconteceu até o fim da tarde, quando Reaper saiu da barricada, esfregando os olhos para despertar. Ele pareceu não conseguir entender a cena que encontrou, os corpos de Tanner e particularmente o de Lamina. Depois de andar em volta dos dois por um tempo, ele pegou Lamina, carregou-a até onde estavam os corpos de Bobbin e Marcus e os posicionou em uma fila de três no chão. Após um tempo, andou em volta da viga e arrastou Tanner até o lado de Lamina. Durante a hora seguinte, ele recolheu primeiro Dill e depois Sol para acrescentá-las ao seu necrotério improvisado.

Jessup foi o único que ficou de fora. Reaper devia estar com medo de pegar raiva. Ele enfileirou os cadáveres e espantou as moscas que tinham aparecido. Depois de parar por um momento para pensar, ele voltou e cortou um segundo pedaço da bandeira, botou por cima dos corpos e provocou uma nova onda de ultraje no salão. Reaper abriu o pedaço de bandeira que era de Lamina e amarrou sobre os ombros como uma capa. A capa pareceu inspirá-lo, e ele começou a girar lentamente, olhando para trás para vê-la esvoaçar. Reaper saiu correndo e abriu a bandeira com os braços, como se fossem asas esticadas ao sol. Exausto pelas atividades do dia, ele subiu na arquibancada e esperou.

— Ah, pelo amor de Deus, manda comida pra ele, Clemmie! — disse Festus.

— Cuida da sua vida — disse Clemensia.

— Você não tem coração — disse Festus.

— Eu sou uma boa gerente. Esses Jogos Vorazes podem acabar sendo longos. — Ela abriu um sorriso desagradável para Coriolanus. — E eu não o abandonei nem nada.

Coriolanus pensou em convidá-la para ir à Cidadela para sua consulta de revisão. Seria bom ter companhia, e ela poderia visitar as cobras.

Às cinco horas, o corpo estudantil foi dispensado, e só os oito mentores restantes se reuniram para comer bolo e ensopado de carne. Ele estaria mentindo se dissesse que tinha saudade de Domitia e menos ainda de Pup, mas sentia falta da barreira que eles criavam entre Coriolanus e gente como Clemensia, Vipsania e Urban. Até Hilarius, com suas histórias tristes sobre ser um Heavensbee, tinha se tornado um fardo. Quando Satyria os liberou por volta das oito, ele foi direto para a porta, torcendo para não ser tarde para o braço ser examinado.

Os guardas da Cidadela o reconheceram, e depois que revistaram sua mochila, ele pôde ficar com ela e ir até o laboratório sem escolta. Ele vagou um pouco até encontrar o destino e ficou esperando meia hora na clínica até uma médica aparecer. Ela verificou seus sinais vitais, examinou os pontos, que estavam funcionando, e mandou que ele esperasse.

Uma energia incomum se espalhou pelo laboratório. Passos rápidos, vozes erguidas, ordens impacientes. Coriolanus prestou atenção, mas não conseguiu identificar a causa da agitação. Ele ouviu as palavras *arena* e *Jogos* mais de uma vez e se perguntou que ligação haveria. Quando a dra. Gaul finalmente apareceu, ela só deu uma olhada rápida nos pontos.

— Mais alguns dias — confirmou ela. — Me diga, sr. Snow, você conhecia Gaius Breen?

— Conhecia? — perguntou Coriolanus, percebendo o uso do pretérito na mesma hora. — Conheço. Nós somos colegas de turma. Sei que ele perdeu as pernas na arena. Ele...

— Ele está morto. Complicações do bombardeio — disse a dra. Gaul.

— Ah, não. — Coriolanus não conseguiu assimilar. Gaius, morto? Gaius Breen? Ele se lembrou de uma piada que o colega tinha contado recentemente, sobre quantos rebeldes eram necessários para amarrar um sapato. – Eu nem o visitei no hospital. Quando é o funeral?

– Isso está sendo resolvido. Você precisa guardar segredo até fazermos um anúncio oficial – avisou ela. – Só estou contando agora para que pelo menos algum de vocês tenha algo inteligente a dizer para Lepidus. Acredito que você consiga providenciar isso.

– Sim, claro. Vai ser estranho anunciar durante os Jogos. Como se fosse uma vitória dos rebeldes – disse Coriolanus.

– Exatamente. Mas fique tranquilo, haverá repercussões. Na verdade, foi sua garota que me deu a ideia. Se ela vencer, temos que trocar umas ideias. E não esqueci que você me deve uma redação. – Ela saiu e fechou a cortina ao passar.

Liberado, Coriolanus abotoou a camisa e pegou a mochila. Sobre o que mesmo ele tinha que escrever? Alguma coisa relacionada a caos? Controle? Contratos? Ele tinha quase certeza de que começava com *C*. Quando se aproximou do elevador, ele encontrou dois assistentes de laboratório à frente, tentando colocar um carrinho lá dentro. No carrinho havia um tanque enorme e cheio das cobras que atacaram Clemensia.

– Ela mandou levar o cooler? – perguntou um dos assistentes.

– Não que eu lembre – disse a outra assistente. – Achei que elas tivessem sido alimentadas. Melhor verificarmos. Se estivermos errados, ela vai ficar louca. – Ela reparou em Coriolanus. – Desculpe, precisamos sair.

– Tudo bem – disse ele, e chegou para o lado para os dois poderem tirar o tanque. As portas do elevador se fecharam e ele ouviu o zumbido dele subindo.

– Ah, desculpe. Volta em um minuto – disse a segunda assistente.

— Tudo bem — repetiu Coriolanus. Mas ele estava começando a desconfiar de um grande problema. Ele pensou na agitação no laboratório, nos Jogos terem sido citados e na dra. Gaul prometendo repercussão. — Aonde vocês estão levando as cobras? — perguntou da forma mais inocente possível.

— Ah, só pra outro laboratório — disse um, mas os assistentes trocaram um olhar. — Vamos lá, o cooler precisa de duas pessoas. — Ambos entraram no laboratório e o deixaram sozinho com o tanque. *"Na verdade, foi sua garota que me deu a ideia."* Sua garota. Lucy Gray. Que fez uma entrada grandiosa nos Jogos Vorazes jogando uma cobra dentro do vestido da filha do prefeito. *"Se ela vencer, temos que trocar umas ideias."* Ideias sobre o quê? Como usar cobras como armas? Ele ficou olhando para os répteis sinuosos, imaginando-os sendo soltos na arena. O que fariam? Será que se esconderiam? Caçariam? Atacariam? Mesmo que ele soubesse como cobras se comportavam, e ele não sabia, ele duvidava que aquelas se adequassem a qualquer norma, pois tinham sido geneticamente projetadas pela dra. Gaul.

Com uma pontada aguda, Coriolanus teve uma visão de Lucy Gray no encontro final dos dois, segurando a mão dele enquanto ele prometia que podiam vencer. Mas não havia como ele protegê-la das criaturas no tanque, tanto quanto não podia protegê-la de tridentes e espadas. Pelo menos, ela podia se esconder desses últimos. Ele não tinha certeza, mas achava que as serpentes iriam direto para os túneis. A escuridão não afetaria o olfato delas. Elas não reconheceriam o cheiro de Lucy Gray, assim como não reconheceram o de Clemensia. Lucy Gray gritaria e cairia no chão, os lábios ficando roxos e sem sangue, enquanto pus rosa, azul e amarelo escorreria para o vestido de babados... Era isso! O que as serpentes o tinham lembrado na primeira vez que as viu. Elas combinavam com o vestido. Como se sempre tivessem sido o destino dela...

Sem saber bem como, Coriolanus percebeu que estava com o lenço na mão, enrolado em uma bola como se fosse um acessório de um dos truques de mágica de Lucky. Ele foi até o tanque de serpentes, as costas viradas para a câmera de segurança, e se inclinou e apoiou as mãos na tampa, como se fascinado por elas. Daquele ponto de vista, ele assistiu enquanto o lenço caía pela portinhola e desaparecia entre o arco-íris de corpos.

19

O que tinha feito? O que foi que ele tinha feito? Seu coração estava disparado quando ele entrou cegamente em uma rua e depois em outra, tentando entender suas ações. Não conseguia pensar claramente, mas tinha a sensação horrível de que tinha ultrapassado um limite e que não dava para voltar atrás.

A avenida parecia preenchida de olhares. Havia poucos pedestres e motoristas, mas seus olhos davam a impressão de fixar-se em Coriolanus. Ele entrou em um parque e se escondeu nas sombras, em um banco cercado de arbustos. Obrigou-se a controlar a respiração, contando quatro segundos de inspiração e quatro de expiração, até o sangue parar de latejar nos ouvidos. Só então ele tentou pensar racionalmente.

Então ele jogara o lenço com o cheiro de Lucy Gray, o que estava no bolso externo da mochila, no tanque de serpentes. Fez isso para que não a picassem como fizeram com Clemensia. Para que não a matassem. Porque gostava dela. Mas realmente fizera isso porque gostava dela? Ou porque queria que ela vencesse os Jogos Vorazes para ele garantir o Prêmio Plinth? Se o motivo fosse o último, ele tinha trapaceado para vencer, essa era a verdade.

Espere. Você não sabia se as serpentes iam para a arena, pensou ele. Os assistentes disseram outra coisa. Não havia histórico de algo assim acontecendo. Talvez tivesse sido só um ataque temporário de loucura. E mesmo que as serpentes acabassem na arena, seria possível que Lucy Gray nunca as encontrasse. Era um lugar enorme e ele não achava que serpentes rastejavam por aí atacando as pessoas aleatoriamente. Era preciso pisar nelas, algo assim. E mesmo que ela encontrasse uma serpente e que a serpente não a picasse, como alguém poderia conectar isso a ele? Exigia conhecimento demais e um nível de acesso que ninguém acharia que ele tinha. E um lenço com o cheiro dela. Por que ele teria isso? Estava tudo bem. Ele ficaria bem.

Menos o limite. Quer alguém descobrisse os atos dele ou não, ele sabia que tinha passado do limite. Na verdade, sabia que estava dançando em cima dele havia um tempo. Como quando ele pegou a comida de Sejanus no refeitório para dar para Lucy Gray. Fora uma pequena infração, motivada pelo seu desejo de mantê-la viva e pela sua raiva pela negligência dos Idealizadores dos Jogos. Havia espaço ali para uma discussão sobre o mínimo de decência. Mas não foi um incidente isolado. Ele enxergava tudo agora, a ladeira escorregadia das semanas anteriores que tinha começado com o resto da comida de Sejanus e terminava com ele ali, tremendo na escuridão em um banco de parque deserto. O que o aguardava mais abaixo se ele não conseguisse parar de descer a ladeira? De que mais ele seria capaz? Bom, era o suficiente. Era hora de parar. Se ele não tinha honra, não tinha nada. Não haveria mais enganação. Não haveria mais estratégias desonestas. Não haveria mais racionalização. Dali em diante, ele viveria com honestidade, e se acabasse virando um mendigo, pelo menos ele seria um mendigo decente.

Seus pés o tinham levado para longe de casa, mas ele percebeu que o apartamento dos Plinth ficava a poucos minutos dali. Por que não aparecer por lá?

Uma Avox de roupa de empregada abriu a porta e fez sinal para perguntar se devia pegar a mochila dele. Ele recusou e perguntou se Sejanus estava livre. Ela o levou até uma sala e fez sinal para ele se sentar. Enquanto esperava, ele observou os móveis com ar de quem sabia avaliar. Móveis bons, tapete grosso, tapeçarias bordadas, um busto de bronze de alguém. Apesar de o prédio não ter impressionado, não houve economia no interior. Os Plinth só precisavam de um endereço na Corso para solidificar seu status.

A sra. Plinth entrou, cheia de pedidos de desculpas e floreios. Parecia que Sejanus tinha ido dormir cedo e ela estava na cozinha. Ele gostaria de descer por um momento para tomar um chá? Ou talvez ela devesse servir o chá ali, como os Snow fizeram. Não, não, garantiu ele, na cozinha seria ótimo. Como se alguém além dos Plinth servisse um convidado na cozinha. Mas ele não tinha ido lá para criticar. Tinha ido para ouvir agradecimentos, e se isso envolvesse comida, melhor ainda.

— Quer torta? Tem de amora. Ou de pêssego se você quiser esperar. — Ela indicou duas tortas recém-montadas na bancada, aguardando para irem ao forno. — Ou bolo? Fiz ambrosia esta tarde. Os Avoxes gostam mais de ambrosia porque, sabe como é, são mais fáceis de engolir. Café ou chá ou leite? — As linhas entre as sobrancelhas dela aumentaram de ansiedade, como se nada que ela pudesse oferecer fosse bom o bastante.

Apesar de ter jantado, os eventos na Cidadela e a caminhada o tinham esgotado.

— Ah, leite, por favor. E a torta de amora seria perfeita. Ninguém chega aos pés das coisas que a senhora faz.

A mãe de Sejanus encheu um copo grande até a borda. Cortou um quarto da torta e botou em um prato.

— Você gosta de sorvete? — perguntou ela. Várias bolas de sorvete de creme foram acrescentadas. Ela puxou uma cadeira da mesa de madeira surpreendentemente simples. Ficava debaixo de um bordado de uma montanha com uma única palavra: LAR. – Minha irmã me mandou isso. Ela é a única com quem ainda tenho contato. Ou que mantém contato comigo, acho. Não combina com o resto da casa, mas tenho meu cantinho aqui. Por favor, sente-se. Coma.

O cantinho dela exibia uma mesa com três cadeiras que não combinavam, o bordado e uma prateleira cheia de coisinhas estranhas. Um saleiro e um pimenteiro em formato de galo, um ovo de mármore e uma boneca com roupa de retalhos. Devia ser o total de bens que ela levara para a Capital, desconfiava Coriolanus. O templo dela em homenagem ao Distrito 2. Era lamentável o apego que ela tinha àquela região montanhosa atrasada. Uma pobre pessoa deslocada sem esperanças de se encaixar, que passava os dias fazendo ambrosia para Avoxes, que não sentiam gosto de nada, e desejando o passado. Ele a viu colocar as tortas no forno e comeu um pedaço da sua fatia. Suas papilas gustativas pularam de prazer.

– Como está? – perguntou ela com ansiedade.

– Maravilhosa – disse ele. – Como tudo que a senhora cozinha, sra. Plinth. – Não era exagero. Ela podia ser uma pessoa patética, mas era uma artista na cozinha.

Ela se permitiu um pequeno sorriso e se juntou a ele à mesa.

– Bom, se quiser repetir, nossa porta está sempre aberta. Nem sei como começar a agradecer a você, Coriolanus, pelo que fez por nós. Sejanus é minha vida. Sinto muito que ele não possa recebê-lo. Ele tomou muito daquele sedativo. Não consegue dormir se não for assim. Está com tanta raiva, tão perdido. Bom, não preciso dizer como ele está infeliz.

– A Capital não é o melhor lugar pra ele – disse Coriolanus.

– Pra Plinth nenhum, na verdade. Strabo diz que embora seja difícil pra nós agora, vai ser melhor para o Sejanus e os filhos dele, mas não sei. – Ela olhou para a prateleira. – A família e os amigos, isso é a vida real, Coriolanus, e deixamos os nossos no 2. Mas você já sabe disso. Eu vejo que sabe. Fico feliz que tenha sua avó e aquele doce de prima.

Coriolanus se viu tentando animá-la, dizendo que as coisas ficariam melhores depois que Sejanus se formasse na Academia. A Universidade tinha mais gente, pessoas diferentes vindas de toda a Capital, e com certeza ele faria novos amigos.

A sra. Plinth assentiu, mas não pareceu convencida. A empregada Avox chamou a atenção dela e se comunicou por uma espécie de linguagem de sinais.

– Certo, ele vai subir depois que terminar a torta – disse a sra. Plinth. – Meu marido gostaria de vê-lo se você não se importar. Acho que ele quer agradecer.

Quando Coriolanus engoliu o último pedaço de torta, ele deu boa-noite à sra. Plinth e seguiu a empregada pela escada até o andar principal. O tapete grosso silenciava os passos e eles chegaram à porta aberta da biblioteca sem chamar atenção, então ele pôde dar uma boa olhada em Strabo Plinth de guarda baixa. O homem estava parado na frente de uma imponente lareira de pedra, olhando para onde haveria uma chama na próxima estação do ano. Agora o vão estava frio e vazio, e Coriolanus teve que se perguntar o que ele via lá que provocava a expressão de profunda tristeza no rosto dele. Uma das mãos segurava a lapela de veludo do paletó caro, que parecia deslocado, como o vestido de marca da sra. Plinth e o terno de Sejanus. O guarda-roupa dos Plinth sempre sugeria que eles estavam se esforçando demais para serem da Capital. A qualidade inquestionável das roupas se chocava com a personalidade de distrito em vez de disfarçar, assim como sua avó vestindo um saco de batatas ainda teria a cara de alguém que mora na Corso.

O sr. Plinth o encarou, e Coriolanus teve uma sensação da qual se lembrava de encontros com o próprio pai, uma mistura de ansiedade e constrangimento, como se, naquele momento, ele tivesse sido pego fazendo alguma besteira. Mas aquele homem era um Plinth, não um Snow.

Coriolanus abriu seu melhor sorriso da alta sociedade.

– Boa noite, sr. Plinth. Não estou incomodando?

– De jeito nenhum. Entre. Sente-se. – O sr. Plinth indicou as poltronas de couro à frente da lareira e não as que ficavam junto à imponente escrivaninha de carvalho. Era pessoal, então, não negócios. – Você comeu? Claro, seria impossível sair da cozinha sem minha esposa entupir você como se estivesse recheando um peru. Quer uma bebida? Um uísque, talvez?

Os adultos nunca lhe ofereciam uma bebida mais forte do que posca, que subia rapidamente à cabeça. Ele não podia correr esse risco naquela conversa.

– Não sei se iria caber – disse ele rindo e batendo na barriga enquanto se sentava numa poltrona. – Mas fique à vontade.

– Ah, eu não bebo. – O sr. Plinth se sentou na poltrona em frente e examinou Coriolanus. – Você se parece com seu pai.

– Eu ouço muito isso. O senhor o conheceu?

– Nossos negócios se sobrepuseram algumas vezes. – Ele bateu com os longos dedos no braço da poltrona. – É impressionante a semelhança. Mas você não é nada como ele, na verdade.

Não, pensou Coriolanus. *Sou pobre e não tenho poder nenhum.* Se bem que talvez essas diferenças fossem boas para o objetivo daquela noite. Seu pai, que odiava os distritos, teria abominado ver Strabo Plinth sendo aceito na Capital e se tornando um titã da indústria de munição. Não foi para isso que ele dera a vida na guerra.

– Nem um pouco como ele. Senão, você não teria entrado naquela arena pra buscar o meu filho – continuou o sr. Plinth.
– É impossível imaginar Crassus Snow arriscando a vida por mim. Fico me perguntando por que você fez aquilo.

Não tive muita escolha, pensou Coriolanus.

– Ele é meu amigo – disse ele.

– Por mais que eu ouça isso, é difícil de acreditar. Mas mesmo desde o começo, Sejanus separou você do resto. Será que você puxou sua mãe, hein? Ela sempre foi gentil comigo quando eu vinha aqui a negócios antes da guerra. Apesar do meu passado. A própria definição de dama. Nunca esqueci. – Ele olhou duramente para Coriolanus. – Você é como sua mãe?

A conversa não se desenrolava como Coriolanus tinha imaginado. Onde estava a conversa sobre a recompensa em dinheiro? Ele não poderia ser persuadido a aceitar se isso não fosse oferecido.

– Eu gostaria de pensar que sim, em alguns aspectos.

– Em que aspectos? – perguntou o sr. Plinth.

Aquela sequência de perguntas estava estranha. De que forma ele era como aquela criatura cheia de amor e carinho que cantava para ele dormir todas as noites?

– Bem, nós dois tínhamos um gosto pela música. – Era verdade? Ela gostava de música e ele não odiava, achava.

– Música, é? – disse o sr. Plinth, como se Coriolanus tivesse dito algo frívolo como nuvens fofinhas.

– E acho que nós dois acreditamos que a boa sorte era… algo a ser retribuído… diariamente. Não para ser visto como natural – acrescentou. Ele não fazia ideia do que aquilo queria dizer, mas pareceu fazer sentido para o sr. Plinth.

Ele pensou na questão.

— Eu concordaria com isso.

— Ah, que bom. Sim, bem, então... Sejanus — lembrou Coriolanus.

O rosto do sr. Plinth exibiu cansaço.

— Sejanus. Obrigado, a propósito, por ter salvado a vida dele.

— Não precisa agradecer. Como falei, ele é meu amigo. — Agora era a hora. A hora do dinheiro, da recusa, da persuasão, da aceitação.

— Que bom. Bem, acho melhor você voltar pra casa. Seu tributo ainda está nos Jogos, certo? — perguntou o sr. Plinth.

Abalado pela dispensa, Coriolanus se levantou da poltrona.

— Ah. Sim. Isso mesmo. Eu só queria ver como Sejanus estava. Ele vai voltar logo pra escola?

— Não dá para saber. Mas obrigado por vir aqui.

— Claro. Diga que sentimos falta dele. Boa noite.

— Boa noite. — O sr. Plinth assentiu. Nada de dinheiro. Nem mesmo um aperto de mão.

Coriolanus foi embora abalado e decepcionado. A bolsa pesada de comida e o chofer designado para levá-lo para casa foram um prêmio de consolação decente, mas no final a visita tinha sido uma perda de tempo, principalmente quando a redação da dra. Gaul ainda aguardava por ele. O "*bom acréscimo à sua candidatura ao prêmio*". Por que tudo tinha que ser uma batalha para ele?

Coriolanus contou para Tigris que tinha ido visitar Sejanus, e ela não pediu mais explicações para a demora dele. Ela preparou uma xícara do chá especial de jasmim, que era uma extravagância, assim como o uso das fichas, mas quem se importava agora? Ele se sentou para trabalhar e escreveu as três palavras com *C* em um pedaço de papel. Caos, controle e qual era a terceira? Ah, sim. Contrato. O que aconteceria se ninguém estivesse no controle da humanidade? Era esse o tópico que ele tinha que abordar. E ele dissera que havia caos. E a dra. Gaul mandou que ele partisse daí.

Caos. Extrema desordem e confusão. "*Como quando se está na arena*", dissera a dra. Gaul. Aquela "*oportunidade maravilhosa*", como ela chamou. "*Transformadora.*" Coriolanus pensou na sensação de estar na arena, onde não havia regras, não havia leis, não havia consequências para as ações das pessoas. O ponteiro da sua bússola moral girou loucamente, sem direção. Alimentado pelo terror de ser a presa, com a rapidez que ele havia se tornado predador, sem reserva nenhuma em bater em Bobbin até ele morrer. Ele tinha se transformado sim, mas não em algo que lhe desse orgulho; e, sendo um Snow, ele tinha mais autocontrole do que a maioria. Coriolanus tentou imaginar como seria se o mundo todo jogasse pelas mesmas regras. Sem consequências. As pessoas pegando o que quisessem, quando quisessem, matando pelo que queriam se necessário. A sobrevivência motivando tudo. Houve dias durante a guerra em que eles tiveram medo até de sair do apartamento. Dias em que a ausência de leis tornou a própria Capital uma arena.

Sim, a falta de lei, era esse o cerne da questão. Então as pessoas precisavam concordar sobre que leis seguirem. Foi isso que a dra. Gaul quis dizer com "*contrato social*"? A concordância de não roubar, não abusar e não matar uns aos outros? Só podia ser. E a lei precisava ser executada, e era aí que entrava o controle. Sem o controle para executar o contrato, o caos reinava. O poder que controlava precisava ser maior do que as pessoas; senão, elas o desafiariam. A única entidade capaz disso era a Capital.

Ele levou até as duas da manhã para organizar essas ideias, que mal ocuparam uma página inteira. A dra. Gaul iria querer mais, mas aquilo era tudo que ele conseguiria naquela noite. Ele se deitou na cama, onde sonhou com Lucy Gray sendo caçada pelas serpentes arco-íris. Acordou com um sobressalto, tremendo, com os versos do hino. *Você tem que se controlar*, disse para si mesmo. *Os Jogos não devem durar muito mais.*

As delícias de café da manhã oferecidas pela sra. Plinth lhe deram ânimo para o quarto dia de Jogos Vorazes. No bonde, ele comeu uma fatia de torta de amora, um pãozinho com salsicha e uma tortinha de queijo. Com a comida que vinha lhe sendo servida durante os Jogos e também pelos Plinth, suas calças estavam ficando justas. Ele faria um esforço para ir caminhando para casa.

Cordas de veludo isolavam a seção da plataforma com os oito mentores restantes, e agora havia uma placa com o nome do ocupante da cadeira atrás de cada uma. Designar assentos era novidade, mas devia ser uma tentativa de mitigar a mordacidade que tinha surgido nos dias anteriores. Coriolanus ficou na fileira de trás, entre Io e Urban. O pobre Festus ficou no meio de Vipsania e Clemensia.

Lucky deu boas-vindas aos espectadores com um maltratado Jubilee, que tinha ficado confinado em uma gaiola mais adequada a um coelho do que a uma ave. Nada se movia na arena e os tributos pareciam estar dormindo até mais tarde. A única mudança era que alguém, provavelmente Reaper, tinha arrastado o corpo de Jessup até a fila de mortos perto da barricada.

Coriolanus esperou com nervosismo o anúncio da morte de Gaius Breen, mas nada foi dito. Os Idealizadores dos Jogos passaram um tempo com a multidão na frente da arena, que continuava a aumentar. Os diferentes fã-clubes agora exibiam camisas com os rostos dos tributos e dos mentores, e Coriolanus ficou ao mesmo tempo feliz e constrangido ao ver sua imagem parecendo olhar para ele da tela gigantesca.

Foi só no meio da manhã que o primeiro tributo fez uma aparição, e a plateia demorou um momento para identificá-la.

– É Wovey! – gritou Hilarius com alívio. – Ela está viva!

Coriolanus se lembrava de que a menina era magra, mas agora ela estava esquelética, os braços e pernas parecendo gravetos, as bochechas afundadas. Ela se agachou na boca de um túnel com o vestido listrado imundo, apertando os olhos para o sol e segurando uma garrafa de água vazia.

– Espere aí, Wovey! Tem comida a caminho! – disse Hilarius, apertando a tela da pulseira. Ela podia não ter muitos patrocinadores, mas sempre havia quem estivesse disposto a apostar em alguém com pouca chance.

Lepidus apareceu, e Hilarius falou longamente sobre os méritos de Wovey. Ele interpretou a ausência dela como furtividade e declarou que tinha sido a estratégia deles o tempo todo que ela se escondesse e deixasse o campo vazio.

– E olhem só! Ela está entre os oito últimos! – Quando seis drones seguiram pela arena na direção dela, Hilarius ficou ainda mais animado. – Tem comida e água agora! Ela só precisa pegar e correr para o esconderijo!

Quando os suprimentos chegaram, Wovey ergueu as mãos, mas pareceu atordoada. Ela tateou pelo chão, localizou uma garrafa de água e abriu a tampa com dificuldade. Depois de alguns goles, ela se encostou na parede e soltou um arroto baixo. Um fio fino de líquido prateado escorreu pelo canto de sua boca e ela ficou imóvel.

A plateia assistiu sem entender por um minuto.

– Ela morreu – anunciou Urban.

– Não! Não, ela não morreu. Ela só está descansando! – disse Hilarius.

Mas quanto mais Wovey olhava sem piscar para o sol forte, mais difícil era de acreditar nisso. Coriolanus examinou a saliva dela, nem transparente e nem ensanguentada, mas meio estranha, e se perguntou se Lucy Gray tinha finalmente conseguido usar o veneno de rato. Teria sido fácil envenenar o último gole de água em uma garrafa e a descartar em um dos túneis. A desesperada Wovey nem pensaria duas vezes antes de beber. Mas mais ninguém, nem mesmo Hilarius, pareceu achar que havia algo estranho.

— Não sei – disse Lepidus para Hilarius. – Acho que seu amigo talvez esteja certo.

Eles esperaram mais dez longos minutos sem um sinal de vida de Wovey, então Hilarius cedeu e levantou a cadeira. Lepidus fez elogios, e Hilarius, embora decepcionado, admitiu que as coisas poderiam ter sido bem piores.

— Ela conseguiu aguentar muito tempo, considerando a condição dela. Eu queria que ela tivesse aparecido antes pra que eu pudesse ter enviado comida, mas sei que posso sair com a cabeça erguida. Estar entre os últimos oito não é pouca coisa!

Coriolanus verificou mentalmente a lista. Os dois tributos do 3, os dois do 4, Treech e Reaper. Era só isso que havia entre Lucy Gray e a vitória. Seis tributos e uma boa quantidade de sorte.

A morte de Wovey passou despercebida por um tempo na arena. Era quase hora do almoço quando Reaper saiu da barricada, ainda usando a capa. Ele se aproximou de Wovey com cautela, mas ela já não era ameaça quando viva, que dirá morta. Reaper se agachou ao lado da garota e pegou uma maçã, mas franziu a testa ao examinar o rosto dela com mais atenção.

Ele sabe, pensou Coriolanus. *Ele ao menos desconfia que não tenha sido morte natural.*

Reaper largou a maçã, levantou Wovey nos braços e foi até os tributos mortos, abandonando a comida e a água no chão.

– Estão vendo? – perguntou Clemensia para ninguém especificamente. – Estão vendo o que tenho que aguentar? Meu tributo tem desequilíbrio mental.

– Acho que você está certa – disse Festus. – Desculpe por mais cedo.

E foi só isso. A morte de Wovey não causou nenhuma desconfiança fora da arena, e dentro só Reaper questionou a causa. Lucy Gray não tinha tendência ao descuido. Talvez até tivesse escolhido a frágil Wovey como alvo porque a condição já decrépita da menina disfarçaria o envenenamento. Ele se sentiu frustrado por não poder se comunicar com ela e atualizar a estratégia juntos. Com tão poucos restando, se esconder era mesmo a abordagem certa, ou seria melhor ela agir de forma mais agressiva? Claro que ele não sabia. Ela poderia estar espalhando comida e água envenenada naquele momento mesmo. Nesse caso, precisaria de mais, o que ele não podia oferecer se ela não fizesse uma aparição. Apesar de não acreditar nessas coisas, Coriolanus tentou entrar em contato com ela telepaticamente. *Me deixe ajudar, Lucy Gray. Ou pelo menos me deixe ver que você está bem*, pensou ele. E acrescentou: *Sinto sua falta.*

Reaper tinha voltado aos túneis quando o Distrito 4 apareceu para pegar a comida de Wovey. A total falta de preocupação deles com a origem dos alimentos tranquilizou Coriolanus frente à possibilidade de desconfiarem do envenenamento. Eles se sentaram onde Wovey morreu e comeram tudo, depois voltaram para o túnel. Mizzen mancava, mas ainda superaria a maioria dos tributos restantes se houvesse combate físico. Coriolanus se perguntou se, no final, tudo se resumiria a Coral e Mizzen decidindo qual tributo do Distrito 4 levaria a coroa para casa.

Em todos os seus anos, Coriolanus nunca deixou restos no prato em um almoço na escola, mas as tigelas de papelão com feijão-manteiga e macarrão embrulharam seu estômago. Ainda cheio do café da manhã dos Plinth, ele não conseguiu engolir nem uma colherada, e bastou uma rápida troca do seu prato intocado com o vazio de Festus para evitar uma reprimenda.

– Aqui. Feijão-manteiga ainda tem gosto de guerra pra mim.

– Eu sou assim com aveia. Basta eu sentir o cheiro que dá vontade de me esconder no bunker – disse Festus, que traçou a comida rapidamente. – Obrigado. Eu dormi demais e perdi o café da manhã.

Coriolanus esperava que o feijão-manteiga não fosse um mau presságio. E se repreendeu em seguida. Aquela não era hora de começar a acreditar em superstições. Ele precisava manter a mente afiada, ficar apresentável para as câmeras e aguentar o dia. Lucy Gray devia estar ficando com fome. Ele planejou sua próxima entrega de comida enquanto bebia água.

Sem Hilarius agora, as três cadeiras de mentores que restaram na fila de trás foram centralizadas, e Coriolanus se sentou novamente no meio. Como Domitia dizia, era uma dança das cadeiras, e aquelas eram as mesmas pessoas com quem ele brincara na infância. Se tivesse filhos, e ele planejava ter um dia, eles ainda estariam no clube social da elite da Capital? Ou seriam relegados a círculos menores? Ajudaria se tivessem uma rede familiar maior com que contar, mas ele e Tigris eram os únicos Snow da geração deles. Sem ela, Coriolanus seguiria para o futuro completamente sozinho.

Pouca coisa aconteceu na arena naquela tarde. Coriolanus procurou Lucy Gray, torcendo por uma oportunidade de mandar comida para ela, mas ela continuou elusiva. A plateia fora da arena era a fonte de animação, quando os fãs de Coral começaram a discutir com os fãs de Treech sobre quem era mais merecedor da coroa de vitorioso. Alguns socos foram trocados antes dos Pacificadores separarem os dois grupos, mandando-os para lados opostos. Coriolanus ficou feliz pelos seus fãs terem um pouco mais de classe.

No fim da tarde, quando Lucky retomou sua cobertura, a dra. Gaul estava sentada à frente dele, segurando Jubilee na gaiola. A ave se balançava para a frente e para trás, como uma criança tentando reconfortar a si mesma. Lucky olhou para o seu bichinho com preocupação, talvez prevendo perdê-lo para o laboratório.

— Nós temos uma convidada especial conosco hoje: a Chefe dos Idealizadores dos Jogos, a dra. Gaul, que está fazendo amizade com Jubilee. Eu soube que você tem uma notícia triste para nós, dra. Gaul.

A dra. Gaul colocou a gaiola de Jubilee na mesa.

— Sim. Devido aos ferimentos causados pelas bombas rebeldes na arena, mais um dos nossos alunos da Academia, Gaius Breen, faleceu.

Enquanto os colegas se manifestavam, Coriolanus tentou se centrar. A qualquer minuto, ele poderia ser chamado para falar da morte de Gaius, mas essa não era a fonte da sua ansiedade. Seria fácil falar de Gaius; ele não tinha um único inimigo no mundo.

— Acho que falo por todos quando digo que oferecemos nossas condolências à família – disse Lucky.

O rosto da dra. Gaul ficou rígido.

— É verdade. Mas as ações falam mais alto do que as palavras, e nossos inimigos rebeldes parecem ter problemas de audição. Em resposta, planejamos uma coisa especial para as crianças deles na arena.

— Vamos dar uma olhada? – perguntou Lucky.

No centro da arena, Teslee e Circ estavam agachados junto a uma pilha de destroços, procurando não se sabia o quê. Aparentemente, eles não tinham interesse em Reaper, que estava sentado no alto da arquibancada, as costas no muro da arena, enrolado na capa. De repente, Treech saiu de um túnel e foi para cima dos tributos do Distrito 3, que fugiram para a barricada.

A plateia emitiu murmúrios de confusão. Onde estava a "*coisa especial*" prometida pela dra. Gaul? A resposta veio de um drone enorme que entrou voando na arena, transportando o tanque de serpentes arco-íris.

Coriolanus tinha praticamente se convencido de que o ataque das serpentes fora produto de uma imaginação febril, mas a chegada do tanque acabou com isso. O cérebro dele havia montado as peças do quebra-cabeça na ordem certa. O que ele não sabia era como as serpentes reagiriam ao serem soltas, mas ele tinha estado no laboratório. A dra. Gaul não criava cachorrinhos; ela projetava armas.

O pacote incomum chamou a atenção de Treech. Talvez ele achasse que uma dádiva especial tinha sido enviada para ele, porque parou quando o drone chegou no meio da arena. Teslee e Circ também pararam, e até Reaper se levantou para observar a entrega. O drone soltou o tanque aberto a cerca de dez metros do chão. Em vez de se estilhaçar, o tanque quicou com o impacto. Como uma flor desabrochando, as paredes se abriram no solo.

As serpentes dispararam em todas as direções, criando uma explosão multicolorida na terra.

Na fila da frente, Clemensia deu um pulo e soltou um grito histérico que quase fez Festus cair da cadeira. Como a maioria das pessoas só estava registrando agora o novo acontecimento na tela, a reação dela pareceu extrema. Com medo de

Clemensia soltar a história toda em meio ao pânico, Coriolanus deu um pulo e passou os braços em volta dela por trás, sem saber se seu gesto era para ser reconfortante ou limitante. Clemensia ficou rígida, mas em silêncio.

– Elas não estão aqui. Estão na arena – disse Coriolanus no ouvido dela. – Você está protegida. – Mas continuou a abraçando enquanto as coisas aconteciam.

Talvez a experiência de Treech no distrito madeireiro tivesse lhe dado uma certa familiaridade com cobras. Assim que elas deixaram o tanque, ele deu meia-volta e saiu correndo para a arquibancada. Pulou sobre a pilha de detritos como um bode e não parou de correr, saltando por cima dos assentos no caminho.

Os poucos momentos de confusão que Teslee e Circ vivenciaram custaram um preço alto. Teslee foi para um dos postes e conseguiu subir alguns metros até um lugar seguro, mas Circ tropeçou em uma lança velha e enferrujada, e as serpentes o cercaram. Doze pares de presas perfuraram o corpo dele, e depois, como se satisfeitas, as cobras foram adiante. Rosa, amarelo e azul mancharam o corpo do garoto quando os ferimentos começaram a expelir pus colorido. Menor do que Clemensia e com o dobro de veneno no organismo, Circ teve dificuldades para respirar por cerca de dez segundos e então morreu.

Teslee ficou olhando para o cadáver e chorando de pavor enquanto se agarrava ao poste. Abaixo dela, as cobras delicadas se reuniram, se erguendo e dançando em volta da base.

A voz de Lucky soou na cena:

– O que está acontecendo?

– Essas são bestantes que desenvolvemos nos nossos laboratórios da Capital – informou a dra. Gaul à plateia. – São só filhotes, mas quando ficarem adultas, serão facilmente capazes de se deslocar mais rápido do que um humano, e aquele poste não vai ser problema para elas subirem. Elas foram feitas para caçar humanos e se reproduzir rapidamente, de modo a serem rapidamente substituídas caso aconteça algo.

Àquela altura, Treech tinha subido no parapeito estreito acima do placar, e Reaper tinha encontrado refúgio no teto da cabine de imprensa. As poucas serpentes que conseguiram subir nos detritos e foram até as arquibancadas se reuniam abaixo deles.

O microfone captou os sons baixos do grito de uma garota.

Elas pegaram Lucy Gray, pensou Coriolanus com desespero. *O lenço não funcionou.*

Mas nessa hora Mizzen saiu dos túneis perto da barricada, seguido de Coral, aos berros. Havia uma única serpente pendurada no braço dela. Ela a arrancou e jogou longe, mas dezenas pularam nela quando a outra caiu no chão, mirando nas pernas. Mizzen jogou o tridente longe e deu um pulo para chegar ao poste do outro lado de Teslee. Apesar do joelho ruim, ele subiu em metade do tempo anterior até o topo. De lá, testemunhou o fim frenético, mas felizmente curto, de Coral.

Com os alvos no chão mortos, a maioria das serpentes se reagrupou embaixo de Teslee. Sua firmeza no poste começou a falhar, e ela gritou pedindo ajuda a Mizzen, mas ele só balançou a cabeça, mais por atordoamento do que maldade.

As pessoas na plateia começaram a mandar as outras fazerem silêncio, mas Coriolanus não sabia por quê. Quando o salão ficou em silêncio, ele captou o que ouvidos mais apurados já tinham detectado. Em algum lugar, bem baixo, alguém estava cantando na arena.

Sua garota.

Lucy Gray saiu do túnel andando em câmera lenta e de costas. Ela levantava cada pé com cuidado ao dar um passo para trás, oscilando delicadamente com o ritmo da música.

*Lá, lá, lá, lá,
Lá, lá, lá, lá, lá, lá.
Lá, lá, lá, lá, lá, lá...*

A letra era só isso até o momento, mas era uma música envolvente mesmo assim. Seguindo-a, como se hipnotizadas pela melodia, vinham cinco ou seis cobras.

Coriolanus soltou Clemensia, que tinha se acalmado, e a empurrou de leve na direção de Festus. Deu um passo na direção da tela e prendeu a respiração enquanto Lucy Gray continuava a recuar, fazendo uma curva na direção de onde estava o corpo de Jessup. A voz foi ficando mais alta conforme ela, sabendo ou não, ia seguindo na direção do microfone. Talvez para uma última música, uma última apresentação.

Mas nenhuma das cobras parecia inclinada a atacá-la. Na verdade, ela parecia as estar atraindo de toda a arena. O grupo sob o poste de Teslee diminuiu, algumas desceram das arquibancadas, e dezenas saíram dos túneis para se juntar a uma migração generalizada até Lucy Gray. Elas a cercaram, chegando de todos os lados, tornando impossível que ela continuasse recuando. Os corpos coloridos ondularam sobre os pés descalços, envolveram os tornozelos dela quando se sentou devagar em um pedaço de mármore.

Com as pontas dos dedos, ela abriu os babados na poeira, como um convite. Quando as serpentes subiram, o tecido desbotado sumiu e ela ficou com uma saia colorida de répteis ondulantes.

20

Coriolanus apertou as mãos em punhos, sem saber as intenções das víboras. As serpentes no tanque, por terem sido expostas ao cheiro dele na proposta, simplesmente o ignoraram. Mas aquelas pareciam atraídas magneticamente ao seu tributo. Seria possível que o ambiente fizesse diferença? Depois de violentamente libertadas do calor e aconchego do tanque na arena ampla e desprotegida, estariam elas a procurando como o único cheiro familiar que conseguiam encontrar? Teriam as serpentes gravitado até ela em busca da segurança da saia?

Lucy Gray não sabia nada disso, porque naquele dia no zoológico em que ele pretendera contar a ela sobre Clemensia e as serpentes, as circunstâncias dela estavam tão piores do que as dele que ele não falou nada sobre o assunto. Mesmo que ele tivesse contado, seria um salto de fé enorme em sua capacidade de imaginar que ele tinha encontrado um jeito de alterar as serpentes dos Jogos. O que ela achava que as estava mantendo controladas? Devia ser o canto. Será que Lucy Gray cantava para as serpentes onde morava? "*Aquela serpente era minha amiga*", contara ela para a garotinha no zoológico. Talvez ela tivesse feito amizade com várias cobras no Distrito 12. Talvez achasse que, se parasse de cantar, elas realmente a matariam agora. Talvez aquela fosse sua canção de despedida. Ela jamais ia querer morrer sem um show final. Ia querer morrer com classe, no melhor holofote que pudesse encontrar.

Quando Lucy Gray começou a letra, sua voz soou suave, mas clara como água:

Você, a caminho dos céus,
O doce doravante,
E estou com um pé na porta.
Mas antes que eu possa voar,
Tenho pontas soltas a amarrar,
Bem aqui
No nosso hodierno.

Uma canção antiga, pensou Coriolanus. Falando de doravante, o que o lembrou de Sejanus e as migalhas de pão, mas também com aquele verso engraçado sobre hodierno. Devia significar presente. Aqui. Agora. Enquanto ela ainda estava viva.

Vou me encaminhar
Quando a música acabar,
Quando tiver fechado a banda,
E acabado a ciranda,
Quando estiver sem dívida,
Sem arrependimento na vida,
Bem aqui,
No nosso hodierno,
Quando mais nada
For eterno.

Os Idealizadores abriram a imagem, o que fez Coriolanus querer gritar protestando até entender o motivo. Todas as serpentes da arena pareciam ter se tornado vítimas do canto de sereia dela e se deslocado até lá. Mesmo as que estavam no ninho debaixo de Teslee, que era uma presa fácil, abandonaram o alvo e foram até Lucy Gray. Ainda tremendo do trauma, Teslee desceu até o chão e mancou até uma cerca de alabastro em uma parte da barricada. Ela subiu a uma altura segura enquanto a música continuava.

> *Vou te encontrar*
> *Quando a xícara esvaziar,*
> *Quando esgotar meus amigos,*
> *E não sobrarem nem os antigos,*
> *Quando tiver chorado*
> *E meus medos dominado,*
> *Bem aqui,*
> *No nosso hodierno,*
> *Quando mais nada*
> *For eterno.*

A câmera voltou a uma imagem fechada de Lucy Gray. Coriolanus tinha a sensação de que ela costumava se apresentar para uma plateia bem calibrada de álcool. Nos dias anteriores à entrevista, ele tinha ouvido muitas canções que conjuravam um grupo bêbado balançando canecas de estanho cheias de gim de um lado para outro de algum bar qualquer. Se bem que a bebida não parecia essencial, porque quando deu uma olhada rápida para trás, ele viu que várias pessoas em Heavensbee Hall tinham começado a se balançar com o ritmo. A voz dela subiu de volume e ecoou pela arena...

> *Vou ter notícias para dar*
> *Quando tiver acabado de dançar,*
> *Quando meu corpo chegar ao fim*
> *E a alma largar de mim,*
> *Quando tiver acertado contas*

E estiver de malas prontas,
Bem aqui,
No nosso hodierno,
Quando mais nada
For eterno.

... e chegou a um crescendo quando ela alcançou o fim.

Quando a pureza de um pássaro alcançar,
Quando tiver aprendido a amar,
Bem aqui,
No nosso hodierno,
Quando mais nada
For eterno.

A última nota pairou no ar enquanto a plateia prendia o fôlego, todo mundo junto. As serpentes esperaram que acabasse e então (ou seria a imaginação dele?) começaram a se mexer. Lucy Gray reagiu cantarolando baixo, como para um bebê inquieto. Os espectadores relaxaram em silêncio quando as serpentes relaxaram em volta dela.

Lucky parecia tão hipnotizado quanto as serpentes quando as câmeras voltaram a mostrá-lo, os olhos meio vidrados, a boca parcialmente aberta. Ele voltou a si quando viu sua imagem enorme na tela e dirigiu a atenção para a dra. Gaul, que mantinha uma expressão pétrea.

— Bem, Chefe dos Idealizadores dos Jogos, aceite... nossos... aplausos!

Heavensbee Hall explodiu em uma ovação em pé, mas Coriolanus não conseguiu afastar o olhar da dra. Gaul. O que estava se passando por trás daquela expressão inescrutável? Ela atribuía o comportamento das serpentes ao canto de Lucy

Gray ou desconfiava de trapaça? Mesmo que a dra. Gaul soubesse sobre o lenço, ela talvez o perdoasse, considerando que o resultado foi tão dramático.

A dra. Gaul se permitiu um pequeno aceno de reconhecimento.

– Obrigada. Mas o foco hoje não devia ser em mim, mas em Gaius Breen. Talvez os colegas deles queiram compartilhar lembranças conosco.

Lepidus entrou em ação em Heavensbee Hall e começou a coletar histórias dos colegas de Gaius. Era bom que a dra. Gaul tivesse lhe avisado antes, porque enquanto todo mundo tinha uma piada ou uma história engraçadinha para contar, só Coriolanus conseguiu conectar a perda heroica, as cobras e a retaliação que testemunharam na arena.

– Nós jamais poderíamos deixar a morte de um jovem tão estelar da Capital passar sem repercussão. Quando nos batem, nós revidamos com o dobro de força, como a dra. Gaul já mencionou.

Lepidus tentou desviar a conversa para a apresentação extraordinária de Lucy Gray com as serpentes, mas Coriolanus só declarou:

– Ela é incrível. Mas a dra. Gaul está certa. Este momento pertence a Gaius. Vamos deixar Lucy Gray para amanhã.

Depois de meia hora de lembranças, Lepidus se despediu de Festus e Io, pois Coral e Circ tinham sucumbido ao veneno. Coriolanus deu um abraço de urso em Festus, sentindo-se surpreendentemente emotivo de ver seu amigo de confiança saindo da plataforma. Ele sentiu também a perda de Io, pois ela tendia a ser mais clínica do que combativa, o que era mais do que ele podia dizer dos rivais que restavam. Exceto talvez Persephone, com quem ele decidiu compartilhar a hora do jantar. Antes uma canibal do que uma facada nas costas.

O corpo estudantil foi para casa, deixando o pequeno grupo de mentores ativos para jantar o prato de bife. Coriolanus olhou para os concorrentes. Por estar entre os cinco finais, ele devia estar nas alturas. Mas se um dos demais vencesse, o reitor Highbottom ainda podia lhe dar um prêmio insuficiente para pagar a Universidade, talvez citando o demérito como motivo. Só o Prêmio Plinth o protegeria de verdade.

Ele desviou o foco para a tela, onde Lucy Gray continuava cantarolando para seus bichinhos de estimação, Teslee tinha desaparecido atrás da barricada e Mizzen, Treech e Reaper se mantinham nas posições altas. Nuvens surgiram, anunciando uma tempestade e criando um pôr do sol deslumbrante. O tempo ruim levou a um escurecer rápido, e ele ainda não tinha terminado o pudim quando Lucy Gray sumiu da tela e um trovão intenso sacudiu a arena. Ele torceu para que relâmpagos oferecessem um pouco de iluminação, mas a chuva pesada que veio em seguida tornou a noite impenetrável.

Coriolanus decidiu dormir em Heavensbee Hall, assim como os quatro mentores restantes. Ninguém além de Vipsania pensou em levar algo onde dormir, então os outros se arrumaram nas cadeiras acolchoadas, apoiando os pés e usando mochilas como travesseiros improvisados. Quando a noite chuvosa foi refrescando o salão, Coriolanus começou a cochilar na cadeira, um olho meio aberto prestando atenção na atividade da tela. A tempestade obscureceu tudo e ele acabou dormindo. Perto do amanhecer, ele acordou sobressaltado e olhou em volta. Vipsania, Urban e Persephone dormiam profundamente. A alguns metros dele, os olhos grandes e escuros de Clemensia brilhavam sob a luz fraca.

Ele não queria ser inimigo dela. Se a fortaleza Snow estava prestes a desmoronar, ele precisaria de amigos. Até o incidente das serpentes, ele contava Clemensia entre seus melhores. E ela sempre se deu bem com Tigris. Mas como consertar as coisas?

Clemensia mantinha uma das mãos enfiada na camisa, tocando a clavícula que ela tinha lhe mostrado no hospital. A que estava coberta de escamas.

– Sumiram? – sussurrou ele.

Clemensia ficou tensa.

– Estão sumindo. Finalmente. Disseram que pode levar até um ano.

– E dói? – Foi a primeira vez que a ideia passou pela cabeça dele.

– Não dói. Mas repuxa. A minha pele. – Ela mexeu nas escamas. – É difícil de explicar.

Animado pela confiança, ele foi com tudo.

– Sinto muito, Clemmie. De verdade. Por tudo.

– Você não sabia o que ela tinha planejado – disse Clemensia.

– Não sabia mesmo. Mas depois, no hospital, eu devia ter ficado ao seu lado. Devia ter quebrado portas pra ter certeza de que você estava bem – insistiu ele.

– Sim! – disse ela com ênfase, mas pareceu ceder um pouco. – Mas sei que você também se machucou. Na arena.

– Ah, não dê desculpas por mim. – Ele levantou as mãos. – Sou um inútil e nós dois sabemos!

Um leve sorriso.

– Quase. Acho que preciso agradecer por você me impedir de fazer papel de idiota hoje.

– Eu fiz isso? – Coriolanus apertou os olhos, como se tentando lembrar. – Só me lembro de me agarrar a você por medo. Acho que consegui evitar me esconder atrás de você. Mas definitivamente me encolhi todo.

Ela riu um pouco, mas ficou séria.

– Eu não devia ter botado tanta culpa em você. Me desculpe. Eu fiquei apavorada.

– Por um bom motivo. Eu queria que você não tivesse que ver aquilo hoje.

– Talvez tenha sido catártico. Me sinto melhor, não sei bem como – confessou ela. – Sou horrível?

– Não. A única coisa que você é de verdade é corajosa.

E assim, a amizade deles foi tremulamente renovada. Eles deixaram os demais dormirem enquanto dividiam a última tortinha de queijo de Coriolanus, conversando sobre várias coisas e até desenvolvendo a ideia de tentar montar uma aliança entre Lucy Gray e Reaper na arena. Como parecia fora do controle de ambos, eles acabaram deixando a ideia de lado. Os dois se juntariam se quisessem.

– Pelo menos, somos aliados de novo – disse ele.

– Bom, ao menos não somos inimigos – concedeu Clemensia. Mas quando foram lavar o rosto para a câmera, ela emprestou o sabonete para ele, para que ele não precisasse usar a gosma líquida abrasiva que havia no banheiro, e o gesto pequeno e íntimo acabou passando a mensagem de que estava perdoado.

Não houve café da manhã, mas Festus chegou cedo e distribuiu sanduíches de ovo e maçãs por espírito de camaradagem. Agora que Clemensia estava mais relaxada, Coriolanus não se sentia mais tão ameaçado pelo grupo de mentores. Todos queriam vencer, mas isso estava nas mãos dos tributos. Ele avaliou os concorrentes de Lucy Gray. Teslee, pequena e inteligente. Mizzen, mortal, mas ferido. Treech, atlético, mas ainda meio enigmático. Reaper, estranho demais para ser definido por palavras.

As últimas nuvens foram embora com o nascer do sol. Havia serpentes mortas espalhadas por toda a arena, caídas sobre os destroços, flutuando em poças. Afogadas, talvez, ou incapazes de sobreviver na noite fria e molhada. Algumas criaturas geneticamente projetadas não se saíam bem fora do laboratório. Lucy Gray e Teslee não estavam visíveis, mas os três garotos de roupas encharcadas não tinham se aventurado a descer das alturas. Mizzen dormia, o corpo amarrado na viga. Quando os demais alunos entraram em Heavensbee Hall, Vipsania e Clemensia, que parecia quase normal, enviaram comida para seus tributos.

Quando os drones chegaram, Treech comeu com avidez, mas Reaper descartou novamente a comida e desceu para a arena para pegar água em uma poça. Indiferente a Treech e Mizzen, que tinha finalmente acordado, ele foi pegar Coral e Circ e os acrescentou à fila de corpos. Os outros garotos o observaram com cautela, mas nenhum se meteu com ele, repelidos pelo comportamento excêntrico ou pela possibilidade de cobras sobreviventes. Eles deviam estar torcendo para que outra pessoa acabasse com ele, mas o trabalho não foi interrompido, e ele voltou à cabine de imprensa depois de arrumar o necrotério. Treech se sentou na beirada do placar e ficou balançando os pés enquanto Mizzen fazia mímica de comida. Persephone reagiu na mesma hora e enviou um lauto café da manhã.

Depois de um minuto, Teslee apareceu. O rosto repuxado de concentração, ela carregava um drone que, embora bem parecido com o veículo original de entrega, dava a impressão de ter sido um pouco alterado. Ela se posicionou diretamente embaixo de Mizzen.

— Ela acha que aquilo vai voar? — perguntou Vipsania com dúvida. — Mesmo que voe, como ela vai controlar?

Urban, que estava fazendo cara feia para a tela, se inclinou para a frente de repente.

— Ela não precisaria. Não seria necessário se... Mas como ela... — Ele parou de falar, tentando entender alguma coisa.

Teslee virou um interruptor, ergueu os braços e jogou o drone no ar. O objeto subiu, revelando um cabo que conectava a base do drone a um aro no pulso dela. Preso assim, o drone começou a voar em círculo entre ela e Mizzen. Ele olhou para trás, claramente perplexo, mas se distraiu com a chegada do seu primeiro drone enviado por Persephone. O robô levou um pedaço de pão até ele e fez menção de voltar, como sempre. Mas, alguns metros depois, deu meia-volta e retornou para cima dele. Mizzen se inclinou para trás, surpreso. Bateu no drone por reflexo, mas o objeto só passou por cima dele e abriu as garras para entregar uma dádiva inexistente, depois voltou de novo.

— Qual é o problema desse drone? — perguntou Persephone.

Ninguém sabia, mas, naquele momento, um segundo drone chegou com água e um terceiro com queijo. Eles também deixaram os pacotes e ficaram por perto, tentando repetir as entregas. Mas os drones, que tinham sido programados para uma descida suave, começaram a se chocar uns contra os outros e às vezes em Mizzen. A parte de trás de um o acertou no olho, e ele gritou e bateu no drone.

— Há alguma forma de eu fazer contato com os Idealizadores dos Jogos? Eu mandei mais três! — disse Persephone.

— Não tem nada que possam fazer — disse Urban, impressionado. — Ela encontrou um jeito de hackeá-los. Ela bloqueou a orientação de voltar e o rosto dele é o único destino agora.

Realmente, quando os outros três drones chegaram, um de cada vez, eles repetiram o erro de funcionamento. Mizzen era o único alvo, e o que pareceu engraçado no começo logo passou a ser mortal. Ele ficou de pé e tentou fugir pela viga, mas os drones foram para cima dele como abelhas seguindo um pote de mel. Como tinha deixado o tridente no chão, ele puxou a faca e tentou lutar, mas o máximo que conseguiu fazer foi desviar o rumo dos drones por um momento. Não estavam programados para fazer contato com ele, mas quanto mais ricocheteavam uns nos outros e na faca, mais eles colidiam nele, até parecerem estar atacando. Mizzen começou a seguir na direção da viga, a mesma na qual tinha deixado Teslee abandonada ao destino, mas seu joelho não cooperou. Frenético agora, ele deu um golpe amplo nos drones e apoiou o peso na perna ferida, que balançou e cedeu. Mizzen perdeu o equilíbrio e caiu no chão, quebrando o pescoço com o impacto.

– Ah! – exclamou Persephone quando ele despencou. – Ah, ela o matou!

Vipsania franziu a testa para a tela.

– Ela é mais esperta do que parece.

Teslee abriu um sorriso satisfeito e puxou seu drone de volta, desligou o interruptor e deu um abraço carinhoso na máquina.

– Não julgue um livro pela capa. – Urban riu enquanto enviava algumas dádivas pela pulseira. – Principalmente se pertence a mim.

Sua alegria foi curta. Enquanto exibiam o incidente dos drones, os Idealizadores dos Jogos deixaram de mostrar a imagem mais ampla, na qual Treech tinha descido do placar e das arquibancadas para a arena. Ele pareceu surgir na cena do nada com um pulo gigantesco e acertou Teslee com o machado em um golpe vindo de cima. Ela mal tinha dado um passo quando a lâmina acertou seu crânio, abrindo-o e matando-a na hora. Treech apoiou as mãos nos joelhos, bufando com o esforço, e se sentou no chão ao lado dela, vendo o sangue escorrer pela areia. Os drones chegando com uma chuva de comida para Teslee fizeram com que ele se mexesse de novo. Treech recolheu uns dez pacotes e foi para trás da barricada.

Urban disfarçou o momento de descrença com repulsa e se levantou para sair. Mas não foi capaz de fugir do onipresente microfone de Lepidus e mal conseguiu não rosnar quando falou:

– Já chega pra mim. Um minuto de risada, né? – Ele saiu andando, deixando Persephone expandir seus lamentos e sua gratidão pela oportunidade de ser mentora.

– Você chegou aos últimos cinco! – Lepidus sorriu para ela. – Ninguém vai poder tirar isso de você.

– Não – disse ela de forma um tanto dúbia. – Não, esse é o tipo de coisa que fica.

Coriolanus olhou de Clemensia para Vipsania.

– Parece que agora somos só nós.

Os três arrumaram as cadeiras em fila, com Coriolanus no meio, enquanto os outros tiravam as cadeiras dos derrotados.

Lucy Gray. Treech. Reaper. Os últimos três. A última garota. O último dia? Talvez isso também.

Lucky apareceu com um chapéu com cinco estrelinhas acesas faiscando.

– Oi, Panem! Mandei fazer esse chapéu especialmente para os cinco finalistas, mas eles estão pegando fogo! – Ele tirou duas estrelinhas do chapéu e jogou para trás sem olhar. – Os três finalistas, que tal?

Uma das estrelinhas se apagou no chão, mas a segunda fez uma cortina começar a soltar fumaça, gerando um gritinho agudo e uma correria em pânico da parte de Lucky. Uma pessoa da equipe apareceu na tela com um extintor de incêndio para resolver a crise, permitindo que Lucky recuperasse a compostura. Quando as três estrelinhas que restaram no chapéu se apagaram, o número de patrocinadores e apostadores começou a piscar na parte inferior da tela.

– Uau! As apostas estão explodindo! Não percam a diversão!

A pulseira de Coriolanus apitou alto, mas as de Vipsania e Clemensia também.

— Não vai me adiantar de nada — murmurou Clemensia para Coriolanus. — Ele não confia em mim pra comer as coisas que mando.

Lucy Gray provavelmente estava com fome, mas ele supôs que ela devia estar descansando nos túneis. Ele queria enviar comida e água, tanto para alimentá-la como para servir de isca para o veneno. Como os dois últimos oponentes poderiam facilmente superá-la na força física, ele tinha que fazer alguma coisa para botar a sorte a favor dela. Agora, só conseguia pensar em manter os espectadores ao lado dela. Quando Lepidus o abordou para perguntar sobre o que ele estava achando do desempenho de Lucy Gray, ele pegou pesado. Coriolanus não sabia o que seria necessário para provar para as pessoas que ela não era de distrito se já não os tinha convencido até ali.

— Sinto que uma grande injustiça pode ter acontecido por ela estar não só na colheita, mas no Distrito 12. As pessoas vão precisar decidir por elas mesmas. Se você concorda comigo ou desconfia que eu possa estar certo, já sabe o que fazer. — Embora a nova onda de doações chegando à pulseira de comunicação fosse reconfortante, ele não sabia como ajudaria. Era provável que desse para alimentá-la por semanas com o que ele já tinha.

Mas o único tributo se deslocando pela arena era Reaper, que tinha descido da cabine de imprensa, rasgando outro pedaço grande da bandeira no caminho. Esquálido e trêmulo, ele foi acrescentar Teslee e Mizzen à coleção, usando o novo pedaço de bandeira para cobri-los. Com esforço, ele subiu até a última fileira da arena, onde cochilou no sol, se balançando delicadamente, a capa aberta para secar. Coriolanus se perguntou se ele morreria de causas naturais. Se morrer de fome era uma causa natural. Ele não tinha certeza absoluta. Dava para chamar de "natural" se a fome tivesse sido usada como arma?

Para seu alívio, Lucy Gray se materializou pouco antes do meio-dia nas sombras de um túnel. Ela observou a arena e, ao julgá-la segura, saiu no sol. A lama na barra da saia de babados tinha começado a secar, mas o vestido úmido ainda estava grudado no corpo. Enquanto Coriolanus pedia um banquete pela pulseira, Lucy Gray foi até a mesma poça que Reaper usara e se ajoelhou. Ela pegou água, saciou a sede e lavou o rosto. Depois de pentear o cabelo com os dedos, ela o prendeu em um nó frouxo e estava terminando quando uns dez drones entraram na arena.

Ela pareceu não reparar neles enquanto tirava uma garrafa do bolso e a levava à poça para coletar uns dois ou três centímetros de água. Depois de balançá-la pela garrafa, Lucy Gray derramou a água de volta na poça e estava prestes a enchê-la novamente quando os drones chamaram sua atenção. Quando a comida e a água começaram a cair em volta dela, ela jogou a garrafa velha fora e recolheu as dádivas na saia.

Lucy Gray foi para o túnel mais próximo, mas olhou para Reaper, descansando na arquibancada. Ela mudou de rumo, correu até o necrotério e levantou o pedaço de bandeira. Seus lábios se moveram conforme ela foi contando os mortos.

— Ela está tentando descobrir quem sobrou nos Jogos — disse Coriolanus no microfone que Lepidus tinha botado na cara dele.

— Talvez a gente devesse colocar no placar — brincou Lepidus.

— Sei que os tributos achariam isso útil — disse Coriolanus. — Falando sério, é uma boa ideia.

De repente, Lucy Gray levantou a cabeça, e as provisões na saia dela caíram na terra quando ela deu meia-volta e saiu correndo. Ela tinha ouvido algo que os espectadores não podiam ouvir. Treech saiu de detrás da barricada, portando o machado, e agarrou o pulso dela quando ela passava debaixo da viga. Lucy Gray se virou e caiu de joelhos, lutando loucamente quando ele levantou a arma.

– Não! – Coriolanus ficou de pé e empurrou Lepidus para o lado. – Lucy Gray!

Duas coisas aconteceram simultaneamente. Quando o machado começou a descer, ela se jogou nos braços de Treech e se agarrou a ele, evitando a lâmina. Bizarramente, eles pareceram se abraçar por um longo momento, até que os olhos de Treech se arregalaram de horror. Ele a empurrou para longe, largou o machado e arrancou alguma coisa da nuca. Sua mão subiu no ar, os dedos fechados com força em uma cobra rosa. Ele caiu de joelhos e a bateu no chão repetidamente, até cair morto na terra, a cobra sem vida ainda agarrada à mão.

Com o peito subindo e descendo, Lucy Gray se virou e localizou Reaper, mas ele ainda estava se balançando na arquibancada. Momentaneamente segura, ela apertou a mão sobre o coração e acenou para o público.

Quando a plateia no salão aplaudiu, Coriolanus soltou o ar de uma vez e se virou para aceitar os aplausos. Ele tinha conseguido. Ela tinha conseguido. Com os bolsos cheios de veneno, ela tinha chegado aos dois finalistas. Ela devia ter guardado a cobra rosa no bolso, como fizera com a verde na colheita. Haveria mais? Ou Treech espancara até a morte a última sobrevivente? Não dava para saber. Mas a mera possibilidade de outra arma reptiliana fazia Lucy Gray parecer mortal.

Enquanto Lepidus acompanhava a saída de Vipsania, que agradeceu aos Idealizadores dos Jogos por entre dentes, Coriolanus afundou na cadeira e viu Lucy Gray recuperar seu banquete. Ele se inclinou na direção de Clemensia e sussurrou:

– Estou feliz que somos nós.

Ela respondeu com um sorriso conspiratório.

Enquanto Lucy Gray abria as embalagens e espalhava a comida de forma agradável, Coriolanus pensou no piquenique deles no zoológico. Estaria reencenando aquilo para ele? Algo fez seu coração se contrair, e a lembrança do beijo voltou. Haveria mais no futuro dele? Por um minuto, ele se permitiu uma fantasia de Lucy Gray vencendo, deixando a arena e indo morar com ele na cobertura dos Snow, que estaria de alguma forma salva dos impostos. Ele estudaria na Universidade com o Prêmio Plinth enquanto ela seria a atração principal da casa noturna recém-reaberta de Pluribus, porque a Capital deixaria que ela ficasse e, bem, ele ainda não tinha pensado em todos os detalhes, mas a questão era que ele poderia ficar com ela. E Coriolanus queria ficar com ela. Protegida e próxima. Admirada e admiradora. Dedicada. E total e inequivocamente dele. Se o que ela disse antes de beijá-lo, "*O único garoto por quem meu coração bate agora é você*", fosse verdade, ela também não ia querer isso?

Pare!, pensou ele. *Ninguém ganhou nada ainda!* Ela já tinha consumido quase toda a comida e ele pediu mais, uma quantidade grande para que ela pudesse se esconder e sobreviver disso nos dias seguintes, para o caso de decidir ficar escondida e esperar que Reaper morresse. Era um bom plano, de baixo risco para ela e inevitável se ele continuasse rejeitando alimentos. Mas e se ele parasse? E se recuperasse a razão e decidisse ingerir a quantidade quase ilimitada de dádivas de patrocinadores que Clemensia podia enviar? Nesse caso, tudo se resumiria a um embate físico novamente, e Lucy Gray estaria em grande desvantagem se não estivesse escondendo mais serpentes.

Quando os drones terminaram de entregar os alimentos, Lucy Gray os separou e guardou nos bolsos. Não pareciam tão espaçosos para guardar tanta comida e bebida junto com outra serpente, mas ela era muito inteligente. Ele nem a viu pegar a cobra que matara Treech.

Festus levou sanduíches para Coriolanus e Clemensia no almoço, mas os dois estavam nervosos demais para comer. Os demais alunos comeram em seus lugares, sem querer perder um momento. Coriolanus ouvia debates sussurrados e apaixonados sobre quem venceria o dia. Ele não se lembrava das pessoas se importarem no passado.

O sol começou a secar a arena, fazendo as poças rasas evaporarem e só deixando algumas fundas das quais beber. Lucy Gray foi descansar em um monte de destroços, a saia aberta para captar os raios. O momento de tranquilidade foi propício para outra aparição de Lucky, que deu uma previsão do tempo detalhada, inclusive um aviso de calor e dicas para evitar câimbras, exaustão e derrame. A fila da barraca de limonada do lado de fora da arena estava enorme, e as pessoas se protegiam debaixo de guarda-chuvas ou se espremiam nos preciosos pontos de sombra. Até o confiável frescor de Heavensbee Hall falhou e os alunos tiraram os paletós e se abanaram com cadernos. No meio da tarde, a escola tinha disponibilizado ponche de frutas, o que deu uma sensação festiva ao evento.

Lucy Gray manteve Reaper no seu campo de visão, mas ele não se moveu na direção dela. De repente, ela se levantou, como se estivesse impaciente para dar continuidade às coisas, e refez os passos até o corpo de Treech. Ela segurou um tornozelo e começou a arrastá-lo para o necrotério de Reaper. Ele pareceu acordar na hora que ela tocou no corpo. Ele se inclinou e gritou alguma coisa ininteligível e desceu correndo a arquibancada. Lucy Gray soltou Treech e correu para um túnel próximo. Reaper assumiu a tarefa de transportar Treech e o colocou na fila de tributos mortos, cobrindo-o com o resto de bandeira. Satisfeito, ele voltou para a arquibancada, mas tinha apenas chegado no muro quando Lucy Gray saiu correndo de um segundo túnel, puxou um dos pedaços de bandeira dos corpos e gritou. Reaper se virou e correu até ela. Lucy Gray não perdeu tempo em sumir atrás da barricada. Reaper colocou a bandeira no lugar e prendeu o tecido embaixo dos corpos para prendê-lo com mais firmeza e foi descansar perto de um poste. Depois de alguns minutos, ele pareceu cochilar, os olhos fechados no sol. Lucy Gray saiu correndo de novo, soltou uma das pontas da bandeira e desta vez saiu correndo com o pano voando. Quando Reaper percebeu a alteração, ela já estava a cinquenta metros dele. A indecisão dele permitiu que ela aumentasse a distância, e Lucy Gray levou a bandeira para o meio da arena, onde a deixou na terra e foi para a arquibancada. Com raiva agora, Reaper correu e tomou posse da bandeira de volta. Ele deu alguns passos atrás dela, mas o esforço cobrou um preço dele. Ele apertou as mãos nas têmporas e ofegou com rapidez, mas não pareceu estar suando. Como a atualização de Lucky tinha deixado claro, aquilo podia ser sinal de insolação.

Ela está tentando fazer com que ele corra até morrer, pensou Coriolanus. *E pode ser que dê certo.*

Reaper cambaleou um pouco, como se estivesse bêbado. Com a bandeira na mão, ele foi até sua poça, uma da poucas que não tinham secado naquela tarde. Ele caiu de joelhos e bebeu até só sobrar lama no fundo. Ao se sentar nos calcanhares, uma expressão estranha surgiu no rosto dele, e seus dedos começaram a massagear as costelas e o peito. Ele vomitou um pouco da água e permaneceu de quatro enquanto era tomado por ânsias. Levantou-se com pernas bambas. Ainda segurando a bandeira na mão, ele começou a andar com passos lentos e irregulares na direção do necrotério. Reaper tinha acabado de chegar lá quando caiu no chão, deitando-se ao lado de Treech. Uma das mãos tentou puxar a bandeira sobre o grupo, mas ele só conseguiu se cobrir parcialmente antes de encolher os membros e ficar imóvel.

Coriolanus ficou paralisado de expectativa. Era o fim? Ele tinha mesmo ganhado? Os Jogos Vorazes? O Prêmio Plinth? A garota? Ele observou o rosto de Lucy Gray fitando Reaper da arquibancada, mas sua expressão estava distante, como se ela estivesse longe da ação na arena.

A plateia no salão começou a murmurar. Reaper estaria morto? Não deviam estar declarando a vencedora? Coriolanus e Clemensia afastaram Lepidus e seu microfone enquanto esperavam o resultado. Meia hora se passou até Lucy Gray descer da arquibancada e se aproximar de Reaper. Ela colocou os dedos no pescoço dele e verificou a pulsação. Satisfeita, ela fechou as pálpebras dele e arrumou a bandeira sobre os tributos, como se estivesse botando crianças na cama. Em seguida, foi até o poste e se sentou para esperar.

Isso pareceu convencer os Idealizadores dos Jogos, porque Lucky apareceu dando saltos e anunciando que Lucy Gray Baird, tributo do Distrito 12, e seu mentor, Coriolanus Snow, tinham vencido a décima edição dos Jogos Vorazes.

Heavensbee Hall explodiu ao redor de Coriolanus, e Festus organizou alguns colegas para erguerem a cadeira dele e o carregarem pela plataforma. Quando finalmente o colocaram no chão, Lepidus o cobriu de perguntas, que ele só pôde responder dizendo que a experiência o deixava muito emocionado e grato. O corpo estudantil todo foi enviado para o refeitório, onde havia bolo e posca para a comemoração. Coriolanus se sentou num local de honra, recebeu parabéns e tomou mais posca do que deveria. E daí? Naquele momento, ele se sentia invencível.

Satyria o resgatou quando sua cabeça começou a ficar confusa e o levou do refeitório até o laboratório superior de biologia.

— Acho que vão trazer sua garota. Não se surpreenda se botarem vocês dois juntos na frente das câmeras. Muito bem.

Coriolanus deu um abraço espontâneo nela e correu para o laboratório, agradecido pelo momento de tranquilidade. Sentiu seus lábios se abrindo em um sorriso insano. Ele tinha vencido. Tinha conquistado glória, um futuro e talvez também o amor. A qualquer momento ele teria Lucy Gray nos braços. *Ah, Snow cai como a neve, sempre por cima de tudo; sem dúvida nenhuma.* Ele obrigou as bochechas a relaxarem quando chegou à porta e ajeitou o paletó para tentar esconder seu estado desarrumado. Não seria bom deixar a dra. Gaul o ver assim.

Quando abriu a porta do laboratório superior de biologia, ele só encontrou o reitor Highbottom no lugar de sempre à mesa.

— Feche a porta ao passar.

Coriolanus obedeceu. Talvez o reitor quisesse parabenizá-lo em particular. Ou pedir desculpas pelos abusos. Uma estrela em declínio podia um dia precisar de uma em ascensão. Mas, quando se aproximou do reitor, um medo gelado tomou conta de Coriolanus. Ali, em cima da mesa, arrumados como espécimes de laboratório, havia três objetos: um guardanapo da Academia manchado de ponche de uva, o estojo prateado de pó compacto da mãe dele e um lenço branco velho.

A reunião não podia ter durado mais do que cinco minutos. Em seguida, como combinado, Coriolanus seguiu diretamente para o Centro de Recrutamento, onde se tornou o mais novo, e talvez o mais vistoso, Pacificador de Panem.

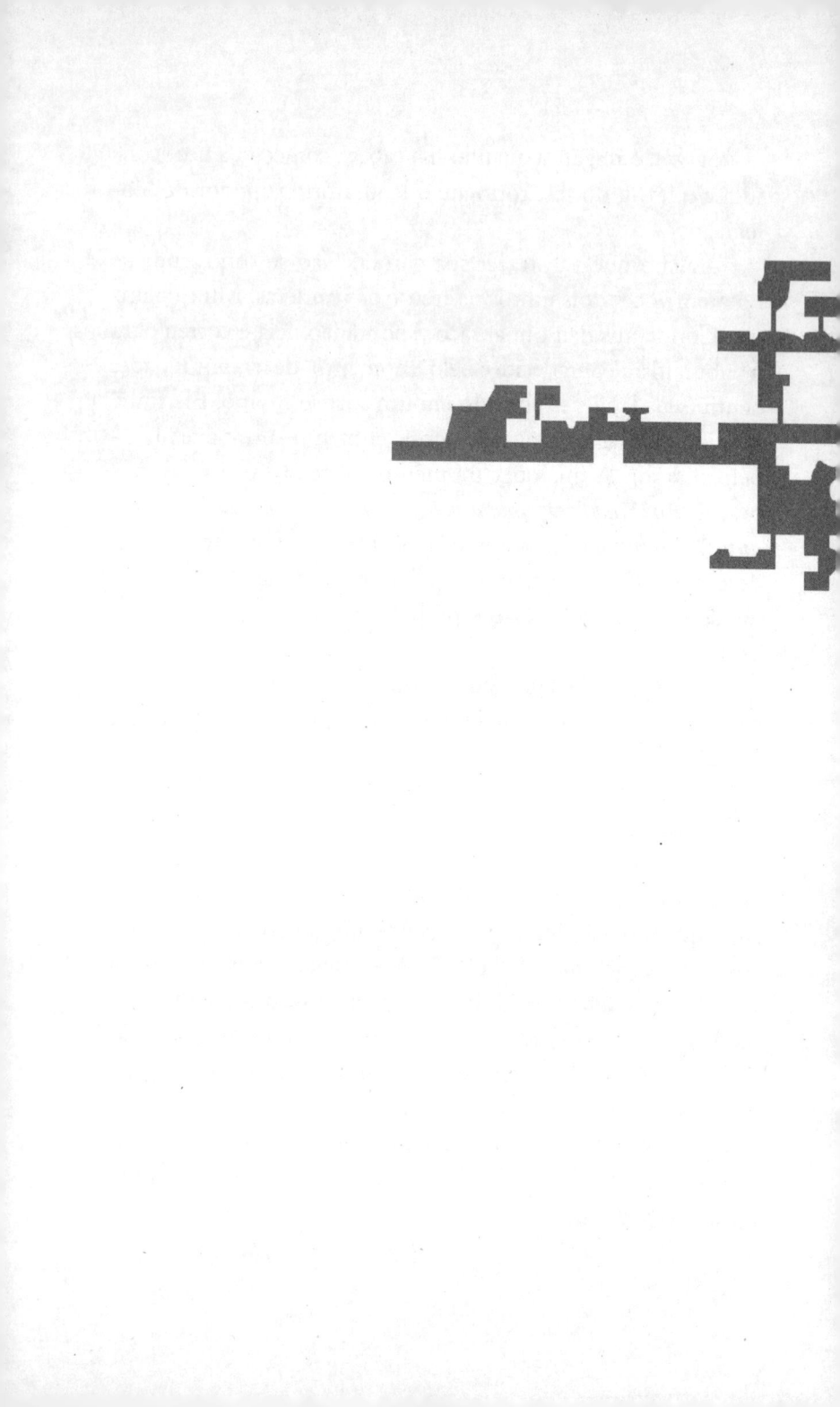

PARTE III

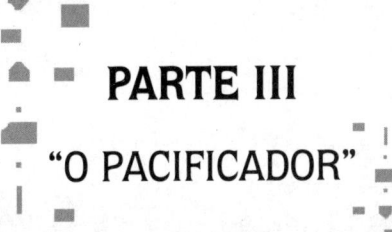

"O PACIFICADOR"

21

Coriolanus encostou a têmpora na janela de vidro, tentando absorver um pouco da frieza que talvez ainda houvesse nela. O vagão abafado do trem tinha se esvaziado quando seis dos seus colegas recrutas saíram no Distrito 9. Sozinho, enfim. Ele tinha ficado no trem por 24 horas sem um momento de privacidade. O movimento para a frente era muitas vezes interrompido por esperas longas e sem explicação. Com a viagem agitada e a falação dos outros recrutas, ele não dormiu nada. Só fingiu dormir para dissuadir qualquer um de conversar com ele. Talvez ele pudesse tirar um cochilo agora para acordar daquele pesadelo que parecia, por sua insistência, ser sua vida real. Ele coçou a bochecha ralada com o punho duro e áspero da nova camisa de Pacificador, o que só reforçou seu desespero.

Que lugar feio, pensou quando o trem seguiu pelo Distrito 9. Os prédios de concreto, a tinta descascando e a miséria, assando no implacável sol da tarde. E como era provável que o Distrito 12 fosse ainda mais feio, com a camada adicional de pó de carvão. Ele nunca tinha visto como era, só a cobertura granulada da praça no dia da colheita. Não parecia adequado para ser habitado por humanos.

Quando ele pediu para ser designado para lá, as sobrancelhas do oficial se ergueram de surpresa.

– Não ouço isso com frequência – disse ele, mas carimbou o pedido sem mais discussões. Aparentemente, nem todo mundo estava acompanhando os Jogos Vorazes, pois ele não parecia saber quem Coriolanus era e nem mencionou Lucy Gray. Melhor ainda. No momento, o anonimato era uma condição muito desejada. Boa parte da vergonha da situação dele vinha do sobrenome que ele carregava. Ele ferveu ao lembrar seu encontro com o reitor Highbottom...

"*Está ouvindo, Coriolanus? É o som da neve caindo.*"

Como ele odiava o reitor Highbottom. A cara inchada acima das provas. A ponta da caneta cutucando os itens na mesa do laboratório.

– Esse guardanapo. Com seu DNA confirmado. Usado para levar ilegalmente comida do refeitório para a arena. Nós o pegamos como evidência na cena do crime depois das bombas. Fizemos uma verificação de rotina e encontramos você.

– Vocês estavam matando ela de fome – disse Coriolanus na época, a voz falhando.

– Procedimento padrão nos Jogos Vorazes. Mas não foi a comida, que deixamos passar da parte de todos os mentores, mas o roubo da Academia. Estritamente proibido – disse o reitor Highbottom. – Eu fui a favor de expô-lo naquela época, lhe conceder outro demérito e desqualificá-lo dos Jogos, mas a dra. Gaul achou que você era mais útil como mártir pela causa da Capital ferida. Então usamos sua gravação cantando o hino enquanto você se recuperava no hospital.

– E por que trazer à tona agora? – perguntou Coriolanus.

– Só para estabelecer um padrão de comportamento. – A caneta bateu na rosa prateada em seguida. – Esse estojo de pó compacto. Quantas vezes vi sua mãe o tirar da bolsa para olhar o rosto? Sua mãe bonita e insípida, que tinha conseguido se convencer que seu pai lhe daria liberdade e amor. Da frigideira direto para o fogo, como dizem.

– Ela não era. – Isso foi tudo que Coriolanus conseguiu falar. Ele quis dizer insípida.

— Só a juventude a desculpava, e ela realmente parecia destinada a ser criança para sempre. O oposto da sua garota, Lucy Gray. Dezesseis anos que parecem quase 35, e 35 vividos com dureza – observou o reitor Highbottom.

— Ela te deu o estojo? – O coração de Coriolanus despencou com o pensamento.

— Ah, não a culpe. Os Pacificadores tiveram que prendê-la no chão pra pegar essa coisa. Naturalmente, fazemos uma revista detalhada dos vitoriosos quando eles saem da arena. – O reitor inclinou a cabeça e sorriu. – Foi tão inteligente o jeito como ela envenenou Wovey e Reaper. Não foi jogo limpo, mas o que fazer? Mandá-la de volta ao Distrito 12 já me parece uma grande punição. Ela disse que o veneno de rato foi ideia dela, que o estojo de pó foi só uma lembrança.

— É verdade – disse Coriolanus. – Foi mesmo. Uma lembrança do meu afeto. Não sei nada sobre veneno.

— Digamos que eu acreditasse em você, e não acredito. Mas digamos que acreditasse. Como devo interpretar isso, então? – O reitor Highbottom ergueu o lenço com a ponta da caneta. – Um dos assistentes do laboratório encontrou isso no tanque das serpentes ontem de manhã. Todos ficaram perplexos e verificaram os bolsos para ver se tinham perdido os lenços, porque quem mais tinha chegado perto dos bestantes? Um jovem até assumiu a culpa, disse que sua alergia andava atacada e que ele tinha perdido o lenço alguns dias antes. Mas quando ele estava pedindo demissão, repararam nas iniciais. Não suas. Do seu pai. Delicadamente bordadas no canto.

CXS. Bordado com o mesmo fio branco da borda. Parte do padrão da borda, tão despretensioso que era preciso procurar com cuidado, mas irrefutavelmente estava lá. Coriolanus nunca tinha se dado ao trabalho de examinar o lenço do dia; só enfiava um no bolso ao sair. Haveria uma pequena chance de negar a acusação se o nome do meio não fosse tão distinto. Xanthos. O único nome que Coriolanus conhecia que começava com X, e a única pessoa que o tinha era seu pai. Crassus Xanthos Snow.

Não havia necessidade de perguntar sobre o exame de DNA, que o reitor Highbottom devia ter feito e encontrado a assinatura genética dele e de Lucy Gray.

— E por que você não tornou isso público?

— Ah, acredite, eu fiquei tentado. Mas a Academia, quando expulsa um aluno, tem a tradição de oferecer uma alternativa de sobrevivência — explicou o reitor. — Como alternativa à desgraça pública, você pode entrar para os Pacificadores até o fim do dia.

— Mas... por que eu faria isso? Por que eu diria que faria isso? Quando acabei... de vencer o Prêmio Plinth pra estudar na Universidade? — gaguejou ele.

— Quem sabe? Porque você é muito patriota? Porque acredita que aprender a defender seu país é uma educação melhor do que o conhecimento de livros? — O reitor Highbottom começou a rir. — Porque os Jogos Vorazes te mudaram e você vai aonde puder servir melhor a Panem? Você é um jovem inteligente, Coriolanus. Sei que vai pensar em alguma coisa.

— Mas... mas eu...? — Sua cabeça estava girando com posca e adrenalina. — Por quê? Por que você me odeia tanto? — disse ele de repente. — Achei que você fosse amigo do meu pai!

Isso deixou o reitor sério.

— Eu também achava. Uma época. Mas acontece que eu era só uma pessoa de quem ele gostava porque podia usar. Mesmo agora.

— Mas ele está morto! Está morto há anos! — exclamou Coriolanus.

— Ele merece estar, mas parece muito vivo em você. — O reitor fez um gesto para ele sair. — Melhor ir logo. O atendimento fecha em vinte minutos. Se você correr, vai conseguir chegar.

E assim, ele saiu correndo, sem saber o que fazer. Depois que se alistou, ele foi direto para a Cidadela, torcendo para implorar pela misericórdia da dra. Gaul. Sua entrada foi negada, mesmo quando ele alegou que os pontos tinham infeccionado. Os Pacificadores ligaram para o laboratório e receberam a informação de que deviam redirecioná-lo para o hospital. Um dos guardas teve pena dele e concordou em tentar entregar a redação final para a dra. Gaul. Mas sem promessas. Na margem, ele começou a rabiscar uma mensagem implorando para que ela intercedesse, mas sentiu que não adiantaria de nada. Ele só escreveu *Obrigado*. Ele não sabia por que estava agradecendo, mas se recusou a deixar que ela se alimentasse do seu desespero.

No caminho para casa, os parabéns dos vizinhos foram como adagas enfiadas em seu coração, mas o verdadeiro sofrimento começou quando ele entrou no apartamento e ouviu sons de cornetas e gritos. Tigris e sua avó tinham pegado os itens de festa que elas usavam para comemorar o ano novo e compraram um bolo de padaria para a ocasião. Ele tentou abrir um sorriso fraco, mas caiu no choro. E contou tudo a elas. Quando terminou, as duas ficaram muito calmas e imóveis, como duas estátuas de mármore.

– Quando você vai embora? – perguntou Tigris.

– Amanhã de manhã – respondeu ele.

– Quando você volta? – perguntou sua avó.

Ele não aguentou dizer vinte anos. Ela não duraria tanto tempo. Se ele a visse de novo, seria no mausoléu.

– Não sei.

Ela assentiu para indicar que entendia e se empertigou na cadeira.

– Lembre-se, Coriolanus, que onde quer que você vá, você sempre será um Snow. Ninguém pode tirar isso de você.

Ele se perguntou se esse não era o problema. A impossibilidade de ser um Snow naquele mundo pós-guerra. O que isso o levou a fazer. Mas só respondeu:

– Um dia, vou tentar ser digno do sobrenome.

Tigris se levantou.

– Venha, Coryo. Vou te ajudar a arrumar as coisas. – Ele a seguiu até o quarto. Ela não tinha chorado. Coriolanus sabia que ela tentaria segurar as lágrimas até ele sair.

– Não tenho muito pra levar. Eles mandaram usar roupas velhas que vão ser jogadas fora. Eles fornecem uniformes, itens de higiene, tudo. Só posso levar itens pessoais que caibam aqui. – Coriolanus pegou uma caixa de vinte por trinta centímetros e uns oito de profundidade dentro da mochila. Os primos olharam para a caixa por um longo momento.

– O que você vai levar? – perguntou Tigris. – Tem que ser coisa importante.

Fotografias da mãe dele o segurando quando bebê, do pai de uniforme, de Tigris e a avó, de alguns dos amigos. Uma bússola velha com corpo de metal, que tinha sido do seu pai. O disco de pó com aroma de rosas que antes ficava no estojo de prata da mãe, embrulhado com cuidado no lenço de cabelo laranja. Três lenços. Papel de carta com a insígnia da família Snow. Sua identidade da Academia. Um canhoto de ingresso de um circo de sua infância, com uma imagem da arena. Um pedaço de mármore dos destroços de uma bomba. Ele se sentiu como a sra. Plinth, com o punhado de lembranças do Distrito 2 na cozinha.

Nenhum dos dois dormiu. Eles foram para o telhado e olharam a Capital até o sol começar a nascer.

– Você foi vítima de uma armação pra fracassar – disse Tigris. – Os Jogos Vorazes são uma punição perversa e cruel.

Como poderiam esperar que uma pessoa boa como você concordasse?

– Você não pode dizer isso pra ninguém além de mim. Não é seguro – avisou Coriolanus.

– Eu sei. E isso também é errado.

Coriolanus tomou banho e vestiu uma calça esfiapada do uniforme, uma camiseta puída e um chinelo remendado e tomou uma xícara de chá na cozinha. Deu um beijo de despedida na avó e deu uma última olhada na casa antes de sair.

No corredor, Tigris lhe ofereceu um velho chapéu de sol e um par de óculos escuros que tinha sido do pai.

– Para a viagem.

Coriolanus percebeu que era um disfarce e colocou os acessórios com gratidão, prendendo os cachos embaixo do chapéu. Eles ficaram em silêncio enquanto andavam pelas ruas quase desertas até o Centro de Recrutamento. Ele se virou para ela, a voz rouca de emoção.

– Deixei tudo nas suas costas. O apartamento, os impostos, nossa Lady-Vó. Me desculpe. Se você nunca me perdoar, vou entender.

– Não há nada a perdoar – disse ela. – Você vai escrever assim que puder?

Eles se abraçaram tão apertado que ele sentiu vários pontos no braço repuxarem. Então ele entrou no Centro, onde uns trezentos cidadãos da Capital esperavam para embarcar para a vida nova. Ele sentiu uma pontada de esperança de não passar no exame físico, mas depois veio uma onda de pânico com o pensamento. Que destino o aguardava se ele não passasse? Uma reprimenda pública? A prisão? O reitor Highbottom não falou, mas ele imaginava o pior. Ele passou com facilidade e até tiraram os pontos sem comentários. O corte militar que o separou dos cachos que ele sempre usara o deixou se sentindo nu, mas com aparência tão diferente que os poucos olhares curiosos que ele vinha recebendo pararam. Ele vestiu um uniforme novo em folha e recebeu uma bolsa cheia de roupas adicionais, um kit de higiene, uma garrafa de água e um pacote de sanduíches com pasta de carne para a viagem de trem. Ele assinou então uma pilha de formulários, sendo que um os orientava a enviar metade do seu pequeno pagamento para Tigris e sua avó. Isso lhe deu um pouco de consolo.

Tosado, vestido e vacinado, Coriolanus entrou em um ônibus de recrutas indo para a estação de trem. Era uma mistura de garotos e garotas da Capital, a maioria recém-formada do ensino médio com formatura em data anterior à da Academia. Ele foi para um canto da estação e viu o *Notícias da Capital*, temendo uma reportagem sobre sua situação, mas só viu as notícias comuns de um sábado. O tempo. Desvios no tráfego para obras. Uma receita de salada de verão. Era como se os Jogos Vorazes nem tivessem acontecido.

Estou sendo apagado, pensou ele. *E, para me apagar, eles precisam apagar os Jogos.*

Quem sabia da sua desgraça? O corpo docente? Os amigos? Ninguém tinha feito contato com ele. Talvez a notícia não tivesse se espalhado. Mas aconteceria. As pessoas iriam especular. Os boatos voariam. Uma versão da verdade, retorcida e cruel, prevaleceria. Ah, como Livia Cardew se gabaria. Clemensia ganharia o Prêmio Plinth na formatura. No mês das férias de verão, as pessoas se perguntariam sobre ele. Algumas talvez até sentissem sua falta. Festus. Lysistrata, talvez. Em setembro, seus colegas começariam a frequentar a Universidade. E ele seria lentamente esquecido.

Apagar os Jogos seria apagar Lucy Gray também. Onde ela estava? Tinha mesmo sido enviada para casa? Estava naquele momento voltando para o Distrito 12, trancada no vagão fedorento de gado que a tinha levado até a Capital? Foi o que o reitor Highbottom indicou que aconteceria, mas a decisão final seria da dra. Gaul, e ela talvez não perdoasse a trapaça deles. Por instrução dela, Lucy Gray poderia ser presa, morta ou até transformada em Avox. Pior ainda, poderia ser sentenciada a uma vida de experimentações no laboratório dos horrores da dra. Gaul.

Lembrando que estava no trem, Coriolanus fechou os olhos, com medo de as lágrimas surgirem. Não seria bom ser visto chorando como um bebê chorão, e ele controlou as emoções com dificuldade. Ele se acalmou com a ideia de que devolver Lucy Gray ao Distrito 12 pudesse ser a melhor estratégia para a Capital. Talvez, com o passar do tempo, a dra. Gaul mandasse buscá-la, principalmente com ele fora da jogada. Talvez ela mandasse que Lucy Gray voltasse e cantasse na abertura dos Jogos. Os crimes dela, se é que houve algum, eram menores em comparação aos dele. E a plateia a amara, não foi? Talvez os encantos a salvassem novamente.

De vez em quando, o trem parava e vomitava mais recrutas, ou para seu distrito designado ou para serem transferidos para transportes indo para o norte ou para o sul ou seja lá para onde tinham sido designados. Às vezes, ele olhava pelas janelas para as cidades mortas pelas quais eles passavam, agora abandonadas às intempéries, e se perguntava como o mundo era quando todas estavam em período de glória. Quando aquilo era a América do Norte, não Panem. Devia ser ótimo. Uma terra cheia de Capitais. Que desperdício...

Por volta da meia-noite, a porta do compartimento se abriu e duas garotas a caminho do Distrito 8 entraram com meio galão de posca que tinham conseguido contrabandear para o trem. Resignado com a situação, ele passou a noite as ajudando a consumir a bebida e acordou um dia depois com o trem parando no Distrito 12, com o amanhecer de uma terça-feira abafada.

Coriolanus cambaleou para a plataforma com a cabeça latejando e a boca parecendo lixa. Seguindo ordens, ele e três outros recrutas formaram uma fila e esperaram por uma hora um Pacificador que não parecia muito mais velho do que eles os levar para fora da estação e pelas ruas cheias de pedrinhas. O calor e a umidade deixavam o ar em um estado intermediário entre líquido e gás, e ele não poderia confirmar se estava inspirando ou expirando. A umidade banhava seu corpo com uma camada desconhecida que desafiava a limpeza. O suor não secava, só aumentava. Seu nariz escorria livremente, o catarro já tingido de preto pelo pó de carvão. Suas meias estavam molhadas nas botas duras. Depois de uma caminhada de uma hora por ruas de asfalto rachado e concreto ladeadas de prédios horríveis, eles chegaram à base que seria seu novo lar.

A cerca de segurança que envolvia a base, assim como os Pacificadores armados no portão, o fizeram se sentir menos exposto. Os recrutas seguiram o guia por uma variedade de prédios cinzentos comuns. No alojamento, as duas garotas se afastaram enquanto ele e o único outro recruta homem, um garoto alto e magro chamado Junius, foram enviados para um quarto com quatro conjuntos de beliches e oito armários. Dois dos beliches estavam bem arrumados, e dois dos restantes, colocados perto de uma janela suja situada acima de uma caçamba de lixo, tinham pilhas de lençóis em cima. Os garotos, desajeitados, seguiram instruções para fazerem a cama, Coriolanus ficando com a de cima em respeito ao medo de altura de Junius. Eles tiveram o resto da manhã para tomar banho, desfazer a mala e revisar o manual de treinamento dos Pacificadores antes de se apresentarem no refeitório para almoçar às onze.

Coriolanus ficou parado no chuveiro, a cabeça para trás, engolindo a água morna que saía do encanamento. Secou-se três vezes até aceitar a umidade da pele como um estado perpétuo e vestiu um uniforme limpo. Depois de desfazer a bolsa e guardar a preciosa caixa na prateleira de cima do armário, ele se deitou na cama e leu o manual dos Pacificadores, ou ao menos fingiu, para evitar conversar com Junius, um sujeito nervoso que precisava da validação que Coriolanus não estava disposto a dar. O que ele queria dizer era *Sua vida acabou, jovem Junius; aceite*. Mas isso parecia capaz de dar mais abertura do que ele estava disposto. A ausência repentina de responsabilidade na vida dele, dos estudos, da família, do próprio futuro, tinha drenado sua força. A menor das tarefas parecia intimidante.

Alguns minutos antes das onze, os colegas de quarto, um garoto falante de rosto redondo chamado Sorriso e seu amigo diminuto, Mosquitinho, foram buscá-los. O quarteto foi para o refeitório, que tinha mesas compridas com cadeiras de plástico rachado.

– Terça é dia de picadinho! – anunciou Sorriso. Apesar de ser Pacificador havia só uma semana, ele parecia não só conhecer, mas amar a rotina. Coriolanus pegou uma bandeja com compartimentos com uma coisa que parecia ração de cachorro com batata. A fome e o entusiasmo dos colegas o animaram, ele experimentou um pedaço e descobriu que a comida era bem razoável, ainda que muito salgada. Ele também recebeu duas metades de pera em conserva e uma caneca grande de leite. Não era elegante, mas alimentava bem. Ele se deu conta de que, como Pacificador, era improvável que ele passasse fome. Na verdade, ele teria mais comida regularmente do que tinha em casa.

Sorriso declarou que todos já eram amigos, e no final do almoço, Coriolanus e Junius tinham ganhado os apelidos de

Cavalheiro e de Poste, respectivamente, um pelos modos à mesa, o outro por causa do tipo de corpo. Coriolanus gostou do apelido porque a última coisa que queria ouvir era o nome Snow. Mas nenhum dos seus companheiros de quarto comentou e nem mencionou os Jogos Vorazes. No fim das contas, os alistados só tinham acesso a uma televisão na sala de recreação, e a qualidade da recepção era tão ruim que raramente ligavam o aparelho. Se Poste tinha visto Coriolanus na Capital, ele não fez a conexão entre o mentor dos Jogos Vorazes e o recruta ao lado dele. Talvez ninguém o reconhecesse porque ninguém esperava que ele estivesse lá. Ou talvez sua fama só alcançasse a Academia e o pequeno grupo de desempregados da Capital que tinha tempo de acompanhar o drama. Coriolanus relaxou a ponto de revelar que teve um pai militar que foi morto na guerra, uma avó e uma prima em casa e que tinha terminado a escola na semana anterior.

Para sua surpresa, ele descobriu que Sorriso e Mosquitinho, assim como muitos dos demais Pacificadores, não eram da Capital, mas nascidos em distritos.

– Ah, claro. – disse Sorriso. – Ser Pacificador é um bom trabalho pra quem consegue. Melhor do que trabalhar nas fábricas. Tem muita comida e sobra dinheiro pra enviar para os meus pais. Algumas pessoas desprezam, mas eu digo que a guerra é passado e um emprego é um emprego.

– Então você não se importa de policiar sua própria gente? – Coriolanus não pôde deixar de perguntar.

– Ah, essa gente não é minha. A minha está no 8. Não botam a gente no mesmo distrito que a gente nasceu – disse Sorriso com um movimento de ombros. – Além do mais, você é da família agora, Cavalheiro.

Coriolanus foi apresentado a outros membros da nova família naquela tarde, quando foi designado para trabalhar na cozinha. Sob orientação de Biscoito, um soldado velho que tinha perdido a orelha esquerda na guerra, ele se despiu até a cintura e ficou na frente de uma pia cheia de água fumegante durante quatro horas, esfregando panelas e enxaguando bandejas de metal. Em seguida, teve quinze minutos para comer mais picadinho e passou algumas horas passando pano no refeitório e nos corredores. Ele teve meia hora no quarto antes das luzes se apagarem às nove e ele desmaiar na cama de cueca.

Às cinco da manhã seguinte, ele estava vestido e no caminho para começar o verdadeiro treinamento. A primeira fase tinha a intenção de deixar as novas tropas em um nível aceitável de condicionamento físico. Ele fez agachamentos, correu e treinou até suas roupas estarem encharcadas e os calcanhares cheios de bolhas. A instrução da professora Sickle foi útil; ela sempre insistira em exercícios rigorosos, e ele marchava em formação desde os doze anos. Poste, por outro lado, com os dois pés esquerdos e o peito côncavo, sofreu provocação e abuso do sargento. Naquela noite, enquanto Coriolanus adormecia, ele ouviu o garoto tentando sufocar o choro com o travesseiro.

Períodos divididos em treinar, comer, limpar e dormir compunham sua nova vida. Ele ia de um a outro mecanicamente, mas com competência suficiente para fugir da reprovação. Quando ele tinha sorte, conseguia uma preciosa meia hora só para si antes do apagar das luzes à noite. Não que ele fizesse alguma coisa. Ele só conseguia tomar um banho e se deitar na cama.

Os pensamentos voltados para Lucy Gray o atormentavam, mas era complicado conseguir informações sobre ela. Se ele saísse pela base fazendo perguntas, alguém poderia acabar percebendo seu papel nos Jogos, e ele queria evitar isso a todo custo. O dia de folga do esquadrão dele era domingo, e seus deveres terminavam às cinco horas de sábado. Como recrutas, eles ficavam confinados à base até o fim de semana seguinte. Quando chegasse, Coriolanus pretendia ir até a cidade e perguntar discretamente aos moradores sobre Lucy Gray. Sorriso disse que os Pacificadores iam a um antigo armazém de carvão, chamado Prego, onde dava para comprar bebida feita em casa e talvez pagar por companhia. O Distrito 12 tinha uma praça, a mesma usada para a colheita, com algumas poucas lojas e mercadores locais, mas ficava mais movimentada durante o dia.

Exceto por Poste, que ficou encarregado das latrinas pelo mau desempenho, seus colegas de quarto foram para a sala de recreação jogar pôquer depois do jantar de sábado. Coriolanus ficou no refeitório, enrolando com o macarrão e a carne enlatada. Como Sorriso sempre os distraía com tanta falação, era a primeira oportunidade que ele tinha de avaliar os outros Pacificadores. Eles variavam em idade do final da adolescência a um velho que parecia ser da época da sua avó. Alguns conversavam entre si, mas a maioria estava silenciosa e deprimida, comendo macarrão. Ele se perguntou: estaria olhando para o seu futuro?

Coriolanus decidiu passar a noite no quarto. Como tinha deixado as últimas moedas para a família, ele não teria dinheiro para jogar, nem uns trocados, até receber o pagamento no primeiro dia do mês. Mas o mais importante era que ele tinha recebido uma carta de Tigris e queria ler com privacidade. Ele apreciou a solidão, livre da imagem, som e cheiro dos colegas. Aquela proximidade constante o sufocava, pois estava acostumado a terminar os dias sozinho. Ele se deitou na cama e abriu a carta com cuidado.

Meu querido Coryo,

É noite de segunda e o apartamento ecoa com sua ausência. Lady-Vó parece não entender direito o que está acontecendo, pois perguntou duas vezes hoje quando você chegaria em casa e se devíamos esperar para jantar. A notícia da sua situação começou a se espalhar. Fui falar com Pluribus, e ele disse que tinha ouvido vários boatos: que você tinha seguido Lucy Gray para o 12 por amor, que tinha se embebedado na comemoração e se alistado por causa de uma aposta, que tinha violado as regras e enviado dádivas suas para Lucy Gray na arena, que você teve algum desentendimento com o reitor Highbottom. Eu digo para as pessoas que você está cumprindo seu dever com o país, como seu pai fez.

Festus, Persephone e Lysistrata passaram aqui esta noite, todos muito preocupados com você, e a sra. Plinth ligou para pedir seu endereço. Acho que ela vai escrever uma carta.

Nosso apartamento vai ser posto à venda agora, graças a uma ajuda dos Dolittle. Pluribus diz que, se não conseguirmos encontrar uma nova casa logo, ele tem dois quartos acima da casa noturna que podemos usar, e que talvez eu possa ajudar com o figurino se ele reabrir. Ele também arrumou compradores para vários móveis nossos. Ele tem sido muito gentil e me pediu para enviar lembranças para você e Lucy Gray. Você conseguiu vê-la? Esse é o lado bom dessa loucura toda.

Desculpe pela carta curta, mas está bem tarde e eu tenho muita coisa para fazer. Eu só queria escrever para lembrar o quanto você é amado e o quanto sentimos saudades. Sei como as coisas devem estar difíceis, mas não perca a esperança. Foi o que nos sustentou pelos períodos mais sombrios e vai continuar fazendo isso agora. Escreva e nos conte sobre sua vida no 12. Pode não parecer ideal, mas quem pode saber em que vai dar?

Snow cai como a neve,
Tigris

Coriolanus escondeu o rosto nas mãos. A Capital, debochando do nome Snow? Sua avó ficando senil? A casa deles sendo dois quartos velhos acima de uma casa noturna, com Tigris costurando maiôs de lantejoula? Era esse o destino da magnífica família Snow?

E ele, Coriolanus Snow, o futuro presidente de Panem? Sua vida, trágica e sem sentido, se desenrolando à frente dele. Ele se imaginou dali a vinte anos, corpulento e burro, a criação que ele teve arrancada à força, a mente atrofiada ao ponto de só processar pensamento básicos e animalescos de fome e sono. Lucy Gray, mantida no laboratório da dra. Gaul, estaria morta, e o coração de Coriolanus morreria com ela. Vinte anos desperdiçados, e depois? Quando ele tivesse cumprido seu tempo? Ora, ele se realistaria, porque até a humilhação seria grande demais. E o que o esperaria na Capital se ele voltasse? Sua avó teria morrido. Tigris, de meia-idade, mas parecendo mais velha, costurando na servidão, sua gentileza transformada em insipidez, sua existência uma piada para quem ela teve que agradar para ganhar a vida. Não, ele nunca voltaria. Ficaria no 12 como aquele velho no refeitório, porque aquela era a vida dele. Sem companheira, sem filhos, sem endereço além do alojamento. Os outros Pacificadores, sua família. Sorriso, Mosquitinho, Poste, seus irmãos. E ele nunca mais veria ninguém da Capital. Nunca mais.

Uma dor terrível apertou seu peito quando uma onda tóxica de saudades de casa e desespero tomou conta dele. Ele teve certeza de que estava tendo um ataque cardíaco, mas não tentou pedir ajuda, só se encolheu e encostou o rosto na parede. Talvez fosse melhor. Porque não havia saída. Não tinha para onde correr. Não havia esperança de resgate. Não havia futuro que não fosse uma morte ainda em vida. O que ele tinha para ansiar? Picadinho? Um copo semanal de gim? Uma promoção de lavar pratos para raspar pratos? Não era melhor morrer agora, rapidamente, a arrastar aquela vida dolorosamente por anos?

Em algum lugar, parecendo muito distante, ele ouviu uma porta bater. Passos soaram no corredor, parando por um minuto e continuando na direção dele. Ele trincou os dentes, desejando que seu coração parasse de uma vez, porque o mundo e ele tinham terminado e era hora de se separarem. Mas os passos ficaram mais altos e pararam na porta do quarto dele. Havia alguém o procurando? Era a patrulha? Olhando-o naquela posição humilhante? Adorando o estado péssimo dele? Ele esperou as risadas, o desprezo e a tarefa de limpar a latrina que teve certeza que viria em seguida.

Mas ele só ouviu uma voz baixa dizer:

– Tem alguém nessa cama aqui?

Uma voz baixa e familiar...

Coriolanus se virou na cama e seus olhos se abriram para confirmar o que seus ouvidos já sabiam. Parado na porta, parecendo estranhamente à vontade com um macacão ainda amassado, recém-saído da embalagem, estava Sejanus Plinth.

22

Coriolanus nunca tinha ficado tão feliz em ver alguém na vida.

— Sejanus! — exclamou. Ele pulou da cama, caiu com pernas trêmulas no chão de concreto pintado e passou os braços ao redor do recém-chegado.

Sejanus o abraçou de volta.

— São boas-vindas supreendentemente calorosas para a pessoa que quase te destruiu!

Uma risada meio histérica saiu dos lábios de Coriolanus, e por um momento ele considerou a precisão da alegação. Era verdade, Sejanus tinha botado sua vida em perigo ao entrar na arena, mas era um exagero culpá-lo por todo o resto. Por mais irritante que Sejanus soubesse ser, ele não teve culpa nenhuma pela raiva que o reitor Highbottom tinha do seu pai e nem na questão do lenço.

— Não, não, é o contrário. — Ele soltou Sejanus e o examinou. Havia olheiras fundas debaixo dos olhos e ele devia ter perdido uns oito quilos. Mas, de um modo geral, ele estava com um ar mais leve, como se o grande peso que carregava na Capital tivesse sido removido dos ombros dele. — O que você está fazendo aqui?

— Hum. Vamos ver. Depois de desafiar a Capital ao entrar na arena, também fiquei à beira da expulsão. Meu pai procurou o comitê e disse que pagaria um novo ginásio para a Academia se deixassem eu me formar e me alistar pra ser Pacificador. Concordaram, mas eu falei que só aceitaria se deixassem você se formar também. Bom, a professora Sickle queria muito um ginásio novo e questionou que importância teria se nós dois ficaríamos presos aqui nos vinte anos seguintes de qualquer forma. – Sejanus botou a bolsa no chão e pegou seus itens pessoais.

– Eu me formei? – perguntou Coriolanus.

Sejanus abriu a caixa, pegou uma pequena pasta de couro com o emblema da escola e entregou a ele com postura cerimoniosa.

– Parabéns. Você não é mais um aluno que abandonou a escola.

Coriolanus abriu a capa e encontrou um diploma com seu nome escrito com caligrafia floreada. A coisa devia ter sido preparada com antecedência, porque até o creditava com *Grande Honra*.

– Obrigado. É besteira, mas ainda importa pra mim.

– Sabe, se você quiser fazer o teste dos candidatos a oficiais, talvez possa importar. É preciso ter formação escolar no ensino médio. O reitor Highbottom achava que isso devia ser negado a você. Disse que você violou regras dos Jogos pra ajudar Lucy Gray. Mas perdeu na votação. – Sejanus riu. – As pessoas estão se cansando dele.

– Então eu não sou universalmente malvisto? – perguntou Coriolanus.

– Por quê? Por ter se apaixonado? Acho que muita gente sente pena de você. Há muitos românticos entre nossos professores, acabei descobrindo – disse Sejanus. – E Lucy Gray provocou uma impressão muito boa.

Coriolanus segurou o braço dele.

– Onde ela está? Você sabe o que aconteceu com ela?

Sejanus balançou a cabeça.

– Costumam enviar os vitoriosos de volta para os distritos, não é?

– Tenho medo de terem feito coisa pior a ela. Porque nós trapaceamos nos Jogos – confessou Coriolanus. – Eu dei um jeito para que as serpentes não a picassem. Mas tudo o que ela fez por conta própria foi usar veneno de rato.

– Então foi isso. Bom, eu não ouvi nada sobre isso. Nem sobre ela ter sido punida – garantiu Sejanus. – A verdade é que ela é tão talentosa que devem querer levá-la de volta ano que vem.

– Também pensei nisso. Talvez Highbottom estivesse certo sobre ela ter sido enviada de volta para casa. – Coriolanus se sentou na cama do Poste e olhou para o diploma. – Sabe, quando você entrou, eu estava avaliando os méritos do suicídio.

– O quê? Agora? Com você finalmente livre das garras do reitor Highbottom e da maligna dra. Gaul? Quando a garota dos seus sonhos está ao seu alcance? Quando minha mãe está, neste exato momento, preparando uma caixa do tamanho de um caminhão com comidas pra você? Meu amigo, sua vida acabou de começar!

Coriolanus começou a rir; os dois riram.

– Isso não é nossa ruína?

– Eu chamaria de salvação. A minha, pelo menos. Ah, Coryo, se você soubesse como fiquei feliz de escapar – disse Sejanus, ficando sério. – Eu nunca gostei da Capital, mas depois dos Jogos Vorazes, depois do que aconteceu com o Marcus... Não sei se você estava falando sério sobre suicídio, mas não foi brincadeira pra mim. Eu estava com tudo planejado...

– Não. Não, Sejanus – disse Coriolanus. – Não vamos dar a eles essa satisfação.

Sejanus assentiu, pensativo, e secou o rosto na manga.

– Meu pai diz que não vai ser melhor aqui. Eu ainda vou ser um garoto da Capital aos olhos dos distritos. Mas não ligo. Qualquer coisa é uma melhoria. Como é aqui?

– A gente marcha ou limpa chão – disse Coriolanus. – É de entorpecer a mente.

– Que bom. A minha mente aguenta um pouco de entorpecimento. Andei preso em debates infinitos com meu pai. No momento, não quero ter discussões sérias sobre nada.

– Então você vai amar nossos colegas de quarto.

A dor no peito de Coriolanus tinha diminuído, e ele sentiu uma pontada de esperança. Lucy Gray tinha sido poupada de punição, ao menos publicamente. Só de saber que ele ainda tinha aliados na Capital melhorou seu ânimo, e a menção de Sejanus a se tornar oficial chamou sua atenção. Será que havia uma saída daquela situação complicada, afinal? Um outro caminho até a influência e o poder? Era um consolo no momento saber que era algo que o reitor Highbottom temia.

– É o que planejo – disse Sejanus. – Eu planejo construir uma vida linda e nova aqui. Em que, do meu jeitinho, eu possa tornar o mundo um lugar melhor.

– Isso vai dar trabalho – disse Coriolanus. – Não sei o que deu em mim pra pedir o 12.

– Foi totalmente aleatório, obviamente – provocou Sejanus.

Como um bobo, Coriolanus sentiu que ficava vermelho.

– Eu nem sei como a encontrar. Nem se ela vai estar interessada em mim agora que tanta coisa mudou.

– Você está brincando, né? Ela está completamente apaixonada por você! E não se preocupe, nós vamos encontrá-la.

Enquanto ajudava Sejanus a desfazer a mala e arrumar a cama, Coriolanus se atualizou sobre as notícias da Capital. Sua desconfiança sobre os Jogos Vorazes estava certa.

— Na manhã seguinte, quase não houve menção alguma – disse Sejanus. – Quando fui à Academia para a revisão, ouvi alguns professores falando que tinha sido um erro envolver alunos, então acho que não vai mais acontecer. Mas eu não ficaria surpreso de ver Lucky Flickerman de volta ano que vem, nem as agências dos correios abrindo para receber dádivas e apostas.

— Nosso legado – disse Coriolanus.

— Ao que parece. Satyria disse à professora Sickle que a dra. Gaul está determinada a manter os Jogos. É a parte da guerra eterna dela, acho. Em vez de batalhas, temos os Jogos Vorazes.

— Sim, para punir os distritos e nos lembrar dos animais que somos – disse Coriolanus, concentrado em enfileirar as meias dobradas de Sejanus no armário.

— O quê? – perguntou Sejanus, olhando para ele de um jeito estranho.

— Não sei – disse Coriolanus. – Parece... Sabe aquilo de ela estar sempre torturando um coelho ou derretendo a pele de alguma coisa?

— Como se ela gostasse? – perguntou Sejanus.

— Exatamente. Acho que ela pensa que somos todos assim. Assassinos por natureza. Inerentemente violentos. Os Jogos Vorazes são um lembrete dos monstros que somos e que precisamos da Capital pra nos proteger do caos.

— Então, além de o mundo ser um lugar brutal, as pessoas gostam da brutalidade? Tipo a redação sobre tudo que amamos na guerra – disse Sejanus. – Como se tivesse sido um grande show. – Ele balançou a cabeça. – Isso tudo para não ter que pensar.

— Esquece – disse Coriolanus. – Vamos ficar felizes de ela estar fora das nossas vidas.

Poste chegou, desanimado, fedendo a mictório e água sanitária. Coriolanus o apresentou a Sejanus, que, ao saber da situação complicada dele, o animou prometendo ajudar nos exercícios.

— Eu demorei pra pegar o jeito lá na escola. Mas, se eu consegui fazer direito, você também consegue.

Sorriso e Mosquitinho entraram logo depois e cumprimentaram Sejanus calorosamente. Eles sofreram uma limpa na mesa de pôquer, mas estavam animados com o entretenimento do sábado seguinte.

— Vai ter uma banda no Prego.

Coriolanus praticamente pulou em cima dele.

— Banda? Que banda?

Sorriso deu de ombros.

— Não lembro. Mas vai ter uma garota cantando. Dizem que é boa. Lucy alguma coisa.

Lucy alguma coisa. O coração de Coriolanus deu um pulo e um sorriso quase partiu o rosto dele em dois.

Sejanus sorriu para ele.

— É mesmo? Taí uma coisa pra esperarmos com ansiedade.

Depois do apagar das luzes, Coriolanus ficou sorrindo para o teto. Lucy Gray não só estava viva, ela estava no 12, e ele se reencontraria com ela na semana seguinte. Sua garota. Seu amor. Sua Lucy Gray. Eles sobreviveram ao reitor, à doutora e aos Jogos. Depois de tantas semanas de medo, saudade e insegurança, ele passaria os braços em volta dela e não soltaria nunca mais. Não foi para isso que ele fora para o 12?

Mas não foi só a notícia dela. Por mais irônico que fosse, a aparição do irritante Sejanus ajudou a trazê-lo de volta à vida também. Não só com o diploma e as tortas prometidas, nem as garantias de que a Capital não debochava dele, nem mesmo a esperança de carreira como oficial. Coriolanus ficou muito aliviado de ter alguém que conhecia seu mundo para conversar e, mais importante ainda, que conhecia seu verdadeiro valor. Ele ficou emocionado com o fato de que Strabo Plinth deixou Sejanus insistir que sua formatura fosse parte do acordo do ginásio e interpretou como pelo menos um pagamento parcial por ele ter salvado a vida de Sejanus. O velho Plinth não tinha se esquecido dele, Coriolanus tinha certeza, e talvez estivesse disposto a usar a riqueza e o poder para ajudá-lo no futuro. E, claro, a sra. Plinth o adorava. Talvez as coisas não estivessem tão horríveis, afinal.

Com Sejanus e alguns retardatários dos distritos, eles tinham recrutas suficientes para formar um esquadrão de vinte, e começaram a ser treinados assim. Não havia dúvida, o regime da Academia tinha preparado bem Coriolanus e Sejanus, que estavam em forma e executavam bem os exercícios, embora não tivessem tido aulas sobre armas de fogo como estavam tendo agora. O fuzil padrão de um Pacificador era uma coisa formidável, capaz de disparar cem balas até precisar ser recarregado. Para começar, os recrutas se concentraram em aprender as partes da arma enquanto as limpavam e montavam e desmontavam, até serem capazes de fazer isso dormindo. Coriolanus ficou meio ressabiado no primeiro dia de treino de tiro ao alvo de tão ruins que eram suas lembranças da guerra, mas descobriu que ter sua própria arma o fazia se sentir mais seguro. Mais poderoso. Sejanus acabou sendo um talento natural para mira e logo ganhou o apelido de Na Mosca. Coriolanus percebeu que o nome o deixava incomodado, mas ele o aceitou.

A segunda-feira após a chegada de Sejanus, dia 1º de agosto, foi um dia de decepção. Os recrutas descobriram que tinham que estar de serviço por um mês inteiro para receber o primeiro pagamento. Sorriso ficou particularmente desanimado, pois estava contando com o pagamento para cobrir a farra de fim de semana. Coriolanus também ficou desanimado. Como ele poderia ver Lucy Gray sem ter o valor para um ingresso?

Depois de três dias só treinando, a quinta-feira ofereceu um momento de alegria. Os pacotes da sra. Plinth chegaram, explodindo com prazeres doces. A expressão de Poste, Sorriso e Mosquitinho merecia ter sido emoldurada quando eles viram tortas de cereja, bolas de pipoca de caramelo e biscoitos cobertos de chocolate sendo desembrulhados. Sejanus e Coriolanus transformaram os doces em propriedade comum do quarto, cimentando ainda mais o laço de irmandade entre eles.

– Sabe – disse Sorriso com a boca cheia de torta –, se quiséssemos, aposto que a gente podia trocar uma parte disso no sábado. Por gim e outras coisas. – Todos concordaram, e uma parte do presente foi deixada de lado para o grande evento de sábado à noite.

Animado pelo açúcar no organismo, Coriolanus escreveu um bilhete de agradecimento para a sra. Plinth e uma carta para Tigris assegurando-a que estava bem. Ele tentou tratar a rotina pesada com leveza e abordar a possibilidade de se tornar oficial. Tinha conseguido um manual muito gasto para o teste de candidatura a oficial, que tinha uma amostra das perguntas. Era feito para avaliar a aptidão escolástica e consistia basicamente em problemas verbais, matemáticos e espaciais, mas ele também precisaria aprender algumas regras básicas e regulamentos para a parte de perguntas militares. Se passasse, não seria oficial, mas começaria a ser treinado para tal. Ele estava com uma sensação boa em relação às suas chances, no mínimo porque a maioria dos outros recrutas mal tinha sido alfabetizada. Suas poucas aulas sobre valores e tradições dos Pacificadores tinha deixado isso claro. Ele contou a Tigris a lamentável notícia sobre o pagamento, mas garantiu que o dinheiro chegaria regularmente a partir do dia 1º de setembro. Enquanto tirava pipoca dos dentes com a língua, ele se lembrou de mencionar a chegada de Sejanus e aconselhou que, se ela tivesse alguma emergência, a sra. Plinth provavelmente poderia ajudar.

Na manhã de sexta, um clima tenso se espalhou pelo refeitório e Sorriso contou a história de uma enfermeira que tinha conhecido na clínica. Um mês antes, na época da colheita, um Pacificador e dois chefes do Distrito 12 tinham morrido em uma explosão nas minas. Uma investigação criminal levou à prisão de um homem cuja família era de líderes rebeldes conhecidos na época da guerra. Ele seria enforcado à uma da tarde. As minas seriam fechadas para o evento e os mineiros tinham que comparecer para assistir.

Ainda inexperiente, Coriolanus não viu como isso poderia envolvê-lo e continuou seguindo a rotina de sempre. Mas durante o treino militar, o comandante da base em pessoa, um bode velho chamado Hoff, apareceu e observou por um tempo. Antes de sair, ele trocou algumas palavras com o sargento que os treinava, que na mesma hora chamou Coriolanus e Sejanus.

— Vocês dois, vocês vão ao enforcamento hoje à tarde. O comandante quer mais gente lá para fazer número e está procurando recrutas que sejam capazes de lidar com o treinamento militar. Apresentem-se no transporte ao meio-dia de uniforme. É só seguirem as ordens, vai ficar tudo bem.

Coriolanus e Sejanus comeram apressados e voltaram para o alojamento para trocar de roupa.

— O assassino estava querendo matar o Pacificador especificamente? — perguntou Coriolanus ao vestir o uniforme branco engomado pela primeira vez.

— Eu soube que ele estava tentando sabotar a produção de carvão e matou três pessoas acidentalmente — respondeu Sejanus.

– Sabotar a produção? Com que objetivo? – perguntou Coriolanus.

– Não sei. Torcendo pra iniciar a revolução novamente?

Coriolanus só balançou a cabeça. Por que aquelas pessoas achavam que a única coisa de que elas precisavam para começar uma rebelião era a raiva? Elas não tinham exército, nem armas e nem autoridade. Na Academia, ele aprendeu que a guerra recente tinha sido incitada por rebeldes do Distrito 13 que puderam acessar e disseminar armas e comunicação para os companheiros por toda Panem. Mas o 13 sumira com uma explosão nuclear, junto com a fortuna dos Snow. Não tinha restado nada, e qualquer ideia de reorganizar a rebelião era pura estupidez.

Quando eles se apresentaram, Coriolanus ficou surpreso de receber uma arma, considerando que seu treino tinha sido mínimo.

– Não se preocupe, o major disse que só precisamos ficar em posição de sentido – disse outro recruta.

Eles foram colocados na caçamba de um caminhão, que saiu da base e desceu por uma estrada que contornava o Distrito 12. Coriolanus estava nervoso, pois era seu primeiro trabalho como Pacificador, mas também um pouco animado. Algumas semanas antes, ele era um estudante, mas agora tinha o uniforme, a arma e o status de um homem. E até o Pacificador de ranking mais baixo tinha poder por sua associação com a Capital. Ele empertigou a coluna ao pensar nisso.

Enquanto o caminhão contornava o distrito, os prédios passaram de sujos a esquálidos. As portas e janelas das casas decrépitas estavam abertas no calor. Havia mulheres de rostos afundados sentadas nas portas, vendo crianças seminuas com costelas projetadas brincando sem ânimo na terra. Em alguns pátios, bombas atestavam a falta de água corrente, e as linhas de transmissão de energia frouxas indicavam que não havia garantia de eletricidade.

Aquele nível de necessidade assustou Coriolanus. Ele tinha sido pobre a maior parte da vida, mas os Snow sempre trabalharam muito para manter a decência. Aquelas pessoas tinham desistido, e uma parte dele as culpava pela condição. Ele balançou a cabeça.

– Nós mandamos tanto dinheiro para os distritos – disse ele. Devia ser verdade. Sempre reclamavam disso na Capital.

– Nós mandamos dinheiro para as indústrias, não para os distritos em si – disse Sejanus. – As pessoas estão por conta própria.

O caminhão saiu da estrada de cinzas e entrou em uma estrada de terra que contornava um campo grande de terra batida e ervas daninhas, terminando em um bosque. A Capital tinha bosques pequenos em alguns dos parques, mas até isso era bem-cuidado. Coriolanus achava que aquilo era o que as pessoas queriam dizer por floresta ou natureza. Árvores grossas, trepadeiras e vegetação crescendo para todo lado. A desordem era perturbadora. E quem sabia que tipo de criatura habitava o local? A mistura de zumbidos, cantos e movimentação o deixou tenso. Que barulheira os pássaros dali faziam!

Havia uma árvore grande no limite da floresta, os galhos se abrindo como braços longos e cheios de nós. Tinham pendurado uma forca em um galho particularmente horizontal. Diretamente abaixo, uma plataforma rudimentar com dois alçapões tinha sido montada.

– Ficam nos prometendo uma forca decente – disse o major de meia-idade no comando. – Até lá, nós preparamos isso. Antes, a gente os enforcava no chão, mas eles demoravam uma eternidade pra morrer, e quem tem tempo pra isso?

Uma das recrutas que Coriolanus reconheceu da caminhada até a base levantou a mão com hesitação.

– Quem vamos enforcar?

– Ah, um insatisfeito que tentou fechar as minas – disse o major. – São todos uns insatisfeitos, mas esse é o líder. O nome é Arlo alguma coisa. Ainda estamos procurando os outros, mas não sei para onde planejam fugir. Não há *para onde* fugir. Pronto, todos pra fora!

Os papéis de Sejanus e Coriolanus eram decorativos. Eles ficaram parados na fileira de trás de um dos dois esquadrões de vinte que ladeavam a plataforma. Mais sessenta Pacificadores se espalharam pelo contorno do campo. Coriolanus não gostava de ficar de costas para toda aquela flora e fauna descuidadas, mas ordens eram ordens. Ele permaneceu olhando para a frente, para outro lado do campo, onde ficava o distrito, do qual um fluxo regular de gente começou a chegar. Pela cara das pessoas, muitas tinham ido para lá direto das minas, com os rostos pretos de pó de carvão. Mulheres e crianças só um pouco mais limpas se juntaram a eles, e famílias se formaram no campo. Coriolanus começou a ficar ansioso quando dezenas viraram centenas e mais gente continuava chegando, empurrando a multidão para a frente de forma ameaçadora.

Um trio de veículos se aproximou lentamente pela estrada de terra na direção da forca. Do primeiro, um carro velho que poderia ter sido classificado como de luxo antes da guerra, saiu o prefeito Lipp, do Distrito 12, seguido de uma mulher de meia-idade com o cabelo pintado de louro, e Mayfair, a garota que fora alvo da cobra de Lucy Gray no dia da colheita. Eles pararam juntos na lateral da plataforma. O comandante Hoff e seus oficiais saíram de um segundo carro, que levava uma bandeira de Panem no capô. Uma onda de inquietação se espalhou pela multidão quando a traseira do último veículo, uma van branca de Pacificadores, foi aberta. Dois guardas pularam no chão e se viraram para ajudar o prisioneiro a sair. Com algemas pesadas, o homem alto e magro conseguiu permanecer ereto enquanto era levado até a plataforma. Com dificuldade, ele arrastou as correntes pelos degraus bambos e os guardas o posicionaram sobre um dos alçapões.

O major ordenou que eles fizessem posição de sentido, e o corpo de Coriolanus assumiu a posição. Tecnicamente, seu olhar devia estar para a frente, mas ele só conseguia ver os acontecimentos com o canto do olho e estava se sentindo escondido na fila de trás. Ele nunca tinha visto uma execução na vida real, só na televisão, e agora não conseguia afastar o olhar.

A multidão fez silêncio, e um Pacificador leu a lista de crimes que tinham condenado Arlo Chance, inclusive o assassinato de três homens. Apesar de tentar projetar a voz, ela soou fraca no ar quente e úmido. Quando ele terminou, o comandante assentiu para os Pacificadores na plataforma. Ofereceram uma venda ao condenado, que a recusou, e colocaram o laço da forca em volta do pescoço dele. O homem ficou parado, estoico, olhando ao longe enquanto esperava seu fim.

Um tambor começou a soar na lateral da plataforma, gerando um grito na frente da multidão. Coriolanus desviou o olhar para localizar a fonte. Uma jovem de pele oliva e cabelo preto comprido surgiu acima da multidão enquanto um homem tentava carregá-la, mas ela estava lutando desesperadamente para ir para a frente, gritando "Arlo! Arlo!". Já havia Pacificadores se aproximando dela.

A voz teve um efeito eletrizante em Arlo, cujo rosto registrou primeiro surpresa e depois horror.

– Corre! – gritou ele. – Corre, Lil! Corre! Cor...!

O estalo da abertura do alçapão e o ruído da porta sendo esticada interromperam a fala dele, gerando um ruído de surpresa na multidão. Arlo caiu cinco metros e pareceu morrer instantaneamente.

No silêncio ameaçador que se espalhou em seguida, Coriolanus sentiu o suor escorrendo pelas costelas enquanto esperava o que viria em seguida. As pessoas atacariam? Esperariam que ele atirasse nelas? Ele lembrava como a arma funcionava? Ele apurou os ouvidos para captar a ordem. Mas só ouviu a voz do morto ecoando sinistramente do cadáver que balançava.

– *Corre! Corre, Lil! Cor...!*

23

Um tremor percorreu a espinha de Coriolanus, e ele sentiu o resto dos recrutas se agitando.

– *Corre! Corre, Lil! Cor...!*

O grito cresceu e pareceu envolvê-lo, quicar nas árvores e o atacar por trás. Por um momento, ele pensou que tivesse ficado louco. Ele desobedeceu às ordens e virou a cabeça, quase esperando ver um exército de Arlos saindo da floresta que havia atrás. Nada. Ninguém. A voz soou de novo, em um galho alguns metros acima.

– *Corre! Corre, Lil! Cor...!*

Ao ver o pássaro preto pequeno, ele se lembrou do laboratório da dra. Gaul, onde tinha visto a mesma criatura no alto de uma jaula. Gaios tagarelas. Ora, a floresta devia estar cheia daqueles animais, imitando o grito de morte de Arlo assim como fizeram com os lamentos do Avoxes no laboratório.

– *Corre! Corre, Lil! Cor...!*
– *Corre! Corre, Lil! Cor...!*
– *Corre! Corre, Lil! Cor...!*

Enquanto Coriolanus voltava à posição de sentido, viu a agitação que os pássaros causaram nas fileiras de trás de recrutas, embora o resto dos Pacificadores permanecesse inabalado. *Já estão acostumados*, pensou Coriolanus. Ele não sabia se algum dia se acostumaria com a repetição do grito de morte de alguém. Mesmo agora estava se transformando, passando da fala de Arlo para algo mais melódico. Uma série de notas que imitava a inflexão da voz dele, mais assombrosa do que as palavras em si.

Na multidão, os Pacificadores pegaram a mulher, Lil, e a estavam levando. Ela deu um último grito de desespero que os pássaros também imitaram, primeiro como voz e depois como parte do arranjo. O discurso humano tinha sumido, e o que restou foi um coral musical das falas de Arlo e Lil.

– Tordos – resmungou um soldado na frente dele. – Malditos bestantes.

Coriolanus se lembrava de ter conversado com Lucy Gray antes da entrevista.

– *Bom, você sabe o que dizem. O show só acaba quando o tordo canta.*

– *Tordo? Eu realmente acho que você inventa essas coisas.*

– *Isso, não. O tordo é um pássaro que existe mesmo.*

– *E canta no seu show?*

– *Não no meu show, querido. No seu. Ou da Capital, pelo menos.*

Devia ser isso que ela queria dizer. O show da Capital era o enforcamento. O tordo era um pássaro de verdade. Não era um gaio tagarela. Era diferente. Uma coisa regional, ele achava. Mas era estranho, porque o soldado os tinha chamado de bestantes. Seu olhar tentou encontrar e isolar um na folhagem. Agora que sabia o que estava procurando, ele encontrou vários gaios tagarelas. Talvez os tordos fossem idênticos... mas, não, calma, ali! Um pouco mais alto. Um pássaro preto, um pouco maior do que os gaios tagarelas, abriu as asas de repente e revelou duas áreas branquíssimas ao erguer o bico e cantar. Coriolanus teve certeza de que tinha visto seu primeiro tordo e detestou a criatura à primeira vista.

O canto dos pássaros agitou a plateia, e os sussurros começaram a falar de bestantes e depois se transformaram em objeções quando os Pacificadores enfiaram Lil na van que tinha trazido Arlo. Coriolanus teve medo do potencial da multidão. Seria possível que se voltassem contra os soldados? Espontaneamente, seu polegar soltou a trava de segurança da arma.

Uma saraivada de balas o fez pular, e ele procurou os corpos ensanguentados, mas só viu um dos oficiais baixando a arma. O oficial riu e assentiu para o comandante depois de atirar nas árvores e fazer o bando de pássaros sair voando. Dentre eles, Coriolanus identificou dezenas de pares de asas pretas e brancas. Os tiros fizeram a multidão sossegar, e ele viu os Pacificadores sinalizando para as pessoas e gritando coisas como "Voltem ao trabalho!" e "Acabou o show!". Quando o campo foi ficando vazio, ele continuou em posição de sentido, torcendo para ninguém ter reparado na tensão dele.

Depois que todos entraram no caminhão para voltar para a base, o major disse:

– Eu devia ter avisado sobre os pássaros.

– O que são exatamente?

O major fez um ruído de deboche.

– Um erro, se você quer saber minha opinião.

– Bestantes? – insistiu Coriolanus.

– De certa forma. Bom, são eles e os filhotes – disse o major. – Depois da guerra, a Capital deixou todos os bestantes gaios tagarelas soltos para acabarem morrendo sem se reproduzir, e era o que devia ter acontecido, porque todos eram machos. Mas eles ficaram de olho nos tordos da região, e as aves pareceram aceitar. Agora, temos que aguentar essas aberrações de tordos mistos. Em alguns anos, todos os gaios tagarelas vão ter morrido, e vamos ver se os seus filhotes vão conseguir acasalar.

Coriolanus não queria passar os vinte anos seguintes ouvindo-os fazendo serenata nas execuções. Talvez, se ele se tornasse oficial, ele organizasse um grupo de caça para acabar com eles. Mas por que esperar? Por que não sugerir agora, para os recrutas, como forma de treino de tiro ao alvo? Com certeza ninguém gostava das aves. A ideia o fez se sentir melhor. Ele se virou para Sejanus para contar o plano, mas o rosto de Sejanus estava sombrio, como na época da Capital.

– O que foi?

Sejanus manteve o olhar na floresta quando o caminhão se afastou.

– Eu realmente não pensei nisso direito.

– O que você quer dizer? – perguntou Coriolanus. Mas Sejanus só balançou a cabeça.

Na base, eles devolveram as armas e foram inesperadamente liberados até o jantar, às cinco. Assim que vestiram os uniformes do dia a dia, Sejanus murmurou alguma coisa sobre escrever para sua Mãezinha e desapareceu. Coriolanus encontrou a carta que um dos colegas de quarto devia ter recolhido para ele. Ele reconheceu a caligrafia fina e cheia de curvas de Pluribus Bell e subiu na cama para ler. Boa parte confirmava o que Tigris já tinha contado: que Pluribus estava do lado dos Snow, tanto vendendo os bens quanto oferecendo alojamento temporário, enquanto elas resolviam a situação. Mas um parágrafo saltou aos olhos de Coriolanus.

> *Sinto muito pela maneira como as coisas terminaram para você. A punição de Casca Highbottom parece excessiva e me fez pensar. Acho que mencionei que ele e seu pai eram inseparáveis quando estavam na Universidade. Mas me lembro, perto do fim, de uma espécie de briga. Não era o estilo deles. Casca ficou furioso, disse que estava bêbado e*

que a coisa toda era brincadeira. E seu pai disse que ele devia estar agradecido. Que tinha feito um favor a ele. Seu pai saiu, mas Casca ficou bebendo até eu fechar. Perguntei qual era o problema, mas ele só disse: "Como mariposas pelo fogo." Ele estava muito bêbado. Acho que eles acabaram fazendo as pazes, mas talvez não. Os dois começaram a trabalhar logo depois e não os vi mais com frequência. As pessoas seguem em frente.

Esse trecho de história era o melhor que Coriolanus tinha recebido como explicação pelo ódio do reitor Highbottom. Uma briga. Um desentendimento. Ele sabia que eles não tinham feito as pazes, a não ser que outra briga tivesse acontecido depois, por causa da forma amarga como o reitor mencionou seu pai. Que homenzinho mesquinho o reitor Highbottom era, ainda lambendo as feridas de um desentendimento na época da escola. Mesmo agora, com seu suposto perseguidor morto havia tanto tempo. *Não dá pra deixar pra lá?*, pensou ele. *Como ainda pode ter importância?*

No jantar, Sorriso, Poste e Mosquitinho só queriam ouvir do enforcamento, e Coriolanus se esforçou para satisfazê-los. Sua ideia de usar os tordos para treino de tiro ao alvo foi recebida com entusiasmo, e os colegas de quarto o encorajaram a falar com os superiores. O único estraga-prazeres foi Sejanus, que permaneceu em silêncio, recolhido, e empurrou a bandeja de macarrão para quem quisesse comer. Coriolanus ficou um pouco preocupado. Na última vez que Sejanus perdera o apetite, sua sanidade tinha ido junto.

Mais tarde, enquanto eles passavam pano no refeitório, Coriolanus o abordou:

– O que está te incomodando? E não diz que não é nada.

Sejanus mexeu o esfregão no balde de água cinzenta.

– Não sei. Fico imaginando o que teria acontecido hoje se a multidão tivesse reagido. Nós teríamos que atirar nas pessoas?

– Ah, provavelmente não – disse Coriolanus, apesar de ter pensado a mesma coisa. – Provavelmente só alguns disparos para o alto.

– Como ajudar a matar gente nos distritos pode ser melhor do que ajudar a se matarem nos Jogos Vorazes? – perguntou Sejanus.

Os instintos de Coriolanus estavam certos. Sejanus estava caindo em outra espiral de conflitos éticos.

– Como você achou que seria? Em que você achou que tinha se inscrito?

– Eu achei que poderia ser paramédico – confessou Sejanus.

– Paramédico – repetiu Coriolanus. – Tipo um doutor?

– Não, isso exigiria estudo universitário – explicou Sejanus. – Algo mais básico. Uma atividade em que eu pudesse ajudar pessoas feridas, da Capital ou de distrito, quando houvesse violência. Pelo menos, eu não faria mal algum. Só não sei se conseguiria matar uma pessoa, Coryo.

Coriolanus sentiu uma certa irritação. Sejanus se esquecera de que tinha sido o comportamento imprudente dele que fizera Coriolanus matar Bobbin? Que o egoísmo dele tinha roubado do amigo o luxo de fazer uma declaração daquelas? Ele sufocou uma gargalhada ao pensar em Strabo Plinth. Um gigante da indústria armamentista com um herdeiro pacifista. Ele podia imaginar as conversas que tinham acontecido entre pai e filho. *Que desperdício*, pensou ele. *Que desperdício de uma dinastia.*

– E em uma guerra? – perguntou ele a Sejanus. – Você é soldado, sabe.

— Eu sei. Uma guerra seria diferente, acho. Mas eu teria que estar lutando por algo em que acredito. Teria que acreditar que tornaria o mundo um lugar melhor. Eu ainda preferiria ser paramédico, mas não há muita demanda no momento, no fim das contas. Sem guerra. Existe uma lista de espera grande de gente que gostaria de ser treinada pra trabalhar na clínica. Mas, mesmo pra isso, é preciso ter indicação, e o sargento não quer me dar uma.

— Por que não? Parece perfeito – disse Coriolanus.

— Porque eu sou muito bom com armas – disse Sejanus. – É verdade. Eu atiro bem demais. Meu pai me ensinou desde que eu era pequenininho, e toda semana eu tinha treino obrigatório de tiro ao alvo. Ele considera parte do negócio da família.

Coriolanus tentou absorver a informação.

— Por que você não fingiu?

— Achei que estava fingindo. Na verdade, eu atiro muito melhor do que faço nos treinos. Tentei não me destacar, mas o resto do esquadrão é horrível. – Sejanus se deu conta do que tinha dito. – Não você.

— Sim, eu. – Coriolanus riu. – Olha, acho que você está exagerando. A gente não vai ter enforcamento todos os dias. E, se um dia precisar, é só você atirar pra errar.

Mas as palavras só alimentaram Sejanus.

— E se isso acabar com você, Poste ou Sorriso mortos? Porque eu não protegi vocês?

— Ah, Sejanus! – explodiu Coriolanus, exasperado. – Você tem que parar de pensar demais em tudo! De imaginar todas as piores situações. Isso não vai acontecer. Nós todos vamos morrer aqui, de velhice ou de ficar limpando o chão, o que vier primeiro. Enquanto isso, para de acertar o alvo! Ou inventa um problema nos olhos! Ou quebra a mão numa porta!

— Em outras palavras, eu tenho que parar de ser tão autoindulgente.

— Bom, dramático, pelo menos. Foi assim que você foi parar na arena, lembra?

Sejanus reagiu como se Coriolanus tivesse dado um tapa nele. Mas, depois de um momento, assentiu em reconhecimento.

— Foi assim que eu quase fiz nós dois sermos mortos. Você está certo, Coryo. Vou pensar no que você falou.

Uma tempestade chegou com o sábado, deixando uma camada grossa de lama e o ar tão pesado que Coriolanus ficou com a sensação de que poderia torcê-lo como uma esponja. Ele tinha começado a gostar da comida salgada de Biscoito e raspava o prato em todas as refeições. Os efeitos do treino físico diário o deixaram mais forte, mais flexível e confiante. Ele estaria à altura dos moradores, mesmo com eles passando o dia nas minas. Não que um embate corporal parecesse provável, não com o arsenal dos Pacificadores, mas ele estaria pronto se acontecesse.

Durante o treino de tiro ao alvo, ficou de olho em Sejanus, cuja mira parecia meio ruim. Que bom. Uma redução repentina nas habilidades dele atrairia atenção. A avaliação de qualquer outro garoto sobre o próprio talento seria suspeita, mas Sejanus nunca foi de se gabar. Se ele dizia que atirava muito bem, sem dúvida era verdade. O que queria dizer que ele seria uma boa aquisição para a matança de tordos se pudesse ser persuadido a tentar. No fim do treino, Coriolanus lançou a ideia para o sargento e ficou grato pela resposta.

— Talvez não seja má ideia. Mataríamos dois pássaros com uma cajadada só.

— Ah, espero que mais do que dois — brincou Coriolanus, e o sargento o recompensou com um grunhido.

Depois de uma tarde abafada na lavanderia, colocando e tirando uniformes do dia a dia em lavadoras e secadoras industriais, separando e dobrando, Coriolanus engoliu o jantar e correu para o chuveiro. Era imaginação sua ou a barba estava mais cheia? Ele a admirou enquanto passava uma navalha pelo rosto. Outro sinal de que ele estava deixando a adolescência para trás. Ele secou o cabelo com a toalha, aliviado de o corte militar não estar mais tão curto. Aqui e ali dava para visualizar uma ondinha.

A promessa da aparição de uma banda no Prego naquela noite encheu o banheiro de animação. Aparentemente, nenhum dos recrutas tinha acompanhado os Jogos Vorazes daquele ano.

– *Vai ter uma garota cantando lá.*

– *É, da Capital.*

– *Não, ela não é da Capital. Ela foi pra lá por causa dos Jogos Vorazes.*

– *Ah. Ela deve ter vencido.*

Com os rostos brilhando de calor e esforço, Coriolanus e os companheiros de quarto saíram para a noitada. O guarda a serviço mandou que eles ficassem de cabeça erguida ao saírem da base.

– Acho que nós cinco podíamos encarar uns mineiros – disse Poste, olhando em volta.

– No mano a mano, claro – disse Sorriso. – Mas e se eles tivessem armas?

– Eles não podem ter armas aqui, podem? – perguntou Poste.

– Não legalmente. Mas deve haver algumas escondidas por aí depois da guerra. Escondidas embaixo de tábuas de piso e em árvores. Quem tem dinheiro consegue qualquer coisa – disse Sorriso com um movimento sábio de cabeça.

– Coisa que nenhum deles tem – disse Sejanus.

Sair da base a pé deixava Coriolanus tenso também, mas ele atribuiu isso à confusão de emoções que estava sentindo.

Ele estava alternadamente animado, apavorado, arrogante e loucamente inseguro sobre ver Lucy Gray. Havia tantas coisas que ele queria dizer, tantas perguntas que queria fazer, que nem sabia por onde começar. Talvez com um daqueles beijos longos e lentos...

Depois de uns vinte minutos, eles chegaram no Prego. Já tinha sido um armazém de carvão em tempos melhores, mas a produção reduzida o tinha deixado abandonado. Devia pertencer a alguém da Capital, ou mesmo à Capital em si, mas não parecia haver nenhum tipo de supervisão e nem de manutenção. Junto às paredes, algumas barracas improvisadas exibiam artigos variados, a maioria de segunda mão. Dentre eles, Coriolanus viu de tudo, desde cotocos de velas a coelhos mortos, de sandálias trançadas caseiras a óculos rachados. Ele teve medo de, por causa do enforcamento, serem tratados com hostilidade, mas ninguém pareceu olhar para eles mais de uma vez, e boa parte da clientela tinha vindo da base.

Sorriso, que tinha negociado e atuado no mercado clandestino onde ele morava, sacrificou estrategicamente um biscoito para virar amostra e o quebrou em vários pedaços para as pessoas que ele considerasse potenciais compradores experimentarem. A magia da sra. Plinth funcionou, e entre troca direta com os fabricantes de bebida caseira e dinheiro de outras partes interessadas, eles acabaram com uma garrafa de líquido transparente tão potente que o cheiro fez seus olhos lacrimejarem.

– Essa é das boas! – garantiu Sorriso. – Chamam de aguardente branca aqui, mas é um destilado básico caseiro. – Cada um tomou um gole, gerando uma rodada de tosses e tapinhas nas costas, e guardaram o resto para o show.

Ainda de posse de seis bolas de pipoca, Coriolanus perguntou sobre ingressos, mas as pessoas fizeram sinal para eles entrarem.

– O pagamento é só depois – disse um homem. – Melhor pegar logo um lugar se você quiser um bom. Acho que vai lotar. A garota voltou.

Pegar um assento significava pegar uma caixa, bobina ou balde de plástico em uma pilha no canto e levar até um local onde desse para ver o palco, que não passava de um amontoado de estrados de madeira em uma ponta do Prego. Coriolanus preferiu um lugar junto à parede, na metade do ambiente. Na luz fraca, Lucy Gray teria dificuldade em reparar nele, e era o que ele queria. Ele precisava de tempo para decidir como abordá-la. Ela teria ouvido falar que ele estava lá? Provavelmente não, pois quem teria contado? Na base, Coriolanus era só o Cavalheiro, e suas aventuras nos Jogos Vorazes nunca foram mencionadas.

A noite chegou e alguém virou um interruptor, acendendo diversas luzes penduradas por um cabo velho e várias extensões suspeitas. Coriolanus procurou a saída mais próxima na expectativa do incêndio inevitável. Com a estrutura antiga de madeira e o pó de carvão, uma fagulha poderia transformar o lugar no inferno num piscar de olhos. O Prego começou a lotar com uma mistura de Pacificadores e moradores locais, a maioria homens, mas também com uma boa quantidade de mulheres. Devia haver quase duzentas pessoas reunidas quando um garoto magrelo de uns doze anos, com um chapéu decorado com penas coloridas, apareceu, montou um único microfone no palco e levou o fio até uma caixa preta na lateral. Ele arrastou uma caixa de madeira para trás do microfone e recuou para uma área bloqueada com um cobertor velho. Sua aparição gerou uma agitação na multidão, e as pessoas começaram a aplaudir ao mesmo tempo, de uma forma contagiante. Até Coriolanus se pegou batendo palmas. Vozes gritaram para o show começar, e quando parecia que jamais começaria, a lateral do cobertor foi puxada e apareceu uma garotinha de vestido rosa rodado. Ela fez uma reverência.

A plateia vibrou quando a garota começou a bater em um tambor pendurado numa tira no pescoço dela e a dançar até o microfone.

— U-hu, Maude Ivory! — gritou um Pacificador perto de Coriolanus, e ele soube que essa era a prima que Lucy Gray tinha mencionado, a que conseguia lembrar todas as músicas que ouvia. Era uma alegação séria para uma coisinha tão jovem; ela não podia ter mais de oito ou nove anos.

Ela pulou na caixa atrás do microfone e acenou para a plateia.

— Oi, pessoal! Obrigada por virem hoje! A temperatura está boa pra vocês? — disse ela com voz doce e aguda, e a plateia riu. — Bom, estamos planejando esquentar as coisas um pouco mais. Meu nome é Maude Ivory e tenho o prazer de apresentar o Bando! — A multidão aplaudiu, e ela se curvou até fazerem silêncio suficiente para que ela começasse as apresentações. — No bandolim, Tam Amber! — Um jovem alto e muito magro de chapéu com uma pena saiu de detrás da cortina, dedilhando um instrumento parecido com um violão, mas com um corpo em formato de lágrima. Ele foi direto até Maude Ivory, sem olhar para a plateia hora nenhuma, os dedos percorrendo as cordas com facilidade. Em seguida, o garoto que montou o microfone apareceu com um violino. — Esse é Clerk Carmine na rabeca! — anunciou Maude Ivory enquanto ele tocava pelo palco. — E Barb Azure no baixo! — Carregando um instrumento que parecia uma versão gigantesca da rabeca, uma mulher magra de vestido xadrez azul até os tornozelos acenou timidamente para a plateia quando se juntou aos outros. — E agora, recém-chegada do compromisso na Capital, a primeira e única Lucy Gray Baird!

Coriolanus prendeu o ar quando ela entrou no palco, o violão em uma das mãos, os babados do vestido verde-limão ondulando em volta do corpo, as feições acentuadas pela maquiagem. A plateia ficou de pé. Ela deu uma corridinha quando Tam Amber pegou a caixa de Maude Ivory e foi para o centro do palco, na frente do microfone.

– Oi, Distrito 12. Sentiram minha falta? – Ela sorriu com o rugido que foi a resposta. – Aposto que vocês esperavam nunca mais botar os olhos em mim, e a recíproca é verdadeira. Mas voltei. Voltei mesmo.

Encorajados pelos colegas, um Pacificador se aproximou timidamente do palco e entregou a ela uma garrafa de aguardente branca pela metade.

– O que é isso? É pra mim? – perguntou ela, pegando a garrafa. O Pacificador fez um gesto indicando que era para o grupo todo. – Ora, vocês sabem muito bem que parei de beber aos doze anos! – A plateia soltou uma grande gargalhada. – O quê? Parei sim! Claro que não faz mal nenhum ter um pouco à mão pra propósitos medicinais. Obrigada, é muita gentileza sua. – Ela encarou a garrafa como se considerando e lançou um olhar de sabedoria para a plateia, depois deu um gole. – Pra limpar o gogó! – disse ela com inocência em reação aos gritos. – Sabem, do jeito que vocês me tratam mal, não sei por que sempre volto. Mas eu volto. Me lembra aquela música antiga.

Lucy Gray dedilhou o violão uma vez e olhou para o resto do Bando, que estava reunido em um meio círculo fechado em volta do microfone.

– Muito bem, meus lindos passarinhos. Um, dois, um, dois, três e...

A música começou, forte e animada. Coriolanus sentiu o calcanhar batendo no ritmo antes mesmo de Lucy Gray se inclinar para o microfone.

Meu coração é burro, não sei por quê.
O Cupido não tem culpa, ele é um bebê.
Você atira, pisa nele, executa
Mas ele sempre volta rastejando.

Meu coração pirou, perdeu a razão.
Você é o mel que atrai abelha e zangão.
Você ferroa, espreme, joga longe,
Mas ele sempre volta rastejando.

Não devia ser irrelevante
Que você decidiu parti-lo.
Como você pode ter partido
O que guarda o meu amor?

Fez bem para o seu ego
Poder acabar com ele?
Foi por isso que você destruiu
O que guarda o meu amor.

Lucy Gray se afastou do microfone e permitiu que Clerk Carmine se aproximasse para fazer um trabalho complicado com os dedos tocando a rabeca, enfeitando a melodia, enquanto os outros faziam o fundo. Coriolanus não conseguiu tirar os olhos do rosto de Lucy Gray, iluminada de uma forma como ele nunca tinha visto. *Ela é assim quando está feliz*, pensou Coriolanus. *Ela é linda!* Linda de uma forma que todo mundo podia ver e não só ele. Isso podia ser um problema. O ciúme atormentou seu coração. Mas, não. Ela era sua garota, não era? Ele se lembrou da música que ela cantou na entrevista, sobre o cara que partiu o coração dela, e examinou o Bando em busca de um suspeito provável. Só havia Tam Amber do bandolim, mas não havia fagulhas no ar entre eles. Um dos moradores do distrito, então?

A multidão aplaudiu Clerk Carmine e Lucy Gray voltou.

> *Prendeu meu coração e não soltou.*
> *As pessoas riem de como você o tratou.*
> *Você amarra, rasga, despe,*
> *Mas ele sempre volta rastejando.*
>
> *O coração pula como uma lebre.*
> *O sangue ainda corre e parece alegre.*
> *Você o esgota, tortura, estou louca,*
> *Mas ele sempre volta rastejando.*
>
> *Você o queima, despreza, não devolve,*
> *Quebra, assa, não resolve,*
> *Esmaga, soca, mas que droga,*
> *Ele sempre volta rastejando.*

Depois dos aplausos e de muitos gritos, a plateia sossegou para ouvir mais um pouco.

Como Coriolanus sabia por ter ajudado Lucy Gray a ensaiar na Capital, o Bando tinha um repertório amplo e variado, e também tocava canções instrumentais. Às vezes, alguns dos membros saíam, desapareciam atrás do cobertor e deixavam só um ou dois tocando no palco. Tam Amber se mostrou um às do bandolim, animando a plateia com o dedilhado veloz enquanto o rosto permanecia sem expressão e distante. Maude Ivory, a favorita do público, cantou uma música sombria e engraçada sobre a filha de um mineiro que se afogou e convidou a plateia a cantar o refrão, o que muitos fizeram, surpreendentemente. Ou talvez não fosse tão surpreendente, considerando que a maioria estava bêbada agora.

> *Oh, querida, oh, querida,*
> *Oh querida Clementina,*
> *Você se foi pra sempre.*
> *Só lamento, Clementina.*

Algumas das músicas eram quase ininteligíveis, com palavras desconhecidas que Coriolanus tinha dificuldade de entender, e ele se lembrou de Lucy Gray dizendo que eram de outra época. Durante essas, os cinco integrantes do Bando pareciam se voltar para si mesmos, balançando os corpos e construindo harmonias complicadas com as vozes. Coriolanus não gostava; o som o incomodava. Ele ouviu pelo menos três músicas dessas até se dar conta de que lembravam os tordos.

Felizmente, a maioria das músicas era mais atual e do gosto dele, e eles terminaram com uma que Coriolanus reconheceu da colheita...

> *Não, senhor,*
> *Nada que você possa tirar de mim vale lamentar.*
> *Pode pegar, eu dou de graça. Não vai machucar.*
> *Nada que você possa tirar de mim merecia*
> *ser guardado!*

... e a ironia não passou despercebida pela plateia. A Capital tinha tentado tirar tudo de Lucy Gray e fracassara totalmente.

Quando os aplausos cessaram, ela assentiu para Maude Ivory. A garota correu para trás do cobertor e voltou carregando uma cesta cheia de laços coloridos.

— Muito obrigada – disse Lucy Gray. – Vocês sabem como isso funciona. Nós não cobramos ingresso porque às vezes as pessoas famintas são as que mais precisam de música. Mas nós também temos fome. Portanto, se você gostaria de contribuir, Maude Ivory vai passar a cesta. Agradecemos desde já.

Os quatro mais velhos do Bando tocaram uma música suave enquanto Maude Ivory andava pela multidão, recolhendo moedas na cesta. Coriolanus e seus colegas de quarto só tinham algumas moedas, o que não pareceu suficiente, apesar de Maude Ivory agradecer com uma reverência educada.

— Espere – disse Coriolanus. – Você gosta de doces? – Ele levantou uma aba do pacote de papel pardo com o que restava das bolas de pipoca para Maude dar uma olhada, e seus olhos se arregalaram de prazer. Coriolanus colocou todas na cesta, pois estavam mesmo separadas para os ingressos. Se ele conhecia bem a sra. Plinth, haveria mais caixas a caminho.

Maude Ivory deu uma pequena pirueta em agradecimento, passou rapidamente pelo resto da plateia e correu para o palco para puxar a saia de Lucy Gray e mostrar os doces na cesta. Coriolanus viu os lábios de Lucy Gray formarem um *oh* e perguntarem de onde tinham vindo. Ele sabia que aquele era o momento e se viu dando um passo para sair das sombras. Seu corpo estava formigando de expectativa quando Maude Ivory levantou a mão para apontar para ele. O que Lucy Gray faria? Ela admitiria que o conhecia? Ou o ignoraria? Será que o reconheceria, agora que estava vestido como um Pacificador?

O olhar dela seguiu o dedo de Maude Ivory até chegar nele. Uma expressão de confusão surgiu no rosto dela, depois de reconhecimento e finalmente de alegria. Ela balançou a cabeça sem acreditar e riu.

— Tudo bem, pessoal. Esta... esta talvez seja a melhor noite da minha vida. Obrigada a todos por terem vindo. Que tal mais uma música pra finalizar? Pode ser que vocês tenham me ouvido cantar essa antes, mas o significado dela mudou pra mim na Capital. Acho que vocês vão entender por quê.

Coriolanus voltou para seu lugar, pois ela sabia onde o encontrar agora, para ouvir e saborear o reencontro dos dois, que estava a uma canção de distância. Seus olhos se encheram de lágrimas quando ela começou a cantar a música do zoológico.

No fundo do vale, o vale ao luar,
Tarde da noite, o trem a apitar.
O trem, ouço o trem apitar.
Tarde da noite, ouço o trem apitar.

Coriolanus sentiu um cotovelo cutucar suas costelas e viu Sejanus sorrindo para ele. Era legal ter alguém que também entendia a importância da música. Alguém que sabia o que eles tinham passado.

Construa uma mansão, elevada como um altar,
Para que eu veja meu amor passar.
Vê-lo passar, amor, vê-lo passar.
Para que eu veja meu amor passar.

Sou eu, Coriolanus teve vontade de dizer às pessoas ao redor. *Eu sou o amor dela. E salvei a vida dela.*

Escreva uma carta num papel especial.
Com selo e endereço da prisão da Capital.
Prisão da Capital, amor, da prisão da Capital.
Com selo e endereço da prisão da Capital.

Ele deveria dizer oi primeiro? Ou dar logo um beijo?

Rosas são vermelhas, violetas, como o mar.
Os pássaros sabem que sempre vou te amar.

Um beijo. Definitivamente, dar logo um beijo.

Sabem que vou te amar, ah, sempre vou te amar.
Os pássaros sabem que sempre vou te amar.

– Boa noite, pessoal. Espero vê-los na semana que vem. Até lá, continuem cantando suas músicas – disse Lucy Gray, e o Bando todo se curvou pela última vez. Enquanto a plateia aplaudia, ela sorriu para Coriolanus. Ele começou a andar na direção dela, contornando pessoas que estavam pegando as cadeiras improvisadas para colocá-las de volta no canto. Alguns Pacificadores tinham se reunido em volta dela, e ela estava conversando com eles, mas Coriolanus via os olhos de Lucy Gray se desviando na direção dele. Ele parou para dar tempo para ela se livrar das pessoas e para apreciar a visão dela, brilhando e apaixonada por ele.

Os Pacificadores davam boa-noite e começavam a se retirar. Coriolanus ajeitou o cabelo e se aproximou. Eles estavam a uns cinco metros de distância quando uma agitação no Prego, o som de vidro quebrando e de vozes protestando, fez com que ele virasse a cabeça. Um jovem de cabelo escuro mais ou menos da idade dele, usando uma camiseta sem mangas e uma calça rasgada nos joelhos, estava abrindo caminho pela multidão cada vez mais minguada. Seu rosto brilhava de suor e os movimentos sugeriam que ele tinha ultrapassado o limite da bebida um tempo antes. Em um ombro havia um instrumento grande com uma parte de teclado de piano de um lado. Atrás dele estava a filha do prefeito, Mayfair, tomando o cuidado de não encostar em ninguém, a boca apertada de desdém.

Coriolanus voltou o olhar para o palco, onde uma expressão fria e rígida tinha substituído a expressão ávida de Lucy Gray. Os outros membros da banda se reuniram em volta dela de forma protetora, a frivolidade da hora do show se transformando em uma mistura de raiva e tristeza.

É ele, pensou Coriolanus com certeza absoluta, o estômago se contraindo de forma desagradável. *É o garoto que ela chamou de amor naquela música.*

24

Maude Ivory colocou o corpinho magro na frente de Lucy Gray. Contraiu o rosto e apertou as mãos em punhos.

– Dê meia-volta, Billy Taupe. Ninguém quer você aqui.

Billy Taupe oscilou de leve enquanto observava o grupo.

– É menos querer e mais precisar, Maude Ivory.

– Também não precisamos de você. Sai fora. E leva sua garota fuinha junto – ordenou Maude Ivory. Lucy Gray passou o braço em volta da garotinha e apertou de leve, para acalmá-la ou para segurá-la.

– O som de vocês está tão fraco. Vocês estão fracos – disse Billy Taupe com voz arrastada e bateu com uma das mãos no instrumento.

– A gente se vira sem você, Billy Taupe. Você fez sua escolha. Agora, nos deixe em paz – disse Barb Azure, a voz baixa dura como aço. Tam Amber não disse nada, mas deu um pequeno aceno de concordância.

O rosto de Billy Taupe foi tomado de dor.

– É isso que você acha, CC?

Clerk Carmine puxou a rabeca para perto do corpo.

Apesar de o Bando variar em tom de pele, de cabelo e nas feições, Coriolanus reparou numa semelhança clara entre os dois. Irmãos, talvez?

– Você pode vir comigo. Ficaríamos bem, nós dois – suplicou Billy Taupe. Mas Clerk Carmine se manteve firme. –

Tudo bem. Não preciso de vocês. Nunca precisei de nenhum de vocês. Nunca vou precisar. Sempre fiquei melhor sozinho.

Dois Pacificadores começaram a se aproximar dele. O que tinha dado a garrafa de bebida para Lucy Gray botou a mão no braço dele.

— Vamos embora, o show acabou.

Billy Taupe se soltou da mão do Pacificador e lhe deu um empurrão embriagado. Em um instante, o humor sociável do Prego mudou. Coriolanus sentiu a tensão, afiada como uma faca. Mineiros que o tinham ignorado ou assentido para ele por cima das garrafas ficaram beligerantes. Os Pacificadores se empertigaram, alertas de repente, e ele viu seu próprio corpo quase em posição de sentido. Quando seis Pacificadores se aproximaram de Billy Taupe, ele sentiu os mineiros se adiantarem. Ele estava se preparando para a briga que tinha certeza que começaria quando alguém apagou as luzes, deixando o Prego na escuridão.

Tudo parou por um instante e o caos explodiu. Um soco acertou a boca de Coriolanus, fazendo-o usar os próprios punhos. Ele golpeou arbitrariamente, concentrado apenas em garantir seu círculo de segurança. A mesma selvageria animal que ele sentira quando os tributos o caçaram na arena tomou conta dele de novo. A voz da dra. Gaul ecoou em seus ouvidos. "*Isso é a humanidade em seu estado natural. É a humanidade despida.*" E ali estava a humanidade despida de novo, e de novo ele era parte dela. Socando, chutando, os dentes à mostra na escuridão.

Uma buzina tocou repetidamente fora do Prego e faróis de caminhão iluminaram a área perto da porta. Apitos soaram e vozes gritaram para que a multidão se dispersasse. As pessoas correram para a saída. Coriolanus lutou contra a onda, tentando localizar Lucy Gray, mas decidiu que a melhor chance de encontrá-la seria lá fora. Ele abriu caminho entre os corpos, ainda dando socos ocasionais, e saiu no ar noturno, onde os moradores do distrito foram embora e os Pacificadores se reuniram, fingindo perseguir alguns arruaceiros. A maioria nem estava de serviço e não havia unidade organizada para resolver a erupção espontânea. Na escuridão, ninguém tinha certeza de com quem tinha brigado. Melhor deixar de lado. Mas Coriolanus achou tenso; diferentemente do enforcamento, os mineiros tinham reagido agora.

Sugando o lábio cortado, ele se posicionou de forma a poder observar a porta, mas as últimas pessoas saíram e não houve sinal de Lucy Gray, do Bando e nem mesmo de Billy Taupe. Ele se sentiu frustrado por ter chegado tão perto, mas não ter conseguido falar com ela. Havia outra saída no Prego? Sim, Coriolanus se lembrava de uma porta perto do palco, por onde eles devem ter conseguido sair. Mayfair Lipp não tinha tido tanta sorte. Ela estava ladeada por Pacificadores, não presa, mas também sem a liberdade de ir embora.

— Não fiz nada errado. Vocês não têm o direito de me segurar — disse ela para os soldados com desprezo na voz.

— Desculpa, moça — disse um Pacificador. — Pra sua própria segurança, não podemos deixar que vá embora sozinha. Ou você nos deixa levá-la ou nós chamamos seu pai pra sabermos o que fazer.

A menção ao pai fez Mayfair calar a boca, mas não melhorou a atitude. Ela estava furiosa, os lábios apertados em uma linha tensa e cruel que dizia que alguém pagaria por isso, ela só precisava de tempo.

Não parecia haver muito entusiasmo para a tarefa de levá-la em casa, e Coriolanus e Sejanus foram recrutados para o serviço, ou por terem se portado bem no enforcamento ou por estarem ambos relativamente sóbrios. Dois oficiais e três outros Pacificadores formaram o resto do grupo.

– A essa hora, com esse clima, é melhor a gente se precaver – disse um oficial. – Não é longe.

Quando eles foram percorrendo as ruas, as botas esmagando o cascalho, Coriolanus precisou apertar os olhos na escuridão. Havia postes de rua iluminando a Capital, mas ali era preciso contar com brilhos esporádicos de janelas e com os raios pálidos da lua. Desarmado, sem nem a proteção do uniforme branco, ele se sentia vulnerável e se aproximou mais do grupo. Os oficiais tinham armas; com sorte, isso afastaria qualquer agressor. Ele se lembrou das palavras da avó: "*Seu pai mesmo dizia que aquelas pessoas só bebiam água porque não chovia sangue. Você ignora isso por sua própria conta e risco, Coriolanus.*" Haveria pessoas de olho, esperando uma chance de saciar a sede? Ele sentiu falta da segurança da base.

Felizmente, depois de alguns poucos quarteirões, as ruas se abriram em uma praça deserta, que ele percebeu que era o local da colheita anual. Algumas luzes espaçadas o ajudaram a caminhar através dos paralelepípedos sob os pés.

– Posso chegar em casa sozinha a partir daqui – disse Mayfair.

– Não estamos com pressa – disse um dos oficiais.

– Por que não me deixam em paz? – reclamou ela.

– Por que você não para de andar por aí com aquele imprestável? – sugeriu o oficial. – Acredite em mim, isso não vai acabar bem.

– Ah, cuida da sua vida.

Eles atravessaram a praça na diagonal, saíram dela e seguiram uma via recém-pavimentada até a rua seguinte. O grupo parou na frente de uma casa grande que poderia ser considerada mansão no Distrito 12, mas não chamaria a menor atenção na Capital. Pelas janelas, escancaradas no calor de agosto, Coriolanus teve vislumbres de aposentos iluminados e mobiliados nos quais ventiladores elétricos zumbiam e balançavam as cortinas. Seu olfato captou o aroma do jantar – presunto, ele achava –, o que fez sua boca aguar de leve e diminuiu o gosto de sangue nos lábios. Talvez fosse melhor ele não ter encontrado Lucy Gray; seus lábios não estavam adequados para um beijo.

Quando um dos oficiais botou a mão no portão, Mayfair passou por ele, correu pelo caminho e entrou em casa.

– A gente não devia falar com os pais dela? – perguntou o outro.

– Pra quê? – perguntou o primeiro. – Você sabe como o prefeito é. Vai dar um jeito de fazer com que as saídas dela à noite virem nossa culpa. Não estou precisando de sermão nenhum.

O outro murmurou alguma coisa concordando e o grupo voltou pela praça. Quando Coriolanus estava indo atrás, um chiado baixo e mecânico chamou sua atenção, e ele se virou para os arbustos escuros na lateral da casa. Conseguiu identificar uma figura imóvel na escuridão, as costas na parede. Uma luz no segundo andar foi acesa e o brilho amarelo revelou Billy Taupe, o nariz ensanguentado, olhando para Coriolanus de cara feia. Ele estava segurando o instrumento, a fonte do chiado, contra o peito.

Coriolanus abriu os lábios para alertar os demais, mas alguma coisa segurou sua língua. O que foi? Medo? Indiferença? Insegurança sobre como Lucy Gray reagiria? A banda deixou clara a posição em relação ao rival dele, mas ele não sabia como interpretariam se Coriolanus o dedurasse, o que poderia fazer com que o garoto fosse parar na cadeia. E se transformasse

Billy Taupe em um personagem digno de solidariedade, alguém por quem eles lutariam e que perdoariam? Ele percebera que lealdade era coisa séria no Bando. Por outro lado, será que gostariam? Especialmente Lucy Gray, que talvez estivesse muito interessada em saber que seu antigo amor tinha corrido para a casa da filha do prefeito em busca de consolo. O que ele tinha feito para ser expulso de tudo relacionado ao Bando, da banda e de casa? Ele se lembrou das últimas palavras da música dela, da cantiga que ela cantou na entrevista.

Pena que sou a aposta que a colheita lhe tirou.
O que você vai fazer quando a morte me levar?

A resposta tinha que estar ali.

Mayfair apareceu e fechou a janela. Puxou a cortina, bloqueou a luz e escondeu Billy Taupe. Os arbustos se agitaram e o momento passou.

– Coryo? – Sejanus tinha voltado para buscá-lo. – Você vem?

– Desculpe, me perdi nos pensamentos – disse Coriolanus.

Sejanus indicou a casa.

– Me lembra a Capital.

– Você nunca diz "minha casa" – observou Coriolanus.

– Não. Pra mim, minha casa sempre vai ser o Distrito 2 – confirmou Sejanus. – Mas não importa. É provável que eu nunca mais retorne para lá.

Quando eles estavam voltando, Coriolanus se perguntou sobre sua chance de ver a Capital de novo. Antes de Sejanus chegar, ele achava que era zero. Mas se ele pudesse voltar como oficial, talvez até herói de guerra, talvez as coisas ficassem diferentes. Claro que, nesse caso, ele precisaria de uma guerra na qual se destacar, assim como Sejanus precisava de uma para ser paramédico.

Os ombros de Coriolanus relaxaram quando o portão da base se fechou após eles passarem. Ele lavou o rosto e subiu na cama acima dos roncos inebriados do Poste. Seus batimentos cardíacos ecoavam nos lábios inchados enquanto ele repassava a noite. Tudo aconteceu como um sonho: ver Lucy Gray, ouvi-la cantar, a alegria dela ao vê-lo. Isso até Billy Taupe aparecer e estragar o reencontro. Era mais um motivo para odiar Billy Taupe, embora ver a rejeição do Bando a ele tivesse sido profundamente satisfatório. Confirmava que Lucy Gray era sua.

No café da manhã de domingo chegou a má notícia de que, por causa da altercação da noite anterior, nenhum soldado podia sair da base sozinho. Os superiores estavam até considerando tornar o Prego proibido. Sorriso, Mosquitinho e Poste, apesar de estarem de ressaca e machucados da noite anterior, lamentaram o jeito como as coisas estavam, por não terem nada para ansiar se as saídas de sábado fossem canceladas. Sejanus só se importou porque Coriolanus se importou, pois reconheceu que era mais uma barreira para ele visse Lucy Gray.

— Será que ela vem te visitar aqui? — sugeriu ele quando estavam limpando as bandejas.

— Ela pode fazer isso? — perguntou Coriolanus, mas torceu para que ela não fosse, mesmo que pudesse. Ele tinha pouco tempo sem atividades, e onde eles poderiam conversar? Pela cerca? Como isso seria visto? Do jeito que ele ficara envolvido no romance na noite anterior, estava planejando cumprimentá-la com um beijo, mas, pensando melhor, isso geraria uma avalanche de perguntas dos seus companheiros de quarto e sem dúvida provocaria espanto nos oficiais. A história deles, inclusive seu alistamento forçado, acabaria surgindo, e com isso a trapaça nos Jogos. Além do mais, considerando o estresse entre os moradores locais e os Pacificadores, seria melhor manter o relacionamento em particular. Sussurrar pela cerca talvez encorajasse boatos de que ele era simpatizante dos rebeldes ou, pior ainda, espião. Não, se eles iam se encontrar, ele teria que ir até ela. Em segredo. Naquele dia haveria uma rara oportunidade de procurá-la, mas ele precisaria de um companheiro para sair com ele da base.

— Acho melhor manter as coisas entre nós em segredo. Ela poderia se encrencar se viesse aqui. Sejanus, você tinha planos pra hoje ou... — começou ele.

— Ela mora em um lugar chamado Costura — disse Sejanus. — Perto da floresta.

— O quê?

— Eu perguntei a um dos mineiros ontem. Muito casualmente. — Sejanus sorriu. — Não se preocupe, ele estava bêbado demais, não vai lembrar. E, sim, eu ficaria feliz de ir com você.

Sejanus disse aos colegas de quarto que eles iriam à cidade ver se conseguiam trocar um pacote de chiclete da Capital por papel de carta, mas a desculpa se mostrou desnecessária, pois todos os companheiros foram descansar os corpos maltratados depois do café da manhã. Coriolanus desejava ter dinheiro para algum tipo de presente, mas não possuía um centavo sequer. Quando passaram pelo refeitório na saída, seu olhar pousou na máquina de gelo e ele teve uma ideia. Naquele calor, os soldados podiam pegar gelo livremente para botar nas bebidas ou para se refrescar. Esfregar cubos no corpo oferecia um pouco de alívio na sauna que era a cozinha.

Biscoito, que ele tinha conquistado por ter feito um bom trabalho lavando a louça, deu a Coriolanus um saco plástico velho. Como o dia estava quente demais, ele concordou que seria boa ideia levar um pouco de gelo para evitar insolação. Coriolanus não sabia se o Bando tinha freezer, mas pela cara das casas pelas quais ele passara a caminho do enforcamento, ele achava que era um luxo que poucos podiam ter. De qualquer forma, o gelo era de graça, e ele não queria chegar de mãos vazias.

Eles assinaram a saída no portão, onde o guarda os avisou para tomarem cuidado, e saíram andando na direção que eles lembravam como sendo a da praça da cidade. Coriolanus estava apreensivo. Mas, com as minas fechadas, um silêncio pairava sobre o distrito, e as poucas pessoas por quem eles passaram os ignoraram. Só havia uma pequena padaria aberta na praça, as portas escancaradas para que a brisa aliviasse o calor dos fornos. A dona, uma mulher de cara vermelha, não tinha interesse em dar direções para clientes não pagantes, e Sejanus trocou o chiclete chique por um pão. Ela cedeu, os levou para a praça e apontou para a rua que eles tinham que seguir para chegar até a Costura.

Depois do centro da cidade, a Costura se espalhava por quilômetros, as ruas comuns se dissolvendo rapidamente em uma teia de ruelas menores e sem identificação que subiam e sumiam sem motivo evidente. Algumas tinham fileiras de casas idênticas e velhas; outras tinham estruturas improvisadas que seria generosidade chamar de barraco. Muitas casas estavam tão escoradas, remendadas ou quebradas que a estrutura original não passava de uma lembrança. Muitas outras foram abandonadas e saqueadas.

Sem entender a lógica de organização e nem ter pontos de referência, Coriolanus ficou desorientado quase imediatamente, e sua inquietação voltou. De vez em quando, eles passavam por alguém sentado na porta ou na sombra de casa. Ninguém parecia minimamente simpático. As únicas criaturas sociáveis eram os pernilongos, cuja fascinação por seu lábio cortado fazia com que precisassem ser sempre espantados. Com o sol que ardia, a condensação do saco de gelo derretendo deixou uma mancha molhada na perna da calça dele. O entusiasmo de Coriolanus também começou a se dissolver. A sensação que ele sentira na noite anterior no Prego, a mistura de embriaguez e desejo, parecia um sonho febril agora.

– Talvez isso tenha sido má ideia.

– É mesmo? – perguntou Sejanus. – Tenho quase certeza de que estamos indo na direção certa. Está vendo as árvores ali?

Coriolanus viu uma área verde ao longe. Ele seguiu andando e pensando com carinho no beliche e que domingo era dia de mortadela frita com batata. Talvez ele não tivesse sido feito para ser apaixonado por alguém. Talvez fosse do tipo solitário. Coriolanus Snow, mais solitário do que apaixonado. Uma coisa podia ser dita sobre Billy Taupe: ele exalava sentimentos intensos. Era isso que Lucy Gray queria? Paixão, música, bebida, luar e um garoto selvagem que englobasse isso tudo? Não um Pacificador suado que apareceria na porta dela numa manhã de domingo com o lábio cortado e um saco de gelo derretido.

Ele deixou que Sejanus fosse na frente e o seguiu pelo caminho de concreto sem comentar. Em algum momento, seu companheiro se cansaria e eles poderiam voltar e botar as cartas em dia. Sejanus, Tigris, seus amigos, o corpo docente, todos estavam totalmente enganados sobre ele. Ele nunca fora motivado por amor e nem por ambição, só queria receber seu prêmio e ter um emprego burocrático bom e tranquilo que só cuidasse de papelada e deixasse tempo de sobra para ir a chás. Covarde e... como o reitor Highbottom a chamou? Ah, sim, insípida. Insípido como sua mãe. Que decepção ele teria sido para Crassus Xanthos Snow.

– Escuta – disse Sejanus, segurando o braço dele.

Coriolanus parou e levantou a cabeça. Uma voz aguda corava o ar matinal com uma melodia melancólica. Maude Ivory? Eles foram na direção da música. No fim de um caminho na extremidade da Costura, uma casinha de madeira se inclinava em um ângulo precário, como uma árvore no vento forte. O caminho de terra de um jardim estava abandonado, então eles seguiram pelos amontoados de flores selvagens em vários estágios de florescimento e decomposição que pareciam ter sido transplantados sem muita lógica ou motivo. Quando chegaram aos fundos da casa, encontraram Maude Ivory em um vestido velho grande demais para ela e cantando em um degrau improvisado. Estava quebrando nozes com uma pedra em um bloco de concreto, batendo no ritmo da música.

– Oh, querida – *crack* –, oh, querida – *crack* –, oh, querida Clementina! – *crack*. Ela olhou para eles e sorriu quando os viu. – Eu conheço você! – Ela limpou as cascas do vestido e correu para dentro de casa.

Coriolanus secou o rosto na manga e torceu para os lábios não estarem tão feios quando Lucy Gray aparecesse. Mas Maude Ivory saiu com uma sonolenta Barb Azure, que tinha prendido o cabelo em um coque apressado. Assim como Maude Ivory, ela tinha trocado o figurino do show por um vestido que poderia ser visto em qualquer pessoa do Distrito 12.

– Bom dia. Está procurando Lucy Gray?

– Ele é amigo dela da Capital – lembrou Maude Ivory. – O que a apresentou na televisão, só que ele está quase careca agora. Ele me deu as bolas de pipoca.

– Bom, nós gostamos do doce e agradecemos por tudo que você fez por Lucy Gray – disse Barb Azure. – Você vai encontrá-la na Campina. É pra lá que ela vai bem cedo, pra trabalhar, pra não incomodar os vizinhos.

– Vou te mostrar. Faço questão! – Maude Ivory pulou do degrau e segurou a mão de Coriolanus, como se eles fossem velhos amigos. – É por aqui.

Sem nunca ter tido irmãos nem outros parentes mais novos, Coriolanus tinha pouca experiência com crianças, mas ele se sentiu especial pelo jeito como ela se conectou a ele, a mãozinha fria apertando a dele com confiança.

– Você me viu na televisão?

– Só naquela noite. A imagem estava nítida e Tam Amber usou um monte de papel alumínio. Normalmente a gente só pega estática, mas é um privilégio termos televisão – explicou Maude Ivory. – A maioria das pessoas não tem. Não que a gente tenha muita coisa pra assistir além daquele noticiário chato.

A dra. Gaul poderia falar o quanto quisesse sobre envolver as pessoas nos Jogos Vorazes, mas se praticamente ninguém nos distritos tinha uma televisão que funcionava, o impacto ficaria confinado à colheita, quando todo mundo se reunia em público.

Enquanto eles andavam na direção da floresta, Maude Ivory não parou de falar sobre o show da noite anterior e sobre a briga em seguida.

– Que pena que você levou um soco – disse ela, apontando para o lábio dele. – Mas o Billy Taupe é assim. Aonde quer que ele vá, leva problemas junto.

– Ele é seu irmão? – perguntou Sejanus.

– Ah, não, ele é um Clade. Ele e Clerk Carmine são irmãos. Nós somos todas primas Baird. As garotas. E Tam Amber é uma alma perdida – disse Maude Ivory com segurança.

Então Lucy Gray não tinha monopólio sobre o jeito estranho de falar. Devia ser coisa do Bando.

– Alma perdida? – perguntou Coriolanus.

— Isso mesmo. O Bando encontrou Tam Amber quando ele era bebê. Deixaram ele numa caixa de papelão na beira da estrada e agora ele é nosso. E quem fez isso se deu mal, porque ele é a melhor pessoa que tem — declarou Maude Ivory. — Só não é de falar muito. Isso é gelo?

Coriolanus balançou o amontoado de cubos cada vez menor.

— É o que sobrou.

— Ah, Lucy Gray vai gostar. Nós temos geladeira, mas o freezer quebrou faz tempo. Parece coisa chique ter gelo no verão. É como flores no inverno. Coisa rara.

Coriolanus concordou.

— Minha avó planta rosas no inverno. As pessoas ficam loucas.

— Lucy Gray disse que você tinha cheiro de rosas — falou Maude Ivory. — Sua casa é cheia de rosas?

— Ela planta no telhado — contou Coriolanus.

— No telhado? — disse Maude Ivory, rindo. — Que lugar bobo pra flores. Elas não escorregam?

— É um telhado reto, bem alto. Com muito sol. Dá pra ver a Capital toda de lá.

— Lucy Gray não gostou da Capital. Tentaram matar ela — disse Maude Ivory.

— É verdade — admitiu ele. — Não poderia ter sido muito bom pra ela.

— Ela disse que você foi a única coisa boa de lá e agora você está aqui. — Maude Ivory deu um puxão na mão dele. — Você vai ficar aqui, né?

— O plano é esse — disse Coriolanus.

— Fico feliz. Gostei de você e isso vai deixar ela feliz.

Àquelas alturas, os três tinham chegado no limite de um campo grande que descia até o bosque. Diferentemente da área feia na frente da árvore-forca, aquela tinha grama alta, fresca e limpa e áreas de flores selvagens coloridas.

– Lá está ela, com Shamus. – Maude Ivory apontou para uma figura solitária em uma pedra. Usando um vestido cinza, Lucy Gray estava de costas para eles, a cabeça inclinada sobre um violão.

Shamus? Quem era Shamus? Outro integrante do Bando? Ou ele tinha interpretado errado o papel de Billy Taupe na vida dela e Shamus era o namorado dela? Coriolanus botou a mão acima dos olhos para protegê-los do sol, mas só conseguiu ver Lucy Gray.

– Shamus?

– É a nossa cabra. Não se engane pelo nome masculino; ela dá quase quatro litros nos dias bons – disse Maude Ivory. – Estamos tentando pegar nata pra fazer manteiga, mas leva uma eternidade.

– Ah, eu adoro manteiga – disse Sejanus. – Isso me lembra que me esqueci de te dar este pão. Você já tomou café da manhã?

– É fato que não – disse Maude Ivory, olhando o pão com interesse.

Sejanus o entregou.

– Que tal voltarmos pra casa pra comer isso agora?

Maude Ivory prendeu o pão debaixo do braço.

– E Lucy Gray e esse aí? – perguntou ela, indicando Coriolanus.

– Eles podem se juntar a nós depois de terem conversado – disse Sejanus.

– Tudo bem – concordou ela, dando a mão para Sejanus. – Talvez Barb Azure faça a gente esperar. Você pode me ajudar a quebrar nozes primeiro se quiser. São do ano passado, mas ninguém passou mal ainda.

— Bom, essa é a melhor proposta que me fazem em muito tempo. — Sejanus se virou para Coriolanus. — Nos vemos depois?

Coriolanus pareceu constrangido.

— Estou bem? — perguntou ele.

— Está lindo. Acredite, esse lábio inchado combinou muito com você, soldado — disse Sejanus, e voltou na direção da casa com Maude Ivory.

Coriolanus ajeitou o cabelo e entrou na Campina. Ele nunca tinha andado em grama tão alta e a sensação das plantas fazendo cócegas nas pontas dos dedos aumentou seu nervosismo. Ia muito além das suas expectativas poder se encontrar com ela em particular, em um campo cheio de flores, com o dia inteiro pela frente. Era o oposto do que teria sido o encontro apressado no Prego imundo. Por falta de palavra melhor, aquilo era romântico. Ele se aproximou o mais silenciosamente que conseguiu. Ela o intrigava, e ele aproveitou a oportunidade para observá-la desarmada das defesas habituais.

Ao chegar mais perto, Coriolanus ouviu a música que ela estava cantando enquanto dedilhava suavemente o violão.

> *Você vem, você vem*
> *Para a árvore*
> *Onde eles enforcaram um homem que dizem*
> *que matou três.*
> *Coisas estranhas aconteceram aqui*
> *Não mais estranho seria*
> *Se nos encontrássemos à meia-noite na árvore-forca.*

Ele não reconheceu a canção, mas se lembrou do enforcamento do rebelde dois dias antes. Ela estava lá? Teria sido a inspiração para a música?

> *Você vem, você vem*
> *Para a árvore*
> *Onde o homem morto clamou para que*
> *seu amor fugisse.*
> *Coisas estranhas aconteceram aqui*
> *Não mais estranho seria*
> *Se nos encontrássemos à meia-noite na árvore-forca.*

Ah, sim. *Era* o enforcamento do Arlo, porque em que outro lugar um morto clamaria para que seu amor fugisse? "*Corre! Corre, Lil! Cor...!*" Alguém precisaria desses tordos anormais para isso. Mas quem ela estava convidando para se encontrar com ela na árvore? Poderia ser ele? Será que ela planejava cantar aquilo no sábado seguinte como mensagem secreta, para que ele a encontrasse à meia-noite na árvore-forca? Não que ele pudesse, jamais teria permissão de sair da base naquele horário. Mas ela não devia saber disso.

Lucy Gray estava cantarolando, testando acordes diferentes por trás da melodia enquanto ele admirava a curva do pescoço dela, a delicadeza da pele. Quando chegou mais perto, ele acabou pisando em um galho velho, que quebrou com um estalo alto. Ela pulou da pedra e girou o corpo ao se levantar, os olhos arregalados de medo e o violão esticado como se para bloquear um golpe. Por um momento, ele achou que ela fugiria, mas a surpresa mudou para alívio quando ela o viu. Lucy Gray balançou a cabeça, o mais próximo que já tinha ficado do constrangimento, enquanto apoiava o violão na pedra.

– Desculpe. Ainda estou com um pé na arena.

Se sua breve incursão nos Jogos o deixara nervoso e cheio de pesadelos, ele só podia imaginar o mal que tinha feito a ela. O mês anterior virara a vida deles de cabeça para baixo e as havia mudado irrevogavelmente. Era triste, pois ambos eram pessoas excepcionais, a quem o mundo tinha reservado o tratamento mais cruel.

– Sim, deixa uma impressão e tanto – disse ele. Eles ficaram parados por um momento, um absorvendo a presença do outro, antes de se aproximarem. O saco de gelo escorregou da mão de Coriolanus quando ela passou os braços em volta dele, aninhando o corpo no dele. Coriolanus a prendeu num abraço, lembrando o medo que tinha sentido por ela, por si mesmo, e que não havia ousado fantasiar sobre aquele momento, pois parecia inalcançável. Mas lá estavam eles, seguros em uma linda campina. A três mil quilômetros da arena. Banhados pela luz do dia, mas nem um raio de sol entre os dois.

– Você me encontrou – disse ela.

No Distrito 12? Em Panem? No mundo? Não importava.

– Você sabia que eu encontraria.

– Esperava que encontrasse. Não sabia. A sorte não parecia estar ao meu favor. – Ela se afastou o suficiente para soltar a mão e passou os dedos nos lábios dele. Ele sentiu os calos das cordas do violão, a pele macia ao redor, enquanto ela examinava o ferimento da noite anterior. E então, quase timidamente, ela o beijou, provocando ondas de choque pelo corpo dele. Ignorando a dor nos lábios, ele retribuiu, faminto e curioso, todos os nervos do corpo despertos. Ele a beijou até os lábios começarem a sangrar um pouco e teria continuado se ela não tivesse se afastado.

– Aqui – disse ela. – Vem pra sombra.

O restante do gelo estalou sob o seu pé, e ele pegou a sacola.

– Pra você.

– Ora, obrigada. – Lucy Gray o puxou para se sentar na base da pedra. Pegou o saco, mordeu um canto do saco plástico para fazer um buraquinho e o ergueu para permitir que a água do gelo derretido pingar na boca. – Ah. Isso deve ser a única coisa fria que vai ter aqui até novembro. – Ela apertou o saco, borrifando de leve no rosto. – É maravilhoso. Inclina a cabeça. – Ele inclinou a cabeça para trás, sentiu a água respingar nos lábios e lambeu a tempo de outro beijo longo. Ela puxou os joelhos. – E então, Coriolanus Snow, o que você está fazendo na minha campina?

O que, de fato?

– Só passando um tempo com a minha garota – respondeu ele.

– Nem consigo acreditar. – Lucy Gray observou a campina. – Nada depois da colheita pareceu muito real. E os Jogos foram um pesadelo.

– Pra mim também. Mas quero saber o que aconteceu com você. Longe das câmeras.

Eles ficaram sentados lado a lado, os ombros, as costelas, os quadris encostados, as mãos entrelaçadas, trocando histórias como trocaram água gelada. Lucy Gray começou com um relato sobre os primeiros dias dos Jogos, quando ela se escondeu com Jessup, que estava cada vez mais doente de raiva.

– A gente ficava indo de um lugar para o outro naqueles túneis. Parece um labirinto lá. E o pobre Jessup, ficando mais doente e mais maluco a cada minuto. Naquela primeira noite, nós dormimos perto da entrada. Foi você, não foi? Que foi buscar Marcus?

– Fomos eu e o Sejanus. Ele entrou escondido pra... bem, eu nem sei direto pra quê, pra fazer algum tipo de protesto. Me mandaram buscá-lo – explicou Coriolanus.

– Foi você quem matou Bobbin? – perguntou ela baixinho.

Ele assentiu.

– Não tive escolha. E depois, outros três tentaram me matar.

O rosto dela ficou sombrio.

– Eu sei. Eu os ouvi se gabando quando voltaram das roletas. Achei que você estivesse morto. Me assustou a ideia de perder você. Só fui respirar quando você enviou a água.

– Então você sabe como foi pra mim o tempo todo. Eu só conseguia pensar em você.

– E eu em você. – Ela dobrou os dedos. – Fiquei segurando aquele estojo de pó com tanta força que dava pra ver a marca da rosa na palma da minha mão.

Coriolanus segurou a mão dela e beijou a palma.

– Eu queria tanto ajudar, me senti tão inútil.

Lucy Gray acariciou a bochecha dele.

– Ah, não. Eu sentia você cuidando de mim. Com a água, a comida, e, acredite, matar o Bobbin foi importante, apesar de eu saber que deve ter sido horrível pra você. Com certeza foi pra mim. – Lucy Gray admitiu ter matado três pessoas. Primeiro, Wovey, apesar de não ter sido proposital. Ela simplesmente deixou uma garrafa de água com alguns goles e um pouco de pó, como se tivesse sido derrubada sem querer nos túneis, e Wovey foi quem encontrou. – Eu estava mirando em Coral. – Ela alegou que Reaper, cuja poça ela tinha envenenado, tinha contraído raiva quando Jessup cuspiu no olho dele no zoológico. – No fim das contas, foi misericórdia. Eu o poupei do que Jessup passou. E matar Treech com a serpente foi legítima defesa. Ainda não sei bem por que aquelas cobras me amaram tanto. Não estou convencida de que tenha sido meu canto. Serpentes não escutam bem.

Ele contou para ela. Sobre o laboratório, Clemensia e o plano da dra. Gaul de soltar as serpentes na arena, e como ele largou secretamente o lenço que tinha sido do seu pai no tanque, para que ficassem acostumadas com o cheiro dela.

– Mas encontraram o lenço cheio de DNA de nós dois.

— E é por isso que você está aqui? Não pelo veneno de rato no estojo de pó?

— É – disse ele. – Você me salvou brilhantemente disso.

— Eu me esforcei. – Ela pensou por um minuto. – Bom, então é isso. Eu te salvei do fogo e você me salvou das serpentes. Somos responsáveis um pela vida do outro agora.

— Somos? – perguntou ele.

— Claro. Você é meu e eu sou sua. Está escrito nas estrelas.

— Não dá pra fugir disso.

Ele se inclinou e a beijou, sufocado de felicidade, porque apesar de não acreditar em escritos celestiais, Lucy Gray acreditava, e isso bastaria para garantir a lealdade dela. Não que a lealdade dele estivesse em questão. Se ele não tinha se apaixonado por nenhuma das garotas da Capital, era improvável que uma do Distrito 12 pudesse ser uma tentação.

Uma sensação estranha no pescoço chamou a atenção dele, e ele encontrou Shamus saboreando sua gola.

— Ah, oi. Posso ajudar, moça?

Lucy Gray riu.

— Até que pode, se quiser. Ela precisa ser ordenhada.

— Ordenhar. Hum. Não sei nem onde começar – disse ele.

— Com um balde. Em casa. – Ela borrifou um pouco de água gelada na direção de Shamus e a cabra soltou a gola. Lucy Gray rasgou o saco, pegou os dois últimos cubos, botou um na boca de Coriolanus e o outro na dela. – Como é bom ter gelo nessa época do ano. Um luxo no verão e uma maldição no inverno.

— Não dá pra simplesmente ignorar? – perguntou Coriolanus.

— Não aqui. Em janeiro, nossos canos congelaram, e tivemos que derreter pedaços de gelo no fogão pra ter água. Pra seis pessoas e uma cabra? Você ficaria surpreso com o trabalho que isso dá. Era melhor quando a neve vinha; derrete bem rápido. – Lucy Gray segurou a guia de Shamus e pegou o violão.

– Deixa comigo. – Coriolanus apanhou o instrumento. E se perguntou se ela confiaria o violão a ele.

Lucy Gray o entregou com facilidade.

– Não é tão bonito quanto o que Pluribus nos emprestou, mas serve pra pagar nossa sobrevivência. O problema é que estamos ficando sem cordas e as caseiras não prestam. Você acha que, se eu escrevesse pra Pluribus, ele me mandaria algumas? Aposto que deve ter algumas sobrando da época da casa noturna. Posso pagar. Ainda tenho boa parte do dinheiro que o reitor Highbottom me deu.

Coriolanus parou na mesma hora.

– O reitor Highbottom? O reitor Highbottom te deu dinheiro?

– Deu, mas foi meio na surdina. Primeiro, ele pediu desculpas pelo que eu tinha passado e depois enfiou um bolo de dinheiro no meu bolso. Fiquei feliz em aceitar. O Bando não tocou quando eu estava fora. Estavam abalados demais com a ideia de me perder. É por isso que eu posso pagar pelas cordas se ele quiser ajudar.

Coriolanus prometeu pedir na carta seguinte, mas a notícia da generosidade discreta do reitor Highbottom o abalou. Por que o mal encarnado ajudaria sua namorada? Respeito? Pena? Culpa? Um capricho induzido pelo morfináceo? Ele refletiu enquanto os dois andavam até a varanda da frente da casa dela, onde ela prendeu Shamus num poste.

– Entre. Venha conhecer minha família. – Lucy Gray segurou a mão dele e o guiou até a porta. – Como está Tigris? Eu queria poder ter agradecido a ela em pessoa pelo sabonete e pelo meu vestido. Agora que estou em casa, pretendo enviar uma carta pra ela e talvez uma música, se eu tiver uma ideia boa.

– Ela ia gostar – disse Coriolanus. – As coisas não estão muito bem lá em casa.

– Sei que devem sentir sua falta. É mais do que isso? – perguntou ela.

Antes que ele pudesse responder, eles entraram na casa. Consistia em um aposento grande e aberto e no que parecia uma área de dormir num mezanino. Na parte de trás, um fogão a carvão, uma pia, uma prateleira de louças e uma geladeira antiga formavam a cozinha. Uma arara com figurinos ocupava a parede direita, a coleção de instrumentos, a esquerda. Havia uma televisão velha com uma antena enorme que se abria como um chifre, cheia de pedaços retorcidos de papel alumínio, em cima de uma caixa. Fora algumas cadeiras e uma mesa, o local era desprovido de móveis.

Tam Amber estava recostado em uma das cadeiras, segurando o bandolim no colo, mas sem tocar. Clerk Carmine botou a cabeça para fora do mezanino, olhando descontente para Barb Azure e Maude Ivory, que parecia ter chegado a um estado de indignação. Ao vê-los, ela se aproximou correndo e começou a puxar Lucy Gray para a janela que dava vista para o quintal.

– Lucy Gray, ele está causando confusão de novo!

– Vocês deixaram ele entrar? – perguntou Lucy Gray, parecendo saber de quem ela estava falando.

– Não. Ele disse que queria o resto das coisas dele. Nós jogamos lá atrás – disse Barb Azure, os braços cruzados em reprovação.

– E qual é o problema, então? – Lucy Gray falou calmamente, mas Coriolanus sentiu a mão dela apertar.

– Aquilo – disse Barb Azure, indicando a janela dos fundos.

Ainda sendo puxado, Coriolanus foi atrás de Lucy Gray e olhou para o quintal. Maude Ivory se espremeu entre os dois.

— Sejanus deveria estar me ajudando com as nozes.

Billy Taupe estava ajoelhado no chão, uma pilha de roupas e alguns livros ao lado. Ele estava falando rapidamente enquanto fazia algum tipo de desenho na terra. Periodicamente, ele fazia gestos, apontava para lá e para cá. Na frente dele, apoiado em um joelho, Sejanus estava ouvindo com atenção, assentindo para demonstrar compreensão e fazendo perguntas ocasionais. Apesar de a visão de Billy Taupe no que ele agora considerava seu território o irritar, Coriolanus não viu muito motivo de preocupação. Ele não podia imaginar o que ele e Sejanus tinham a discutir. Teriam eles encontrado um ressentimento em comum, tipo as famílias não os compreenderem, para choramingarem juntos?

— Você está preocupada com o Sejanus? Ele está bem. Ele conversa com todo mundo. — Coriolanus tentou identificar o desenho de Billy Taupe na terra, mas não conseguiu. — O que ele está desenhando?

— Parece que está dando algum tipo de orientação — disse Barb Azure, pegando o violão da mão dele. — E, se eu estiver certa, seu amigo precisa ir pra casa.

— Eu cuido disso. — Lucy Gray começou a soltar a mão de Coriolanus, mas ele a segurou. — Obrigada, mas você não precisa resolver todas as minhas questões.

— Está nas estrelas, eu acho — disse Coriolanus com um sorriso. Estava mesmo na hora de confrontar Billy Taupe e estabelecer algumas regras. Billy Taupe tinha que aceitar que Lucy Gray não era mais dele, mas pertencia de forma firme e eterna a Coriolanus.

Lucy Gray não respondeu, mas parou de tentar soltar a mão. Enquanto eles passavam silenciosamente pela porta aberta dos fundos, o brilho do sol de agosto, agora alto no céu, o fez apertar os olhos. Os dois lá fora estavam tão absorvidos na conversa que Billy Taupe só reagiu quando ele e Lucy Gray pararam diretamente ao lado, limpando a imagem da terra com a mão.

Sem a dica de Barb Azure, Coriolanus não teria tido a menor noção do que se tratava, mas, no fim das contas, ele reconheceu a imagem quase imediatamente. Era um mapa da base.

25

Sejanus se sobressaltou de uma forma que Coriolanus não pôde deixar de achar que envolvia culpa, e levantou-se rapidamente enquanto limpava a terra do uniforme. Billy Taupe, por outro lado, se ergueu devagar, quase preguiçosamente, para confrontá-los.

— Ora, veja quem decidiu falar comigo — disse ele, sorrindo com inquietação para Lucy Gray. Era a primeira vez que eles se falavam desde os Jogos Vorazes?

— Sejanus, Maude Ivory está muito chateada de você ter pulado fora de ajudar com as nozes — disse ela.

— Sim, eu andei fugindo das minhas obrigações. — Sejanus esticou a mão para Billy Taupe, que nem hesitou para apertá-la. — Foi um prazer conhecer você.

— Claro, você também. Pode me encontrar perto do Prego alguns dias, se quiser conversar mais — respondeu Billy Taupe.

— Não vou esquecer — disse Sejanus, indo para a casa.

Lucy Gray soltou a mão de Coriolanus e emparelhou os ombros aos de Billy Taupe.

— Vá embora, Billy Taupe. E não volte.

— Senão o quê, Lucy Gray? Você vai jogar seus Pacificadores em cima de mim? — Ele riu.

— Se for necessário — disse ela.

Billy Taupe olhou para Coriolanus.

— Esses dois parecem bem mansinhos.

— Você não entende. Não dá pra voltar atrás – disse Lucy Gray.

Billy Taupe ficou irritado.

— Você sabe que não tentei te matar.

— Eu sei que você ainda está andando com a garota que tentou – respondeu Lucy Gray. – Soube que você se sente muito confortável na casa do prefeito.

— E quem foi que me mandou lá, eu me pergunto? Fico doente de ver como você está manipulando as crianças. Pobre Lucy Gray. Pobre ovelhinha – debochou ele.

— Elas não são burras. Querem que você vá embora também – disse ela com desprezo na voz.

Billy Taupe esticou a mão, segurou o pulso dela e a puxou para perto.

— E pra onde exatamente eu devo ir?

Antes que Coriolanus pudesse interferir, Lucy Gray enfiou os dentes na mão de Billy Taupe, fazendo-o dar um gritinho e a soltar. Ele olhou de cara feia para Coriolanus, que tinha se aproximado dela de forma protetora.

— Você não me parece muito solitária. Esse é seu homem maravilhoso da Capital? O que veio atrás de você até aqui? Ele tem algumas surpresas o esperando.

— Eu já sei tudo sobre você. – Coriolanus não sabia, na verdade. Mas falar aquilo o fez se sentir em menos desvantagem.

Billy Taupe soltou uma gargalhada incrédula.

— Eu? Eu sou o botão de rosa naquela pilha de bosta.

— Por que você não vai embora, como ela pediu? – disse Coriolanus friamente.

— Tudo bem. Você vai aprender. – Billy Taupe pegou seus bens nos braços. – Vai aprender logo. – E saiu andando na manhã quente.

Lucy Gray ficou olhando enquanto ele se afastava e massageando o pulso que ele tinha segurado.

— Se você quiser fugir, a hora é agora.

— Eu não quero ir embora — disse Coriolanus, apesar de a conversa ter sido perturbadora.

— Ele é mentiroso e desprezível. É verdade que eu flerto com todo mundo. Faz parte do meu trabalho. Mas o que ele está dando a entender não é verdade. — Lucy Gray olhou pela janela. — E se fosse? E se fosse isso ou deixar Maude Ivory passar fome? Nenhum de nós teria deixado isso acontecer, custasse o que custasse. Só que ele tem regras diferentes pra si mesmo e pra mim. Como sempre. A mesma coisa que torna ele vítima faz de mim um lixo.

Isso trouxe de volta lembranças perturbadoras da conversa com Tigris, e Coriolanus mudou de assunto rapidamente:

— Ele está com a filha do prefeito agora?

— É assim que as coisas estão. Eu o mandei lá para ganhar um dinheiro dando aulas de piano e, logo em seguida, o pai dela chamou meu nome na colheita — disse Lucy Gray. — Não sei o que ela disse pra ele. O prefeito ficaria furioso se soubesse que a filha anda com Billy Taupe. Bom, eu sobrevivi à Capital, mas não pra voltar pra mais do mesmo.

Algo no jeito dela, na consternação intensa, convenceu Coriolanus. Ele tocou o braço dela.

— Faça uma vida nova, então.

Lucy Gray entrelaçou os dedos nos dele.

— Uma vida nova. Com você. — Mas havia uma nuvem pairando sobre ela.

Coriolanus a cutucou de leve.

— A gente não tem que ordenhar uma cabra?

O rosto dela relaxou.

— Temos.

Ela o levou para dentro de casa, mas descobriu que Maude Ivory tinha levado Sejanus lá para fora para ensiná-lo a tirar leite de Shamus.

— Ele não tinha como negar. Estava em maus lençóis por ter conversado com o inimigo – disse Barb Azure. Ela tirou uma panela de leite frio da geladeira velha, botou na mesa e deu uma examinada. Clerk Carmine pegou um pote de vidro de uma prateleira, com uma espécie de dispositivo em cima. Uma manivela presa na tampa parecia mover pequenas pás dentro do pote.

— O que você está fazendo aí? – perguntou Coriolanus.

— Trabalho de corno. – Barb Azure riu. – Tentando juntar nata suficiente pra gente poder fazer manteiga. Só que leite de cabra não separa como o de vaca.

— E se a gente esperasse mais um dia? – perguntou Clerk Carmine.

— É, pode ser. – Barb Azure botou a panela na geladeira.

— Nós prometemos a Maude Ivory que íamos tentar. Ela é doida por manteiga. Tam Amber fez o batedor pra ela de aniversário. Acho que vamos ter que dar um jeito – disse Lucy Gray.

Coriolanus mexeu na manivela.

— Então você…?

— Teoricamente, quando temos nata suficiente, nós giramos a manivela e as pás batem até virar manteiga – explicou Lucy Gray. – Bom, foi o que nos disseram, pelo menos.

— Parece trabalhoso. – Coriolanus lembrou das belas e uniformes fatias de manteiga que ele comera no bufê no dia da colheita, sem parar para pensar um minuto de onde tinham vindo.

— É mesmo. Mas vai valer a pena se funcionar. Maude Ivory não dorme direito desde que me levaram. Ela parece bem durante o dia, mas acorda gritando à noite – confidenciou Lucy Gray. – Estou tentando dar uma alegrada nela.

Barb Azure coou o leite fresco que Sejanus e Maude Ivory levaram para dentro de casa e serviu em canecas enquanto

Lucy Gray dividia o pão. Coriolanus nunca tinha tomado leite de cabra, mas Sejanus estalou os lábios e disse que lembrava sua infância no Distrito 2.

– Eu já fui ao Distrito 2? – perguntou Maude Ivory.

– Não, querida, fica no oeste. O Bando ficava mais pelo leste – disse Barb Azure.

– Às vezes, a gente ia para o norte – disse Tam Amber, e Coriolanus se deu conta de que era a primeira vez que o ouvia falar.

– Pra qual distrito? – perguntou Coriolanus.

– Pra nenhum distrito, na verdade – disse Barb Azure. – Pra qualquer lugar que a Capital não desse importância.

Coriolanus se sentiu constrangido por eles. Não existia lugar assim. Pelo menos, não mais. A Capital controlava o mundo conhecido. Por um momento, ele imaginou um grupo de pessoas com peles de animais selvagens sobrevivendo como dava em uma caverna por aí. Ele achava que uma coisa assim podia acontecer, mas essa vida seria um degrau abaixo até dos distritos. Quase não seria humana.

– Todo mundo deve ter sido expulso, como nós – disse Clerk Carmine.

Barb Azure abriu um sorriso triste.

– Duvido que a gente saiba algum dia.

– Tem mais? Ainda estou com fome – reclamou Maude Ivory, mas o pão tinha acabado.

– Coma um pouco das nozes – disse Barb Azure. – A gente vai ter comida no casamento.

Para a consternação de Coriolanus, o Bando tinha um trabalho à tarde. Eles iam tocar num casamento na cidade. Ele tinha esperanças de ficar a sós com Lucy Gray outra vez para uma conversa mais profunda sobre Billy Taupe, a história dela com ele e por que ele estaria desenhando um mapa da base na terra. Mas tudo teria que esperar, porque o Bando começou a se preparar para o show assim que a louça foi lavada.

— Desculpe ter que mandar você embora tão rápido, mas é assim que ganhamos nosso pão. — Lucy Gray levou Coriolanus e Sejanus até a porta. — A filha do açougueiro vai casar e nós temos que causar uma boa impressão. Vai ter gente com dinheiro pra nos contratar lá. Vocês podem esperar e ir com a gente até lá, mas isso pode...

— Fazer as pessoas começarem a fofocar — concluiu ele por ela, feliz de Lucy Gray ter sugerido primeiro. — É melhor deixarmos entre nós mesmo. Quando posso te ver de novo?

— Quando você quiser — disse ela. — Tenho a sensação de que seus horários são um pouco mais rígidos do que os meus.

— Vocês vão tocar no Prego semana que vem? — perguntou ele.

— Se deixarem. Depois da confusão de ontem. — Eles combinaram que ele chegaria o mais cedo que pudesse para ter alguns minutos preciosos com ela antes do show. — Tem um barracão que a gente usa, fica atrás do Prego. Você pode nos encontrar lá. Se não houver show, pode vir direto pra cá.

Coriolanus esperou até ele e Sejanus estarem nas ruas desertas perto da base para abordar o assunto Billy Taupe.

— O que vocês dois tinham pra conversar?

— Nada — disse Sejanus com desconforto. — Só fofoca local.

— Que exigia um mapa da base?

Sejanus parou na mesma hora.

— Você não deixa nada passar, né? Me lembro disso, da escola. De ver você observando outras pessoas. Fingindo que não estava fazendo nada. E escolhendo com cuidado os momentos em que você falava alguma coisa.

— Estou falando agora, Sejanus. Por que você estava tendo uma conversa com ele com um mapa da base na terra? O que ele é? Simpatizante dos rebeldes? – Sejanus desviou o olhar e Coriolanus continuou. – Que interesse ele pode ter na base da Capital?

Sejanus olhou para o chão por um minuto e falou:

– É a garota. Do enforcamento. A que prenderam outro dia. Lil. Ela está presa lá.

– E os rebeldes querem resgatá-la? – insistiu Coriolanus.

– Não. Só querem se comunicar com ela. Saber se está bem.

Coriolanus tentou controlar a raiva.

– E você disse que ajudaria.

– Não. Não fiz nenhuma promessa. Mas, se puder, se chegar perto da guarita, pode ser que consiga descobrir alguma coisa. A família dela está desesperada.

– Ah, que maravilha. Fantástico. Agora você é informante dos rebeldes. – Coriolanus saiu andando. – Achei que você ia deixar toda essa coisa de rebeldes pra trás!

Sejanus foi atrás dele.

– Não posso, tá? Faz parte de quem eu sou. E foi você que disse que eu poderia ajudar as pessoas dos distritos se aceitasse sair da arena.

– Acredito que falei que você podia lutar pelos tributos, querendo dizer que você talvez pudesse tentar obter condições mais humanas pra eles – corrigiu Coriolanus.

– Condições humanas! – explodiu Sejanus. – Eles são obrigados a matarem uns aos outros! E os tributos também são dos distritos, por isso não vejo distinção. É uma coisinha de nada, Coryo, dar uma olhada numa garota.

– Obviamente, não é – disse Coriolanus. – Não para Billy Taupe, pelo menos. Por que ele apagou o mapa tão rápido? Porque ele sabe o que está pedindo. Sabe que está fazendo de você um cúmplice. E você sabe o que acontece com cúmplices?

– Eu só achei…

— Não, Sejanus, você não está raciocinando! E, pior ainda, você está se juntando com gente que nem parece capaz de raciocinar direito. Billy Taupe? Qual é o papel dele nisso? Dinheiro? Porque, só de ouvir Lucy Gray falar, posso dizer que o Bando não é rebelde. Nem da Capital. Eles estão determinados a se manterem fiéis à própria identidade, seja ela qual for.

— Não sei. Ele disse que... estava pedindo por um amigo — gaguejou Sejanus.

— Amigo? — Coriolanus percebeu que estava gritando e baixou a voz a um sussurro: — Amigo do velho Arlo, que organizou as explosões nas minas? Que planejamento brilhante. Que resultado ele podia estar esperando? Eles não têm recursos, nada que os permitiria retomar a guerra. E, enquanto isso, eles se voltam contra o próprio povo deles, porque como as pessoas do 12 vão comer sem as minas? Não é como se eles estivessem cheios de opções. Que tipo de estratégia foi aquela?

— Uma estratégia desesperada. Mas olha em volta! — Sejanus segurou o braço dele e o obrigou a parar. — Quanto tempo você acha que eles conseguem continuar assim?

Coriolanus sentiu uma onda de ódio ao se lembrar da guerra, da destruição que os rebeldes causaram na vida dele. Ele soltou o braço.

— Eles perderam a guerra. Uma guerra que eles iniciaram. Eles correram esse risco. Esse é o preço.

Sejanus olhou ao redor, como sem saber que direção tomar, e se sentou em um muro quebrado no caminho. Coriolanus teve a sensação desagradável de que estava assumindo o papel do velho Strabo Plinth na infinita discussão a respeito da lealdade de Sejanus. Ele não tinha escolhido aquilo. Por outro lado, se Sejanus se rebelasse ali, não dava para saber como terminaria.

Coriolanus se sentou ao lado dele.

— Olha, eu acho que as coisas vão melhorar, de verdade, mas não assim. Quando melhorar de modo geral, vai melhorar aqui, mas não se continuarem explodindo as minas. Isso só aumenta a contagem de corpos.

Sejanus assentiu e eles ficaram sentados no mesmo lugar enquanto algumas crianças maltrapilhas passavam, chutando uma lata velha pela rua.

— Você acha que cometi traição?

— Ainda não – disse Coriolanus com um meio sorriso.

Sejanus arrancou umas ervas daninhas crescendo pelo muro.

— A dra. Gaul acha. Meu pai foi falar com ela antes de procurar o reitor Highbottom e o comitê. Todo mundo sabe que quem manda é ela. Ele foi perguntar se eu poderia receber a chance que você teve, de se alistar nos Pacificadores.

— Achei que era automático – disse Coriolanus. – Quando se era expulso, como eu.

— Era a esperança do meu pai. Mas ela disse: "Não confunda as ações dos garotos. Uma estratégia equivocada não se compara a um ato de traição de apoio aos rebeldes." – A voz dele foi tomada de amargura. – E depois disso apareceu um cheque no laboratório, para os bestantes dela. Deve ter sido o bilhete para o Distrito 12 mais caro da história.

Coriolanus soltou um assobio baixo.

— Um ginásio *e* um laboratório?

— Pode dizer o que quiser, mas eu fiz mais pela reconstrução da Capital do que o próprio presidente – brincou Sejanus sem muito ânimo. – Você está certo, Coriolanus. Eu fui burro. De novo. E vou tomar mais cuidado no futuro. Seja lá o que estiver esperando por nós.

— Acho que vai ser mortadela frita.

— Bom, pode ir na frente – disse Sejanus, e eles continuaram a caminhada até a base.

Os companheiros de quarto estavam saindo da cama quando eles voltaram. Sejanus levou Poste para se exercitar, e Sorriso e Mosquitinho foram ver o que estava acontecendo na sala de recreação. Coriolanus planejava usar as horas até o jantar para estudar para a prova de candidatura a oficial, mas sua conversa com Sejanus tinha plantado uma ideia na cabeça dele. Cresceu rapidamente até apagar todo o resto. A dra. Gaul o defendera. Bom, "defender" era uma palavra forte. Mas tinha feito questão de deixar claro para Strabo Plinth que Coriolanus era de uma classe totalmente diferente do seu filho delinquente. O crime de Coriolanus fora só "uma estratégia equivocada", o que não parecia ser crime nenhum. Talvez ela não o tivesse banido completamente. Ela pareceu se dedicar à educação dele durante os Jogos. Tratá-lo diferente. Valeria a pena escrever para ela agora, só para... para... bom, ele não sabia o que esperava obter. Mas quem sabia, mais para o futuro, quando ele talvez fosse um oficial de certa importância, se os caminhos deles não se cruzariam de novo? Não faria mal nenhum escrever para ela. Já tinham tirado tudo o que ele valorizava. O pior que ela poderia fazer seria ignorá-lo.

Coriolanus mordeu a caneta enquanto tentava organizar os pensamentos. Deveria começar com um pedido de desculpas? Por quê? Ela saberia que ele não lamentava ter tentado ganhar, só ter sido pego. Era melhor pular o pedido de desculpas. Ele podia contar sobre a vida na base, mas parecia mundano demais. As conversas deles tinham sido no mínimo engrandecedoras. Uma lição contínua, exclusivamente para o bem dele. De repente, ele se deu conta. O que devia fazer era continuar a lição. Onde eles tinham parado? Na redação sobre caos, controle e... qual era a terceira coisa? Ele sempre tinha dificuldade de lembrar. Sim, contrato. A que precisava do poder da Capital. E assim, ele começou...

> *Prezada dra. Gaul,*
> *Aconteceu muita coisa desde a nossa última conversa, mas todos os dias ela me ajuda. O Distrito 12 oferece um palco excelente para observar a batalha entre o caos e o controle acontecer, e, como Pacificador, tenho um lugar na primeira fila.*

Ele decidiu discutir as coisas que testemunhara desde que havia chegado. A tensão palpável entre os cidadãos e as forças da Capital, como ameaçou virar violência no enforcamento, como virou briga no Prego.

> *Lembrou-me da minha participação na arena. Uma coisa é falar sobre a natureza essencial dos humanos em teoria, outra bem diferente é pensar nela quando um punho acerta sua boca. Só que, desta vez, me senti mais preparado. Não estou convencido de que somos todos tão inerentemente violentos como você diz, mas é preciso bem pouco para essas feras se manifestarem, ao menos com a proteção da escuridão. Eu me pergunto quantos daqueles mineiros teriam dado um soco se a Capital pudesse ver a cara deles. No sol de meio-dia do enforcamento, eles resmungaram, mas não ousaram lutar.*
> *Bem, é algo em que pensar enquanto meu lábio cicatriza.*

Ele acrescentou que não esperava que ela respondesse, mas desejava o melhor a ela. Duas páginas. Curto e doce. Sem exigir atenção abertamente. Sem pedir nada. Sem se desculpar.

Ele dobrou a carta, colou o envelope e endereçou a ela, na Cidadela. Para evitar perguntas, principalmente de Sejanus, ele foi botar diretamente na caixa de correio. *É tudo ou nada*, pensou ele.

No jantar, a mortadela frita foi acompanhada de purê de maçã e pedaços gordurosos de batata, e ele comeu tudo na bandeja lotada com prazer. Depois da refeição, Sejanus o ajudou a estudar para a prova, mas foi reservado quanto ao seu próprio interesse nela.

– Só tem prova três vezes por ano e uma delas vai ser na tarde de quarta – disse Coriolanus. – A gente devia fazer. Pelo menos pra treinar.

– Não, eu ainda não levo jeito pra essa coisa militar. Mas acho que você vai passar – respondeu Sejanus. – Mesmo que erre algumas coisas, vai acertar outras, e sua nota geral pode ser suficiente pra se qualificar. Faz logo antes que você esqueça matemática. – Ele tinha razão. Uma parte do que ele sabia de geometria já parecia meio enferrujada.

– Se você fosse oficial, talvez deixassem que treinasse pra ser médico. Você era muito bom em ciências – disse Coriolanus, tentando entender o que podia estar passando pela cabeça de Sejanus depois da conversa deles. Ele precisava de uma coisa nova em que se concentrar. – Depois você poderia, como você falou, ajudar gente.

– Isso é verdade. – Sejanus pensou no assunto. – Acho que vou conversar com os médicos na clínica pra saber como eles chegaram lá.

Na manhã seguinte, depois de uma noite de sonhos estranhos que oscilavam entre beijar Lucy Gray e alimentar os filhotes de serpente da dra. Gaul, Coriolanus acrescentou seu nome na lista dos que fariam a prova. O oficial encarregado disse que ele seria dispensado oficialmente do treinamento e isso por si só já pareceu incentivo para se inscrever, pois a semana prometia ser quente. Mas era mais do que isso. O calor, sim, mas também o tédio do dia a dia tinha começado a cansar. Se ele pudesse se tornar oficial, Coriolanus teria tarefas mais desafiadoras.

O dia trouxe duas alterações na agenda regular. A primeira, que eles começariam a cumprir serviço de guarda, não provocou muita animação, pois era uma função amplamente conhecida por ser entediante. Ainda assim, argumentou Coriolanus, ele preferia ficar na escrivaninha na entrada da base a esfregar panelas. Talvez até conseguisse ler um pouco.

A segunda alteração o deixou nervoso. Quando eles se apresentaram para o treino de pontaria, foram informados que a sugestão de Coriolanus de disparar nas aves em volta da forca tinha sido aprovada. Mas, antes, a Cidadela queria que eles pegassem uns cem gaios tagarelas e tordos e os enviassem para o laboratório, ilesos, para serem estudados. Seu pelotão foi designado para ajudar a posicionar as gaiolas nas árvores naquela tarde, o que queria dizer que ele trabalharia com cientistas do laboratório da dra. Gaul. Um grupo tinha chegado de aerodeslizador naquela manhã. Ele tinha visto muito pouca gente na Cidadela, mas a ideia de encontrar alguém do laboratório, onde sem dúvida todos sabiam os detalhes da trapaça dele com as serpentes e sua desgraça subsequente, o deixou tenso. E um pensamento horrível lhe ocorreu: seria possível que a dra. Gaul em pessoa fosse supervisionar a coleta de pássaros? Mandar uma carta para ela na outra ponta de Panem pareceu quase brincadeira, mas ele estremeceu ao pensar em encontrá-la cara a cara pela primeira vez depois de ter sido banido.

Enquanto Coriolanus seguia sacolejando na caçamba do caminhão, desarmado e talvez prestes a ser desmascarado, seu otimismo da semana sumiu. Os outros recrutas, felizes de estarem saindo para o que lhes parecia ser um passeio, conversavam em volta dele enquanto ele ficava em silêncio.

Mas Sejanus entendeu seu nervosismo.

— A dra. Gaul não vai estar aqui, sabe — sussurrou ele. — Isso é trabalho estritamente braçal se estamos envolvidos. — Coriolanus assentiu, mas não ficou convencido.

Quando o caminhão parou embaixo da árvore-forca, ele ficou escondido atrás do grupo enquanto observava os quatro cientistas da Capital, todos ridiculamente vestidos com os jalecos brancos, como se estivessem prestes a descobrir o segredo da imortalidade em vez de estarem capturando um bando de pássaros insípidos num calor de quase quarenta graus. Ele examinou cada rosto, mas nenhum era familiar, e relaxou um pouco. O laboratório enorme continha centenas de cientistas, e aqueles de agora eram especialistas em pássaros, não em répteis. Eles cumprimentaram os soldados com bom humor, orientaram todos a pegar uma das armadilhas de arame, que pareciam gaiolas, enquanto explicavam a montagem. Os recrutas obedeceram, pegaram as armadilhas e se sentaram no limite da floresta, perto da forca.

Sejanus fez um sinal de positivo para ele pela ausência da dra. Gaul, e ele estava prestes a retribuir quando reparou numa figura em uma clareira mais para dentro da floresta. Era uma mulher de jaleco, imóvel, de costas para eles, a cabeça inclinada para o lado para ouvir a cacofonia do canto das aves. Os outros cientistas esperaram respeitosamente até ela terminar e voltar pelas árvores. Quando ela empurrou um galho para o lado, Coriolanus teve uma visão clara do rosto, que poderia ser fácil de esquecer se não fossem os óculos cor-de-rosa grandes no nariz. Ele a reconheceu na mesma hora. Foi ela quem o repreendeu por perturbar os pássaros quando ele saiu correndo para tentar fugir do laboratório depois de ver Clemensia desabar em um arco-íris de pus. A pergunta era: a mulher se lembraria dele? Ele se encolheu atrás de Sorriso e ficou fascinado de repente com armadilha que estava segurando.

A mulher de óculos cor-de-rosa, que um dos cientistas apresentou afetuosamente como "nossa dra. Kay", os cumprimentou de forma simpática e explicou a missão: coletar cinquenta gaios tagarelas e cinquenta tordos, além do plano para que tudo funcionasse. Eles tinham que ajudar a encher a floresta com armadilhas, que receberiam iscas de comida, água e pássaros de mentira para atrair a presa. As armadilhas ficariam abertas por dois dias, para que os pássaros tivessem a liberdade de entrar e sair. Na quarta-feira, eles voltariam, trocariam as iscas e montariam as armadilhas de forma a capturar os pássaros.

Ansiosos para agradar, os recrutas se dividiram em cinco grupos de quatro e cada um seguiu um dos cientistas para uma parte diferente da floresta. Coriolanus foi para o grupo com o homem que tinha apresentado a dra. Kay e se escondeu na folhagem assim que foi possível. Além das armadilhas, eles carregavam mochilas contendo vários tipos de isca. Andaram cem metros até chegarem a uma marca vermelha em um dos troncos, indicando o marco zero deles. Sob orientação do cientista, eles se espalharam de forma concêntrica a partir daquele ponto, trabalhando em duplas para botar iscas nas armadilhas e posicioná-las no alto das árvores.

Coriolanus formou par com Mosquitinho, que acabou se revelando um mestre de subir em árvores, por ter sido criado no Distrito 11, onde as crianças ajudavam a cuidar dos pomares. Eles passaram duas horas suadas e produtivas trabalhando, com Coriolanus preparando as iscas e Mosquitinho pendurando as armadilhas nos galhos. Quando todos se reuniram de novo, Coriolanus se abaixou, se sentou na caçamba do caminhão, e ficou examinando as múltiplas picadas de insetos até eles estarem a uma certa distância da dra. Kay. Ela não prestou nenhuma atenção nele. *Não seja paranoico*, pensou. *Ela não se lembra de você.*

Na terça eles voltaram à rotina, mas Coriolanus estudou para a prova durante as refeições e no breve intervalo antes do apagar das luzes. Ele estava doido para reencontrar Lucy Gray, e ela continuava invadindo seus pensamentos, mas ele se esforçou para afastá-la, prometendo a si mesmo que poderia se entregar às fantasias quando a prova passasse. Na quarta, ele aguentou os exercícios da manhã, ficou sentado sozinho no almoço com o manual para uma revisão final e foi para a sala de aula onde eles tinham aulas táticas. Dois outros Pacificadores tinham se inscrito, um com vinte e tantos anos que alegava já ter feito a prova cinco vezes e outro que devia ter quase cinquenta anos, o que pareceu velhíssimo para uma mudança de vida.

Fazer provas estava entre os maiores talentos de Coriolanus e ele sentiu aquela onda familiar de empolgação quando abriu a capa do teste. Ele adorava o desafio e sua natureza obsessiva se traduzia em imersão quase instantânea na pista mental de obstáculos. Três horas depois, encharcado de suor, exausto e feliz, ele entregou o caderno de provas e foi ao refeitório pegar gelo. Ele se sentou na faixa de sombra que o quartel oferecia enquanto deslizava cubos de gelo pelo corpo e repassava as questões em pensamento. A dor de perder a carreira universitária voltou brevemente, mas ele a afastou com pensamentos de se tornar um líder militar lendário como o pai. Talvez esse fosse seu destino o tempo todo.

O resto do pelotão ainda estava fora com os cientistas da Cidadela, subindo em árvores e ativando a armadilhas, então ele foi buscar a correspondência para seu quarto. Duas caixas gigantescas da sra. Plinth o receberam, prometendo outra noite animada no Prego. Ele carregou tudo para o quarto, mas decidiu esperar para abri-las quando os outros voltassem. Ela também tinha lhe enviado uma carta em separado, agradecendo por tudo que ele havia feito por Sejanus e pedindo que continuasse de olho no menino dela.

Coriolanus botou a carta de lado e suspirou ao pensar em ser guardião de Sejanus. Fugir da Capital podia ter aliviado o tormento de Sejanus temporariamente, mas ele já tinha ficado agitado por causa dos rebeldes. Conspirado com Billy Taupe. Sofrido por causa da garota presa. Quanto tempo levaria para que ele fizesse alguma outra coisa tipo entrar na arena? Aí, mais uma vez, as pessoas procurariam Coriolanus para tirá-lo da confusão.

A questão era que ele não acreditava que Sejanus mudaria. Talvez fosse incapaz, mas, mais importante, Sejanus não queria mudar. Ele já tinha rejeitado o que a vida de Pacificador oferecia: fingindo que não conseguia atirar, se recusando a fazer a prova para oficial, deixando claro que não desejava se destacar em nome da Capital. O Distrito 2 sempre seria seu lar. As pessoas do Distrito sempre seriam sua família. Os rebeldes do Distrito sempre teriam uma causa justa pela qual lutar... e seria o dever moral de Sejanus ajudá-los.

Uma sensação de ameaça cresceu em Coriolanus. Tinha tentado ignorar o comportamento errôneo de Sejanus na Capital, mas ali era diferente. Ali ele era visto como adulto, e as consequências das ações dele podiam significar vida ou morte. Se ele ajudasse os rebeldes, poderia se ver na frente de um pelotão de fuzilamento. O que estava passando na cabeça de Sejanus?

Em um impulso, Coriolanus abriu o armário de Sejanus, tirou a caixa dele e colocou o conteúdo no chão com cuidado. Ali havia uma pilha de recordações, um pacote de chicletes e três frascos de remédio receitados por um médico da Capital. Dois pareciam ser comprimidos para dormir e o terceiro era um frasco de morfináceo com um conta-gotas embutido na tampa, bem parecido com o que ele viu o reitor Highbottom usar em várias ocasiões. Ele sabia que Sejanus tinha sido medicado no colapso nervoso, a mãe dele tinha lhe contado isso, mas por que ele levou os remédios? A sra. Plinth os teria incluído por precaução? Ele mexeu no resto do conteúdo. Um pedaço de pano, papel de carta, canetas, um pequeno fragmento de mármore entalhado grosseiramente no que poderia ser um coração e uma pilha de fotos. Os Plinth tiravam retratos anuais, e ele identificou o crescimento de Sejanus de bebê até o ano anterior. Todas as fotos eram da família, exceto uma foto antiga de um grupo de crianças na escola. Coriolanus achou que era da turma deles, mas ninguém era familiar, e muitas crianças estavam vestidas com roupas velhas que não cabiam direito. Ele viu Sejanus com um terno bonito, sorrindo pensativamente na segunda fila. Atrás dele estava um garoto que ele achou que parecia bem mais velho. Mas, ao examinar melhor, as peças se encaixaram. Era Marcus. Em uma foto escolar do último ano de Sejanus no Distrito 2. Não havia registro dos colegas de escola da Capital, nem mesmo de Coriolanus. Por algum motivo, aquilo pareceu a maior confirmação de onde estava a lealdade de Sejanus.

No fundo da pilha, ele encontrou uma moldura grossa de prata com o diploma de Sejanus, quem diria. Tinha sido tirado da pasta de couro e transferido para uma moldura, como se para ser exibido. Mas por quê? Sejanus não o penduraria na parede nem em um milhão de anos, mesmo que tivesse uma parede em que pendurar. Coriolanus passou o dedo na moldura, acompanhando o metal decorado, e o virou. A placa de apoio pareceu meio torta, e a pontinha de um papel verde bem clarinho aparecia na lateral. *Isso não é só papel*, pensou ele, e empurrou os prendedores para soltar o painel. Quando se soltou, uma pilha de cédulas novas caiu no chão.

Dinheiro. E muito. Por que Sejanus levaria tanto dinheiro para sua nova vida como Pacificador? Teria a mãe dele insistido? Não, não a sra. Plinth. Ela parecia achar que o dinheiro era a raiz de toda infelicidade deles. Strabo, então? Pensando que, o que quer que o filho encontrasse pela frente, o dinheiro o protegeria do mal? Possivelmente, mas Strabo costumava lidar com os pagamentos ele mesmo. Era algo que Sejanus tinha feito por sua própria conta, sem os pais saberem? Isso era preocupante. Seria uma vida de mesadas cuidadosamente guardadas para um momento de necessidade? Tirada do banco um dia antes da partida e escondida na moldura do diploma? Sejanus sempre reclamou do hábito do pai de usar dinheiro para se livrar dos problemas, mas isso estaria entranhado nele desde o nascimento? O método Plinth de resolver problemas. Passado de pai para filho. De mau gosto, mas eficiente.

Coriolanus pegou o dinheiro, fez uma pilha organizada e mexeu nas notas. Havia centenas, milhares de dólares ali. Mas de que serviriam no Distrito 12, onde não havia nada a comprar? Nada, pelo menos, que o salário de um Pacificador não cobrisse. A maioria dos recrutas enviava metade do pagamento para casa, pois a Capital providenciava quase tudo o que eles precisavam, exceto papel de carta e as noites no Prego. O Prego tinha o mercado clandestino, mas ele não tinha visto muita coisa que tentasse um Pacificador, além das bebidas. Eles não precisavam de coelhos mortos, nem de cadarços ou de sopa caseira. E, mesmo que precisassem, eram coisas fáceis de comprar. Claro, havia outras coisas que podiam ser compradas. Como informações, acesso e silêncio. Havia subornos. Havia poder.

Coriolanus ouviu as vozes do pelotão voltando. Escondeu rapidamente o dinheiro na moldura, tomando o cuidado de deixar uma pontinha verde visível. Rearrumou a caixa e a colocou no armário de Sejanus. Quando os companheiros entraram, ele estava atrás das caixas da sra. Plinth com os braços abertos, com um sorriso enorme.

– Quem está livre no sábado?

Enquanto Sorriso, Poste e Mosquitinho abriam as caixas e viam os tesouros dentro, Sejanus ficou sentado na cama olhando com expressão divertida.

Coriolanus se apoiou na cama acima da dele.

– Temos que agradecer pela sua mãe. Senão, estaríamos todos duros.

– É, sem um centavo sequer – concordou Sejanus.

A única coisa que Coriolanus nunca questionara tinha sido a honestidade de Sejanus. Ele até preferiria que ele fosse um pouco menos honesto. Mas aquilo era uma mentira deslavada, dita com a mesma naturalidade da verdade. O que queria dizer que tudo que ele dissesse a partir de agora seria suspeito.

26

Sejanus deu um tapa na própria testa.

– Ah! Como foi a prova?

– Vamos ver – disse Coriolanus. – Vão mandar pra Capital pra ser corrigida. Dizem que pode demorar para chegar o resultado.

– Você vai passar – garantiu Sejanus. – Você merece.

Tão solidário. Tão duas caras. Tão autodestrutivo. Como uma mariposa atraída pelo fogo. Coriolanus se sobressaltou um pouco por se lembrar da carta de Pluribus. Não foi isso que o reitor Highbottom ficou murmurando depois da briga com o pai de Coriolanus tanto tempo antes? Quase. Ele tinha usado o plural. *"Como mariposas pelo fogo."* Como se um bando inteiro de mariposas estivesse voando para um incêndio. Um grupo inteiro determinado a se autodestruir. A quem ele estava se referindo? Ah, quem ligava? O velho Chapa Highbottom drogado e movido pelo ódio. Melhor nem questionar.

Depois do jantar, Coriolanus teve sua primeira hora de vigia em um hangar do outro lado da base. Formando dupla com um veterano que cochilou imediatamente após o instruir a ficar de olhos abertos, seus pensamentos se fixaram em Lucy Gray, desejando poder vê-la ou ao menos falar com ela. Parecia um desperdício estar de vigia, onde nada acontecia, quando podia estar com ela nos braços. Ele se sentia preso na base, enquanto ela podia andar livremente pela noite. De certa forma, era melhor quando ela estava trancada na Capital, onde Coriolanus sempre tinha uma ideia do que ela estava fazendo. Até onde ele sabia, Billy Taupe podia estar tentando reconquistá-la naquele exato momento. Por que fingir que ele não estava pelo menos com um pouco de ciúmes? Talvez ele devesse tê-lo prendido, afinal...

No alojamento, ele escreveu um bilhete rápido para a sra. Plinth para elogiar os doces e outro para Pluribus agradecendo a ajuda e perguntando sobre as cordas para Lucy Gray. Com o cérebro cansado da prova, Coriolanus dormiu profundamente e acordou já suado na manhã quente de agosto. Quando o tempo melhoraria? Em setembro? Outubro? Na hora do almoço, a fila da máquina de gelo contornava metade do refeitório. Coriolanus foi designado para trabalhar na cozinha e se preparou para o pior, mas viu que tinha sido promovido da tarefa de lavar louça para a de picar ingredientes. Seria uma boa mudança se seu ingrediente não fosse a cebola. Ele conseguia viver com as lágrimas, mas foi ficando cada vez mais preocupado com o cheiro que emanava das mãos. Mesmo depois de uma noite esfregando, ainda gerou comentários no alojamento, e, por mais que ele as lavasse, de nada adiantou. Ele estaria fedendo assim quando visse Lucy Gray de novo?

Na manhã de sexta, apesar do calor e da sua inquietação perto dos cientistas da Cidadela, ele ficou um pouco aliviado de saber que cuidaria dos pássaros naquela tarde. Apesar de desagradáveis, eles não deixavam odor nenhum. Quando Poste desmaiou no meio dos exercícios, o sargento mandou que os colegas o levassem para a clínica, onde Coriolanus aproveitou a oportunidade para pegar uma lata de talco para uma brotoeja que tinha se espalhado pelo peito e debaixo do seu braço direito.

– Mantenha seco – aconselhou o médico.

Ele teve que segurar o impulso de revirar os olhos. Não conseguia ficar seco nem por um momento desde que pisara na sauna que era o Distrito 12.

Depois de almoçar sanduíches frios de patê, eles foram sacolejando no caminhão até a floresta, onde os cientistas, ainda de jalecos brancos, os esperavam. Enquanto formavam duplas, Coriolanus soube que Mosquitinho, por não ter tido parceiro na quarta, havia trabalhado com a dra. Kay. Ela ficou tão impressionada com a agilidade dele nos galhos que pediu para ficar com ele de novo. Era tarde demais para trocar as duplas, então Coriolanus seguiu o grupo dela até as árvores e ficou o mais distante que pôde.

Não adiantou. Enquanto ele via Mosquitinho carregar uma gaiola nova com isca para a primeira árvore e trocar por outra com um gaio tagarela capturado, a dra. Kay se aproximou por trás.

— O que está achando dos distritos, soldado Snow?

Ele ficou encurralado como um pássaro. Preso como os tributos no zoológico. Fugir para as árvores não era opção. Ele se lembrou do conselho de Lucy Gray que o salvou na jaula dos macacos. *Assuma o comando.*

Ele se virou para ela com um sorriso tímido que reconhecia que ela o havia pegado no pulo, mas divertido a ponto de mostrar que ele não se importava.

— Sabe, acho que aprendi mais sobre Panem em um dia como Pacificador do que nos treze anos de escola.

A dra. Kay riu.

— Sim. Tem um mundo de aprendizado esperando por aí. Fui designada para o 12 durante a guerra. Morei na sua base. Trabalhei nessa floresta.

— Então você foi parte do projeto dos gaios tagarelas? – perguntou Coriolanus. Pelo menos os dois tiveram fracassos públicos.

— Fui a chefe – disse a dra. Kay com eloquência.

Um *grande* fracasso público. Coriolanus ficou mais à vontade. Ele só tinha passado vergonha nos Jogos Vorazes, não numa guerra nacional. Talvez ela fosse solidária e fizesse um relatório favorável para a dra. Gaul na volta se ele causasse uma boa impressão. Fazer um esforço para agradá-la poderia compensar. Ele lembrou que os gaios tagarelas eram todos machos e não podiam se reproduzir entre si.

— Esses gaios tagarelas foram as aves que vocês usaram para vigilância durante a guerra?

— Aham. Eram meus bebês. Nunca pensei que os veria de novo. O consenso geral era que eles não sobreviveriam ao inverno. Animais geneticamente projetados costumam ter dificuldade na natureza. Mas eles eram fortes, os meus pássaros, e a natureza tem vontade própria – disse ela.

Mosquitinho chegou ao galho mais baixo e entregou a gaiola com o gaio tagarela.

— Nós devíamos deixá-los nas armadilhas por enquanto. – Não era uma pergunta, só um comentário.

— Sim. Pode ajudar a reduzir o estresse da transição – concordou a dra. Kay.

Mosquitinho assentiu, desceu até o chão e pegou uma armadilha nova com Coriolanus. Sem perguntar, foi para uma segunda árvore. A dra. Kay observou com aprovação.

— Algumas pessoas simplesmente entendem os pássaros.

Coriolanus sentia sem a menor dúvida que jamais seria uma dessas pessoas, mas podia fingir ser por algumas horas. Ele se agachou ao lado da armadilha e examinou o gaio tagarela, que piava sem parar.

— Sabe, eu nunca entendi direito como isso funcionava. – Não que ele tivesse feito qualquer esforço para descobrir. – Sei que eles gravavam as conversas, mas como vocês os controlavam?

— Eles são treinados para responder a comandos de áudio. Se tivermos sorte, posso mostrar — A dra. Kay tirou um pequeno dispositivo retangular do bolso. Havia vários botões coloridos nele, nenhum identificado, mas talvez o tempo e o uso tivessem apagado as identificações. Ela se ajoelhou na frente dele com a gaiola no meio e observou o pássaro com mais afeto do que Coriolanus achava que cabia a uma cientista. — Não é lindo?

Coriolanus tentou soar convincente:

— Muito.

— O que você ouve agora, esses piados, são dele. Ele consegue imitar outros pássaros, nós ou dizer o que quiser. Ele está no neutro — disse ela.

— No neutro? — perguntou Coriolanus.

— *No neutro?* — Ele ouviu sua voz sair pelo bico do pássaro. — *No neutro?*

É mais sinistro quando é nossa própria voz, pensou ele, mas deu uma gargalhada de prazer.

— Era eu!

— *Era eu!* — disse o gaio tagarela com sua própria voz e começou a imitar um pássaro próximo.

— Era mesmo — disse a dra. Kay. — Mas, no neutro, ele vai mudar pra outra coisa rapidamente. Outra voz. Normalmente, só uma frase curta. Um trecho de canção de pássaro. O que chamar a atenção dele. Pra vigilância, nós precisamos colocá-lo no modo gravação. Cruze os dedos. — Ela apertou um dos botões no controle remoto.

Coriolanus não ouviu nada.

— Ah, não. Acho que está velho demais.

Mas o rosto da dra. Kay exibia um sorriso.

— Não necessariamente. Os tons de comando são inaudíveis para seres humanos, mas facilmente registrados pelos pássaros. Está vendo como ele ficou quieto?

O gaio estava em silêncio. Ficou pulando pela gaiola, inclinando a cabeça, bicando coisas, da mesma forma de sempre, exceto pela verbalização.

— Está funcionando? — perguntou Coriolanus.

— Vamos ver. — A dra. Kay apertou outro botão do controle e o pássaro voltou aos chilreios de sempre. — Neutro de novo. Agora, vamos ver o que ele captou.

Depois de uma breve pausa, o pássaro começou a falar:

— *Ah, não. Acho que está velho demais.*

— *Não necessariamente. Os tons de comando são inaudíveis para seres humanos, mas facilmente registrados pelos pássaros. Está vendo como ele ficou quieto?*

— *Está funcionando?*

— *Vamos ver.*

Uma réplica exata. Mas, não. O movimento das árvores, o zumbido dos insetos, os outros pássaros, nada disso tinha sido gravado. Só o som puro das vozes humanas.

— Há — disse Coriolanus, um tanto impressionado. — Por quanto tempo eles conseguem gravar?

— Uma hora, mais ou menos, num dia bom — disse a dra. Kay. — Eles foram programados para procurar áreas florestais e são atraídos por vozes humanas. Nós os soltávamos na floresta no modo gravação e os chamávamos de volta com um sinal que os atraía para a base, onde analisávamos as gravações. Não só aqui, mas no Distrito 11, no 9, e onde mais achássemos que seriam úteis.

— Não dava pra simplesmente colocar microfones nas árvores? — perguntou Coriolanus.

— Dá pra botar escutas em prédios, mas a floresta é grande demais. Os rebeldes conhecem bem o terreno; nós, não. Eles iam de um lugar para outro. O gaio tagarela é um dispositivo de gravação orgânico e móvel e, diferentemente de um microfone, é indetectável. Os rebeldes podiam pegar um, matar, até comer, mas só veriam um pássaro comum – explicou a dra. Kay. – Eles são perfeitos, em teoria.

– Mas, na prática, os rebeldes descobriram o que eles eram – disse Coriolanus. – Como eles conseguiram?

– Não temos certeza. Alguns achavam que eles viram os pássaros voltando para a base, mas nós só os chamávamos de volta no meio da noite, quando é impossível detectá-los, e só uns poucos de cada vez. É mais provável que não tenhamos disfarçado direito. Não cuidamos para que as informações que nos faziam agir pudessem ter outra fonte além de uma gravação na floresta. Isso teria gerado desconfianças, e apesar de as penas pretas serem ótima camuflagem à noite, a atividade de madrugada pode ter sido uma pista. Acho que eles começaram a fazer testes, a nos dar informações falsas e ver como reagíamos. – Ela deu de ombros. – Ou talvez eles tivessem algum espião na base. Acho que nunca vamos saber.

– Por que você não usa o dispositivo pra chamar todos de volta à base agora? Em vez de... – Coriolanus parou de falar, sem querer parecer reclamão.

– Em vez de arrastar vocês nesse calor pra serem comidos por mosquitos? – Ela riu. – O sistema de transmissão todo foi desmontado e nosso antigo aviário parece que guarda suprimentos agora. Além do mais, eu prefiro botar minhas mãos neles. Nós não queremos que saiam voando e não voltem mais, queremos?

– Claro que não – mentiu Coriolanus. – Eles fariam isso?

– Não sei bem o que eles fariam agora que se tornaram nativos. No fim da guerra, eu os soltei no neutro. Teria sido cruel não fazer isso. Um pássaro mudo encararia desafios demais. Eles não só sobreviveram, mas acasalaram com os tordos puros. E agora, temos mais uma espécie. – A dra. Kay apontou

para um tordo na folhagem. – Os moradores daqui chamam de "nosso tordo".
– E o que eles fazem? – perguntou Coriolanus.
– Não tenho certeza. Estou observando nesses últimos dias. Eles não têm habilidade de imitar fala. Mas têm uma capacidade melhor e mais confiável de repetir música do que as fêmeas de tordo puro – disse ela. – Cante alguma coisa.
Coriolanus só tinha uma canção velha no repertório.

Pérola de Panem
Cidade majestosa,
Com o passar dos anos, você brilha mais.

O tordo inclinou a cabeça e cantarolou. Não com letra, mas uma réplica exata da melodia, com uma voz que parecia meio humana e meio de pássaro. Alguns outros pássaros na área captaram a melodia e a transformaram em um tecido harmônico, o que novamente o lembrou do Bando com suas músicas antigas.
– A gente devia matar todos. – As palavras saíram antes que ele conseguisse segurá-las.
– Matar todos? Por quê? – perguntou a dra. Kay com surpresa.
– Eles não são naturais. – Ele tentou distorcer o comentário para parecer que tinha vindo de alguém que amava pássaros. – Pode ser que façam mal a outras espécies.
– Eles parecem bem compatíveis. E estão por toda Panem, em todos os lugares que gaios tagarelas e tordos puros coabitaram. Vamos levar alguns de volta para ver se são capazes de se reproduzir, tordo com tordo. Se não puderem, todos vão sumir em alguns anos. Se puderem, que mal tem mais um pássaro canoro?

Coriolanus concordou que deviam ser inofensivos. Ele passou o resto da tarde fazendo perguntas e tratando as aves com gentileza para compensar a sugestão insensível. Não gostava muito dos gaios tagarelas, mas pareciam até interessantes de um ponto de vista militar. Mas havia algo nos tordos que o repugnava. Ele desconfiava daquela criação espontânea. A natureza se descontrolando. Eles deviam morrer, e quanto antes melhor.

No fim do dia, apesar de estarem com mais de trinta gaios tagarelas, nem um tordo tinha sido capturado pelas armadilhas.

– Talvez os gaios tagarelas sejam menos desconfiados, considerando que as armadilhas são mais familiares para eles. Afinal, eles foram criados em gaiolas – refletiu a dra. Kay. – Não importa. Vamos dar mais alguns dias a eles e, se necessário, traremos as redes.

Ou as armas, pensou Coriolanus.

Na base, ele e Mosquitinho foram escolhidos para descarregar as gaiolas e ajudar os cientistas a arrumá-las no antigo hangar que seria o lar temporário dos pássaros.

– Querem nos ajudar a cuidar deles até que sejam levados de volta à Capital? – perguntou a dra. Kay a eles. Mosquitinho abriu um dos seus raros sorrisos em concordância, e Coriolanus aceitou com entusiasmo. Além de querer causar uma boa impressão, o hangar era mais fresco com os ventiladores industriais. Isso parecia melhor para tratar a brotoeja, que tinha aumentado de forma impressionante após as incursões na floresta. Pelo menos, era uma mudança.

Antes do apagar das luzes, seus companheiros de quarto espalharam os doces da sra. Plinth e fizeram um plano para os dois fins de semana seguintes no Prego, para o caso de ela não enviar caixas regularmente. Por causa da habilidade de negociação, Sorriso virou o tesoureiro e separou a quantidade para duas rodadas de bebida e doações para o Bando depois do show. O que restou, eles dividiram em cinco. A parte de Coriolanus consistia em mais seis bolas de pipoca, mas ele se permitiu comer só uma. O resto ficaria guardado para o Bando.

Na manhã de sábado, Coriolanus acordou com uma chuva de granizo batendo no teto do alojamento. Quando estavam indo tomar café da manhã, seus companheiros de quarto jogaram bolas de gelo do tamanho de laranjas uns nos outros, mas no meio da manhã o sol saiu, mais forte do que nunca. Ele e Mosquitinho foram designados para cuidar dos gaios tagarelas de tarde. Os dois limparam as gaiolas, alimentaram e deram água aos pássaros sob instruções de dois cientistas da Cidadela. Apesar de alguns terem sido capturados em duplas ou trios, cada ave tinha uma gaiola própria agora. Durante o fim do turno, eles carregaram cuidadosamente as aves, uma a uma, até uma área do hangar onde um laboratório improvisado tinha sido montado. Os gaios tagarelas foram numerados, marcados e passaram por testes básicos para ver se ainda reagiam aos comandos de áudio dos controles remotos. Todos pareceram ter mantido a capacidade de gravar e repetir voz humana.

Longe dos cientistas, Mosquitinho balançou a cabeça.

— Isso é bom pra eles?

— Não sei. Mas foram feitos pra isso — disse Coriolanus.

— Eles ficariam mais felizes se tivessem sido deixados na floresta.

Coriolanus não sabia se Mosquitinho estava certo. Até onde ele tinha conhecimento, eles acordariam no laboratório da Cidadela em alguns dias, se perguntando que pesadelo horrível que durara dez anos tinha sido aquele no Distrito 12. Talvez ficassem mais felizes em um ambiente controlado, onde tantas ameaças tinham sido removidas.

— Sei que os cientistas vão cuidar bem deles.

Depois do jantar, ele tentou não demonstrar impaciência enquanto esperava os companheiros de quarto se aprontarem. Como tinha decidido manter o romance em segredo, ele planejava se separar deles quando chegassem ao Prego. Sobrava o problema de Sejanus. Ele tinha mentido sobre o dinheiro, mas talvez só estivesse tentando se adequar aos companheiros pobres. Depois do incidente com o mapa, ele pareceu genuinamente arrependido, então era possível que tivesse percebido o perigo de agir como garoto de recados de Lil. Mas Billy Taupe ou os rebeldes tentariam abordá-lo novamente, por ele ter expressado inicialmente certa abertura para ajudá-los? Sejanus era um alvo fácil. Seria moleza levá-lo para ver o Bando depois que eles conseguissem escapar dos companheiros.

– Quer ir para os bastidores comigo? – perguntou ele baixinho a Sejanus quando eles chegaram ao Prego.

– Fui convidado? – perguntou Sejanus.

– Claro – disse Coriolanus, apesar de só ele próprio ter sido. Mas talvez fosse bom. Se Sejanus pudesse distrair Maude Ivory, Coriolanus talvez tivesse alguns momentos a sós com Lucy Gray. – Mas vamos precisar escapar do resto dos soldados.

Isso acabou se mostrando fácil, pois a plateia estava maior do que na semana anterior, e o estoque novo de bebida estava particularmente forte. Eles deixaram Sorriso, Mosquitinho e Poste pechinchando, encontraram a porta perto do palco e saíram numa rua estreita e vazia.

O que Lucy Gray chamou de barracão era uma espécie de garagem velha onde cabiam uns oito carros. As portas amplas usadas para a entrada dos veículos estavam fechadas com correntes, mas uma porta menor no canto da construção, bem na direção da porta da entrada dos artistas, estava sendo mantida aberta por um bloco de concreto. Quando Coriolanus ouviu conversas e instrumentos sendo afinados, ele soube que era o lugar certo.

Eles entraram e descobriram que o Bando tinha ocupado o espaço, cada um dos integrantes acomodados em pneus velhos e peças estranhas de mobília, os estojos dos instrumentos e os equipamentos espalhados para todo lado. Mesmo com uma segunda porta no canto dos fundos aberta, o lugar parecia um forno. A luz da noite entrava por algumas janelas abertas, captando a poeira que flutuava densa no ar.

Quando os viu, Maude Ivory correu até eles, usando o vestido rosa.

– Oi!

– Boa noite. – Coriolanus se curvou e ofereceu a ela o pacote de bolas de pipoca. – Um doce para outro.

Maude Ivory puxou o papel e deu um pulinho em um pé só antes de fazer uma reverência.

– Obrigada pela gentileza. Vou cantar uma música especial pra você hoje!

– Vim sem esperar menos do que isso – disse Coriolanus. Era engraçado como a fala da alta sociedade da Capital parecia natural com o Bando.

– Tudo bem, mas não posso dizer seu nome, porque você é segredo. – Ela riu.

Maude Ivory correu até Lucy Gray, que estava sentada de pernas cruzadas em uma escrivaninha velha, afinando o violão. Ela sorriu para o rosto animado da criança, mas disse com severidade:

– Guarde pra depois.

Maude Ivory saltitou para mostrar o tesouro para o resto da banda. Sejanus se juntou a eles enquanto Coriolanus acenava ao passar e avançava até Lucy Gray.

— Você não precisava fazer isso. Ela vai ficar mimada.

— Só estou tentando dar um pouco de felicidade pra ela — disse ele.

— E pra mim? — provocou Lucy Gray. Coriolanus se inclinou e a beijou. — Já é um bom começo. — Ela chegou para o lado e bateu na escrivaninha para ele se acomodar.

Coriolanus se sentou e olhou o barracão.

— Que lugar é esse?

— Agora, é nossa sala de descanso. A gente vem pra cá antes e depois do show e também quando saímos do palco entre os números — disse ela.

— Mas quem é o dono? — Ele esperava que eles não estivessem cometendo invasão de propriedade.

Lucy Gray não pareceu preocupada.

— Não faço ideia. A gente vai continuar empoleirado aqui até nos enxotarem.

Pássaros. Tudo envolvia pássaros pra ela quando o assunto era o Bando. Cantar, se empoleirar, enxotar. Pássaros bonitos, todos eles. Coriolanus contou sobre o trabalho com os gaios tagarelas, pensando que ela poderia se impressionar de ele ter sido escolhido para isso, mas só pareceu deixá-la triste.

— Odeio pensar neles presos em gaiolas depois que puderam sentir o gosto da liberdade — disse Lucy Gray. — O que esperam descobrir nos laboratórios?

— Não sei. Se as armas ainda funcionam? — supôs ele.

— Parece tortura alguém controlar sua voz assim. — Ela levantou a mão e tocou no pescoço.

Coriolanus achou aquilo meio dramático, mas tentou parecer reconfortante.

— Acho que não existe equivalente humano.

— É mesmo? Você sempre se sente livre pra dizer o que pensa, Coriolanus Snow? — perguntou ela, olhando para ele com expressão zombeteira.

Livre para dizer o que pensava? Claro que sim. Bom, dentro do possível. Ele não saía por aí falando sobre tudo. O que ela queria dizer? Ela queria dizer o que ele achava da Capital. E dos Jogos Vorazes. E dos distritos. A verdade era que ele apoiava a maior parte do que a Capital fazia e o resto raramente dizia a seu respeito. Mas, se precisasse, ele falaria. Não falaria? Contra a Capital? Como Sejanus fizera? Mesmo que tivesse repercussões? Ele não sabia, mas se sentiu na defensiva.

– Sim. Acho que as pessoas devem dizer o que pensam.

– Era o que meu pai acreditava também. E ele acabou com mais buracos de bala do que pude contar nos dedos – disse ela.

O que Lucy Gray estava insinuando? Mesmo ela não tendo dito, ele apostaria que as balas saíram da arma de um Pacificador. Talvez de alguém vestido exatamente como Coriolanus estava naquele momento.

– E meu pai foi morto por um atirador de elite rebelde.

Lucy Gray suspirou.

– Agora você está com raiva.

– Não. – Mas ele estava. Tentou engolir a fúria. – Só estou cansado. Fiquei a semana toda ansioso pra te ver. E sinto muito sobre seu pai... sinto muito sobre o *meu* pai... mas eu não governo Panem.

– Lucy Gray! – chamou Maude Ivory do outro lado do barracão. – Está na hora!

O Bando tinha começado a se reunir junto à porta, os instrumentos nas mãos.

– É melhor eu ir. – Coriolanus desceu da escrivaninha. – Bom show.

– Vou te ver depois? – perguntou ela.

Ele ajeitou o uniforme.

– Eu tenho que voltar por causa do toque de recolher.

Lucy Gray se levantou e passou a faixa do violão pela cabeça.

— Entendi. Bom, amanhã estamos planejando uma ida até o lago, se você estiver livre.

— Até o lago? — Havia mesmo destinos agradáveis naquele lugar infeliz?

— Fica na floresta. É uma caminhada meio longa, mas a água é boa pra nadar — disse ela. — Claro que você quer ir. E leve Sejanus. Nós teríamos o dia todo.

Ele queria ir. Queria ficar com ela o dia todo. Ainda estava chateado, mas era besteira. Ela não tinha o acusado de nada. A conversa só se perdeu. Era tudo por causa daqueles pássaros idiotas. Ela o estava convidando; ele queria mesmo afastá-la? Ele a via tão pouco que não podia se dar ao luxo de ficar de mau humor.

— Tudo bem. Nós vamos depois do café.

— Combinado. — Ela deu um beijo na bochecha dele, se juntou ao Bando e saíram do barracão.

No Prego, ele e Sejanus abriram caminho pelo interior escuro, o ar pesado de suor e bebida. Eles encontraram os companheiros de quarto no mesmo lugar que na semana anterior. Mosquitinho tinha pegado caixotes para eles, e Coriolanus e Sejanus se acomodaram dos dois lados dele e cada um tomou um gole da garrafa comunitária.

Maude Ivory entrou no palco para apresentar a banda. A música começou assim que o Bando ocupou o palco.

Coriolanus se encostou na parede e compensou o tempo perdido com a bebida. Ele não veria Lucy Gray depois, então por que não ficar um pouco bêbado? O nó de raiva no peito começou a se desfazer enquanto ele olhava para ela. Tão atraente, tão envolvente, tão viva. Começou a se sentir mal por ter perdido o controle e teve dificuldade até de lembrar o que ela disse para irritá-lo. Talvez nada. A semana tinha sido longa e estressante, com a prova, os pássaros e a tolice de Sejanus. Ele merecia se divertir.

Ele tomou vários outros goles e se sentiu mais aberto para o mundo. Músicas familiares e antigas o envolveram. Uma hora, ele se viu cantando com a plateia e parou com vergonha antes de perceber que ninguém se importava e nem estava sóbrio o suficiente para lembrar muito, de qualquer jeito.

Em determinado ponto, Barb Azure, Tam Amber e Clerk Carmine saíram do palco, aparentemente para fazer uma pausa no barracão, deixando Maude Ivory no caixote na frente do microfone e Lucy Gray dedilhando o violão ao lado dela.

– Prometi a um amigo que cantaria uma coisa especial hoje – disse Maude Ivory. – Cada um de nós do Bando deve o nome a uma cantiga, e esta pertence à moça bonita bem aqui! – Ela esticou a mão na direção de Lucy Gray, que fez uma reverência ao som de alguns aplausos. – É bem antiga, escrita por um homem chamado Wordsworth. Nós alteramos umas coisinhas pra fazer mais sentido, mas é importante ouvir com atenção. – Ela levou o dedo aos lábios e a plateia sossegou.

Coriolanus balançou a cabeça e tentou se concentrar. Se aquela era a canção de Lucy Gray, ele queria prestar muita atenção para poder dizer alguma coisa bonita no dia seguinte.

Maude Ivory assentiu para Lucy Gray tocar a introdução e começou a cantar com voz solene:

De Lucy Gray muito ouvi dizer
E numa longa andança,
Tive a sorte, ao amanhecer,
De ver a solitária criança.

Nem amigo nem colega Lucy tinha;
Ela vivia numa área estranha,
– nunca houve mais doce menininha
Na encosta da montanha!

Bom, havia uma garotinha que morava numa montanha. E, ao que parecia, tinha dificuldade para fazer amigos.

Você pode ver um gamo brincando
E a lebre na grama a correr;
Mas a doce Lucy Gray passeando
Nunca mais você vai ver.

E ela morreu. Como? Ele teve a sensação de que logo descobriria.

"A noite vai ser chuvosa e fria –
Até a cidade vá rapidinho;
Leva um lampião, Criança, e guia
Sua mãe pela neve do caminho."

"Sim, Pai! Vou sem demora:
A tarde mal começou –
O relógio da praça deu duas horas,
E a lua nem despontou!"

Depois disso, o pai recomeçou
A juntar madeira para a lareira;
Voltou para a labuta; – e Lucy pegou
O lampião e desceu a ribanceira.

Tão livre quanto uma corça;
Por um caminho novo ela seguiu
Os pés espalhando a neve com força,
Que, parecendo fumaça, subiu.

> *A tempestade chegou antes da hora:*
> *Ela vagou e não esmoreceu;*
> *Lucy subiu colinas e morros afora:*
> *Mas na cidade não apareceu.*

Ah. Um monte de baboseiras, mas ela se perdeu na neve. Bom, não surpreende ninguém, considerando que a mandaram sair no meio de uma nevasca. Ela provavelmente vai morrer congelada.

> *Os pais passaram a noite em desespero*
> *A andar, gritar e procurar;*
> *Mas não encontraram sinal certeiro*
> *Que ajudasse a encontrar.*
>
> *No nascer do dia, parados na ladeira*
> *Com vista da colina,*
> *Eles viram a ponte de madeira,*
> *Passando por uma ravina.*
>
> *Ao se virarem para casa, um declarou:*
> *"No céu te encontraremos, em breve";*
> *– Quando a mãe observou*
> *As pegadas de Lucy na neve.*

Ah, que bom. Eles encontraram as pegadas dela. Final feliz. Era uma daquelas coisinhas bobas, como uma música que Lucy Gray cantou sobre um homem que achavam que tinha morrido congelado. Tentaram cremá-lo num forno, mas ele só derreteu e ficou bem. Um tal de Sam.

Da colina íngreme e altiva
Eles seguiram cada pegada;
E através da cerca-viva,
E pelo muro de pedra empilhada;

E um campo aberto atravessaram:
Cada pegada continuava igual;
Eles as seguiram e não erraram,
Até a ponte colossal.

Eles seguiram na neve em questão
As pegadas, uma a uma,
Até que, no meio da extensão
Não havia mais nenhuma!

Como é que é? Ela sumiu do nada?

— Até hoje há quem insista
Que ela vive como menina;
Que Lucy Gray pode ser vista
No deserto e na ravina.

Ela anda por toda a região
E nunca olha para trás;
E canta uma solitária canção
Que o vento leva e traz.

Ah, uma história de fantasmas. Ugh. Bu. Que ridícula. Bom, ele se esforçaria para gostar quando visse o Bando no dia seguinte. Mas quem botava o nome de um filho em homenagem a uma garota fantasma? Se bem que, se a garota era fantasma, onde estava o corpo? Talvez ela tivesse ficado cansada dos pais negligentes por a terem obrigado a caminhar no meio de uma nevasca e fugira de casa. Mas por que ela não tinha crescido? Ele não conseguia entender e o álcool não estava ajudando. Lembrou-se da época em que ele não compreendera um poema na aula de retórica e Livia Cardew o havia humilhado na frente de todo mundo. Que música horrível. Talvez ninguém fosse tocar no assunto... Não, eles tocariam, sim. Maude Ivory esperaria uma reação. Ele diria que a achara linda e deixaria por isso mesmo. E se ela quisesse conversar sobre a música?

Coriolanus decidiu perguntar a Sejanus, que sempre foi bom em retórica, para ver se ele tinha alguma ideia.

Mas quando se inclinou na direção de Mosquitinho, ele viu que o caixote de Sejanus estava vazio.

27

Coriolanus perscrutou o lugar, tentando disfarçar a ansiedade crescente. Onde Sejanus estava? A adrenalina lutou contra o álcool para controlar seu cérebro. Ele havia ficado tão absorvido pela música e pelo álcool que não sabia quando Sejanus tinha desaparecido. E se ele não tivesse mudado de ideia sobre Lil? Estaria ele na multidão, conspirando com os rebeldes naquele exato momento?

Ele esperou que a plateia terminasse de aplaudir Maude Ivory e Lucy Gray para se levantar. Quando estava indo na direção da porta, viu Sejanus voltando na luz difusa.

– Onde você estava? – perguntou Coriolanus.

– Lá fora. Aquela bebida desce pra bexiga muito rápido. – Sejanus se sentou na caixa e voltou a atenção para o palco.

Coriolanus também voltou para seu lugar, os olhos no entretenimento, os pensamentos em qualquer outro lugar. A bebida não descia para a bexiga rápido. Era forte demais e a quantidade consumida era muito pequena. Outra mentira. O que significava? Que ele não podia perder Sejanus de vista por um segundo agora? Durante o resto do show, ficou lançando olhares de soslaio para ele, para ter certeza de que não sairia escondido de novo. Ele ficou por perto depois que Maude Ivory coletou o dinheiro na cesta com laços de fita, mas Sejanus pareceu concentrado em ajudar Mosquitinho a levar Poste, bêbado, de volta à base. Não houve oportunidade para mais discussão. Se Sejanus realmente tinha se afastado para confabular com os rebeldes, o confronto direto de Coriolanus depois do incidente com Billy Taupe tinha fracassado, obviamente. Uma nova estratégia era necessária.

O domingo amanheceu claro demais para a cabeça latejante de Coriolanus. Ele vomitou a bebida e ficou no chuveiro até seus olhos ajustarem o foco novamente. Os ovos gordurosos do refeitório eram impensáveis, então ele mordiscou uma torrada enquanto Sejanus comia a porção dos dois, só confirmando a desconfiança de Coriolanus de que ele não tinha consumido quase nada de álcool na noite anterior, não o suficiente para afetá-lo tanto. Os três companheiros de quarto não conseguiram nem se levantar para tomar café. Até pensar em uma abordagem melhor, ele teria que observar Sejanus como um falcão, principalmente quando saíssem da base. Naquele dia, pelo menos, ele precisaria de companhia para ir ao lago.

Apesar de o entusiasmo de Coriolanus ter diminuído, Sejanus aceitou o convite com alegria.

– Claro, parece feriado. Vamos levar gelo!

Enquanto Sejanus convencia Biscoito a lhe dar um novo saco plástico, Coriolanus foi à clínica buscar aspirina. Eles se encontraram na guarita e saíram.

Sem conhecer nenhum atalho para chegar à Costura, eles voltaram para a praça da cidade e refizeram os passos da semana anterior. Coriolanus pensou em tentar outra conversa sincera com Sejanus, mas se a ameaça de ser descoberto como culpado de traição não o afetara, o que afetaria? E ele não tinha certeza se ele havia conspirado com os rebeldes. Talvez só tivesse mesmo precisado mijar na noite anterior, e nesse caso acusá-lo só o deixaria na defensiva. A única prova real era o dinheiro escondido, e talvez Strabo tivesse insistido para que ele levasse, mas Sejanus estivesse determinado a não usar. Ele não valorizava dinheiro, e a riqueza proveniente da indústria armamentista devia ser como um fardo para ele. Talvez fosse questão de honra para Sejanus sobreviver por conta própria.

Se Lucy Gray ainda estava chateada pela discussão, não demonstrou. Ela o cumprimentou na porta dos fundos com um beijo e um copo de água gelada para refrescá-lo até eles chegarem ao lago.

— São duas ou três horas dependendo dos espinheiros, mas vai valer a pena.

Daquela vez, o Bando deixou os instrumentos para trás. Barb Azure ficou em casa para ficar de olho nas coisas. Ela se despediu deles com um balde contendo uma jarra de água, um pão e um cobertor velho.

— Ela acabou de engatar um romance com uma garota da nossa rua — confidenciou Lucy Gray quando eles estavam longe da casa. — Deve estar feliz de elas terem a casa só pra elas hoje.

Tam Amber guiou o grupo pela Campina até a floresta. Clerk Carmine, Maude Ivory e Sejanus formaram uma fila atrás dele, deixando Lucy Gray e Coriolanus atrás. Não havia trilha. Eles seguiram em fila única, passando por cima de árvores caídas, empurrando galhos, tentando desviar dos arbustos espinhosos que surgiam na vegetação. Em dez minutos, não havia mais nada do Distrito 12 além do cheiro acre das minas. Em vinte, até isso tinha sido disfarçado pela vegetação. A copa das árvores oferecia sombra que os protegia do sol, mas não aliviava em nada o calor. O zumbido dos insetos, a barulhada dos esquilos e o canto das aves ocupavam o ambiente, nem um pouco incomodados pela presença deles.

Mesmo com a experiência de dois dias de trabalho com os pássaros, quanto mais longe eles iam, mais Coriolanus foi ficando alerta enquanto se afastavam do que poderiam chamar de civilização por ali. Ele se perguntou que outras criaturas, maiores, mais poderosas e cheias de dentes, podiam estar se esgueirando entre as árvores. Ele não tinha nenhum tipo de arma. Depois dessa percepção, ele fingiu precisar de uma bengala e parou por um momento para arrancar os ramos menores de um galho caído.

– Como ele sabe o caminho? – perguntou a Lucy Gray, indicando Tam Amber.

– Nós todos sabemos o caminho. É nossa segunda casa.

Como mais ninguém pareceu preocupado, ele acompanhou o grupo pelo que pareceu uma eternidade, feliz quando Tam Amber reuniu todo mundo. Mas ele só disse: "Metade do caminho." Eles compartilharam o saco de gelo, bebendo o que tinha derretido e sugando os cubos restantes.

Maude Ivory reclamou de dor no pé e tirou o sapato marrom rachado para mostrar uma bolha grande.

– Esses sapatos não são bons pra andar.

– São um par velho do Clerk Carmine. Estamos tentando fazer com que dure o verão todo – disse Lucy Gray, examinando o pezinho com a testa franzida.

– Estão apertados – disse Maude Ivory. – Quero latas de sardinha, como na música.

Sejanus se agachou e ofereceu as costas.

– Que tal uma carona?

Maude Ivory subiu nas costas dele.

– Cuidado com a minha cabeça!

Depois que o precedente foi estabelecido, eles se revezaram para carregar a garotinha. Como não precisava mais fazer esforço, ela usou os pulmões para cantar.

> *Numa caverna na ravina,*
> *Escavando uma mina,*
> *Havia um garimpeiro*
> *E sua filha, Clementina.*

Com pezinhos de uma fada,
Toda leve e pequenina.
Duas latas de sardinha
Sapatinhos da Clementina.

Para a consternação de Coriolanus, um coral de tordos assimilou a melodia no alto dos galhos. Ele não esperava que eles pudessem chegar tão longe; aquelas porcarias estavam mesmo infestando a floresta. Mas Maude Ivory ficou feliz da vida e manteve a cantoria. Coriolanus a carregou no trecho final e a distraiu agradecendo pela música de Lucy Gray na noite anterior.

– O que você achou? – perguntou ela.

Ele desviou da pergunta:

– Gostei muito. Você foi incrível.

– Obrigada, mas eu queria saber da música. Você acha que as pessoas veem mesmo Lucy Gray ou só imaginam? – perguntou ela. – Porque eu acho que veem. Só que agora ela voa como um pássaro.

– É mesmo? – Coriolanus se sentiu melhor pela canção enigmática ser pelo menos assunto de debate, o que significava que ele não era burro demais para entender a interpretação erudita.

– Bom, de que outra forma ela não deixaria pegadas? Acho que ela voa e tenta não encontrar pessoas, porque elas a matariam por ser diferente.

– Ela é mesmo diferente. Ela é um fantasma, cabeça oca – disse Clerk Carmine. – Fantasmas não deixam pegadas porque são como o ar.

– Então onde está o corpo dela? – perguntou Coriolanus, achando que pelo menos a versão de Maude Ivory fazia algum sentido.

– Ela caiu da ponte e morreu, só que é tão alto que ninguém viu. Ou pode ser que houvesse um rio que a levou – disse Clerk Carmine. – Mas ela está morta e assombra a região. Como ela pode voar sem asas?

– Ela não caiu da ponte! A neve estaria diferente no lugar onde ela ficou parada! – insistiu Maude Ivory. – Lucy Gray, qual é a verdade?

– É um mistério, querida. Como eu. É por isso que é a minha música – respondeu Lucy Gray.

Quando eles chegaram ao lago, Coriolanus estava ofegante e suado, e a brotoeja ardia por causa do suor. Quando o Bando tirou as roupas até ficarem só com as de baixo e entraram na água, ele não perdeu tempo para fazer o mesmo. Ele entrou no lago e a água fria o envolveu, removendo suas preocupações e acalmando a brotoeja. Ele nadava bem, pois aprendera desde cedo na escola, mas nunca tinha nadado em um lugar que não fosse uma piscina. O chão lamacento era íngreme e ele teve a sensação de que era fundo. Ele nadou até o meio do lago e boiou de costas enquanto observava o ambiente. A floresta cercava o lago, e apesar de parecer não haver estrada de acesso, casas pequenas e arruinadas pontilhavam as margens. A maioria estava em estado irrecuperável, mas uma estrutura sólida de concreto ainda tinha teto e a porta fechada contra a natureza. Uma família de patos passou nadando a alguns metros e ele viu peixes abaixo dos pés. A preocupação com o que mais poderia estar nadando em volta o fez voltar à margem, onde o Bando já tinha envolvido Sejanus numa espécie de jogo de bobinho, usando uma pinha grande como bola. Coriolanus entrou na brincadeira, feliz por estar fazendo algo por pura diversão. O esforço de ser adulto todos os dias tinha ficado exaustivo.

Depois de um breve descanso, Tam Amber fez duas varas de pescar limpando galhos de árvore e prendendo linha em anzóis caseiros. Enquanto Clerk Carmine procurava minhocas na terra, Maude Ivory convocou Sejanus para procurarem frutas silvestres.

– Fiquem longe daquela região perto das pedras – avisou Lucy Gray. – As serpentes gostam de lá.

– Ela sempre sabe onde tem cobras – disse Maude Ivory para Sejanus enquanto o levava para longe. – Ela as pega nas mãos, mas eu tenho medo.

Sobrou para Coriolanus e Lucy Gray recolher madeira seca para uma fogueira. Tudo o animou um pouco: nadar seminu entre criaturas selvagens, fazer uma fogueira a céu aberto, aquele tempo não planejado com Lucy Gray. Ela tinha uma caixa de fósforos, mas eram preciosos e ela disse que teria que se virar com um só. Quando o fogo pegou em uma pilha de folhas secas, ele se sentou perto dela no chão e eles começaram a acrescentar primeiro gravetos e depois pedaços maiores de madeira, sentindo-se mais feliz de estar vivo do que nas semanas anteriores.

Lucy Gray recostou no ombro dele.

– Olha, desculpa se te chateei ontem. Eu não estava botando a culpa da morte do meu pai em você. Nós éramos só crianças quando aconteceu.

– Eu sei. Peço desculpas se minha reação foi exagerada. É que não posso fingir que sou uma pessoa que não sou. Não concordo com tudo que a Capital faz, mas sou da Capital e de um modo geral acho que estamos certos sobre precisarmos de ordem – disse Coriolanus.

– O Bando acredita que somos colocados na Terra pra diminuir a infelicidade, não pra aumentar. Você acha os Jogos Vorazes uma coisa certa?

– Eu nem sei por que eles acontecem, pra ser sincero. Mas acho, sim, que as pessoas estão se esquecendo da guerra rápido demais. O que fizemos uns aos outros. Do que somos capazes. Tanto os distritos quanto a Capital. Sei que a Capital parece ser linha dura aqui, mas a gente só está tentando manter as coisas sob controle. Senão, haveria caos e gente correndo por aí e matando uns aos outros, como na arena. – Era a primeira vez que ele tentava botar esses pensamentos em palavras com alguém além da dra. Gaul. Ele se sentiu meio inseguro, como um bebê aprendendo a andar, mas também sentiu a independência de ficar de pé sozinho.

Lucy Gray recuou um pouco.

– É isso que você acha que as pessoas fariam?

– É. Se não houver lei e alguém pra aplicá-la, acho que seríamos como animais – disse ele com mais segurança. – Quer você goste ou não, a Capital é a única coisa que mantém as pessoas em segurança.

– Hum. Então estão me mantendo em segurança. E de que eu abro mão em troca? – perguntou ela.

Coriolanus cutucou o fogo com um galho.

– Abrir mão? Ora, de nada.

– O Bando abriu – disse ela. – Não pode viajar. Não pode se apresentar sem autorização. Só pode cantar certos tipos de música. Quem resiste leva tiro, como meu pai. Quem tenta manter a família unida fica com a cabeça ruim, como a minha mãe. E se eu achar que esse preço é alto demais? Talvez minha liberdade não valha o risco.

– Então sua família era de rebeldes, afinal. – Coriolanus não estava surpreso.

– Minha família era do Bando, acima de qualquer coisa – garantiu Lucy Gray. – Não de distrito, não da Capital, não rebelde, não Pacificadora, só nós. E você é como nós. Você quer ter pensamentos próprios. Você resiste. Sei por causa do que você fez por mim nos Jogos.

Bom, ela tinha razão nisso. Se os Jogos Vorazes eram vistos como necessários pela Capital e ele tinha tentado impedi-los, ele não havia refutado a autoridade da Capital? Resistido, como ela disse? Não como Sejanus, em desafio aberto. Mas de um jeito mais silencioso e sutil só dele?

– Eu acredito no seguinte: se a Capital não estivesse no comando, nós nem estaríamos tendo essa conversa porque já teríamos nos destruído.

– As pessoas já existiam muito tempo antes da Capital. E acredito que vão continuar existindo por muito tempo depois – concluiu ela.

Coriolanus pensou nas cidades mortas pelas quais passou na viagem até o Distrito 12. Se ela alegava que o Bando tinha viajado, então também devia tê-las visto.

– Não muitas. Panem era magnífica. Olha como está agora.

Clerk Carmine levou para Lucy Gray uma planta que tinha tirado do lago, com folhas pontudas e flores brancas pequenas.

– Ei, você encontrou katniss. Bom trabalho, CC. – Coriolanus se perguntou se era para ser decorativa, como as rosas da avó dele, mas ela examinou as raízes na mesma hora, onde havia pequenos tubérculos. – Ainda está um pouco cedo.

– É – concordou Clerk Carmine.

– Pra quê? – perguntou Coriolanus.

– Pra comer. Em algumas semanas, essas plantas aqui vão virar umas batatas de bom tamanho e a gente vai poder assar – disse Lucy Gray. – Algumas pessoas chamam de batatas do pântano, mas gosto mais de katniss. Tem um som gostoso.

Tam Amber apareceu com vários peixes que ele havia limpado e cortado em pedaços. Ele embrulhou os peixes em folhas e ramos de alguma erva que ele colheu, e Lucy Gray os arrumou sobre as brasas do fogo. Quando Maude Ivory e Sejanus voltaram com o balde cheio de amoras, os peixes estavam cozidos. Com a caminhada e o tempo nadando, o apetite de Coriolanus tinha voltado. Ele comeu todas as porções de peixe, do pão e das frutas reservadas para ele. Sejanus então mostrou uma surpresa: seis biscoitos da sra. Plinth que ele tinha guardado da parte dele da caixa.

Depois do almoço, eles abriram o cobertor embaixo das árvores e meio se deitaram, meio se encostaram nos troncos, e ficaram olhando as nuvens felpudas no céu brilhante.

— Eu nunca vi o céu dessa cor – disse Sejanus.

— É azure – disse Maude Ivory. – Tipo em Barb Azure. É a cor dela.

— A cor dela? – perguntou Coriolanus.

— Isso mesmo. Cada um de nós tem o primeiro nome tirado de uma cantiga e o segundo de uma cor. – Ela se levantou para explicar. – Barb é de "Barbara Allen" e Azure do azul do céu. Meu nome vem de "Maude Clare" e o Ivory é do marfim das teclas do piano. E Lucy Gray é especial porque o nome dela todo veio da cantiga. Lucy e Gray.

— Isso mesmo. Gray de cinza, como um dia de inverno – disse Lucy Gray com um sorriso.

Coriolanus não tinha feito a conexão: até então, apenas havia achado seus nomes estranhos. Marfim – Ivory – e âmbar – Amber – traziam à mente enfeites antigos da caixa de joias da sua avó. E azure, taupe e carmim não eram cores que ele reconhecesse. Quanto às cantigas, quem sabia de onde tinham vindo? Parecia um jeito estranho de escolher o nome de um filho.

Maude Ivory o cutucou na barriga.

— Seu nome parece coisa do Bando.

— Por quê? – disse ele com uma risada.

— Por causa da parte do Snow, neve. Branco como a neve. Branca de Neve – disse Maude Ivory, rindo. – Existe uma cantiga com o nome Coriolanus?

— Não que eu saiba. Por que você não compõe uma sobre mim? – disse ele, cutucando-a de volta. – A cantiga de Coriolanus Snow.

Maude Ivory se sentou na barriga dele.

— Lucy Gray é a compositora. Por que não pede pra ela?

— Para de perturbar ele. – Lucy Gray puxou Maude Ivory para o seu lado. – Você devia dormir um pouco antes de a gente voltar pra casa.

— Vocês vão me carregar – disse Maude Ivory, se contorcendo para se soltar. – E eu vou cantar!

Oh, querida, oh, querida...

— Ah, fica quietinha – disse Clerk Carmine.

— Vem, tenta deitar – disse Lucy Gray.

— Bom, vou deitar se você cantar pra mim. Canta aquela de quando eu tive crupe. – Ela se deitou com a cabeça no colo de Lucy Gray.

— Tudo bem, mas só se você ficar quieta. – Lucy Gray colocou o cabelo de Maude Ivory para trás da orelha e esperou que ela se acomodasse para começar a cantar num tom tranquilo.

Bem no fundo da campina, embaixo do salgueiro
Um leito de grama, um macio e verde travesseiro
Deite a cabeça e feche esses olhos cansados
E quando se abrirem, o sol já estará alto nos prados.

> *Aqui é seguro, aqui é um abrigo*
> *Aqui as margaridas te protegem de todo perigo*
> *Aqui seus sonhos são doces e amanhã eles serão lei*
> *Aqui é o local onde sempre te amarei.*

A música acalmou Maude Ivory, e Coriolanus sentiu suas ansiedades desaparecerem. Cheio de comida fresca, protegido pelas árvores, com Lucy Gray cantando suavemente ao seu lado, ele começou a apreciar a natureza. Era mesmo lindo ali. O ar limpo como cristal. As cores vibrantes. Ele se sentiu tão relaxado e livre. E se sua vida fosse assim: acordar quando quisesse, pegar a comida do dia e ficar com Lucy Gray à beira do lago? Quem precisava de riquezas, sucesso e poder quando se tinha amor? O amor não conquistava tudo?

> *Bem no fundo das campinas, bem distante*
> *Num maço de folhas, brilha o luar aconchegante*
> *Esqueça suas tristezas e aquele problema estafante*
> *Porque quando amanhecer de novo ele não será mais tão pujante.*

> *Aqui é seguro, aqui é um abrigo*
> *Aqui as margaridas te protegem de todo perigo*
> *Aqui seus sonhos são doces e amanhã serão lei*
> *Aqui é o local onde sempre te amarei.*

Coriolanus estava quase pegando no sono quando os tordos, que ouviram respeitosamente a interpretação de Lucy Gray, começaram a deles. Ele sentiu seu corpo se contrair e a sonolência agradável desaparecer. Mas o Bando era só sorrisos quando os pássaros seguiram com a música.

— Nós não passamos de arenito em comparação ao diamante que eles são — disse Tam Amber.

— Bom... eles praticam mais — disse Clerk Carmine, e os outros riram.

Ao ouvir os pássaros, Coriolanus reparou na ausência dos gaios tagarelas. A única explicação em que ele pôde pensar era que os tordos começaram a se reproduzir sem eles, ou entre si ou com os tordos locais originais. Essa eliminação das aves da Capital da equação o perturbava profundamente. Ali estavam eles, se multiplicando como coelhos, totalmente descontrolados. Sem autorização. Usando tecnologia da Capital. Ele não gostou nem um pouco.

Maude Ivory finalmente cochilou, encolhida junto a Lucy Gray, os pés descalços enrolados no cobertor. Coriolanus ficou com ela enquanto os demais foram dar outro mergulho no lago. Depois de um tempo, Clerk Carmine levou uma pena azul que tinha encontrado na margem e colocou no cobertor para Maude Ivory, dizendo com voz áspera:

— Não diga de onde veio.

— Tudo bem. Que amor, CC — disse Lucy Gray. — Ela vai adorar. — Quando ele voltou correndo para a água, ela balançou a cabeça. — Eu me preocupo com ele. Sente falta do Billy Taupe.

— E você? — Coriolanus se apoiou no cotovelo para observar o rosto dela.

Ela nem hesitou.

— Não. Não desde a colheita.

A colheita. Ele se lembrou da cantiga que ela cantou na entrevista.

— O que você quis dizer quando cantou que era a aposta que a colheita tirou dele?

— Ele apostou que podia ter nós duas, a mim e a Mayfair — disse Lucy Gray. — Foi um jogo. Mayfair descobriu sobre mim, eu descobri sobre ela. Ela mandou o pai dela chamar meu nome na colheita. Não sei o que disse pra ele. Não que estava gamada no Billy Taupe. Outra coisa. Nós somos forasteiros aqui, é fácil mentir sobre nós.

— Estou surpreso de eles estarem juntos — disse Coriolanus.

— Bom, Billy Taupe adora falar que fica mais feliz sozinho, mas o que ele realmente quer é uma garota pra cuidar dele. Acho que Mayfair era uma boa candidata pra função e ele foi atrás. Ninguém sabe usar o charme como Billy Taupe. A garota não tinha a menor chance. Além do mais, ela deve ser solitária. Não tem irmãos ou irmãs. Não tem amigos. Os mineiros odeiam a família dela. Eles vão até os enforcamentos naquele carro chique. — Maude Ivory se mexeu e Lucy Gray fez carinho no cabelo dela. — As pessoas desconfiam de nós, mas os desprezam.

Ele não gostou da forma como a raiva dela por Billy Taupe tinha passado.

— Ele está tentando voltar com você?

Ela pegou a pena e a girou entre o polegar e o indicador antes de responder:

— Ah, claro. Veio à minha campina ontem. Cheio de planos. Quer que eu me encontre com ele na árvore-forca pra fugir.

— Na árvore-forca? — Coriolanus pensou em Arlo balançando enquanto os pássaros debochavam das palavras finais dele. — Por que lá?

— É aonde a gente ia. O único lugar no Distrito 12 onde se tem uma certa privacidade. Ele quer ir para o norte. Acha que tem gente lá. Gente livre. Diz que devíamos ir encontrá-las e então voltar pra buscar os outros. Ele está juntando suprimentos, não sei bem o quê. Mas que importância tem? Não consigo mais confiar nele.

Coriolanus sentiu o ciúme lhe apertar a garganta. Ele achava que ela tinha banido Billy Taupe de sua vida, mas agora estava contando tranquilamente a ele sobre um encontro casual na Campina. Só que não foi casual. Ele sabia onde a encontrar. Quanto tempo eles ficaram lá, com ele jogando todo o charme em cima dela, tentando convencê-la a fugir? Por que ela ficou ouvindo?

– Confiança é importante.

– Acho que é mais importante do que amor. Digo, eu amo várias coisas em que não confio. Tempestades... bebida... serpentes. Às vezes, acho que amo essas coisas porque não posso confiar nelas. Não é confuso? – Lucy Gray respirou fundo. – Mas confio em você.

Ele percebeu que era algo difícil para ela admitir, talvez mais do que uma declaração de amor, mas isso não apagou a imagem de Billy Taupe cortejando-a na Campina.

– Por quê?

– Por quê? Ora, vou ter que pensar um pouco pra responder.

Quando ela o beijou, ele retribuiu o beijo, mas sem muita convicção. Aqueles novos desdobramentos o incomodavam. Talvez fosse um erro se apegar tanto a ela. E outra coisa o incomodava. A música que ela estava tocando na Campina naquele primeiro dia. Sobre o enforcamento, ele pensou na ocasião, mas falava também sobre um encontro na árvore-forca. Se era o lugar de encontro deles, por que ela ainda cantava sobre isso? Talvez ela só o estivesse usando para ter Billy Taupe de volta. Talvez estivesse manipulando um contra o outro.

Maude Ivory acordou e admirou a pena, que pediu para Lucy Gray prender no seu cabelo. Eles se prepararam para voltar e recolheram o cobertor, a jarra e o balde. Coriolanus se ofereceu para carregar a garotinha pelo primeiro trecho do trajeto. Quando eles saíram do lago, ele ficou para trás dos outros para perguntar a ela:

— E então, você tem visto Billy Taupe ultimamente?

— Ah, não — disse ela. — Ele não é mais um de nós. — Isso o agradou, mas também sugeria que Lucy Gray tinha mantido o encontro com ele em segredo do Bando, o que o deixou desconfiado de novo. Maude Ivory se aproximou do ouvido dele e sussurrou: — Não deixa ele chegar perto do Sejanus. O Sejanus é um doce, e Billy Taupe se alimenta de coisas doces.

Coriolanus tinha certeza de que se alimentava de dinheiro também. Como ele estava pagando pelos suprimentos para a fuga?

Tam Amber seguiu uma rota um pouco diferente, passando por regiões com frutas silvestres para eles poderem encher o balde no caminho. Quando estavam quase chegando na cidade, Clerk Carmine viu uma árvore carregada de maçãs começando a amadurecer. Tam Amber e Sejanus seguiram em frente, carregando Maude Ivory e as coisas. Clerk Carmine subiu na árvore e jogou as maçãs, e Coriolanus as guardou na saia de Lucy Gray. Já era começo de noite quando eles chegaram em casa. Coriolanus estava exausto e pronto para voltar para a base, mas Barb Azure estava sozinha à mesa da cozinha, examinando as frutinhas.

— Tam Amber levou Maude Ivory ao Prego pra ver se conseguiam trocar algumas frutas silvestres por sapatos. Eu mandei eles irem arrumar uns quentinhos porque vai esfriar antes que a gente perceba.

— E Sejanus? — Coriolanus olhou para o quintal.

— Ele saiu alguns minutos depois. Disse que encontraria você lá — disse ela.

No Prego. Coriolanus se despediu imediatamente.

— Tenho que ir. Se virem Sejanus lá sem outro Pacificador, ele vai ser advertido. Eu também, na verdade. Nós temos que ficar em duplas. Ele sabe disso. Não sei o que está pensando. — Mas, na verdade, ele achava que sabia exatamente o que Sejanus estava pensando. Que grande oportunidade de ir ao Prego sem Coriolanus o policiando. Ele puxou Lucy Gray para um beijo. — Hoje foi maravilhoso. Obrigado. Nos vemos sábado que vem, no barracão? — Ele saiu pela porta antes que ela pudesse responder.

Ele andou rápido, direto para o Prego, e olhou pela porta aberta. Havia mais de dez pessoas passeando e dando uma olhada nas mercadorias nas barracas. Maude Ivory estava sentada em um barril enquanto Tam Amber amarrava uma bota para ela. Na extremidade do armazém, Sejanus estava parado na frente de um balcão, conversando com uma mulher. Quando Coriolanus se aproximou, reparou nas mercadorias. Lampiões de mineiros. Picaretas. Machados. Facas. De repente, ele se deu conta do que Sejanus podia comprar com todo aquele dinheiro da Capital. Armas. E não só as que estavam na frente dele. Ele podia comprar armas de fogo. Como se para confirmar os negócios escusos, a mulher parou de falar quando ele chegou perto. Sejanus se juntou a ele diretamente.

— Fazendo compras? — perguntou Coriolanus.

— Eu estava pensando em comprar um canivete — disse Sejanus. — Mas ela está sem no momento.

Perfeito. Muitos soldados tinham canivetes. Havia até um jogo que eles faziam quando estavam de folga, de apostar dinheiro em quem conseguia acertar um alvo.

— Eu mesmo estava pensando em comprar um. Quando a gente receber.

— Claro, quando a gente receber — concordou Sejanus, como se isso fosse óbvio.

Segurando a vontade de bater nele, Coriolanus saiu do Prego sem falar com Maude Ivory e Tam Amber. Ele quase não abriu a boca no caminho de volta, enquanto revisava sua estratégia. Precisava descobrir em que Sejanus estava metido. A lógica não tinha induzido confiança. Intimidade funcionaria? Não faria mal tentar. A alguns quarteirões da base, ele botou a mão no ombro de Sejanus e fez os dois pararem.

– Sabe, Sejanus, sou seu amigo. Mais do que amigo. Sou a coisa mais próxima que você vai ter de um irmão. E há regras especiais pra família. Se você precisar de ajuda... quer dizer, se você se meter em alguma coisa que não conseguir resolver... estou aqui.

Os olhos de Sejanus se encheram de lágrimas.

– Obrigado, Coryo. Isso é muito importante pra mim. Você talvez seja a única pessoa no mundo em quem eu confio.

Ah, confiança de novo. Parecia estar no ar.

– Vem cá. – Ele puxou Sejanus para um abraço. – Só prometa não fazer nenhuma estupidez, tá? – Ele sentiu Sejanus assentir em concordância, mas sabia que a probabilidade de ele cumprir a promessa era quase nula.

Pelo menos a agenda ocupada manteve Sejanus sob supervisão constante, mesmo quando eles saíam da base. Na tarde de segunda, eles tiraram as armadilhas das árvores de novo. Apesar de não terem sido tocadas o fim de semana todo, nenhuma continha tordos. Ao contrário da expectativa, a dra. Kay pareceu satisfeita com os pássaros.

– Parece que eles herdaram mais do que imitação avançada. Também evoluíram sua capacidade de sobrevivência. Não precisamos substituir as gaiolas, já temos muitos gaios tagarelas. Amanhã, vamos tentar as redes.

Quando os soldados saíram dos caminhões na tarde de terça, os cientistas já tinham escolhido locais com muita movimentação de tordos. Eles se separaram em grupos, com Coriolanus e Mosquitinho novamente com a dra. Kay, e ajudaram a erigir pares de postes. Entre cada poste havia uma rede fina com trançado delicado, elaborada para capturar tordos. Como eram praticamente invisíveis, as redes começaram a dar resultado quase que imediatamente, pois prendiam os pássaros e os faziam cair em fileiras horizontais de bolsos na superfície trançada. A dra. Kay tinha dado instruções para as redes nunca ficarem sem supervisão e para que os pássaros fossem removidos imediatamente, para impedir que eles ficassem enrolados demais e para tornar a experiência menos traumática possível. Ela tirou pessoalmente os três primeiros tordos das redes, tomando o cuidado de desemaranhar os pássaros enquanto os segurava com firmeza. Depois que foi autorizado, Mosquitinho revelou seu talento natural e soltou delicadamente seu tordo e o colocou em uma gaiola. O pássaro de Coriolanus começou uma gritaria torturada assim que foi tocado e, quando levou um apertão para que parasse, enfiou o bico na palma da mão dele. Coriolanus largou a ave por reflexo e, momentos depois, o tordo sumia na folhagem. Criatura maldita. A dra. Kay higienizou e fez um curativo na mão dele, o que o lembrou de como Tigris fizera a mesma coisa no dia da colheita, quando o espinho da rosa da avó o furou. Menos de dois meses antes. Quantas esperanças ele tinha naquele dia, e olha só para ele agora. Recolhendo filhotes de bestantes nos distritos. Ele passou o resto da tarde carregando pássaros engaiolados para o caminhão. Mas o ferimento na mão não o dispensou de trabalhar com os pássaros, e ele voltou a limpar gaiolas no hangar.

Coriolanus começou a apreciar os gaios tagarelas. Eram peças de engenharia impressionantes. Havia alguns controles remotos no laboratório e os cientistas deixaram que ele brincasse com os pássaros depois que foram catalogados.

– Não vai fazer mal nenhum – disse um. – Na verdade, eles parecem gostar da interação.

Mosquitinho não quis participar, mas quando ficava entediado, Coriolanus os fazia gravar expressões bobas e cantar trechos do hino, para ver quantos conseguia operar com um clique do controle. Até quatro algumas vezes, se as gaiolas estivessem próximas. Sempre tomava o cuidado de apagar com uma gravação final rápida em que ficava em silêncio, para garantir que sua voz não fosse parar no laboratório da Cidadela. Ele parou completamente de cantar quando os tordos começaram a imitar, mesmo havendo certa satisfação em ouvi-los cantar elogios à Capital. Ele não tinha como silenciá-los, e eles eram capazes de repetir uma melodia infinitamente.

De um modo geral, ele estava começando a se cansar da infusão de música na sua vida. *Invasão* talvez fosse uma palavra melhor. Parecia estar em toda parte agora: canto de pássaros, músicas do Bando, músicas dos pássaros e do Bando. Talvez ele não compartilhasse do amor da mãe por música, afinal. Pelo menos não por essa quantidade toda. Consumia sua atenção avidamente, exigindo ser ouvida e dificultando o pensamento.

No meio da tarde de quarta, eles tinham capturado cinquenta tordos no total, o suficiente para satisfazer a dra. Kay. Coriolanus e Mosquitinho passaram o resto do dia cuidando dos pássaros e enviando os tordos novos para a mesa do laboratório, para serem numerados e marcados. Eles terminaram antes do jantar e voltaram depois para preparar os pássaros para a viagem até a Capital. Os cientistas mostraram a Coriolanus e a Mosquitinho como prender as coberturas de pano sobre as gaiolas e foram para o aerodeslizador, confiando nos dois para cuidar de tudo. Coriolanus se ofereceu para botar a cobertura enquanto Mosquitinho carregava as aves para o aerodeslizador e ajudava a acomodá-los para a viagem.

Coriolanus começou com os tordos, feliz de vê-los indo embora. Colocou uma gaiola de cada vez na mesa de trabalho, botou as coberturas, escreveu a letra T e o número do pássaro com giz no tecido e entregou a gaiola. Mosquitinho estava saindo com a quinquagésima gaiola, que continha um tordo que cantava loucamente, quando Sejanus entrou pulando pela porta, parecendo meio animado demais.

– Boa notícia! Outra caixa da minha mãe!

Mosquitinho, que estava chateado porque os pássaros iam embora, se animou um pouco.

– Ela é demais.

– Vou dizer que você falou isso. – Sejanus viu Mosquitinho se afastar e se virou para Coriolanus, que tinha acabado de pegar o gaio tagarela com o número 1. O pássaro cantou na gaiola, ainda imitando o último tordo. O sorriso de Sejanus tinha sumido e uma expressão de angústia surgiu no lugar. Seu olhar percorreu o hangar para ter certeza de que eles estavam sozinhos e ele falou com voz baixa: – Escuta, a gente só tem alguns minutos. Sei que você não vai aprovar o que vou fazer, mas preciso que você pelo menos entenda. Depois do que você disse outro dia sobre sermos como irmãos, bom, eu sinto que te devo uma explicação. Por favor, me escuta.

Era agora, então. A confissão. Os pedidos de Coriolanus por sanidade e cautela tinham sido pesados e considerados insuficientes. A paixão inadequada tinha vencido. Agora era a hora de cada peça ser explicada. O dinheiro. As armas. O mapa da base. O momento em que o plano de traição rebelde seria revelado. Quando Coriolanus ouvisse, ele passaria a ser como um rebelde. Um traidor da Capital. Ele devia entrar em pânico ou correr ou pelo menos tentar fazer Sejanus calar a boca. Mas não fez nenhuma dessas coisas.

O que aconteceu foi que suas mãos agiram por vontade própria. Como a vez em que jogou o lenço no tanque de serpentes antes de perceber que tinha decidido fazer aquilo. Agora, sua mão esquerda ajustou a capa da gaiola do gaio tagarela enquanto a direita, escondida da visão de Sejanus por seu corpo, desceu até a bancada, onde havia um controle remoto. Coriolanus apertou GRAVAR e o gaio tagarela ficou em silêncio.

28

Coriolanus virou as costas para a gaiola e se encostou com as mãos na mesa, esperando.

– É assim – disse Sejanus, a voz subindo com a emoção. – Alguns rebeldes estão saindo de vez do Distrito 12. Vão para o norte, pra começar uma vida longe de Panem. Eles dizem que, se eu ajudar eles com Lil, também posso ir.

Como se questionando a alegação, Coriolanus ergueu as sobrancelhas.

As palavras de Sejanus saíram descontroladas:

– Eu sei, eu sei, mas eles precisam de mim. A questão é que eles estão determinados a libertar Lil e levar ela junto. Se não fizerem isso, a Capital vai enforcá-la com o próximo grupo de rebeldes que capturarem. O plano é bem simples. Os guardas da prisão trabalham em turnos de quatro horas. Vou drogar alguns doces da minha mãe e dar para os guardas do lado de fora. Tem um remédio que me deram na Capital que derruba a gente assim. – Sejanus estalou os dedos. – Vou pegar uma das armas deles. Os guardas de dentro não estão armados, então posso forçá-los a entrarem na sala de interrogatório com a arma apontada pra eles. É à prova de som, ninguém vai ouvir os gritos. Aí, vou buscar Lil. O irmão dela pode nos ajudar a passar pela cerca. A gente vai para o norte imediatamente. Devemos ter algumas horas até que encontrem os guardas. Como não vamos passar pelo portão, eles vão supor que estamos escondidos na base, então vão trancar tudo e procurar aqui primeiro. Quando se derem conta, vamos estar bem longe. Sem ninguém ferido. E sem ninguém saber.

Coriolanus baixou a cabeça e esfregou a testa com as pontas dos dedos, como se tentando juntar os pensamentos, sem saber quanto tempo conseguiria ficar sem falar sem que parecesse suspeito.

Mas Sejanus seguiu em frente:

— Eu não podia fazer isso sem te contar. Você é tão bom pra mim quanto um irmão seria. Eu nunca vou esquecer o que você fez por mim na arena. Vou tentar pensar em um jeito de avisar minha Mãezinha do que aconteceu comigo. E meu pai, acho. Avisar que o nome dos Plinth continua vivo, ainda que na obscuridade.

Lá estava. O nome dos Plinth. Era suficiente. A mão esquerda encontrou o controle remoto e ele apertou o botão NEUTRO com o polegar. O gaio voltou a cantar o que estava cantando antes.

Uma coisa chamou a atenção de Coriolanus.

— Lá vem o Mosquitinho.

— *Lá vem o Mosquitinho* — repetiu o pássaro com a voz dele.

— Shh, bicho bobo — disse ele para o pássaro, satisfeito internamente por ele ter voltado ao padrão normal, neutro. Não havia nada que pudesse chamar a atenção de Sejanus ali. Ele botou o pano no lugar rapidamente e marcou com *G1*.

— Vamos precisar de outra garrafa de água. Uma quebrou — disse Mosquitinho quando entrou no hangar.

— *Uma quebrou* — disse o pássaro com a voz de Mosquitinho, e logo começou a imitar um corvo que estava passando.

— Vou arrumar uma.

Coriolanus entregou a gaiola para ele. Quando Mosquitinho saiu, Coriolanus foi até um cesto onde ficavam suprimentos e começou a remexer dentro. Era melhor ficar longe dos outros gaios tagarelas enquanto a conversa continuava. Se eles começassem a imitar demais, Sejanus poderia se perguntar por que o primeiro pássaro ficou tão silencioso. Não que ele soubesse como os pássaros funcionavam. A dra. Kay não tinha explicado para o grupo todo.

— Parece loucura, Sejanus. Tantas coisas podem dar errado. — Coriolanus começou a listar. — E se os guardas não quiserem os doces da sua mãe? Ou se só um quiser e apagar com o outro olhando? E se os guardas internos pedirem ajuda antes de você conseguir colocar eles na salinha? E se você não encontrar a chave da cela de Lil? E como assim o irmão dela vai fazer vocês passarem pela cerca? Ninguém vai reparar nele cortando o alambrado?

— Não, tem um ponto fraco na cerca atrás do gerador. Já está frouxo, parece. Olha, sei que muitas coisas têm que dar certo ao mesmo tempo, mas acho que vão dar. — Sejanus parecia estar tentando convencer a si mesmo. — Têm que dar certo. E, se não derem, vão me prender agora e não depois, né? Quando eu estiver envolvido em coisa pior?

Coriolanus balançou a cabeça com infelicidade.

— Não vou conseguir te fazer mudar de ideia?

Sejanus estava determinado.

— Não, já decidi. Não posso ficar aqui. Nós dois sabemos. Mais cedo ou mais tarde, vou surtar. Não posso fazer trabalho de Pacificador com a consciência tranquila e não posso ficar botando você em perigo com meus planos malucos.

— Mas como você vai viver por aí? — Coriolanus encontrou uma caixa com uma garrafa nova de água.

— Nós temos suprimentos. Eu atiro bem — disse Sejanus.

Ele não tinha mencionado que os rebeldes tinham armas de fogo, mas aparentemente tinham.

– E quando as balas acabarem?

– A gente vai pensar em alguma coisa. Peixes, pássaros com redes. Eles dizem que tem gente no norte – falou Sejanus.

Coriolanus pensou em Billy Taupe seduzindo Lucy Gray para ir para o posto imaginário na natureza. Ele tinha ouvido dos rebeldes ou os rebeldes tinham ouvido dele?

– Mas, mesmo que não tenha gente, também não há Capital – continuou Sejanus. – E isso é o mais importante pra mim, não é? Nem esse e nem aquele distrito. Nem estudante e nem Pacificador. Vai ser viver em um lugar em que não vão poder controlar a minha vida. Sei que parece covardia fugir, mas espero que, assim que eu sair daqui, eu consiga pensar direito e elaborar algum jeito de ajudar os distritos.

Sem chance, pensou Coriolanus. *Vai ser impressionante se você sobreviver ao inverno.* Ele tirou a garrafa da embalagem.

– Bem, acho que a única coisa a dizer é que vou sentir a sua falta. E boa sorte. – Ele sentiu Sejanus se aproximando para um abraço quando Mosquitinho passou pela porta. Ele mostrou a garrafa. – Encontrei uma.

– Vou deixar você voltar ao seu trabalho. – Sejanus acenou e saiu.

Coriolanus voltou ao serviço maquínico de cobrir e marcar gaiolas enquanto sua mente disparava. O que ele devia fazer? Parte dele queria correr até o aerodeslizador e apagar o gaio tagarela número 1. Botar no REPRODUZIR, depois no NEUTRO, depois GRAVAR e NEUTRO de novo numa sucessão rápida, para que não houvesse nada registrado além dos gritos dos soldados na pista. Mas quais seriam suas opções se ele fizesse isso? Tentar dissuadir Sejanus do plano? Ele não tinha confiança de que seria capaz, mas, mesmo que tivesse, era só uma questão de tempo até que Sejanus elaborasse outra coisa. Dedurá-lo para o comandante da base? Era provável que ele fosse negar, e como a única prova estava na memória do gaio tagarela, Coriolanus não teria nada que sustentasse sua acusação. Ele nem sabia a hora da ação, então não dava para montar uma armadilha. E como isso o deixaria com Sejanus? Ou, se a notícia se espalhasse, com a base toda? Como dedo-duro, indigno de confiança, causador de problemas?

Ele tinha tomado o cuidado de não falar quando o gaio tagarela estava gravando, para não se incriminar de forma nenhuma. Mas a dra. Gaul entenderia a referência à arena e entenderia que a gravação foi intencional. Se ele enviasse a ave para a Cidadela, ela poderia decidir como lidar com a situação. Era provável que fosse ligar para Strabo Plinth, dispensar Sejanus e enviá-lo para casa antes que ele causasse algum dano. Sim, seria melhor para todo mundo. Ele largou o controle remoto no cesto de suprimentos. Se tudo desse certo, Sejanus Plinth não seria mais um peso para ele em questão de dias.

A calma durou pouco. Coriolanus acordou depois de algumas horas por causa de um sonho horrível. Ele estava na arquibancada da arena, olhando para Sejanus lá embaixo, ajoelhado ao lado do corpo maltratado de Marcus. Estava polvilhando migalhas de pão em cima, sem perceber que um exército multicolorido de serpentes se aproximava por todos os lados. Coriolanus gritou para ele sem parar, que era para ele se levantar, correr, mas Sejanus não parecia ouvir. Quando as serpentes o alcançaram, foi ele quem gritou, e muito.

Tomado de culpa e molhado de suor, Coriolanus percebeu que não tinha pensado nas consequências de enviar o gaio tagarela. Sejanus poderia ficar realmente encrencado. Ele se inclinou pela lateral da cama e ficou mais tranquilo assim que viu Sejanus dormindo pacificamente do outro lado do quarto. Ele estava exagerando. Era provável que os cientistas nem ouvissem a gravação e menos ainda que a passassem para a dra.

Gaul. Por que se dariam ao trabalho de botar o pássaro no modo REPRODUZIR? Não havia motivo. Os gaios tagarelas já tinham sido testados no hangar. Foi um ato questionável, mas não resultaria na morte de Sejanus, nem por serpentes nem por nada.

Aquele pensamento o acalmou até ele se dar conta de que, nesse caso, ele tinha voltado à estaca zero e corria grande perigo por saber o plano rebelde. O resgate de Lil, a fuga, até o ponto fraco na cerca atrás do gerador eram um peso para ele. Uma brecha na armadura da Capital. A ideia dos rebeldes tendo acesso secreto à base. Isso o assustava e o enfurecia. A quebra do contrato. O convite ao caos e tudo que podia vir depois. Aquelas pessoas não entendiam que o sistema todo desabaria sem o controle da Capital? Que seria como fugir para o norte e viver como animais, porque eles seriam reduzidos a isso mesmo?

Fez com que ele desejasse que o gaio tagarela entregasse a mensagem, afinal. Mas se as autoridades da Capital por acaso ouvissem a confissão de Sejanus, o que fariam com ele? Comprar armas rebeldes para uso contra Pacificadores seria motivo para execução? Não, ele não tinha gravado nada sobre as armas ilegais. Só a parte sobre Sejanus pegar a arma de um Pacificador... mas isso já era bem ruim.

Talvez ele estivesse fazendo um favor a Sejanus. Se o impedissem antes de ele ter oportunidade de agir, talvez ele pudesse pegar um tempo de prisão em vez de uma sentença mais severa. Ou, mais provavelmente, o velho Plinth pagaria para livrá-lo do problema que tivesse que enfrentar. Financiaria uma base nova para o Distrito 12. Sejanus seria expulso dos Pacificadores, o que o faria feliz, e provavelmente acabaria com um emprego burocrático no império de munições do pai, o que não o faria feliz. Infeliz, mas vivo. E o mais importante: sendo o problema de outra pessoa.

Coriolanus não conseguiu dormir pelo resto da noite e seus pensamentos se voltaram para Lucy Gray. O que ela acharia dele se soubesse o que fez a Sejanus? Ela o odiaria, claro. Ela e seu amor por liberdade para os tordos, para os gaios tagarelas, para o Bando, para todo mundo. Ela provavelmente apoiaria o plano de fuga de Sejanus, principalmente porque já tinha ficado trancada na arena. Ele seria um monstro da Capital e ela voltaria correndo para Billy Taupe, levando junto o pouco de felicidade que ele ainda tinha.

De manhã, Coriolanus desceu da cama cansado e irritável. Os cientistas tinham ido embora para a Capital na noite anterior, deixando o pelotão de volta à rotina chata. Ele se arrastou pelo dia, tentando não pensar que, em algumas semanas, ele deveria estar começando a estudar na Universidade com tudo pago. Escolhendo as matérias. Passeando pelo campus. Comprando seus livros. Quanto ao dilema de Sejanus, ele tinha aceitado que ninguém jamais ouviria a gravação do gaio tagarela e que ele devia puxá-lo para um canto e enfiar um pouco de bom senso na cabeça dele na marra. Ameaçar denunciá-lo para o comandante e para o pai, e levar a ameaça a cabo se ele insistisse. Já estava cansado dessa idiotice toda. Infelizmente, o dia não ofereceu oportunidade para ele dar seu ultimato.

Para piorar as coisas, na sexta chegou uma carta de Tigris, cheia de más notícias. Potenciais compradores e muita gente xereta tinha ido ao apartamento dos Snow. Elas receberam duas propostas, ambas bem abaixo do valor que elas precisariam para ir para um dos apartamentos mais modestos que Tigris tinha visto. Os visitantes perturbavam a avó deles, que ia para o meio das rosas em uma grande exibição de negação quando eles apareciam. Entretanto, ela tinha ouvido um casal, que estava visitando o terraço, discutindo como poderiam substituir o amado jardim por um lago de peixinhos dourados. A ideia de que as rosas, o símbolo da dinastia Snow, fossem ser removidas antecipou a queda radical para um estado ainda maior de agitação e confusão. Era preocupante deixá-la sozinha agora. Tigris estava sem ideias e pedia conselhos, mas que conselhos ele podia dar? Ele falhara com elas de todas as formas possíveis e não conseguia pensar em nenhum caminho para escapar do desespero. Raiva, impotência, humilhação... isso era tudo que ele tinha a oferecer.

No sábado, ele estava quase ansioso para confrontar Sejanus. Esperava que chegasse às vias de fato. Alguém tinha que pagar pelas indignidades da família Snow, e quem melhor do que um Plinth?

Sorriso, Mosquitinho e Poste estavam ansiosos para ir ao Prego, como sempre, apesar de estarem cansados de passar os domingos se recuperando. Enquanto se vestiam para a saída noturna, os companheiros de quarto decidiram trocar a aguardente branca por uma sidra fermentada de maçã, que não tinha um efeito tão forte, mas ainda dava uma sensação boa. A questão foi meramente acadêmica para Coriolanus, que não pretendia beber. Ele queria estar de cabeça limpa quando lidasse com Sejanus.

Quando estavam saindo do alojamento, foram convocados por Biscoito para uma tarefa especial e passaram meia hora descarregando um aerodeslizador cheio de caixotes.

— Vocês vão ficar felizes por isso no fim de semana que vem. Vai ser a festa de aniversário do Comandante – disse ele, e entregou para eles uma garrafa do que acabou se revelando um uísque barato. Era uma melhoria enorme em comparação com a produção local.

Quando chegaram no Prego, quase não tiveram tempo de pegar uns caixotes e se espremerem em um ponto perto da parede antes que Maude Ivory dançasse pelo palco e apresentasse o Bando. Não era um bom lugar, mas considerando o uísque de Biscoito e o fato de que eles poderiam consumir alguns doces da sra. Plinth em vez de trocá-los por bebida, ninguém sentiu necessidade de reclamar, embora Coriolanus lamentasse particularmente não ter tido tempo com Lucy Gray no barracão. Ele botou seu caixote praticamente em cima do de Sejanus, para perceber se ele tentasse desaparecer de novo. E realmente, depois de uma hora de show, ele sentiu Sejanus se levantar e o viu seguir na direção da porta principal. Coriolanus contou até dez antes de ir atrás, tentando atrair o mínimo de atenção possível, mas eles estavam perto da saída e ninguém pareceu reparar.

Lucy Gray começou uma música lenta e o Bando tocou sombriamente atrás dela.

> *Você chega em casa*
> *E se deita na cama.*
> *Seu cheiro é de coisa comprada com grana.*
> *Não temos dinheiro, é o que você tem dito.*
> *Então de onde veio e como foi obtido?*
>
> *O sol não nasce e se põe pra você.*
> *Você acha que sim, mas devia saber que não.*
> *Você mente pra mim, eu pra você –*
> *Eu te venderia por uma canção.*

A música o irritou. Parecia outro número inspirado em Billy Taupe. Por que ela não escrevia sobre Coriolanus em vez de ficar falando sobre aquele zé-ninguém? Fora ele quem tinha salvado a vida de Lucy Gray depois que Billy Taupe comprara o bilhete dela para a arena.

Coriolanus saiu a tempo de ver Sejanus contornando o Prego. A voz de Lucy Gray se espalhou pelo ar da noite enquanto ele percorria a lateral da construção.

> *Você acorda tarde,*
> *Não diz uma palavra.*
> *Você andou com ela, é esse o alarde.*
> *Não sou sua dona, você me falou.*
> *Mas o que posso fazer se a noite esfriou?*
>
> *A lua não cresce e mingua pra você.*
> *Você acha que sim, mas devia saber que não.*
> *Você me deixa triste, me faz sofrer –*
> *Eu te venderia por uma canção.*

Coriolanus parou nas sombras atrás do Prego enquanto via Sejanus entrar correndo pela porta aberta do barracão. Os cinco integrantes do Bando estavam no palco, então o que ele estaria procurando? Era um encontro com os rebeldes, para fechar os detalhes do plano de fuga? Ele não desejava entrar num ninho cheio deles e decidiu esperar quando a mulher do Prego, com quem Sejanus tinha ido falar sobre o canivete, saiu pela porta enfiando um maço de notas no bolso. Ela desapareceu por uma viela, deixando o Prego para trás.

Era isso. Sejanus tinha ido entregar o dinheiro das armas para ela, provavelmente as armas com as quais ele planejava caçar no norte. Aquele pareceu um momento tão bom quanto qualquer outro para confrontá-lo, com o contrabando ainda quente nas mãos dele. Ele foi até o barracão sorrateiramente, sem a intenção de sobressaltar Sejanus caso estivesse com uma arma na mão, seus passos disfarçados pela música.

Você está aqui, mas não está.
É mais do que eu,
É mais do que você, o nós aconteceu.
Eles são pequenos e ficam preocupados
Se você vem ou vai, eles perguntam, agitados.

As estrelas não brilham e caem pra você.
Você acha que sim, mas devia saber que não.
Não se mete com os meus, senão você vai ver –
Eu te venderia por uma canção.

Durante os aplausos em seguida, Coriolanus espiou pela porta do barracão. A única luz vinha de um pequeno lampião, do tipo que ele tinha visto alguns mineiros segurando no enforcamento de Arlo, posicionado sobre uma caixa no fundo do barracão. Na luminosidade, ele viu Sejanus e Billy Taupe agachados por cima de um saco de aniagem, no qual se viam várias armas. Quando deu um passo para dentro, ele ficou paralisado, ciente de repente do cano de uma arma posicionado a centímetros da lateral da sua caixa torácica.

Ele inspirou fundo e estava começando a levantar as mãos quando ouviu um barulhinho rápido de sapatos atrás dele e a gargalhada de Lucy Gray. Ela pousou as mãos nos ombros dele dizendo:

– Ei! Te vi sair. Barb Azure disse que se você… – De repente, ela ficou tensa, ao perceber o homem com a arma.

– Pra dentro. – Isso foi tudo que ele disse. Coriolanus foi na direção do lampião com Lucy Gray segurando seu braço com força. Ele ouviu o bloco de concreto raspar no piso de cimento e a porta se fechar atrás deles.

Sejanus deu um pulo.

— Não. Está tudo bem, Spruce. Ele está comigo. Os dois estão comigo.

Spruce se moveu até a luz do lampião. Coriolanus o reconheceu como o homem que tinha segurado Lil no dia do enforcamento. O irmão que Sejanus mencionara, sem dúvida.

O rebelde olhou os dois.

— Pensei que tivéssemos combinado que ficaria entre nós.

— Ele é como um irmão pra mim — disse Sejanus. — Vai me dar cobertura quando fugirmos. Pra gente ganhar tempo.

Coriolanus não tinha prometido fazer nada disso, mas assentiu.

Spruce apontou a arma para Lucy Gray.

— E essa aqui?

— Eu falei sobre ela — disse Billy Taupe. — Ela vai para o norte conosco. É minha garota.

Coriolanus sentiu Lucy Gray apertar seu braço e então soltá-lo.

— Se vocês quiserem me levar — disse ela.

— Vocês dois não estão juntos? — perguntou Spruce, os olhos cinzentos indo de Coriolanus para Lucy Gray. Coriolanus também estava questionando isso. Ela ia mesmo com Billy Taupe? Estava apenas usando-o, como ele desconfiava?

— Ele está com a minha prima, Barb Azure. Ela me mandou aqui pra dizer pra ele onde vão se encontrar esta noite, só isso — disse Lucy Gray.

Então ela só tinha mentido para aliviar a situação. Era isso? Ainda inseguro, Coriolanus seguiu a deixa:

— Isso mesmo.

Spruce refletiu, deu de ombros e baixou a arma, não mais apontando-a para Lucy Gray.

— Acho que você vai poder ser companhia pra Lil.

O olhar de Coriolanus se desviou para as armas. Mais duas escopetas, um fuzil padrão de Pacificador como os que eles usavam para treinar tiro. Uma arma pesada que parecia lançar granadas. Várias facas.

— É um estoque e tanto.

— Não pra cinco pessoas — respondeu Spruce. — Estou preocupado é com a munição. Seria bom se você conseguisse mais um pouco na base.

Sejanus assentiu.

— Talvez. Nós não temos acesso ao arsenal. Mas posso dar uma olhada.

— Claro. É bom ficarem abastecidos.

Todos viraram a cabeça na direção do som. Uma voz feminina, partindo do outro canto do barracão. Coriolanus tinha se esquecido da segunda porta, pois ninguém parecia usá-la. Na escuridão fora do círculo de luz da lâmpada, ele não conseguia ver se estava aberta ou fechada, nem quem era a intrusa. Quanto tempo ela havia ficado escondida na escuridão?

— Quem está aí? — perguntou Spruce.

— Armas, munição — debochou a voz. — Não dá pra arrumar mais, né? No norte?

O tom de desprezo ajudou Coriolanus a identificá-la, da noite da briga no Prego.

— É Mayfair Lipp, a filha do prefeito.

— Andando atrás de Billy Taupe como uma cadela no cio — disse Lucy Gray baixinho.

— Sempre guarde aquela última bala num lugar seguro. Pra poder explodir a cabeça antes de te pegarem — disse Mayfair.

— Vai pra casa — ordenou Billy Taupe. — Depois eu explico isso. Não é o que parece.

— Não, não. Venha se juntar a nós, Mayfair — convidou Spruce. — Não temos nenhum problema com você. Ninguém escolhe o pai que tem.

– Nós não vamos te fazer mal – disse Sejanus.

Mayfair soltou uma gargalhada feia.

– Claro que não vão.

– O que está acontecendo? – Spruce perguntou a Billy Taupe.

– Nada. Ela é só papo – disse ele. – Não vai fazer nada.

– Sim, essa sou eu. Alguém que é só papo furado e que não ameaça ninguém de verdade. Não é, Lucy Gray? Como foi na Capital, aliás? – A porta gemeu de leve, e Coriolanus teve a sensação de que Mayfair estava andando para trás, prestes a fugir. Com ela, todo o futuro dele iria junto. Não, mais do que isso, sua própria vida. Se ela contasse o que ouviu, todos eles estariam mortos.

Em um piscar de olhos, Spruce levantou a arma para atirar nela, mas Billy Taupe virou o cano para o chão. Coriolanus esticou a mão por reflexo para pegar o fuzil de Pacificador e atirou na direção da voz de Mayfair. Ela deu um grito e houve o som dela caindo no chão.

– Mayfair! – Billy Taupe correu pelo barracão até onde ela estava, na porta. Ele cambaleou de volta para a luz, a mão suja de sangue, cuspindo em Coriolanus como um animal raivoso. – O que você fez?

Lucy Gray começou a tremer, do mesmo jeito que tinha tremido no zoológico quando a garganta de Arachne Crane foi cortada.

Coriolanus a empurrou para longe, e os pés dela começaram a se mover na direção da porta.

– Volta. Vai pro palco. É o seu álibi. Vai!

– Ah, não. Se eu dançar, ela dança comigo. – Billy Taupe partiu atrás dela.

Sem hesitar, Spruce atirou no peito de Billy Taupe. O tiro o jogou para trás, e ele caiu no chão.

No silêncio que veio em seguida, Coriolanus registrou a música vinda do Prego pela primeira vez desde que Lucy Gray tinha terminado a outra música. Maude Ivory tinha envolvido o armazém inteiro, e o público cantava junto.

Fique no lado bom da vida, sempre no lado bom,

— Melhor fazer o que ele falou — disse Spruce para Lucy Gray. — Antes que deem falta de você e alguém venha procurar.

Sempre fique no lado bom da vida.

Lucy Gray não conseguia tirar os olhos do corpo de Billy Taupe. Coriolanus a segurou pelos ombros, forçando-a a olhar para ele.
— Vai. Eu cuido disso. — Ele a empurrou para a porta.

Vai nos ajudar todos os dias, vai iluminar
o caminho.

Ela abriu a porta e os dois olharam para fora. O caminho estava livre.

Se sempre ficarmos no lado bom da vida.
Isso aí, se ficarmos no lado bom da vida.

Todo o Prego explodiu em gritos bêbados, representando o fim da canção de Maude Ivory. Eles chegaram bem a tempo.
— Você nunca esteve aqui — sussurrou Coriolanus no ouvido de Lucy Gray quando a soltou. Ela cambaleou pelo caminho e entrou no Prego. Ele fechou a porta com o pé.
Sejanus verificou a pulsação de Billy Taupe.

Spruce enfiou as armas no saco de aniagem.

— Nem se dê ao trabalho. Eles estão mortos. Estou planejando guardar essa história comigo. E vocês dois?

— A mesma coisa. Obviamente — disse Coriolanus. Sejanus olhou para eles, ainda chocado. — Ele também. Eu cuido disso.

— É melhor você pensar em vir com a gente. Alguém vai pagar por isso — disse Spruce. Ele pegou o lampião e sumiu pela porta dos fundos, deixando o barracão na escuridão.

Coriolanus seguiu em frente até encontrar Sejanus e o puxou atrás de Spruce. Empurrou o corpo de Mayfair para dentro do barracão com o pé e fechou a porta da cena do crime com o ombro. Pronto. Ele tinha entrado e saído do barracão sem tocar em nada com a pele. Exceto a arma que ele tinha usado para matar Mayfair, claro, sem dúvida coberta com suas digitais e seu DNA... mas Spruce a levaria quando fosse embora do Distrito 12 para nunca mais voltar. A última coisa de que ele precisava era da situação do lenço mais uma vez. Ele ainda ouvia o reitor Highbottom o provocando...

"Está ouvindo, Coriolanus? É o som da neve caindo."

Por um momento, ele inspirou o ar da noite. Música, alguma peça instrumental, chegou até eles. Ele achava que Lucy Gray tinha voltado para o palco, mas ainda não havia recuperado a voz. Ele segurou Sejanus pelo cotovelo e guiou-o em volta do barracão, verificando a passagem entre os prédios. Vazia. Eles seguiram pela lateral do Prego e fizeram uma pausa antes de dobrar a esquina.

— Nem uma palavra — sussurrou ele.

Sejanus, as pupilas dilatadas, a gola molhada de suor, repetiu:

— Nem uma palavra.

Dentro do Prego, eles voltaram para seus lugares. Ao lado deles, Poste estava encostado na parede, aparentemente apagado. Do outro lado, Sorriso dava em cima de uma garota enquanto Mosquitinho acabava com o uísque. Ninguém parecia ter sentido falta dos dois.

O instrumental terminou e Lucy Gray tinha se recomposto o suficiente para cantar de novo e escolheu um número que exigia a participação de todo o Bando. Garota esperta. Era provável que eles encontrassem os corpos, porque o barracão era o local de descanso deles. Quanto mais tempo ela os mantivesse juntos ali, melhor o álibi, mais tempo Spruce teria para tirar as armas do crime da área e mais difícil seria para a plateia reconstruir a ordem dos fatos.

O coração de Coriolanus disparou enquanto ele tentava avaliar o dano. Ele achava que ninguém se importaria com Billy Taupe, exceto talvez Clerk Carmine. Mas Mayfair? A filha única do prefeito? Spruce estava certo: alguém ia pagar por ela.

Lucy Gray aceitou pedidos do público e conseguiu segurar os cinco do Bando no palco pelo resto do show. Maude Ivory recolheu dinheiro da plateia, como sempre. Lucy Gray agradeceu a todo mundo, o Bando fez uma reverência final e as pessoas começaram a se encaminhar para a porta.

– Nós temos que voltar imediatamente – disse Coriolanus baixinho para Sejanus.

Cada um passou um braço de Poste nos ombros e seguiram para fora, com Mosquitinho e Sorriso logo atrás. Eles tinham seguido vinte metros na estrada quando os gritos histéricos de Maude Ivory cortaram o ar da noite, fazendo todo mundo olhar para trás. Como seria suspeito seguir em frente, Coriolanus e Sejanus também se viraram com Poste. Rapidamente, apitos de Pacificadores soaram, e dois oficiais os mandaram voltarem para a base. Eles se perderam na multidão e não se falaram mais até chegarem no alojamento e ouvirem os companheiros roncando, quando foram sorrateiramente para o banheiro.

— Nós não sabemos de nada. Essa é a história — sussurrou Coriolanus. — Nós saímos por pouco tempo do Prego pra mijar. No resto da noite, ficamos no show.

— Tudo bem — disse Sejanus. — E os outros?

— Spruce já foi embora e Lucy Gray não vai contar pra ninguém, nem mesmo para o Bando. Ela não vai colocá-los em perigo — disse ele. — Amanhã, nós dois vamos estar de ressaca e vamos passar o dia na base.

— Sim. Sim. O dia na base. — Sejanus pareceu distraído ao ponto da incoerência.

Coriolanus segurou o rosto dele entre as mãos.

— Sejanus, isso é vida ou morte. Você tem que segurar as pontas. — Sejanus concordou, mas Coriolanus sabia que ele não pregou o olho após aquilo. Ele o ouviu se mexendo a noite toda. Em pensamento, reprisou os tiros várias vezes. Tinha matado pela segunda vez. Se a morte de Bobbin havia sido legítima defesa, o que foi a de Mayfair? Não assassinato premeditado. Não assassinato, na verdade. Só outra forma de legítima defesa. A lei talvez não visse assim, mas ele via. Mayfair podia não estar com uma faca, mas ela tinha o poder de levá-lo à forca. Sem mencionar o que ela faria a Lucy Gray e aos outros. Talvez porque ele não a viu morrer nem deu uma boa olhada no corpo, ele se sentia menos emotivo do que quando matara Bobbin. Ou talvez fosse normal o segundo assassinato ser mais fácil do que o primeiro. De qualquer modo, ele sabia que atiraria nela de novo se precisasse repetir tudo e de alguma forma aquilo apoiava a justeza de suas ações.

Na manhã seguinte, até os companheiros de quarto de ressaca foram para o refeitório tomar café da manhã. Sorriso pegou informações com a amiga enfermeira, que estava de plantão na clínica à noite, quando levaram os corpos.

– Os dois são daqui, mas um é a filha do prefeito. O outro é um músico ou artista, mas não um que a gente já tenha visto. Eles foram mortos a tiros naquela garagem atrás do Prego. No meio do show! Só que nenhum de nós ouviu por causa da música.

– Descobriram quem foi? – perguntou Poste.

– Ainda não. Essa gente supostamente nem devia ter armas, mas, como eu falei, tem umas espalhadas por aí – disse Sorriso. – Mas eles foram mortos por alguém do meio deles.

– Como sabem disso? – perguntou Sejanus.

Cala a boca!, pensou Coriolanus. Conhecendo Sejanus, ele podia estar a um passo de confessar um crime que ele nem cometeu.

– Bem, ela disse que acham que a garota levou um tiro de fuzil de Pacificador, provavelmente um velho que foi roubado durante a guerra. E o músico foi morto por um tipo de arma que os moradores daqui usam pra caçar. Provavelmente, foram dois atiradores – relatou Sorriso. – Procuraram na área ao redor e não conseguiram encontrar as armas. Já devem ter sumido com os assassinos, se quiserem saber minha opinião.

Coriolanus se acalmou um pouco e comeu uma garfada de panquecas.

– Quem encontrou os corpos?

– Aquela garotinha cantora... você sabe, a do vestidinho rosa – disse Sorriso.

– Maude Ivory – disse Sejanus.

– Acho que foi isso mesmo. Ela surtou. Interrogaram a banda, mas quando eles teriam tido tempo pra fazer aquilo? Eles mal saem do palco. Além do mais, nenhuma arma foi encontrada – disse Sorriso. – Mas eles ficaram muito abalados. Acho que conheciam o garoto músico.

Coriolanus pegou um pedaço de salsicha com o garfo, sentindo-se bem melhor. A investigação tinha começado bem. Mesmo assim, ainda podia ser ruim para Lucy Gray, por ter o motivo duplo de Billy Taupe ser seu antigo amor e Mayfair a ter enviado para a arena. E quando a arena fosse mencionada, ele poderia ser implicado? Ninguém do 12 sabia que Coriolanus era o novo amor dela, só o Bando, e Lucy Gray faria com que ficassem quietos. Mas, se ela tinha um novo amor, por que eles se importariam com Billy Taupe? Talvez quisessem matar Mayfair como forma de vingança, e Billy Taupe talvez tentasse defendê-la. Na verdade, isso não passava longe do que tinha acontecido. Mas centenas de testemunhas poderiam jurar que Lucy Gray estava no palco por quase o tempo todo do show, exceto um breve período. Nenhuma arma foi encontrada. Seria difícil provar que ela era culpada. Coriolanus teria que ter paciência, dar um tempo para as coisas se acalmarem, mas depois eles poderiam ficar juntos de novo. De muitas formas, ele se sentia mais próximo dela do que nunca agora que tinham esse novo e inquebrável laço.

Por causa dos eventos da noite anterior, o comandante trancou a base pelo dia inteiro. Não que Coriolanus tivesse planos; ele teria que ficar longe do Bando por um tempo. Ele e Sejanus permaneceram na base, tentando parecer normais. Jogaram baralho, escreveram cartas, limparam as botas. Quando eles estavam tirando a lama da sola, Coriolanus sussurrou:

– E o plano de fuga? Ainda está de pé?

– Não faço ideia – disse Sejanus. – O aniversário do comandante só vai ser no próximo fim de semana. Era nessa noite que a gente ia. Coryo, e se prenderem gente inocente pelos assassinatos?

Aí nossos problemas acabam, pensou Coriolanus, mas ele só disse:

— Acho altamente improvável sem as armas. Não vamos sofrer por antecipação.

Coriolanus dormiu melhor naquela noite. Na segunda, a base foi destrancada e os boatos diziam que os assassinatos tinham a ver com lutas internas dos rebeldes. Se eles queriam matar uns aos outros, que matassem. O prefeito foi até a base e deu um chilique com o comandante por causa da filha, mas como ele tinha mimado Mayfair ao extremo e a deixava solta como um gato selvagem, o sentimento era que ele não podia culpar ninguém além dele mesmo se ela passava tempo com um rebelde.

Na tarde de terça, o interesse nos assassinatos tinha diminuído tanto que Coriolanus começou a fazer planos para o futuro enquanto descascava batatas para o café da manhã do dia seguinte. A primeira coisa era garantir que Sejanus desistisse do plano de fuga. Com sorte, os eventos que aconteceram o tinham convencido de que ele estava brincando com fogo. Na noite do dia seguinte eles teriam a tarefa de limpar o chão juntos e essa seria a melhor hora para confrontá-lo. Se ele não concordasse em abandonar a fuga, Coriolanus não teria escolha além de entregá-lo para o comandante. Sentindo-se determinado, ele descascou com tanta dedicação que logo terminou, e Biscoito o deixou sair meia hora mais cedo. Ele olhou a correspondência e encontrou uma caixa de Pluribus, cheia de pacotes de cordas de vários instrumentos musicais e um bilhete gentil dizendo que era cortesia. Ele guardou as cordas no armário, feliz ao pensar em como o Bando ficaria contente quando fosse seguro vê-los novamente. Talvez em uma ou duas semanas, se as coisas continuassem se acalmando.

Coriolanus começou a se sentir mais normal enquanto ia para o refeitório. Terça era dia de picadinho. Ele tinha alguns minutos sobrando e foi buscar outra lata de talco para a brotoeja, que finalmente começava a melhorar. Mas, quando saiu da clínica, uma ambulância da base parou, as portas de trás se abriram e dois médicos tiraram um homem numa maca. A camisa encharcada de sangue sugeria que ele podia estar morto, mas, enquanto o levavam para dentro, ele virou a cabeça. Um par de olhos cinzentos pousaram em Coriolanus, que não conseguiu segurar um ruído de surpresa. Spruce. As portas se fecharam e o bloquearam de vista.

Coriolanus contou para Sejanus algumas horas depois, mas nenhum dos dois sabia o que aquilo significava. Spruce tinha se metido em confusão com os Pacificadores, mas por quê? Teria sido ligado aos assassinatos? Sabiam sobre o plano de fuga dele? Tinham descoberto sobre a compra de armas? O que ele contaria agora que tinha sido capturado?

No café da manhã de quarta, a confiável enfermeira de Sorriso contou para ele que Spruce tinha morrido em decorrência dos ferimentos durante a noite. Ela não sabia direito, mas a maioria das pessoas achava que ele estava envolvido com os assassinatos. Coriolanus trabalhou aquela manhã no piloto automático, esperando que acontecesse mais alguma coisa. No almoço, aconteceu. Dois policiais militares foram até a mesa deles no refeitório e prenderam Sejanus, que se deixou guiar sem dizer nada. Coriolanus tentou imitar a expressão chocada dos companheiros de quarto. Obviamente, repetia ele, havia algum engano.

Liderados por Sorriso, questionaram o sargento no treino de tiro.

— Nós só gostaríamos de dizer que não tem como Sejanus ter cometido aqueles assassinatos. Ele estava conosco a noite toda.

– Nós não nos separamos – declarou Poste. Como se ele pudesse saber, considerando que havia passado a noite desmaiado contra uma parede, mas todos concordaram.

– Aprecio a lealdade de vocês – disse o sargento –, mas acho que é outra coisa.

Um arrepio percorreu o corpo de Coriolanus. Outra coisa, tipo o plano de fuga? Spruce não parecia ser do tipo dedo-duro, principalmente porque isso afetaria sua irmã. Não, Coriolanus tinha certeza de que seu gaio tagarela havia chegado na dra. Gaul e aquele era o resultado. Primeiro, a prisão de Spruce, depois a de Sejanus.

Nos dois dias seguintes, tudo pareceu ir seguindo o rumo, enquanto ele tentava se tranquilizar que o que estava acontecendo era para o bem de Sejanus, enquanto os pedidos dos companheiros de verem o amigo eram negados, enquanto a detenção seguia em frente. Ele ficava esperando que Strabo Plinth aparecesse num aerodeslizador particular, que negociasse uma dispensa, oferecesse melhorar toda a frota aérea de graça e levasse o filho problemático para casa. Mas o pai saberia sobre a situação de Sejanus? Ali não era a Academia, onde chamavam os pais se você fizesse besteira.

O mais casualmente possível, Coriolanus perguntou a um soldado mais velho se eles podiam ligar para casa. Sim, todos tinham permissão de fazer uma ligação bianual, mas só depois de passarem seis meses na base. Fora isso, todo o contato tinha que ser por carta. Sem saber quanto tempo Sejanus poderia ficar preso, Coriolanus escreveu um bilhete curto para a sra. Plinth, contando para ela que Sejanus estava encrencado e sugerindo que talvez fosse bom Strabo fazer algumas ligações. Ele correu para enviar a correspondência na sexta de manhã, mas foi interrompido por um anúncio em toda a base que chamava todos, exceto quem estava fazendo serviço essencial, para o auditório. Lá, o comandante deu a informação de que um deles seria enforcado por traição naquela tarde. Sejanus Plinth.

Era tão surreal, como um pesadelo acordado. No treino físico, seu corpo movia-se como uma marionete sendo sacudida para lá e para cá por cordas invisíveis. Quando terminou, o sargento o chamou, e todos os seus amigos recrutas, Sorriso, Mosquitinho e Poste, viram Coriolanus receber a ordem de ir ao enforcamento para fazer número.

No alojamento, seus dedos estavam tão duros que ele mal conseguiu abotoar o uniforme, cada um com a insígnia da Capital na face prateada. Suas pernas estavam com a mesma falta de coordenação que ele associava à hora da bomba, mas acabou conseguindo ir até o arsenal pegar o fuzil. Os outros Pacificadores, nenhum que ele conhecia de nome, desviaram dele na caçamba do caminhão. Ele tinha certeza de que estava manchado por associação com o condenado.

Assim como com o enforcamento de Arlo, Coriolanus foi instruído a ficar em um pelotão ladeando a árvore-forca. O tamanho e volatilidade da multidão o confundiu; não era possível que Sejanus tivesse conquistado tanto apoio em tão poucas semanas. Mas a confusão só durou até a van dos Pacificadores chegar e Sejanus e Lil saírem acorrentados. Ao ver a garota, muitos na multidão começaram a gritar o nome dela.

Arlo, um ex-soldado endurecido pelos anos nas minas, conseguiu ter um final bem controlado, ao menos até ouvir Lil na multidão. Mas Sejanus e Lil, fracos de pavor, pareciam bem mais jovens do que a idade que tinham, o que só reforçava a impressão de que duas crianças inocentes estavam sendo arrastadas para a forca. Lil, as pernas trêmulas incapazes de sustentarem o peso, foi puxada por dois Pacificadores de expressão sombria, que provavelmente passariam a noite seguinte tentando obliterar a memória com bebida.

Quando eles passaram, Coriolanus encarou Sejanus e só conseguiu ver o garoto de oito anos no parquinho, com o saco de balas na mão. Só que o garoto de agora estava muito, muito mais assustado. Os lábios de Sejanus formaram seu nome, *Coryo*, e seu rosto se contorceu de dor. Mas se foi um pedido de ajuda ou uma acusação de traição, ele não conseguiu distinguir.

Os Pacificadores posicionaram os condenados lado a lado sobre os alçapões. Um outro tentou ler a lista de acusações em meio aos berros da multidão, mas Coriolanus só conseguiu identificar a palavra *traição*. Ele desviou o olhar quando os pacificadores se aproximaram com as cordas e ele se viu olhando para o rosto abalado de Lucy Gray. Ela estava perto da frente com um vestido cinza velho, o cabelo escondido por um lenço preto, as lágrimas escorrendo pelas bochechas enquanto olhava para Sejanus.

Quando os tambores começaram a tocar, Coriolanus apertou bem os olhos, desejando poder bloquear os sons também. Mas não podia, e ouviu tudo. O grito de Sejanus, o barulho dos alçapões e os gaios tagarelas repetindo a última palavra de Sejanus, gritando-a sem parar sob o sol forte:

– *Mãezinha! Mãezinha! Mãezinha! Mãezinha! Mãezinha!*

29

Coriolanus seguiu mecanicamente pelo resto dos procedimentos, permanecendo com expressão impassível e mudo enquanto voltava para a base, devolvia arma e andava até o alojamento. Ele sabia que as pessoas estavam olhando para ele; era de conhecimento geral que Sejanus era seu amigo ou pelo menos membro do seu pelotão. Queriam vê-lo desmoronar, mas ele se recusou a dar essa satisfação às pessoas. Sozinho no quarto, tirou lentamente o uniforme, pendurou cada peça com cuidado e ajeitou as dobras com os dedos. Longe de olhares fofoqueiros, permitiu que o corpo murchasse, os ombros relaxassem de cansaço. Só tinha conseguido ingerir alguns goles de suco de maçã naquele dia. Sentia-se debilitado demais para se juntar ao pelotão no treino de tiro, para enfrentar Mosquitinho e Poste e Sorriso. Suas mãos estavam tremendo demais para segurar um fuzil. Então ele se sentou de cueca na cama de Poste no quarto sufocante, esperando pelo que viria a seguir.

Era só questão de tempo. Talvez ele devesse se entregar. Antes que fossem prendê-lo porque Spruce confessou ou, o mais provável, porque Sejanus revelou os detalhes dos assassinatos. Mesmo que eles não tivessem dito nada, o fuzil dos Pacificadores ainda estava por aí, coberto com seu DNA. Spruce não fugiu para a liberdade, deve ter ficado escondido até poder resgatar Lil, e se tinha ficado no Distrito 12, as armas também estavam lá. Podiam estar examinando a arma naquele minuto mesmo, procurando a confirmação de que Spruce a tinha usado para matar Mayfair, e acabarem descobrindo que o atirador era o soldado Snow. O que havia dedurado o melhor amigo e o mandado para a forca.

Coriolanus escondeu o rosto nas mãos. Ele matara Sejanus, como se tivesse batido nele como fez com Bobbin ou como se tivesse atirado nele como fez com Mayfair. Ele matara a pessoa que o considerava um irmão. Mas enquanto a crueldade do ato ameaçava afogá-lo, uma vozinha ficava perguntando: *Que escolha você teve?* Que escolha? Nenhuma. Sejanus estava determinado a se autodestruir e Coriolanus foi carregado pela situação e acabou no pé da árvore-forca ele mesmo.

Ele tinha que pensar racionalmente. Sem ele, Sejanus teria morrido na arena, vítima do grupo de tributos que havia tentado matá-los enquanto fugiam. Tecnicamente, Coriolanus dera a ele mais algumas semanas de vida e uma segunda chance, uma oportunidade de consertar as coisas. Mas não foi isso que ele fez. Não conseguiu. Não quis. Ele era o que era. Talvez fugir para o norte tivesse sido melhor. Pobre Sejanus. Pobre sensível, tolo e morto Sejanus.

Coriolanus foi até o armário de Sejanus, pegou a caixa de itens pessoais, se sentou no chão e espalhou o conteúdo na sua frente. Os únicos acréscimos desde a outra vez eram dois biscoitos caseiros cobertos por lenços de papel. Coriolanus desembrulhou um e deu uma mordida. Por que não? A doçura se espalhou pela língua e imagens surgiram no cérebro dele: Sejanus entregando um sanduíche no zoológico, Sejanus enfrentando a dra. Gaul, Sejanus o abraçando na estrada de volta para a base, Sejanus pendurado na corda...

– *Mãezinha! Mãezinha! Mãezinha! Mãezinha! Mãezinha!*

Ele vomitou o biscoito e produziu um jorro de suco de maçã, azedo e ácido, junto com migalhas. Seu corpo estava coberto de suor e ele começou a chorar. Encostado nos armários, encolheu as pernas junto ao peito e deixou que os soluços feios e violentos o sacudissem. Ele chorou por Sejanus, por sua pobre Mãezinha e pela doce e dedicada Tigris e sua Lady-Vó frágil e delirante, que logo o perderia do mesmo jeito sórdido. E também chorou por si mesmo, porque a qualquer momento ele estaria morto. Tamanho era seu pavor que logo começou a ofegar, como se a corda já estivesse lhe roubando a vida. Ele não queria morrer! Principalmente não naquele campo, com aqueles pássaros mutantes ecoando a última coisa que ele dissesse. Quem sabia que coisa maluca acabaria dizendo em um momento daqueles? E ele morto e as aves gritando, até os tordos transformarem o que foi dito em uma música macabra!

Depois de uns cinco minutos, o choro acabou e ele se acalmou, passando o polegar sobre o coração frio de mármore da caixa de Sejanus. Não havia nada a fazer além de tentar encarar a morte como um homem. Como um soldado. Como um Snow. Assim que aceitou seu destino, ele sentiu que precisava botar suas coisas em ordem. Ele tinha que consertar o que desse com as pessoas que amava. Ao abrir a parte de trás da moldura do diploma, descobriu que ainda restava bastante dinheiro depois da compra de armas de Sejanus. Ele pegou um dos envelopes elegantes cor de creme que Sejanus tinha levado da Capital, enfiou o dinheiro dentro, lacrou o envelope e o endereçou a Tigris. Depois de arrumar as coisas de Sejanus, guardou a caixa no armário. O que mais? Ele se viu pensando em Lucy Gray, o primeiro, e agora único, amor da sua vida. Coriolanus gostaria de deixar uma lembrança dele. Remexeu na caixa e escolheu o lenço laranja, pois o Bando adorava cores, e ela mais do que todos. Não sabia bem como entregaria a ela, mas se ele durasse até domingo, talvez conseguisse sair escondido da base para vê-la uma última vez. Ele colocou o lenço dobrado com as cordas que Pluribus tinha enviado. Depois de lavar o catarro e as lágrimas do rosto, ele se vestiu e foi até o correio para enviar o dinheiro para casa.

No jantar, ele sussurrou um relato do enforcamento para os companheiros de quarto infelizes, tentando aliviar a história.

– Acho que ele morreu imediatamente. Não dava para ter sentido dor.

– Ainda não acredito que ele fez aquilo – disse Sorriso.

A voz de Poste oscilou.

– Espero que não achem que estávamos todos envolvidos.

– Mosquitinho e eu somos os únicos que seriam suspeitos de sermos simpatizantes dos rebeldes, por sermos dos distritos – disse Sorriso. – Por que vocês estão preocupados? Vocês são da Capital.

– Sejanus também era – lembrou Poste.

– Mas não de verdade, não é? Ele sempre falava sobre o Distrito 2 – disse Mosquitinho.

– Não era mesmo – concordou Coriolanus.

Coriolanus passou a noite montando guarda na prisão vazia. Ele dormiu como os mortos, o que fazia sentido considerando que era questão de horas para que se juntasse a eles.

Ele fez o esperado durante os exercícios matinais e quase sentiu alívio quando, no fim do almoço, o ajudante do comandante Hoff apareceu e pediu que ele o seguisse. Não foi dramático como a polícia militar, mas, como estavam tentando restabelecer uma sensação de normalidade entre as tropas, era o jeito certo de proceder. Por ter certeza de que seria levado direto da sala do comandante para a prisão, Coriolanus se arrependia de não ter colocado alguma coisa de casa no bolso, para segurar em suas últimas horas. O estojo de pó compacto da mãe seria o objeto escolhido, o que o acalmaria enquanto ele esperava a corda.

Embora não fosse grande, a sala do comandante era melhor do que qualquer outro espaço que ele tivesse visto na base, e ele afundou na cadeira de couro do outro lado da mesa de Hoff, grato por poder receber a sentença de morte com um pouco de classe. *Lembre-se de que é um Snow*, disse para si mesmo. *Vamos partir com certa dignidade.*

O comandante dispensou o ajudante, que saiu do escritório e fechou a porta. Hoff se encostou na cadeira e observou Coriolanus por um longo momento.

— Foi uma semana e tanto pra você.

— Sim, senhor. — Ele queria que o homem fizesse logo o interrogatório. Estava cansado demais para brincar de gato e rato.

— Que semana — repetiu Hoff. — Eu soube que você era um aluno excelente na Capital.

Coriolanus não tinha ideia de quem tinha dito isso para ele e se perguntou se podia ter sido Sejanus. Não que importasse.

— É uma avaliação generosa.

O comandante sorriu.

— E modesto também.

Ah, me prende logo, pensou Coriolanus. Ele não precisava de um longo discurso sobre a decepção em que se transformou.

— Eu soube que você era amigo íntimo de Sejanus Plinth — disse Hoff.

Ah, lá vamos nós, pensou Coriolanus. Por que não acelerar a coisa logo em vez de arrastá-la com negações?

— Nós éramos mais do que amigos. Éramos como irmãos.

Hoff olhou para ele com solidariedade.

— Então só posso expressar a mais sincera gratidão da Capital pelo seu sacrifício.

Como? Coriolanus olhou para ele sem entender.

— Senhor?

— A dra. Gaul recebeu sua mensagem pelo gaio tagarela — relatou Hoff. — Ela disse que enviá-la não devia ter sido uma escolha fácil para você. Sua lealdade à Capital teve um custo pessoal alto.

Um adiamento, então. Aparentemente, a arma com seu DNA ainda não tinha aparecido. Eles o viam como um herói da Capital em conflito. Ele adotou uma expressão de sofrimento, como adequado a um homem lamentando a perda do amigo.

— Sejanus não era ruim, só estava... confuso.

— Concordo. Mas conspirar com o inimigo ultrapassa um limite que não podemos nos dar ao luxo de ignorar, infelizmente. — Hoff fez uma pausa para pensar. — Você acha que ele pode estar envolvido nos assassinatos?

Coriolanus arregalou os olhos, como se a ideia nunca tivesse passado pela cabeça dele.

— Assassinatos? Você quer dizer do Prego?

— A filha do prefeito e... — O comandante remexeu em uns papéis, mas decidiu que não precisava. — O outro sujeito.

— Ah... acho que não. Você acha que tem ligação? — perguntou Coriolanus, como se intrigado.

— Não sei. Não me importo — disse Hoff. — O jovem andava com os rebeldes e ela andava com ele. Quem os matou me poupou de muitos problemas no futuro, provavelmente.

— Não parece a cara de Sejanus — disse Coriolanus. — Ele nunca quis fazer mal a ninguém. Ele queria ser paramédico.

— Sim, foi o que seu sargento disse — concordou Hoff. — Então ele não mencionou as armas?

— Armas? Não que eu saiba. Como ele conseguiria armas? — Coriolanus estava começando a se divertir um pouco.

— Comprando no mercado clandestino? Ele é de família rica, pelo que eu soube. Bom, não importa. É provável que continue sendo um mistério, a não ser que as armas apareçam. Mandei Pacificadores revistarem a Costura nos próximos dias. Enquanto isso, a dra. Gaul e eu decidimos manter segredo da sua ajuda em relação a Sejanus para a sua segurança. Não queremos os rebeldes de olho em você, não é?

— É o que prefiro mesmo — disse Coriolanus. — Já é bem difícil lidar com minha decisão de forma particular.

— Eu entendo. Mas quando a poeira baixar, lembre que você fez um serviço real pelo seu país. Tente deixar isso para trás. — E, como se lembrando de repente, ele acrescentou: — É meu aniversário hoje.

— Sim. Eu ajudei a descarregar uísque pra festa — disse Coriolanus.

— Costuma ser agradável. Tente se divertir. — Hoff se levantou e esticou a mão.

Coriolanus se levantou e a apertou.

— Vou me esforçar. E feliz aniversário, senhor.

Os companheiros de quarto o receberam com alegria quando ele voltou, cobrindo-o de perguntas sobre o fato de o comandante tê-lo chamado.

— Ele sabia que Sejanus e eu tínhamos história juntos e queria ver se eu estava bem — disse Coriolanus.

A notícia melhorou o humor de todo mundo e a atualização das atividades da tarde deu uma certa satisfação a Coriolanus. Em vez de tiro ao alvo, eles poderiam atirar nos gaios tagarelas e nos tordos da árvore-forca. O coral deles depois do grito final de Sejanus foi a gota d'água.

Coriolanus ficou eufórico enquanto atirava em tordos nos galhos, e conseguiu matar três. *Não estão tão espertos agora, não é?!*, pensou ele. Infelizmente, a maioria dos pássaros voou para longe depois de um tempo. Mas eles voltariam. Coriolanus também voltaria se não fosse enforcado primeiro.

Em homenagem ao aniversário do comandante, todos tomaram banho e vestiram uniformes limpos antes de irem para o refeitório. Biscoito tinha organizado uma refeição surpreendentemente elegante, com bife, purê de batata e molho, junto com ervilhas frescas e não enlatadas. Cada soldado recebeu uma caneca de cerveja, e Hoff estava presente para cortar um bolo enorme com cobertura. Depois do jantar, todos se reuniram no ginásio, que tinha sido decorado com faixas e bandeiras para a ocasião. O uísque correu livremente, e muitos brindes improvisados foram feitos no microfone providenciado para a ocasião. Mas Coriolanus só percebeu que haveria entretenimento quando alguns soldados começaram a arrumar cadeiras.

– Claro – disse um oficial. – Nós contratamos a banda do Prego. O comandante se diverte com eles.

Lucy Gray. Essa seria a chance dele, provavelmente a única, de vê-la de novo. Ele correu até o alojamento, tirou a caixa de Pluribus com as cordas de instrumentos e o lenço, e voltou correndo para a festa. Viu que seus companheiros tinham separado uma cadeira para ele na metade do salão, mas ele ficou no fundo da plateia. Se surgisse oportunidade, ele não queria chamar atenção ao sair. As luzes foram apagadas na parte principal do ginásio, deixando só a área do microfone iluminada, e a multidão ficou em silêncio. Todos os olhos estavam no vestiário, que tinha sido fechado com o cobertor que o Bando usava no Prego.

Maude Ivory apareceu saltitante com um vestido amarelo-ranúnculo com saia rodada e subiu num caixote que alguém tinha colocado na frente do microfone.

– Oi, pessoal! Hoje a noite é especial, e vocês sabem por quê! É um aniversário!

Os Pacificadores bateram palmas com força. Maude Ivory começou a cantar a música antiga de aniversário e todo mundo cantou junto.

Feliz aniversário
Para alguém especial!
E desejamos muitos mais!
Uma vez por ano
Comemoramos
O comandante Hoff!
Feliz aniversário!

Era só isso, mas eles cantaram três vezes enquanto o Bando, um a um, foi assumindo o lugar no palco.

Coriolanus inspirou fundo quando Lucy Gray apareceu com o vestido de arco-íris da arena. A maioria das pessoas acharia que era pelo aniversário do comandante, mas Coriolanus tinha certeza de que era para ele. Uma forma de se comunicar, de cobrir o abismo que a circunstância tinha cavado entre os dois. Uma onda sufocante de amor o percorreu com o lembrete de que ele não estava sozinho naquela tragédia. Eles estavam de volta à arena, lutando pela sobrevivência, só os dois contra o mundo. Sentiu uma pontada agridoce ao pensar nela o assistindo morrer, mas também gratidão porque ela sobreviveria. Ele era o único que tinha sobrado que poderia ligá-la ao local dos assassinatos. Ela não tinha tocado nas armas. O que quer que acontecesse a ele, havia consolo em saber que ela viveria pelos dois.

Durante a primeira meia hora, ele não tirou os olhos de Lucy Gray enquanto o Bando cantava algumas das canções de sempre. Então, chegou um momento em que a banda toda saiu e a deixou sozinha na luz. Ela se acomodou em um banco alto e (seria imaginação dele?) bateu no bolso do vestido, como tinha feito na arena. Era o sinal dela de que estava pensando nele. De que, mesmo separados pelo espaço, estavam juntos no tempo. Com cada nervo formigando, ele ouviu com atenção quando ela começou uma música desconhecida.

Todo mundo nasce uma folha em branco –
Fresco como uma margarida
Sem loucura na vida.
Ficar assim não é nada fácil –
Difícil como um jogo,
É como pisar em fogo.

Este mundo é sombrio
E este mundo é assustador.
Já sofri duras penas,
Por isso meu dissabor.
Por isso mesmo
Preciso de você –
Você é puro como a neve fresca.

Ah, não. Não foi imaginação dele. A menção à neve confirmava. Ela havia composto aquela canção para ele.

Todo mundo quer ser herói –
O bolo com decoração,
Quem faz, não quem sonha.
Com muita dedicação,
A transformação é demorada –
Como bater leite até virar manteiga,
Derreter de gelo até ser água.

Este mundo fica cego
Para as crianças morrendo.
Eu viro poeira, mas

Você está sempre tentando.
Por isso mesmo
Preciso de você –
Você é puro como a neve fresca.

Os olhos dele se encheram de lágrimas. Ele seria enforcado, mas ela estaria lá, sabendo que ele ainda era uma pessoa genuinamente boa. Não um monstro que havia trapaceado e traído o amigo, mas alguém que realmente tentara ser nobre em circunstâncias impossíveis. Alguém que arriscara tudo para salvá-la nos Jogos. Alguém que tinha arriscado tudo de novo para salvá-la de Mayfair. O herói da vida dela.

Frio e limpo,
Caindo na minha pele,
Você me cobre.
Você se transfere
Até meu coração.

Até o coração dela.

Todos acham que sabem tudo sobre mim.
Querem me rotular.
Querem me classificar.
Você apareceu e viu que era mentira.
Você viu quem eu sou,
Sim, é mesmo quem eu sou.

Este mundo é cruel,
Cheio de problemas demais.
Você pediu um motivo –
Tenho vinte e três, não mais,

> *Por isso mesmo*
> *Confio em você –*
> *Você é puro como a neve fresca.*

Se havia alguma dúvida, aquilo confirmou. Vinte e três. O número de tributos aos quais ela sobrevivera nos Jogos. Só por causa dele.

> *Por isso mesmo*
> *Confio em você –*
> *Você é puro como a neve fresca.*

Ela falou em confiança. Antes de necessidade, antes de amor, vinha a confiança. A coisa que ela mais valorizava. E ele, Coriolanus Snow, era em quem ela confiava.

Enquanto a plateia aplaudia, ele ficou parado, segurando a caixa, emocionado demais para aplaudir junto. O resto do Bando correu para o palco enquanto Lucy Gray desaparecia atrás do cobertor. Maude Ivory botou o caixote de volta no lugar e começou uma melodia vibrante.

> *Há um lado sombrio e perturbado da vida.*
> *Mas há um lado alegre e luminoso também.*

Coriolanus reconheceu a melodia. Era a música sobre o lado bom. A que ela havia cantado durante os assassinatos. Era sua chance. Ele foi até a porta mais próxima da forma mais discreta possível. Com todo mundo lá dentro, ele correu em torno do ginásio até o vestiário e bateu na porta externa. Abriu-se na mesma hora, como se ela o estivesse esperando, e Lucy Gray se jogou nos braços dele.

Por um tempo, eles ficaram parados, agarrados um no outro, mas o tempo era precioso.

— Sinto muito por Sejanus. Você está bem? — perguntou ela, sem fôlego.

Claro que ela não sabia de nada sobre o papel dele naquilo.

— Não muito. Mas por enquanto ainda estou aqui.

Ela recuou para olhar o rosto dele.

— O que houve? Como descobriram que ele ia ajudar Lil a fugir?

— Não sei. Alguém deve tê-lo traído, eu acho.

Lucy Gray nem hesitou.

— Spruce.

— Provavelmente. — Coriolanus tocou na bochecha dela. — E você? Está bem?

— Estou péssima. Tudo está horrível. Vê-lo morrer daquele jeito. E também tudo depois daquela noite. Sei que você matou Mayfair pra me proteger. A mim e ao resto do Bando. — Ela apoiou a testa no peito dele. — Eu nunca vou poder agradecer por isso.

Ele acariciou o cabelo dela.

— Bom, ela se foi de vez agora. Você está protegida.

— Não de verdade. Não de verdade. — Perturbada, Lucy Gray se afastou e começou a andar. — O prefeito, ele... Ele não me deixa em paz. Ele tem certeza de que a matei. De que matei os dois. Ele dirige aquele carro horrível até a nossa casa e fica estacionado na frente por horas. Os Pacificadores já nos interrogaram três vezes. Eles dizem que ele fica em cima deles dia e noite pra que me prendam. E se eles não me fizerem pagar, ele vai fazer.

Aquilo era assustador.

— O que eles mandaram você fazer?

— Evitá-lo. Mas como posso fazer isso se ele está esperando a três metros da minha casa? — perguntou ela. — Mayfair era a coisa mais importante no mundo pra ele. Acho que ele só vai descansar quando eu estiver morta. Agora, ele está começando a ameaçar o resto do Bando. Eu… eu vou fugir.

– O quê? – perguntou Coriolanus. – Pra onde?

– Para o norte, eu acho. Como Billy Taupe e os outros falavam. Se eu ficar aqui, sei que ele vai dar um jeito de me matar. Já estou reunindo suprimentos. Por aí, pode ser que eu sobreviva. – Lucy Gray correu para os braços dele. – Estou feliz que pude vir dizer adeus.

Fugir. Ela ia mesmo fazer isso. Ia mesmo para o norte, se arriscar na natureza. Ele sabia que só a perspectiva da morte certa poderia levá-la a fazer isso. Pela primeira vez em dias, ele viu um jeito de escapar da forca.

– Não é um adeus. Eu vou com você.

– Você não pode. Não vou deixar. Você estaria arriscando sua vida – avisou ela.

Coriolanus riu.

– Minha vida? Minha vida consiste em me perguntar quanto tempo vai demorar até encontrarem as armas e me ligarem ao assassinato de Mayfair. Estão fazendo buscas na Costura agora. Pode ser a qualquer momento. Nós vamos juntos.

Ela franziu a testa, sem acreditar.

– Você está falando sério?

– Nós vamos amanhã. Um passo à frente do carrasco.

– E do prefeito – acrescentou ela. – Vamos finalmente ficar livres dele, do Distrito 12, da Capital, de tudo. Amanhã. Ao amanhecer.

– Amanhã, ao amanhecer – confirmou Coriolanus. Ele colocou a caixa nas mãos dela. – Do Pluribus. Menos o lenço, que é meu. É melhor eu voltar antes que alguém perceba que saí e desconfie. – Ele a puxou para um beijo apaixonado. – Somos só nós de novo.

– Só nós – disse ela, o rosto reluzindo de alegria.

Coriolanus saiu correndo do vestiário, com asas nos calcanhares.

Vamos cantar uma canção de esperança diária,
Esteja o dia nublado ou lindo.

Ele não ia só viver; ia viver com ela, como naquele dia que eles passaram no lago. Ele pensou no gosto do peixe fresco, do ar doce e da liberdade de agir como gostaria, como a natureza queria. De não dar satisfações a ninguém. De se livrar realmente das expectativas opressivas do mundo para sempre.

Vamos sempre confiar no amanhã,
Que cuide de nós e nos mantenha sorrindo.

Ele voltou para o ginásio e retornou ao seu lugar a tempo de cantar a parte final.

Fique no lado bom, sempre no lado bom.
Fique no lado bom da vida.
Vai nos ajudar todos os dias, vai iluminar
o caminho
Se sempre ficarmos no lado bom da vida.
Isso aí, se ficarmos no lado bom da vida.

A mente de Coriolanus estava girando. Lucy Gray se juntou ao Bando novamente para uma daquelas canções harmoniosas com palavras ininteligíveis, e ele se desligou do show enquanto tentava entender a virada que a vida tinha jogado no colo dele. Ele e Lucy Gray, fugindo para o norte. Loucura. Mas, por outro lado, por que não? Era o único bote salva-vidas ao seu alcance, e ele pretendia segurá-lo com força. O dia seguinte era domingo, ele teria folga. Sairia o mais cedo possível. Tomaria café da manhã, possivelmente sua última refeição na civilização, quando o refeitório abrisse, às seis, e cairia na estrada. Seus companheiros de quarto estariam dormindo de tanto uísque na mente. Ele teria que sair escondido da base... A cerca! Ele esperava que Spruce tivesse informações quentes sobre um ponto fraco atrás do gerador. Ele iria até Lucy Gray e fugiria o mais rápido que pudesse.

Mas, calma. Ele deveria ir até a casa dela? Com o Bando todo lá? E, possivelmente, o prefeito? Ou ela pretendia se encontrar com ele na Campina? Ele estava refletindo sobre isso quando o número terminou e ela subiu de novo no banco com o violão.

– Eu quase esqueci. Prometi cantar isto pra um de vocês – disse ela. E lá estava de novo, tão casualmente, a mão no bolso. Ela começou a canção em que estava trabalhando quando ele apareceu atrás dela na Campina.

Você vem, você vem
Para a árvore
Onde eles enforcaram um homem que
dizem que matou três.
Coisas estranhas aconteceram aqui
Não mais estranho seria
Se nos encontrássemos à meia-noite na árvore-forca.

A árvore-forca. Seu antigo ponto de encontro com Billy Taupe. Era lá que ela queria que ele se encontrasse com ela.

Você vem, você vem
Para a árvore
Onde o homem morto clamou para que

seu amor fugisse.
Coisas estranhas aconteceram aqui
Não mais estranho seria
Se nos encontrássemos à meia-noite na árvore-forca.

Ele teria preferido não se encontrar com ela no mesmo ponto de encontro dela com o antigo amor, mas certamente era mais seguro do que ir para a casa dela. Quem estaria lá numa manhã de domingo? Além do mais, Billy Taupe não era mais um problema. Ela respirou fundo. Devia ter escrito mais...

Você vem, você vem
Para a árvore
Onde eu mandei você fugir para nós dois
ficarmos livres.
Coisas estranhas aconteceram aqui
Não mais estranho seria
Se nos encontrássemos à meia-noite na árvore-forca.

De quem ela estava falando? Billy Taupe dizendo para ela ir para lá para ambos serem livres? Ela dizendo para ele que ficariam livres?

Você vem, você vem
Para a árvore
Usar um colar de corda e ficar ao meu lado.
Coisas estranhas aconteceram aqui
Não mais estranho seria
Se nos encontrássemos à meia-noite na árvore-forca.

Agora ele entendia. A música, o narrador na música, era Billy Taupe, e ele estava cantando para Lucy Gray. Ele tinha testemunhado a morte de Arlo, ouvido os pássaros repetirem as últimas palavras dele, implorado a Lucy para fugir para a liberdade com ele e, quando ela o rejeitou, Billy Taupe quis que ela fosse enforcada junto para não viver sem ele. Coriolanus esperava que fosse a última música de Billy Taupe. O que mais ele poderia dizer? Não que importasse. Aquela música podia ser dele, mas ela estava cantando para Coriolanus. Snow cai como a neve.

O Bando tocou mais algumas músicas e Lucy Gray falou:

— Bem, como meu pai dizia, é preciso ir dormir com os pássaros se queremos cumprimentá-los ao amanhecer. Obrigada por nos receberem hoje. Que tal mais uma rodada de bons desejos para o comandante Hoff? — O ginásio bêbado todo cantou mais um coral de "Parabéns pra você" para o comandante.

O Bando fez uma reverência final e saiu do palco. Coriolanus esperou nos fundos para ajudar Mosquitinho a levar Poste para o alojamento. Em pouco tempo, as luzes foram apagadas, e eles tiveram que subir na cama no escuro. Seus companheiros desmaiaram quase imediatamente, mas ele ficou acordado, repassando o plano de fuga. Não exigia muito. Só ele, as roupas do corpo, algumas lembranças nos bolsos e muita sorte.

Coriolanus acordou ao amanhecer, vestiu um uniforme limpo e guardou duas mudas de cueca e meia nos bolsos. Escolheu três fotos da família, o disco de pó da mãe e a bússola do pai e escondeu no meio das roupas. Por fim, fez a silhueta mais convincente possível dele mesmo com o travesseiro e o cobertor e esticou o lençol por cima. Enquanto os companheiros roncavam, ele deu uma última olhada no quarto e se perguntou se sentiria falta deles.

Ele se juntou a um pequeno grupo de madrugadores no café da manhã com pudim de pão, o que pareceu um bom presságio para a viagem por ser o favorito de Lucy Gray. Ele queria poder levar um pouco para ela, mas os bolsos já estavam lotados e não havia guardanapos naquele refeitório. Depois de tomar todo o copo de suco de maçã, secou a boca com as costas da mão, devolveu a bandeja para ser lavada e deixou o refeitório, planejando ir direto para o gerador.

Ao sair no sol, dois guardas se aproximaram dele. Armados, não ajudantes de ordem.

– Soldado Snow – disse um. – Você está sendo chamado na sala do comandante.

Uma injeção de adrenalina disparou pelo corpo dele. Seu sangue latejou nas têmporas. Isso não podia estar acontecendo. Não podiam estar indo prendê-lo quando ele estava à beira da liberdade. De uma vida nova com Lucy Gray. Seu olhar se desviou para o gerador, a uns cem metros do refeitório. Mesmo com seu treino recente, ele nunca conseguiria. Nunca. *Só preciso de mais cinco minutos*, ele suplicou para o universo. *Dois já servem.* O universo o ignorou.

Ladeado pelos guardas, ele empertigou os ombros e foi direto para a sala do comandante, se preparando para o destino. Ao entrar, o comandante Hoff se levantou da cadeira, fez posição de sentido e prestou continência.

– Soldado Snow – disse ele. – Quero ser o primeiro a dar os parabéns. Você parte amanhã para a escola de oficiais.

30

Coriolanus ficou perplexo e os guardas deram tapinhas nas costas dele, rindo.

— Eu... Eu...

— Você é a pessoa mais jovem a passar na prova. — O comandante abriu um sorriso. — Normalmente, nós o treinaríamos aqui, mas suas notas o recomendam para um programa de elite no Distrito 2. Vamos lamentar sua partida.

Ah, como ele queria poder ir! Para o Distrito 2, que não era tão longe assim da sua casa, a Capital. Para a escola dos oficiais, a escola de *elite*, onde ele poderia se destacar e encontrar um caminho para uma vida que valesse a pena viver. Podia ser até um caminho melhor para o poder do que aquele que a Universidade oferecia. Mas ainda havia uma arma usada num assassinato com o nome dele por aí. Seu DNA o condenaria, assim como fizera com o lenço. Infelizmente, tragicamente, era perigoso demais ficar. Doía seguir com a conversa.

— Que horas tenho que ir? — perguntou ele.

— Tem um aerodeslizador indo para lá amanhã de manhã e você vai estar nele. Está de folga hoje, acho. Use esse tempo pra fazer as malas e se despedir. — O comandante apertou a mão dele pela segunda vez em dois dias. — Esperamos coisas grandiosas de você.

Coriolanus agradeceu ao comandante e saiu. Ficou parado por um momento, pesando as opções. Não adiantava. Não havia opção. Odiando-se e odiando Sejanus Plinth ainda mais, ele foi na direção do prédio que abrigava o gerador, quase não ligando se fosse detido. Que decepção amarga ter uma segunda chance de um futuro brilhante tão irrevogavelmente arrancada. Ele teve que lembrar a si mesmo da corda, da forca e dos gaios tagarelas imitando suas últimas palavras para renovar o foco. Ele estava prestes a desertar dos Pacificadores; precisava parar de pensar naquilo.

Quando chegou à construção, deu uma olhada rápida para trás, mas a base ainda estava dormindo, e foi até os fundos sem testemunhas. Examinou o alambrado e a princípio não encontrou nenhuma abertura. Ele enfiou os dedos nos elos e deu um sacolejo de frustração. O arame se soltou de um poste de sustentação, deixando uma abertura na cerca pela qual ele podia se espremer. Do lado de fora, sua cautela natural voltou. Ele contornou os fundos da base por um bosque e acabou indo até a estrada que levava à árvore-forca. Quando chegou nela, só seguiu a trilha que o caminhão tinha feito nas idas anteriores, andando rapidamente, mas não rápido demais a ponto de chamar atenção. Mas isso não era problema em um domingo quente logo depois do amanhecer. A maioria dos mineiros e Pacificadores só se levantaria horas depois.

Após alguns quilômetros, ele chegou no campo e saiu correndo para a árvore, ansioso para se esconder no bosque. Não havia sinal de Lucy Gray, e quando passou embaixo dos galhos, ele se perguntou se tinha interpretado a mensagem errado e se deveria ter ido para a Costura. Mas ele viu uma coisa laranja e seguiu a cor até uma clareira. Lá estava ela, tirando pacotes de um carrinho, o lenço dele enrolado de um jeito elegante na cabeça. Ela correu até ele e o abraçou, e ele retribuiu, apesar de achar que estava calor demais para um abraço. O beijo em seguida o deixou de humor melhor.

As mãos dele foram até o lenço laranja no cabelo dela.

– Isso me parece colorido demais pra fugitivos.

Lucy Gray sorriu.

– Bom, não quero que você se perca de mim. Você ainda está disposto a fazer isso?

– Não tenho escolha. – Percebendo que sua declaração não tinha entusiasmo, ele acrescentou: – Você é tudo que importa pra mim agora.

– Você também. Você é minha vida agora. Enquanto estava aqui esperando você aparecer, me dei conta de que nunca teria coragem de fazer isso sem você – admitiu ela. – Não é só porque vai ser difícil. Vai ser solitário demais. Eu talvez aguentasse alguns dias, mas teria que voltar para o Bando.

– Eu sei. Eu nunca considerei fugir até você tocar no assunto. É tão... assustador. – Ele passou as mãos pelos pacotes dela. – Desculpe, não pude arriscar trazer muita coisa.

– Achei mesmo que você não poderia. Fiquei reunindo tudo isso e também peguei coisas da despensa. Não tem problema. Deixei o resto do dinheiro para o Bando. – Como se para convencer a si mesma, ela disse: – Eles vão ficar bem. – Ela pegou uma mochila e a pendurou no ombro.

Ele pegou algumas coisas.

– O que eles vão fazer? Estou falando da banda. Sem você.

– Ah, eles vão se virar. Todos conseguem cantar uma melodia, e Maude Ivory está a poucos anos de me substituir como cantora principal, de qualquer modo – disse Lucy Gray. – Além do mais, da forma como os problemas tendem a me encontrar, posso estar destruindo minha boa recepção no Distrito 12. Ontem à noite, o comandante me mandou não cantar mais "A árvore-forca". Sombria demais, ele disse. Está mais para rebelde demais. Eu prometi que ele jamais a ouviria dos meus lábios novamente.

— É uma música estranha — opinou Coriolanus.

Lucy Gray riu.

— Bom, Maude Ivory gosta. Ela diz que tem autoridade.

— Como a minha voz. Quando cantei o hino na Capital — lembrou Coriolanus.

— Isso mesmo. Está pronto?

Eles dividiram tudo entre os dois. Ele demorou um momento para perceber o que estava faltando.

— Seu violão. Você não vai levar?

— Estou deixando para Maude Ivory. Isso e o vestido da minha mãe. — Ela se esforçou para falar com tom casual. — Pra que vou precisar dessas duas coisas? Tam Amber acha que ainda tem gente no norte, mas não estou convencida. Acho que vamos ser só nós.

Por um momento, ele percebeu que não era o único deixando os sonhos para trás.

— Vamos ter sonhos novos lá — prometeu Coriolanus, com mais convicção do que sentia. Ele pegou a bússola do pai, consultou-a e apontou. — O norte fica pra cá.

— Pensei em ir para o lago primeiro. É meio para o norte. Eu gostaria de vê-lo mais uma vez — disse ela.

Parecia um plano tão bom quanto qualquer outro e ele não protestou. Em pouco tempo, eles estariam no meio do mato e nunca mais voltariam. Por que não fazer o que ela queria? Ele prendeu uma ponta do lenço que tinha se soltado.

— Para o lago, então.

Lucy Gray olhou para a cidade, embora a única coisa que Coriolanus conseguisse ver fosse a forca.

— Adeus, Distrito 12. Adeus, árvore-forca e Jogos Vorazes e prefeito Lipp. Um dia, alguma coisa vai me matar, mas não vai ser você. — Ela se virou e seguiu para a floresta.

— Não tem muita coisa pra sentir falta mesmo — concordou Coriolanus.

— Vou sentir falta da música e dos meus pássaros lindos — disse Lucy Gray com emoção na voz. — Mas espero que um dia eles possam ir atrás de mim.

— Sabe de que não vou sentir falta? Das pessoas — respondeu Coriolanus. — Exceto umas poucas. A maioria é horrível se você pensar bem.

— As pessoas não são ruins, na verdade — disse ela. — É o que o mundo faz com elas. Como nós, na arena. Nós fizemos coisas lá dentro que nunca consideraríamos fazer se tivessem nos deixado em paz.

— Não sei. Eu matei Mayfair, e não havia arena por perto — disse ele.

— Mas só pra me salvar. — Ela pensou na questão. — Acho que existe uma bondade natural nos seres humanos. A gente sabe quando ultrapassou o limite do mal e é nosso desafio de vida tentar ficar do lado certo dessa linha.

— Às vezes, temos que tomar decisões difíceis. — Ele tomara várias dessas ao longo do verão.

— Eu sei disso. Claro que sei. Sou uma vitoriosa — disse ela com tristeza. — Seria bom, na minha nova vida, não ter que matar mais ninguém.

— Estou com você nisso. Três parece bom por uma vida. E mais do que suficiente para um verão. — Um grito selvagem soou ali perto, fazendo-o lembrar-se de que não tinha arma. — Vou fazer uma bengala para caminhar. Quer uma?

Ela parou.

— Claro. Pode ser útil pra várias coisas.

Eles encontraram dois galhos firmes e ela os segurou enquanto ele quebrava os galhos menores.

— Quem é a terceira?

— O quê? — Ela estava olhando para ele de um jeito estranho. A mão dele escorregou e um pedaço de casca entrou embaixo da unha. — Ai.

Ela ignorou o ferimento dele.

— A pessoa que você matou. Você disse que matou três pessoas este verão.

Coriolanus mordeu a ponta da farpa para puxá-la com os dentes, ganhando um momento. Quem mesmo? A resposta era Sejanus, claro, mas ele não podia admitir isso.

— Você consegue tirar isso? — Ele esticou a mão, balançando a unha machucada na esperança de distraí-la.

— Vamos ver. — Ela examinou a farpa. — Então, o Bobbin, a Mayfair... quem é a terceira?

Sua mente disparou atrás de uma explicação plausível. Ele poderia ter se envolvido em algum acidente bizarro? Uma morte no treinamento? Ele estava limpando uma arma que disparou sem querer? Ele decidiu que o melhor era fazer piada.

— Eu mesmo. Matei meu antigo eu pra poder te acompanhar.

Ela soltou a farpa.

— Pronto. Bom, espero que o seu antigo eu não assombre seu novo eu. Já temos fantasmas demais entre nós.

O momento passou, mas matou a conversa. Nenhum dos dois falou até metade do caminho, quando pararam para descansar.

Lucy Gray abriu a jarra de plástico e ofereceu a ele.

— Será que já sentiram a sua falta? — perguntou ela.

— Provavelmente só na hora do jantar. E você? — Ele tomou um gole de água.

— O único acordado quando saí era Tam Amber. Falei que ia procurar uma cabra. Andamos falando em criar um rebanho. Vender o leite pra ajudar — disse ela. — Devo ter mais algumas horas antes que comecem a procurar. Pode ser que anoiteça antes de eles pensarem na árvore-forca e encontrarem o carrinho. Eles vão ligar os pontos.

Ele devolveu a jarra para ela.

— Vão tentar te seguir?

— Talvez. Mas estaremos bem longe. — Ela tomou um gole e secou a boca com as costas da mão. — Vão caçar você?

Ele duvidava que os Pacificadores fossem se preocupar tão cedo. Por que ele desertaria com a escola de oficiais de elite esperando? Se alguém reparasse que ele tinha sumido, provavelmente acharia que ele tinha ido para a cidade com outro Pacificador. A não ser que encontrassem a arma, claro. Ele não queria falar sobre a escola agora, com a ferida ainda recente.

— Não sei. Mesmo quando perceberem que fugi, eles não vão saber onde procurar.

Eles andaram até o lago, cada um perdido nos seus pensamentos. Tudo parecia irreal para eles, como se aquilo fosse só um passeio de diversão, como o de dois domingos antes. Como se eles estivessem indo fazer um piquenique e ele precisasse voltar para comer mortadela frita e para o toque de recolher. Mas, não. Quando chegassem ao lago, seguiriam pelo mato, para uma vida consumida pelo tipo mais básico de sobrevivência. Como eles comeriam? Como viveriam? E o que eles fariam quando os desafios de obter comida e abrigo tivessem sido resolvidos? Ela sem música. Ele sem escola, sem o serviço militar, sem nada. Eles formariam uma família? Parecia uma existência vazia demais para condenar uma criança a ela. Qualquer criança, ainda mais a dele. O que havia para aspirar depois que a riqueza, a fama e o poder tivessem sido eliminados? O objetivo da sobrevivência era a sobrevivência e mais nada?

Ele estava tão preocupado com essas questões que a segunda parte da viagem até o lago passou rápido. Eles botaram as bolsas na margem e Lucy Gray foi procurar galhos para usar como varas de pescar.

– Nós não sabemos o que vem por aí, então melhor encher a barriga aqui – disse ela.

Ela mostrou como prender o fio grosso e os anzóis às varas. Remexer na lama macia em busca de minhocas o repugnava, e ele se perguntou se aquela seria uma atividade diária. Seria se eles estivessem com fome. Eles botaram as iscas nos anzóis e se sentaram em silêncio na margem, esperando que algum peixe fisgasse enquanto os pássaros tagarelavam ao redor. Ela pegou dois. Ele não pegou nada.

Nuvens pesadas e escuras surgiram, oferecendo alívio ao sol, mas aumentando o sentimento dele de opressão. Essa era sua vida agora. Cavar atrás de minhocas e ficar à mercê do tempo. Primitivo. Como um animal. Ele sabia que seria mais fácil se ele não fosse uma pessoa tão excepcional. O melhor e mais brilhante que a humanidade tinha a oferecer. O mais jovem a passar no exame de candidato a oficial. Se ele fosse inútil e idiota, a perda da civilização não teria esvaziado suas entranhas daquela maneira. Ele teria encarado com naturalidade. Gotas grossas e frias de chuva começaram a cair nele, deixando marcas molhadas no uniforme.

– Nunca vamos conseguir cozinhar assim – disse Lucy Gray. – Melhor entrarmos. Tem uma lareira que podemos usar.

Ela só podia estar falando da única casa do lago que ainda tinha telhado. Provavelmente o último telhado que Coriolanus veria até que aprendesse a construir um. Como se construía um telhado? Isso não tinha caído na prova dos oficiais.

Depois que ela limpou rapidamente os peixes e os embrulhou em folhas, eles pegaram os pacotes e correram até a casa enquanto a chuva caía. Talvez fosse divertido se não fosse sua vida real. Só uma aventura de algumas horas com uma garota encantadora e um futuro satisfatório em outro lugar. A porta estava emperrada, mas Lucy Gray empurrou com o quadril e a abriu. Eles saíram do molhado e largaram os pertences no chão. Só tinha um aposento, com paredes, teto e chão de concreto. Não havia sinal de eletricidade, mas a luz entrava pelas janelas dos quatro lados e pela única porta. Seus olhos encontraram a lareira, cheia de cinzas velhas, com uma boa pilha de madeira seca empilhada ao lado. Pelo menos eles não teriam que ir atrás isso.

Lucy Gray foi até a lareira, colocou os peixes na base de concreto e começou a arrumar camadas de madeira e gravetos em uma grelha de metal velha.

— Nós deixamos um pouco de madeira aqui pra que sempre tenha alguma quantidade seca.

Coriolanus considerou a possibilidade de simplesmente ficar na casinha, com comida suficiente para ser pescada no lago. Mas, não, seria perigoso demais se firmar tão perto do Distrito 12. Se o Bando conhecia aquele lugar, outras pessoas também deviam conhecer. Ele precisou negar a si mesmo até aquele último fiapo de proteção. Acabaria em uma caverna, afinal? Ele pensou na linda cobertura dos Snow, com o piso de mármore e os candelabros de cristal. Seu lar. Seu lar de direito. O vento soprou um jato de chuva para dentro, salpicando sua calça com gotas geladas. Ele fechou a porta e parou. A porta estava escondendo uma coisa. Um saco de aniagem. Pela abertura saía o cano de uma arma.

Não podia ser. Sem conseguir respirar, ele abriu o saco com a bota e encontrou a escopeta e o fuzil de Pacificador. Um pouco mais e ele conseguiu reconhecer o lançador de granada. Sem dúvida nenhuma eram as armas do mercado clandestino que Sejanus tinha comprado. E, entre elas, as armas do assassinato.

Lucy Gray acendeu o fogo.

— Eu trouxe uma lata velha de metal pensando em carregar carvão aceso de um lugar para o outro. Não tenho muitos fósforos, e é difícil acender fogo com pedras.

— Aham — disse Coriolanus. — Boa ideia.

Como as armas tinham ido parar lá? Mas fazia sentido. Billy Taupe poderia ter levado Spruce até o lago, ou talvez Spruce simplesmente conhecesse o local. Teria sido útil para os rebeldes na guerra, para usarem como esconderijo. E Spruce fora inteligente de saber que não podia correr o risco de esconder as provas no Distrito 12.

— Ei, o que você encontrou aí? — Lucy Gray se juntou a ele e se inclinou para puxar o saco das armas. — Ah. São as que estavam no barracão?

— Acho que devem ser — disse ele. — Devemos levar as armas com a gente?

Lucy recuou, se levantou e pensou por um momento.

— Prefiro não levar. Não confio nelas. Mas isto vai ser útil. — Ela puxou uma faca longa e virou a lâmina na mão. — Acho que vou cavar um pouco de katniss, já que acendemos o fogo. Tem uma área boa perto do lago.

— Achei que não estavam maduras.

— Duas semanas podem fazer muita diferença.

— Ainda está chovendo — protestou ele. — Você vai ficar encharcada.

Ela riu.

— Bom, eu não sou feita de açúcar.

Na verdade, ele ficou feliz de ter um minuto sozinho para pensar. Depois que ela saiu, ele levantou o fundo do saco de aniagem e as armas escorregaram para o chão. Ele se ajoelhou ao lado da pilha, pegou o fuzil de Pacificador com o qual tinha matado Mayfair e o aninhou nos braços. Ali estava. A arma do crime. Não em um laboratório forense da Capital, mas ali, nas mãos dele, no meio do nada, onde não oferecia qualquer ameaça. Ele só precisava destruí-la e estaria livre da forca. Livre para voltar para a base. Livre para ir para o Distrito 2. Livre para se juntar à raça humana sem medo. Lágrimas de alívio encheram seus olhos, e ele começou a rir de pura alegria. Como faria? Queimaria numa fogueira? Desmontaria e espalharia as partes aos quatro ventos? Jogaria no lago? Quando a arma sumisse, não haveria nada que o conectasse aos assassinatos. Absolutamente nada.

Não, calma. Haveria uma coisa. Lucy Gray.

Bom, não importava. Ela nunca contaria. Ela não ficaria feliz, obviamente, quando ele contasse que tinha havido uma mudança de planos. Que ele voltaria aos Pacificadores e seguiria para o Distrito 2 na manhã seguinte, essencialmente deixando-a nas mãos do destino. Ainda assim, ela nunca o delataria. Não era o estilo dela e também a implicaria nos assassinatos. Significaria que ela poderia acabar morta, e, como os Jogos Vorazes demonstraram, Lucy Gray tinha um talento extraordinário para autopreservação. Além do mais, ela o amava. Tinha dito isso na noite anterior, na música. Mais ainda, confiava nele. Se bem que, se ele a largasse na floresta para ir atrás de uma existência sozinho, sem dúvida ela consideraria uma falha em sua fé por ele. Tinha que pensar no jeito certo de dar a notícia. Mas qual seria? "Eu te amo profundamente, mas amo mais a escola de oficiais"? Não seria um caminho muito bom.

E ele a amava! Amava! Era só que, com poucas horas de vida nova na natureza, ele já sabia que odiava tudo aquilo. O calor e as minhocas e aqueles pássaros fazendo barulho sem parar...

Ela estava demorando muito para buscar aquelas batatas.

Coriolanus olhou pela janela. A chuva tinha diminuído até virar um chuvisco.

Ela não queria ir sozinha. Era solitário demais. A música dizia que ela precisava, amava e confiava nele, mas o perdoaria? Mesmo que ele a abandonasse? Billy Taupe a irritou e acabou morto. Ele podia ouvi-lo agora...

"Fico doente de ver como você está manipulando as crianças. Pobre Lucy Gray. Pobre ovelhinha."

... e a via enfiando os dentes na mão dele. Coriolanus pensou na frieza com que ela havia matado na arena. Primeiro, a frágil e pequena Wovey; era o gesto de mais sangue-frio que ele já tinha presenciado. Depois, o jeito calculado com que ela matara Treech, fazendo com que ele a atacasse para ela poder tirar a serpente do bolso. E ela havia alegado que Reaper tinha raiva, que matá-lo fora um ato de misericórdia, mas quem sabia?

Não, Lucy Gray não era nenhuma ovelhinha. Não era feita de açúcar. Era uma vitoriosa.

Ele verificou se o fuzil de Pacificador estava carregado e abriu bem a porta. Ela não estava em lugar nenhum. Ele andou até o lago, tentando lembrar onde Clerk Carmine estava cavando antes de levar a tal planta katniss. Não importava. A área pantanosa em volta do lago estava vazia e a margem não tinha sido remexida.

– Lucy Gray? – A única resposta veio de um tordo solitário em um galho próximo, que fez um esforço de imitar a voz dele, mas fracassou, pois suas palavras não tinham sido particularmente musicais. – Desista – disse ele para a coisa. – Você não é um gaio tagarela.

Sem dúvida ela estava se escondendo dele. Mas por quê? Só podia haver uma resposta. Porque ela tinha descoberto tudo. Tudo. Que destruir a armas acabaria com toda evidência física de sua ligação com os assassinatos. Que ele não queria mais fugir. Que ela era a última testemunha que o ligava ao crime. Mas eles sempre cuidaram um do outro, então por que ela acharia de repente que ele poderia fazer mal a ela? Por que se, no dia anterior mesmo, Coriolanus era puro como a neve fresca?

Sejanus. Ela devia ter percebido que Sejanus era a terceira pessoa que Coriolanus matou. Ela não precisaria saber nada da história dos gaios tagarelas, só que ele era confidente de Sejanus e que Sejanus era rebelde, mas Coriolanus era defensor da Capital. Ainda assim, achar que ele a mataria? Ele olhou para a arma carregada nas mãos. Talvez devesse tê-la deixado na casa. Causava uma impressão ruim ir atrás dela armado. Como se ele a estivesse caçando. Mas Coriolanus não ia matá-la. Só conversar com ela e fazer com que ela entendesse.

Abaixa a arma, ele disse para si mesmo, mas suas mãos se recusaram a cooperar. *Ela só tem uma faca.* Uma faca grande. O melhor que ele conseguiu foi pendurar a arma nas costas.

— Lucy Gray! Está tudo bem? Você está me assustando! Onde você está?

Ela só precisaria dizer: "Eu entendo, eu vou sozinha, como estava planejando o tempo todo." Mas, naquela manhã, ela tinha admitido que não achava que fosse conseguir sozinha, que voltaria para o Bando em alguns dias. Ela sabia que ele não acreditaria nela.

— Lucy Gray, por favor, eu só quero falar com você! — gritou ele. Qual era o plano dela? Esconder-se até ele se cansar e voltar para a base? E depois voltar para casa à noite? Isso não funcionava para ele. Mesmo com o sumiço da arma do crime, ela ainda seria perigosa. E se ela voltasse para o Distrito 12 agora e o prefeito conseguisse prendê-la? E se ela fosse interrogada ou até torturada? A história se espalharia. Ela não tinha matado ninguém. Ele tinha. Era a palavra dele contra a dela. Mesmo que não acreditassem nela, a reputação dele estaria destruída. O romance deles seria revelado, junto com os detalhes de como ele havia trapaceado nos Jogos Vorazes. O reitor Highbottom poderia ser levado como testemunha de caráter de Coriolanus. Ele não poderia correr o risco.

Ainda nenhum sinal dela. Ela não estava lhe dando escolha além de caçá-la na floresta. A chuva tinha parado agora, deixando o ar úmido e a terra lamacenta. Ele voltou para a casa e procurou no chão até encontrar a marca leve dos sapatos dela, seguiu as pegadas até chegar à vegetação onde a floresta recomeçava de verdade e passou silenciosamente através das árvores molhadas.

O trinado dos pássaros encheu seus ouvidos e o céu nublado piorava a visibilidade. A vegetação rasteira escondia as pegadas dela, mas ele sentia que estava no caminho certo. A adrenalina apurou os sentidos dele, e ele reparou em um galho quebrado aqui, uma marca funda no musgo ali. Sentiu-se um pouco culpado de estar assustando-a assim. O que ela estava fazendo, tremendo nos arbustos enquanto tentava sufocar o choro? A ideia da vida sem ele devia estar partindo o coração de Lucy Gray.

Uma mancha laranja chamou a atenção dele e ele sorriu. "Não quero que você me perca", ela dissera. E ele não a tinha perdido. Ele empurrou os galhos para chegar a uma pequena clareira coberta pela copa das árvores. O lenço laranja estava caído entre espinheiros, para onde devia ter voado e ficado preso quando ela fugiu. Ah, bem. Confirmava que ele estava na pista certa. Ele foi buscar o lenço (talvez ficasse com ele, no fim das contas) quando uma movimentação leve nas folhas o fez parar. Ele tinha acabado de perceber a serpente quando ela atacou, se desenrolando como uma mola e enfiando os dentes no antebraço esticado para pegar o lenço.

– Aa! – gritou ele de dor. A cobra o soltou imediatamente e deslizou para a vegetação antes mesmo que ele tivesse a oportunidade de dar uma boa olhada nela. O pânico cresceu quando ele olhou para a marca de mordida vermelha em forma de arco no antebraço. Pânico e descrença. Lucy Gray tentou matá-lo! Não era coincidência. O lenço caído. A cobra na posição. Maude Ivory havia dito que ela sempre sabia onde encontrá-las. Era uma armadilha e ele tinha caído como um patinho! Pobre ovelhinha, realmente! Ele estava começando a gostar de Billy Taupe.

Coriolanus não sabia nada sobre serpentes além das coloridas da arena. Com os pés grudados no chão, o coração disparado, ele esperou morrer ali mesmo, mas apesar de o ferimento doer, ele ainda estava de pé. Ele não sabia quanto tempo teria, mas por tudo que existia de Snow no mundo, ela ia pagar. Ele deveria amarrar o braço com um torniquete? Sugar o veneno? Eles ainda não tinham feito treinamento de sobrevivência. Com medo de seus tratamentos de primeiros socorros só espalharem o veneno com mais rapidez pelo organismo, ele puxou a manga sobre o antebraço, tirou o fuzil do ombro e saiu atrás dela. Se estivesse se sentindo melhor, ele teria rido da rapidez com que o relacionamento deles deteriorou e virou uma edição particular dos Jogos Vorazes.

Ela não era tão fácil de encontrar, e ele percebeu que as pistas anteriores tinham sido só para levá-lo diretamente até a cobra. Mas ela não podia estar tão longe. Ela ia querer saber se a coisa o tinha matado ou se precisaria pensar em outro plano de ataque. Talvez Lucy Gray tivesse esperança de que ele desmaiaria e assim ela poderia cortar a garganta dele com a faca comprida. Tentando parar de ofegar, ele adentrou mais a floresta e empurrou os galhos com delicadeza usando o fuzil, mas era impossível encontrar o paradeiro dela.

Pense, disse para si mesmo. *Para onde ela iria?* A resposta o atingiu como uma pilha de tijolos. Ela não iria querer lutar com ele, armado com um fuzil, considerando que ela só tinha uma faca. Ela voltaria para a casa do lago para pegar outra arma. Talvez tivesse dado uma volta nele e estivesse indo para lá agora. Ele apurou os ouvidos e, sim. Sim! Ele achava que conseguia ouvir alguém andando à direita, recuando para o lago. Ele começou a correr na direção do som e parou abruptamente. E de fato, depois de ouvi-lo, ela agora corria pela vegetação baixa, percebendo o que ele percebia e não se importando mais se ele a ouvisse. Coriolanus estimou que ela estivesse uns dez metros à frente, levantou o fuzil até o ombro e soltou uma saraivada de balas na direção dela. Um bando de pássaros gritou ao revoar, e ele ouviu um grito baixo. *Te peguei*, pensou. Ele correu pela floresta atrás dela, galhos e espinhos prendendo nas roupas e arranhando o rosto. Ignorando tudo até ele chegar ao ponto onde achava que ela estava. Ainda não havia sinal dela. Não importava. Ela teria que se mover de novo, e quando se movesse, ele a encontraria.

– Lucy Gray – disse ele com voz normal. – Lucy Gray. Não é tarde demais pra gente resolver a situação. – Claro que era, mas ele não devia nada a ela. Certamente, não a verdade. – Lucy Gray, você não quer falar comigo?

A voz dela o surpreendeu, surgindo repentina e docemente no ar.

> *Você vem, você vem*
> *Para a árvore*
> *Usar um colar de corda e ficar ao meu lado.*
> *Coisas estranhas aconteceram aqui*
> *Não mais estranho seria*
> *Se nos encontrássemos à meia-noite na árvore-forca.*

Sim, entendi, pensou ele. *Você sabe sobre o Sejanus.* "Colar de corda" e tudo mais.

Coriolanus deu um passo na direção dela, mas na mesma hora um tordo repetiu a música. E um segundo. E um terceiro. A floresta ganhou vida com a melodia deles, com dezenas participando. Ele entrou no meio das árvores e abriu fogo na direção do local de onde a voz tinha vindo. Ele a teria acertado? Não dava para saber, porque a música dos pássaros tomava seus ouvidos e o desorientava. Pontinhos pretos dançaram em seu campo de visão e seu braço começou a latejar.

– Lucy Gray! – gritou ele com frustração.

Que garota inteligente, traiçoeira e mortal. Ela sabia que os pássaros a esconderiam. Ele ergueu a arma e disparou mirando as árvores, tentando exterminar os pássaros. Muitos voaram para o céu, mas a música tinha se espalhado, e a floresta estava viva com a melodia.

– Lucy Gray! Lucy Gray!

Furioso, ele se virou para um lado e para o outro e acabou disparando rajadas pela floresta em um círculo completo, dando voltas e voltas até as balas acabarem. Ele caiu no chão, tonto e enjoado, e a floresta explodiu, pássaros de todos os tipos gritando desesperadamente enquanto os tordos continuavam sua interpretação de "A árvore-forca". A natureza enlouquecida. Genes estragados. Caos.

Ele tinha que sair dali. Seu braço havia começado a inchar. Ele precisava voltar à base. Forçando-se a ficar de pé, ele andou até o lago. Tudo na casa continuava como ele tinha deixado. Pelo menos ele a impedira de voltar. Usando um par de meias como luvas, ele limpou a arma do crime, enfiou todas as armas no saco de aniagem, pendurou-o no ombro e correu para o lago. Julgando que estava pesado o suficiente para afundar sem precisar do peso de pedras, ele entrou na água e foi até a parte funda. Mergulhou com o saco e o viu espiralar lentamente para a escuridão.

Um formigamento alarmante envolveu seu braço. Ele nadou cachorrinho até a margem e cambaleou até a casa. E os suprimentos? Ele devia jogá-los na água também? Não fazia sentido. Ou ela estava morta e o Bando a encontraria ou ela estava viva e com sorte usaria os suprimentos para fugir. Ele jogou os peixes no fogo para que queimassem e foi embora, fechando bem a porta ao sair.

A chuva começou de novo, um temporal de verdade. Ele esperava que levasse embora todos os sinais da visita dele. As armas não existiam mais. Os suprimentos eram de Lucy Gray. A única coisa que permanecia lá eram suas pegadas, que estavam derretendo perante seus olhos. As nuvens pareciam estar se infiltrando no seu cérebro. Ele lutou para pensar. *Volte. Você precisa voltar para a base.* Mas onde ficava? Ele pegou a bússola do pai no bolso, impressionado de ainda funcionar depois de ser mergulhada no lago. Crassus Snow ainda estava por aí, o protegendo.

Coriolanus se agarrou à bússola, um bote salva-vidas na tempestade, e seguiu para o sul. Tropeçou pela floresta, apavorado e solitário, mas sentindo a presença do pai ao seu lado. Crassus podia não ter uma opinião tão boa dele, mas ia querer que seu legado sobrevivesse, e talvez Coriolanus tivesse se redimido um pouco naquele dia. Nada importaria se o veneno o matasse. Ele parou para vomitar, desejando ter levado consigo a jarra de água. Percebeu vagamente que seu DNA estaria na jarra também, mas e daí? A jarra não era arma de nenhum crime. Não importava. Ele estava protegido. Se o Bando encontrasse o corpo de Lucy Gray, eles não denunciariam nada. Não iam querer atenção. Poderia ligá-los aos rebeldes ou revelar o esconderijo. Se houvesse corpo. Ele nem podia confirmar que tinha acertado um tiro nela.

Coriolanus voltou. Não para a árvore-forca exatamente, mas para o Distrito 12, saindo de um bosque para um amontoado de casebres de mineiros e encontrando a estrada. O chão tremia com os trovões e os relâmpagos estavam cortando o céu quando ele chegou na praça da cidade. Não viu ninguém quando chegou na base e entrou de volta pela cerca. Ele foi direto para a clínica e alegou que tinha parado para amarrar o sapato a caminho do ginásio quando uma serpente apareceu do nada e o picou.

A médica assentiu.

— A chuva faz com que elas saiam.

— É mesmo? — Coriolanus achou que sua história seria contestada, ou pelo menos recebida com dúvida.

A médica não pareceu desconfiada.

— Você deu uma olhada nela?

— Não consegui. Estava chovendo e ela se moveu rápido — respondeu ele. — Eu vou morrer?

— Dificilmente. — A médica riu. — Não era nem venenosa. Está vendo as marcas de dentes? Não tem presas. Mas vai doer por alguns dias.

— Tem certeza? Eu vomitei e não consegui pensar direito.

— Bom, o pânico pode fazer isso. — Ela limpou a ferida. — Talvez fique uma cicatriz.

Que bom, pensou Coriolanus. *Vai me lembrar de ser mais cuidadoso.*

Ela deu várias injeções nele e um frasco de comprimidos.

— Passe aqui amanhã para darmos uma olhada.

— Amanhã serei realocado para o Distrito 2 — respondeu Coriolanus.

— Vá à clínica de lá, então — disse ela. — Boa sorte, soldado.

Coriolanus voltou para o quarto e ficou chocado ao perceber que ainda estava no meio da tarde. Com a bebida e a chuva, seus companheiros de quarto nem tinham se levantado. Ele foi ao banheiro e esvaziou os bolsos. A água do lago tinha reduzido o pó com aroma de rosas da mãe dele a uma pasta nojenta e ele jogou tudo no lixo. As fotos grudaram e rasgaram quando ele tentou separá-las, então seguiram o mesmo caminho do pó. Só a bússola sobreviveu à aventura. Ele removeu as roupas e se lavou para tirar a água do lago. Quando estava vestido, pegou a bolsa e começou a arrumar as coisas, colocando a bússola na caixa de itens pessoais e a guardando no fundo da bolsa. Pensando melhor, ele abriu o armário de Sejanus e pegou a caixa dele também. Quando chegasse ao Distrito 2, enviaria a caixa para os Plinth com um bilhete de condolências. Seria apropriado como melhor amigo de Sejanus. E quem sabia? Talvez continuasse a receber biscoitos.

Na manhã seguinte, depois de uma despedida emocionada dos companheiros de quarto, ele subiu no aerodeslizador para o Distrito 2. As coisas melhoraram imediatamente. O assento acolchoado. O comissário. A seleção de bebidas. Nada luxuoso, de jeito nenhum, mas muito diferente do trem dos recrutas. Consolado pelo conforto, ele encostou a têmpora na janela, na esperança de cochilar. Na noite anterior, enquanto a chuva caía no telhado do alojamento, ele havia se perguntado onde Lucy Gray estava. Morta na chuva? Encolhida junto ao fogo na casa do lago? Se ela tivesse sobrevivido, certamente abandonaria a ideia de voltar ao Distrito 12. Ele cochilou com a melodia de "A árvore-forca" no cérebro e acordou horas depois quando o aerodeslizador tocou no chão.

— Bem-vindo à Capital — disse o comissário.

Coriolanus abriu os olhos.

— O quê? Não. Eu perdi minha parada? Tenho que me apresentar no Distrito 2.

— Essa aeronave vai para o 2, mas temos ordens de deixar você aqui – disse o comissário, verificando uma lista. — Você vai ter que desembarcar. Temos um horário a cumprir.

Ele se viu na pista de um aeroporto pequeno e desconhecido. Um caminhão de Pacificadores parou e ele recebeu ordens de entrar na caçamba. Enquanto seguia no veículo, sem conseguir informações do motorista, foi tomado pelo medo. Tinha havido algum erro. Tinha? E se tivessem conectado ele aos assassinatos? Será que Lucy Gray tinha voltado e o acusado e agora precisavam interrogá-lo? Fariam a dragagem do lago em busca das armas? Seu coração deu um pulinho quando eles entraram na via Scholars e passaram pela Academia, silenciosa e vazia numa tarde de verão. Havia o parque onde eles às vezes ficavam depois da aula. E a padaria com cupcakes que ele amava. Pelo menos, ele teve mais um vislumbre de sua cidade. A nostalgia sumiu quando o caminhão fez uma curva e ele percebeu que estava a caminho da Cidadela.

Lá dentro, os guardas fizeram sinal para ele ir até o elevador.

— Ela está esperando no laboratório.

Ele se agarrou à esperança de que "ela" era a dra. Kay, e não a dra. Gaul, mas sua antiga nêmesis acenou para Coriolanus do outro lado do laboratório quando ele saiu do elevador. Por que ele estava lá? Acabaria indo parar numa jaula? Quando foi até ela, ele a viu jogar um camundongo vivo em um tanque de serpentes douradas.

— O vitorioso retorna. Aqui, segura isso. — A dra. Gaul colocou nas mãos dele uma tigela de metal cheia de roedores rosados se remexendo dentro.

Coriolanus segurou a ânsia de vômito.

— Oi, dra. Gaul.

— Recebi sua carta – disse ela. — E seu gaio tagarela. Uma pena o que aconteceu com o jovem Plinth. Mas será que é uma pena mesmo? De qualquer modo, fiquei feliz de ver que você deu continuidade aos estudos no 12. Que desenvolveu sua visão de mundo.

Ele se sentiu puxado de volta às antigas lições dela, como se nada tivesse acontecido.

— Sim, foi revelador. Pensei em todas as coisas que discutimos. Caos, controle e contrato. Os três *C*s.

— Você pensou nos Jogos Vorazes? – perguntou ela. – No dia que nos conhecemos, Casca perguntou a você qual era o propósito deles, e você deu a resposta padrão. Punir os distritos. Você mudaria isso agora?

Coriolanus se lembrou da conversa que tivera com Sejanus quando eles estavam desfazendo a bolsa dele.

— Eu elaboraria mais a resposta. Não são só para punir os distritos, são parte da guerra eterna. Cada edição uma batalha própria. Uma que podemos segurar na palma da mão em vez de travar uma guerra real que poderia sair do nosso controle.

— Hum. – Ela afastou um ratinho de uma boca aberta. – Você aí, não seja gulosa.

— E são um lembrete do que fizemos uns aos outros, do que temos potencial de fazer de novo, por causa de quem somos – continuou ele.

— E quem nós somos? Você chegou a essa conclusão? – perguntou ela.

— Criaturas que precisam da Capital para sobreviver. – Ele não pôde evitar uma ironia. – Mas não adianta nada, sabe. Os Jogos Vorazes. Ninguém no 12 assiste. Só a colheita. Nós nem tínhamos televisão que funcionasse na base.

— Embora isso possa ser um problema no futuro, foi uma bênção este ano, considerando que tive que apagar a confusão toda – disse a dra. Gaul. – Foi um erro envolver os alunos.

Principalmente quando eles começaram a morrer como moscas. Apresentou a Capital como vulnerável demais.

– A senhora apagou? – perguntou ele.

– Todas as cópias foram apagadas e nunca mais serão exibidas. – Ela sorriu. – Tenho uma no cofre, é claro, mas é só pra minha diversão pessoal.

Ele ficou feliz de saber que tudo tinha sido apagado. Era mais uma forma de eliminar Lucy Gray do mundo. A Capital a esqueceria, os distritos mal a conheciam e o Distrito 12 nunca a tinha aceitado como parte deles. Em poucos anos, haveria uma vaga memória de que uma garota cantou na arena um dia. E isso também seria esquecido. Adeus, Lucy Gray, nós mal te conhecemos.

– Não foi perda total. Acho que vamos usar Flickerman de novo ano que vem. E sua ideia sobre as apostas é ótima – disse ela.

– Vocês precisam tornar obrigatório assistirem. Ninguém no 12 vai ligar a televisão em uma coisa deprimente daquelas por escolha – disse ele. – Eles passam o pouco tempo livre que têm bebendo pra esquecer o resto da vida.

A dra. Gaul riu.

– Parece que você aprendeu muita coisa nas suas férias de verão, sr. Snow.

– Férias? – disse ele, perplexo.

– Bom, o que você ia fazer aqui? Ficar à toa pela Capital, penteando seus cachos? Achei que um verão com os Pacificadores seria bem mais educativo. – Ela observou a confusão no rosto dele. – Você não acha que investi todo esse tempo em você pra te entregar para aqueles imbecis dos distritos, acha?

– Não entendi, me disseram... – ele começou a dizer.

Ela o interrompeu:

— Eu pedi uma dispensa honorável, a valer imediatamente. Você vai estudar comigo na Universidade.

— Na Universidade? Aqui, na Capital? — disse ele com surpresa.

Ela jogou o último rato no tanque.

— As aulas começam na quinta.

EPÍLOGO

Em uma tarde brilhante de outubro no meio do semestre de outono, Snow desceu a escada de mármore do Centro de Ciências da Universidade, ignorando modestamente as cabeças se virando. Ele estava lindo com o terno novo, principalmente após o retorno dos cachos, e sua experiência como Pacificador tinha lhe dado certo prestígio que deixava seus rivais enlouquecidos. Ele tinha acabado uma aula para alunos especiais sobre estratégia militar com a dra. Gaul depois de uma manhã na Cidadela, onde tinha se apresentado para o estágio de Idealizador dos Jogos. Podia ser chamado assim, mas os outros o tratavam como integrante da equipe. Eles já estavam trabalhando em ideias para envolver os distritos, assim como a Capital, nos Jogos Vorazes do ano seguinte. Foi Snow quem observou que, exceto por dois tributos que talvez nem conhecessem, as pessoas dos distritos não tinham qualquer envolvimento com os Jogos. A vitória de um tributo precisava ser uma vitória para o distrito todo. Eles tiveram a ideia de que todo mundo no distrito receberia um pacote de alimentos se seu tributo levasse a coroa. E para atrair uma classe melhor de tributos para talvez se voluntariar, Snow sugeriu que o vitorioso devia ganhar uma casa numa área especial da cidade, temporariamente chamada de Aldeia dos Vitoriosos, que seria a inveja de todas as pessoas que moravam em casebres. Isso e um prêmio em dinheiro deviam ajudar a reunir um grupo decente de tributos.

Seus dedos acariciaram a bolsa de couro macia, um presente de volta às aulas dos Plinth. Ele ainda não sabia bem como chamá-los. "Mãezinha" era bem fácil, mas não era adequado chamar Strabo Plinth de pai, então ele usava muito a palavra "senhor". Eles não o tinham adotado; ele era velho demais, com dezoito anos. Ser designado herdeiro era melhor para ele, de qualquer modo. Ele jamais abriria mão do nome Snow, nem por um império de munições.

Tudo aconteceu muito naturalmente. Sua volta para casa. A dor deles. A união das famílias. A morte de Sejanus destruiu os Plinth. Strabo falou com simplicidade:

– Minha esposa precisa de alguma coisa como motivação para viver. Eu também. Você perdeu seus pais. Nós perdemos nosso filho. Eu estava pensando em resolvermos isso de alguma forma.

Ele comprou o apartamento dos Snow para eles não precisarem se mudar e o dos Dolittle, embaixo, para ele e Mãezinha. Houve uma conversa sobre reforma, sobre construir uma escada em espiral e talvez um elevador particular para conectar os dois apartamentos, mas não havia pressa. A sra. Plinth já ia lá todos os dias ajudar a avó de Coriolanus, que tinha se resignado a ter uma nova "empregada", e ela e Tigris se deram muito bem. Os Plinth pagavam tudo agora: os impostos do apartamento, a mensalidade dele, a cozinheira. Também davam a ele uma mesada generosa. Isso era bom porque, apesar de ele ter interceptado e ficado com o dinheiro do envelope que tinha enviado para Tigris do Distrito 12, a vida universitária era cara quando vivida da forma certa. Strabo nunca questionava seus gastos e nem criticava as poucas aquisições no guarda-roupa, e parecia satisfeito quando Snow pedia conselhos. Eles eram surpreendentemente compatíveis. Às vezes, ele quase esquecia que o velho Plinth era de distrito. Quase.

Naquela noite seria o décimo nono aniversário de Sejanus e eles se reuniram para um jantar em lembrança a ele. Snow tinha convidado Festus e Lysistrata para se juntarem ao grupo, pois eles gostavam mais de Sejanus do que a maioria dos colegas e certamente diriam coisas gentis. Ele planejava entregar aos Plinth a caixa do armário de Sejanus, mas primeiro tinha mais uma coisa a fazer.

O ar fresco na caminhada até a Academia deixou sua mente apurada. Ele não tinha nem marcado horário, preferiu aparecer de surpresa. Os alunos tinham saído uma hora antes, e seus passos ecoaram nos corredores. A mesa da secretária do reitor Highbottom estava vazia, e ele foi até a sala e bateu na porta. O reitor Highbottom o mandou entrar. Com a perda de peso e os tremores, ele estava com uma aparência pior do que nunca, curvado sobre a mesa.

— Ora, a que devo essa honra? — perguntou ele.

— Eu gostaria de recuperar o estojo de pó compacto da minha mãe, já que você não precisa mais dele — respondeu Snow.

O reitor Highbottom enfiou a mão numa gaveta e botou o estojo na mesa.

— Isso é tudo?

— Não. — Ele tirou a caixa de Sejanus da bolsa. — Vou devolver os itens pessoais de Sejanus para os pais dele hoje. Não sei bem o que fazer com isso. — Ele esvaziou o conteúdo da caixa na mesa e pegou o diploma emoldurado. — Achei que você não ia querer isto aqui na casa deles. Um diploma da Academia. Concedido a um traidor.

— Você é muito prestativo — disse o reitor Highbottom.

— Foi meu treinamento como Pacificador. — Snow soltou a parte de trás da moldura e tirou o diploma. Em seguida, como se de impulso, botou uma foto da família Plinth no lugar. – Acho que os pais dele vão preferir assim. – Os dois olharam o que tinha restado da família de Sejanus. E ele jogou os três frascos de remédio na lata de lixo do reitor Highbottom. – Quanto menos lembranças ruins, melhor.

O reitor Highbottom olhou para Coriolanus.

– Não me diga que você arranjou um coração nos distritos.

– Não nos distritos. Nos Jogos Vorazes – corrigiu Snow. – Preciso agradecer a você por isso. Afinal, foi você quem inventou os Jogos.

– Ah, acho que metade do crédito vai para o seu pai – disse o reitor.

Snow franziu a testa.

– Como assim? Achei que os Jogos Vorazes tinham sido ideia sua. Uma coisa que você pensou na Universidade.

– Na aula da dra. Gaul. E eu ia ser reprovado, porque minha repulsa por ela tornava impossível a minha participação. Nós fizemos duplas para o projeto final e fiquei com meu melhor amigo... Crassus, claro. A tarefa era criar uma punição tão extrema para seus inimigos que eles jamais conseguiriam esquecer o quanto tinham feito mal a você. Era como uma charada, em que eu sou ótimo, e como todas as boas criações, absurdamente simples em essência. Os Jogos Vorazes. O impulso mais cruel, inteligentemente formatado como um evento esportivo. Um entretenimento. Eu estava bêbado e seu pai me deixou mais bêbado ainda, ficou alimentando minha vaidade enquanto eu elaborava a ideia toda, me garantindo que era só uma brincadeira entre nós. Na manhã seguinte, acordei horrorizado com o que tinha feito, querendo rasgar o papel em pedacinhos, mas era tarde demais. Sem a minha permissão, seu pai entregou o trabalho pra dra. Gaul. Ele queria a nota, sabe. Eu nunca o perdoei.

– Ele está morto – disse Snow.

– Mas ela não está – respondeu o reitor Highbottom. – Não era pra ser algo mais do que teórico. E quem além do monstro mais cruel tornaria aquilo realidade? Depois da guerra, ela pegou minha proposta e me levou junto, e me apresentou para Panem como arquiteto dos Jogos Vorazes. Naquela noite, experimentei morfináceo pela primeira vez. Achei que a coisa ia passar, de tão horrível que era. Não passou. A dra. Gaul tirou os Jogos do papel e me arrasta junto há dez anos.

– Sem dúvida, sustenta a visão dela da humanidade – disse Snow. – Principalmente por usar crianças.

– E por quê? – perguntou o reitor Highbottom.

– Porque atribuímos inocência a elas. E se mesmo os mais inocentes viram assassinos nos Jogos Vorazes, o que isso representa? Que nossa natureza essencial é violenta – explicou Snow.

– Autodestrutiva – murmurou o reitor Highbottom.

Snow se lembrou do relato de Pluribus sobre a briga do pai dele com o reitor Highbottom e citou a carta.

– Como mariposas pelo fogo. – O reitor apertou os olhos, mas Snow só sorriu. – Mas, claro, você está me testando. Você a conhece bem melhor do que eu.

– Não tenho tanta certeza. – O reitor Highbottom passou o dedo na rosa de prata no estojo de pó compacto. – O que ela disse quando você contou que ia embora?

– A dra. Gaul? – perguntou Snow.

– A sua passarinha canora – disse o reitor. – Quando você foi embora do 12. Ela ficou triste de te ver partir?

– Acho que ambos ficamos um pouco tristes. – Snow guardou o estojo de pó compacto e pegou as coisas de Sejanus. – É melhor eu ir. Vamos receber móveis novos pra sala e prometi à minha prima que estaria lá pra supervisionar os entregadores.

— É melhor você ir mesmo — disse o reitor Highbottom. — De volta à cobertura.

Snow não queria falar sobre Lucy Gray com ninguém, principalmente o reitor Highbottom. Sorriso tinha lhe enviado uma carta, para o antigo endereço dos Plinth, citando o desaparecimento dela. Todo mundo achou que o prefeito a tinha matado, mas não tinham como provar. Quanto ao Bando, um novo comandante tinha substituído Hoff, e sua primeira decisão foi proibir shows no Prego, porque música sempre criava problemas.

Sim, pensou Snow. *Sem dúvida*.

O destino de Lucy Gray era um mistério, então, assim como o da garotinha que tinha o mesmo nome que ela, daquela música irritante. Ela estava viva, morta, era um fantasma que assombrava a floresta? Talvez ninguém nunca realmente fosse saber. Não importava: a neve representou o fim de ambas. Pobre Lucy Gray. Pobre garota fantasma cantando com seus pássaros.

Você vem, você vem
Para a árvore
Onde eu mandei você fugir para nós dois
ficarmos livres.

Ela podia voar o quanto quisesse em volta do Distrito 12, mas ela e seus tordos jamais poderiam voltar a fazer mal a ele.

Às vezes, ele se lembrava de um momento de doçura e quase desejava que as coisas tivessem terminado diferentes. Mas jamais teria dado certo entre os dois, mesmo que ele tivesse ficado. Eles eram diferentes demais. E ele não gostava do amor, do jeito como o fazia se sentir burro e vulnerável. Se um dia se casasse, ele escolheria alguém incapaz de balançar seu coração. Alguém que odiasse, até, para que nunca pudesse manipulá-lo da forma como Lucy Gray tinha feito. Para que nunca pudesse deixá-lo com ciúmes. Nem torná-lo fraco. Livia Cardew seria perfeita. Ele imaginou os dois, o presidente e sua primeira-dama, celebrando os Jogos Vorazes em alguns anos. Ele continuaria os Jogos, claro, quando governasse Panem. As pessoas o chamariam de tirano, punho de ferro e cruel. Mas pelo menos ele garantiria a sobrevivência pela sobrevivência, dando a eles a chance de evoluírem. O que mais a humanidade poderia desejar? De verdade, deviam agradecer a ele.

Ele passou pela casa noturna de Pluribus e se permitiu abrir um sorrisinho. Dava para conseguir veneno de rato em vários lugares, mas ele tinha pegado um pouco discretamente na viela dos fundos na semana anterior e levado para casa. Foi complicado botar no frasco de morfináceo, principalmente usando luvas, mas ele acabou colocando o que considerava uma dose suficiente pela abertura. Ele tomou a precaução de deixar o frasco bem limpo. Não havia nada que pudesse fazer o reitor Highbottom desconfiar quando o tirasse do lixo e enfiasse no bolso. Nada a desconfiar quando desenroscasse o conta-gotas e pingasse o morfináceo na língua. Apesar de torcer para que, quando desse o último suspiro, o reitor percebesse o que tantos outros perceberam quando o desafiaram. O que toda Panem saberia um dia. O que era inevitável.

Snow cai como a neve, sempre por cima de tudo.

FIM

AGRADECIMENTOS

Eu gostaria de agradecer aos meus pais pelo amor e por sempre apoiarem minha escrita: a meu pai, por me ensinar sobre os pensadores Iluministas e sobre o debate do estado de natureza desde cedo; e à minha mãe, a formada em inglês, por alimentar a leitura em mim e por tantas horas felizes em volta do piano.

Meu marido, Cap Pryor, e minha agente literária, Rosemary Stimola, são meus primeiros leitores há muito tempo. As opiniões deles nos primeiros rascunhos deste livro foram valiosas para o desenvolvimento do jovem Coriolanus Snow e seu mundo pós-guerra, e sem dúvida poupou todo tipo de dor de cabeça aos meus editores. E, falando em editores, nunca uma autora teve um grupo tão profundo e talentoso. Desta vez, eles chegaram em ondas, começando com a incrível Kate Egan, que me guiou com habilidade por dez livros, junto com David Levithan, meu excelente diretor editorial, que estava em todos os lugares ao mesmo tempo – elaborando o título, cortando as passagens pesadas e providenciando distribuições clandestinas de manuscritos (onde mais?) na produção de *Coriolanus* da Shakespeare in the Park. A segunda onda trouxe o talentoso e inspirado par formado por Jen Rees e Emily Seife, seguido das minhas preparadoras com olhos de águia, Rachel Stark e Joy Simpkins, que não deixaram pedra sobre pedra. Sou profundamente agradecida a todos vocês por me ajudarem a dar forma a essa história com seus lindos cérebros e corações.

Foi um prazer tão grande estar de novo nas mãos da equipe maravilhosa da Scholastic Press. Rachel Coun, Lizette Serrano, Tracy van Straaten, Ellie Berger, Dick Robinson, Mark Seidenfeld, Leslie Garych, Josh Berlowitz, Erin O'Connor, Maeve Norton, Stephanie Jones, JoAnne Mojica, Andrea Davis Pinkney, Billy DiMichele e todo o esquadrão de vendas da Scholastic: obrigada a todos vocês.

Um agradecimento especial para Elizabeth B. Parisi e Tim O'Brien, que me impressionaram novamente com uma capa fabulosa, consistente com a visão deles da trilogia Jogos Vorazes, mas específica para este livro.

Sinto muita admiração e gratidão por todos os artistas que criaram as músicas que aparecem no mundo de Panem. Três músicas são clássicos em domínio público: "Down in the Valley", "Oh, My Darling, Clementine" e "Keep on the Sunny Side", que foi escrita por Ada Blenkhorn e J. Howard Entwisle. O poema "Lucy Gray" foi escrito em 1799 por William Wordsworth e fazia parte da coletânea *Lyrical Ballads*. As letras de todas essas músicas foram modificadas para se adequarem ao Bando. O resto das letras é original. "A cantiga de Lucy Gray" é para ser cantada com uma variação da melodia de uma cantiga tradicional que há muito acompanha histórias de finais infelizes de libertinos, bardos, soldados, caubóis e similares. Duas outras músicas apareceram pela primeira vez na trilogia Jogos Vorazes. Na versão em filme, a música de "No fundo da campina" foi composta por T-Bone Burnett e Simone Burnett, e música de "A árvore-forca" foi composta por Jeremiah Caleb Fraites e Wesley Keith Schultz, dos The Lumineers, com arranjo de James Newton Howard.

Meu agradecimento é sem fim para meus maravilhosos agentes, a supracitada Rosemary Stimola, e meu representante de entretenimento, Jason Draviz, com quem conto integralmente para me ajudarem a navegar pelos mundos das publicações e dos filmes com a ajuda de nossas águias da lei, Janis C. Nelson, Eleanor Lackman e Diane Golden.

Eu gostaria de oferecer todo o meu amor aos meus amigos e familiares, especificamente Richard Register, que está sempre a uma mensagem de distância, e a Cap, Charlie e Izzy, que me acompanharam nesse trajeto com perspectiva, paciência e humor.

E, finalmente, a todos os leitores que investiram primeiro na história de Katniss e agora na de Coriolanus: agradeço sinceramente por vocês viajarem por essa estrada comigo.

Impressão e Acabamento:
GEOGRÁFICA EDITORA LTDA.